Im Sommer 2001 nahm ich in Toronto an einer Tagung teil, die TT15 hieß – vielleicht aber auch TT 2001. Früher hieß diese Tagung immer Toronto Trek, und unter diesem Namen habe ich auch die Veranstaltung aus dem Jahr 2001 in Erinnerung. Wie dem auch sei: Ich habe dort gelesen, und danach gab es eine Diskussionsrunde, in deren Verlauf ich den Teilnehmern von diesem Buch hier erzählte. Ich hatte damals gerade angefangen, daran zu arbeiten. Ich faßte kurz zusammen, worum es im Buch gehen sollte und erwähnte auch, mir sei bislang noch kein Titel eingefallen. Daraufhin rief eine Frau, die ganz hinten im Saal saß: „Wie wäre es mit Hüte sich wer kann?" Der perfekte Titel!

Leider kenne ich Ihren Namen nicht! Sollten Sie je das Vorwort hier lesen: Dieses Buch ist Ihnen gewidmet.

Tanya Huff

Eins

Diana warf sich den Rucksack über die linke Schulter, stürzte zur Tür hinaus und blieb beim Anblick der orangefarbenen Tigerkatze, die gerade die Rasenfläche des Vorgartens überquerte, abrupt stehen. Wobei man sagen muß, daß eigentlich nicht der Anblick der Katze sie hatte erstarren lassen, sondern vielmehr der Anblick dessen, was dem Tier aus dem Maul hing. Der Kobold war tot, daran konnte kein Zweifel bestehen. Einer seiner überproportional langen Arme hing gerade noch mit einer einzigen Faser am Schultergelenk und schleifte über das Gras, um eins der nackten Fußgelenke hatte sich etwas gewickelt, das verdächtig nach Gedärmen aussah, und bei jedem Schritt, den die Katze machte, schlug ein Augapfel sanft gegen eine blutverschmierte Stirn. „Prima Fang!" lobte Diana, deren Aufmerksamkeit allerdings bereits zur Hälfte auf den Schulbus gerichtet war, der nun rasch näherkam. „Wo hast du den Kerl denn gefunden?"

„‚Olz'uppen!" erwiderte Sam stolz, wobei jedoch der Körper in seinem Maul seine Stimme leicht verzerrte.

„Dir ist aber schon klar, daß du den nicht fressen darfst, oder?"

Sam kniff die bernsteingelben Augen zusammen, ließ den Kobold fallen und musterte Diana mit einem verächtlichen, ungläubigen Blick. „Hältst du mich für komplett bescheuert?"

„Natürlich nicht, aber du bist schließlich noch nicht allzulange Kater, da kann ich doch mal nachfragen." Früher, gerade einmal sechs Monate war das jetzt her, war Sam ein Engel gewesen, und mit den Kleinigkeiten, die durch die Möglichkeiten schlüpfen können, geben Engel sich nicht ab. „Du weißt, was meine Ma davon hält, wenn man ihr den weißen Wollteppich vollkotzt."

„Einmal! Ein einziges Mal ist mir das passiert!"

„Das weiß ich doch. Das gleiche gilt für mich, und mir hat sie auch immer noch nicht verziehen." Nun kündeten schwer mißhandelte, quietschende Bremsen davon, daß der Bus es geschafft hatte, mehr oder weniger vor der Auffahrt der Hansens zum Stehen zu kommen. „Ich habe jetzt keine Zeit, das zu vergraben. Versuch, ihn irgendwo abzulegen, wo Mama nicht darüber stolpert." Diana wandte sich der Auffahrt zu, aber bereits nach zwei Schritten hinderte sie das Gewicht, mit dem Sams Blick auf ihr ruhte, am Weitergehen. „Natürlich! Entschuldige! Sam, du bist ein großer Jäger. Was für ein Geschick, was für Zähne, was für Klauen! Wirklich toll. Du bist blitzschnell. Du bist tödlich. Ich erstarre in Ehrfurcht."

„He! Du machst dich lustig über mich!"

„Nein, das stimmt nicht, ich mache mich nicht lustig über dich!" Hastig stritt Diana alles ab; es gab viele Orte, an denen eine kreative Katze einen toten Kobold ablegen konnte. „Aber ich muß jetzt wirklich los. Mr. Watson wartet nicht ewig."

„Es erstaunt mich immer wieder, daß Mr. Watson überhaupt hier anhält."

„Na ja, klopfet, und euch wird aufgetan und so, du weißt schon – und vergiß nicht: Ich komme heute früher nach Hause." Mit diesen Worten trottete Diana rückwärts den Gartenpfad hinunter. „Nur für den Fall, daß es irgend etwas gibt, bei dem du lieber nicht von mir erwischt werden möchtest."

Woraufhin ihr ein Katzenhinterteil präsentiert wurde, das besser als alle Worte zum Ausdruck brachte, was Sam von dieser Bemerkung hielt.

Der Busfahrer, Mr. Watson, wirkte eher nervös als ungeduldig. Er erwiderte Dianas fröhlichen Gruß mit einem stummen Nicken, ließ die Bustür praktisch Millimeter hinter den Hacken der jungen Frau zuschnappen und schaltete mit einem häßlichen Ruck in den ersten Gang. Dann preschte der Bus, dessen Fahrer schneller sein wollte als die halbvergrabenen Erinnerungen, die ihn immer wieder einzuholen drohten, mit quietschenden Reifen davon, und Diana wäre ganz sicher auf ihrem Hintern gelandet, hätte sie nicht bereits vorsorglich in die Möglichkeiten gegriffen. Hätte man die Erinnerungen, die den armen Mr. Watson plagten, ganz beerdigt, dann hätte der Mann gar nicht mehr Bus fahren können. Also hatte man nur ein paar Ecken und Kanten abgeschliffen, und Mr. Watson schwebte nun dauerhaft in einem Zustand, in dem er sich fast an Dinge zu erinnern glaubte, an die er sich aber lieber gar nicht erinnern wollte. Dieser Zustand allerdings, das mußte man sagen, ist unter Schulbusfahrern weit verbreitet.

Was Diana betraf, so gab sie sich alle Mühe, dem Mann nicht übelzunehmen, was er von ihr dachte. Leicht fiel ihr das nicht! Hatte sie doch allein in dem Schulhalbjahr, das jetzt zu Ende ging, eine Blutwurst daran gehindert, einen Jungen aus der achten Klasse zu verspeisen, hatte Chrissi Selwich vor dem Hund mit den drei Köpfen bewahrt, der den Eisenhut im Deodorant auf Kräuterbasis unwiderstehlich gefunden hatte, das dem Mädchen zu Weihnachten geschenkt worden war – ebensogut hätte man der Kleinen ‚Komm friß mich' auf die Stirn meißeln können! – und einen Gameboy daran gehindert, die Weltherrschaft an sich zu reißen. Computerspiele, die in die Handtasche passen, waren viel ehrgeiziger, als die meisten Menschen ahnten!

Sie hatte außerdem Nick Patwood davon abgehalten, einen Jungen aus der zweiten Klasse an den Knöcheln zu packen und mit dem Kopf voran aus dem Busfenster zu halten. Leider war Diana noch immer nicht endgültig klar, ob dieser Kleine ein solches Schicksal nicht vielleicht doch verdient gehabt hätte. Auf ihrer Liste der Gründe, aus denen Mr. Watson eigentlich den Göttern für ihre Anwesenheit in seinem Bus hätte danken sollen, tauchte diese Rettungsaktion von daher nicht auf.

Diana zwängte sich an den Winzlingen in den vorderen Busreihen vorbei. Es überraschte sie wenig, daß die sechs hinteren Reihen im Bus, die den Oberschülern, die an dieser Route wohnten, vorbehalten waren, an diesem Tag fast sämtlich unbesetzt waren. Für die Schüler der Oberstufe war dies der letzte Schultag, und nur zwei Schüler der zehnten Klasse hatten es nicht geschafft, alternative Transportmittel aufzutun.

„Mein Bruder wollte mich mitnehmen!" erklärte da auch schon der erste Junge, an dem Diana vorbeiging. „Aber der mußte schon ganz früh los zur Arbeit."

„Ja, und ich wollte mit dem Fahrrad kommen, aber ich hatte einen Asthmaanfall", verteidigte sich der zweite und hielt als Beweismittel sein Asthmaspray hoch.

Diana gönnte beiden keinen Blick. Wenn eine Schülerin der Abschlußklasse Zehntklässler auch nur am Rande zur Kenntnis nahm, dann eröffnete das eine ganze Reihe denkbarer Möglichkeiten, mit denen die junge Hüterin sich auf keinen Fall befassen wollte. Das war die eine Sache. Dazu kam, daß sie ja nun wirklich nicht zu begründen brauchte, warum sie an diesem Tag mit dem Bus zur Schule unterwegs war! Diana war schließlich die jüngste und mächtigste aller Hüterinnen. Sie gehörte zu einer Familie, die das mythische Gleichgewicht der Welt aufrechterhielt; sie hatte bei der Schließung eines Lochs geholfen, das direkt zur Hölle führte. Sie hatte Dämonen bezwungen!

Tanya Huff

Nun ließ sie sich in den Sitz fallen, in dem sie die letzten Jahre fast immer gesessen hatte und dankte allen Göttern, die unter Umständen zuhören mochten, dafür, daß dies der allerletzte Tag war, an dem sie auf Gedeih und Verderb dem öffentlichen Bildungswesen ausgeliefert sein würde.

Mit nachdenklich gerunzelter Stirn durchquerte Diana die Eingangshalle der Schule und eilte auf die Treppe zu. Sie versuchte, das vage Gefühl in den Griff zu bekommen, das sie seit einiger Zeit verfolgte – das Gefühl, irgend etwas sei nicht ganz in Ordnung. Eine voll ausgewachsene Unfallstelle konnte das nicht sein; es hatten sich nicht mit einem Mal am unteren Ende der Möglichkeiten Löcher aufgetan und das Böse durchgelassen, das nun gegen verschlossene Türen, die zu leeren Klassenräumen führten, schlug. Nein, das nicht, aber irgend etwas war dennoch anders, als es hätte sein sollen, und so lange Diana sich in diesen Räumen aufhielt, gehörte es zu den mit ihrem Arbeitsplatz verbundenen Pflichten, die Ursache zu finden und wieder in Ordnung zu bringen. Es gehörte nicht nur zu den Pflichten, die ihr Arbeitsplatz mit sich brachte – dieses Finden und Regeln von Dingen, die nicht in Ordnung waren, machte eigentlich unter dem Strich bereits ihre gesamte Stellenbeschreibung aus.

Diana war der festen Überzeugung, eigentlich brauche jedes staatliche Gymnasium einen eigenen Hüter oder eine Hüterin. Nichts bohrte so schnell Löcher in den Stoff, aus dem die Realität ist, als ein paar Tausend hormonell gestörte Jugendliche, die man in ein einziges, grottenhäßliches Backsteingebäude gestopft hat. Wenn man sich mit diesen Horden nicht näher befaßte, so wurden genau hier eben die Leute produziert, die dann später Computersysteme entwickelten, die hinterhältigerweise immer genau dann abstürzten, wenn man versuchte, sich Amanda Tappings Konterfei als Bildschirmhintergrund herunterzuladen.

Das plötzliche Auftauchen eines Beratungslehrers, der doch wirklich und wahrhaftig gerade jetzt aus seinem Büro trat und direkt auf Diana zusteuerte, hätte die Hüterin fast dazu gebracht, im Eiltempo die nächste Damentoilette anzusteuern. Sie wollte sich ihren letzten Tag in dieser Institution nicht durch eine weitere sinnlose Auseinandersetzung verderben. Glücklicherweise ging es dem Lehrer da scheinbar ähnlich, wie Diana feststellen konnte, ehe ihre Füße sich noch Richtung Toilette in Gang gesetzt hatten. „Scheiß drauf, hat doch eh keinen Sinn!" hatte Diana als Gedanken in der Sprechblase über seinem Kopf aufblitzen sehen, ehe der Mann an ihr vorübereilte, ohne auch nur ihren Blick zu erwidern.

Zum ersten Mal waren diese Sprechblasen aufgetaucht, als Diana in der neunten Klasse gewesen war. Sie hatte sich damals, nachdem sie sich eine geschlagene halbe Stunde nichts als Platitüden hatte anhören müssen, verzweifelt gefragt, was der Beratungslehrer wohl gerade wirklich denken mochte. Die Blasen, die dann plötzlich wie Ballons über dem Haupt des Lehrers schwebten und aus denen sie seine Gedanken perfekt ablesen konnte, hatte ein unerwarteter, durch die Pubertät verursachter Kraftstrom derart gut verankert, daß Diana sie nie wieder hatte entfernen können. Somit hatte sie in den vergangenen vier Jahren weitaus mehr über die Fantasien von Männern mittleren Alters erfahren, als sie eigentlich je hatte erfahren wollen.

Pamela Anderson spielte da eine Hauptrolle, und Eishockey.

Von Zeit zu Zeit auch eine Eishockey spielende Pamela Anderson.

Ein paar der visuellen Komponenten waren allerdings recht interessant, das mußte die Hüterin zugeben.

Das Gefühl, irgend etwas sei falsch, führte sie die Treppe hinauf, durch den ersten Speisesaal hindurch und hinein in den zweiten. Dieser Saal, in dem merkwürdigerweise sowohl die musikbegeisterten Schüler als auch die Sportskanonen sich bevorzugt aufzuhalten pflegten, war fast leer. Nur in der hintersten Ecke, bei den nach Nordosten führenden Fenstern, hatte eine Gruppe Mädchen ein paar Tische belegt. Irgend etwas blitzte nun in dieser Ecke auf, ein auberginefarbenes Licht, das Diana anzog. Diana trat an die Gruppe heran und stellte fest, daß hier die Spielerinnen des Basketballteams der Oberstufe beisammenhockten. Sie hatten sich hier wohl versammelt, weil sie noch möglichst lange das Gefühl genießen wollten, das Basketballteam der Oberstufe zu sein: Mehr als zwei Drittel der anwesenden Mädchen würden in diesem Schuljahr die Schule endgültig verlassen. Sobald sie den Speisesaal verlassen hatten, würde es das Team, wie es jetzt noch war und wie es dort beisammensaß, nicht mehr geben.

„... ich sage also zu ihm: Das nehme ich aber nicht in den Mund!" Groß, blond, Pferdeschwanz – Diana kannte den Namen der Sprecherin nicht. „Ich habe gesagt: Was weiß ich denn, wo der vorher gewesen ist, und außerdem hat mich mein Lippenstift fünfundzwanzig Dollar gekostet!"

„Was hat er geantwortet?" wollte eine ihrer Zuhörerinnen wissen.

„Ach, ihr wißt doch, wie die Jungs sind! Er hat das total persönlich genommen. Du liebst mich nicht, sonst würdest du das tun und all das andere Gesülze."

„Was hast du dann gesagt?"

„Daß ich meinen Lippenstift mehr liebe als ihn!"

Dieser eher beiläufig vorgetragene Bericht wurde mit lautem Gelächter und bewundernden Beifallspfiffen belohnt. Ehe der Lärm noch ganz verklungen war, blickte der blonde Pferdeschwanz auf und entdeckte Diana.

„Wolltest du was?" fragte die Sportlerin in eisigem Ton.

„Äh – ja!" Diana beugte sich ein wenig weiter vor und versuchte, einen besseren Blick auf das schwere Armband zu erhaschen, das dem blonden Pferdeschwanz vom linken Handgelenk baumelte. „Bitte sag mir doch, wo du dein Armband herhast."

„Das hier? Aus dem Erlkönig, im Gardeners Village-Einkaufszentrum. Ich habe es mir letztes Wochenende gekauft, als ich bei meinem Vater in Kingston zu Besuch war."

Na prima.

Kingston.

Dort, wo sich einst das Loch befunden hatte, das direkt zur Hölle führte.

Aber sicher doch: Das könnte durchaus auch reiner Zufall sein!

„Echt Silber, wenn du's wissen willst."

Na ja, zumindest auf Silber getrimmt! In das breite Band war ein großflächiges Blumenmuster gestanzt. Jede Blume zierte in der Mitte ein Topas in Form eines Adonisröschens. Diana konnte sich nicht erinnern, je zuvor ein derart häßliches Schmuckstück zu Gesicht bekommen zu haben. „Das ist kein Silber", klärte sie ihre Mitschülerin auf. „Es sieht nur so aus, als sei es aus Silber."

„Was? Willst du damit sagen, der Troll hat mich angelogen?"

Troll?

Na, vielleicht, mit ein ganz klein wenig Glück, war das nur eine etwas farbenprächtige Übertreibung und keineswegs die mystische Version einer Freudschen Fehlleistung!

Diana war allerdings nicht so zumute, als sei ihr an diesem Tag das Glück besonders hold gesonnen. Seufzend streckte sie den Zeigefinger aus, um ganz leicht die äußere Kante einer der Metallblüten zu berühren.

Der auberginefarbene Blitz, der daraufhin durch den Speisesaal zuckte, war weitaus gewaltiger als der, der ursprünglich Dianas Aufmerksamkeit erregt hatte.

Nur Sekunden später fand sich die junge Hüterin mit dem Gesicht nach unten auf einem der orangefarbenen Plastikstühle des Speisesaals wieder und sah sich gezwungen, per Geruchssignatur erheblich mehr über die letzte Person zu erfahren, die in diesem Stuhl gesessen hatte, als sie je hatte wissen wollen. Als nächstes stellte sie dann fest, daß sie eigentlich nicht auf dem Stuhl, sondern unter demselben lag. Sie schob das Möbelstück zur Seite.

„Alles soweit in Ordnung?" wollte eine der Sportlerinnen besorgt wissen.

„Klar, prima. Ich habe nur ein paar blaue Flecken abgekriegt." Diana griff nach der Hand, die sich ihr hilfreich entgegenstreckte, und zog sich daran hoch. „Statische Elektrizität!" verkündete sie, während sie gleichzeitig im Basketballteam Macht verströmte. „Ich muß da wohl ohne es zu wollen einen Stromkreis geschlossen haben."

Einige Köpfe, deren Besitzerinnen wohl allesamt bei der Abschlußprüfung in Physik durchgefallen waren, nickten verstehend und weise.

Dann zerstörte das beharrliche Trillern eines Mobiltelefons das Stilleben.

„Das ist meins!" gestand Diana ein und zog ihren Rucksack unter dem Tisch hervor. Mehrere Augenpaare weiteten sich erstaunt und erschrocken, als sie nun den Reißverschluß an der äußeren Rucksacktasche aufzog. Seit dem unglücklichen Zwischenfall mit der Service Rufnummer 1-800-TeachMe damals im Frühjahr 2001 war es den Schülerinnen und Schülern nicht mehr gestattet, auf dem Schulgelände ihre Mobiltelefone zu benutzen. Ja, so bin ich und so bleibe ich: eine Rebellin, dachte Diana zufrieden, als sie das Telefon aufklappte. Laut entschuldigte sie sich: „Meine Mutter!"

Das gesamte Team schien bereit und entschlossen, an Dianas Seite auszuharren. Da legte die Hüterin ein wenig Macht in ihre nächsten Worte: „Alles okay. Ihr könnt jetzt gehen."

„Diana? Was ist da gerade passiert?"

„Das hast du zu Hause spüren können?" Diana eilte durch den ersten Speisesaal, während sich die sportlichen Mädels ihre Tische im zweiten zurückeroberten. Blonder Pferdeschwanz murmelte finster: „Was für ein billiges Schrottding! Diesem Troll drehe ich glatt den Hals um."

„Ob ich das spüren konnte? Ja, das kann man wohl sagen: Wir alle konnten das spüren! Sam hängt ganz oben in der Wohnzimmergardine, und der Kaffeekessel überträgt eine Radiosendung aus dem Jahre 1520. Anscheinend ist Martin Luther eben exkommuniziert worden. Vorher haben sie wohl noch über die Geburt Suleimans des Prächtigen berichtet, aber den Teil der Sendung habe ich verpaßt, weil dein Vater da gerade anrief. Er sagt, er hat die Sache auch deutlich mitbekommen, und dabei war er noch nicht einmal hier im Landkreis. Ist dir wirklich nichts passiert?"

„Mir geht es gut. Ich habe ein Schmuckstück angefaßt, das aus der Anderwelt stammte. Da gab es eine kleine Reaktion. Aber mach dir keine Sorgen: Ich habe alles wieder im Griff, und der Schmuck ist total außer Kraft gesetzt."

„Wo ...?"

„... der Schmuck war?" unterbrach Diana. „Am Handgelenk einer Mitschülerin. Wie die an ein Armband aus der Gegenwelt kommt – und noch dazu an ein derart häßliches, wenn ich das mal sagen darf? Sie hat es aus einem Laden, der sich Erlkönig nennt – und wo, meinst du, befindet sich dieses Kaufhaus? In Kingston!"

„Oh Hölle!"

„Höchstwahrscheinlich." Diana trat aus dem Speisesaal und eilte auf die zentrale Treppe der Schule zu, die zum Vordereingang führte. „Vermutlich habe ich gerade einen Riß in deren Schutzschilde gerissen. Claire kann wohl jede Minute mit einem Ruf rechnen."

„Claire ist zur Zeit gar nicht in Kingston. Sie ist in Marmora und beantwortet dort einen Ruf."

„Na ja, wenn die Sache hier wichtig ist, dann leiten die Id... die, die bei uns das Sagen haben, den Ruf an jemand anderen weiter."

„Aber du selbst empfängst gar nichts?"

„Nein." Die Eingangshalle war menschenleer. Nur noch etwa fünfzehn Meter, und Diana konnte durch die Tür schreiten und war dann frei wie ein Vögelchen!

„Na schön, wie dem auch sei. Aber wenn ich dich schon mal an der Strippe habe: Ich hatte gedacht, wir hätten uns darauf geeinigt, daß du dieses T-Shirt nicht in der Schule anziehst!"

„Tut mir leid, Mama, aber die Schule duldet ja eigentlich gar keine Handys! Ich muß jetzt wirklich Schluß machen." Diana klappte ihr Handy zu und blieb stehen, um in einer der riesigen Glasvitrinen, in denen die Sporttrophäen der Schule ausgestellt waren, ihr Spiegelbild zu betrachten. Das T-Shirt war prima, rote Schrift auf schwarzem Grund: Der Süße meiner Schwester ist zur Hölle gefahren, und das einzige, was er mir mitgebracht hat, war dies doofe T-Shirt! Diana zuckte die Achseln: Sie schien die einzige in ihrer Familie zu sein, die das Shirt witzig fand.

„Ms. Hansen?"

Hastig drehte Diana sich um und lächelte, das Handy immer noch offen in der Hand, die stellvertretende Direktorin strahlend an. „Das war meine Mutter, Ms. Neal. Ich mußte drangehen."

„Ja, ja, so wird es wohl gewesen sein. Aber darüber wollte ich eigentlich gar nicht mit Ihnen reden. Diana, Sie sind eine intelligente junge Frau. Zwar verlief Ihre Zeit an dieser Schule nicht ganz ohne ... Zwischenfälle ..."

Ms. Neal sprach nicht weiter, denn sie wurde mit einem Mal von der beunruhigenden Erinnerung an einen Zwischenfall bedrängt, in dem es um die Footballmannschaft der Schule gegangen war. Wenn Veränderungen einmal vorgenommen sind, dann tendieren einige von ihnen dazu, sich festzusetzen, selbst in den Köpfen der prosaischsten Zuschauer.

„Nun ... Ihre Noten sind gut." Endlich hatte sich Ms. Neal gefangen. „Obwohl Sie ja oft gefehlt haben. Ich kann mir nicht helfen, ich finde es sehr schade, daß Sie weder auf ein College gehen noch studieren wollen."

Diana liefen kalte Schauer über den Rücken. Noch mehr Zeit unter der Fuchtel akademischer Institutionen? Unter keinen Umständen! „Ich fürchte, Ms. Neal, ich bin nicht der Typ für die höhere Bildung." Möglichst unauffällig schob Diana sich seitwärts immer näher an die Tür heran.

„Aber die Berufsaussichten ..."

„Einen Arbeitsplatz habe ich schon! Im Familienbetrieb. Die Arbeit ist gut bezahlt und bietet mir Gelegenheit zu reisen, die Welt zu verbessern und so." Zwar bot besagter Arbeitsplatz zusätzlich noch Begegnungen mit Dämonen und allen möglichen anderen Gefahren sowie die realistische Möglichkeit, einen frühen Tod zu erleiden, aber ansonsten, fand Diana, war ihre zukünftige Tätigkeit ein Beruf wie alle anderen auch. Na ja, mit der Heldin einer Seifenoper oder einem Skriptschreiber in Hollywood mochte die junge Hüterin sich nicht vergleichen, aber ansonsten – nichts Besonderes! „Man könnte sagen, das ist der Beruf, für den ich geboren bin", fügte sie in besänftigendem Ton hinzu.

Ein wenig zu besänftigend anscheinend, der tiefen Zufriedenheit nach zu urteilen, die nun das Gesicht der stellvertretenden Schulleiterin überzog.

„Wie schön zu wissen, daß zumindest eine meiner Schülerinnen unsere Schule verläßt, um einer hellen, schönen Zukunft entgegenzugehen!" seufzte die Dame. „Ich werde Sie nie vergessen, Diana!"

Diana lächelte. „Was das betrifft: Sie haben mich vergessen, sobald ich den Fuß über die Schwelle hier gesetzt habe."

„Ich glaube ..."

Dann lag die Schwelle zwischen den beiden.

Ms. Neal runzelte die Stirn, starrte Diana noch eine ganze Weile nach, schüttelte dann den Kopf und eilte von dannen.

Diana neigte von Haus aus nicht zum Hüpfen und Springen, aber an diesem Tag hüpfte sie die Stufen der Schule hinunter. Halb drei nachmittags, Donnerstag, der 23. Juni, und sie war endlich frei! Frei zu sein, was sie von Geburt an hatte sein wollen. Sie hatte das letzte Mal den Fuß über die Türschwelle ihrer Schule gesetzt, und das hieß, sie war die längste Zeit Reservehüterin gewesen. Von heute an war sie aktive Hüterin.

Eine Minute nach halb drei schlug der Ruf zu.

Diana preßte sich die Hände an die Schläfen und versuchte, ihre Augen am Schielen zu hindern. „Na gut: Anders war es eigentlich ja auch nicht zu erwarten gewesen."

„Mama? Bist du da?"

„Sie ist zu den Poughs hinübergegangen", erklärte Sam, der aus dem Wohnzimmer herbeigeschlendert kam. „Da gab es einen Notfall. Irgend etwas mit einem Raben und Knüttelversen und sie hat gesagt ..." Sam unterbrach sich, starrte Diana lange und prüfend an und rieb sich dann vergnügt an ihrem Schienbein: „Wir haben einen Ruf!"

„Haben wir!" Während Kater und Hüterin polternd die Treppe hinaufkletterten, berichtete Diana von dem Zwischenfall mit dem Armband.

„Kingston?" Sam hüpfte aufs Fußende von Dianas Bett. „Aber dann sollte der Ruf doch eigentlich an Claire gehen, oder?"

„Nein. Der Ruf gehört mir."

„Ja, aber ... du weißt doch ... es ist doch nur ..."

„Austin, was?" Diana stülpte ihren Rucksack um, entfernte alles daraus, was mit dem Ende des Schuljahrs zusammenhing und stopfte statt dessen Laptop, Jeans zum Wechseln, Socken, Unterwäsche und ihre Wanderstiefel hinein. Im Drüben gab es Bereiche, in denen man selbst mit schweren Wandersandalen nicht ausreichend bekleidet war. Genaugenommen wimmelte es dort von Gegenden, in denen man selbst mit einem ABC-Schutzanzug nicht angemessen gekleidet gewesen wäre, aber Diana hatte vor, dem Lager der Pfadfinderinnen nicht zu nahe zu kommen. „Du hast Angst davor, Austins Revier zu betreten."

„Von Angst kann keine Rede sein. Aber er mag mich nicht."

Ein Sweatshirt mit Reißverschluß. Schlafanzughose. Bauchnabelfreies T-Shirt. „Austin ist alt. Er mag niemanden, außer Claire."

„Er mag dich!" protestierte Sam, der Diana ins Badezimmer gefolgt war.

„Er toleriert mich, weil ich Dosen öffnen kann." Shampoo. Zahnbürste. Zahncreme. Seife. Handtuch. „Keine Angst. Wir laufen da auf und sind wieder weg, ehe Claire und Austin überhaupt mitbekommen haben, daß wir in der Stadt waren."

Sam beäugte mißtrauisch die Toilette – wer hätte denn auch ahnen können, daß Porzellan so glatt war? – und sprang dann vorsichtig auf den Rand des Waschbeckens. „Aber ein Loch, das groß genug ist, wirkliche, materielle Dinge durchzulassen läßt sich vielleicht nicht so einfach schließen, wie du denkst."

Diana schnaubte nur kurz und verächtlich, warf für den Fall der Fälle zwei Rollen Toilettenpapier in den Rucksack und eilte dann hinunter in die Küche, wo sie eine Schachtel Cracker, ein Glas Erdnußbutter, eine fast volle Tüte Schokoladenkekse und sechs Dosen Katzenfutter einpackte.

„Weniger Huhn, mehr Fisch", befahl Sam.

„Wenn du Fisch frißt, stinkt du aus dem Maul nach Katzenfutter."

Sam, der sich gerade ausgiebig das Hinterteil geputzt hatte, blickte verwundert auf. „Ja und? Was soll daran das Problem sein?"

„Womit du nun auch wieder recht hast." Diana nahm die gewünschten Veränderungen vor, holte eine kleine Katzentoilette sowie eine Tüte Katzenstreu aus dem Besenschrank und stopfte beides auch in den Rucksack. „So, nun habe ich alles. Jetzt muß ich nur noch eine Nachricht für die Altvorderen schreiben."

„Sorg dafür, daß die sie diesmal auch sehen können." Wenig später starrte Sam, die Augen zu Schlitzen zusammengekniffen, erschüttert zum Kühlschrank auf, auf dessen Tür nun grell leuchtende riesige Neonbuchstaben fröhlich Fangen spielten. „Findest du das nicht ein wenig übertrieben?"

„Du mußt zugeben: Diese Nachricht kann man sehen."

„Ja, von der Erdumlaufbahn aus!"

„Manchen Katzen kann man es einfach nicht recht machen." Diana wollte den Rucksack aufheben, hielt dann aber noch einmal inne. „Willst du einsteigen? Unsere erste Mitfahrgelegenheit treffen wir unten am Fuß der Auffahrt."

„Na ja, dann will ich wohl mal." Sam schlüpfte zwischen den beiden Hälften des offenstehenden Reißverschlusses hindurch, und die grünen Nylonseiten des Rucksacks bogen und dehnten sich, während er es sich bequem machte. „He!" Im Rucksack war es ziemlich eng, was Sams Stimme etwas dämpfte. „Was soll das mit dem Gummibaum und dem Hutständer?"

„Die halten die Möglichkeiten offen." Diana zog den Reißverschluß zu, den sie allerdings zehn Zentimeter offenstehen ließ, warf sich den Rucksack über die Schulter und machte sich auf in Richtung Straße.

Die erste Mitfahrgelegenheit brachte die beiden bis nach Lucan.

Mit Hilfe der zweiten gelangten sie nach London.

In London nahm ein Lastwagenfahrer, der Stahlrohre nach Montreal transportierte, Kater und Hüterin mit. Diana stärkte die ganze Fahrt über vorsorglich die Kabel, die die Rohre an die Ladefläche ketteten – ein wenig Unfallverhütung konnte nie schaden –, während Sam nach heftigem Würgen einen Klumpen Haare auf dem weißen, imitierten Lammfell plazierte, mit dem die Sitzbank in der Fahrerkabine des Lasters bezogen war. Dieses Gewölle führte dazu, daß die beiden

Reisenden dann in Napanee, einer kleinen Stadt vierzig Minuten östlich von Kingston, erneut am Straßenrand standen.

Weil Sam das unbedingt wollte, suchten sie in Napanee Mom's Restaurant auf, um dort zu Abend zu essen ...

„Nein, ich habe wirklich keine Katze in meinem Rucksack. Was Sie da sehen, ist mein orangefarbener Pullover, und der ißt zufällig gern Thunfisch!"

... wo sie dann jemanden fanden, der bereit war, sie den Rest des Weges mitzunehmen.

Diana stand auf dem Parkplatz des West Gardener-Einkaufszentrums und winkte einem metallicgrünen Honda hinterher, der sich gerade wieder in den Verkehr auf dem Highway 2 einfädelte. „Die Fahrt hat richtig Spaß gemacht! Ich glaube nicht, daß ich je zuvor jemanden mit soviel ehrlicher Begeisterung ‚It's Raining Men' habe singen hören."

„Mir tun die Ohren weh!" grummelte Sam, sprang aus dem Rucksack und landete auf einem kleinen Stück Rasen.

„Engelschöre wären dir wohl lieber gewesen, nehme ich an."

„Spinnst du? Diese ewigen Trompeten! Grauenhaft. Als versuche John Phillip Sousa, Chormusik zu machen!" Sam brachte sein Hinterteil sorgfältig in Stellung und markierte eine Straßenlaterne. „Immer dasselbe: Lobet den Herrn und reicht mir das Humtata."

„Sam, mir ist nicht mal klar, ob ich weiß, was das heißt, aber ich frage jetzt trotzdem, rein aus Prinzip: Das war ein Witz, oder? Hoffentlich!"

„Schon gut, das war ein Witz!"

Diana wandte sich um und stand nun dem Einkaufszentrum direkt gegenüber. „Das sag lieber noch mal, und zwar so, daß es sich so anhört, als würdest du es auch wirklich so mei..." Dann verstummte sie. „Oh Mama! Das sieht aber gar nicht gut aus!"

Das Licht auf dem Parkplatz – Kreise, die sich auf der Asphaltdecke überschnitten – zeigte einen leichten Rotschimmer und wirkte auf eine recht klischeehafte Art und Weise ziemlich finster. Es war kurz nach neun und das Einkaufszentrum von daher offiziell geschlossen. So war der karmesinrote Asphalt fast leer, bis auf ein paar ...

„Minivans! Das ist schlimmer, als ich dachte!"

Seit mehr als einundzwanzig Jahren stand er nun jeden Freitagabend um diese Zeit an dieser Tür. In den langen Jahren davor hatte es auch andere Türen gegeben, aber diese hier war seine letzte, danach würde es keine mehr geben. An dieser Tür würde er sich von der Welt verabschieden. Solange er hier ausharrte, öffnete sich dieser Eingang nur, um Einkäufer hinauszulassen, die sich im Zentrum verspätet hatten. Er war ein menschliches Türschloß, er schützte sein Einkaufszentrum vor all denjenigen, die allen Ernstes vorhatten, es nach Ladenschluß noch zu betreten.

Er sah zu, wie das junge Mädchen auf ihn zukam. Seine Lippen kräuselten sich verächtlich beim Anblick der schlanken Beine, die zwischen den Sandalen und den Hosenbeinen der Shorts vollkommen nackt waren; voller Abscheu kniff er die Augen zusammen, als er sah, wie ihre Brüste unter dem T-Shirt sacht auf und ab hüpften. Der Anblick ihrer Verspieltheit und ihres Rucksacks entlockte ihm nur ein angewidertes Schnaufen.

Wenn es nach ihm gegangen wäre, hätte man Leute wie das Mädchen da gar nicht erst im Einkaufszentrum geduldet. Nie. Nimmer nicht. Er wußte genau, wozu die in der Lage waren! Lachen! Schwätzen! Sich zusammenrotten! Sich als Pärchen zusammentun! Paarweise in Bozos Schulbus verschwinden und dann losmachen, mit ihren Lippen, mit ihren Händen!

Er wurde stocksteif, als sie nun nur eine knappe Armeslänge vor ihm stehenblieb.

„Das Einkaufszentrum ist geschlossen. Es öffnet morgen früh um neun Uhr wieder."

Rosa Lippen taten sich auf. „Bitte gehen Sie mir aus dem Weg."

Er stand seit einundzwanzig Jahren an dieser Tür! „Das Einkaufszentrum ist geschlossen. Es öffnet morgen früh um neun Uhr wieder."

Dunkle Brauen wurden bittend hochgezogen, und dunkle Augen versuchten, sich in die seinen zu versenken. Er aber starrte auf den Schweißtropfen, der dem Mädchen gerade am Hals entlanglief, um in der Kuhle über ihrem Schlüsselbein zu landen und weigerte sich, sich in den Blick hineinziehen zu lassen.

„Also schön – das heißt ja aber nur, daß wir es auf die harte Tour machen müssen!"

„Das Einkaufszentrum ist geschlossen. Es öffnet morgen früh um neun Uhr wieder."

„Ja, Opa! Ich hab' dich beim ersten Mal schon verstanden!"

Dann brannten ihm mit einem Mal die Augen, und er mußte blinzeln. Nur ganz kurz – aber als er wieder klar sehen konnte, war das Mädchen verschwunden.

Gut. Es war gut, daß sie weg war. Daß ihre Shorts weg waren und ihre Brüste und all die unendlich vielen Möglichkeiten, die ihr offenstanden.

Auf der Rückseite von Bozos Schulbus blieb Diana stehen, stellte ihren Rucksack auf einer Plastikrutsche ab, die man dort für die Allerkleinsten plaziert hatte und sah zu, wie Sam herauskletterte.

„Mann, das war ganz schön unheimlich!" murmelte der Kater erschüttert, während er sich eine winzige Stelle an seinem Hinterbein glättete, an der sein Fell in Unordnung geraten war.

„Ziemlich! In dem Alter – sollte man da nicht eigentlich längst pensioniert sein oder so?"

„Oder so!" pflichtete der Kater ihr bei. Dann stemmte er überrascht die Vorderpfoten gegen eine der Plexiglasscheiben des Schulbusses und rief erstaunt: „He, guck mal! Die Sitze hier haben wirklich Sicherheitsgurte! Aber die fahren den Bus doch nie raus hier aus dem Haus, oder?"

„Nein."

„Was sollen denn dann die Sicherheitsgurte?"

„Das kann ich dir wirklich nicht sagen! Aber weißt du, was bescheuert ist? Mein Bus zu Hause, der mit dem ich jeden Morgen zur Schule gerattert bin, über Staubstraßen, wo man mindestens hundertzwanzigmal pro Tour aus dem Sitz hochgeschleudert wird, der Bus vollgestopft mit Kinderchen, die alle ungefähr so gut hüpfen wie Gummibälle – hatte keine Sicherheitsgurte!" Schwungvoll verfrachtete Diana den Rucksack wieder zurück auf die Schulter und machte sich in Richtung Wandelhalle auf. „Halt dich dicht hinter mir, dann kriegt niemand mit, daß du auch hier bist."

Sam paßte sich Dianas Schritten an und hielt sich ganz dicht neben dem rechten Knöchel der Hüterin. „Einen Grund kann ich mir denken für die Sicherheitsgurte – wenn ich nach dem Geruch gehe, der über dem Bus hing! Das Einkaufszentrum ist riesig – wie wollen wir da je den Erlkönig finden?"

„Ganz einfach. Wir suchen uns eine Hinweistafel mit Pfeil, der einem sagt, wo man sich befindet. Ich schätze mal, so eine Tafel steht hinten am Ende dieses kleinen Seitenflurs."

Das allerdings war nicht der Fall.

Obgleich sowohl der kleine Flur, durch den Sam und Diana gelaufen waren, als auch einer der riesigen Einkaufsläden auf dieser Ebene direkt in die Wandelhalle führten, gab es keinerlei Hinweisschilder, die Besuchern des Zentrums hätten helfen können, sich in dem zweistökkigen Labyrinth aus Läden zurechtzufinden, dem gegenüber sie sich befanden, sobald sie diesen Punkt erreicht hatten.

„Vielleicht hat es jemand von der Gegenseite geklaut", meinte Sam, als den beiden nun endgültig klar wurde, daß sie, was irgendwelche Richtungshinweise betraf, ganz und gar auf sich gestellt waren.

„Gut möglich." Diana legte warnend den Zeigefinger auf die Lippen und befahl Sam, sich still zu verhalten. Auch sie selbst blieb mucksmäuschenstill und sah zu, wie die letzte Kundin sich durch die bereits halb verbarrikadierten Türen des Kitchen Shop schob. Die arme Frau hielt völlig verschüchtert einen billigen mechanischen Dosenöffner umklammert, wobei sie die stillen Verwünschungen, die der Teenager, der in diesem Geschäft die Kasse bediente, ihr hatte zukommen lassen, wie eine trübe, schwarze Rauchwolke hinter sich herzog. Die Kundin verschwand in dem Seitengang, der zum Ausgang führte. „So wie es sich anfühlt, war die Frau die letzte Kundin im Haus", erklärte Diana. „Wir sollten uns sputen, eh dieser schleimige alte Sicherheitstyp sich hierher auf den Weg macht."

Sam stupste aufmunternd seine Nase gegen Dianas Wade. „Mit dem nimmst du es doch locker auf."

„Na klar. Aber mir wäre es lieber, ich bräuchte es nicht zu tun. Komm schon, blonder Pferdeschwanz sagt ..."

„Wer?"

„Die Sportskanone mit dem Armreif. Ich habe ihren Namen nicht mitbekommen. Sie hat erwähnt, der Laden sei im Keller. Laß uns also schnell eine Treppe finden."

In den Läden, hinter mit Metallgittern und verstärktem Verbundglas gesicherten Schaufenstern, lungerten Schatten.

Eigentlich hätte Diana den Laden, nach dem sie suchte, ganz deutlich spüren müssen – es sei denn, das Armband ihrer Schulkameradin sei der einzige Gegenstand von der Gegenseite gewesen, der hier verkauft wurde. Eigentlich hätte ihr Ruf Diana leiten müssen wie in dem alten Kinderspiel, bei dem einer mit verbundenen Augen etwas sucht, während alle anderen „heiß!" oder „kalt!" schreien. Wobei in diesem Fall Kopfschmerzen die Rolle von „heiß" und „kalt" übernahmen, auf einer Bandbreit von ‚gerade noch auszuhalten" bis zu „erschießt mich bitte sofort". Dianas Ruf kam nur leider nicht gegen die vielen Störungen an, die aus allen möglichen Hinterräumen des Einkaufszentrums drangen. Dort hockten hundert Teenager, die stundenweise als Aushilfskassierer beschäftigt waren und mühten sich ab, die Bestände von hundert Kassen zu überprüfen. Siebenundneunzig von ihnen mußten gerade feststellen, daß sie zu wenig Geld in der Kasse hatten. Als es dann soweit war und das Bargeld in diesen Kassen ein drittes Mal gezählt werden mußte, hingen Wut und Frust als derart dichte Ausdünstungen in der Luft, daß Diana auch ein Trio Bären nicht gespürt hätte, selbst wenn dieses sich direkt von hinten an sie herangeschlichen hätte.

„Hey, Rodney River hat orangefarbene Polyesterhosen mit Schlag im Sonderangebot! Für 29,99!"

„Ist das gut?" wollte Sam interessiert wissen.

Diana schüttelte sich. „Ich könnte mir nicht vorstellen wofür." Die junge Hüterin war froh, als sie feststellte, daß die Rolltreppe bereits außer Betrieb war. Katze plus Rolltreppe, das war eine Kombination, bei der sie unweigerlich davon ausging, daß ein Unfall vorprogrammiert war und nur noch darauf wartete, auch wirklich passieren zu können. Erleichtert strebte sie der Treppe zu, dicht gefolgt von Sam.

Im Untergeschoß brannte lediglich noch die Notbeleuchtung, und irgendwie schien hier unten der gesamte Grundriß des Einkaufszentrums leicht verschoben.

„Hier sind viel zu viele Ecken, und wenn ich den Food Court schon riechen kann, warum können wir ihn dann nicht finden?"

„Ich weiß auch nicht ... da kommt wer!" Hastig hob Diana den Kater hoch, drängte sich in einen Schatten und schlang die Möglichkeiten um sich und ihren Begleiter. Gerade noch rechtzeitig: Nur einen halben Herzschlag später glitt der Strahl einer Taschenlampe an ihnen vorbei.

„Ich weiß, daß ihr hier seid!" Der ältliche Wachmann zog den einen Fuß hinter sich her, und die Sohle des Schuhs an diesem Fuß verursachte auf den Fußbodenkacheln aus nachgemachtem Schiefer ein schlurfendes, kratzendes Geräusch. Der Mann näherte sich aus einem der Seitengänge. Er hielt eine massive, schwarze Taschenlampe in der Hand, ging leicht vorgebeugt, und auf dem faltigen Hals, der stark an ein Akkordeon erinnerte, bewegte sich der Kopf ununterbrochen hin und her.

Irgendwie erinnerten Hals und Kopf des Mannes Diana an eine Schlange – und dann doch wieder nicht, denn Schlangen konnte sie eigentlich gut leiden.

Schlurf, kratz; schlurf, kratz. „Macht euch nichts vor, ich kriege euch. Ich weiß, ihr habt euch hier irgendwo in die Schatten verkrochen, ihr mit euren behenden Körpern."

Sam wand sich in Dianas Armen, bis er der jungen Frau ins Gesicht sehen konnte. Seine Miene sprach Bände, deutlicher hätte er sich auch mit Worten nicht ausdrücken können. „Behende?" Diana zuckte hilflos die Achseln.

„Lange, lockere, geschickte Glieder, die stapeln sich hier irgendwo an der Wand, und ich kann sie nicht sehen." Schlurf. Kratz.

Diana fragte sich, nach wem der Mann wohl suchte. Nach ihr und Sam nicht, das konnte nicht sein. Was sie betraf, so war er doch sicher, daß sie verschwunden waren.

Der Strahl der Taschenlampe zuckte hoch, traf auf das blasse Gesicht einer Schaufensterpuppe und blieb dort hängen.

„Na, nun könnt ihr nicht mehr weiterlaufen, was?" Der Alte schlurfte so dicht an ihrem Versteck vorbei, daß Diana fast glaubte, die grauen Haare zählen zu können, die ihm aus den Ohren wuchsen. „Jetzt könnt ihr nicht mehr rennen, was? Mit euren lockeren Muskeln, die sich so fein bewegen unter eurer weichen Haut."

Diana gestand dem Mann noch so lange zu, wie sie brauchen würde, um bis zwanzig zu zählen. Danach würde sie aus ihrem Versteck gleiten und sich davonmachen. Sie hatte den einen Fuß bereits erhoben – er schwebte schon in der Luft –, da spürte sie kühle Finger, die sich um ihren Oberarm schlangen und dafür sorgten, daß sie an Ort und Stelle verharrte.

Kratz. Der Wachmann machte auf dem Absatz kehrt und sah nun plötzlich wieder in die Richtung, aus der er gekommen war. Wo der Strahl seiner Taschenlampe hinreichte, kamen nach und nach kreisförmig Einzelheiten des Untergeschosses zum Vorschein. „Ihr seid nicht zu schlau für mich", murmelte der Mann vor sich hin. „Ihr mit euren jungen Köpfen." Dann machte er erneut kehrt und schlurfte und kratzte wieder auf die Schaufensterpuppe zu.

Die kühlen Finger waren verschwunden, als hätten sie nie auf Dianas Arm gelegen. Diana war sicher, daß sie und Sam allein gewesen waren. Die logische Schlußfolgerung mußte dann wohl sein, daß es die Finger nie gegeben hatte. Daß sie ein Konstrukt gewesen waren, ein Produkt von Dianas Selbsterhaltungstrieb. Ihr eigenes, hochentwikkeltes Unterbewußtsein hatte verhindern können, daß sie entdeckt wurde. Da nun aber in der Regel reine Logik selten eine Rolle spielt, wenn man darüber nachdenkt, was alles möglich wäre, bedankte sich Diana ganz leise bei den hilfreichen Fingern, ehe sie aus dem Schatten trat.

Sie trug nach wie vor den Kater auf dem Arm und hielt sich dicht an den Schaufenstern, als sie nun die Wandelhalle entlang zu einem Seitenflügel eilte, in dem sie bislang noch nicht gewesen war. Ihre Aufmerksamkeit war mindestens zur Hälfte immer noch darauf gerichtet mitzubekommen, ob auch ja kein Schlurfen und Kratzen ihr folgte. Hüterin und Kater schlängelten sich durch eine Ansammlung von Whirlpools, die hier draußen angekettet ausgestellt waren. Dann sank Diana gegen eine Säule, wobei sie erleichtert deren Umfang noch zu der Entfernung und all den Gegenständen addierte, die sich jetzt bereits zwischen ihr und dem alten Mann befanden.

„Schön!" flüsterte sie über Sams Kopf hinweg. „Ich gebe ganz offiziell zu, daß ich mit den Nerven am Ende bin. Wo haben die den Typen denn nur aufgetrieben? Der ist ja der Prototyp des fiesen alten Mannes. Da hat jemand einfach alle entsprechenden Klischees gebündelt und in die Uniform eines Wachmanns gestopft! Ich weiß ja, der ist nur ein Unbeteiligter und an der Tür bin ich ja auch gut mit ihm klargekommen, aber trotzdem ..."

„Trotzdem?"

„Du weißt schon – trotzdem."

„Wenn ich das wüßte, hätte ich nicht gefragt." Sam, der immer noch auf Dianas Arm hockte, zappelte und wollte abgesetzt werden. „Außerdem haben wir jetzt den Food Court gefunden."

Nur sechs der sieben Schnellimbißstände waren zur Zeit wirklich in Betrieb, wenn auch der späten Stunde wegen natürlich geschlossen. Ihnen allen direkt gegenüber verkündete eine Sperrholztafel, daß hier in nicht allzu ferner Zukunft ein Darby's Deli seine Pforten öffnen würde. Einer der örtlichen Graffitikünstler hatte vermittels eines schwarzen Filzstifts am Konterfei von Darby Dill ein paar Verschönerungen vorgenommen und das bekannte Würzmittel einschlägig, detailliert und erstaunlich gut bestückt. Mühsam riß Diana den Blick von der anatomisch korrekten Gewürzgurke los und entdeckte am anderen Ende des Food Court einen weiteren Seitengang, dessen rechteckiger Eingang recht versteckt zwischen der Filiale einer Drogeriekette und einem Sportartikelladen lag.

„Da hinten! Da muß es sein!"

„Warum?"

„Weil es sonst nirgendwo ist. Was ißt du denn da?"

Sam schluckte. „Nichts."

Die beiden bogen in den Seitengang. Der Fußboden hier war nackter Beton; verschwunden die Fliesen, mit denen überall sonst im Einkaufszentrum der Boden ausgelegt war. Eine Sitzbank inmitten einer Ansammlung von Plastikbäumen sah nicht anders aus als alle anderen Sitzbänke und Bäume im Haus, wirkte aber dennoch irgendwie provisorisch. Der Flur war wirklich sehr kurz; nur drei Läden, dann stand man vor einer grauen Sperrholzwand, an der ein riesiges Schild das Betreten der Baustelle dahinter untersagte. Der letzte Laden vor dieser Wand war der Erlkönig.

Erneut duckte Diana sich in einen Schatten, der praktischerweise genau dort war, wo sie ihn gut gebrauchen konnte, und betrachtete die Schaufensterfront des Ladens mit zusammengekniffenen Augen. „Eine Signatur kann ich nicht ausmachen, also tippe ich mal drauf, daß der Energiestoß in der Schule nur in eine Richtung ging."

„Wenn sie gewußt hätten, daß du kommst, hätten sie einen Kuchen gebacken?"

Verwundert starrte Diana von oben auf den Kater hinab. „So etwa, ja! Wer ...?"

„Dein Vater."

„Ach ja? Dann tu mir den Gefallen und hör auf, dich so anzuhören wie er! Das wäre dann doch zu bizarr!"

„Warum?"

„Sam, du schläfst bei mir auf dem Bett. Wir wollen es einfach dabei belassen, ja?"

Bereitwillig zuckte der Kater die Achseln. Sie hatte ihn nicht überzeugen können, aber er war gern bereit, ihr einen Gefallen zu tun.

Nun wandte Diana sich wieder dem Laden zu. „Sie geben sich keine große Mühe, unauffällig vorzugehen. Allein der Name hätte doch alles verraten, wenn sich irgendwer aus der Familie mal zum Schaufensterbummel hierher verirrt hätte."

„Ist die Familie denn bekannt für ihr Faible für Schaufensterbummel?"

„Darum geht es nicht."

„Wie du meinst. Ich finde, Erlkönig klingt schön und ist bestimmt auch verkaufsfördernd."

„Verkaufsfördernd? Wir wollen doch erst mal klarstellen, daß du ein Kater bist und verkaufsfördernd für dich gleichbedeutend ist mit einem höheren Anteil an Nebenprodukten der Rindfleischverarbeitung in der Dose mit Katzenfutter. Weißt du überhaupt, was ein Erlkönig ist?"

Sam warf ihr einen beleidigten bernsteingelben Blick zu, wobei seine Schwanzspitze hektisch zuckend schwarze, abgehackte Halbkreise beschrieb. „Einer deutschen Legende zufolge handelt es sich bei dem Erlkönig um einen besonders bösartigen Kobold, der Menschen, insbesondere Kinder, anlockt und dann vernichtet."

Womit er vollkommen recht hatte. „Entschuldige. Ich vergesse einfach immer diese ganze Chose mit dem Ex-Engel und dem höheren Wissen."

„Stimmt, das vergißt du ständig. Aber die Sache mit dem Erlkönig stammt nicht aus meinem höheren Wissen. Die habe ich aus einer Sondersendung des öffentlich-rechtlichen Fernsehens von Kanada über Mythologie."

„Wo war ich denn, als diese Sendung lief?"

„Du warst damit beschäftigt, die Spritzer eines Schulaufsatzes für Geschichte von deiner Schlafzimmerwand zu kratzen."

„Ach ja." Da hatte sie mal einen Augenblick nicht aufgepaßt, und schon kam die Riel-Rebellion aus ihrem Wandschrank gequollen. Diana war ein ganzes Wochenende damit beschäftigt gewesen, die Schweinerei zu beseitigen, die diese blutige Episode der kanadischen Geschichte hinterlassen hatte. Sie ließ sich, wie sich dann herausstellte, größtenteils noch nicht einmal recyceln. „Ich glaube, ich habe genug gesehen. Los, wir gehen rein."

Das Schloß an der Tür war bloße Materie und ließ sich mit einer kleinen Prise Macht problemlos öffnen.

Dennoch strahlte Sam Mißbilligung aus, als er durch die Tür in den Ladenraum schlüpfte. „Einbruch und Hausfriedensbruch."

„Technisch gesehen nur Hausfriedensbruch." Diana schloß die Tür hinter sich und dem Kater und versuchte, nicht zu niesen, obwohl der Duft von Gardenien, den die Kerzen auf dem Regal direkt links von ihr verströmten, schier überwältigend war. Ein rascher Blick auf das Regal genügte, um festzustellen, daß diese Gardenien es mühelos schafften, die anderen Kerzen mit ihren Düften (Vanille, Zimt, Wachsmyrte, Flieder, Tollkirsche, Eisenhut, Pholiotina und Yohimbe) in den Schatten zu stellen. Mindestens die Hälfte der Kerzen auf dem Regal stammte von der Gegenseite – es sei denn, die Colonial Candle Company hatte unlängst ihr Angebot stark erweitert und handelte nun auch mit Halluzinogenen auf Kräuterbasis.

Also ging es hier nicht nur um das Armband.

Nachdenklich rieb sich Diana die Nase. Dann ging sie vorsichtig an einer verschlossenen Glasvitrine voller Kristallkugeln vorbei weiter in den Laden hinein und wäre fast auf Sams Schwanz getreten, als der Kater fauchend und geduckt rückwärts kriechend versuchte, Abstand zu einem ... Diana beugte sich vor, um genauer zu betrachten, was ihr Begleiter da anfauchte. Aber auch aus nächster Nähe hätte sie nicht sagen können, um welches Tier es sich bei dem Stapel Stofftiere direkt vor Sams Nase handelte. Das Fell der Kreaturen leuchtete in Neonfarben, aber sie wirkten dennoch erstaunlich lebensecht – vorausgesetzt, man handhabte sowohl die Definition von „Leben" als auch die von „echt" recht großzügig.

„Ich war nur überrascht!" verteidigte Sam sich finster, während er sich hektisch die rechte Vorderpfote putzte.

„Wenn mein Kopf näher am Boden wäre, wäre ich auch überrascht gewesen."

„Ich hatte keine Angst!"

„Ich weiß." Diana glättete sanft Sams hochstehendes Nackenfell. „Hier im Laden befindet sich das Loch nicht, das können wir eindeutig sagen. Also sollten wir uns als nächstes einmal das Lager genauer anschauen."

„Im Lager ist es auch nicht."

Der Satz konnte nicht von Sam gesprochen worden sein – es sei denn, Sams Stimme sei schlagartig um einiges tiefer geworden, klänge noch dazu älter und käme oben von der Decke herab.

Diana ließ sich hinter ein Regal mit Kunstharzfröschen fallen, die man allesamt in historische Armeeuniformen gesteckt hatte und schickte sich an, Kraft zu bündeln.

„Hüterin! Denk doch nur mal eine Minute nach! Wenn ich nicht auf deiner Seite wäre, dann hätte ich schon längst Alarm geschlagen. Warum verzichtest du nicht einfach auf dein Feuerwerk und kommst rüber, damit wir uns in Ruhe unterhalten können?"

Der Sprecher – wer immer es auch sein mochte – hatte recht. Langsam stand Diana auf und sah sich um. Die Schatten erschwerten ihr die Suche, aber sie hätte bares Geld – richtiges, echtes Geld – darauf verwetten können, daß sie und Sam allein im Laden waren. „Wo bist du denn?" wollte sie wissen.

„Hier oben in der Ecke."

Das einzige, was Diana in der fraglichen Ecke entdecken konnte, war das konvexe Oval eines Überwachungsspiegels. Sie hatte gerade festgestellt, daß das Bild, das sich ihr in diesem Spiegel bot, ein wenig verkehrt schien, da tauchten zwei ihr vertraute Augen darin auf, blaue Iris auf blauem Grund. „Das meinst du nicht ernst, oder? Die nehmen hier einen Zauberspiegel für die Überwachung?"

„Das Leben ist eins der schwersten." Der Spiegel schien absolut Dianas Meinung zu sein. „Sie haben mich einfach aus dem wohlverdienten Ruhestand geholt – netter, ruhiger Flur, hübscher Blick aus einem Erkerfenster – und mich hier in diese Ecke gestopft. Das war das Werk Gastons, des Supertrolls."

„Es gibt hier wirklich einen Troll?"

„In voller Lebensgröße – überlebensgroß, wenn wir ganz genau sein wollen. Und doppelt so häßlich."

„Na wunderbar!"

„Dessentwegen würde ich mir aber an deiner Stelle keine grauen Haare wachsen lassen, Kleine. Der ist nur ein Strohmann." Im Spiegel wurden zarte blaue Sorgenfalten sichtbar. „Ein Strohtroll eigentlich. Die, die diesen Übergang hier am Laufen halten, halten sich bedeckt, und das sehr geschickt. Die lassen sich erst blicken, wenn es für dich und deine Gang zu spät ist, sie noch aufzuhalten."

Welch ein Glück also, daß Diana das Armband angefaßt hatte! Die Energie, die dadurch freigesetzt worden war, hatte ausgereicht, die Schutzschilde der Gegenseite zu schwächen und den Ruf auszulösen.

Kein Berühren, kein Ruf, keine Chance, den ... „Halt mal: Hast du gerade von einem Übergang gesprochen?"

„Genau."

„Oh weh! Nun wünschte ich zur Abwechslung aber wirklich mal, mir sei das Fluchen gestattet!" Diana trat drei rasche Schritte zurück. „Gut, eigentlich hätte ich wissen müssen, daß hinter der ganzen Sache mehr steckt als ein heruntergekommener Geschenkeladen, der ..." Mit diesen Worten warf sie einen prüfenden Blick nach unten auf die Auslage direkt vor ihr. „Der imitierte Feen am Stiel verkauft!"

„Sieh noch einmal hin."

Unter dem Lack und dem Flitter ...

„Igitt!"

„Runter!"

Ein Lichtschein traf auf die hintere Ladenwand, und Diana ließ sich fallen.

Dann rüttelte jemand an der Türklinke des Geschäftes, und die Tür erzitterte in ihren Angeln. Offenbar wollte man prüfen, ob der Laden auch fest verschlossen war.

Wer das wohl sein mag? Dreimal darfst du raten, und der erste Versuch gilt nicht! Diana verharrte dicht an den Teppichboden gepreßt, um sichergehen zu können, daß selbst ihr Rucksack noch hinter dem Display Deckung fand, hinter dem sie kauerte. Sie versuchte standhaft, nicht über den schwarzen Fleck nachzudenken, der direkt vor ihrer Nase den Fußboden zierte.

„Ihr denkt, ihr kommt mit allem durch. Junge Körper. Geschmeidig, biegsam."

Das und beweglich und behende – anscheinend gab es für geile Opas ein extra Synonymwörterbuch.

„Ewig könnt ihr euch nicht verbergen!" Der Lichtstrahl wanderte durch den Laden und verschwand. Gedämpft war das Schlurfen und Kratzen zu vernehmen, mit dem der Wachmann sich entfernte.

Diana hatte die Warnung noch nicht vergessen, die ihr die eiskalten und möglicherweise nur eingebildeten Finger erteilt hatten. „Bleib unten, Sam!" zischte sie warnend und unmittelbar darauf tauchte der Lichtstrahl erneut auf. Nachdem auch dieses Licht verschwunden war, zählte die Hüterin ganz leise bis zehn, ehe sie sich erhob. „Sam?" rief sie fragend.

Der Kater kam hinter einer Schachtel Knete hervorgekrochen, die im Dunkeln leuchtete. Geflissentlich schüttelte er sich so lange, bis jedes einzelne Haar wieder da saß, wo es hingehörte. „Mach dir um mich keine Sorgen. Ich bin viel schneller als ein gebrechlicher Leihbulle."

„Fabelhaft. Also." Mit verschränkten Armen starrte Diana zu dem Spiegel empor. „Kommen wir zur Sache, ehe wir noch einmal unterbrochen werden."

„Mir soll es recht sein. Hier meine Offerte: Ich leiste dir jede Hilfestellung, zu der ich fähig bin. Im Gegenzug holst du mich raus, wenn du das Ding hier zumachst."

„Einverstanden."

„Du vergißt auch nicht, daß ich zerbrechlich bin, wenn die Kacke hier anfängt zu dampfen, und daß ich hier oben ziemlich exponiert hänge?"

Diana nickte. „Wir werden uns in acht nehmen."

„Ihr? Du und der Kater?"

„Das auch." Diana ließ den Blick ein letztes Mal durch den Laden schweifen und beschied, daß sie nicht wirklich zu wissen brauchte, woraus die Gewichte an den Windspielen gemacht waren. „Ich glaube, hier werden wir aber auch noch ein wenig Hilfe brauchen."

Zwei

Dean ließ die Sprühflasche mit dem Fensterreiniger auf den Holztresen fallen, durchquerte rasch das kleine Büro und hielt den Telefonhörer in der Hand, ehe es zum dritten Mal läuten konnte. „Hotel Elysium, guten Tag." Eine kleine, steile Konzentrationsfalte erschien auf seiner Stirn, als er den schweren Wälzer im Ledereinband aufschlug, in dem er und Claire alle Zimmerreservierungen zu notieren pflegten und der ihm nicht nur deutlich den Wochentag nannte, der jeweils zu einem Datum paßte, sondern auch noch die entsprechende Mondphase. „Ja, Sir, am nächsten Mittwoch haben wir noch Zimmer frei. Aber gewiß doch, wir können Sie und Ihre Muhme auf jeden Fall unterbringen. Bitte? Ach so, ja, Ihre Mumie auch. Nein, das geht klar. Viele unserer Gäste treffen nach Einbruch der Dunkelheit ein. Wir halten das Zimmer bis Mitternacht für Sie frei. Ein Luftentfeuchter? Das wird sich machen lassen. Ich verstehe durchaus, daß Mehltau und Schimmel problematisch sein können. Nein, leider kann ich nicht garantieren, daß die Hüterin hiersein wird, aber ich bin sicher, Sie werden unser ..." Deans Wangen färbten sich knallrot. „Danke, Sir! Bis nächsten Mittwoch dann also."

„Rotwerden steht dir sehr gut."

„Claire!" Der Telefonhörer legte die letzten zehn Zentimeter seiner Reise auf die Gabel hinab im Freiflug zurück, während Dean mit einem Hechtsprung über den Tresen setzte und die strahlende Hüterin in die Arme schloß.

„Das ging ja schnell diesmal!" murmelte er, als es ihm endlich gelungen war, sich kurz von der Liebsten zu lösen und ein wenig Luft zu schnappen.

„Ich hatte ja auch allen Grund, mich zu beeilen."

„Ach ja? Sollte ich diesen Grund kennen?"

Dunkelbraune Augen blitzten verheißungsvoll. „Aber gewiß doch."

Deans Finger schlossen sich fester um Claires Schultern, und der junge Mann schickte sich an, sie noch näher an sich heranzuziehen.

„Hallo! Hallo! Ihr quetscht den Kater!"

Dean ließ so abrupt los, daß es aussah, als seien seine Finger mit Sprungfedern ausgestattet. Claire machte einen Satz zurück, und eine völlig indigniert dreinschauende schwarzweiße Katze kam zwischen den beiden zum Vorschein. „Es tut mir wirklich leid, Austin!" rief Claire entsetzt. „Ich habe mich nur so schrecklich gefreut, wieder zu Hause zu sein."

„Aber sicher doch", murmelte der Kater und ließ zu, daß Claire ihn ganz vorsichtig auf dem Tresen absetzte. „Du freust dich immer ganz schrecklich auf dein Haus hier, was? Erzähl mir mehr! Nein, warte ..." Er wandte den Kopf und funkelte Claire aus dem einen ihm verbliebenen smaragdgrünen Auge an. „Tu's lieber doch nicht!"

„Dann eben nicht." Da Claire nun beide Hände frei hatte, konnte sie diese an den gut definierten Muskeln hinaufgleiten lassen, die Deans Oberarme zierten. Dann fuhren ihre Finger in seinen Nacken und gruben sich dort in das dichte, dunkle Haar. „Einem Mann in einem rosa T-Shirt habe ich noch nie widerstehen können."

Deans Hände wanderten zu Claires Hüften. Sein Daumen strich über die feuchte Haut zwischen dem kurzen Rock und dem knappen Oberteil seiner Liebsten. „Irgendwer hatte im Wäschekorb rote Katzenminze versteckt."

„Klar, schiebt die Schuld nur immer dem Kater in die Schuhe! Dem armen, verhungernden Kater!" Austin klang beleidigt. Es war klar, daß die beiden ihn wieder einmal einfach vergessen hatten. „Schiebt nur ruhig alle Schuld auf den alten, verhungernden Kater, der gerade drei Stunden lang in einem klapprigen Auto hat hocken und sich Geschichten über die süße verstorbene Muffy hat anhören müssen. Wobei man davon ausgehen kann, daß die arme Muffy sich selbst vor den Lastwagen geschmissen hat, durch den sie ums Leben gekommen ist, und zwar unter Aufbietung des letzten Fünkchens Würde, das ihr in dem ganzen Schmu noch verblieben war. Schiebt nur alles auf den alten, verhungernden Kater, der euch hiermit mitteilt, daß er noch einmal bis drei zählt – dann fängt er an, bissige Kommentare zu eurer Knutschtechnik von sich zu geben!"

„Austin, im Kühlschrank ist ein Päckchen Kalbsleber." Dean ließ die Hände an Claires Oberschenkeln hochgleiten, hob die Liebste auf den Tresen und schob ihr den Rock bis hoch über die Knie. „Die Leber gehört dir, wenn du mal eben zehn Minuten lang verschwindest."

„Fünfzehn!" korrigierte Claire heiser und fing mit der Zunge den Schweiß auf, der sich an Deans Hals gebildet hatte. Dann schüttelte sie die Sandalen von den Füßen, verschränkte die Knöchel hinter

Deans Rücken und zog den jungen Mann mit sanfter Gewalt näher zu sich heran.

„Ihr wißt doch noch, daß hier ein Hotel ist, oder? Vielleicht könntet ihr euch gefälligst mal ein Zimmer nehmen?"

Dean lehnte seine Stirn gegen die Claires und sah der Geliebten tief in die Augen. „Hast du die Tür nicht abgeschlossen?"

„Anscheinend nicht."

Dianas Lippen waren verächtlich verzogen, als sie nun die Vordertür hinter sich zuzog und sie ganz langsam, so daß auch jeder es mitbekam, verriegelte. Dann schlenderte sie durch die Hotelhalle bis hinüber zu dem langen Flur, der in den hinteren Teil des Hotels führte. „Wir haben es mit einem Einkaufszentrum zu tun, das die Weltherrschaft übernehmen möchte. Aber laßt euch dadurch bloß nicht stören. Gebt euch ruhig weiterhin eurem banalen heterosexuellen Treiben hin. Dafür reicht die Zeit wahrscheinlich noch. Ich mache mir derweil ein Sandwich und füttere die Katzen. Kommst du mit, Austin?"

„Na endlich!" schnaubte der Kater und sprang behutsam vom Tresen. „Endlich mal jemand, der seine Prioritäten ganz klar setzt."

„Benehmen die sich immer so?" wollte Sam wissen, als der ältere Kater nun neben ihm auftauchte und die beiden Seite an Seite Richtung Küche trabten.

„Soll das ein Witz sein? Diesmal waren sie nur drei Tage getrennt. Du solltest sie mal erleben, wenn sie einander eine Woche lang nicht gesehen haben – spontane Selbstentzündung."

Sam runzelte die Stirn. „Aber dabei geht man doch drauf, oder?"

„Sollte man meinen, was!"

Als die Schritte der beiden Katzen und ihrer Schwester verklungen waren, ächzte Claire. „Ich zumindest bin nicht mehr so recht in Stimmung, und du?"

„Auch nicht mehr richtig. Der Auftritt eben hat die Sache für mich erst mal erledigt." Dean hob Claire vom Tresen, und sie stützte sich auf ihn, während sie sich die Sandalen wieder über die Füße streifte. „Ich frage das nur, damit es auch wirklich ganz klar ist: Diana zu erwürgen kann man nicht wirklich in Erwägung ziehen, oder?"

„Wenn du meine Schwester erwürgen willst", erklärte Claire, während Dean und sie nun auch die Halle verließen, „dann stell dich hinten an. Du bist nicht der einzige, da wartet schon eine ziemliche Schlange."

„Ich hoffe doch, ihr habt die Angelegenheit aufgeschoben und nicht etwa zu Ende gebracht!" schnaubte Diana, als das junge Paar sich zu ihr in die Küche gesellte. „Denn wenn das alles gewesen sein soll, dann sollte Claire Beschwerde einreichen. Nicht, daß ich in diesen Dingen Expertin wäre!" Sie schnappte sich das Messer und startete einen Angriff auf einen Rest Rinderbraten. „Aber irgendwer kommt da zu kurz! Ich meine das nicht persönlich!" Mit diesen Worten grinste sie Dean von der Seite her an.

„Dennoch bin ich bereits beleidigt." Dean packte Diana mit der einen Hand am Handgelenk, konfiszierte mit der anderen das Messer, das sie in dieser Hand hielt und deutete mit dem Kinn in Richtung Eßzimmertisch. „Setz dich hin. Ich mache das."

„Ich weiß nicht recht, Dean. Ich habe es gern, wenn man mir die Brote ganz langsam und mit liebevoller Sorgfalt schmiert."

„Vielleicht solltest du dir jeden weiteren Kommentar ganz genau überlegen", warf Claire vom Eßzimmer her ein. „Vergiß nicht, daß Dean sechzehn Zentimeter größer ist als du und ein Messer in der Hand hat."

„Ich bitte dich!" schnaubte Diana verächtlich, schnappte sich eine Flasche Saft aus dem Kühlschrank und ging um den Tresen herum, der Küche und Eßzimmer voneinander trennte. „Dean ist doch das reine Schmusekätzchen."

„Nun bin ich beleidigt!" murrte Austin.

Sam sah von seinem Katzenfutter auf und runzelte die Stirn. „Ich dachte immer, du magst ihn."

„Na und?"

„Ich verstehe das nicht."

„Das solltest du auch gar nicht verstehen", versicherte Claire dem jüngeren Kater beruhigend. „Laß es einfach auf sich beruhen und iß weiter!" Sie zog einen der zwölf antiken Eßzimmerstühle unter dem Tisch hervor und ließ sich, ein Bein untergeschlagen, auf das rote Samtpolster fallen. Dann forderte sie Diana mit einer Handbewegung auf, sich ebenfalls zu setzen.

Die Art, wie Diana den Stuhl in Beschlag nahm, konnte man kaum noch „setzen" nennen. Es sah so aus, als hätte sich die junge Frau mit der Gravitation selbst verbündet, um einen brutalen Angriff auf das unschuldige Sitzmöbel zu starten.

Claire zuckte zusammen, als sie den Stuhl protestieren hörte. Dessen Verstrebungen jedoch, die bereits mehr als hundert Jahre alt waren, hielten dem Ansturm stand. Ebenso der uralte Leim. „Was hast du da erzählt? Von einem Einkaufszentrum, das die Weltherrschaft anstrebt?"

„Das haut mich nun aber wirklich um: Du hast verstanden, was ich gesagt habe?"

„Du hast durchaus ein Talent dafür, dich bemerkbar zu machen. Ich nehme an, dein Bericht bezog sich auf deinen ersten Ruf als aktive Hüterin?"

„Der Kandidat hat hundert Punkte!" Diana bedankte sich lächelnd bei Dean für das Sandwich, das er vor sie auf den Tisch gestellt hatte und wartete, bis der junge Mann ebenfalls Platz genommen und seinen Stuhl dicht an den von Claire herangezogen hatte. Dann fuhr sie fort: „Es begann alles heute nachmittag. Am Nachmittag meines allerletzten Schultags, und ich danke den Göttern, daß ich das nun hinter mir habe ..."

Als Diana in ihrer Erzählung beim Einkaufszentrum angelangt war, wurde sie von ihrer Schwester unterbrochen.

„Du hättest mich rufen müssen."

„Reg dich ab, du Überhüterin, du. Du warst gar nicht in Kingston, und ich hatte ja auch außer einem wirklich häßlichen Schmuckstück nichts weiter vorliegen – bis ich dann vor diesem Einkaufszentrum stand. Etwas anderes wäre es gewesen, wenn ich den Teleshopping-Kanal hätte dichtmachen wollen. Aber als ich dann endlich beim Erlkönig war, mußte ich leider feststellen, daß es um weit mehr geht als nur um eine Unfallstelle. Wenn man dem Zauberspiegel glauben darf, der dort das Überwachungssystem darstellt ..."

„Zauberspiegel?" Dean beugte sich vor. „Echt? Wie im Märchen?"

„Ungefähr so. Oder vielleicht ja doch nicht." Diana schob sich den letzten Bissen Brot in den Mund, kaute und schluckte. „Der Spiegel ist ein wenig sauer darüber, daß ihn ein gewisser Gaston, der sich Wundertroll nennt, aus dem wohlverdienten Ruhestand geholt hat. Von daher ist er bereit, uns zu helfen, wenn es darum geht, die ganze Sache dicht zu machen."

„Ein Troll?"

Diana nickte. „Die leben nicht mehr nur unter Brücken."

„Um auf die Worte des Zauberspiegels zurückzukommen", bohrte Claire nach und stieß ihrer Schwester einen Finger in die Seite, dessen Nagel in dem Farbton Tahitisand lackiert war.

„Aua ..."

„Diana ..."

„Ja, schon gut. Laut Spiegel, der übrigens Jack heißt, handelt es sich bei der ganzen Sache um einen Übergang."

„Einen Übergang?" Als Diana nickte und ihr Gesichtsausdruck ganz deutlich machte, daß ihr diesmal nicht zum Scherzen zumute war, fuhr Claire sich besorgt mit allen zehn Fingern durchs Haar. „Ich verspüre mit einem Mal das starke Bedürfnis, ein paar ordentliche Flüche auf die Welt loszulassen!"

„Ja, genau so ging es mir auch! Dies Einkaufszentrum erstreckt sich über vier Morgen Land. Vielleicht sogar über sechs."

„Übergang?" wollte Dean wissen, der seinen Stuhl so weit vorgerückt hatte, daß er in der Lage war, Claire direkt ins Gesicht zu sehen.

„Eine metaphysische Überlappung, die dazu dienen soll, die Realität zu ersetzen."

Dean richtete seinen fragenden Blick auf Diana.

Die kratzte sich gedankenverloren am linken Ellbogen und versuchte, sich eine Erklärung einfallen zu lassen, mit der der junge Mann etwas würde anfangen können. „Du weißt doch, daß die andere Seite, die Gegenseite, weder richtig hier noch richtig dort ist, oder? Daß alle – die Guten, die Bösen, die Schweizer – da eintreten können? Aber daß sie nur wieder in ihre eigene Realität zurückkehren können, wenn sie die Gegenseite verlassen? In die Richtung, aus der sie auch gekommen sind? Nun, in einem Übergang schafft es jemand oder etwas, ein Stück der Gegenseite genau an diese Realität anzupassen. Dann werden Realität und Reproduktion durcheinandergewürfelt, bis mehr Reproduktion als Original vorhanden ist, woraufhin dann die Kopie die Regie übernimmt und das Original ausschaltet. Damit befindet sich dann ein Stück Gegenwelt hier in dieser Realität, und jeder kann aus seiner Realität da hineingehen und hier wieder herauskommen. Der Erlkönig ist der Anker für den größten Übergang, von dem ich je gehört habe."

„Den größten überhaupt?"

„Na ja, Las Vegas kannst du nicht mitzählen. Das ist eine metaphysische Gedenkstätte. Soviel schlechter Geschmack auf einem einzigen Haufen, das hat die Realität ziemlich ins Flippen gebracht."

Dean zögerte nur einen halben Herzschlag lang, dann hatte er entschieden, daß Dianas letzte Bemerkung eindeutig zu den Sprüchen gehörte, deren Bedeutung er gar nicht genau zu verstehen brauchte. „Aber wie konnte der Übergang da im Einkaufszentrum so groß werden, ohne daß es einer von euch mitgekriegt hat?"

„Die Hölle", erklärte Austin, ehe eine der Hüterinnen den Mund auftun konnte. Der Kater legte Claire die Pfote aufs Knie, und sie hob ihn auf ihren Schoß. „Jemand hat etwas kleines Böses versteckt, als das möglich war, weil der Lärm des größten Bösen alles übertönt hat. Wahrscheinlich wurde der Anker letzten Herbst geworfen, als wir das Loch zur Hölle geschlossen haben. Danach ging es dann nur noch darum, die Dinge am Laufen zu halten und ganz langsam und sicher weiterzuentwickeln."

„Wer tut denn so was?"

„Da müßte ich genauso raten wie du. Nein, warte mal, vielleicht doch nicht." Austin hielt inne und putzte eifrig ein kleines schwarzes Stück Fell an seiner rechten Vorderpfote. „Aber um die Sache nicht unnötig kompliziert zu machen: Reden wir der Einfachheit halber von den Bösen."

„Aber eigentlich ist die Gegenseite doch nicht immer und in jedem Fall böse."

„In diesem Fall spielt das keine Rolle. In einem Übergang kann alles von dort hier herüber gelangen. Böses, Gutes ..."

„Aber", protestierte Sam, der gerade aus der Küche herbeigetrabt kam, „diese Welt kann durchaus noch mehr Gutes vertragen, und ich sollte das wohl am besten wissen."

Austin seufzte. „Ja, schon gut. Licht, Engel, Katzen, Schubidu. Wir alle kennen die Geschichte, und du verstehst mal wieder nicht, worum es geht. Ein bißchen gut ist gut. Zuviel gut ist nicht gut."

„Hüter sind dafür zuständig, das Gleichgewicht aufrechtzuerhalten, Sam. Ein funktionierender Übergang könnte bewirken, daß sich die Waagschalen bewegen. In die eine oder andere Richtung – aber wenn die mit Trollen arbeiten, stehen uns gewiß nicht gerade zärtliche Liebkosungen und köstlicher Käsekuchen bevor." Sanft fuhr Claire mit dem Daumen über das samtweiche Fell zwischen Austins Ohren. „So einen Übergang zu schließen ist eine ziemlich komplizierte Sache", fuhr sie nachdenklich fort. „Von dieser Seite aus kann man es nicht tun. Ich werde auf die andere Seite hinübergehen und bis zur Quelle vorstoßen müssen."

Diana verdrehte die Augen. „Das wirst du tun müssen? Versuchs doch mal mit wir: Das werden wir tun müssen! Wenn ich nicht in der Lage bin, etwas so Großes zu schließen, obwohl ich wahrlich über genügend Kräfte verfüge, dann schaffst du das ganz sicherlich auch nicht. Grundkurs Folklore: Das jüngere Geschwisterkind hat immer mehr Macht. Ich habe Kraft, du hast Erfahrung. Vereint können wir siegen, getrennt nur verlieren, wie es immer so schön heißt. Ich schlage also vor, du wächst über dich hinaus. Komm mal runter von dem Trip, du seist die einzige, die die Welt retten kann und erkenne einfach an, daß wir hier ziemlichen Ärger am Hals haben, und zwar wir beide."

„Ja, und das hier in River City!" fügte Sam hinzu.

„Die Titelmelodie einer Seifenoper?" Fassungslos starrte Austin auf den orangefarbenen Artgenossen. „Das kann nicht dein Ernst sein!"

„Für dich habe ich eine einzige Antwort, Austin, und die besteht aus drei Worten!" Diana lehnte sich vor, näher an Claires Schoß heran und hob für jedes einzelne Wort einen Finger: „Andrew Lloyd Webber. Aber darum geht es nun ganz gewiß nicht. Es geht darum, daß wir zurück in dieses Einkaufszentrum müssen, um den Übergang zu schließen. Das wird eine Weile dauern, also schlage ich vor, wir fangen gleich heute abend damit an."

„Ich bin bereit, deine wenig schmeichelhafte Beurteilung meines Charakters zu übergehen", erklärte Claire düster. „Abgesehen davon bin ich deiner Meinung."

„Ich nicht."

„Hast du eigentlich zugehört, Dean?" wollte Diana ungeduldig wissen. „Übergang schlecht. Hüter gut. Ich weiß auch nicht, worauf ich damit hinauswill. Ich weiß nur: Je eher wir das Miststück zukriegen, desto besser."

„Dem will ich ja überhaupt nicht widersprechen", entgegnete Dean ganz ruhig. „Aber du sagst selbst, es wird eine Weile dauern. Das heißt doch, ihr bleibt da ein bißchen, oder?"

Diana zuckte die Achseln. „Ja, aber ..."

„Das bedeutet auch, daß ihr nicht so einfach ohne jede Vorbereitung lospreschen könnt."

„Wohl nicht, nein."

„Ihr werdet packen müssen."

Claire drehte sich um, bis sie Dean ins Gesicht sehen konnte. „Alles, was wir brauchen, haben wir hier."

„Trotzdem wird das Packen dauern." Dean warf einen Blick auf die alte Uhr, die an der Küchenwand hing. „Es ist schon nach elf. Das heißt, bis ihr loskommt, ist es fast Mitternacht, und wenn ihr dann beim Einkaufszentrum ankommt, dann seid ihr – was? Sechzehn? Siebzehn Stunden auf? Ihr seid also müde, wenn ihr dem gegenübersteht, der das Ding da fabriziert hat – wer auch immer das sein mag –, und wenn ihr müde seid, dann könnt ihr weder so schnell denken noch so gezielt handeln wie sonst. Das wiederum bedeutet, die Bösen könnten siegen, ehe ihr überhaupt losgelegt habt, und was wird dann aus der Welt? Sie geht vor die ... na ja, sie geht den Bach runter." Dean holte Luft. Dann atmete er ganz langsam aus, sah Claire tief in die Augen und schlang die Finger seiner rechten Hand um die ihrer Linken. „Es ist an euch, zu entscheiden, ihr müßt abwägen. Auf der einen Seite die Verzögerung, auf der anderen die Gefahr, dort müde und unvorbereitet reinzugehen. Ich schlage vor, ihr schlaft heute nacht und zieht morgen früh los."

Diana hatte schon den Mund aufgetan, um dem Liebsten ihrer Schwester eine vernichtende Erwiderung zuteil werden zu lassen, schloß den Mund aber rasch wieder, als Austin sich nun auch einmischte: „Er hat recht."

„Er ist ein Zuschauer!"

„Aber ich bin ein Kater, hört also gut zu." Austin kletterte von Claires Schoß auf den Tisch, wobei seine Pfoten auf dem blankpolierten Holz Schweißspuren hinterließen. „Wenn wir dort müde und unvorbereitet auftauchen, besteht die große Gefahr, daß man uns den kollektiven Hintern versohlt. Wichtiger jedoch ist die Überlegung, daß wir der anderen Seite einen Vorteil verschaffen, wenn wir heute nacht reingehen."

„Mit der anderen Seite meinst du wohl die Gegenseite!" unterbrach Diana wütend.

„Laß mich ausreden. Da machen sich also zwei Hüterinnen und zwei Katzen mitten in der Nacht auf in ein leeres Einkaufszentrum! Genausogut könnten wir vorher anrufen und Bescheid sagen, daß wir kommen. Selbst der dümmste Herr der Finsternis, einer, der direkt einem Fernsehdrehbuch entsprungen ist, kann dann gar nicht anders, als das mitzubekommen. Sobald wir auf die andere Seite wechseln: WUMM! Wenn wir Glück haben, heißt das. Wir alle wissen, daß da draußen viel unerfreulichere Dinge lauern als einfach nur WUMM."

„Nein, wissen wir nicht!" Sam hatte die Ohren angelegt und hockte sich auf Dianas Fuß. „Was ist denn unerfreulicher als WUMM?"

„Spritz. Rabatz. Mahl. Kau." Als niemand Anstalten machte, dem zu widersprechen, fuhr Austin fort: „Wir schlafen uns erst einmal gründlich aus und gehen morgen früh mit all den anderen Einkaufswilligen rein. Wir verstecken uns sozusagen inmitten der Massen, wo jeder uns sehen kann. Dann schleichen wir uns auf die andere Seite, niemand kriegt etwas mit, ihr beiden schließt den Übergang, und zum Lunch sind wir wieder zu Hause."

„Lunch?"

Austin schnaubte. „Okay, ich sprach von einem metaphorischen Lunch, irgendwann einmal, in der Zukunft."

„Hör zu, Austin: Hier geht es um meinen Ruf!" Diana schubste Sam von ihrem Fuß und schob vehement ihren Stuhl zurück. Leider hatte sie den starken Verdacht, ihre Worte hätten jämmerlicher und wehleidiger geklungen, als sie es vorgehabt hatte.

„Du bist gekommen, weil du Hilfe brauchst", rief Claire der Schwester ins Gedächtnis. „Du warst doch dort, im Einkaufszentrum. Besteht die dringende Gefahr, daß die Kopie vor morgen früh mit dem Original in Übereinstimmung gebracht werden kann?"

„Nein. Aber ..."

„Dann stimme ich auch dafür, daß wir warten. Aber du hast recht." Claire hob die Hand, die Dean nicht hielt, in einer Geste, die ihre Niederlage eingestand. „Es ist dein Ruf, nicht meiner. Letztlich liegt die Entscheidung bei dir."

„Behandle mich nicht so von oben herab!"

„Dann hör auf, dich so kindisch zu benehmen. Als du hier ankamst, warst du durchaus bereit, erst mal Pause zu machen und dir ein Brot zu richten, und nun bist du wild entschlossen, dorthin zu gehen, wo selbst Engel und Narren sich fürchten."

„Engel fürchten nicht viele Dinge", setzte Sam an, fing dann jedoch einen Blick von Austin auf und beschied, die Sache lieber nicht weiterzuverfolgen, sondern statt dessen unter dem Tisch zu verschwinden.

Diana verschränkte die Arme und schaffte es mit Mühe, nicht verdrießlich die Lippen zu verziehen. Zu wissen, daß die anderen mit ihren Darlegungen recht hatten, half auch nicht. „Na gut. Wundervoll. Wir ziehen morgen erst los."

„Gut."

„Schön."

„Jetzt, wo das geklärt ist, gehe ich zu Bett." Austin stieg vom Tisch über Claires Schoß auf den Boden, wobei er Dean wütend anfunkelte. „Wenn ich nämlich heute meinen Claim nicht rechtzeitig abstecke, sind die guten Plätze schon alle belegt."

„Wir kommen in ein paar Minuten nach", sagte Claire in einem Ton, der fast schon wie eine Warnung klang.

„Oh, welche Freude." Austin blieb stehen, eine Pfote bereits im Flur, und warf über die makellos schwarze Schulter einen mahnenden Blick zurück. „Vergiß nicht, Katzenfutter einzupacken!"

„Womit das Motto meines Lebens zusammengefaßt wäre", seufzte Claire und stand auf. „Diana, hast du Mama und Papa gesagt, wo du hinwillst, als du losgezogen bist, um dem Ruf hier nachzugehen?"

„Die beiden waren nicht zu Hause. Ich habe eine Nachricht hinterlassen."

„Dann solltest du anrufen, ehe du schlafen gehst."

„Ja. Recht hast du." Diana griff sich ihren Teller und wollte in die Küche eilen, doch Deans ausgestreckte Hand hielt sie auf.

„Ich mache das schon."

„Aber ich wollte den Teller doch nur rasch in die Geschirrspülmaschine stellen. Claire hat erzählt, daß die Geschäfte hier so gut laufen, daß ihr zwei euch eine habt anschaffen können."

„Haben wir auch."

„Ja und?"

Die blauen Augen hinter den Brillengläsern sahen Diana ruhig und unverwandt an. In Deans Blick lag nichts Entschuldigendes. „Die räume ich gern selbst ein."

„Er hat ein System", warf Claire ein.

„Wie dem auch sei!" Diana gab Dean den Teller und sah zu, wie er damit in der Küche verschwand. „Etwas obsessiv ist er ja schon", murmelte sie Claire zu, als diese nun neben sie trat.

„Ein wenig ..."

Verwaschene Jeans spannten sich um angenehm ansehnliche Pobakken, als der junge Mann sich bückte, um den Teller im unteren Korb der Geschirrspülmaschine abzustellen.

„... aber man wird reichlich entschädigt!"

„Klar doch. Wie ich sehe, bist du mit Dean zusammen, weil es dich antörnt, wie schlau er ist." Diana hob ihren Rucksack auf und machte sich auf den Weg zum Flur. „Im Interesse unseres Vorhabens, morgen gut ausgeschlafen und vorbereitet aufzubrechen, schnappe ich mir jetzt den Schlüssel von Zimmer eins und leg mich da ab. Komm, Sam!"

Claire hielt unverwandt den Blick auf Dean gerichtet und winkte der Schwester geistesabwesend zu. „Ruf zu Hause an."

„Leck mich."

Dean trat das Gaspedal kräftig durch, um nur ja den letzten Rest der Grünphase nicht zu verpassen, drehte das Steuer scharf nach links und bog mit leicht quietschenden Reifen auf den Parkplatz des Einkaufszentrums ein. Obwohl es erst kurz nach neun war, war das Thermometer bereits auf über dreißig Grad Celsius geklettert; der Tag war ungewöhnlich heiß für Ende Juni. In der mit drei Erwachsenen und zwei Katzen besetzten Fahrerkabine des Pick-up blieb der Luft wenig Raum zum Zirkulieren, und bestimmt hätten auf allen möglichen entblößten Körperteilen Schweißtropfen geglitzert, hätte die feine Patina aus Katzenhaaren, die überall lag, keinen so lichtdämpfenden Effekt gehabt.

„Da drüben ist der Eingang, der gleich beim Food Court liegt", rief Diana und zeigte aus dem offenen Fenster. „Bieg hier ab."

Dean bog ab.

„Aber wenn das der Eingang ist, der dem Erlkönig am nächsten liegt, dann wird der auch am genauesten überwacht", hatte Claire einzuwenden, die mit spitzen Fingern ihren Rock hochhielt, um zu verhindern, daß dessen Stoff an der schweißnassen Haut ihrer Beine festklebte. „Unter Umständen steht da sogar eine Wache. Dean, fahr zurück zur Auffahrt und dann zu dem Eingang, den Diana letzte Nacht benutzt hat. Da wissen wir wenigstens sicher, daß wir auch durchkommen."

Dean wendete.

„Genausogut kann es sein, daß wir auch durch die Tür kommen, die näher am Erlkönig dran ist! Das wissen wir doch gar nicht", wandte Diana ein.

„Aber wir wollen doch auf keinen Fall riskieren, einen Alarm auszulösen", erwiderte Claire.

„Je länger wir da im Einkaufszentrum herumspazieren, desto höher die Wahrscheinlichkeit, daß wir entdeckt werden. Dean, bitte wende hier", befahl Diana.

Dean wendete.

„Wenn wir direkt auf das Kaufhaus zusteuern, besteht am ehesten die Gefahr, daß wir entdeckt werden. Dean, wenden!" ordnete Claire an.

Woraufhin Dean den Pick-up einfach anhielt.

Die beiden Schwestern warfen ihm völlig identische, entgeisterte Blicke zu, als sie in ihren Sicherheitsgurten nach vorn geschleudert wurden.

„Ihr beiden geht von hier aus entweder zu Fuß", erklärte der junge Mann gelassen, „oder ihr einigt euch auf einen Eingang."

In der Fahrerkabine hoben sich schrille Stimmen zu scharfen Protesten. Von einer Einigung konnte keine Rede sein.

Unwiderstehliche braune Augen bohrten sich in ungerührte ebenso braune.

„Gut, das reicht für heute." Mit einer anmutigen Bewegung glitt Austin über die Rücklehne der Sitzbank und gesellte sich zu den Hüterinnen. „Zwei von uns hocken hier im Pelzmantel und schwitzen vor sich hin ..."

„Mir macht das nichts aus!" warf Sam ein.

„Klappe! Hocken hier im Pelzmantel und schwitzen vor sich hin. Wohl wissend, daß hinter jeder Tür hier, ganz gleich für welche wir uns entscheiden, eine Klimaanlage wartet. Von daher erkläre ich das jetzt zur Chefsache." Er kletterte auf Claires Schoß und stemmte die Vorderpfoten gegen das Armaturenbrett. „Was ist denn mit dem Eingang da vor uns? Der ist von hier aus am nächsten."

Claire schüttelte den Kopf. „Der Eingang da führt zu einem der Läden, die als Anker für diese unsere Realität dienen. So verquer, wie die Dinge hier liegen, kommen wir da unter Umständen nicht wieder raus."

„Gut. Was ist mit dem nächsten Eingang?"

„Derselbe Laden."

„Gut, und der nächste?"

Diana hatte die Arme vor der Brust verschränkt und war mit weit ausgestreckten Beinen so tief in ihren Sitz gerutscht, wie es ihr der Sicherheitsgurt und die allgemein beengte Sitzweise gestatteten. „Das ist der Eingang, durch den ich letzte Nacht reingegangen bin."

„Wenn dem so ist, dann ist es auch der Eingang, durch den wir alle heute morgen reingehen."

„Aber es ist mein Ruf! Ich sollte hier das Kommando haben!"

Austin wandte ganz langsam den Kopf, woraufhin Diana sich von einem wütend funkelnden, smaragdgrünen Blick getroffen fühlte.

„Schon gut!" murmelte die Hüterin hastig, indes sie sich fragte, wer eigentlich auf die glorreiche Idee gekommen war, Hüterinnen stets zusammen mit Katzen auftreten zu lassen. „Wir gehen hier rein."

„Prima Idee! Claire?"

Claire beschloß, nicht extra zu betonen, daß sie ja von Anfang an dafür gewesen war, diesen Eingang zu benutzen. „Einverstanden."

Dean legte den ersten Gang ein, wobei er ein Grinsen nicht unterdrücken konnte. Die allgemeine Lage ließ es leider nicht zu, daß er seiner großen Liebe und deren kleiner Schwester auch noch sagte, ihnen sei ja ordentlich das Fell über die Ohren gezogen worden, oder? Ganz gleich, wie treffend diese Bemerkung in diesem Fall gewesen wäre!

Der Pick-up bog eben um eine der Ecken des Einkaufszentrums, als Dean spürte, wie Claire neben ihm sich versteifte. „Was ist denn?" erkundigte er sich besorgt.

„Minivans!"

„Die waren letzte Nacht auch hier", klärte Diana die Schwester mit finsterer Miene auf.

„Das hättest du mir aber sagen müssen!"

„Warum? Wir können schließlich nichts dagegen unternehmen."

„Es ist doch auch nur, weil ..."

„Ja, ich weiß."

Minivans? Dean kannte Claire nun schon seit neun Monaten. In dieser Zeit war er zur Hölle gefahren – allerdings nur kurz –, hatte im nördlichen Ontario einen Dämon verfolgt und hatte feststellen dürfen, daß sämtliche Klischees, die über ein geregeltes Sexualleben im Umlauf waren, mehr oder weniger der Wahrheit entsprachen. Zudem hatte er gelernt, daß es ein paar Dinge gab, die er lieber gar nicht wissen wollte. Das mit den Minivans schien genau zu diesen Dingen zu gehören.

„He – was stimmt nicht mit der Parklücke da?" wollte Claire wissen, als Dean an einem freien Fleckchen Asphalt vorbeifuhr.

„Nichts. Aber ich kann noch näher ranfahren."

„Gut. Hier! Hier ist noch ein Parkplatz."

„Den habe ich gesehen, danke."

„Du bist aber dran vorbeigefahren!"

„Weil ich einen besseren finden kann."

„Der Eingang ist gleich da drüben!"

„Das ist mir durchaus bewußt."

„Dann park doch endlich!"

Dean gab Gas, um eine Limousine zu überholen, die langsam ihre Kreise zog und eindeutig ebenfalls auf Parkplatzsuche war, bog in die Lücke zwischen einem mitternachtsblauen und einem schilfgrünen Minivan ein und stellte den Motor ab, ein selbstzufriedenes Grinsen im Gesicht. Nun parkten sie mehr oder weniger direkt vor dem gewünschten Eingang: Nur vier Parkbuchten trennten sie von den Türen, durch die die beiden Hüterinnen gehen wollten.

Claire verdrehte die Augen. „Was bist du doch für ein typischer Mann!"

Er grinste, legte schwungvoll den Arm auf die Rücklehne der Sitzbank und nutzte die Tatsache, daß Claire dicht an ihn gedrängt saß aus, um mit den Fingern die feuchte, nackte Haut an ihren Oberarmen zu streicheln. „Hast du Probleme damit, daß ich ein Mann bin?"

„Wenn du mich so fragst, jetzt, hier: eher nicht ..."

Diana löste ihren Sicherheitsgurt, öffnete energisch die Beifahrertür und ließ sich hinunter auf den Asphalt fallen. „Ihr beiden seid komplett peinlich, und das in einer Tour! Ich sinke ein!"

„Was?" Claire verfrachtete Austin auf Deans Schoß und betrachtete mit zusammengekniffenen Augen von oben herab Dianas Schuhe. „Das ist völlig unmöglich! So heiß ist es doch nun auch wieder nicht."

„Du brauchst mir ja nicht zu glauben!" Vorsichtig trat Diana zwei Schritte zurück, und die dicken Gummisohlen ihrer Turnschuhe hinterließen deutlich Abdrücke im dunklen Asphalt. Mit einer Handbewegung forderte Diana Claire auf, zu ihr herunterzukommen.

Die flachen Absätze von Claires Sandalen bohrten kleine Quadrate in den Asphalt. Claire zog den Rock über den Beinen stramm, um ihre

Füße sehen zu können und runzelte die Stirn. „Das ist gar nicht gut. Der Einfluß reicht ja schon bis auf den Parkplatz."

„Was hattest du denn gedacht?" Mit einer ausladenden Handbewegung wies Diana um sich. „Minivans!"

„In der Tat! Die Katzen sollten wir lieber auf den Arm nehmen. Dean, könntest du uns die Rucksäcke rüberreichen?"

Der Boden unter Deans Schuhen blieb stabil und unnachgiebig, als der junge Mann nun ebenfalls auf den Parkplatz trat – und das trotz des zusätzlichen Gewichts der beiden Rucksäcke.

„Immerhin etwas", bemerkte Diana, die Sam auf einem kleinen Betonstreifen direkt vor den Eingangstüren abgesetzt hatte und sich jetzt eine Lage orangefarbenes Katzenhaar von den Armen streifte. „Wenn es nur uns betrifft, dann ist es doch noch nicht so weit verbreitet, wie wir eben befürchten mußten."

„Gib mir noch eine Minute, dann freue ich mich auch!" brummte Claire finster und starrte ungehalten auf den Teer, der an ihren Absätzen haftete.

„Ich habe dir gleich gesagt, das sind nicht die richtigen Schuhe für die Gegenseite."

„Nein, das hast du mir nicht gesagt."

„Habe ich nicht? Wollte ich aber."

„Ich hatte ja eigentlich gedacht, die Nummer mit dem Hutständer und dem Gummibaum sorgt dafür, daß die Dinger hier nicht so schwer sind!" Dean machte einen Schritt über Austin hinweg, der es sich in Seitenlage im Schatten bequem gemacht hatte, und stellte die Rucksäcke der beiden Hüterinnen auf einer schmutzigen Metallbank ab, die direkt neben dem Eingang zum Einkaufszentrum stand. „Was habt ihr denn bloß da drin?"

„Leider weder Hutständer noch Gummibäume." Diana hatte sich gerade gefragt, wie es angehen konnte, daß Claire im Gegensatz zu ihr selbst kein einziges Katzenhaar an sich zu haben schien. Nun trat sie neben ihren Rucksack und hob ihn hoch. „Wenn wir auf der Gegenseite sind, dürfen wir uns der Möglichkeiten nicht mehr bedienen, das verstößt gegen die Regeln. Das heißt auch, daß Gummibäume und Hutständer da nicht funktionieren, und das wiederum heißt ..." Mit leichtem Schnaufen hievte sie sich den Rucksack auf die Schultern. „Wir haben ein paar Klamotten mit und dann noch dies und das, schon vorbereitet, weißt du. Sachen, zu deren Herstellung wir die Möglichkeiten brauchten, die dann aber keine Möglichkeiten mehr brauchen, um zu laufen und von daher hoffentlich auch auf der Gegenseite funktionieren."

„Hoffentlich?" unterbrach Dean mit einem fragenden Blick auf Claire.

„Hoffentlich", wiederholte Diana, als offenkundig war, daß Claire so schnell nichts einfiel, womit sie Deans Bedenken hätte zerstreuen können. „Aber im wesentlichen haben wir Wasser dabei und etwas zu essen. Es ist gefährlich, auf der anderen Seite zu essen oder zu trinken."

„Warum?"

„Soll das ein Witz sein? Die knallen überall fettige Soßen drauf, das Zeug setzt sich direkt auf die Hüften und bleibt da auch."

„Das Essen dort verändert einen", warf Claire ein und bedachte Diana mit einem Blick, der der jungen Hüterin dringend riet, die Finger vom Kopf des jungen Neufundländers zu lassen. Dann griff Claire nach der Hand ihres Liebsten, drückte sie zärtlich und lächelte Dean strahlend an. „Verschiedene Nahrungsmittel bewirken unterschiedliche Dinge, und das bindet einen an die Anderwelt, wodurch es schwerer wird, nach Hause zurückzukehren. Du hast doch bestimmt von Persephone und dem Granatapfel gehört?"

Dunkle Brauen senkten sich nachdenklich, bis sie auf einen Brillenrand trafen. „War das eine Mädchenband aus den Achtzigern? Die einen einzigen Hit hatten: You Are Not Seeing My Depression?"

Diana schnaubte. „You Are Not Seeing My Repression hieß der Hit. Auch wenn ich gern zugeben will, daß die allen Grund hatten, depressiv zu sein. Bei den Frisuren!"

„Woher weiß denn überhaupt einer von euch, was in den frühen Achtzigern los war?" wollte Claire wissen.

„Die Videoklassiker bei MuchMusic", erklärte Sam, der sich neben Austin niedergelassen hatte und nun den Schwanz um die Vorderpfoten wickelte. „Jeden Samstagnachmittag, so ungefähr zwei Stunden."

Claire blickte von der jüngeren Katze zur älteren.

„Mich brauchst du gar nicht so anzusehen!" schniefte Austin empört. „Ich pflege Samstag nachmittags zu schlafen, wenn wir nicht gerade dabei sind, die Welt zu retten, und wo wir schon beim Thema sind – die Welt erretten und so – möchte ich darauf hinweisen, daß wir bis jetzt noch nicht mal bis zur Klimaanlage gekommen sind. Nicht, daß ich mich beschweren will, versteht mich nicht falsch! Zumindest nicht allzusehr."

Claire, die durchaus mitbekommen hatte, wie der Kater bei den letzten Worten sowohl Tonfall als auch Stimmlage verändert hatte, gab Deans Hand frei und griff nach ihrem Rucksack, nur um feststellen zu müssen, daß ihr der Liebste bereits zuvorgekommen war. Also drehte sie sich um, damit ihr der Freund den Rucksack auf die Schultern heben konnte und zuckte wohlig zusammen, als sie seine Lippen auf dem Hals spürte und ein leises"Bitte sei vorsichtig!" auf ihre feuchte Haut gehaucht wurde.

„Ich bin immer vorsichtig."

„Ach, und was war beim Sharbot Lake?"

„Da war ich nicht unvorsichtig, der See war nur tiefer, als ich gedacht hatte." Claire drehte sich erneut um und sah Dean in die Augen. „Was ist mit dir? Wirst du zurechtkommen?"

Er schob ihr den Zeigefinger unters Kinn und hob es leicht an. „Ohne dich? Höchstwahrscheinlich nicht."

„Nun reicht es aber, genug mit den Klischees!" Diana hatte beide Daumen unter die Tragriemen ihres Rucksacks geschoben und tigerte auf dem kleinen Betonstreifen auf und ab, wobei sie so tat, als müßte sie sich jeden Moment übergeben. „Mir ist gerade klargeworden, warum Beziehungen zwischen Hütern und Zuschauern einfach nicht hinhauen! Ihr seid langweilig, das ist es, und so eklig süßlich, da kriegt man doch glatt einen Insulinschock."

Dean beachtete sie gar nicht weiter. Statt dessen hielt er den Blick unverwandt auf Claires Gesicht gerichtet. „Ich werde hier auf dich warten."

„Die Sache kann schon ein, zwei Tage dauern, vergiß das nicht."

„Aber die vergehen doch nur auf der Gegenseite!" Als Claire den Kopf schüttelte, runzelte Dean besorgt die Stirn. „Die Zeit läuft da drüben doch anders. Es kann doch auch sein, ihr geht da rein und kommt gleich wieder raus, oder?"

„Wahrscheinlich nicht. Es kann schon passieren, daß in einzelnen Bereichen der Gegenseite die Zeit langsamer oder schneller vergeht als hier. Aber damit ein Übergang wirklich funktionieren kann, müssen die dafür sorgen, daß die Zeit auf beiden Seiten gleich schnell vergeht." Claire legte Dean beide Handflächen auf die Brust und sah prüfend in sein Gesicht. „Das hast du doch gewußt, oder?"

„Woher hätte ich das wissen sollen?"

„Ich habe dir das nie erklärt?"

„Nein." Dean seufzte und zog Claire näher zu sich heran. „Dann bist du also auch auf dieser Seite ein, zwei Tage weg?"

„Vielleicht auch mehr. Ich werde mir die Uhr stellen, damit wir es genau wissen."

„Schön, wenn das nun also geklärt ist?" drängte Diana. „Macht schon! Sagt hübsch auf Wiedersehen, knutscht noch ein bißchen rum, und dann aber los, sonst kommt die Gegenseite nämlich noch zu uns und nicht umgekehrt."

Dean starrte Claire lange und unverwandt ins Gesicht, ehe sich sein Mund dann zu einem besorgten Lächeln verzog. „Hast du mein Herz?"

Claire legte die Hand an ihre Brust. „Genau hier – und du? Hast du meins auch?"

Dean antwortete mit derselben Geste. „Ganz sicher verwahrt!"

„Eklig seid ihr, einfach eklig, das hatte ich noch vergessen. Ein bißchen knutschen sollt ihr, mehr nicht! Claire hat die Mandeln raus, Dean, das weißt du doch, oder? Wenn du also nach denen suchen solltest, dann wirst du wenig Glück haben."

Mit einer einzigen fließenden Bewegung löste Claire sich aus Deans Armen, machte auf dem Absatz kehrt, versetzte ihrer Schwester einen leichten Schlag auf den Hinterkopf und ging auf die Türen des Einkaufszentrums zu. „So unwahrscheinlich das auch klingen mag: Eines Tages wirst auch du jemanden finden, der bereit ist, ein paar eklatante Defizite in deiner Persönlichkeitsstruktur zu ignorieren, und verlaß dich drauf: Dann bin ich da und gebe meinen Senf dazu und kommentiere haargenau eure Wahl bei der Farbzusammenstellung!"

„Da kannst du lange drauf warten", schnaubte Diana, winkte Dean einen Abschiedsgruß zu und schloß sich der Schwester an.

„Ich dachte, das mit den Kommentaren zur Farbwahl sei mein Job?" fragte Sam Austin, als die beiden Kater hinter den Hüterinnen durch die Tür gingen.

Austin seufzte. „In der Regel bietet sich genügend Anlaß für alle möglichen Kommentare. Da bleibt für jeden was übrig."

Hüterinnen und Kater verschwanden, sobald sie durch die Innentüren des Einkaufszentrums getreten waren. Dean hielt die rechte Handfläche gegen die äußere Tür gedrückt und sah den beiden nach, konnte aber kaum mehr erkennen als sein Spiegelbild. Das war sicher nur das Licht, das ihm einen kleinen Streich spielte, versicherte sich der junge Mann streng, während er an den Rand des kleinen Betonstreifens trat. Dort blieb er stehen und betrachtete den Himmel, an dem die Hitze hing wie eine schwere, silberne Decke, und die Minivans, die auf dem Parkplatz schweigend Wache standen. Er fühlte sich merkwürdig ruhelos, zappelig – Hummeln im Arsch hätte sein Großpapa, der Dorfpfarrer aus Neufundland, dazu gesagt. Dean vergrub beide Hände tief in den Hosentaschen, drehte sich um und starrte unverwandt auf das Einkaufszentrum.

Die vertikalen Betonplatten hatten fast dieselbe Farbe wie der Himmel.

Auch ohne zu wissen, was dort im Innern des Gebäudes vor sich ging – über dem Haus schien irgend etwas zu liegen. Deans Haut überzog sich mit einer leichten Gänsehaut. Er war geneigt zu sagen, das liege an der Ähnlichkeit, die das Gebäude mit Gefängnisbauten hatte – nur gab es innerhalb der alten Stadtgrenzen Kingstons zwei Gefängnisse, die beide weitaus attraktiver wirkten.

Claire rechnete also damit, daß sie und die anderen mindestens ein, zwei Tage lang dort drinnen sein würden.

„Wann soll ich anfangen, mir Sorgen zu machen?"

„Wenn ein anderer Hüter auftaucht und einen Ruf hierher erhalten hat!" schnaubte Diana.

„Am besten machst du dir überhaupt keine Sorgen!" Claire warf ihrer Schwester einen vernichtenden Seitenblick zu, der die junge Frau zum Schweigen brachte. „Ich werde immer zu dir zurückkehren."

Austin verdrehte die Augen und würgte einen Haarball vor Deans Füße.

Diese Erinnerung war nicht gerade dazu angetan, ihn zu beruhigen, mußte Dean feststellen, als er zurück zur kleinen Sitzbank neben der Eingangstür ging und sich darauf niederließ.

„Ach du meine Güte! Sie haben aus Alien Ant Farm Fahrstuhlmusik gemacht! Das ist nun schon das zweite Anzeichen für die Apokalypse."

„Was war denn das erste?" wollte Claire wissen und rückte die Tragriemen ihres Rucksacks zurecht.

„Orangefarbene Schlaghosen. Aus Polyester. Im Supersonderangebot."

„Was sollten die denn kosten?"

„Das kannst du nicht ernst meinen!" Diana warf ihrer Schwester einen Blick zu und zuckte dann zusammen. „Das meinst du ernst! Eins steht fest eine von uns beiden ist adoptiert."

„Ich habe einen Großteil deiner Kindheit verzweifelt versucht, dich wegadoptieren zu lassen. Niemand wollte dich haben."

Dicht gefolgt von ihren Katern traten die beiden Schwestern in die Halle, wo sie erst einmal stehenblieben. Auf einer Bank in der Nähe der Rolltreppe saßen vier Seniorinnen und genossen die kühle Luft aus der Klimaanlage. Sonst war weit und breit niemand zu sehen.

Diana schob sich das feuchte Haar, das rasch abkühlte, aus der Stirn. „Soweit zu deiner Theorie, wir könnten uns in den Massen verstecken! Da waren ja letzte Nacht mehr Leute hier."

„Gut, wir sind also ein bißchen früher als die Massen. Aber was die Gegenseite betrifft, so sind wir für die auch so einfach nur Leute, die hier einkaufen und haben somit einen einleuchtenden Grund für unser Hiersein. Um uns brauchen die sich keine Sorgen zu machen, denken die."

„Was ist mit den Katzen?"

„Metaphysisch gesehen summt und brummt es hier, daß es eine wahre Pracht ist! Das bißchen Kraft, das wir brauchen, um die Katzen unsichtbar zu machen, kriegen die gar nicht mit. Vorausgesetzt natürlich, keine der Katzen beschließt, einen der Plastikkübel hier als Katzenklo zu benutzen!" Mit diesen Worten warf sie Austin, der damit begonnen hatte, in den Holzimitat-Plastikspänen zu buddeln, einen wütend funkelnden Blick zu.

„Meine Nieren sind alt! Hack nicht dauernd auf mir rum. Außerdem ..." Ein letzter Kratzer mit der Hinterpfote, dann sprang Austin auf den breiten Rand des Pflanzkübels. „Außerdem war ich vielleicht die erste Katze, die sich da verewigt hat, aber mitnichten das erste Wesen überhaupt."

„Na ja, das kann einen dann schon verwirren", mußte Claire zugeben und nahm Austin auf den Arm. „Diana, wo ..."

Diana hatte die Augen geschlossen. Sie wandte den Kopf ganz langsam von einer Seite zur anderen und befahl Claire mit einer Handbewegung, still zu sein. „Da ist irgend etwas!" murmelte sie und mußte sich sichtlich anstrengen mitzubekommen, was genau dort war. „Irgendwo hier ganz in der Nähe!"

„Irgend etwas? Es erstaunt mich wirklich, daß du hier im Haus überhaupt etwas mitbekommst."

„Was ich spüre, fühlt sich an wie das Armband, und ich könnte es nicht so leicht ausmachen, wenn ich nicht bereits das Armband ... dort!" Sie schlug die Augen auf und deutete auf einen Geschenkeladen auf der gegenüberliegenden Seite der Wandelhalle: Himmlische Karten und Gaben. „Was immer ich empfangen mag – es kommt von da drin."

„Keramikengel zu Wucherpreisen?" Unglücklich starrte Claire auf die Auslage des Geschäfts. „Haufenweise Keramikengel zu Wucherpreisen?"

„Das sind keine Engel!" schnaufte Sam, dessen Schnurrhaare sich indigniert sträubten. „Das sind Cherubim. Was die himmlische Ordnung angeht, sind das nutzlose kleine Affen."

„Um die geht es aber auch gar nicht." Diana durchquerte auf leise quietschenden Sohlen die Wandelhalle, um den Laden zu betreten. Kaum hatte sie einen Fuß auf den dunkelgrauen Teppichboden gesetzt, der dort den Fußboden auskleidete, da wurde das Gefühl, das sie plagte, schon viel stärker. Zielstrebig wandte sie sich der Kasse zu. „Da drüben." Ein rascher Blick über die Schulter, und Diana konnte registrieren, daß Claire und die beiden Kater ihr gefolgt waren und nun am Rande des grauen Teppichs verharrten. „Ich kümmere mich um die Sache hier, und ihr durchsucht den Rest des Ladens, nur so, für alle Fälle, und bitte, Sam: keine Duftmarke auf die Engel."

„Cherubim!" murrte der Kater ungehalten und versuchte, so zu tun, als hätte er nicht gerade fest vorgehabt, den Schwanz zu heben.

Claire streckte den Fuß vor und stieß dem jungen Kater die Zehenspitze sacht in die Seite. „Komm schon! Wir fangen hinten an und arbeiten uns nach vorne durch."

Als Diana sich nun wieder der Kasse zuwandte, mußte sie feststellen, daß das heftig geschminkte Mädchen dahinter sie ziemlich verwirrt anstarrte.

„Mit wem hat die denn gesprochen?" wollte das Mädchen wissen und deutete mit einer vagen Handbewegung in die Richtung, in die Claire entschwunden war. „Wenn hier irgendwer 'ne Duftmarke auf diesen Engeln hinterläßt, dann muß er dafür bezahlen!"

Diana trat ein wenig näher an den Teenager heran. „Mach dir doch darüber bitte keine Sorgen."

„Schön." Die junge Frau nickte langsam, wobei sie schlagartig ein wenig bekifft wirkte und noch dazu erstaunlich entspannt. Wenn man es recht betrachtete, wirkte sie wie ein Mensch, der sich nie wieder um irgend etwas Sorgen machen würde.

„Oh weh!" Dianas Problem mit der richtigen Kräftedosierung hatte sich offenbar nicht ganz von allein gelegt, nachdem die junge Frau aus der Reserve in den aktiven Dienst übergetreten war. Vorsichtig griff sie in die Möglichkeiten, verdrehte die Dinge sacht ein ganz klein wenig und war dann richtig erleichtert, als sich die Miene der jungen Kassiererin erneut besorgt verzog.

„Falls Sie was Bestimmtes suchen – ich kann hier nicht weg. Sie müssen es schon selbst finden."

„Kein Problem." Auf der Glasoberfläche des Tresens reihte sich ein gutes Dutzend Wannen, Schachteln und Displays fast nahtlos aneinander. Kunden, die auf der Suche nach einem Geschenk von mehr als zwanzig Quadratzentimetern Durchmesser waren, würden hier wenig Glück haben. Dianas Problem bestand darin, daß das, wonach sie suchte, überall hier sein konnte, in jedem der zahlreichen Behältnisse ...

Im Bottich mit den Zauberstäben!

„Das könnt ihr doch nicht ernst meinen!"

Die Kassiererin blinzelte leicht und kniff die Augen zusammen, um zu sehen, wovon Diana sprach. Lippen, die fast ebenso blaß waren wie die sie umgebende Haut, wurden mißbilligend. „Die Kinder finden die toll!" verteidigte sich das Mädchen.

„Das kann ich mir lebhaft vorstellen." Besonders, wenn sie einen erwischen, der wirklich funktioniert.

Die Zauberstäbe waren etwa fünfzehn Zentimeter lang; hohle Zylinder aus durchsichtigem Plexiglas, gefüllt mit einem bunten Gel, das metallisch glitzerte oder in Neonfarben glimmerte, jeder Zylinder mit einem Plastikstern in derselben Farbe wie das Gel geschmückt. Der vierte Stab, den Diana herausnahm, zuckte in ihrer Hand, woraufhin sich ein Display mit Teetassen, die allesamt die eine oder andere „Blume des Monats" zierte, in einen Cherub von beträchtlichen Ausmaßen verwandelte. Allmählich verstand Diana, warum Sam diese Dinger nicht leiden konnte. Eine rasche Berührung mit dem Zauberstab sorgte dafür, daß die Teetassen wieder Teetassen waren.

„Was war denn das?" wollte die Kassiererin wissen, die sich beim Klang von Metall auf Porzellan erschrocken umgedreht hatte.

„Da hat ein Heiligenschein den Dienst quittiert," erklärte Diana und zog weiterhin einen Zauberstab nach dem anderen aus dem Kübel.

„Was?"

„Vergiß es einfach. DAS sollst du vergessen!" fügte sie hastig hinzu, womit sie gerade noch eine vollständige Amnesie verhindern konnte, die ansonsten nicht wieder rückgängig zu machen gewesen wäre.

„Was soll ich vergessen?"

Es geht doch nichts über den Austausch von Platitüden, wenn man wissen möchte, wie gut man gearbeitet hat! „Genau: das!"

Die übrigen Zauberstäbe waren lediglich das, was sie vorgaben zu sein.

„Den hier möchte ich."

„Wie Sie wollen. Das macht zwölf fünfundneunzig. Plus Mehrwertsteuer."

* * *

„14,94!" beschwerte sich Diana und hielt Claire den Zauberstab hin. „Für so ein Stückchen Plastikscheiße."

Claire trat ein wenig zur Seite, damit der rosa Neonstern, der den Stab zierte, nicht mehr geradewegs auf sie gerichtet war. Sie hatte mitbekommen, was den Teetassen widerfahren war und verspürte wenig Lust, plötzlich ein paar nutzlose Flügel und einen betörend nichtssagenden Gesichtsausdruck zu entwickeln. „Das ist eigentlich nicht zuviel für einen Zauberstab, der wirklich funktioniert!"

„Plastikscheiße gibt es im Sonderangebot, für nur fünf Dollar!" fügte Sam hinzu. „Hinten im Laden war eine ganze Schachtel."

„Stammte die von der Gegenseite?"

„Nein. Ich glaube, die war von einem Rottweiler."

Den Spruch hätte ich eigentlich kommen sehen müssen. Diana langte rückwärts und schob den Zauberstab in eine ihrer Rucksackseitentaschen. „Wenn wir den Stab mit rübernehmen, dann sollte ihn das eigentlich neutralisieren. Du bist sicher, daß da nicht noch mehr war?"

„Ein paar Kresseköpfe, die noch von Weihnachten übrig waren. Alle auf der Gegenseite hergestellt, aber ich habe ihre Barcodes geprüft und festgestellt, daß sie ganz legal importiert waren."

„Dann sind wir hier fertig." Diana wies mit dem Kinn auf die Treppe. „Kommt, wir wollen das Teil hier einfach schließen."

„Man importiert Kresseköpfe von der Gegenseite?" wollte Sam wissen, der sich gemeinsam mit Austin den beiden Hüterinnen angeschlossen hatte.

„Kresseköpfe waren integraler Bestandteil dieser ganzen Freihandelssache, die dann letztlich am Streit über den Handel mit Weichhölzern geplatzt ist."

„Wie? Das ergibt ja nun überhaupt keinen Sinn."

„Das habe ich denen von Anfang an gesagt."

„Das hatte ich doch nicht ..." Sam warf einen verstohlenen Seitenblick auf den älteren Kater, der neben ihm hertrabte und kam zu dem Schluß, daß es eigentlich gar keine Rolle spielte, wie seine Worte gemeint gewesen waren. „Schon gut. Hat sich erledigt."

Im Tiefparterre war mehr los als im Parterre. Im Food Court saß ein halbes Dutzend Seniorinnen, trank Kaffee und beschwerte sich darüber, wie die jüngere Generation herumlief.

„Meine Enkelin ist völlig unten durch bei mir!" seufzte eine der Damen, als die beiden Hüterinnen samt Katern an ihrem Tisch vorbeigingen. „Die borgt sich in einer Tour meine Sachen."

Ihre Begleiterin legte den Blaubeermuffin ab, an dem sie gerade geknabbert hatte und strich sich das T-Shirt – Canadian Girls Kick Ass – über den künstlich auf vorwitzig geschnürten Brüsten glatt. „Wem sagst du das, Elsie, wem sagst du das!"

„Mann, das macht einen wirklich fertig!" klagte Diana, während die beiden Schwestern den kurzen Seitengang hinunter in Richtung Erlkönig eilten. „Oder? Bist du nicht auch völlig fertig?"

Claire zuckte die Achseln. „Eigentlich nicht. Aber ich trage ja auch nicht dasselbe T-Shirt wie eine Siebzigjährige."

„Hör mal! Ihres war rot auf weiß, meins ist weiß auf rot. Das ist nicht dasselbe T-Shirt!"

„Wie du meinst."

Marvin Travel, Der Schneider von Gloucester, Erlkönig ...

Die beiden Frauen gaben vor, sich lediglich ein wenig ausruhen zu wollen. Sie setzten sich auf die Bank, die dem Kaufhaus direkt gegenüberstand und spähten unauffällig abwechselnd durch die geöffnete Ladentür.

„Ist das da dein Troll?" wollte Claire wissen.

„Mein Troll ist es nicht, das wollen wir erst mal klarstellen, ja? Zweitens: Warum sollte der Troll nicht auch am Wochenende für bestimmte Schichten stundenweise einen Teenager eingestellt haben? Das handhaben die meisten anderen Läden hier im Haus schließlich auch so."

„Der Typ da könnte eher als einer durchgehen, der stundenweise den Teenager gibt."

„Womit du auch recht haben könntest."

Der Troll konnte durchaus als Mensch durchgehen, angesichts der ungeheuren Bandbreite an Variationsmöglichkeiten, über die die menschliche Physiognomie nun einmal verfügt. Vorausgesetzt natürlich, niemand sah allzu genau hin und alle waren bereit, die unangenehme Gewißheit zu verdrängen, daß Menschen mit einer Hautfarbe wie der Mann hinter dem Tresen im Laden in der Regel bereits einige Tage tot waren. Einige recht heiße Tage ... der Kopf des Mannes war kahl, sein Ziegenbärtchen stammte höchstwahrscheinlich wirklich von einer Ziege, die Sonnenbrille schien ein Markenmodell zu sein: Ralph Lauren. Er war etwas über zwei Meter hoch, und nur knapp ein Drittel dieser Länge war Bein. Die riesigen Fäuste baumelten auf derselben Höhe wie die Knie.

„Zumindest kleidet er sich ansprechend."

„Aber hallo! Dufter Schlips – was das wohl für Leder ist?"

„Nicht was für Leder", sagte Austin und sprang auf die Bank. „Wer ist das Leder, muß die Frage lauten!"

„Igitt."

„Augenscheinlich passen die Schuhe haargenau zur Krawatte."

„Wie ich schon sagte: igitt."

„Es ist dein Ruf", bemerkte Claire. „Wie kommen wir an ihm vorbei?"

„Wir haben da drinnen einen Maulwurf, erinnerst du dich?" Diana stand auf, reckte sich und trat auf das Schaufenster zu. „‚Voodoo selbstgemacht' – der Bausatz war um vierzig Prozent herabgesetzt. Diana tat, als interessiere die gesamte Schaufensterauslage sie brennend und glitt langsam zur Seite, bis sie sich selbst im äußersten Rand des kreisrunden Spiegels erkennen konnte. Aus dessen Tiefe tauchten nun vertraute Augen auf, blaue Iris auf blauem Grund.

„He, Chef!" ließ er verlauten.

Mit einem Ruck wandte der Troll den Kopf zur Seite, wobei, aufgrund eines akuten Mangels an Hals, ein Großteil des Rumpfes ebenfalls folgte. „Bist du verrückt? Was, wenn nun Kunden im Laden gewesen wären?"

„Dann wären die wahrscheinlich sowieso ziemlich mit den Nerven am Ende: Guck doch mal, wie die Gummischlangen da rumkriechen!"

„Was, schon wieder? Ich wußte, ich hätte diesem warzennasigen miesen kleinen Ausschußprodukt aus der Werkstatt des Weihnachtsmanns nicht trauen dürfen!" Der Troll ließ sich laut keifend über Vertreter aus, die ehrbare Geschäftsleute über den Tisch ziehen, kam hinter dem Tresen hervor und stapfte einmal quer durch den Laden.

Diana, die inzwischen zur Sitzbank zurückgekehrt war, packte ihre Schwester beim Arm. „Jetzt!"

Als sie den Laden erreicht hatten, zupfte sie Claire am Ärmel: „Duck dich!"

Claire hätte sich vor Schreck fast losgerissen.

„Bleib möglichst weit unten!" zischte Diana.

Ein unterdrückter, leicht gummiartiger Schrei, ein befriedigendes: „Nun wollen wir mal sehen, wie ihr mit dem Schwanz im Maul rumkriecht!", und Hüterinnen plus Kater schossen durch die Tür und quer durch den Laden hindurch zum Lagerraum.

Es hörte sich nicht so an, als sei ihnen jemand unmittelbar auf den Fersen.

Ein Gutes haben Trolle nun mal, mußte selbst Diana sich eingestehen, sie können wirklich nicht schleichen. „Meinst du, er hat uns gesehen?"

„Da wollen wir es lieber gar nicht erst drauf ankommen lassen." Mit drei riesigen Schritten hatte Claire das Lager durchquert und stand vor der Stahltür, die zum Lieferantengang führte, der hinten an allen Läden des Einkaufszentrums entlanglief. Sie runzelte die Stirn, als sie das handgeschriebene Schild sah, auf dem „Nur für Angestellte!" stand, riß die Tür dann aber trotzdem kurz entschlossen auf. „Komm. Wir müssen sowieso raus hier, wenn wir auf die Gegenseite wollen. Dies hier ist der sicherste Ort, an dem wir hineingehen können, und wenn wir hineingehen wollen, müssen wir erst einmal hinausgehen."

Diana nickte. „Was nichts Neues ist, trotzdem aber wahr. Sam ..." Dann schlüpfte sie hinter ihrem Kater durch die Tür.

Austin folgte.

Claire folgte Austin, versicherte sich, daß sie die Tür auch wieder würden öffnen können und schloß sie dann vorsichtig.

Sie fanden sich zwischen Betonwänden in einem Flur wieder, in dem matte Glühbirnen ein irgendwie schmutziges Licht verbreiteten, das es gerade mal schaffte, ein sich ständig wiederholendes Muster aus feuchten Flecken zu beleuchten, das an der unteren Seite der Wände entlang verlief. Die Luft roch nach altem Urin und nach noch älterem Fritten-Bratfett.

Diana wandte sich nach rechts und ging einen Schritt auf die Abzweigung zu, die wenige Meter entfernt von ihnen im rechten Winkel von dem Flur abging, auf dem sie sich gerade befanden. „Ich habe schon immer wissen wollen, wie es hier hinten aussieht."

„Hier im besonderen?" schnaubte Austin ungläubig.

„Nein, du weißt schon: wie es in so einem Einkaufszentrum wohl hinter den Kulissen aussehen mag."

„Wirklich, es wird Zeit, daß du mehr unter die Leute kommst!"

„Ja, und für uns wird es Zeit, daß wir hier rauskommen!" rief Claire, deren Hand immer noch auf der Klinke der Lagertür lag, ihren Begleitern ins Gedächtnis. „Dies ist die Stelle, an der der Troll immer hinübergeht. Hier sind so viele Kraftrückstände, die können wir ganz einfach nutzen und bei denen flackert noch nicht einmal der Radar."

„Es sei denn, wir gehen in die vollkommen entgegengesetzte Richtung! Damit schicken wir denen praktisch eine Grußkarte: ‚Huhu, hier bin ich!'"

Drei Augenpaare richteten sich auf den jüngeren der beiden Kater.

„Entschuldigung! Das sind noch so Überbleibsel von höherem Wissen. Möglich ist es! Aber nicht gerade wahrscheinlich", fügte Sam hastig hinzu, als Austin sich ihm drohend näherte. „Rückstände sind Rückstände, oder, und außerdem – was weiß ich denn schon?"

„Austin!"

Austin warf Claire einen vernichtenden Blick zu, weil sie ihm den Spaß verdorben hatte, und war mit einem Mal voll und ganz damit beschäftigt, seine Schulter zu putzen, die Krallen fast schon wieder eingezogen.

„Es ist mein Ruf." Diana griff nach der Klinke. „Ich trage das Risiko."

Kopfschüttelnd legte Claire ihre Hand auf die Dianas. „Wenn hier eine von uns eine Art Blitz losschickt, dann wäre es mir lieber, die anderen bekämen mit, daß ich es bin. So bleibt die mächtigere Hüterin erhalten – sozusagen als Reserve."

„Da ist was dran, aber ich weiß noch was Besseres: Wir ahnen ja nicht, was uns auf der anderen Seite dieser Tür erwartet. Ich sollte als erste durchgehen, damit ich sicherstellen kann, daß sie uns nicht schon aufhalten, ehe wir richtig losmarschiert sind."

„Warum gehen wir dann nicht gemeinsam? So erkennen sie keine von uns wirklich klar, und wir sind bereit für die Dinge, die auf uns zukommen."

„Aber ich darf es dann mit denen austragen."

„Aber gerne doch."

Diana nickte und Claire öffnete die Tür.

Das Lager auf der Gegenseite sah fast genauso aus wie das, das die beiden Frauen gerade verlassen hatten. Dieselben Regale, dasselbe Chaos aus leeren Kartons, dieselben überschüssigen Lagerbestände. Der einzige wirkliche Unterschied war das Licht – hier war es schwach, diffus und leicht grünlich.

Die beiden Hüterinnen standen ganz still da und wogen die Stille ab, ob sie Gefahren bergen mochte.

„He!" Sam sprang auf einen Stapel alter Milchkästen aus Plastik. „Wo ist Austin?"

Drei

Eben noch hatte er eine orangefarbene Schwanzspitze im Gesicht gehabt. Dann jedoch hatte er deutlich gespürt, wie sich die Möglichkeiten leicht verschoben, und nun spazierte er allein in den Lagerraum, den sie alle gerade verlassen hatten. Die Tür zum hinteren Lieferantengang war geschlossen.

Die Tür zum Laden selbst war geschlossen.

Austin setzte sich, schlang den Schwanz um die Vorderpfoten und funkelte nichts und niemanden im besonderen wütend an. Das Bedürfnis, irgend etwas anzupinkeln, war enorm. Wie alle Katzen verstand er genau, was mit „Nein" gemeint war. In der Regel ignorierte er das Wort. Aber in diesem Fall ...

In diesem Fall wußte er genau, daß es an diesem Nein kein Vorbei gab, daß es sich nicht würde ignorieren lassen.

Die Möglichkeiten gestatteten ihm nicht, auf die andere Seite zu gehen.

Die Tür zum Lieferantengang blieb geschlossen. Austins Augen verengten sich zu schmalen Schlitzen. Claire wäre sofort zurückgekommen und hätte ihn gesucht – wenn sie gekonnt hätte. Daß sie nicht auftauchte hieß, sie war nicht in der Lage zu kommen. Die Frage war nur: warum nicht?

Glücklicherweise gab es einen Weg, das herauszufinden.

Unglücklicherweise jedoch konnte er, ganz gleich, wie lang er sich machte, noch nicht einmal an den unteren Rand der Metallplatte fassen, in die die Türklinke eingelassen war.

Also mußte ein anderer Plan her.

Austin ließ sich auf alle Viere fallen und starrte die geschlossene Tür unverwandt an. In dieser Haltung schaffte er es in der Regel problemlos, einen sprechenden Affen dazu zu bewegen, herbeizueilen und ihm behilflich zu sein.

„Kein Problem, meine Damen. Ich habe die T-Shirts auch noch in anderen Größen auf Lager."

Nun, in diesem Fall vielleicht ja auch keinen sprechenden Affen – wer wußte schon, wen der Troll für seinen evolutionären Vorgänger hielt! Einen sprechenden Sonstwas dann eben.

Als die Tür aufging, verkroch sich Austin hinter einer Kiste, die mit den Symbolen sowohl für Biogefahrengut als auch für lebende Fracht versehen war. Neugierig beroch der Kater eins der Luftlöcher in der Kiste, aber das Behältnis war leer, und zwar seit geraumer Zeit, und das war wohl auch gut so. Obwohl Austin sich Szenarien vorstellen konnte, in denen das Gegenteil der Fall gewesen wäre. Der Troll war voll und ganz damit beschäftigt, aus einem Karton mit T-Shirts des Astarte Fanklub eines in Größe XXL herauszufischen. Austin konnte unbemerkt durch die Tür schlüpfen und stand nun im Laden selbst.

Ein rascher Schlenker nach rechts, dann tauchte der Kater unter einem Display auf Stelzen hindurch, überwand kriechend eine freie Strecke, auf der nichts ihm Deckung bot und landete dann schließlich hinter einem Drahtkorb voller kleiner Schmuckkästchen aus Plastik. Er legte den Kopf zur Seite und spitzte die Ohren. Welches der Kästchen war noch nie aufgezogen worden? Wo hatte noch nie jemand mit dem Bedürfnis nach Blechmusik den entsprechenden Mechanismus in Gang gesetzt, nur um das Döschen dann rasch wieder zu schließen? Es dauerte eine Weile, bis Austin ein Schächtelchen gefunden hatte, das mucksmäuschenstill war, bei dem nichts leise knackte und knirschte und nur darauf wartete, wieder loszulegen. Dieses Kästchen klappte Austin auf. Der kleine Republikaner im rosafarbenen, gekräuselten Ballettröckchen verharrte reglos vor dem Spiegel.

Austin versetzte dem winzigen Politiker einen Schlag mit der Tatze, so daß er zur Seite klappte und nicht mehr im Wege war. Dann kippte er das Schmuckkästchen so weit nach hinten, bis im Spiegel nichts anderes mehr zu sehen war als der Überwachungsspiegel oben an der Decke.

Glücklicherweise sind Katzen Meister darin, den richtigen Brechungswinkel zu finden.

Austin hätte unmöglich direkt zum Spiegel hinübergehen können, denn dann hätte der Troll ihn auf jeden Fall zu Gesicht bekommen. Der große Kerl stand bereits wieder hinter dem Tresen und erklärte der Kundin, die gerade stolze neue Besitzerin des T-Shirts geworden war, nach dem der Troll hinten im Lager gesucht hatte, wie sie es waschen sollte. Anscheinend kam es sehr darauf an, die Blutflecken eben nicht herauszubekommen.

Blaue Augen auf blauem Grund tauchten aus den Tiefen des Spiegels auf.

„Was machst du denn hier?" wollte das magische Guckglas besorgt wissen, sein sonst so sonorer Tonfall eher ein sanftes Klingeln.

Austin preßte seine Nase so dicht an das Glas, daß es beschlug. „Die Möglichkeiten gestatten mir nicht hinüberzugehen."

„Altersdiskriminierung?"

Austin zuckte die Achseln. „Möglich. Vielleicht meinen aber auch die Vollidioten, die das Sagen haben, mit zwei Katzen wären die Guten zu sehr im Vorteil. Keine Ahnung. Kannst du meinen Leuten drüben eine Nachricht übermitteln? Ich muß wissen, ob mit Claire alles in Ordnung ist und sie muß wissen, daß ich in Sicherheit bin."

„Ich kann noch mehr. Es dürfte kein Problem sein, ein Bild von dir rüberzuschicken, in voller Lebensgröße. Allerdings nur Bild, kein Ton. Wenn du die volle Bandbreite willst, brauchst du eine Kristallkugel."

„Bild ist prima." Wenn Claire ihn sah, dann wußte sie, daß mit ihm alles in Ordnung war und konnte sich voll und ganz auf ihre Arbeit konzentrieren. Austin blickte sich um, auf der Suche nach irgend etwas, was helfen könnte, seine Botschaft visuell zu vermitteln. Fast wollte er die Suche schon einstellen, da es hier nichts zu geben schien, auf dem der Name DEAN zu lesen war – da fiel sein Blick auf das kleine Hängebord mit den Namensschildern aus Porzellan.

Die Regeln für den Einkauf in schäbigen Geschenkeläden besagten ganz klar, daß niemand je genau den Namen findet, nach dem er sucht.

Katzen jedoch stellen eigene Regeln auf.

Mit der Geschwindigkeit, die eine Katze im allgemeinen dann aufbringt, wenn es gilt, einem nichts Böses ahnenden Menschen eine Fritte aus den Fingern zu klauen, und zwar genau in dem Moment, in dem besagte Fritte zwischen dem Teller und den Lippen des Betroffenen schwebt, sprang Austin nun in die Luft, schaffte es, die Pfote unter das Objekt seiner Begierde zu schieben und mit eben diesem Objekt wieder sicher auf dem Boden zu landen, ehe der Troll, der gerade Wechselgeld herausgab, hatte aufsehen können. Selbst der leise Plumps, mit dem der Kater landete, war kaum zu hören, denn der Troll mußte sich bei der Wechselgeldherausgabe wohl sehr konzentrieren und murmelte ununterbrochen vor sich hin: „Fünf und sechs macht dreizehn plus acht macht zwanzig ..."

Der Name auf dem Porzellanschild stimmte – wenn auch die Verzierung in Form zweier schon obszön niedlicher Mäuse, die sich eine riesige Erdbeere teilten, nicht gerade das Bild eines zwei Meter großen, obsessiv ordentlichen, eishockeyspielenden Neufundländers heraufbeschwor. Allerdings mußte Austin dann feststellen, daß die Erdbeere gar keine war – die Mäuse hatten nur den größten Teil der Haut abgenagt ...

Erneut baute der Kater sich vor dem Spiegel auf und beugte sich vor, bis seine Schnurrhaare das Glas berührten. „Jetzt kannst du loslegen!"

„Was soll das heißen: Wo ist Austin?"

Sam verdrehte die Augen. „Damit meine ich, daß er nicht bei uns ist."

Claire stand bereits an der Tür, als Diana es schaffte, sie am Handgelenk zu packen und festzuhalten. „Wo willst du hin?"

„Zurück. Vielleicht ist er verletzt."

„Aber wer weiß denn, wo Austin ist – er könnte sonstwo sein. Nur weil ihn die Möglichkeiten nicht mit uns zusammen hier herübergebracht haben, heißt das noch lange nicht, daß sie ihn im anderen Einkaufszentrum gelassen haben."

„Es gibt nur einen Weg, um das herauszufinden."

„Was, wenn er dort nicht ist?"

Claire riß sich los, holte einmal tief Luft und sah ihrer Schwester tief in die Augen. „Dann komme ich sofort zurück."

Nach einigem Zögern nickte Diana schließlich zustimmend.

Claire hatte die Finger schon um die Klinke gelegt, als sie wie erstarrt stehenblieb.

Auf der anderen Seite Schritte. Füße, die im Gleichschritt marschierten.

Noch entfernt, aber sie kamen immer näher.

Harte Sohlen schlugen auf Beton.

Irgend etwas Hartes schlug auf Beton. Hufe? Unmöglich, das genau zu erkennen.

Die Hüterinnen spürten, wie der Boden unter ihren Füßen vibrierte. Sams Schwanz wurde immer dicker, plusterte sich auf, bis er das vierfache Ausmaß seiner für gewöhnlich schlanken Kontur erreicht hatte.

Diana packte die Schwester an den Schulterriemen des Rucksacks und zerrte Claire hinüber zur anderen Tür des Lagers. „Los! Wir müssen hier raus!"

Immer näher.

Ein paar gläserne Briefbeschwerer in Gestalt von Schneeflocken vibrierten so heftig, daß sie in tausend Stücke barsten. Aus ihnen quollen Grendel in Miniaturform, die an den blutigen Enden von Wikingerarmen knabberten.

„Wir wissen nicht, was da im Laden ist", protestierte Claire, als Diana die Tür zum Geschäftsraum aufriß.

„Auf jeden Fall was besseres als hier draußen!"

Sam hüpfte von den Milchkästen und zischte durch die Beine der Hüterinnen hindurch durch die offene Tür.

„Sam denkt, da ist es sicher. Los! Komm! Beweg dich!"

Die beiden rannten hinter dem Kater aus dem Lagerraum, und Diana knallte die Tür hinter sich zu.

Die plötzliche Stille war fast überwältigend.

Sam, dem das Fell an der Wirbelsäule entlang wie ein orangefarbener Irokesenschnitt hoch aufgerichtet stand, schritt vorsichtig in den Laden hinein. „Die Stille ist zum Schneiden dick. Als wate man durch Pudding."

„Du mußt es ja wissen", murmelte Diana leise, die Hand flach an die Tür gedrückt. Sie lauschte aufmerksam, ob ihnen auch niemand folgte.

„Das war ein Unfall!"

„Beim ersten Mal vielleicht. Im Lager bewegt sich nichts. Ich höre jedenfalls nichts." Sie wandte sich an Claire. „Was ist mit dir?"

„Nichts. Warte. Ich gehe zurück und hole Austin."

„Das wird nicht notwendig sein."

„Sam!" Erbost funkelte Claire den jüngeren Kater von oben herab an ...

... aber der schenkte ihr gar keine Beachtung. Er stand mit hocherhobenem Kopf da, die Augen unverwandt auf die hintere, obere Ladenecke gerichtet.

Der Spiegel auf der Gegenseite war eine Platte aus dickem, versilberten Glas, ungefähr einen halben Meter breit und einen Meter lang, in einem antiken Holzrahmen. Er spiegelte gerade den Ladenraum wider, den die beiden Hüterinnen soeben verlassen hatten: Der Troll flirtete mit zwei Mädchen, die vor seinem Tresen standen, eine Frau schob ihren Kinderwagen hinaus in die Wandelhalle, eine der Gummischlangen verschwand unter einem Stapel Plüschtiere, und mittendrin thronte Austin neben einem Stahlkorb voller winziger Spieldöschen aus Plastik und starrte auf seine Zuschauer hinab.

„Ihm ist nichts passiert!" Claire hatte gar nicht mitbekommen, daß sie die Luft angehalten hatte – nun atmete sie erleichtert wieder aus. „Gott sei Dank!"

„Gern geschehen."

Diana fuhr sich mit beiden Händen über die Gänsehaut, die sich plötzlich auf der Haut ihrer Arme gebildet hatte. „Claire? Bibittebe nibicht Gobott dabankeben, sobolabangebe wibir hibieber sibind. Damit erregst du nur die Aufmerksamkeit der falschen Leute."

„Weiß ich doch."

„Ich weiß, daß du das weißt. Du warst nur so erleichtert, den ... du weißt schon zu sehen." Sie wies mit dem Kinn auf den Kater im Spiegel.

„Was will er uns denn da ... ach! Dean. Er geht jetzt zu Dean."

Mit zusammengekniffenen Augen starrte Diana auf das Keramikschildchen, das Austin in den Gang des Ladens geschoben hatte. „Essen die Mäuse auf dem Schild da etwa eine Elfe?"

„Was? Nein, die essen eine Erd... oh Hilfe! Das ist aber wirklich, wirklich eklig!"

Dann starrten die beiden ihre eigenen Spiegelbilder an.

„He!" Claire verschränkte die Arme vor der Brust und stampfte mit dem rechten Fuß auf, was allerdings mehr Eindruck gemacht hätte, wäre sie nicht bedingt durch den Teer unter ihren Absätzen kurzfristig am Teppichboden hängengeblieben. Sie riß den Fuß los, klammerte sich hektisch an ein Display, als nun ihr Rucksack von der Schulter zu rutschen drohte und zischte wütend: „Was ist denn plötzlich los?"

Blaue Augen auf blauem Grund brachten es fertig, ein wenig dämlich dreinzuschauen. „Das tut mir ausgesprochen leid. Ich habe das Signal verloren."

„Wie das denn?" wollte Diana wissen. „Hast du vergessen, auf den Knopf zu drücken, der die Warteschleife deaktiviert?"

„Nein, ich glaube, es ist eher ein Hardwareproblem. Diese neumodischen konvexen Spiegel verzerren alles. Hört mal, ich muß jetzt zurück an die Arbeit. Vergiß nicht, was du mir versprochen hast!"

Diana nickte. „Ich hole dich hier raus, ehe wir die ganze Sache schließen. Das habe ich nicht vergessen."

„Jetzt denkst du noch daran!" bemerkte der Spiegel. „Aber was, wenn du im feindlichen Kugelhagel stehst? Dann ist es nicht mehr so einfach."

„Was denn für feindlicher Kugelhagel?" Aber nun waren die Augen bereits wieder verschwunden, und Dianas Spiegelbild schaute so ungehalten drein, wie die Hüterin selbst sich fühlte. „Was für feindlicher Kugelhagel?" wiederholte sie, an ihre Schwester gewandt.

„Ist doch egal. Hör auf daran zu denken!"

Diana erbleichte. Die Gegenseite schuf Materie aus dem, was im Unterbewußtsein ihrer Bewohner vor sich ging! Unversehens war Diana nicht mehr in der Lage, an etwas anderes zu denken als an feindlichen Kugelhagel. Ablenken, sie mußte sich irgendwie ablenken ... „Au!"

Sam zog die Klauen aus Dianas Fuß, wobei er recht selbstzufrieden dreinschaute.

„Mit einem Mal bin ich nicht mehr so überzeugt davon, daß der Spiegel wirklich auf unserer Seite steht." Diana ließ sich auf ein Knie fallen, feuchtete den rechten Zeigefinger an und tupfte sich das Blut ab. „Wie denkst du darüber, Claire?"

„Worüber?" Claire zwang sich, den Blick vom Spiegel zu lösen. „Tut mir leid – ich mache mir Sorgen um Austin. Der ist so ganz allein da in dem Einkaufszentrum."

„Austin ist älter als die meisten Leute, die da am Wochenende arbeiten", beruhigte sie Diana, „und daß er wesentlich schlauer ist als sie, brauche ich ja wohl eigentlich nicht extra noch zu betonen. Ich bin mir absolut sicher, er wird keine Probleme haben, dorthin zurückzufinden, wo wir Dean zurückgelassen haben."

„Wir sind jetzt schon eine ganze Weile hier drin. Was, wenn Dean gar nicht mehr da ist?"

Sein größtes Problem würde sein, unentdeckt aus dem Erlkönig zu verschwinden. Wenn man ihn draußen im Einkaufszentrum erwischte, bedeutete das höchstens ein, zwei unangenehme Stunden Arrest, bis es ihm gelang, aus der Gefangenschaft zu fliehen. Erwischte man ihn allerdings hier im Laden, dann stand ihm als unausweichliches Schicksal Senf bevor. Trolle schmieren Senf auf wirklich alles, was sie fressen. In der Regel, um den Geschmack zu übertönen. Manchmal aber auch um das, was sie fressen wollen, erst noch umzubringen.

Austin hatte keineswegs die Absicht, durch ein Würzmittel ums Leben zu kommen.

Er konzentrierte sich ganz darauf, seinen Schwanz möglichst eng um seinen Körper zu wickeln. Dann kroch er auf dem Bauch den Fußboden entlang, nutzte jedes Versteck, jede Deckung, die sich ihm in der mehr als zufälligen Anordnung von Verkaufshilfen bot und befahl sich streng, nicht weiter auf all das zu achten, worüber er auf seinem Weg hinwegkriechen mußte. Trolle waren nicht gerade berühmt für die makellose Sauberkeit ihrer Teppichböden, und ein paar der hier zur Schau gestellten Waren legten ein Verhalten an den Tag, das zu Verschmutzungen des Fußbodens führte. Austin war noch ungefähr einen Meter von der Tür entfernt, als ihm die Dinge ausgingen, hinter denen er sich verstecken konnte.

Im Laden war kein einziger Kunde mehr, der den Troll hätte ablenken können.

Selbst aus der Entfernung spürte Austin an den Haarspitzen ganz deutlich die Stäbe, mit denen die Tür gesichert war. Wenn er deren Ausstrahlung richtig interpretierte – und darüber konnte ja nun wahrlich kein Zweifel bestehen –, dann war nur ein einziges Wort vonnöten, und diese Stäbe senkten sich und schufen eine unüberwindliche Barriere. Angesichts der Tatsache, daß Austin das Sichtfeld des Trolls direkt durchqueren mußte, um zur Tür zu gelangen, würde er unglaublich schnell sein müssen und viel Glück brauchen, wollte er auf der anderen Seite der Barriere sein, wenn dieses Wort fiel.

Schön. Austin zog die Beine dicht unter den Körper, verlagerte das Gewicht auf die Hinterpfoten und war bereit für den Moment, da starke Lenden ihn vorwärts schleudern würden. Denk daran: Man ist nur so alt, wie man sich fühlt.

... bereit für starke Lenden, die ihn vorwärts schleuderten.

Ich fühle mich, als würde ich im August achtzehn werden.

... ihn vorwärts schleuderten.

Achtzehn ist ganz schön alt für eine Katze. Wenn ich ein Hund wäre, wäre ich wahrscheinlich längst tot. Wenn ich ein Hund wäre, würde ich natürlich auch tot sein wollen!

... vorwärts.

Oh Mist.

Der erste Satz, und er war schon fast an der Türschwelle. Er hörte, wie der Troll „Katze!" schrie, wie er: „endoplasmisches Netz" brüllte, er sah einen grellen, auberginefarbenen Lichtstrahl aufblitzen, atmete den unverwechselbaren Geruch angesengten Katzenhaars ein, und dann war er draußen in der Wandelhalle, unter einer Bank, und trat mit den Pfoten die Glut aus, die an seinem Schwanzende glomm. Glücklicherweise war sein Fell lang genug – so war kein wirklicher Schaden entstanden.

Gleich danach blitzte der auberginefarbene Lichtstrahl erneut auf, und es tat einen Schlag, bei dem Austin die Schnurrhaare bebten.

Klopfenden Herzens wandte er sich um, dem Erlkönig zu.

Drinnen im Laden, dicht hinter der Tür, lag der Troll flach auf dem Rücken. Anscheinend waren die Stäbe so angeordnet, daß sie nichts und niemanden durchließen.

„Idiot!" murmelte Austin und wusch sich triumphierend die rechte Vorderpfote.

„Kätzchen!"

Austin hatte sich so vollständig auf die Geschehnisse im Laden konzentriert, daß ihn der Anblick des Kleinkindes völlig unvorbereitet traf. Das Kleine hockte da, das Hinterteil mit der Papierwindel nur wenige Millimeter über dem Fußboden, lugte neugierig unter Austins Bank und streckte ein Patschhändchen aus, um den Kopf des alten Katers zu tätscheln.

„Willst du wirklich, daß das Kätzchen einen Herzschlag bekommt?" keuchte Austin, als es ihm gelungen war, wieder Luft zu holen.

„Niedlich!"

„Faß das nicht an!" warnte Austin.

„Komm schon, Brandon." Nun tauchten hinter einer massiven Kinderkarre zwei Frauenfüße auf. Zwei große Hände schoben sich in die Achselhöhlen des Kleinen, hoben ihn hoch und trugen ihn außer Sichtweite. Austin sah nur zwei Füßchen in putzigen kleinen, mit Entchen verzierten Sandalen, die heftig, aber vergeblich protestierend strampelten. „Komm, laß uns nach Hause gehen, solange du noch gut drauf bist."

Ganz vorsichtig schob sich Austin ein paar Zentimeter vor, bis er einen umfassenden Blick auf das Gefährt erhaschen konnte, in das der junge Brandon nun verfrachtet werden sollte. Diese Kinderkarre bot nicht nur ausreichend Platz für etwaige Tramper – sie wurde noch dazu von einem großen, flachen Baldachin beschirmt. Hingen beide Griffe voller Tüten, was hier der Fall war, konnte der Erwachsene, der diese

Karre schob, nicht sehen, wer alles auf dem Sitz hockte. Austin wartete geduldig, bis die Sicherheitsgurte angelegt und fest verzurrt waren, wartete ab, bis die Frau um die Karre herumgegangen war und ihren Platz dahinter eingenommen hatte und sprang dann – die Kinderkarre stand gerade im Begriff, sich in Gang zu setzten – auf.

„Kätzchen!"

„Nein, heute gucken wir uns keine Kätzchen an, mein Großer", widersprach die Frau mit einigem Nachdruck. „Nächstes Mal machen wir von vornherein einen großen Bogen um die Zoohandlung."

Also hatte man ihn nicht entdeckt, und Brandon hatte bereits eine Ausrede parat. „Das haben wir prima hingekriegt, Kleiner!" flüsterte Austin zufrieden in ein molliges, rundliches Ohr. „He, das Kätzchen will aber deinen Arm gar nicht um den Hals haben!"

„Kätzchen weich!"

„Ach ja? Baby müffelt." Austin zog Beine und Schwanz ganz dicht an den Körper, um möglichst große Ähnlichkeit mit einem Plüschtier zu haben, machte es sich bequem und war bereit, die Fahrt zu genießen. Wenn die hinter dem Food Court nach links abbiegen, dann muß ich aber sehen, daß ich Land gewinne.

Die Karre bog rechts ab.

Na, wie stehen meine Chancen? Ob sie wohl auch nach oben wollen?

Die vorderen Räder des Kinderwagens stießen gegen die Stufen der Rolltreppe.

„Da vorn bei dir alles klar, Brandon?"

„Klar!" Der Kinderwagen wurde nach hinten gekippt und glitt langsam nach oben. „Kätzchen?"

„Mir geht's prima. Steck das nicht in den Mund! Das ist fest dran an mir!"

Beim Plattenladen Sunshine Records war die Reise für Austin zu Ende – das Glück verließ ihn.

„Ich will nur ganz kurz noch mal in diesen Laden, Kleiner. Dann geht's zurück zum Parkplatz", verkündete Brandons Mutter.

Sobald die Kinderkarre erst einmal stand, mußte man felsenfest damit rechnen, daß irgendwer im Plattenladen sich dazu hergeben würde, mit dem Baby die Dutzidutzi-Nummer abzuziehen, der Erwachsene offenbar schwer widerstehen konnten, wenn sie auf Windelträger trafen. Austin kannte sich da aus; auch über ihn hatten sich sein ganzes Leben lang Gesichter gebeugt und Dutzidutzi gegurrt. Er hegte den Verdacht – und da ging er von seinen persönlichen Erfahrungen aus –, daß die Sache den Babys nicht halb soviel Spaß machte wie den gurrenden Erwachsenen. Als sich der Kinderwagen nach einer Kehrtwende nun anschickte, in den Laden zu rollen, raunte Austin dem kleinen Brandon hastig ein paar Abschiedsworte zu, sprang aus der Karre und zischte zum nächststehenden Plastikkübel, um sich dort hinter einem Plastikbusch zu verstecken.

Gut, weder Aufschrei noch Gezeter begleiteten seine Flucht.

Jetzt galt es erst einmal herauszufinden, wo genau er sich befand.

Eigentlich sah die Sache nicht schlecht aus. Noch etwa zehn Meter Wandelhalle, dann ein kleiner Seitengang, und schon war er beim Eingang, vor dem sie Dean zurückgelassen hatten. Auf der Strecke bis zum Seitengang konnte man die Deckung nicht als perfekt bezeichnen, aber wenn er sich recht erinnerte – und das war natürlich der Fall –, dann gab es im Gang selbst genügend Dinge, hinter denen er sich verstecken konnte.

Also los, Jungs: Her mit der Musik für den Super-Schleicher mit den elastischen Beinen!

Er vergewisserte sich, daß gerade niemand zu ihm herübersah, sprang aus dem Pflanzkübel und glitt dann behende und vorsichtig an der Barriere aus durchsichtigem Plexiglas entlang, die verhindern sollte, daß die Achtlosen und die Dummen (und die achtlos Dummen) durch eine sechseckige Öffnung hindurch auf die untere Ebene fielen.

Durchsichtige Plexiglasbarriere?

„Hallo!" Der Schrei kam von der anderen Seite der Wandelhalle. „Da drüben ist eine Katze! Los, die schnappen wir uns."

Oh, Scheiße!

Dean rutschte auf der harten Metallbank hin und her und bemühte sich, eine etwas bequemere Stellung zu finden. Er fragte sich, wie lange er wohl noch würde warten müssen. Dann griff er seufzend nach den letzten Seiten der Samstagszeitung, die er noch nicht gelesen hatte. Wie immer hatte er sich zuerst die Cartoons angesehen, dann die Sportseiten, dann den Autoteil – der mehr oder weniger einem als Informationssendung getarnten Werbespot gleichkam, was aber in Ordnung war, denn wenigstens ging es um Autos. Er hatte die Seiten studiert, die sich „Modernes Leben" nannten, die Unterhaltungsseiten und sogar einen längeren Bericht im Wirtschaftsteil. Nun war nichts mehr übrig, nur noch die richtigen Nachrichten.

Die Titelseite teilten sich die düstere Ankündigung einer drohenden Wirtschaftsflaute (verursacht durch das Unvermögen der Konsumenten einzusehen, daß sie noch mehr Elektroschrott brauchten, als sie ohnehin schon ihr Eigen nannten) und einem Bericht darüber, daß in Kingston nach wie vor Straßenkinder verschwanden. In der Zeitung wurde eine Sozialarbeiterin zitiert. „Hören Sie mir mal gut zu", hatte die Frau gesagt, „an dem Tag, an dem Sie mir vormachen können, wie man sich um dreihundertzehn Fälle gleichzeitig kümmert, ohne dabei den einen oder anderen aus den Augen zu verlieren, weil der Betreffende eine mobile Lebensweise hat, an dem Tag melden Sie sich bei mir, ja? Bis dahin aber bleiben Sie mir verdammt noch mal vom Hals." Dean wußte nicht, was ihn mehr beeindruckte: die Sozialarbeiterin, weil sie „verdammt" gesagt hatte oder die Zeitungsmacher, weil sie dieses Wort wirklich gedruckt hatten.

Die Leute vom Kinderschutzbund verlangten, daß jeder, der über den Verbleib dieser Kinder etwas wußte, sich umgehend bei ihnen meldete, ganz gleich zu welcher Uhrzeit, ganz gleich ob Tag oder Nacht, dabei war doch jedem klar, daß aufgrund der jüngsten Haushaltskürzungen mit „ganz gleich zu welcher Uhrzeit" Montag bis Donnerstag von acht bis sechzehn Uhr und Freitags von acht bis zwölf Uhr gemeint war.

„Gut, jetzt haben sie es geschafft, jetzt bin ich deprimiert!" Dean faltete die Seiten, die er eben durchgeblättert hatte, gewissenhaft zusammen und legte sie zum Rest der Tageszeitung. Claire hatte gesagt, sie würde so an die zwei Tage da drinnen sein; vielleicht war es für ihn an der Zeit, zu gehen.

Irgendwo trommelten Pfoten an eine Glasscheibe.

Pfoten?

Dean sprang hastig auf und lief zur Eingangstür des Einkaufszentrums.

Dort, hinter der Tür, stand Austin auf den Hinterpfoten, sein Bauchfell ein einziger hell schimmernder, weißer Streifen. Mit beiden Vorderpfoten trommelte er hektisch gegen die Tür; er wollte raus. Als Dean die Tür aufriß, fiel der Kater zurück auf alle Viere, fing sich, kaum hatte er den Boden berührt, schoß los und verschwand auf dem Parkplatz, ehe Dean ihm eine einzige Frage hatte stellen können.

Der Anblick eines Trios halbwüchsiger Knaben, die dem Kater dicht auf den Fersen gewesen waren, machte zumindest eine von Deans Fragen überflüssig. Alle drei kamen mit einem Ruck am Rande der Asphaltdecke des Parkplatzes zum Stehen, wobei die vom Teerbelag aufsteigende Hitze sie gewiß ebenso verwirrte wie das plötzliche Verschwinden ihrer Beute.

„Habt ihr was verloren?" Dean war vier oder fünf Jahre älter als die drei, ein paar Zentimeter größer und um einiges muskulöser als der größte, stärkste von ihnen. Wenn es hart auf hart kommen sollte, war Austin nicht wirklich gefährdet.

„Du hast die Katze rausgelassen, Mann! Wir wollten sie einfangen."

„Warum?"

„Warum?" Der Sprecher warf seinen beiden Kumpanen einen Blick zu, der ganz eindeutig, ohne daß ein einziges Wort gefallen wäre, besagte, wie blöd er diese Frage und den Frager fand. „Weil Katzen nun mal nicht ins Einkaufszentrum gehören!"

Dean ließ den Blick betont langsam über den Parkplatz schweifen.

„Jetzt ist die Katze nicht mehr im Einkaufszentrum! Weil wir sie verscheucht haben!" Der Junge kniff die Augen zusammen. „Das ist nicht deine Katze!"

„Ich weiß." Austin betrachtete Dean als einen seiner Hilfs-Dosenöffner, aber das spielte in dieser Auseinandersetzung keine Rolle.

„Wenn die Katze keinem gehört, gehört sie jetzt uns. Wir haben sie zuerst gesehen."

„Ich will die verdammte Katze doch gar nicht!" Einer der beiden anderen Jungs zog sich seine Shorts hoch, die ihm von den mageren Hüften zu rutschen drohten und warf einen sehnsuchtsvollen Blick zurück zu den klimatisierten Räumen des Einkaufszentrums. „Los, kommt, hier draußen ist es zu heiß."

Die vom Schatten eines noch recht spärlichen, ungepflegten Teenagerflaums gekrönten Lippen des ersten Sprechers verzogen sich verdrießlich. „Also lassen wir die Katze einfach so gewinnen?"

Der dritte seufzte und kratzte sich an dem immer größer werdenden feuchten Fleck unter dem Arm. „Katzen gewinnen immer. So oder so."

„Ach ja. Indem sie sich unter einem geparkten ..." Die schmalen Schlitze öffneten sich. „Unter einem geparkten Minivan verstecken!" Der Junge ließ den Blick über die säuberlichen, fast uniformen Reihen der geparkten Familienkutschen gleiten und richtete die nunmehr weit aufgerissenen Augen dann erneut auf Dean. „Wenn du die Katze findest, Mann, dann kannst du sie ruhig behalten! Wir wollen sie gar nicht." Er vergrub beide Hände tief in den Hosentaschen und machte auf dem Absatz kehrt. „Kommt, Jungs."

Weiß das denn jeder hier, das mit den Minivans? fragte sich Dean, als die drei Teenager wieder zurück zum Einkaufszentrum schlurften. Er wartete, bis er hörte, wie sich die Türen hinter ihnen schlossen, und dann wartete er noch ein paar Minuten, nur für alle Fälle. Daraufhin nahm er seine zusammengefaltete Zeitung von der Bank und ging hinaus auf den Parkplatz, auf seinen Pick-up zu.

Sobald er den kleinen Betonstreifen verlassen hatte und aus dem Schatten des Gebäudes getreten war, traf ihn die Hitze wie ein warmer, feuchter Schwamm. Als es ihm schließlich gelungen war, die Fahrertür aufzuschließen, klebte ihm das T-Shirt bereits feucht am Rücken.

„Du hast dir ja reichlich Zeit gelassen", keuchte Austin, der unter der Ladefläche des Pick-up hervorgekrochen kam.

„Tut mir leid." Dean hob Austin mit einer Hand hoch, ließ ihn sanft auf den Sitz fallen und glitt ebenfalls in die Fahrerkabine. „Was war denn los?"

„Die Möglichkeiten haben mich nicht durchgelassen, aber den anderen ist nichts passiert, du kannst dich also abregen." Sekundenlang richtete sich ein smaragdgrünes Auge auf Dean. „Das sollte ein Witz sein. Hast du hier drin Wasser?"

Seit ihrem letzten Besuch beim Tierarzt hatte Claire es sich angewöhnt, im Handschuhfach des Pick-up stets eine Flasche Wasser und einen kleinen Napf aufzubewahren. Das Wasser war lauwarm, aber Austin trank trotzdem fast alles, was Dean ihm in den Napf goß.

„Ansonsten alles klar bei dir?" wollte der junge Mann als nächstes besorgt wissen.

„Laß mich mal kurz zu mir kommen." Austin richtete sich auf, fuhr sich mit der Pfote über die nassen Schnurrhaare und seufzte. „Ist dir eigentlich je aufgefallen, wie sehr eine Horde männlicher Teenager einem Rudel Hunde gleicht?"

„Nein, bislang noch nicht."

„Dann war das also wer anders, der sich da als Alpha-Rüde aufgebaut hat?"

Dean rief sich seine Begegnung mit den jungen Männern noch einmal ins Gedächtnis und runzelte die Stirn. „Ich habe mich gar nicht ..."

„Du hast denen nicht am Hintern rumgerochen, aber abgesehen davon war das ganz klar ‚großer Hund trifft kleine Hunde'. Versteh mich nicht falsch: Wenn nicht mein gesamtes Weltbild auf der Überzeugung basierte, daß Hunde an sich nur ein Irrtum der Natur sind, dann hätte mich die ganze Nummer ungeheuer beeindruckt." Austin faltete sich zusammen, bis er aussah wie ein Kaffeewärmer. „Na und?"

„Na und was?" fragte Dean, der immer noch nicht ganz über den Vergleich mit den Hunden hinweg war.

„Warum sitzen wir hier immer noch rum? Bei mir steht für heute nachmittag ein ernsthafter Mittagsschlaf auf dem Programm. Mit dem würde ich gern bald mal anfangen."

„Das soll also heißen, daß wir hier einfach so abhauen?"

Austin seufzte. „Ja. Das gefällt mir genausowenig wie dir, aber so ist es nun mal. Wir gehen. Sie bleiben. Sie retten die Welt. Wir gehen heim und füttern die Katze. Zumindest hast jetzt auch du lebenswichtige, bedeutsame Pflichten zu erfüllen."

„Genau." Dean fischte seinen Autoschlüssel aus der Hosentasche und warf den Motor an. „Versteh mich bitte nicht falsch, aber ich wäre glücklicher, wenn du bei Claire wärst."

„Das geht mir genauso."

„Weißt du, ich fange an zu glauben, daß dies gar nicht wirklich der Anker ist, sondern nur die Spitze des Eisbergs."

„Mal abgesehen davon, daß du da die Metaphern durcheinanderschmeißt: Ich glaube, du hast recht." Claire, die gerade ein Regal mit bemerkenswert realistischen Gartenzwergen aus Stein überprüft hatte, richtete sich auf. „Ich glaube außerdem, daß sie hier mit einem Basilisken arbeiten, also sieh zu, daß du deine Augen offenhältst."

„Das würde auch den Steintypen mit dem Steinnetz und dem feuchten Fleck auf seiner Hose erklären." Diana trat hinüber zu Claire. „Ich hatte mich schon gefragt, warum sie davon nur einen haben. Wo der doch unter Garantie der Bestseller ist. Wo ist er denn deiner Meinung nach?"

„Der Basilisk? Hier hoffentlich nicht."

„Nicht der Basilisk, der Anker!"

„Er muß ganz in der Nähe sein. Im Geschäft ist er nicht. Im Lager ist er nicht ..."

„Er ist höchstwahrscheinlich da hinter dem Bauzaun ..." Sam gähnte. Dann schloß er den Mund und mußte feststellen, daß beide Hüterinnen ihn anstarrten. „Was denn? Die Umzäunung hängt schließlich voll mit Warnungen: Achtung, Gefahr, Betreten verboten, unbefugtes Betreten verboten, ja, Sie sind gemeint! Das liegt dann doch irgendwie nahe, oder?"

Nach einer kleinen Weile mußte Diana seufzend zugeben: „Er hat recht."

„Das sagst du ja so, als würde es dich überraschen!" rief der Kater gekränkt.

„Das liegt nur daran, daß ich auch wirklich überrascht bin!" versicherte Diana begütigend und schob Sam von ihrem Rucksack, den sie sich danach wieder auf die Schultern hievte. „Wir sollten los. Die wissen doch inzwischen unter Garantie, daß wir hier sind."

„Wenn sie es bis jetzt noch nicht wissen, dann kriegen sie es jetzt jedenfalls mit Sicherheit mit." Claire wies mit dem Kinn auf die Tür, die vom Geschäft in die Wandelhalle führte. „Die ist mit Zuhaltungen versehen, die dafür sorgen sollen, daß alles fein hier drin bleibt."

„Das ist ja an und für sich eine gute Sache, wenn man an den Basilisken denkt. Ansonsten nervt es aber eher."

„Erklärt aber auch, warum bis jetzt noch niemand hier aufgetaucht ist. Sie wissen, daß sie sich mit unserer Ergreifung Zeit lassen können, weil wir hier nicht wegkommen."

„Wir kommen hier nicht weg?"

„Vermutlich nicht. Meinst du, du könntest dir so sehr wünschen, die Zuhaltungen seien nicht da, daß sie wirklich vergehen?"

„Ich könnte sie einfach loswerden!" Diana hob abwehrend die Hände, als Claire sich erschrocken zu ihr umwandte. „Außer, daß ich damit ja der anderen Seite meinen Willen aufzwingen und damit gegen die Regeln verstoßen würde, und das würde ich nie, nie, nie tun, denn damit wäre ich genauso schlecht wie die Bösen."

„Hallo!" Sam stupste mit dem Kopf gegen Dianas rechte Wade. „Was soll das heißen? Was redet ihr da?"

„Man kann die andere Seite beeinflussen, indem man sich unterbewußt ganz stark nach etwas sehnt oder auch, indem man sich etwas absichtlich ganz stark wünscht oder eben nicht wünscht – es geht aber nicht an, einfach zu fordern, daß etwas so oder so sein soll", erklärte Diana, wobei sie sich weit genug vorbeugte, um sich den Schwanz ihres Katers sanft durch die Finger gleiten zu lassen. „Das darf man einfach nicht – auch wenn man noch sehr jung ist und die ganze Sache in Wirklichkeit eher ein Unfall war, ganz gleich, was die Leute sagen!"

„Ist das wieder eine von den Geschichten über gewisse junge Hüterinnen, die die eigenen Kräfte nicht einschätzen können?" erkundigte sich Sam laut und vernehmlich.

Claire nickte. „Genau, und damals flog jede einzelne Tür, die jemals als Zutritt zur Gegenseite verwendet worden war, aus den Angeln!"

„Ja, ja, schon gut, schon gut, okay? Niemand wurde verletzt, also ist eigentlich nichts passiert! Kein Schaden, keine Regelwidrigkeit!" Diana trat näher an die Zuhaltungen der Tür heran. „Da macht man einmal ..."

„Zweimal!"

„Schön, zweimal etwas falsch, und schon traut einem keiner mehr."

„Ich vertraue dir ja. Immerhin habe ich dich gebeten, die Zuhaltungen wegzuwünschen, oder?"

„Stimmt." Diana runzelte die Stirn. Das letzte, das absolut letzte, was sie wollte, war, in einem Laden des Schattens festzusitzen! In einem Laden, der möglicherweise einen Basilisken beherbergte. Zusammen mit Claire und ihren blöden Geschichten: Wißt ihr noch, wie Diana das Sofa in die Luft gejagt hat? Die Zuhaltungen flackerten. Flackerten erneut und verschwanden dann unter dem Geheul von Sirenen und blendend aufzuckenden Blitzen.

„Ich glaube, du hast Alarm ausgelöst!" schrie Sam.

„Wie kommst du denn darauf?" kreischte Diana, und schon stürzten alle drei durch die nun ungesicherte Tür hinaus in die Wandelhalle.

„Entweder durch die Sirenen oder durch die Blitzlichter!" erklärte Sam keuchend.

Der Schattenbauzaun war aus demselben grauen Sperrholz zusammengehauen wie der Originalzaun.

„Es sei denn, dies sei der Originalzaun und der andere war der Schattenzaun", sinnierte Diana.

„Das ist jetzt nicht wichtig!" Claire hielt beide Handflächen gegen das Holz gepreßt. „Auf jeden Fall müssen wir da durch."

„Wie denn? Eine Tür gibt es nicht."

„Dann wünsch dir einfach noch intensiver durchzukommen!"

„Das mache ich doch schon!" Hektisch überprüfte Diana den Zaun auf ganzer Länge, um nach einer Naht zu suchen, die ihr einen Ansatz hätte bieten können. Aber sie entdeckte nichts als unzählige Warnhinweise und den wohl unvermeidlichen Spruch, der alle Bauzäune ziert: „Kilroy war hier". „Ja, ja", knurrte Diana. „War hier! Jetzt ist er weg! Der eklige Gnom schuldet mir nämlich noch zehn Dollar."

„Was?"

„Ach, nichts."

Claire schlug mit beiden Handflächen hart gegen den Holzzaun und trat dann einen Schritt zurück. „Das heißt dann wohl, daß wir den Lieferantengang nehmen müssen, wenn wir hinter diese Barriere gelangen wollen."

„Du hast recht, auch wenn ich das ungern zugebe."

Die beiden Frauen hatten sich gerade wieder dem Geschäft zugewandt, allerdings noch keinen Schritt in dessen Richtung getan, als die Tür, die Lagerraum und Laden verband, mit einem Donnerschlag aufflog und ein halbes Dutzend deformierter Körper in schlechtsitzenden dunkelblauen Trainingsanzügen ausspie. All diese Körper gingen mehr oder weniger aufrecht auf zwei Beinen und wirkten allesamt so, als hätte da jemand ein Rhinozeros mit einem Eishockeyspieler gekreuzt.

„Na prima! Anscheinend funktioniert es nicht, daß ich die da ganz bestimmt nicht hier haben will", rief Diana.

„Was sind das denn für welche?" wollte Sam wissen.

„Wen interessiert das schon?" Diana zerrte Claire am Arm herum, bis diese ihr Gesicht der Halle zuwandte und versetzte dann der Schwester einen leichten Stoß. „Los! Renn!"

Da war Sam bereits beinahe am Food Court angekommen.

Der Schneider von Gloucester war jetzt ein Schinder von Gloucester, der Proben seiner Arbeit im Schaufenster ausgestellt hatte. Den bunten Nebel, der im Reisebüro umherwaberte, hätte Diana sich gern etwas genauer angesehen. Aber irgend etwas knallte gegen ihren Rucksack, als sie an diesem Laden vorbeirannte, und so beschied sie, es sei wohl doch besser, sich erst einmal voll und ganz auf die Flucht zu konzentrieren. Glücklicherweise bedeutete, sich ganz auf die Flucht, aufs Rennen zu konzentrieren hier auf der Gegenseite, daß ihre Füße von ganz allein immer schneller wurden.

„Womit werfen die denn?" wollte Claire wissen, als die beiden Hüterinnen sich durch die Tischreihen im Food Court zwängten.

Ein harter Gegenstand, der fast überwältigend nach Gardenien roch, schoß haarscharf an Dianas Ohr vorbei, schlug eine Delle in einen der Metallstühle vor einem Schnellimbiß, prallte auf dem Boden auf, überschlug sich ein paarmal und war verschwunden.

„Ich glaube, das sind die Duftkerzen."

„Na, das ist ja wunderbar! Die Dinger sind tödlich."

„Nur in geschlossenen Räumen."

Als die beiden auf der anderen Seite des Food Court angekommen waren, schlossen sie sich Sam an, der sich nach rechts gewandt hatte. Inzwischen übertönte der Lärm, mit dem ihre Verfolger Tische und Stühle aus dem Weg räumten, eindeutig das Geheul der Sirenen.

„Wo gehen wir hin?" rief Diana.

„Weiß ich nicht", rief Claire zurück.

„He! Hier oben!" ertönte es da mit einem Mal über ihnen.

Beide Hüterinnen bremsten so abrupt, daß sie noch ein ganzes Stück weiterrutschten und linsten dann durch die rechteckige Öffnung hinauf zur ebenerdigen Wandelhalle des Einkaufszentrums, wobei sie versuchten zu erkennen, wer sich dort über die Absperrung zu ihnen hinunterbeugte.

„Seid ihr gute oder böse Hexen?" wollte eine Silhouette voller Zakken und Spitzen wissen.

„Wir sind gar kei...", hob Claire an, aber Diana bohrte ihr warnend den Ellbogen in die Rippen. „Wir sind gute Hexen!" rief sie.

„Dann seht zu, daß ihr Land gewinnt, Richtung Treppe. Wir halten die hier auf."

„Wir sind gar kei..."

Erneut schnappte sich Diana Claires Hand. „So weit ist das gar nicht hergeholt. Halt einfach die Klappe und renn hinter Sam her."

Irgend etwas flog zischend durch die Luft, als die beiden Frauen nun hinter dem Kater her hinauf in die obere Halle stürmten. Die Rolltreppen waren hier nicht aus Materie, die Treppe jedoch schien im großen und ganzen so wie die, die die beiden Frauen verlassen hatten.

Bis auf die Barrikade, die auf dem obersten Treppenabsatz errichtet worden war, und das halbe Dutzend Teenager, das sich dahinter aufgebaut hatte.

Sam kletterte auf die Barrikade und dann darüber hinweg, aber als die Hüterinnen sich den obersten Treppenstufen näherten, wurde ein Wandschrank mit Echtholzfurnier aus dem Weg gerollten. Mit dem Rucksäcken auf dem Rücken war es für die beiden Hüterinnen nicht einfach, sich durch den Durchgang zu zwängen, aber beide schafften es gerade so eben. Auf der anderen Seite sanken sie keuchend zu Boden.

Nun prallten die Kerzen gegen die Barrikade, und zwar mit solcher Kraft, daß sie es schafften, einen Verkaufstresen zu durchschlagen und sich in die Holzkohlegrills zu bohren, die dahinter aufgestapelt waren. Der rostfreie Stahl der Grills gab einen hellen Ton von sich, wie ein Gong, hielt aber stand.

Nun ließ sich auch die Herkunft des zischenden Geräuschs leicht klären: Die Teenager hatten Hartgummizwillen und feuerten Porzellancherubim auf die Angreifer ab.

„Hast du dir diese Gang herbeigewünscht?" erkundigte Claire sich flüsternd.

„Ich wollte gerettet werden", gab Diana zu. „Aber ich glaube nicht, daß wir mit dieser Szene hier irgend etwas zu tun haben. Das ist doch viel zu ..."

„Klischeehaft?"

„Ich hatte sagen wollen zu real, aber merkwürdigerweise trifft klischeehaft den Nagel genauso auf den Kopf."

„Jedenfalls zielen sie gut: Sie treffen die Dinger da unten!" wußte Sam zu berichten, der hoch oben auf der Barrikade thronte. „Das hält die auf, aber anscheinend fügt es ihnen nicht besonders viel direkten Schaden zu."

„Nee, die sind ziemlich solide", erklärte das halbwüchsige Mädchen, das direkt neben Sam stand, zielte und schoß einen weiteren Cherub ab, den Angreifern entgegen. „Aber wenn man sie direkt am Kopf trifft, kriegen sie Porzellanscherben in die Augen, und das hassen sie wie die Pest. Verdammt! Ich weiß ja nicht, was ihr denen angetan habt, daß sie so wütend sind! Normalerweise können die sich nicht besonders lange auf eine Sache konzentrieren."

Ein weiterer Geschoßhagel. Dann noch einer. Dann ein lauter Freudenschrei.

„Wieder gewonnen! Die Fleischköpfe treiben sich hier noch 'ne Weile rum, dann gehen sie heim." Das junge Mädchen schüttelte sich lange, mahagonifarbene Dreadlocks aus dem Gesicht und starrte auf Sam hinunter. „Du kannst sprechen."

Der Kater zuckte die Achseln. „Du auch."

„Da ist was dran!" Sie legte die Hand mit der Zwille an die Brust und wandte sich an die beiden Hüterinnen. „Ich bin Kris, Hauptfrau der Leibwache. Wer seid ihr?"

„Das ist dir zu real?" flüsterte Claire.

Kris und die anderen Schützen trugen zusammengewürfelte Kleidung, die irgendwoher von der Stange stammte. Das schon. Aber ihre spitzen Ohren und das wundervolle Haar konnte nun wirklich niemand falsch interpretieren.

Elfen.

Nur, daß es Elfen real natürlich nicht gab.

Vier

Als die anderen sich im Halbkreis hinter Kris aufbauten, stellten die beiden Hüterinnen rasch fest, daß ein paar von ihnen nicht ganz so spitze Ohren und nicht ganz so umwerfend unverschämt prächtige Haare hatten. Dachte man sich die sieben in der richtigen Reihenfolge aufgebaut und dann fotografiert, so hätte ein solches Foto den Verlauf einer bestimmten Entwicklung dokumentiert: von einem sehr menschenähnlichen Wesen bis hin zum Vollblutelfen.

Claire riß erschrocken die Augen auf: „Das sind Zuschauer!"

„Das waren vielleicht mal Zuschauer", pflichtete Diana ihr bei und sah fasziniert zu, wie sich einer davon einen dicken, leuchtend roten Zopf in den Nacken warf, in den ein in Neonfarben funkelnder Klarsichtschlauch eingeflochten war. „Jetzt sind sie keine mehr. Der Ort hier verändert sie." Diana versuchte aufzustehen, aber ihr schwerer Rucksack behinderte sie derart, daß sie sich fühlte wie eine Schildkröte, die auf dem Rücken gelandet ist. Als Kris ihr grinsend die Hand hinstreckte, griff sie dankbar danach. Die Hand der Elfe war warm und trocken, doch ihre Handfläche wies erstaunlich viele Schwielen auf; Kris packte kräftiger zu, als Diana das für möglich gehalten hätte. Im Handumdrehen stand die Hüterin samt Rucksack wieder auf den Beinen, ohne daß es die Elfe angestrengt zu haben schien.

„Na, du scheinst mir halbwegs richtig für einen kleinen Ausflug in verrücktere Welten", stellte Kris fest, nachdem Diana ihre Hand widerstrebend wieder losgelassen hatte. „Aber deine ... Schwester? Das ist doch deine Schwester, oder?"

Beide Hüterinnen nickten. Die Familienähnlichkeit zwischen ihnen war immer schon sehr groß gewesen – das lag wahrscheinlich auch an der Familie, für die sie beide tätig waren.

„Na, die scheint mir ein wenig zu alt für solche Sachen!"

Mühsam unterdrückte Diana ein Grinsen, während sie ihrer indigniert und ungehalten dreinschauenden Schwester auf die Beine half. Dean war sieben Jahre jünger als Claire – seit er aufgetaucht war, war die gesamte Altersfrage für Claire zum wunden Punkt geworden.

„Ohne jemandem zu nahe treten zu wollen", fuhr Kris ungerührt fort, „muß ich doch feststellen, daß ihr beide mir ein wenig zu wohlgenährt scheint."

„Zu wohlgenährt für was?" erkundigte sich Claire mürrisch, während sie sich den Rock über den Hüften glattstrich.

„Für das rauhe und wilde Leben."

„Das liegt daran, daß wir bislang nicht rauh und wild leben mußten", entgegnete Claire.

„Mann, das ist doch voll klar!" schnaufte der Rothaarige verächtlich. „Die sind nicht von der Straße hier reingefallen!"

„Nein, sind wir auch nicht." Diana hatte beschlossen, sich einzumischen, ehe der Ton, den Claire in solchen Situationen für gewöhnlich anzuschlagen pflegte, ihnen nichts als Ärger einhandelte. „Wir sind absichtlich hergekommen."

Damit nun wurde ihr die ungeteilte Aufmerksamkeit sämtlicher Anwesender zuteil.

Ein unglaublich blasser Junge, dessen Augen so hell waren, daß man nur die Pupillen erkennen konnte, trat aufgeregt vor: „Das kann man? Absichtlich herkommen?"

„Mann!" Ein Junge, der aus irgendeinem karibischen Land hätte stammen können, stupste den anderen mit der Gummizwille: „Klar doch! Sie sind doch hier!"

„Na und? Vielleicht verarschen die uns ja auch."

„Ja, und vielleicht bist du ein Volltrottel."

„Ach ja? Wenn ich ein Volltrottel bin, dann bist du ..."

„Colin. Teemo."

Man übt Macht über jemanden aus, wenn man ihn beim Namen ruft. Vielleicht hatte Kris das auch schon gewußt, ehe sie herübergekommen war, vielleicht hatte sie es erst hier im Einkaufszentrum gelernt. Jetzt jedenfalls wußte sie es. Mit einem Schlag war die kleine Kabbelei beendet, und die beiden beteiligten Jungen wurden rot. Betreten blickten sie zu Boden. Es war ihnen peinlich, so plötzlich im Zentrum der Aufmerksamkeit zu stehen.

„Wir können bewußt und gezielt herüberwechseln", verkündete Diana in die plötzlich eingetretene Stille hinein. „Das kann nicht jeder."

„Wie?" wollte Kris nun wissen

„Wie wir hierher gekommen sind?"

„Ja. Auch. Aber auch: Warum seid ihr gekommen und wer zur Hölle seid ihr?"

Claire und Diana wechselten vielsagende Blicke. Wenn diese ... diese Elfen, mußte man wohl sagen, denn ein treffenderer Begriff stand nicht zur Verfügung – wenn diese Elfen immer noch ungestraft fluchen durften, dann bedeutete dies, daß sie die Gegenseite lediglich auf einer unbewußten Ebene beeinflußten. Zwar hatten sie sich verändert, einige sogar sehr, aber sie waren immer noch Zuschauer. Die Familie tat ziemlich viel, um zu verhindern, daß unbeteiligte Zuschauer von ihrer Existenz Wind bekamen.

„Dein Ruf", murmelte Claire. „Deine Entscheidung."

„Die Regeln ..."

„Diana, da hinten in dem Schuhladen hängt ein Schild, das gläserne Schuhe zum halben Preis anbietet, und was das bedeutet, weißt du auch: Die wollen entweder, daß sämtliche Transen der Gegenseite bei ihnen einkaufen oder die Regeln sind hier schon so gedehnt, daß man sie kaum noch erkennen kann. Ich neige dazu, letzteres anzunehmen."

„Gut." Claire hatte sich ihr Leben lang peinlich genau an jede einzelne Regel gehalten, und wenn sie das jetzt lockerer sah, war das Deans Einfluß zuzuschreiben, der wohl beträchtlich weiter ging, als Diana das bisher für möglich gehalten hätte. Böses, böses Bild im Kopf, wies Diana sich selbst zurecht. Denk lieber an ...

Kris verschränkte die Arme vor der Brust, funkelte Diana mißbilligend an und drückte durch ihre ganze Körperhaltung aus, daß es Prügel setzen würde, wenn Diana sich nicht bald zu einer Antwort bequemte.

Okay, das hört sich gut an! Diana hatte ihre Überlegungen beendet. Das könnte klappen. „Ich heiße Diana, das ist Claire, und der Kater heißt Sam. Im Grunde kann man sagen, wir sind Zauberinnen, so eine Art Zauberinnen zumindest. Man nennt uns Hüter."

„Nein, Zauberinnen sind wir keine", unterbrach Claire seufzend.

„Schön!" Diana senkte warnend die Stimme. Es überraschte sie nicht wirklich, daß die Schwester ihren Senf dazugeben mußte, ganz gleich, was sie vorher über Entscheidungen und darüber, wer diese fällen sollte, hatte verlauten lassen. „Dann erklär du doch diesen Einkaufszentrumselfen mal ganz genau, wer und was wir sind, und wenn es geht, tu's mit weniger als dreitausend Worten."

Claire kniff die Augen zusammen, musterte die Schar, die vor ihr stand und seufzte dann erneut. „Im Grunde", verkündete sie ihrem faszinierten Publikum, „im Grunde sind wir Zauberinnen. Unsere Aufgabe besteht darin, dafür zu sorgen, daß das metaphysische Gleichgewicht aufrechterhalten bleibt."

„Daß das magische Zeug zwischen den Welten sich nicht verschiebt", stellte Diana klar, als ein halbes Dutzend Augenpaare die beiden Hüterinnen weiterhin völlig verständnislos anstarrten.

Kris schüttelte den Kopf, und die Dreadlocks führten einen munteren Tanz auf. „Zauberinnen seid ihr also?"

„Im Grunde! Im Grunde Zauberinnen, ja", ergänzte Claire zustimmend, wenn auch leicht widerstrebend.

„Die beiden sind Zauberinnen", schnaubte Sam. „Ich bin ein Kater."

„Klar." Kris schenkte Sam von der Seite her ein kurzes, strahlendes Lächeln, wandte sich dann aber wieder den Hüterinnen zu. „Na schön: Ihr seid hier, und wir sind hier, und unsere Kumpels mit dem negativen IQ, die immer mit Kerzen schmeißen, sind auch hier, und wir alle hausen in einem verflixten Einkaufszentrum, und aus dem Ganzen schließe ich, und damit liege ich wohl auch kaum falsch, daß sich das magische Zeug zwischen den Welten ganz schön verschoben hat!"

„Das hast du prima erraten!"

„Na ja, doof sind wir nicht."

„Kris?" Eine der anderen Elfen, ein dunkelhaariger, magerer, irgendwie geschlechtslos wirkender Teenager, der kaum älter als fünfzehn sein konnte, hüpfte gekonnt über die Barrikade. „Die Fleischköpfe haben sich bis hinter den Food Court zurückgezogen."

„Danke, DK. Also gut, geht jetzt alle zurück an die Arbeit. Ihr könnt einfach weitermachen, wo ihr wart, als Jo Alarm geschlagen hat. Will und ich, wir bringen diese Typen hier zu Arthur." Mit einem Ruck wies die Elfe auf den riesigen Laden, der am untersten Ende der Wandelhalle lag und als Anker fungierte. „Los!"

Wie sich dann herausstellte war Will der Rotschopf.

„Eigentlich haben wir gar keine Zeit", verkündete Claire in einem Ton, der deutlich machte, daß sie weder das „zu alt" noch das „zu wohlgenährt" vergessen und vergeben hatte. „Wir müssen zurück ans andere Ende des Einkaufszentrums. Wir sind euch wirklich sehr dankbar für eure Hilfe, aber wir sind hier, um einen Job zu erledigen."

Kris zuckte die Achseln. „Da geht es euch wie mir, und mein Job schreibt vor, daß ich alle Neuzugänge zu Arthur bringe."

„Claire ..."

„Diana?"

Sie bedachte Kris mit einem strahlenden Lächeln, packte ihre Schwester beim Arm und zog sie so dicht zu sich heran, daß sie ihr ins Ohr flüstern konnte. „Ich weiß ja, daß der Zeitfaktor nicht unwichtig ist, das ist mir durchaus bewußt, denn immerhin ist dies ja mein Ruf und so. Aber diese Typen hier sind auch ein Faktor. Wer immer diesen Übergang gestaltet: Er kann ihn nicht fertigstellen, solange die Elfen hier sind. Bedenk doch – Eingeborene! Damit hatten wir nun wirklich nicht gerechnet."

„Eingeborene sind das aber nicht!"

„Vielleicht waren sie das anfangs nicht, aber jetzt sind sie es auf jeden Fall."

„Schon gut, schon gut!" Claire riß sich los. „Aber wenn diese Sache hier irgendwie kritisch wird, während wir rumsitzen und reden ..."

„Dann sind wir einfach nur zur rechten Zeit am rechten Ort! Denn die Sache kann nur dann kritisch werden, wenn die Kräfte der Dunkelheit angreifen, um diese letzte Bastion des Lichts zu zerstören."

„Die Kräfte der Dunkelheit hier werfen mit Duftkerzen!"

„Ja, aber das mit Nachdruck, und außerdem weißt du ebensogut wie ich, wie schnell sich hier auf der Gegenseite die Dinge ändern können." Diana strich Claire tröstend über die nackte Schulter und wandte sich wieder an Kris. „Also, bring uns ruhig zu eurem Führer. Er ist doch euer Führer, habe ich recht?"

Claire seufzte. „Na, wenn er es nicht ist, dann war das da eben die reine Wortverschwendung."

„Er ist unser Führer!" entgegnete Kris entschieden, und die Geste, mit der sie die beiden Hüterinnen erneut aufforderte, sich endlich in Bewegung zu setzen, ließ wenig Raum für Widerspruch.

Als die beiden Hüterinnen von der Barrikade zurücktraten, sprang Sam auf den Boden, um sich zu ihnen zu gesellen und zwischen ihnen zu gehen, und sie mußten feststellen, daß man offenbar beabsichtigte, ihnen eine richtige Eskorte zu stellen. Will baute sich links, Kris rechts von ihnen auf, und so flankiert zogen sie los. Diana entschied weise, diese Art der Begleitung als eine Ehrengarde zu betrachten.

„Sagt mal", erkundigte sie sich nach einer Weile neugierig bei ihren Begleitern. „Dieser Arthur, wie ist der denn so?"

Kris warf ihr einen kurzen Seitenblick zu und zuckte die Achseln. „Nicht wie wir."

„Nicht so, wie ihr jetzt seid oder nicht so, wie ihr früher mal wart?"

„Wo soll da der Unterschied sein?"

„Mann, das weißt du doch selbst – die ganze Nummer mit den Ohren und den dichten, lockigen Mähnen."

„Die ganze Nummer mit was?"

Es war durchaus möglich, daß Zuschauer Hüter belogen; sie kamen damit nur nie durch. Kris wußte offenbar wirklich nicht, wie sie Dianas Worte verstehen sollte. Anscheinend hatte sich bei den jungen Leuten im Einkaufszentrum gleichzeitig mit der körperlichen Veränderung im gleichen Maße auch die Selbstwahrnehmung geändert. Warum die Teenager zu dem geworden waren, was sie nun darstellten, war wiederum eine weitere Frage, deren Beantwortung noch offenstand. „Laß gut sein, so wichtig ist das nicht. Also, in welcher Weise ist dieser Arthur anders als ihr?"

„Arthur ist von draußen gekommen."

„Von draußen?" Diana beschlich langsam ein überaus schlechtes Gefühl, was diesen Arthur betraf.

„Ja, von außerhalb des Einkaufszentrums." Kris winkte im Vorübergehen einem großen, dünnen Mädchen zu, das Wache an der Kreuzung von Wandelhalle und einem der kurzen Flure, die jeweils zu den Außentüren führten, stand. „Wir wissen nicht, wie er hergekommen ist, denn wir selbst können nicht raus, aber Arthur kennt sich hier aus. Er hält uns zusammen; er macht uns stark. Ehe er aufgetaucht ist, haben uns ständig irgendwelche wirklich merkwürdige Scheißsachen mächtig den Arsch versohlt."

„Hat Arthur dich zur Hauptfrau seiner Leibwache ernannt?"

„Jawohl. Hat er. Hast du ein Problem damit?"

„Natürlich nicht. Du machst deinen Job ja offensichtlich richtig gut, weißt du, du hast die Sache im Griff und so ..." Sabble ich zuviel? fragte Diana sich besorgt. Die denkt glatt, du bist bekloppt. Reiß dich zusammen. Diana holte tief Luft, wobei sie Claires fragend hochgezogene Braue nicht beachtete. „Warst du die erste, die hier herübergewechselt ist?"

Im Unterkiefer der Elfe zuckte ein Muskel. „Die zweite."

In dieser kurzen Antwort lag irgend etwas, das Diana dazu brachte, an Austins Auflistung aller Dinge zu denken, die schlimmer waren als ein einfaches WUMM. Spritz. Rabatz. Mahl. Kau. Aus irgendeinem unerfindlichen Grund mußte Diana ganz besonders an Kau denken.

Sie näherten sich nun dem großen Warenhaus, das das westliche Ende des Einkaufszentrums markierte. Hier hatte man die Tresen aus der Parfümerieabteilung seitwärts so aufeinandergestapelt, daß sie nun eine solide Mauer bildeten, die die gesamte Breite des Ladeneingangs abschirmte und nur einen relativ schmalen Durchgang ließ. Ein Nikken von Kris, und Will machte es sich breitbeinig und mit verschränkten Armen in diesem Durchgang bequem.

„Nur damit du's weißt", sagte Claire und warf ihrer Schwester einen vielsagenden Blick zu, „richtig festhalten könnt ihr uns hier nicht."

Kris zuckte die Achseln. „Nur, damit ihr es wißt: Ich habe auch gar nicht vor, euch festzuhalten. Aber ich sichere mich lieber ab, nur für den Fall."

„Für welchen?"

„Egal." Die Elfe führte Diana, Claire und Sam in einen recht weiten, offenen Eingangsbereich, in dem der Duft Dutzender schweigend miteinander wetteifernder Parfüms in der Luft lag, befahl ihnen zu warten und verschwand dann zwischen zwei Ständern mit Wintermänteln in Übergrößen.

„Du weißt doch genau, daß die durchaus in der Lage sein könnten, uns hier gegen unseren Willen festzuhalten", murmelte Diana mit einem raschen Blick auf Wills Rücken. „Dies ist immerhin die Gegenseite und all das. Sollten genügend von ihnen sich wünschen, daß man uns festhält ..."

„Du warst es doch, die diesen Führer kennenlernen wollte. Meine Absicht war nur klarzustellen, daß wir das aus einer Position der Stärke heraus tun."

„Die jungen Leute haben uns gerade vor wandelndem Katzenfutter retten müssen, das mit Duftkerzen nach uns schmiß!" Sams Schwanz zuckte heftig hin und her, während der Kater das Terrain abschritt. „Oh ja, damit haben wir durchaus bewiesen, daß wir uns in einer Position der Stärke befinden!"

Wütend starrte Claire auf den Kater hinab.

Diana knuffte die Schwester liebevoll in den Arm. „Austin fehlt dir, was?"

Widerstrebend löste Claire den finsteren Blick von Sam und richtete ihn statt dessen auf Diana. Einen Augenblick später jedoch gestand sie: „Ja. Unglaublich! Hoffentlich ist ihm nichts passiert."

„Mach dir mal keine Sorgen, er ist doch bei Dean. Um den solltest du dich sorgen, wenn ich es recht bedenke."

„Sehr witzig. Ich bin sicher, Austin wird Dean im Hotel eine große Hilfe sein können."

„Wenn du dir da sicher bist, dann machst du dir aber was vor. Das weißt du doch, oder?"

Claire lächelte ein recht schmallippiges Lächeln. „Das hilft, wenn man mit Katzen zusammenarbeitet. Glaub mir."

Dann sahen die beiden Frauen Sam zu, der Ecken und Winkel ausbaldowerte, die sie beide gar nicht sehen konnten und hörten zu, wie in der Ferne vermittels zweier Gitarren und eines elektronischen Keyboards ein Schlagzeug zu Tode gebracht wurde.

„Also Arthur, was?" seufzte Diana dann schließlich, kratzte sich gedankenverloren an der Nase und trat ein wenig beiseite, fort von einem Fleck, an dem es besonders hartnäckig nach Phobie pour l'Homme roch. „Er kam von draußen, von außerhalb des Einkaufszentrums. Er kam, um sie zusammenzuschweißen und sie stark zu machen."

„Das mit dem Namen könnte auch Zufall sein."

„Ich bitte dich!"

Claire holte so tief Luft, wie es das Gewicht ihres Rucksacks gestattete und stieß diese dann seufzend wieder aus. „Sie haben einen Führer gebraucht, und es ist genau der gekommen, den ihr Unterbewußtsein ihnen erschaffen hat."

Sam starrte zu den beiden Frauen auf, die Stirn so sehr in Falten gezogen, daß das Fell zwischen den Augen ein W bildete, das um einiges dunkler war als der Rest des Kopfes. „Kennt ihr diesen Arthur?"

„Haargenau diesen Arthur, den wir gleich kennenlernen, nicht. Arthur ist ein Archetypus von der opportunistischen Sorte. Kein Wunder, wenn er in einer Geschichte wie der hier auftaucht – und Arthur kriegt man ja auch nie allein zu fassen, oder?" Diana verschränkte die Arme vor der Brust und hatte nun die eigenen Brauen gleichfalls bedrohlich zusammengezogen.

„Wir sollten uns freuen, daß die Bande hier nicht noch ein bißchen jünger ist", wandte Claire ein. „Sonst würden wir es jetzt womöglich mit Peter Pan zu tun kriegen."

„Aber sich selbst haben sie in Elfen verwandelt. Wäre es da nicht einleuchtender, wenn es einen Oberon gäbe?"

„Ich möchte doch stark bezweifeln, daß in dieser Bande viel Shakespeare gelesen wird! Aber du kennst deinen Shakespeare: Würdest du es ernsthaft lieber mit Oberon zu tun haben?"

Darüber mußte Diana einen Moment lang nachdenken. „Okay!" gab sie dann zu. „In diesem Punkt magst du ja recht haben. Eselsohren sind kein umwerfender Anblick. Aber trotzdem geht mir diese ganze Scheiße mit dem unsterblichen König immer schon gepflegt gegen den Strich. Folgt mir! Dient mir! Liebt mich ... knebelt mich!"

„Mal abgesehen von dieser deiner ganz persönlichen Meinung ist Arthur in der Regel eine nette, klassische, archetypische Antwort auf Führungsprobleme."

Wie sich dann herausstellte, war Arthur ein großer, breitschultriger junger Mann mit schmalen Hüften, etwa neunzehn oder zwanzig Jahre alt, mit beeindruckend strahlenden blauen Augen und einem dichten Schopf blauschwarzer Haare, die ihm trotz des Diadems immer wieder attraktiv ins Gesicht fielen.

„Okay!" murmelte Claire gedehnt, als die beiden Hüterinnen auf den jungen Mann zugingen, angezogen von den brillanten, perfekt weiß strahlenden Zähnen, die sich als Halbmond über den zu einem umwerfenden Lächeln verzogenen Lippen präsentierten. „Also haben wir hier eine Anime-Variante der netten, klassischen, archetypischen Antwort auf ein Führungsproblem."

„Wir können heilfroh sein, daß die Teenies sich in Elfen verwandeln und nicht in Pokémons!" fügte Diana hinzu.

Arthur war ganz in Schwarz und Silber gekleidet: Jeans, Stiefel, T-Shirt, Lederjacke, jede Menge Schnallen und Spangen. Quer über den Rücken hatte er ein riesiges Schwert geschnallt. So stand er in der Elektroabteilung des Kaufhauses und wartete auf die Neuankömmlinge. Zumindest das Schwert hätte irgendwie fehl am Platz wirken müssen. Das war jedoch keineswegs der Fall.

Ein burgunderrotes Ledersofa sowie zwei passende Lehnsessel, die vielleicht einige Nieten zuviel abbekommen hatten, gestalteten drei Seiten des Raums, in dem die beiden Hüterinnen empfangen werden sollten. Unter den Möbeln lag ein rechteckiger, grauer Teppich. Die vierte Seite markierte ein riesiger Fernseher, der seinen Bildschirm in nachdenkliches Schwarz gehüllt hatte. Das bloße Fehlen elektrischen Stroms hätte nicht ausgereicht, den Fernseher zum Schweigen zu verdammen, hätten ausreichend Elfen ausreichend stark gewünscht, er möge laufen. Was jedoch das Programmieren dieses Apparats anbelangte, so lag dies außerhalb der Reichweite des Wunschdenkens von Teenagern – Unterbewußtsein hin oder her. In einer der wirklich trostlosen Gegenden auf der Gegenseite hatte Diana einmal einen Fernseher gesehen, der ununterbrochen nichts anderes ausgestrahlt hatte als Wiederholungen der Fernsehserie „Herzbube mit zwei Damen". Dieser Fernseher und das Pfadfinderinnenlager – Diana hatte es gereicht, näher brauchte sie, wenn es nach ihr ginge, der Hölle nicht mehr zu kommen. Sie glaubte auch so an deren Existenz.

Von dem Hofstaat, mit dem Arthur sich für gewöhnlich umgab, war nichts zu sehen, und der Couchtisch hatte zwar abgerundete Ecken, aber man konnte ihn keinesfalls als runde Tafel bezeichnen.

„Als Kris sagte, zwei Hüterinnen seien herübergewechselt, dachte ich, die Nachricht sei viel zu gut, um wahr zu sein", begrüßte Arthur die beiden Frauen, sobald sie auf den Teppich getreten waren. „Aber ich habe mich geirrt! Da seid ihr!" Der Mann wirkte so ehrlich erfreut, daß sich Diana bei einem breiten, leicht dümmlichen Grinsen ertappte, eine Reaktion, die sie nicht hatte unterdrücken können. Ein rascher Seitenblick auf Claire stellte klar, daß die ältere Schwester so ziemlich dieselbe Miene zur Schau stellte.

„Darf ich kurz noch einmal stören?" Kris war neben Arthur getreten. „Es geht darum, daß wir doch losziehen sollten, Nahrung beschaffen."

„Natürlich!" Arthur nickte den Hüterinnen verzeihungheischend zu. „Wenn ihr mich bitte entschuldigen würdet?" Als der junge Mann seine Aufmerksamkeit der Elfe zuwandte, schien es Diana fast, als sei damit das Licht im Kaufhaus schwächer geworden.

Na prima. Diana funkelte ihr Spiegelbild im Fernsehbildschirm an. Das ist ja wohl voll daneben.

Aber holla! korrigierte sie sich kurz darauf, das Licht ist ja wirklich schwächer geworden.

Diana blickte hinauf zur Decke, wo sich die riesigen Milchglasvierecke über den Neonröhren gerade eindeutig grau färbten. „Claire ..."

„Ja, ich habe es auch mitbekommen. Ich glaube, dieser Laden hier ist fast schon real und das Einkaufszentrum in der wirklichen Welt schließt gerade, weil es Abend geworden ist."

Die Sitzecke befand sich direkt unter einer der Notbeleuchtungen. Während sich der Rest des Ladens immer mehr mit Schatten füllte, blieb der Teil, der mit dem Sofa, den Sesseln und dem Fernseher eingerichtet war, ausreichend beleuchtet, auch wenn es selbst hier nicht mehr taghell war. „Aber es ist doch gerade erst früher Nachmittag."

„Nun, ein wenig später ist es schon." Claire streckte den Arm aus, damit Diana einen Blick auf die Uhr werfen konnte, die sie am Handgelenk trug. Dieser Uhr zufolge war es achtzehn Uhr fünfzehn, und der Sekundenzeiger fegte derart rasch über das Zifferblatt, daß man ihn kaum zu sehen vermochte. Achtzehn Uhr sechzehn. Achtzehn Uhr siebzehn.

„Sag mir einen einzigen Grund, warum ich dir was anderes zum Fressen vorsetzen sollte, als ich es tun würde, wenn Claire da wäre!" verlangte Dean zu wissen, während er Austin vom Tisch hob und in sicherer Entfernung zu seinem eigenen Abendessen auf dem Fußboden absetzte.

„Claire ist nicht hier", erklärte Austin trocken.

Dean dachte einen Augenblick darüber nach, dann schnitt er dem Kater ein Stück kaltes Rindfleisch klein. „Gut, du hast gewonnen. Der Grund leuchtet mir ein."

„Aber als du da hinten im Kaufhaus das letzte Mal nachgesehen hast, da verging die Zeit noch eins zu eins."

Claire deutete mit dem Kinn auf Arthur, der sich immer noch leise mit Kris unterhielt. „Ich glaube, er sorgt dafür, daß die Zeit hier verzerrt ist. Der Typ ist reine, pure Gegenseite. Wer immer diesen Übergang auch organisieren mag: Ihn können sie nicht kontrollieren."

„Ja, aber auch die Elfen können sie nicht kontrollieren!"

„Es ist Juni." Austin ließ sich in Kaffeewärmerstellung auf dem Couchtisch nieder. „Wieso spielen die denn immer noch Eishockey?"

„Weil sie noch nicht fertig sind."

„Soll ich dir mal was sagen? Als ich noch jung war, da war die Welt sinnvoller strukturiert."

Dean drehte den Verschluß von seiner Bierflasche und prostete seinem angewiderten Gefährten zu: „Das kannst du laut sagen, da trinke ich sogar drauf."

„Ehe Arthur hier auftauchte, war es wohl nicht weiter schwierig, die Elfen zu kontrollieren", sagte Claire. „Kris hat gesagt, sie haben ziemlich regelmäßig den Arsch versohlt gekriegt."

„Gut, das heißt, die Teenies sind im Übergang gefangen. Aber das ist peu à peu geschehen, nehme ich an, über einen gewissen Zeitraum, also muß die Dunkelheit es mitbekommen haben, und das wiederum bedeutet, die Dunkelheit will sie auch hier haben. Sie sollen ..." Diana ließ den Blick durch das Kaufhaus schweifen, ein vollständig eingerichtetes Kaufhaus mit allem Drum und Dran, einschließlich der Werbeträger, die überall von der Decke hingen, „... sie sollen helfen, dieses Ende des Einkaufszentrums zu definieren! Es war klar, daß sie sich auf der Flucht vor der Dunkelseite am anderen Ende hierher zurückziehen! Die Dunkelheit geht davon aus, daß sie die Bande einfach wieder loswerden kann, und zwar noch ehe der Übergang fertiggestellt ist. Aber sie hat nicht damit gerechnet, daß die Elfen sich als Gruppe zusammenrotten und sich Hilfe von außen besorgen konnten. Die Dunkelheit hat Zuschauer immer schon unterschätzt. Das hier ist nur eins von unzähligen Beispielen. Aber sie muß auf jeden Fall mitbekommen haben, daß Arthur eine Bedrohung für ihre Pläne darstellt. Warum hat sie dann also bis jetzt noch keinen Schachzug unternommen, um ihn und seine munteren Mannen zu vernichten?"

„Paß auf, du würfelst da gerade deine Archetypen durcheinander!"

„Na und? Was kann dabei schon groß passieren?"

„Mir fallen auf einen Schlag ein paar wirklich schlechte Filme ein, die deine Frage im großen und ganzen beantworten könnten", erwiderte Claire mit gedämpfter Stimme. „Wenn du nicht bald mal anfängst, dich vorzusehen, dann könnten Einzelheiten aus diesen Filmen hier auftauchen und mitspielen!"

Diana liefen kalte Schauer den Rücken hinunter. Ängstlich spähte sie in die Schatten, die die beiden umgaben. Noch schienen sie frei von

Filmklischees. „Das tut mir wirklich leid. Aber ich wüßte nach wie vor gern, worauf die Dunkelheit eigentlich wartet."

„Vielleicht wartet sie ja gar nicht. Vielleicht ist es ganz einfach so, daß auf der anderen Seite des Einkaufszentrums die Zeit wesentlich langsamer läuft als an diesem Ende hier."

Natürlich war Zeit immer relativ, aber in diesem Fall, fand Diana, trieb die Gegenseite das mit der Relativität wirklich auf die Spitze. „Was sagst denn du mit deinem unendlichen Erfahrungsschatz dazu?" wollte sie von ihrer Schwester wissen. „Wie stehen die Chancen, daß unsere Anwesenheit hier als Katalysator für einen kleinen, lokal begrenzten Weltuntergang dient?"

„Ziemlich gut stehen die Chancen."

„Wie gut?"

Ehe Claire antworten konnte, versetzte Arthur Kris einen leichten Schlag auf die Schulter, womit er die Elfe auf den Weg schickte. Sofort vergaß Diana den eventuell bevorstehenden Weltuntergang, weil sie Kris hinterherschauen mußte, völlig fasziniert vom Schwung ihrer Hüften und der Art, wie ihr das Haar um den Kopf wippte. Dann war das Elfenmädchen um die Ecke verschwunden, und Diana starrte sehnsüchtig diese Ecke an, als würde die Elfe gleich wieder zurückkommen, als könne ihre Sehnsucht das Mädchen zurückbringen. So war es dann auch: Dianas Sehnsucht brachte Kris dazu, noch einmal umzukehren. Ein wenig verwirrt tauchte die Elfe wieder auf, weshalb Diana sich sofort zwang, an vollkommen andere Dinge zu denken.

Zum Beispiel daran, wie es wohl sein würde, von den Kräften der Dunkelheit überrannt zu werden.

Andererseits sollte ich mir das nun auch nicht allzu genau ausmalen!

„Kommt schon, legt eure Rucksäcke ab! Setzt euch, dann können wir reden." Arthurs Stimme klang überraschend tief und ein wenig rauh. Eine Stimme, die von Gerechtigkeit kündete und von Vertrauen, Verantwortlichkeit und von all den Werten, nach denen Menschen angeblich immer suchen, die sie aber nie wirklich leiden können, haben sie sie erst einmal gefunden.

Er klingt wie ein Typ, dem man glatt ein neues Betriebssystem abkaufen würde, stellte Diana verwundert fest, und er hört sich wesentlich älter an, als er aussieht. Was er ja auch ist – älter, als er aussieht. Daher stammt also diese ganze Chose mit der Unsterblichkeit bei der Geschichte mit dem unsterblichen König! Oh, Mann. Aber die Bitte, den Rucksack abzulegen, hörte sich an wie der beste Vorschlag, der seit langem an Diana herangetragen worden war. Diana ließ ihren Rucksack von den Armen gleiten, fing ihn auf, unmittelbar bevor er zu Boden fiel und sank dankbar in die eine Sofaecke.

„Warte, ich helfe dir." Arthur war vorgetreten, um Claire den Rucksack, dessen Gewicht ihn nicht zu überraschen schien, von den Schultern zu heben. Kommentarlos stellte er ihn zur Seite und winkte ab, als Claire ihm für die Hilfe dankte.

Stärker, als er aussieht, stellte Diana fest. Auch das gehört dazu! Zu gut, um wahr zu sein, die ganze Chose.

Arthur wartete, bis auch Claire und Sam sich gesetzt hatten. Dann rückte er sein Schwert beiseite und breitete sich anmutig, als sei kein einziger Knochen in seinem Leibe, auf einem der beiden Lehnsessel aus. Archetyp hin oder her, in diesem Sessel hing Arthur wie ein männlicher Teenager.

Ein Teenager mit einem riesigen ver... flixten Schwert.

„Wollt ihr eine Erfrischung?" Arthur wies mit einer Handbewegung auf einen Stapel Saftkartons.

„Nein, aber vielen Dank." Diana holte eine Wasserflasche und Sams Trinknapf aus einer Seitentasche ihres Rucksacks. „Wir haben unsere eigenen Sachen dabei. Wir wollen auch nicht lange bleiben", fügte sie hastig hinzu, denn Arthur machte Anstalten, vorwurfsvoll die Stirn zu runzeln. „Wir würden uns auch nur ungern die Ohren spitzen lassen."

Austin wickelte sich in seinen Schwanz und funkelte zu Dean empor. „Nur, damit das klar ist – kein Knuddeln!"

„Dann solltest du vielleicht lieber nicht auf Claires Kissen schlafen." Dean legte seine Brille sorgsam auf den Nachttisch, streckte die Hand aus und schaltete die Lampe aus. „Was, wenn ich nun aufwache und ganz einsam und verwirrt bin?"

„Einsam, verwirrt und ohne Lippen, wenn du mir irgendwie zu nahe kommst!"

„Keine Zunge ..."

„Weil ich sie dir herausgerissen habe. Die liegt dann unter dem Bett! Da habe ich sie nämlich hingefegt!"

„Gute Nacht, Austin!"

*** *** ***

„Wenn wir essen oder trinken, während wir auf dieser Seite sind, wird es schwieriger für uns, wieder zurückzugehen", erklärte Claire.

„Eigentlich müßte ich ja nun beleidigt sein, weil ihr meine Gastfreundschaft verschmäht, aber ihr gehört zur Familie, da verneige ich mich lieber vor eurer Weisheit." Arthur ließ seinen Worten umgehend Taten folgen und verbeugte sich gleich an Ort und Stelle, ohne aufzustehen oder sich auch nur aufzurichten. Erst dann setzte er sich auf, warf sich mit einem Ruck die Haare aus dem Gesicht und blickte die beiden Frauen mit ernster, konzentrierter Miene an. „Also? Sagt schon, Hüterinnen: Was wollt ihr hier?"

Diana reichte ihre Wasserflasche an Claire weiter und erzählte ein weiteres Mal die Geschichte mit dem Armband.

„Ich kann mich gar nicht daran erinnern, daß deine Dialoge so witzig waren, als du die Geschichte zum ersten Mal erzählt hast!" wußte Sam ein wenig finster einzuwenden.

Diana schenkte dem Einwurf keine Beachtung. Statt dessen informierte sie Arthur über den Erlkönig, den Spiegel und den Übergang.

„Das allerdings erklärt einiges", meinte der junge Mann nachdenklich, als die Hüterin ihren Bericht beendet hatte. „Wer immer hinter der ganzen Sache steckt: Er scheint meinen Leuten ein Durchkommen zu ermöglichen, weil sie mit ihren Ansichten und Überzeugungen dafür sorgen, daß sich das Einkaufszentrum schneller realisiert. Man geht wohl davon aus, daß man uns wieder herausklauben kann, sobald wir unseren Zweck erfüllt haben."

„Ja, so sehen wir das inzwischen auch." Diana verspürte eine starke und vollkommen unangemessene Freude darüber, daß Arthur ihrer Meinung war – ein Gefühl, das sie sofort wieder zu unterdrücken suchte.

„Wahrscheinlich sind sie aber gar nicht glücklich darüber, daß ich meine Leute zu einem Volk zusammengeschweißt habe, das stark und in der Lage ist, sich selbst zu verteidigen."

„Nein, glücklich sind sie wohl nicht – das liegt aber im wesentlichen daran, daß diese Leute ganz wortwörtlich nicht glücklich sein können. Die kriegen höchstens ein schadenfreudiges Grinsen zustande."

„Wenn sie ihren Plan vollenden wollen, dann werden sie uns frontal angreifen müssen, um uns aus ihrer Realität zu entfernen", meinte Arthur.

Der Typ war nicht schwer von Begriff, und Diana mußte sich eingestehen, daß ihr das bei einem Archetypen gefiel. Ganz einfach, weil man dann weniger Erklärungen abgeben mußte. „Ja, genauso wird es wohl sein."

„Ihr müßt den Übergang schließen, ehe das passiert!"

„Ach nee?"

Arthur hob eine Braue. „Bitte?"

„Wir sind fest entschlossen, den Übergang zu schließen, ehe jemand zu Schaden kommt", erklärte Claire schnell, wobei sie Diana einen strafenden Blick zuwarf. Es war wohl ein kleiner Vortrag über den unangebrachten Gebrauch vorlauter Sprüche fällig. „Leider ist der Anker jedoch irgendwo da auf der Baustelle versteckt, und wir haben irgendeinen Alarm ausgelöst, als wir das Kaufhaus verlassen haben. Die dunklen Wachen, die, die deine ... deine Leute Fleischköpfe nennen, sind eingetroffen, ehe wir bis zum Anker vorstoßen konnten."

„Ja, und als ob das noch nicht genug wäre", warf Diana ein, „scheint es so, als könnten wir das Ende des Einkaufszentrums dort beim Bauzaun nicht beeinflussen, also werden wir durch den Lieferantengang gehen müssen, wenn wir auf die Baustelle gelangen wollen."

„Die Dunkelheit hat noch tödlichere Diener als die Fleischköpfe, die bei den Lieferantengängen patrouillieren", verkündete Arthur ruhig.

Claire nickte. „Ein paar von denen haben wir gehört, nachdem wir herübergekommen waren. Vielleicht war es aber auch nur ein einziger."

„Einige von denen sind sehr groß", gab Arthur zu, während er gedankenverloren eine seiner Schnallen zwischen Daumen und Zeigefinger rieb. „Andere sind kleiner, aber dennoch gefährlich. Wir haben unser Gebiet gegen sie verbarrikadiert. Ich fürchte jedoch, sie bleiben eher weg, weil sie das so wollen und nicht so sehr, weil wir das gern hätten."

„Also sind sie bisher nicht weiter vorgestoßen, weil sie das selbst nicht wollen? Nicht, weil sie Angst vor dir haben?"

„Vor mir und meinen Leuten – aber ja."

„Das ist nicht gut." Der Spruch, mußte Diana sich selbst eingestehen, war unter den gegebenen Umständen eine ziemliche Platitüde. Nun ging plötzlich die Deckenbeleuchtung an. Diana sah hoch, warf dann einen Blick auf Claires Uhr, stellte fest, daß der Sekundenzeiger dort noch immer einen rasant beschleunigten Zeitverlauf maß und beschloß, sich darüber erst einmal keine Gedanken zu machen. „Kommen wir also auf deine Leute zu sprechen", sagte sie statt dessen. „Nach dem, was Kris da über das rauhe Leben gesagt hat, gehe ich davon aus, daß keiner von ihnen zu Hause vermißt wird?"

„Sie hatten kein Zuhause, bis sie hierherkamen." Arthur gab die Schnalle wieder frei und ballte die Rechte zur Faust. „Das hier ist die unerwünschte Jugend eurer Welt. Die Entwurzelten, die sich wünschen, woanders zu sein. Sobald das Schatteneinkaufszentrum eingerichtet war, brauchte nur eine Tür geöffnet zu werden, um sie herüberzubringen. Die meisten sind herübergekommen, als sie die öffentlichen Toiletten beim Food Court verließen."

„Oh ja, öffentliche Toiletten", schnaubte Diana. „Die sind immer wieder ein Erlebnis. Im Food Court – da waren sie auch ziemlich nah am Erlkönig und damit an einer ganzen Reihe von bösen Dingen."

„Darum haben auch nicht alle überlebt." Arthur betrachtete seine drei Besucher eine Zeitlang wortlos und prüfend, sein heller, klarer Blick glitt ohne Eile von der einen Hüterin zur nächsten und dann zu Sam. „Ihr habt ihnen gesagt, ihr wärt Zauberinnen", sagte er dann schließlich, und der Satz war halb Frage, halb Anklage.

Diana reagierte erst einmal auf die Anklage, weswegen ihr Ton schärfer wurde. „Hüterin – Zauberin – es schien uns die einfachste, einleuchtendste Erklärung. Weil es im Grunde ja auch stimmt."

„Im Grunde!" murmelte Claire tonlos.

„Im Grunde?" wiederholte Arthur. „Wollt ihr damit sagen, Merlin gehörte zur Familie?" Die vollen Lippen verzogen sich zu einem angedeuteten Lächeln.

„Tut mir leid, aber solche Informationen sind streng geheim. Wo wir jedoch gerade von Merlin sprechen ..." Diana beugte sich vor und spähte links am Fernseher vorbei suchend in die Schatten dort, die sich um die Kartons voller noch verpackter DVD-Player scharten. „Serviert man dich denn nicht eigentlich immer mit Pommes?"

Die azurblauen Augen zwinkerten erstaunt. „Was?"

„Ja, was?" Sam drehte sich auf Dianas Schoß um, ohne dabei die Krallen aus dem Stoff ihrer Shorts zu ziehen. „Das habe selbst ich nicht verstanden!"

„Extras. Normalerweise reist er mit Gepäck. Falsche Entscheidungen, Verrat ..." Diana seufzte. „Ich könnte noch endlos fortfahren, aber wir kennen doch alle die Geschichte! Gibt's keinen Lanzelot? Keine Genoveva?"

„Bis jetzt noch nicht!" Arthur wirkte sehr selbstzufrieden und bemerkenswert jung. „Ich glaube, diesmal habe ich sie abgehängt! Diese ganze Sache mit den ewig Liebestrunkenen – das war doch auf Dauer äußerst ermüdend."

„Ermüdend?"

Arthur nickte, und Diana schüttelte ungläubig den Kopf. „Guter Versuch. Aber sind die nicht alle ein Teil von dem, was dich überhaupt erst zu Arthur macht?"

„In den ganz alten Geschichten nicht! In diesen alten Geschichten habe ich ein paar einander bekriegende Stämme zu einem Volk zusammengeschweißt und sie dann in den Kampf gegen einen gemeinsamen Feind geführt. Die ganzen Sexgeschichten? Dafür könnt ihr die Franzosen verantwortlich machen!"

„Das dürfen wir nicht, wir sind Kanadierinnen." Claire hatte ihren besten Ich-bin-eine-Hüterin-was-man-von-dir-nicht-behaupten-kann-Tonfall angeschlagen. „Außerdem", fuhr sie nun fort, „ist von all dem nichts wirklich wichtig. Im Augenblick wenigstens nicht. Wichtig ist, daß wir den Übergang schließen, ehe es einen offenen Zugang zu unserer Welt gibt und ehe deine Leute ..."

„Vernichtet werden?" schlug Sam vor, als Claire erst einmal nicht weiterredete.

„Eigentlich hatte ich sagen wollen: Ehe deine Leute angegriffen werden. Aber vernichtet trifft es auch. Vielleicht ein wenig zu genau." Mit diesen Worten erhob sich die Hüterin. „Das heißt ..."

„Wir werden deine Hilfe brauchen."

Claire ließ sich wieder auf das Sofa fallen und starrte ihre Schwester entgeistert an. Sie traute ihren Ohren nicht. „Was?"

Diana drehte sich so, daß sie Claires Blick erwidern konnte. Sie hatte Protest erwartet, war auf eine Auseinandersetzung vorbereitet. „Hör zu, Claire, diese Typen kennen jeden Winkel des Einkaufszentrums und wissen auch, wie man am sichersten zu den Lieferwegen kommt, sie wissen, was einen erwartet, wenn man dort ist und wie man dieser Gefahr aus dem Weg gehen kann."

„Sie sind Zuschauer!"

„Dean auch."

„Ich wußte doch, daß du den irgendwann aufs Tapet bringen würdest!"

„Wer ist Dean?" wollte Arthur wissen.

„Einer, für den du die Franzosen nicht verantwortlich machen kannst", kicherte Sam.

Arthur wirkte verwirrt, aber beide Frauen ignorierten den Einwurf der Katze mit einer Lockerheit, die aus langjähriger Übung erwuchs.

„Dean hat mit der ganzen Sache hier nichts zu tun." Mit zusammengekniffenen Augen und einem wütend gereckten Zeigefinger untermalte Claire ihren Protest. „Ich habe mich damit einverstanden erklärt, daß wir Informationen austauschen. Aber ich weigere mich kategorisch, Zuschauer noch weiter in unsere Angelegenheiten hineinzuziehen."

„Erstens: Es ist mein Ruf, also treffe ich die kategorischen Entscheidungen. Zweitens: Das hier ist absolut auch deren Angelegenheit. Das ist jetzt ihre Welt, sie haben sich zu sehr verändert, um heimgehen zu können und haben ein Recht darauf, sich selbst zu verteidigen. Ihre beste Verteidigung, ..." Bei diesen Worten breitete Diana beide Hände aus, „... und ich gehe jede Wette ein, auch ihre einzige liegt darin, uns zu helfen. Uns zu helfen, das Ding hier zu schließen, ehe die Bösen ihren Angriff starten können. Wenn man bedenkt, wie komplett die ganze Sache bereits wirkt, dann muß man zu dem Schluß gelangen, daß ein solcher Angriff in nicht allzu weiter Ferne liegt. Zeitverschiebung hin oder her!"

„Meine Späher berichten von verstärkten Aktivitäten im Feindesland", mußte Arthur daraufhin eingestehen.

Diana fuhr herum und starrte ihn entgeistert an: „Späher?"

„Keine, vor denen man sich fürchten muß", beruhigte Arthur sie. „Keine kurzen Hosen, keine Äpfel."

„Das ist auch gut so!"

„Wo warst du?" wollte Austin wissen, als Dean die Vordertür hinter sich schloß.

„Das weißt du genau. Ich habe dir gesagt, wo ich hingehe – mit ein paar Freunden Baseball spielen. Wie jeden Sonntag nachmittag." Dean warf seinen Baseballhandschuh auf den Tresen und ging in die Küche. „Der Anrufbeantworter war an, und du hast geschlafen."

„Aber dann bin ich aufgewacht und hatte Hunger."

„Ich hatte dir eine Schüssel Trockenfutter hingestellt." Irgend etwas knirschte unter Deans Schuhen, und als der junge Mann nachsah, konnte er feststellen, daß Austin das Trockenfutter über den gesamten Küchenfußboden verteilt hatte. „Das du offenbar auch gefunden hast. Was ist, hättest du die Dinger nicht noch ein bißchen gleichmäßiger verteilen können? Damit ich lange was davon habe?"

„Dies ist ein großes Haus", erwiderte Austin trocken. „Aber ehe du jetzt anfängst zu suchen: Wie wär's, wenn du mir was zu fressen gibst?"

Nachdenklich legte Arthur den Kopf auf die Seite, was dazu führte, daß ihm eine pechschwarze Haarsträhne attraktiv ins Gesicht hing. „Wenn uns also eine Schlacht bevorsteht – und ich wäre ein Narr, wenn ich das leugnen würde –, aus welchem Grund sollte ich da meine Kräfte aufteilen und euch helfen?"

Diana löste vorsichtig die nackten, schwitzenden Oberschenkel einen nach dem anderen von der Lederpolsterung des Sofas und rückte ganz nahe an die Sofakante heran. „Wenn wir den Anker entfernen und den Übergang schließen", erklärte sie, „sind wir auch wieder in der Lage, das andere Ende des Einkaufszentrums zu beeinflussen. Mit unserem Einfluß können wir eure Ärsche retten!"

„Selbst wenn unsere Beeinflussung natürlich total aus dem Unterbewußtsein käme!" fügte Claire hinzu.

Mit einer ungeduldigen Handbewegung wischte Diana die Warnung beiseite. „Du hast doch selbst gesagt, daß du ursprünglich mal, nach den ganz alten Geschichten, dazu da warst, eine Reihe einander bekriegender Stämme zu einem Volk zusammenzuschweißen und gegen einen gemeinsamen Feind zu führen. Außerdem war das mal eine von deinen Riesen-Ähren, hast du selbst gesagt!"

„Riesen-Ähren?"

„Ich nehme an, sie meinte Raison d'être."

„He, ich versuche hier, die Franzosen rauszuhalten. Das brauchen wir nicht wirklich auch noch, daß Arthurs Restgepäck es schließlich doch noch durch den Zoll schafft."

Leicht verunsichert schaute Arthur sich um. „Wäre das denn möglich?"

Diana zuckte die Achseln. „Hüterinnen. Gegenseite. Alles ist möglich!"

Da schrillte draußen in der Wandelhalle eine Sirene los, woraufhin es einen halben Herzschlag lang in der Sofarunde mucksmäuschenstill wurde. Dann wandten Claire und Sam fast synchron die Köpfe und starrten Diana vorwurfsvoll an.

„Was denn?" verteidigte die sich. „Ich habe doch gar nichts gemacht!"

In Windeseile hatte sich Arthur aus dem Sessel aufgerappelt und setzte mit großen Schritten an den beiden Hüterinnen vorbei, ließ mit wenigen Sätzen die Elektroabteilung hinter sich und verschwand zwischen den Ständern mit den Wintermänteln.

„Erinnerst du dich noch an deine Frage, ob eine von uns womöglich als Katalysator fungieren könnte?" zischte Claire und hievte sich den Rucksack auf die rechte Schulter. „Ist die damit beantwortet?"

„Ich fürchte, ja!" Mit beiden Händen schnappte Diana sich den eigenen Rucksack und rannte, gefolgt von Claire, so schnell sie konnte hinter Arthur her. Sam, der sich für die Höhenstraße entschieden hatte und über die Möbel hechtete, landete letztlich an der Spitze der drei.

Draußen herrschte das reine Chaos. Überall jagten Fleischköpfe, viele von ihnen mit einer feinen Patina aus Porzellancherubim überzogen, unbeholfen den weit wendigeren Einkaufszentrumselfen hinterher. Dazwischen sprang Arthur herum, brüllte Befehle und handhabte sein Schwert wie einen Taktstock, um eine geordnete Verteidigungslinie aufzubauen. Die beiden Hüterinnen blieben im Durchgang vom Laden zur Wandelhalle mit einem Ruck stehen.

Sam dagegen schlitterte bis hinaus aufs Schlachtfeld. Verzweifelt versuchten seine Krallen, auf dem glatten Kachelboden Halt zu finden. Als sich ihm ein massiger Fuß mit Wucht in den Weg stellte, rutschte er tapfer darauf, prallte mit einem satten Plumps gegen einen enorm hohen Spann und versenkte die Krallen tief in schwieliges Fleisch. Nachdem es ihm so endlich gelang, den eigenen Schwung zu bremsen und wieder in den Griff zu bekommen, stieß er sich rasch ab und eilte zurück an Dianas Seite.

„Alles klar?" wollte die Hüterin besorgt wissen.

Sam hatte die Ohren so dicht angelegt, daß es aussah, als versuche er, im Rückwärtsgang den eigenen Füßen zu entkommen. „Ich gebe dir einen guten Rat, Diana: Schlag bloß nie deine Krallen in eins von den Dingern da!"

Der Fleischkopf ignorierte ihn und stapfte statt dessen hinter einer winzigen weiblichen Elfe her, die ein Latexkorsett trug.

„Die haben doch gesagt, diese Kolosse verlieren schnell das Interesse!" rief Diana empört.

Claire wies auf eine große, schlanke Gestalt in schwarzer Rüstung. Ein scharlachroter Federbusch zierte deren Helm und hüpfte über dem Schlachtfeld munter auf und ab. „Bitte! Hiermit stelle ich dir die Motivation der Fleischköpfe vor!"

Gerade wandte sich die Gestalt um, um sich Arthurs Angriff zu stellen.

„Ein Dunkelelf?" rief Diana.

„Das ist doch fast schon naheliegend, nicht? Wenn man bedenkt, in was sich die Teenager hier verwandeln?" Auf einem Knie neben ihrem Rucksack kauernd wühlte Claire in der Tasche in den vorbereiteten Möglichkeiten.

„Die Barrikade an der Treppe scheint intakt zu sein", berichtete Diana, während sie unter den sechs Dosen Katzenfutter in ihrem Rucksack eine prall gefüllte Hüfttasche hervorzog. „Das heißt, sie sind auf einem anderen Weg hier hereingekommen."

„Die Lieferwege?"

„Nein. Arthur sagt, die werden bewacht. Irgendwer hätte dann Alarm geschlagen."

Ein paar der angreifenden Fleischköpfe gingen ohne ersichtliche Fremdeinwirkung zu Boden. Claire, die nunmehr eine Pfeffermühle in der Hand hielt, funkelte Diana wütend an.

„Das war völlig unbewußt! Ich schwör's! Die sehen aber auch wirklich zu plump und ungeschickt aus." Hier und jetzt würde sie keine Rückkopplung riskieren. Regeln zu brechen, wenn nur das eigene Leben auf dem Spiel stand, war eine Sache. Eine ganz andere war es, außerdem auch noch das Leben Claires, Sams und einer Gruppe von Teenagern aufs Spiel zu setzen, die sie gerade eben erst kennengelernt hatte. Sie hatte es hier mit einem sehr mächtigen Feind zu tun. Alle Kraft, die sie jetzt aufbrachte, würde aufgesogen und gegen sie verwendet werden – das wäre das mindeste, womit sie zu rechnen hätte, und es wäre auf jeden Fall peinlich, unter Umständen sogar tödlich.

Einer der beiden Fleischköpfe, die zu Boden gegangen waren, trat sich selbst auf die Hand, als er und sein Kumpan nun versuchten, sich wieder aufzurappeln. Vor Schmerzen laut aufheulend holte der Koloß aus, um seinem Gefährten etwas um die Ohren zu hauen, was aussah wie eine gefüllte Plastikeinkaufstüte und streckte ihn damit erneut zu Boden. Eine der Einkaufszentrumselfen sprang herbei, schwang einen Baseballschläger aus Aluminium, und der Fleischkopf stand nicht wieder auf.

„Der begeisterte Schwung der jungen Leute ist doch ein wunderschöner Anblick! Das mußt du einfach zugeben!" meinte Diana.

„Ich muß gar nichts!" gab Claire ungehalten zurück. „Schon gar nicht zugeben, daß mir irgend etwas gefällt. Ich werde jetzt versuchen, ein paar von den Dingern hier auszuschalten. Derweil gehst du nachsehen, wo sie herkommen und machst die entsprechende Tür zu." Daraufhin stürzte sich die Hüterin mit hocherhobener Pfeffermühle in die Schlacht.

„Was will sie denn mit dem Gewürz ausrichten?" wollte Sam wissen, der zusah, wie Diana sich die Hüfttasche umschnallte.

„Pfefferkörner sind Samen", erklärte Diana und stopfte sich, nur für den Fall der Fälle, vorsorglich auch noch den Zauberstab in die Hosentasche. „Alle Samen enthalten Möglichkeiten." Mit diesen Worten duckte sie sich und tauchte unter dem ausgestreckten Arm eines Fleischkopfs hindurch, nur um gleich darauf mit einem Pflanzkübel aus Plastik-Holzimitat zu kollidieren. „Claire hat ihre auf Schlaf ausgerichtet", beendete sie leicht stöhnend ihre Erklärung.

„Aber warum ausgerechnet Pfeffer?" wollte Sam wissen, wobei er auf den Rand des Kübels sprang.

„Andere Samen hatte Dean nicht im Haus. Außer Minutenreis, und bei dem gibt es nun mal leider diese bedauerliche zeitliche Begrenzung." Diana rappelte sich auf, gesellte sich zu ihrem Kater auf dem Kübelrand und nahm sich einen Moment Zeit, den Schlachtverlauf zu studieren. Die sechs Meter hohe Wandelhalle hallte wider vom hellen Klang, mit dem Schwertklinge auf Schwertklinge traf und dem weitaus weniger musikalischen Klatschen, das das Zusammentreffen von Fleisch und Aluminium begleitete. Sie konnte von ihrem Aussichtspunkt aus, der ihr eine hervorragende Übersicht verschaffte, erkennen, daß die Fleischköpfe in der zentralen Wandelhalle ohne erkennbare Ordnung und sichtbaren Plan kämpften. Beim Durchgang zu dem kurzen Flur jedoch, vor dessen Außentür Claire vor nunmehr so langer Zeit Dean verlassen hatte, standen sie alle mit dem Gesicht in dieselbe Richtung, in Richtung Wandelhalle. Selbst der plumpe, dicke Körper, der Kris zu Füßen lag und offenbar gerade erfolgreich niedergeschlagen worden war, zeigte dorthin.

Dianas Blick ruhte immer noch auf Kris und ihrem Opfer. So wurde sie gewahr, wie sich – der Baseballschläger war gerade geschwungen worden und holte zu einem neuen Schlag aus – eine fleischige Hand hob und sich um einen schmalen Knöchel schloß.

Der nächste Schwung, zu dem Kris ansetzte, ging ins Leere.

Schon stand der Fleischkopf wieder auf den Beinen, und nun war es Kris, mit der Schwung geholt wurde. Das ging hin und her, hin und her, und die wunderschönen Dreadlocks fegten den Fußboden.

Claire stürzte sich ins Getümmel und versetzte einem der umstehenden Fleischköpfe einen Schlag auf die Schulter – zumindest ging sie davon aus, daß sich dort, wohin sie schlug, eine Schulter befand. Der Koloß drehte sich um und bekam eine Ladung frischgemahlenen Pfeffers direkt ins Gesicht. Daraufhin wirkte er zunächst einmal beleidigt. Dann blinzelten die Onyxäuglein, die Nase zuckte, der Koloß nieste heftig, was Claire einen triefenden Überzug aus Rotz und Schleim bescherte, und landete dann platt auf dem Rücken.

Zusammen mit dem Fleischkopf ging auch Teemo zu Boden, dessen orange-gelbes Hawaiihemd sich gerade fest im Griff bratwurstdicker Finger befand. „Ist er tot?" fragte der Junge keuchend, stemmte die Füße in den knallroten Basketballschuhen gegen den fleckigen Trainingsanzug des Fleischkopfs und riß sich los.

„Nein." Claire spie aus und reinigte sich mit dem Rocksaum notdürftig das Gesicht. „Er schläft."

„Mist!" Teemo packte seinen Baseballschläger fest mit beiden Händen und schickte sich an, diesen Zustand zu beheben.

Claire, die sich ganz heftig und verzweifelt nach einer Dusche sehnte, war nicht wirklich überrascht, als nun die Sprinkleranlage anging.

„Mann, was sind diese Typen ungeschickt!" murmelte Diana vor sich hin, während sie davonstürzte, um Kris zu Hilfe zu eilen. „Ungeschickt,

ungeschickt, ungeschickt!" Aber es fiel ihr schwer, sich auf diesen Gedanken zu konzentrieren, wo doch Kris das einzige war, was sie vor sich sah. Kris, die an einem Fuß baumelnd durch die Luft geschleudert wurde. Dianas Lippen mochten ungeschickt, ungeschickt sagen, ihr Hirn betete: nicht fallen lassen, nicht fallen lassen und: Mensch, hau den doch nicht auch noch! Damit machst du den bloß wütend!

Als nächstes folgte: Na, das klärt dann wohl die Frage nach den Genitalien! Da hatte der Baseballschläger, mit dem Kris relativ hilflos umherfuchtelte, das riesige Wesen direkt zwischen den Beinen erwischt, schien dort aber keinen merklichen Schaden anrichten zu können.

Die Knie waren da schon deutlich empfindlicher.

Der Fleischkopf jaulte laut auf, wirbelte Kris noch zweimal um den Kopf herum und schleuderte sie dann in Richtung Wandelhalle.

Diana kam mit einem Ruck zum Stehen und drehte sich hastig um. Schon segelte Kris an ihr vorbei. Hektisch riß die junge Hüterin ihre Hüfttasche auf und brach dann eine limonengrüne Feder in zwei Hälften.

Die Einkaufszentrumselfe schwebte sacht zu Boden, als die Sprinkleranlage anging.

Im selben Augenblick schoß eine Plastiktüte haarscharf an Dianas Kopf vorbei, und zwar so dicht, daß sie das Gefühl hatte, ihr sei der Scheitel neu gezogen worden. Die Schrift auf der Tüte – rote Buchstaben auf weißem Grund – kam ihr vor wie ein einziger, verschwommener Klecks. Mit klopfendem Herzen rannte die junge Hüterin an dem wütenden Fleischkopf vorbei, der immer noch mühsam darum rang, das Gleichgewicht wiederzufinden, das ihm bei der wüsten Attacke mit der Plastiktüte abhanden gekommen war.

„Diana! Hier!" Mit heftig zuckendem Schwanz, der in der Luft orangegetigerte Kreise zog, marschierte Sam vor dem Optikerladen auf und ab. „Irgend etwas passiert hier drin."

Im Ladeninneren drehten sich bunte Nebel.

Bunte Nebel, die Diana bereits vertraut waren.

Sam schlitterte die letzten Zentimeter heran und kam direkt neben Diana zum Stehen. „Das Reisebüro?" Plötzlich erschien ihr der ganze Angriff so erschreckend logisch! Der rote Federbusch, die Plastiktüten. Die dunkle Seite hatte eine Kaffeefahrt ins Territorium der Elfen gebucht! „Wer läßt sich bloß all diesen Schwachsinn einfallen!" zischte sie wütend und griff erneut in die Hüfttasche.

„Beeil dich!"

Der Nebel verdichtete sich gerade, und eine vertraute, riesenhafte Gestalt fing an, sich herauszuschälen.

„Diesmal nicht, ihr Hackfleischhirne!"

Während nun drei neue Fleischköpfe auf die Tür zustürmten, ließ Diana sich auf die Knie sinken und knallte einen Schlüssel auf die Türschwelle des Ladens. Sofort entstand eine Barriere, mit der die drei prompt zusammenknallten, und zwar so rasant, daß im gesamten Einkaufszentrum einschließlich der Ausgänge das Glas an Türen und Fenstern heftig vibrierte, dann prallten sie ab, wurden zurück in den Laden und damit in den Nebel katapultiert und waren verschwunden. Daß Diana das Krachen zu hören vermeinte, mit dem sie in dem einen Kilometer entfernten und auf einem anderen Stockwerk gelegenen Reisebüro ankamen, war wahrscheinlich ihrer Phantasie zuzuschreiben.

„Bist du sicher, das hält andere auch ab?" Mit leicht zweifelnder Miene untersuchte Sam den Schlüssel, den Diana plaziert hatte.

„Na hör mal! Wenn ich eine Tür abschließe, dann bleibt die auch zu!" Diana ließ sich auf die Hacken fallen und stand auf. „Warum bleibst du eigentlich trocken?"

„Warum sollte ich denn naß werden?"

„Die Sprinkler ..."

Der Kater starrte sie von unten her an, die bernsteingelben Augen eine einzige Herausforderung.

„... vergiß es."

Ein rascher Lauf brachte die beiden wieder zurück zum Durchgang zur Wandelhalle.

Draußen in der Halle waren inzwischen gut zwei Drittel der Fleischköpfe zu Boden gegangen, wobei diejenigen, deren Gesichter nicht Spuren von Aluminiumschlägern zeigten, ganz eindeutig eine Ladung frischgemahlenen Pfeffer abbekommen hatten. Claire war an der Schaufensterscheibe des Ladens für Künstlerbedarf zusammengesunken und hielt sich den rechten Arm. Bunte, über den ganzen Raum verteilte Farbkleckse markierten die Stellen, an denen Elfen gefallen waren. Kris und Colin bahnten sich einen Weg durch die Leiber und schleppten Gefährten, die niedergestreckt worden waren, in Sicherheit.

Arthur und der Dunkelelf fochten immer noch, wobei die Klingen ihrer Schwerter inzwischen feucht glitzerten.

Als Diana in die Halle trat, tänzelte Arthur gerade ein paar Schritte zur Seite, um einem Ausfall seines Gegners auszuweichen und stolperte dabei über eine Plastiktüte.

Ganz langsam sank er zu Boden. Sein Schwert erhob sich noch einmal, um einen Schlag abzuwehren, der von oben her gegen ihn geführt wurde, aber der Winkel war falsch, was jedermann genau sehen konnte.

Der unsterbliche König würde sterben müssen.

Ein einfaches „Nein" konnte ein solches Desaster verhindern.

Diana spürte, wie sich das Wort bereits in ihrer Kehle bildete.

Aber ein solches „Nein" würde dem Gegner soviel Kraft verschaffen, daß einer Vollendung des Übergangs nichts mehr im Weg stünde.

Diana hatte nichts in ihrer Hüfttasche, nichts, das bewirken könnte ...

Der Zauberstab! Der Zauberstab gehörte der Gegenseite!

Diana riß den Stab aus ihrer Hosentasche, deutete mit dem rosa Stern auf den Dunkelelfen, gab sich alle Mühe, nicht daran zu denken, wie blöd das unter Garantie aussah und öffnete sich selbst für die extremsten Möglichkeiten.

Die rosa Energie, die plötzlich versprüht wurde, ließ den Dunklen erstarren, wo er gerade stand. Sein schwarzes Schwert befand sich nicht mehr als einen Zentimeter von Arthurs Hals entfernt. Am Panzer des Dunklen rannen glitzernde Bächlein herab, verbanden die einzelnen Wassertropfen, die dort hingen, und dann flackerte ein rosaweißes Licht auf, das so hell war, daß niemand hinsehen konnte.

Als das Licht dann endlich schwächer wurde und alle geblinzelt hatten, um die Nachbilder von der Netzhaut zu bannen, war der Dunkelelf verschwunden.

Die wenigen verbliebenen Fleischköpfe, die immer noch aufrecht standen, stürzten sich über die Barrikade und landeten mit einem unangenehmen Platschen fünf Meter tiefer in der dortigen Wandelhalle.

„Abartig!"

Diana drehte sich um und entdeckte Kris, die sie voller Bewunderung anstrahlte. „Vielen Dank für das ... du weißt schon, die Nummer mit der Feder", fuhr die Elfe schüchtern fort.

Allzugern hätte sich Diana einen Augenblick lang einfach nur in Kris' Bewunderung geaalt! Aber nun entglitt der Zauberstab ihren schlagartig taub gewordenen Händen, fiel zu Boden, und die junge Hüterin sank gleich hinterher, wobei sie nicht wußte, ob sie sich lieber übergeben oder lieber in Ohnmacht fallen sollte. Unfähig sich zu entscheiden, tat sie dann einfach beides.

Dean fuhr mit der Hand durch den limonengrünen Federbusch, der ihm reichlich ausgedünnt vorkam, und seufzte. „Austin? Was ist denn mit meinem Staubwedel passiert?"

„Guck doch mich nicht an!"

„Ich dachte nur, du weißt alles."

„Tu ich auch." Der Kater rollte sich auf die andere Seite und bot die linke Flanke dem kleinen Streifen Sonnenlicht, der auf den Tresen fiel, dar. „Ich will bloß nicht, daß du mich anguckst."

Fünf

„Jetzt sind es drei Tage."

„Vier", korrigierte Austin griesgrämig vom Tresen aus. „Sie sind Samstag losgezogen. Heute ist Dienstag."

„Sie sind Samstag morgen um neun Uhr dreißig losgezogen, und jetzt ist es erst acht Uhr fünfundvierzig." Gekonnt manövrierte Dean seinen Besen in die hinterste Ecke des kleinen Büros, wodurch es ihm gelang, einen Ballen Katzenhaare zu erwischen, der ihm bis dahin entgangen war. „Genaugenommen sind es also noch keine vier Tage."

„In vielen Sachen bist du erstaunlich pingelig! Siehst du das nicht mittlerweile auch selbst so?"

„Wenn ich mich entschließe, etwas zu tun, dann möchte ich es möglichst genau machen."

Austin seufzte und ließ das Kinn auf die Vorderpfoten sinken. „Du hast da hinten einen Fleck übersehen."

Dean bückte sich, um mit dem Besen unter den Schreibtisch fahren zu können. Er wußte ja selbst, daß er mit dieser Arbeit nur seinen angespannten Nerven etwas zu tun geben wollte, denn selbst der wunderschöne, matt schimmernde Hartholzfußboden, ein Produkt langer, hingebungsvoller Handarbeit, schien ihm in diesen Tagen nicht mehr so glänzend und schön wie früher. „Claire fehlt mir", gestand er dem Kater.

„Mir fehlt sie mehr", murmelte Austin, ohne das Kinn von den Pfoten zu heben.

„Das will ich auch gar nicht abstreiten." Im wesentlichen, weil Dean endlich eingesehen hatte, daß es sich nicht lohnte, sich mit einer Katze zu streiten – aber auch, weil es in diesem einen, besonderen Fall wirklich nichts gab, worüber er sich mit Austin hätte streiten können. Wahrscheinlich war es wirklich so, daß Claire dem Kater mehr fehlte als ihm selbst. Die beiden hatten in den vergangenen siebzehn Jahren allerhand gemeinsam durchgemacht. Wenn Dean sich die Ereignisse der letzten neun Monate und alles, was sie erlebt hatten, seit sie zu dritt waren, vor Augen führte, dann konnte er sich lebhaft vorstellen, daß „allerhand durchgemacht" viel zu harmlos war, um den Höhepunkten von Claires und Austins gemeinsamen Jahren auch nur in Ansätzen gerecht zu werden.

Der junge Mann richtete sich auf und warf einen liebevollen Blick auf den Tresen, auf dem es sich der Kater bequem gemacht hatte. „Ich wette, du hast ein paar richtig tolle Erinnerungen!"

„Tolle Erinnerungen, gute Erinnerungen und ein paar von der Sorte, zu denen einem nur einfällt: Heilige Scheiße, ich kann's immer noch nicht fassen, daß wir da lebend rausgekommen sind", erwiderte Austin. „Aber mach dir bloß keine Hoffnungen, du Hausmann, du. Von mir kriegst du nicht zu hören, was für eine niedliche kleine Hüterin Claire früher mal war. Das geht nicht gegen dich – das ist etwas, was wir Katzen grundsätzlich nicht machen."

„Warum nicht?"

Ein schwarzes Ohr zuckte verächtlich. „Hör mal, mache ich hier etwa die Regeln?"

„Du hältst dich ja noch nicht einmal daran." Stirnrunzelnd betrachtete Dean ein paar parallel verlaufende Kratzer auf der Schreibtischoberfläche dicht beim Schreibtischstuhl. „Ehe Claire auf die andere Seite ging, hat sie gesagt, sie würden vielleicht ein, zwei Tage dort sein. Diesen Schätzwert haben sie jetzt schon weit überschritten."

„Stimmt. Was aber nicht heißt, daß sie nicht gestern wieder rauskommen können."

Jetzt endlich war es Austin gelungen, Deans Aufmerksamkeit ganz vom Fußboden abzuziehen. Baß erstaunt blickte der junge Mann den Kater an. „Was?"

„Auf der Gegenseite läuft die Zeit anders als hier. Wenn hier vier Tage vergangen sind, dann heißt das nicht automatisch, daß auch dort vier Tage vergangen sind, und das wiederum heißt, die beiden können zu jeder Zeit da wieder rauskommen."

„Was?"

Austin seufzte und setzte sich auf. „Wenn sie jederzeit rauskommen können, zu jeder denkbaren Zeit also", wiederholte er langsam und deutlich, „dann heißt das, sie können auch gestern herauskommen. Solange sie nicht herauskommen, ehe sie reingegangen sind."

„Aber wir haben gestern und einen Teil von heute doch schon ohne sie gelebt."

„Das macht nichts, wir werden nicht mehr wissen, daß dem so war. Diese unsere besondere Realität hier wird einfach verschwinden, und eine neue Realität, zu der dann auch Claire und Diana und dies orange Ding gehören, wird an ihre Stelle treten und zur einzigen Realität werden, die wir dann kennen."

„Ehrlich?"

„Nee, ich wollte nur mal ein bißchen mit deinem Kopf rummachen!" Austin wirkte wesentlich fröhlicher, als er die letzten Tage ausgesehen hatte. „Ist Zeit erst einmal vergangen, dann war's das. Wer will schon Zeit mit Eselsohren und allen möglichen Kommentaren, die wer mit Bleistift an die Ränder gekritzelt hat?"

„Gibt es Altersdemenz bei Katzen?" erkundigte sich Dean verzweifelt, wobei er seine Frage an das Hotel als Ganzes richtete. Als keine Antwort kam – wovon man in diesem speziellen Gasthaus beileibe nicht immer ausgehen konnte –, ging er in die Knie, um das kleine Häufchen Dreck und Katzenhaare – überwiegend Katzenhaare –, das er zusammengekehrt hatte, aufs Kehrblech zu fegen. Er befand sich immer noch in der Hocke, als er hörte, wie die Hoteltür sich öffnete und ein halbes Dutzend Menschen hereingetrabt kam. Natürlich ohne sich die Füße abzutreten. Wie kam es eigentlich, daß in ganz Kanada einzig die Neufundländer verstanden hatten, worum es beim Gebrauch von Fußmatten ging: darum, den Dreck gar nicht erst ins Innere von Häusern zu lassen! Dean seufzte. Dann rief er: „Einen Moment bitte, ich komme sofort!", leerte die Kehrschaufel in den Abfalleimer und richtete sich auf.

In der Hotelhalle wartete eine junge Frau, die halb über dem Tresen lehnte und Austin streichelte. Das schulterlange, von einer Schleife zusammengehaltene Haar der Frau war so schwarz, daß blaue Lichter darauf zu tanzen schienen. Die Frau war unglaublich blaß, was besonders bei ihren Fingern auffiel, mit denen sie Austin über das schwarze Fell strich, und ihre Lippen waren dunkelrot, so rot wie Blut. Dean warf einen raschen Blick aus dem Fenster, um sicherzugehen, daß die Sonne nicht früher als sonst untergegangen war und auch keine unerwartete totale Sonnenfinsternis den Himmel verdunkelte. Dann stieß er erleichtert die Luft aus, die er ohne es mitzubekommen angehalten hatte. Er empfand es eindeutig als Erleichterung, daß draußen immer noch hellichter Tag war. Dean hatte nichts gegen Vampire an sich, aber leider reiste diese Art von Kundschaft immer in Begleitung von Groupies, die es jedes Mal schafften, Dean die Nerven zu ruinieren.

Der junge Mann setzte das Lächeln auf, das Claire als sein Gastwirtslächeln bezeichnete. „Womit kann ich Ihnen helfen?"

„Wir wüßten gern, ob Sie ein paar Zimmer frei hätten."

Wir? Dean beugte sich über den Tresen und entdeckte zum ersten Mal die sieben muskulösen jungen Männer, die davor standen, alle in Shorts und ärmellosen T-Shirts, der größte von ihnen nicht größer als einen Meter vierzig. „Wir haben leider nur sechs Zimmer, und das sind alles Doppelzimmer ..."

Vergnügt wischte die Frau seine Bedenken mit einer Handbewegung beiseite. „Das ist kein Problem. Vier Zimmer reichen völlig. Wir schwimmen nicht im Geld und sind es gewohnt, uns die Zimmer zu teilen. Aber wir sind die ganze Nacht durchgefahren und würden uns vor dem Spiel gern ausruhen."

„Spiel?"

„Ja. Wir sind Basketballer", verkündete einer der Männer in leicht streitsüchtigem Ton, das Gewicht auf die Fußballen verlagert. Dean sollte es nur wagen, jetzt den falschen Kommentar abzugeben!

„Wunderbar", versicherte der Neufundländer gelassen.

„Das hier sind die Basketball-Champions der Zwergenliga von Süd-Ontario", erklärte die junge Frau stolz. „Ich bin ihre Managerin. Aurora King."

Dean schüttelte die blasse Hand, die ihm hingestreckt wurde. „Sehr erfreut."

„Wir sollen heute abend hier im Community Center ein Freundschaftsspiel austragen." Sie beugte sich zu Dean vor und fügte mit gesenkter Stimme hinzu: „Hören Sie, wenn Sie mit den Zimmerpreisen ein wenig runtergehen, dann könnte ich Ihnen bestimmt Eintrittskarten beschaffen."

Eintrittskarten zu einem Zwergen-Basketballtunier? Darf man denn überhaupt noch von Zwergen reden? fragte Dean sich besorgt. Aber wenn er es recht bedachte, durfte er wohl davon ausgehen, daß Ms. King die politisch korrekte Bezeichnung – den politisch korrekten Begriff – das entsprechende Wort – die Umschreibung – was auch immer – kannte! Dean bemerkte, daß die Frau ihn aufmerksam ansah und auf seine Antwort wartete. Er zuckte die Achseln. „Klar doch."

„Na dann los doch, genug geschwätzt!" Eins der Mannschaftsmitglieder gähnte herzhaft. „Ich bin so müde, ich könnte mich glatt hier draußen hinhauen."

„Unterzuckert", kommentierte der junge Mann, der direkt neben dem Gähnenden stand.

„Er studiert Medizin", murmelte Aurora leise, während Dean ihr das dicke Buch hinschob, in das sie sich und die Mannschaft eintragen sollte. „Muß immer alles und jeden diagnostizieren. Treibt uns komplett in den Wahnsinn." Dann hob sie die Stimme, damit alle sie hören konnten. „Ihr solltet mal anfangen zu überlegen, wer wo schläft und mit wem."

Daraufhin erklang ein unterdrücktes Husten, und aller Augen richteten sich auf einen Rotschopf, der prompt knallrot anlief, und zwar in genau demselben Farbton wie seine Haare.

„Nun brat mir einer 'nen Storch – der Neue ist schüchtern!" Der Spieler, der als erstes gesprochen hatte, schlug sich vor Vergnügen auf die Schenkel.

Eine Weile hatten alle ihren Spaß daran, den Neuen zu foppen, während Dean die Formalitäten beendete und die Zimmerschlüssel von den Haken nahm. „Ich möchte noch darauf hinweisen, daß in den Zimmern nicht geraucht werden darf."

Woraufhin sich das gesamte Team umwandte und einen zierlichen Blonden anstarrte.

Der schob sich die kurzen Dreadlocks aus dem Gesicht und zuckte lässig die Achseln. „He Mann, ich bin clean! Ich turn nicht an den Tagen, an denen gespielt wird, ich kenn die Regeln."

„Sie werden es nicht glauben", erklärte Aurora lächelnd, als sie sah, wie Deans Brauen in die Höhe schossen, „aber er ist einer der besten Verteidiger, die wir je hatten."

„Ich kenne halt meine Grenzen, Mann, und ich habe die im Griff."

Nach einem kurzen, freundschaftlichen Gerangel um die Schlüssel, bei dem der Neue noch ein wenig mehr Spott hatte einstecken müssen, machte sich die Truppe auf den Weg hinauf zu den Zimmern. Auf der sechsten Stufe mußte einer von ihnen heftig niesen. „Ich glaube, ich bin allergisch gegen die verdammte Katze!"

„Mach dir keine Sorgen, die kommt schon nicht in dein verdammtes Zimmer", gab Aurora munter zurück und legte den Arm um den letzten Spieler, der noch bei ihr in der Halle verblieben war. Der wiederum schlang ihr den Arm um die Hüfte, und so stapften die beiden im Gleichschritt hinauf in den ersten Stock.

„Ich nehme mal an, der da ist Happy", murmelte Austin, nachdem Dean und er viermal hatten hören können, wie sich eine Zimmertür schloß.

Dean nahm die Brille ab, um sie mit dem Saum seines T-Shirts zu putzen. „Ich glaube, so genau will ich das gar nicht wissen."

„Das ist wahrscheinlich klug gedacht."

Diana kämpfte sich mühsam durch stechende Kopfschmerzen und eine so schlimme Übelkeit, daß selbst Atem holen eine schlechte Idee schien, empor und zwang sich, die Augen zu öffnen. Die Decke über ihr – ganz, ganz weit über ihr – kam ihr gänzlich unbekannt vor. Wo war sie? Unter ihr Matratze und Kissen. Über ihr ein Laken. Sie lag offenbar in einem Bett, und zwar in ihrer Unterwäsche. Was hieß, daß sie schon eine ganze Weile hier gelegen haben mußte.

Mehr oder weniger von ganz allein sackte Dianas Kopf nach links, woraufhin sie eine ganze Anzahl Betten erkennen konnte, die sich, eins neben dem anderen, als gerade Reihe quer durch einen ... einen Laden? ... erstreckten.

Rechts von Diana wurden Schlafanzüge für Babys und Kleinkinder angeboten, im Sonderangebot, zwanzig Prozent reduziert.

Okay. Jetzt hab ich's. Gegenseite. Einkaufszentrum. Fleischköpfe. Einkaufszentrumselfen. Schlacht. Zauberstab. Aua!

Die beiden Betten direkt neben ihr waren ebenfalls belegt. Diana erkannte Colin an seinem farblosen Haar, hätte jedoch nicht sagen können, wer die andere verwundete Elfe war.

Sie hob den Kopf und konnte eine weitere Bettenreihe erkennen, die der ersten, zu der auch ihr Bett gehörte, direkt gegenüberstand. Da all diese Betten bezogen und ordentlich gemacht waren – Bettzeug Gang fünfzehn –, schloß Diana, daß die Elfen diese Abteilung des Kaufhauses sowohl als Krankenstation als auch als Schlafsaal nutzten.

„He. Du bist wach."

„Claire!" Eine starke Hand schob sich in Dianas Rücken und half der jungen Frau beim Aufsetzen. Daraufhin stand die Welt Kopf, und Diana keuchte: „Eimer!"

Mit einer Präzision und Geschwindigkeit, die darauf schließen ließen, daß dies nicht zum ersten Mal geschah, tauchte ein Eimer vor ihrer Nase auf.

Diana zog die Beine an, packte das türkise Plastikgefäß fest mit beiden Händen und beugte sich vor.

„Ich kann nicht fassen, daß du immer noch so viel im Magen hast", murmelte Claire besorgt, als Diana sich endlich wieder aufrichtete.

„Habe ich auch gar nicht. Schon vergessen: Wir sind hier auf der Gegenseite!" Dankbar nahm Diana das angebotene Wasser, goß sich ein wenig davon in den Mund, gurgelte und spuckte aus. „Wer weiß, woher mein Mageninhalt kommt – ich könnte den von wer weiß woher beziehen und weiterleiten. Warum hängt hier alles so schief?"

„Ich nehme an, die Welt stand Kopf, als du dich aufgesetzt hast. Das ist bisher nämlich jedes Mal passiert, wenn du dich übergeben mußtest. Aber mach dir keine Sorgen, die richtet sich schon wieder."

„Ich kotze, und die Erde bewegt sich?"

„Ich weiß, ich weiß, das hat dir gerade noch gefehlt, was? Noch mehr Streicheleinheiten für dein Ego." Claire stellte den Eimer auf dem untersten Regalbrett des Nachttischs ab, sorgsam bemüht, den Inhalt gar nicht erst anzusehen, und verschloß umgehend die Nachttischklappe.

Diana sah sich das an, dachte einen Moment lang nach und schüttelte sich dann. „Claire? Hör mal ..."

„Möchtest du dich wirklich damit befassen?"

„Nein, das nicht, aber ..."

„Na, ich möchte mich nämlich auch nicht damit befassen, und das heißt, daß wir es auch nicht zu tun brauchen. Beim nächsten Mal, wenn ich die Tür hier aufmache, steht da ein neuer Eimer. Gut, einmal war es ein sauberer Kessel, weil ein paar von den Teenies hier rumhingen, aber in der Regel ist es ein Eimer."

„Ein Kessel?"

„Wir sind Zauberer."

„Ach ja. Aber Kessel – gehört da nicht eigentlich eine Hexe dazu?"

„Ich nehme an, die Kinderchen waren ein wenig verwirrt wegen des Tricks mit dem Zauberstab." Claire verschränkte die Arme vor der Brust, runzelte besorgt die Stirn, stapfte hinüber zu den Schlafanzügen im Sonderangebot und dann wieder zurück und fuhr widerwillig fort: „Außerdem waren sie auch sehr beeindruckt."

„Allerdings habe ich langsam den Eindruck, du warst nicht besonders beeindruckt", sagte Diana seufzend.

„Als du den Zauberstab eingesetzt hast, um den Dunkelelfen zu vernichten, da hat der Stab seine Kraft nicht aus den Möglichkeiten gezogen. Er hat sie aus dir gezogen."

„Ach nee? Was du nicht sagst." Diana warf die Bettdecke zur Seite und ließ die Beine vorsichtig über die Bettkante baumeln. Die Welt wackelte ein wenig, blieb aber im großen und ganzen dort, wo sie hingehörte. „Damit wäre dann wohl auch geklärt, warum ich mich fühle, als hätte mich jemand ausgekotzt und zum Trocknen auf dem Bürgersteig liegengelassen. Glaubst du, der Zauberstab war eine Falle?"

„Nein. Ich glaube, den haben sie nur einfach so für das Geschäft mit den Touristen zusammengeschustert, ohne groß weitere Gedanken daran zu verschwenden. Auf einen Zuschauer hätte so ein Stab ja auch keine weitere Wirkung, ebensowenig, wie ein Zuschauer den Stab groß beeinflussen könnte. Eine Hüterin jedoch ..."

„... eine Hüterin kann er auslutschen."

„Darum bist du zusammengebrochen."

„Ja, das ist mir schon klar." Diana sah sich um und entdeckte die Kleider, nach denen sie gesucht hatte, fein säuberlich zusammengefaltet auf dem Bett direkt ihr gegenüber, aber auf der anderen Seite des Ganges. Sie warf ihrer Schwester einen flehenden Blick zu.

„Bist du denn auch ganz sicher, daß es dir wieder gut genug geht?"

„Mein Kopf dröhnt noch. Ich habe das Gefühl, als würde mein Hirn zwischen zwei Mühlsteinen zermahlen, und da ich dieses Gefühl nicht wirklich mag oder gar herbeisehne, gehe ich davon aus, daß es mir bald wieder besser geht." Erst als Claire ihr die Shorts und das T-Shirt mit der linken Hand reichte, bemerkte Diana, daß die Schwester die rechte Hand immer noch dicht an die Brust gedrückt hielt. „Geht es dir gut?"

Claire folgte ihrem Blick mit den Augen, streckte prüfend die Finger und nickte dann. „Als der Dunkelelf mitbekam, was ich da mit dem Pfeffer treibe, bekam ich einen Schlag von einer dieser Plastiktüten. Es ist fast schon wieder verheilt."

„Wie lange war ich ohnmächtig?"

„Etwa vier Stunden." Drei Worte. Eine unglaubliche Menge Gefühle.

Diana streckte die Hand aus und berührte die Schwester sacht an der Schulter. „Mir ist nicht viel passiert. Es geht mir schon wieder gut."

„Ich weiß."

„Aber auch wenn das nicht der Fall wäre – deine Schuld wäre es nicht."

„Ich weiß."

„Ich bin jetzt aktive Hüterin, ich bin für mich selbst verantwortlich."

„Ich weiß!"

„Na, das letzte hat sich wenigstens so angehört, als würdest du es auch meinen!" Hätte es nicht so wehgetan, auch nur einen Gesichtsmuskel zu verziehen, dann hätte Diana jetzt gegrinst. „Also mach schon: Nimm mich einmal kräftig in den Arm, und dann ziehe ich mich an. Da uns das Schicksal ja quasi zusammengepfercht hat, will ich diesem unsterblichen König ungern in Slip und BH entgegentreten."

„Du hast ihm das Leben gerettet, er hätte bestimmt nichts dagegen einzuwenden." Claire bedachte die Schwester mit einer stürmischen, wenn auch einarmigen Umarmung. „Du hast noch nicht gesehen, was diese Elfen hier unter Partyklamotten verstehen." Die beiden trennten sich wieder. Claire wischte sich eine Träne aus dem Augenwinkel und fügte, indem sie mit dem Kinn auf Dianas Shorts und T-Shirt deutete, hinzu: „Aber wir haben ja auch noch die Würde und das Ansehen der Familie zu berücksichtigen."

„Würde. Jawohl!" Langsam und vorsichtig zog sich Diana die Shorts über die Hüften. „Also vier Stunden? Da sind wir mit unseren Plänen, den Übergang schnell zu schließen, ja ziemlich in Verzug geraten. Das ist nicht gut!"

„Das ist gar nicht gut. Die Dunkelheit mag eine Schlacht verloren haben, aber dafür hat sie jetzt Zeit gewonnen, und darüber ist sie unter Garantie ziemlich erfreut."

„Was ist mit Colin und dem anderen Jungen?"

„Colin hat eine Einkaufstüte an den Kopf gekriegt, als er versuchte, Alanyse in Sicherheit zu bringen, und Stewart wurde gegen eine Wand geschleudert." Claire trat um Dianas Bett herum ans Fußende des benachbarten Bettes und legte die Hand sacht auf den Teil der Decke, der Colins Füße bedeckte. „Sie werden aber alle beide wieder vollständig auf die Beine kommen."

„Woraus kannst du das schließen?" fragte Diana interessiert, die gerade mit zusammengebissenen Zähnen aus dem Halsausschnitt ihres T-Shirts auftauchte. Dieser Halsausschnitt hatte einen verstärkten

Rand, der nun allzu intime Bekanntschaft mit Dianas dröhnendem Kopf gemacht hatte, was dem Problem mit dem Hirn zwischen zwei Mühlsteinen auch nicht gerade Abhilfe schuf.

„Arthur hat sie davon überzeugt, daß sie nicht sterben können. Solange sie daran glauben, heilen alle ihre Wunden."

„Es wäre ja nett gewesen, wenn er sie hätte davon überzeugen können, daß sie unverwundbar sind." Eine rasche, aber vorsichtige Suche nach Dianas Sandalen förderte diese unter der einen Ecke des Bettes zutage.

„Ich glaube, so etwas würde selbst Arthurs Überredungskünste übersteigen. Die Kids hier haben alle auf der Straße gelebt und vorher an Orten, die sogar noch unschöner waren als die Straße. Daß sie verwundbar sind, das wissen sie genau."

„Womit du höchstwahrscheinlich recht hast. Wo ist denn eigentlich Sam?"

„Sam geht es prima. Er sitzt draußen am Feuer."

Diese Auskunft lenkte Diana von ihrem Kampf mit dem Verschluß ihrer Sandale ab. „Am Feuer?"

„Sie zünden jede Nacht ein Feuer an. Wart mal mit den Sandalen, laß mich das machen! Sonst mußt du dich womöglich gleich wieder übergeben." Claire zog ihren Rock etwas hoch und hockte sich neben Diana auf den Fußboden. „Wie das Feuer entstanden ist, weiß ich nicht. Aber inzwischen ist es symbolisch geworden und unterhält sich sozusagen selbst."

„Wie das Feuer im Lager der Pfadfinderinnen?"

Die ältere Hüterin zuckte zusammen. „Das ist ein anderer Archetypus, wir wollen also hoffen, daß es nicht dasselbe Feuer ist!"

„Ich habe einen Bärenhunger."

„Das wundert mich wenig. Wir haben nichts zu Mittag gegessen, und die Abendessenszeit ist auch schon vorbei. Komm mit, unsere Rucksäcke stehen draußen beim Feuer."

„Was ist mit meiner Hüfttasche und dem Zauberstab?"

„Das habe ich beides in den Rucksack gestopft. Du wirst den Zauberstab natürlich nicht noch einmal benutzen wollen, aber ich dachte, er sei bei dir im Rucksack sicherer verwahrt als hier draußen, wo ihn womöglich einer der Teenager in die Finger bekommt."

Diana verstand nicht, warum der Zauberstab im Rucksack sicherer verwahrt war, wenn er auf Zuschauer keinen großen Einfluß hatte. Da aber ihr Rucksack auf jeden Fall der beste Aufbewahrungsort für den Stab war, wollte sie sich nicht mit ihrer Schwester um Kleinigkeiten streiten. Das gleiche galt für das Wörtchen „natürlich", das Claire so geschickt in ihre Bemerkung hatte einfließen lassen. So waren ältere Schwestern nun mal, das konnte man einfach ignorieren. Wie die Dinge lagen, hatte Diana auch nicht wirklich vor, den Zauberstab noch einmal einzusetzen. Aber wie pflegte ihr Soziologielehrer in der zwölften Klasse immer so treffend zu bemerken? „Die einzige Konstante ist und bleibt der Wandel." Genau, und der Weg zur Hölle war mit guten Vorsätzen gepflastert – die Dean damals auf seinem Weg in die Tiefen wahrscheinlich alle hübsch blankpoliert hatte!

Das Feuer brannte auf der freien Fläche direkt vor den Türen in einer kreisrunden Grube. Noch wenige Stunden zuvor war dort keine Grube gewesen, nicht einmal ein Anzeichen dafür, daß dort je eine sein würde, aber so liefen die Dinge nun mal auf der Gegenseite. Der folgerichtige Verlauf von Ereignissen mußte da oft hintanstehen. Wie es aussah, verbrannten die Teenies hier Holzkohlebriketts, imitierte Kaminholzscheite und stapelweise „Alle lieben Raymond – das Buch zum Film", als Verlagsremittenden gekennzeichnet. Anscheinend hatten wohl doch nicht alle Raymond geliebt.

Bei den Partyklamotten, die Claire zuvor erwähnt hatte, handelte es sich um eine recht einseitige Kluft aus hochhackigen Stiefeln, viel Leder und Spitzenunterwäsche. Hätte Diana früher je auch nur einen einzigen Gedanken an diese Frage verschwendet, so wäre sie bestimmt zu dem Schluß gekommen, daß das durchschnittliche, auf den Mittelstand zugeschnittene Einkaufszentrum in Kanada höchstwahrscheinlich keine Lackkorsetts führt und hätte damit falschgelegen. Im zuckenden Licht der Flammen fast vergoldet, wirkten die Elfen, als könnten sie jederzeit den beliebten Discosong „Lady Marmelade" anstimmen, und zwar eine Version für gemischten Chor.

Arthur thronte auf dem einzigen Stuhl in einem Kreis, der ansonsten aus Kissen bestand. Auch wenn dieser Stuhl keine Beine hatte und sich die Sitzfläche so dicht über dem Boden befand, daß der König die Beine vor dem Stuhl auf dem Boden verschränken mußte, überragte der königliche Kopf samt Schultern dennoch sämtliche anderen Anwesenden. Die Flammen spiegelten sich in seinem Diadem und im Knauf seines Schwertes, das über seiner Schulter emporragte. Er kaute an einem Hähnchenschlegel, und die ganze Szene wirkte angemessen archaisch und barbarisch, bis Diana dann zu Füßen des Königs den rotweiß gestreiften Karton entdeckte, in dem eine bestimmte auf Hühnchenteile spezialisierte Fast food-Kette ihre Ware zu verkaufen pflegt. Anscheinend hatten sich die Elfen bis zum Food Court vorgewagt.

Ein rascher Blick in die Runde, und schon hatte Diana auch Sam entdeckt. Der Kater hockte auf dem Schoß des großen schlanken Mädchens, dem Kris – wie lange das jetzt her war! – zugewinkt hatte, als sie die beiden Hüterinnen samt Kater zum ersten Mal durch diese Wandelhalle geführt hatte.

„Er erzählt Kith, wie es in der Serie ‚Buffy – Im Bann der Dämonen' weitergegangen ist, seit sie hier herüberkam", ertönte nun plötzlich dicht an Dianas Schulter die Stimme von Kris. Diana mußte ein Zittern unterdrücken, als der warme Atem ihren Hals entlangstrich. „Ich muß schon sagen", fuhr die Elfe fort, „deine Katze sieht viel zuviel fern."

„Wem sagst du das?" seufzte Diana. „Er reißt auch immer die Fernbedienung an sich und rückt sie nicht wieder raus."

Beim Klang von Dianas Stimme zuckten Sams Ohren nervös, woraufhin ein orangefarbener Schatten durch die Luft setzte, während der Lärm im Hintergrund immer lauter wurde, da Kith begonnen hatte, wortgewaltig in mindestens drei Sprachen zu fluchen. Kurz darauf hielt Diana beide Arme voll Katze.

„Ich habe mir Sorgen um dich gemacht!" Bernsteingelbe Augen funkelten die Hüterin vorwurfsvoll an.

„Das tut mir leid."

„Mach das bloß nicht wieder!"

„Wenn du meinst, dann eben nicht."

„Nun laß mich wieder runter."

„Aber gewiß doch." Diana küßte den Kater sanft hinter das eine Ohr und fuhr ihm rasch mit zwei Fingern über den Kopf, ehe sie ihn auf dem Boden absetzte. Dort angekommen drehte er sich zu ihr um, leckte ein paarmal über ihre Handkante und biß dann zu – allerdings nicht so tief, daß Blut floß. Nicht ganz.

Sobald das erledigt war und er das Maul wieder frei hatte, funkelte er die Hüterin von unten herauf erneut wütend an. „Das war ernst gemeint."

„Ich weiß, daß du das ernst gemeint hast."

Er stieß ihr hart genug die Nase in die Wade, um seinen Kopfabdruck als lilagrünen Fleck zu hinterlassen und stolzierte zurück zum

Feuer, den Schwanz, ein pelziges orangegetigertes Fragezeichen, steil in die Höhe gereckt.

„Da wird er sich aber ganz schön was einfallen lassen müssen, wenn er sich entschuldigen will. Kith liebt ihre Lederhose."

„Katzen entschuldigen sich nicht", sagte Claire, die mittlerweile an Dianas andere Seite getreten war. „Nie." Man hörte, daß sie aus jahrelanger Erfahrung sprach. „Er wird sie dazu bringen, felsenfest davon überzeugt zu sein, die ganze Sache sei einzig und allein ihre Schuld gewesen."

„Ja, aber ..."

Mit einer raschen Handbewegung verwarf Diana alle potentiellen Einwände. „Das spielt keine Rolle."

„Wie du meinst." Kris legte die warmen Fingerspitzen ihrer rechten Hand in Dianas Armbeuge. „Nun komm. Hochwohlgeboren will sich bei dir bedanken."

„Wofür denn?"

„Na, wofür denn wohl? Dafür, daß du seinen Arsch gerettet hast und dabei fast selbst draufgegangen wärst." Kris packte Diana fester am Arm. „In dieser Sache muß ich übrigens der Katze recht geben und mich ihr anschließen: Mach das bloß nicht noch mal."

„Hör mal, wenn sich noch einmal eine solche Situation ergibt ..." Der finstere Blick, den die Hauptfrau der Wache der jungen Hüterin zuwarf, sprach Bände, und war womöglich noch wütender und hitziger als der Sams. Achdumeinegüte, der liegt wirklich was an mir! Fast atemlos wahrte Diana gerade mal genug Selbstbeherrschung, um ihre freie Hand in die Hosentasche zu schieben und dort die Finger zu kreuzen, wie man es tut, wenn man etwas schwören will, von dem man nicht weiß, ob man es auch wird halten können. „Gut, ich mach das nicht noch mal."

„Gut. Weil ich dir nämlich den Arsch versohle, wenn du es doch machst."

Als die Mädchen sich dem Feuer näherten, warf Arthur einen abgenagten Knochen in die Flammen und erhob sich mit einer einzigen, fließenden Bewegung, wobei er sich die fettigen Finger an den Hosenbeinen abwischte.

Unsterblicher König – Teenager. Zwei völlig konträre Botschaften. Diana seufzte. Das ist es: Genau das läuft falsch auf der Welt! All diese konträren Botschaften! Wenn sie sich auch strenggenommen gerade gar nicht auf der Welt befand, so war diese Beobachtung doch eine, fand Diana, die als universell gelten konnte. Nun, vielleicht nicht der Teil mit dem unsterblichen König und dem Teenager, aber der Rest schon.

Die um das Feuer versammelten Elfen verstummten. Arthur schlug sich mit der rechten Faust gegen die Brust und neigte den Kopf zu einem königlichen Gruß. „Mein Herz frohlockt, nun, wo du wieder gesund bist", verkündete er. „Ich danke dir für deine höchst willkommene und rechtzeitige Intervention. Ich bedaure zutiefst, daß du um meinetwillen verletzt wurdest."

Die Worte klangen feierlich, gewichtig. Sie klangen wie der Teil eines Rituals. Diana spürte, wie ihre Wangen heiß wurden und rot anliefen und befahl sich, sich zusammenzureißen. Hüterinnen hatten nichts am Hut mit Treueschwüren und Lehnsherren – sie waren unabhängig, agierten auf sich gestellt. Das galt besonders für sie: Diana Hansen hatte schon gar nichts am Hut mit Treueschwüren und Lehnsherren. Das Blut jedoch, das Diana ins Gesicht stieg, scherte sich nicht um deren Überlegungen, sondern stieg und pulsierte weiterhin. Diana blieb nichts anderes übrig, als die Hitze und die rote Farbe dem Schein der Flammen zuzuschreiben und ansonsten das beste aus der Sache zu machen. „Mann, das war doch nun wirklich keine große Sache." Ihr Achselzucken fiel so lässig und unbekümmert aus, wie es ihr die Umstände und der immer noch dröhnende Kopfschmerz erlaubten. „Ich wußte, daß der Job hier gefährlich werden kann. Das wußte ich schon, als ich ihn übernahm."

„Dann danke ich dir für deine Bereitschaft, den Job zu übernehmen." Arthurs Geste schloß Claire in seinen Dank mit ein. „Wir alle danken euch beiden!"

Das schien das Stichwort zu sein. Die Elfen brachen in Begeisterungsrufe aus, und dann schaltete einer von ihnen den Ghettoblaster an, woraufhin die ersten Takte von Hostile Ambient Takeover auch noch die letzten verbliebenen stillen Ecken durchdrangen.

„Oh, ja, das gefällt. Wenn sie uns wirklich hätten danken wollen, dann hätten sie ruhig was aussuchen können, was sich auch nach Musik anhört", murmelte Claire.

Diana schnaubte verächtlich. „Zu alt für die wirklich heißen Scheiben, was?"

„Ich sage dir Bescheid, wenn ich mal welche zu hören kriege."

„Leute, die nichts anderes hören als kanadischen öffentlichen Rundfunk, dürfen da gar nicht mitreden. Die wissen nämlich wirklich nicht, worum es geht!"

„Ich bin sicher, ihr beiden habt Hunger!" intervenierte Arthur geschickt, wobei es seiner Stimme mühelos gelang, sich in dem Lärm durchzusetzen, der um das Lagerfeuer herum herrschte. Er wies mit der Hand auf den Pappkarton mit den Hähnchenteilen. „Es wäre mir eine große Ehre, wenn ihr mir bei meinem Mahl Gesellschaft leisten würdet."

„Wir würden sehr gern mit dir zusammen essen", entgegnete Claire, während Diana, der ohne ihr Wollen und völlig unpassend das Wasser im Munde zusammenlief, heftig schlucken mußte, als ihr der Duft von elf verschiedenen Kräutern und Gewürzen, ausgebacken in einzigartig knuspriger Güte, in die Nase drang. „Aber wir haben ja bereits erwähnt, daß wir nur essen dürfen, was wir selbst mitgebracht haben."

„Ich verstehe." Arthur sank wieder in seinen Stuhl – einen mit Goldbrokat überzogenen Lehnsessel, dessen Beine wahrscheinlich dazu gedient hatten, eins der früheren Feuer zu nähren – und winkte den beiden Hüterinnen zu, rechts von ihm Platz zu nehmen. Dort lagen zwei Kissen, Claires und Dianas Rucksäcke sowie eine Untertasse.

„Sam konnte nicht warten." Claire streifte sich die Sandalen ab, kreuzte die Beine über den Knöcheln und ließ sich anmutig auf ein Kissen sinken. „Ich habe ihn gefüttert, als du noch ohnmächtig warst."

Diana ließ sich fallen, streckte beide Beine von sich und wühlte bereits im Rucksack, als ihr Po noch gar nicht das Kissen berührt hatte. „Das dachte ich mir schon. Nur ein voller Magen kann dafür sorgen, daß der seinen Pelzschädel von den Hühnchenteilen fernhält."

„Hühnchen ist das eigentlich nicht." Beide Hüterinnen wandten die Köpfe und starrten Sam, dessen Fell von den Flammen erleuchtet eher rot als orange wirkte, fragend an. „Ich bin nicht einmal sicher, ob das Zeug überhaupt von einem Vogel stammt."

Wie auf Kommando wandten sich die Köpfe der Hüterinnen nun Arthur zu. Der zuckte die Achseln und entnahm seinem Karton einen Flügel, der ein klein wenig zu groß und einmal zu oft gebogen war. „Es schmeckt jedenfalls nach Huhn."

„Was schmeckt denn nicht nach Huhn?" murmelte Diana und biß in ihr Brot mit Thunfischsalat. Dann kaute sie. Schluckte, fuhr sich mit der Zunge über die Zähne. „Oh weh! Das hab ich versiebt!"

Claire wühlte mit einem knallroten Fingernagel in ihren Karottenstiften mit Hühnergeschmack und seufzte. „Versuch doch wenigstens mal, etwas vorsichtiger zu sein." Sie bot Sam einen der Stifte an, der jedoch verdrehte lediglich die Augen.

„Mir ist es egal, wonach das schmeckt", zischte er. „Es ist und bleibt Karotte."

Auf der anderen Seite des Feuers konnte man hüpfende und springende Körper sehen, Haare und Haut und Schmuck, die im Lichtschein der Flammen glitzerten. Je elfengleicher der Tänzer, desto wilder der Tanz. Aber selbst Jo, dessen Ohren gerade erst angefangen hatten, spitz zu werden, bewegte sich mit sehr viel Anmut und großer Hingabe im Takt der dröhnenden Musik. Das war nicht die Art zu tanzen, an die Diana gewöhnt war, soviel stand auf jeden Fall fest.

„Dein Gesicht trägt einen interessanten Ausdruck zur Schau. Woran denkst du gerade?" wollte Arthur wissen.

Diana, deren Aufmerksamkeit durch die Frage wieder zurück auf die Seite des Feuers gelenkt wurde, auf der sie selbst saß, sah auf und mußte feststellen, daß sowohl Arthur als auch Kris sie nachdenklich musterten. Die Hauptfrau der Wache hatte sich zu Arthurs Füßen niedergelassen, und zwar ein wenig schräg rechts vor dessen rechtem Fuß. Nun hatte sie sich vorgebeugt, um am Lehnsessel des Königs vorbei beide Hüterinnen im Auge behalten zu können. „Interessant?" fragte Diana zurück, während sie gleichzeitig zu verstehen versuchte, wie die Frage gemeint sein könnte. Allzu viele Möglichkeiten gab es ja nicht, zwei Augen, eine Nase und einen Mund zu einem Gesichtsausdruck zu kombinieren.

„Grüblerisch."

„Ach so." Es hatte dann also wohl etwas mit den Brauen zu tun. „Ich mußte nur gerade daran denken, wie sehr die Jungs und Mädels hier hätten helfen können, einen der Schulbälle in meinem alten Gymnasium zu beleben. Ihr kennt das bestimmt selbst, solche Bälle: Der DJ spielt Musik aus der Zeit, wo er selbst noch zur Schule ging, was heißt, die Scheiben sind alle mindestens drei Jahre alt. Kaum einer mag tanzen; die Sportskanonen stehen in der Gegend herum und unterhalten sich ausschließlich mit anderen Sportskanonen, die Streber schwätzen ausschließlich mit anderen Strebern, irgendwer läuft immer schon sturzbesoffen auf und muß dann irgendwann die Turnhalle vollkotzen, die Hälfte der Kids, die Ecstasy eingeworfen zu haben glauben, hat in

Wirklichkeit nur Kinderaspirin intus, und unter dem Strich ..." bei diesen Worten runzelte Diana noch ein wenig stärker die Stirn, „... unter dem Strich gilt das für alle, denn genau deswegen zwingen mich die Altvorderen doch nur, bei diesen bescheuerten Veranstaltungen dabei zu sein, und nur ein einziger Typ hat sich auf die Tanzfläche gewagt und hat richtig Spaß am Beat, und über den machen sich alle anderen lustig. Die Luft ist geschwängert von Angst und Hormonen, und mit dem Haarspray, das auf der Mädchentoilette herumwabert, könnte man mühelos ein weiteres Loch in die Ozonschicht bohren."

„Das hört sich ja an wie ..."

„Wie die absolute Katastrophe", soufflierte Kris, denn Arthur schienen die passenden Worte zu fehlen.

Der König nickte zustimmend. „In der Tat! Du meinst, meine Leute könnten da helfen?"

Diana warf einen weiteren Blick auf die tanzenden Jugendlichen. Beide Füße fest und unbeweglich auf dem Boden plaziert stand Will da und ließ Hüfte, Arme und scharlachroten Zopf im Takt zur Musik rotieren. „Schaden könnte es auf keinen Fall!" seufzte die junge Hüterin.

„Aber in eurer Welt hätten meine Leute keinen Grund zum Tanzen."

Straßenkinder, Kinder, für die das Jugendamt zuständig war ...

„Aber sicher hätten sie den." Sie antwortete Arthur, hielt den Blick jedoch unverwandt auf Kris gerichtet. „Tanzen, um zu entfliehen. Tanzen, um zu vergessen. Tanzen, um sich selbst zu vergessen, um nur noch an den eigenen Körper zu denken und daran, wie er funktioniert, wie er sich bewegt – das ist doch das einzige in eurem Leben, das ein Haufen überarbeiteter Bürokraten nicht kontrollieren kann!"

Kris gab einen Laut von sich, der irgendwo zwischen einem Seufzer und einem verächtlichen Schnauben lag, womit sie Dianas Bemerkungen weder direkt zustimmte noch sie von vornherein von sich wies.

Arthur blickte von der einen zur anderen und hinüber zu den Tänzern, dann nickte er nachdenklich. „Hier tanzen sie, um ihren Sieg über die dunklen Mächte zu feiern."

„Ihren vorläufigen Sieg!" erinnerte Claire den König finster. „Die dunklen Mächte werden wiederkommen und erst Ruhe geben, wenn ihr alle vernichtet seid."

„Was für eine perfekte kalte Dusche!" stöhnte Diana und angelte sich eine Nektarine aus ihrem Rucksack.

„Ein Problem zu ignorieren heißt noch lange nicht, daß es auch weg ist!" beharrte die ältere Hüterin.

„Grundgütiger Himmel! Drückt das härene Hemd? Die Kids ignorieren das Problem doch gar nicht! Sie schöpfen neue Kräfte, damit sie weiterkämpfen können."

„Diesen Luxus können wir uns jedenfalls nicht leisten. Wir müssen uns mit diesem Übergang befassen, und dazu müssen wir wissen, was auf der anderen Seite des Einkaufszentrums vor sich geht."

„Genau dabei brauchen wir die Hilfe der Jugendlichen!" rief Diana. „Der Food Court befindet sich auf der anderen Seite des Einkaufszentrums!" fügte sie dann hastig hinzu, ehe Claire zu einem ihrer üblichen Vorträge ansetzen konnte: Als Hüterin arbeitet man allein und bla und bla und bla. „Also kennen die Kids offenbar einen Weg, wie man da rein und auch wieder rauskommt." Mit diesen Worten wischte sich Diana Nektarinensaft vom Kinn und warf Kris einen fragenden Blick zu, den diese mit einem Nicken beantwortete.

„Ja. Wir wissen, wie man da rein und rauskommt."

Als nächstes richtete Dianas Blick sich auf den König. „Das heißt, wir müßten jetzt so eine Art Aufklärtrupp losschicken. Ich schlage vor, Kris und ich übernehmen das. Wir gehen da runter und schauen uns die ganze Sache kurz mal an. Sie kümmert sich um die Navigation und darum, falls erforderlich, etwaig auftauchenden Bösen den Arsch zu versohlen, und ich kümmere mich um den metaphysischen Kram."

Saphirblaue Augen blickten verständnislos und wurden fragend zusammengekniffen. „Bösen den Arsch versohlen?"

„Damit meint sie, Sire, daß ich alle Fleischköpfe verprügeln darf, die uns über den Weg laufen", erklärte Kris mit einem breiten Grinsen. „Aber fragen Sie mich nicht, warum sie so redet!"

„Mich dürft ihr das auch nicht fragen", murmelte Diana schwach. Sie konnte nur ahnen, warum sie so redete: Wahrscheinlich hatte der bloße Gedanke daran, Seite an Seite mit Kris und nur Kris allein durch ein stockfinsteres Einkaufszentrum zu schleichen, bei ihr eine Verbindung zwischen Hirn und Mund gekappt. Claire machte nicht den Eindruck, als würde Dianas Vorschlag ihr gefallen, und Sam ... Sam steckte mit dem Kopf voran in Dianas Rucksack, und zwar so tief, daß nur noch Schwanz und Hinterteil zu sehen waren. Dankbar für die Ablenkung warf Diana den Nektarinenkern ins Feuer, drehte sich um und zog an ihrem Kater, bis dieser zur Gänze wieder im Freien war.

„Hör mal! Ich wollte doch nur nachsehen, ob du meine Medizin gegen Haarbälle eingepackt hast."

„Du hast gar keine Medizin gegen Haarbälle." Diana angelte ein weiteres Thunfischbrot aus dem Rucksack. Dessen Einwickelpapier zierte allerdings ein dickes Loch, durch das ein Gutteil des Thunfischs bereits entschwunden war. „Sam! Du hast eigenes Futter!"

„Ja und?" Sam glättete ein winziges Stückchen Fell, auf dem die Haare durcheinandergeraten waren. „Wirst du das noch essen? Wirklich? Wo es doch mehr oder weniger voller Katzenspeichel ist?"

Seufzend händigte Diana ihm das Brot aus.

„Ein solches Benehmen solltest du ihm aber nicht durchgehen lassen."

Sam zog sich an den Rand des Lichtkegels zurück, der durch die Flammen gebildet wurde, und Diana drehte sich um, um ihrer Schwester einen scharfen, vielsagenden Blick zuzuwerfen. „Als ob du da Expertin wärst! Austin diktiert dir dein Leben!"

„Austin und ich haben ein Abkommen miteinander."

„Ja, daß er dein Leben diktieren darf!"

„Ein Erkundungsgang hat etwas für sich", erklärte Arthur unvermittelt, und Diana konnte seinem Ton entnehmen, daß der König über die Frage nachgedacht hatte, während sie selbst mit Sam beschäftigt gewesen war. „Aber seid ihr beiden denn überhaupt fit genug, um loszuziehen? Ihr wurdet beide in der letzten Schlacht verwundet. Vielleicht könnten ja zwei meiner Späher ..."

„Nein." Claire hatte den Ton angeschlagen, der allen Betreffenden riet, sich gar nicht erst die Mühe zu machen, ihr zu widersprechen. „Eine von uns muß dabei sein. Deine Leute können nicht alles sehen, was wir erfahren müssen."

„Mir geht es gut", ergänzte Diana. „Die Kopfschmerzen sind so gut wie verschwunden, ich hatte einen netten kleinen Mittagsschlaf, ich verfüge über zwei funktionierende Arme ... also werde ich gehen."

Claire konnte nicht anders, sie mußte zustimmend nicken. „Da hast du recht."

„Dir hat man offenbar eins über den Schädel gegeben, und keiner von uns hat das mitbekommen!"

Besorgt richtete Arthur den Blick auf die ältere Hüterin, aber die winkte nur müde ab. „Diana versucht, witzig zu sein."

„Dafür ist jetzt weder die Zeit noch der Ort", tadelte Arthur.

Ein Sinn für Humor war demnach wohl nicht erforderlich, wenn man unsterblicher König sein wollte. „Tut mir leid." Die Entschuldigung war Diana herausgerutscht, ehe ihr wieder einfiel, daß Hüterinnen sich nie entschuldigten.

Arthur akzeptierte die Entschuldigung mit einem hoheitsvollen, angemessen ernsthaften Nicken. „Dann wird also auf deine Bitte hin Kris dich begleiten. Sie hat schon oft Feindesland betreten und stellt somit deine beste Chance dar, dort nicht nur hinein-, sondern auch wieder herauszugelangen."

„Wieder herauskommen ist nämlich der schwierigere Teil", murmelte Kris.

„Wann also soll diese ...", Arthur stolperte ein wenig über den modernen Begriff, „diese Aufklärungsmission starten?"

Claire streckte ihm den unverletzten Arm hin. Die Zeiger ihrer Uhr rasten nach wie vor wie verrückt im Kreis herum. „So bald wie irgend möglich."

Kris erhob sich mit einer einzigen fließenden, anmutigen Bewegung. „Ich wäre soweit." Kritisch beäugte sie Dianas Kleidung, als die junge Hüterin sich nun auch erhob. „Du mußt dich umziehen. Dunkle Farben, nichts, woran Licht sich brechen kann."

„Ich habe eine Jeans dabei."

Kris wies mit einer lässigen Handbewegung auf den Laden in ihrem Rücken, ihre Ringe glitzerten im Feuerschein. „Ich glaube, da können wir was Besseres finden."

„Das hättest du gestern erleben sollen, Austin, die Jungs haben die anderen haushoch geschlagen!" Dean trat von der Bürowand zurück, an der er gerade ein Bild des Basketballteams mit den Unterschriften sämtlicher Spieler aufgehängt hatte, und wandte sich mit einem zufriedenen Grinsen an den Kater. „Dir ist ein phantastisches Spiel entgangen!"

„Mir ist auch die Gelegenheit entgangen, mich in einer Sporttasche in die Turnhalle schmuggeln zu lassen", murmelte Austin, ohne den Kopf von den Vorderpfoten zu nehmen. „Da passe ich gerne."

Ehe Dean antworten konnte, klingelte das Telefon.

„Wenn das die drei Bären sind", verkündete der Kater, als Dean die Hand bereits am Hörer hatte, „dann sag denen, wir sind ausgebucht.

Die Sache mit denen geht immer nur für eine Seite gut aus – für die Bären."

Schwarze Leggins, schwarzes Tanktop, schwarzes Sweatshirt mit Reißverschluß, schwarze Socken, Hüfttasche aus schwarzem Leinen, schwarze Radlerhandschuhe – Diana trug ihre eigenen Basketballschuhe und hatte sich strikt geweigert, sich vermittels eines schwarzen Lippenstifts Tarnbemalung auftragen zu lassen. Es war ihr sogar gelungen, diese Weigerung fünfzehn Sekunden lang aufrechtzuerhalten.

„Okay, ganz so blaß wie deine Schwester bist du nicht!" Kris steckte sich die letzte der Dreadlocks unter das dicke Gummiband und griff nach der Tube mit schwarzer Farbe. „Aber in den Schatten wird man dich trotzdem noch sehen können."

„Ich bin eine Hüterin ..."

„Ich weiß, was ich tue. Halt still."

„Es tut mir leid, Sam, aber du kannst nicht mitkommen."

Sam kniff die Augen zusammen und bombardierte Diana mit bernsteingelben Blitzen. „Du hängst mich ab, weil du mit deiner neuen Freundin allein sein willst, stimmt's?"

„Nein!" Die Hüterin ging in die Hocke und winkte den Kater zu sich heran. „Hör zu: Ich mache mir ziemliche Sorgen um Claire. Sie ist es nicht gewohnt, ohne Austin zu sein. Ich meine, da hat es einer der Fleischköpfe doch wahrhaftig geschafft, sie mit seiner kleinen betongefüllten Einkaufstüte zu treffen! Schräger kann es kaum kommen – Claire wird nie verwundet! Ich mache mir einfach Sorgen, was passiert, wenn sie überhaupt keine Katze mehr um sich hat."

Sam schnaubte. „Was für ein Haufen absoluter Schwachsinn!"

„Na gut. Ich brauche hier wen, der Claire daran erinnert, daß sie nicht immer recht hat und daß das hier mein Ruf ist, klar? Ich hätte es lieber, wenn du bei mir wärst, aber ich will nicht, daß sie die Sache hier an diesem Ende in den Sand setzt."

Darüber dachte der Kater eine Weile nach. „Gut", sagte er dann, „das kaufe ich dir ab. Paß auf dich auf."

„Du auf dich auch, und vergiß nicht, daß sie schlechte Laune kriegt, wenn man ihr widerspricht."

„Ich muß doch sehr bitten! Wenn Austin mit ihr fertig wird, wie schwer kann es dann sein?"

Sie nahmen die erste Treppe ins Tiefparterre, vorbei an zwei Elfen, die dort Wache schoben. In der Außenwelt mochten die beiden etwa fünfzehn Jahre alt gewesen sein, hier wurden sie langsam, aber sicher alterslos.

„Zwischen dieser Treppe hier und der nächsten liegt so eine Art neutrales Terrain", murmelte Kris, während sie und Diana in Richtung untere Wandelhalle kletterten. „Die Fleischköpfe gehen eigentlich nie viel weiter als bis zu der Treppe, die sie dich und Claire hochgejagt haben. Aber das heißt noch lange nicht, daß nicht auch hier jede Menge fieser Schweinkram rumhängt. Es gibt ein paar Schaufenster, denen du lieber nicht zu nahe kommen solltest."

„Was ja sein Gutes in gewisser Weise hat."

„Ja? Ich bezweifle, daß du das auch noch denkst, wenn erst mal die Einzelteile aus dem Body Shop rollen!"

Einzelteile. Body Shop. Manchmal ging das Böse ja doch recht wortwörtlich vor.

„Wenn du etwas riechst und denkst, das ist so eine Algenlotion, dann siehst du zu, daß du Land gewinnst, ja?" fuhr Kris besorgt fort. „Hast du mich verstanden?"

„Wonach riecht denn Algenlotion?"

„Nach totem Fisch und Möwenscheiße."

„Verstehe." Diana schnupperte, konnte aber nichts weiter riechen als die Mischung aus Parfüm und Plastik, die die Lippenstiftfarbe verströmte, mit der man ihr das Gesicht bemalt hatte, und vielleicht, aber auch nur ganz vielleicht, etwas Vages, Warmes, Würziges, leicht Berauschendes. Etwas, das von Kris ausging und über das Diana tunlichst erst wieder nachdenken würde, wenn sie beide sicher an König Arthurs Hof zurückgekehrt waren.

König Arthurs Hof! Ein Lehnsessel ohne Beine an einem metaphorischen Feuer. Irgendwie, und sie wußte wirklich nicht, wie, hörte sich das nicht so lahm an, wie es sich eigentlich hätte anhören müssen.

Vorsichtig traten sie zwei weitere Schritte vor. „Wenn wir die Sache von der positiven Seite her betrachten wollen", plauderte Diana, „kann man zusammenfassend feststellen, daß es wohl noch ein wenig dauert mit dem Übergang, wenn hier noch so viele merkwürdige Dinge laufen. Je normaler die Chose hier wird, desto näher sind die Bösen ihrem Erfolg."

„Wenn es dir nichts ausmacht, würde ich mir um das, was dann passiert, gern Gedanken machen, ehe die Puppen hier anfangen zu tanzen! Mist!" Kris spuckte den Fluch zwischen zusammengepreßten Zähnen hervor.

„Was?"

Die beiden Mädchen befanden sich am westlichen Ende der unteren Wandelhalle. Hinter ihnen, dort, wo sich eigentlich ein weiterer Eingang zu dem Warenhaus, das die Elfen für sich in Anspruch nahmen, hätte befinden müssen, gab es statt dessen lediglich eine solide Glaswand. Die Barrikade dahinter konnte Diana kaum sehen. Der Laden zu ihrer Rechten hieß Mr. Suspensorium und war ein Sportartikelgeschäft. Diana versuchte sich daran zu erinnern, ob auch das ursprüngliche Einkaufszentrum einen Laden solchen Namens beherbergt hatte, es wollte ihr jedoch nicht einfallen. Allerdings – nichts war unmöglich in einer Welt, in der eine Reihe von Franchise-Läden unter der Bezeichnung Condomi fungierten! Das Licht hier unten war recht schwach, der einzige Lärm kam aus dem Obergeschoß; der Baß eines schnellen Hip Hop-Stücks, der gedämpft bis zu ihnen herunterdrang. Nichts von all dem wirkte besonders bedrohlich oder gefährlich.

„Es ist Nacht."

„Ja, und?"

„Nachts läuft er hier rum."

„Wer ist er?"

„Irgend so ein alter Sicherheitsheini."

Diana fühlte, wie ihr kalte Schauer den Rücken hinabrannen und hoffte aus ganzem Herzen, das möge an der Klimaanlage liegen. „Hinkt beim Gehen? Bewegt seinen Kopf von einer Seite auf die andere wie eine Schnappschildkröte und murmelt Sachen wie ‚behende' und ‚beweglich' vor sich hin?"

„Eine Schnappschildkröte habe ich noch nie gesehen, aber das hört sich an wie der Typ, den ich meine."

„Aber er ist nicht in diesem Einkaufszentrum! Er ist in dem anderen, dem richtigen Einkaufszentrum."

„Ach ja? Na, dann kommt er wohl viel rum. Laß dich von dem bloß nicht mit der Taschenlampe erwischen. Der nagelt dich mit dem Lichtstrahl fest, und dann bist du weg."

„Weg?"

„Weg." Ungeduldig verdrehte Kris die Augen. „Du sprichst nicht oft Englisch, was? Weg eben! Nicht hier! Los, komm jetzt. Wir haben noch eine ziemliche Strecke vor uns."

Die beiden hielten sich an die dunkleren Schatten der Kioske und Pflanzkübel. Kris ging voraus, Diana folgte ihr mit nur einem halben Schritt Abstand und bemühte sich, die sparsamen, anmutigen Bewegungen des anderen Mädchens nachzuahmen. Ihr Weg führte sie durch die Wandelhalle bis hin zum zweiten Treppenhaus, wo Kris Anstalten machte, sich nach links zu wenden. Sie tauchte in den rechteckigen Schatten vor dem letzten Laden ein, der vor einem kleinen Seitenflur lag und winkte Diana zu, ihr zu folgen.

„Schuhläden sind sicher", flüsterte sie als Antwort auf Dianas stumme Frage, den Mund ganz dicht am Ohr der Hüterin. „Was kann ein Schuhladen schon Unheimliches beherbergen? Die Treppe hier bewachen sie", fügte sie dann hinzu, sehr leise, alle Zischlaute sehr weich. „Deswegen konnten wir sie nicht benutzen. Wir müssen in den Gang da vorne. Dorthin, wo das Hinweisschild auf das Büro des Wachdiensts hängt."

Dieses Schild befand sich auf der anderen Seite des Zugangs zum Nebenflur, etwa vier Schaufensterfronten weiter östlich.

„Früher sind wir durch den Laden da hinten am Ende durchgekommen ..." Ein rasches Kopfrucken, wobei Diana die Bewegung, die Kris' Kopf machte, eher fühlte als wirklich sehen konnte, so dicht standen die beiden Frauen beieinander, „... das ist noch so ein großer Laden wie unserer, aber in letzter Zeit ist der nachts verschlossen. Gut, daß wir verdammt noch mal gar nicht erst versucht haben, da durchzukommen."

„Weil Nacht ist?"

Die Hauptfrau der Elfen versetzte Diana einen leichten Klaps auf die Wange. „Euch Hüterinnen kann man aber auch wirklich nichts vormachen!"

Diana spürte, wie sich ihr Gesicht unter dem Lippenstift knallrot färbte. Daß der Laden nachts verschlossen wurde, konnte nur bedeuten, daß die Realität hier ein weiteres Standbein gefunden hatte. Sie beschloß, dies lieber nicht zu erwähnen, sonst hielt Kris sie womöglich nicht nur für plump, sondern auch noch für dümmlich. Fasziniert beobachtete sie, wie die Elfe sich auf den Bauch fallen ließ und ganz langsam, Zentimeter für Zentimeter, dicht in den Winkel zwischen Boden und Wand gedrückt weiterrobbte. Ob Kris von Diana erwartete, daß sie es ihr gleichtat?

Offenbar nicht.

Just als sie sich zu überlegen begann, jetzt ebenfalls in die Hocke zu gehen, kam Kris zurück. Nun zog die Elfe die Füße unter den Körper, ging in die Hocke, stemmte sich hoch ... warmer Atem strich über Dianas Ohr. Die junge Hüterin ballte die Hände zu Fäusten, um sich nicht anmerken zu lassen, wie sehr sie zitterte.

„Die Luft ist rein. Mach schnell, sei mucksmäuschenstill und versuch, so wenig wie möglich wie ein Mensch auszusehen."

„Was?"

„Wenn sie dich sehen, dann möchtest du, daß sie sich fragen müssen, was sie da eigentlich vor Augen haben."

Das leuchtete Diana ein. Unter „versuch, so wenig wie möglich wie ein Mensch auszusehen" konnte sie sich allerdings wenig vorstellen! Zumindest nichts, was sie in irgendeiner Art als sinnvoll empfunden hätte.

„Also gut, wollen wir ..."

Schlurf, kratz, schlurf, kratz.

Kris trat einen Schritt zurück und stieß mit Diana zusammen. Zur selben Zeit zuckte ein Lichtstrahl durch die Wandelhalle.

Er kam von Westen. Aus derselben Richtung, aus der auch sie gekommen waren. Er war die ganze Zeit hinter ihnen gewesen.

Schlurf, kratz, schlurf, kratz.

Sie war nicht in der Lage, sich in irgendeiner Weise der Möglichkeiten zu bedienen – noch nicht einmal so minimal, wie sie es im eigentlichen Einkaufszentrum hatte tun können, und so stand Diana einfach da und fühlte sich, wie sich Zuschauer wohl ständig fühlen mußten – das zumindest konnte sie sich lebhaft vorstellen. Hilflos nämlich, wütend und vage jämmerlich. Wie kamen die Zuschauer bloß damit klar? Kris hatte den Rücken fest an Diana gepreßt, warm und beruhigend solide. Das half. Das kalte Glas und der dunkle Laden hinter ihr halfen nicht.

Schuhladen! rief Diana sich streng ins Gedächtnis, als das Licht der Taschenlampe nun durch den Schatten unter der Treppe glitt. Was kann denn schon aus einem Schuhladen kommen?

Obwohl – wenn Diana es sich genau überlegte, dann konnte sie sich allerhand vorstellen, was aus einem Schuhladen kommen mochte!

Nichts davon war wirklich gut, und nichts davon war wirklich das, woran sie jetzt im Augenblick denken sollte! Sozusagen das letzte, woran sie denken sollte!

Schlurf, kratz, schlurf, kratz.

Diana hatte sich so sehr auf das Geräusch konzentriert, mit dem der Wachmann den Korridor herabgeschlurft kam, daß sie zuerst gar nicht hörte, wie im Schuhladen Musik zu spielen begann. Als ihr endlich klar wurde, was dort gespielt wurde, war man längst beim Refrain:

These boots are made for walking.

Über die gedämpfte, leicht blecherne Musik tönte ein weiteres Geräusch. Absätze, die rhythmisch auf billigen Teppichboden trafen.

Diana zuckte zusammen. Das kann auf keinen Fall gut sein!

Sechs

Claire sah Diana nach, die hinter Kris an den Wachen vorbeiging und fast unmittelbar darauf in den Schatten verschwunden war, mit denen die Wandelhalle sich gefüllt hatte. Eigentlich hätte Claire in der Lage sein müssen, die Schwester noch viel länger zu sehen, obwohl diese im Kostüm einer Kaufhausninja steckte. Aber hier auf der Gegenseite konnte man nicht davon ausgehen, daß sich die normalen Regeln der Wahrnehmung und Perspektive immer und in jedem Fall anwenden ließen. Der Abschied der beiden Schwestern war recht kurz ausgefallen ...

„Denk dran: Du sollst nur Informationen einholen!"

„Das ist mein Ruf, Claire."

„Paß aber bitte auf dich auf!"

„Was du nicht sagst!"

... und nun konnte Claire nichts anderes tun als warten, die Informationen zusammentragen, die sich aus Gesprächen mit Arthurs Spähern ergeben mochten, helfen, dieses Ende des Einkaufszentrums gegen weitere Angriffe zu sichern und nach einem Ausgang Ausschau halten, der ihr einen Blick nach draußen ermöglichte. Wenn sie gewußt hätte, was sich dort abspielte, hätte sie auch sagen können, ob sich vielleicht irgend etwas davon für ihre Zwecke verwenden ließe. Dann konnte sie noch das Schloß überprüfen, das Diana während der Schlacht angebracht hatte und alle anderen Geschäfte schließen, die die Elfen nicht wirklich benutzten. So wie es momentan aussah, hatten sie den Kräften der Dunkelheit beträchtlichen Schaden zugefügt, aber das bedeutete noch lange nicht, daß sich das Reisebüro nicht auch jederzeit wieder davon erholen und erneut ins Geschäft einsteigen konnte.

Aber im großen und ganzen ging es für Claire jetzt erst einmal darum zu warten.

Zu warten, bis ihre kleine Schwester wohlbehalten aus dem Feindesland zurückkehrte.

Von ganzem Herzen beneidete Claire in diesem Moment die anderen Hüterinnen und Hüter – alle anderen Hüterinnen und Hüter. Sie hatten keine Geschwister. Sie würden nie erleben müssen, wie es sich anfühlt, wenn man gestatten muß, daß der Mensch, den man fest an der Hand gehalten hat, als er seine ersten Schritte tat, dessen kleine, dicke Fingerchen einst die eigenen Finger so vertrauensvoll umklammert hielten, wohlgemut hinauszieht, um Gefahren zu bestehen, und man selbst schreien möchte „Bleib hier, wo dir nichts passieren kann. Ich erledige das!", obwohl man genau weiß, daß der andere für den Job, der gerade ansteht, tatsächlich der geeignetere ist.

Was, wenn Diana nun wirklich etwas zustieß?

Claire hatte eine kurze, absolut schreckliche Vision, in der sie ihren Eltern erklären mußte, wie es dazu hatte kommen können. Das war unendlich viel schrecklicher als der Abend, an dem sie hatte erklären müssen, wie es geschehen konnte, daß sie nicht hingesehen hatte – eine Sekunde nur nicht hingesehen hatte! –, als die zweijährige Diana eine ganze Tube gelber Abtönfarbe verspeist hatte.

Um sie dann gleich darauf auf dem weißen Wollteppich wieder auszukotzen.

Nein, diesmal würde nichts passieren. Nichts Schlimmes jedenfalls. Sie war hier auf der Gegenseite; Claire brauchte von daher nichts weiter zu tun, als sich ganz fest an den Glauben zu klammern, daß schon nichts passieren würde.

Die Hüterin klammerte sich also ganz fest an diesen Glauben, kehrte wieder zum Feuer zurück und sank in das Kissen, das direkt neben Arthurs leerem Sessel lag. Sie wollte sich als nächstes erst einmal mit den Elfen beraten, die früher am Abend den Food Court geplündert hatten. Diese verfügten über die aktuellsten Informationen, was die Lage am anderen Ende des Einkaufszentrums betraf. Arthur konnte ihr bestimmt sagen, um welche Elfen es sich dabei handelte.

Wie auf ein Stichwort, als hätten Claires Gedanken ihn herbeigerufen, tauchte Arthur nun wieder am Feuer auf. Er ging mit dem lässigen Selbstvertrauen eines jungen Mannes, den nie jemand Streber geschimpft hatte, der nie hatte erleiden müssen, daß das Mädchen, das er hatte ausführen wollen, ihm einen Korb gab. Mit dem Selbstvertrauen eines jungen Mannes, der sowohl der Fußballmannschaft als auch dem Debattierclub seiner Schule vorstand ... aber dann schüttelte Claire den Kopf und revidierte ihre Überlegungen. Arthurs lässiges Selbstvertrauen war das eines jungen Mannes, der sich ein großes mythisches Schwert auf den Rücken geschnallt hatte. Ein großes mythisches Schwert, mit dem er umzugehen verstand.

„Ich habe Bounce und Daniel wissen lassen, daß du mit ihnen reden willst." Arthur sank auf seinen Sessel und warf sich mit einer Kopfbewegung die Haare aus dem Gesicht. „Sie werden jeden Moment hier sein."

„Sind sie wieder unterwegs in Sachen Nahrungsmittelbeschaffung?"

„Nein. Die beiden nutzen die Dunkelheit zum ..." Er beendete den Satz mit einer Geste, die wohl vielsagend gemeint war, die Claire jedoch nicht verstand.

„Zum?" Wurde Arthur etwa rot? Ja! Die Wangen des unsterblichen Königs hatten sich purpurrot gefärbt; ihm war eindeutig unbehaglich zumute. Plötzlich begriff Claire, was er hatte andeuten wollen. „Oh. Zum ..." Sie wiederholte die Geste. „Aber sie gehen doch auf Nummer Sicher, oder? Ich meine, die meisten Kids hier kommen nicht gerade aus den besten Verhältnissen und ... du hast nicht den blassesten Schimmer, wovon ich rede, was?"

„Die beiden sind nicht in Gefahr."

„Dann ist es ja gut." Wahrscheinlich war es am klügsten, es dabei zu belassen. Angesichts der Schamesröte in Arthurs Gesicht hatte Claire sich alt gefühlt, anders ließ sich das nicht sagen. Rasch suchte die Hüterin nach einem weniger belasteten Gesprächsthema. „Wo wir gerade von der Dunkelheit sprachen: Es wundert mich ein wenig, daß sie immer noch andauert. Bis jetzt ist die Zeit hier doch eigentlich ziemlich schnell vergangen."

„Die Dunkelheit hält an, solange das Feuer brennt."

Was das implizierte, war nun wirklich nicht witzig – ansonsten hätte sich Claire über die Erleichterung, mit der Arthur den Themenwechsel aufnahm, durchaus amüsieren können. Claire sah auf ihre Uhr. Der große Zeiger verharrte reglos auf der zwei. „Na toll!" Das hieß, Diana bewegte sich in einer völlig anderen Zeitzone, wenn sie erst einmal dort angekommen war, wo die dunklen Mächte das Sagen hatten. Oder mit einer völlig anderen Zeitzone? Auf derartige Konstellationen waren Präpositionen einfach nicht vorbereitet.

Wenn man nach Claires Uhr gehen durfte, so bewegten sich Dean und Austin zur Zeit gar nicht. Was ja sein Gutes hatte, denn das hieß ja wohl auch, ihnen konnte nichts Böses zustoßen.

Austin bohrte Dean die rechte Vorderpfote in den Oberarm und schnaubte verächtlich. Er ging um das Telefon herum und warf einen genaueren Blick auf die Uhr an dem Handgelenk unterhalb der Hand, die auf dem Hörer lag. Sie war stehengeblieben.

„Zum Glück", verkündete der Kater, stolzierte zum Ende des Tresens und sprang vorsichtig auf den Boden, „hält die Zeit nicht an, um auf Katzen zu warten!"

Wenn die Karten richtig gemischt waren, dann stand die Kühlschranktür offen.

Claire hatte das deutliche Gefühl, zwischen den Schulterblättern bereits seit geraumer Zeit das Gewicht eines unverwandt auf ihr ruhenden Blickes spüren zu können. Sie drehte sich um. „Was ist?"

Sam blinzelte. „Nichts."

„Dann hör auf."

Das Gewicht lastete weiterhin zwischen Claires Schultern, weswegen sie sich erneut umwandte: „Was habe ich eben gesagt?"

„Hast du selbst dir denn auch nicht zugehört?"

„Hat Diana dir gesagt, du sollst mich im Auge behalten?"

„Warum hätte sie das denn tun sollen?"

„Beobachtest du mich?"

Er leckte sich die Schulter. „Ich weiß nicht, wovon du sprichst."

„Eine Katze darf den König betrachten", bemerkte Arthur grinsend.

„Das mag sein." Claire rutschte unruhig auf ihrem Kissen hin und her und kam sich vor wie ein aufgespießter Schmetterling in einer Vitrine. „Aber dich sieht er ja auch nicht an."

Schlurf, kratz, schlurf, kratz.

Du kannst mich nicht sehen. Du kannst mich ... uns nicht sehen. Du kannst uns nicht sehen.

Immer wieder murmelte Diana dieses Mantra lautlos vor sich hin und hoffte aus ganzer Seele, es möge ausreichen. Sie hätte durchaus dafür sorgen können, daß es ausreichte, dies lag in ihrer Macht. Ein winzigkleiner bewußter Willensakt, und der Lichtstrahl würde direkt über sie hinweggleiten. Aber selbst der kleinste Willensakt bedeutete, gegen die Regeln zu verstoßen. Damit würde sie die Bösen stärken und hätte zudem nichts als Ärger am Hals; mit Claire und dem gesamten Rest der Familie.

Also blieb ihr nur die Hoffnung.

Hoffnung und Kris' warmer Körper, der sich ganz eng an sie drückte, während sie beide sich hier in die hinterste Ecke des Schattens drängten.

Okay, man konnte die Situation wirklich nicht als ausschließlich schrecklich bezeichnen.

Das Schaufensterglas hinter Diana erzitterte plötzlich, als hätte jemand kräftig dagegen geschlagen. Aber der Lichtstrahl veränderte seine Richtung nicht um einen Millimeter, und auch der Rhythmus, in dem der alte Mann nähergeschlurft kam, blieb unverändert derselbe. Wie konnte es angehen, daß er den Schlag gegen die Schaufensterscheibe nicht gehört hatte?

„Ich weiß, daß ihr hier seid. Weiches, wohlgerundetes Fleisch, das man nicht anfassen darf."

Schlurf, kratz, schlurf, kratz.

Vielleicht war er gar nicht wirklich übergewechselt. Vielleicht konnte er weder die Musik hören noch die Stiefel, die gegen das Schaufenster traten, weil er sich im Grenzland zwischen der realen Welt und der Gegenseite bewegte.

„Biegsame, willige, heiße Glieder. Könnt euch nicht ewig verstekken. Ich finde euch! O ja! Ich finde euch!"

Vielleicht war der Mann ja komplett durchgeknallt, sein Hirn so voller Macken wie der berühmte Früchtestollen voller Nüsse. Kein lekkerer Früchtestollen wohlgemerkt, keiner mit Guß, der einem förmlich auf der Zunge zerging. Im Hirn des Typen waren die Trockenfrüchte entweder so zäh, daß es einem die Füllung aus den Zähnen zog oder so sauer, daß sich einem der Gaumen kräuselte. Mit so einem Stollen konnte man Nägel in die Wand hauen!

Ich plappere in Gedanken lauter Schwachsinn vor mich hin! mußte Diana selbstkritisch feststellen.

Da hatte sie nun Dämonen gegenübergestanden, sich Naturkatastrophen gestellt, war der Hölle selbst begegnet und hatte mehr Courage bewiesen. Was war bloß dran an diesem Typen, daß er ihr derart den Schneid abkaufte?

Wer war dieser Typ eigentlich? Oder besser: Was war dieser Typ?

Nun huschte der Lichtkegel von unten im Treppenhaus empor, fuhr dann zuckend durch die Wandelhalle und erhellte kurz das Schaufenster eines Geschenkeladens, in dessen Auslage eine Reihe von Porzellanpüppchen hockte, die alle die Augen ganz fest zugekniffen hatten. Sie waren zu weit entfernt, als daß Diana es hätte beschwören können, aber irgendwie, fand die junge Hüterin, sahen diese Püppchen allesamt so aus, wie sie selbst sich fühlte. Es war unwahrscheinlich, daß der alte Mann die Ware, mit der die Gegenseite die Läden hier bestückt hatte, erkennen konnte. Sonst hätte er nämlich bestimmt auf die rüde Geste reagiert, mit der ihn ein gutgekleideter Teddybär bedachte, der hinter den Püppchen thronte. Der erste Teddy, den Diana je gesehen hatte, der mit beweglichen, ausdrucksstarken Fingern ausgestattet war.

Wenn der alte Mann dem Licht seiner eigenen Taschenlampe folgte, mit der er nach wie vor in dieselbe Richtung leuchtete, dann bedeutete dies, daß er sich von Kris und Diana fortbewegen und in einem der kleinen Seitengänge verschwinden würde, Seitengänge, die dafür sorgten, daß die Wandelhalle hier unten wie ein merkwürdiges, in sich geschlossenes Y wirkte. Er schlurfte genau auf das Gebiet zu, das die dunkle Seite kontrollierte. Diana fragte sich, wie sie wohl mit ihm fertig wurden, ob sein Licht dort irgendeinen Effekt hatte oder ob seine Überlappung lediglich die Elfen betraf.

Betraf sie auch Hüterinnen?

Etwas an der Art, wie sich Diana bei diesem Gedanken die Nakkenhaare sträubten, ließ darauf schließen, daß dem wohl in der Tat so war.

Er verharrte völlig reglos, lauschte und hielt die Taschenlampe unverwandt auf das Schaufenster des Geschenkeladens gerichtet. Sollten sie ruhig denken, der hübsche Müll da drin habe es ihm angetan. Sollten sie doch ruhig leichtsinnig werden und sich regen oder, was noch besser wäre, sollten sie ruhig noch mehr Angst bekommen, immer mehr Angst, während sie dort schlotternd warteten. Ihre Muskeln sollten sich ruhig immer mehr verspannen, alle Glieder sollten ihnen zittern! Der Atem sollte ihnen stocken, und ihre Herzen sollten vor Angst flattern wie die Vögelchen, während sie warteten und warteten und sich furchtbar anstrengten, nur ja kein Geräusch zu machen, keinen Mucks von sich zu geben, den er hätte hören können.

Dann, dann sollten sie endlich aus ihrem Versteck auftauchen, unfähig, auch nur einen Moment länger auszuharren.

Denn dann würde er sie haben!

Dann würde es keine dummen Sprüche geben, kein Gelächter! Festweiche Körper, die würde er fangen, die würde er halten!

Sie hatten hier nichts zu suchen, im Einkaufszentrum nach Ladenschluß! Sie hatten einfach nicht so jung zu sein!

Da!

Er verlagerte das Gewicht zurück auf den linken Absatz, wirbelte herum und ließ seinen Lichtstrahl wie einen Peitschenhieb durch die Wandelhalle zischen.

Diana mußte einen Aufschrei unterdrücken, als Kris zurückzuckte und sich noch fester an sie drückte. Ob dieser Aufschrei seinen Ursprung nun im verstärkten Körperkontakt hatte oder aber in der Tatsache, daß der Lichtkegel der Taschenlampe nunmehr nur wenige Zentimeter jenseits der Schuhspitzen von Kris' Dr. Martens über die Fußbodenkacheln glitt, hätte die Hüterin nicht sagen können.

Schlurf, kratz, schlurf, kratz.

Du kannst uns gar nicht sehen ...

Der alte Mann kam immer näher. Der Lichtkegel weitete sich, bis Kris schließlich mit zusammengepreßten Hacken dastand, die Zehen im Winkel von fast hundertachtzig Grad auseinandergebogen. Diana spürte, wie der Hauptfrau der Wache die Knie zu zittern begannen und schlang der Elfe einen Arm um die Taille. So eng standen die beiden Mädchen aneinandergeschmiegt, daß ihre Herzen im selben Rhythmus schlugen. Warum das ein Reggae-Rhythmus zu sein schien, während drüben auf der anderen Seite des Schaufensters immer noch die gute alte Nancy Sinatra die Stiefel marschieren ließ, hätte Diana beim besten Willen nicht sagen können.

Dann endlich glitt das Licht an ihnen vorbei und weiter die Wandelhalle entlang. Nach Osten, dorthin also, wohin auch sie gehen mußten. Aber besser, den greisen Idioten vor sich zu haben als hinter sich.

Schlurf, kratz, schlurf, kratz.

Während er an ihrem Versteck vorbeischlurfte, ruckte sein Kopf langsam von einer Seite zur anderen, und er starrte haargenau in das Rechteck aus Schatten, das den beiden Mädchen Zuflucht bot. Dann kniff er die Augen zusammen. Er packte die Taschenlampe noch fester.

Du kannst uns nicht sehen ...

Er ging an ihnen vorbei.

Sie lauschten seinen Schritten, die sich mehr und mehr entfernten und dann taten sie den ersten Atemzug gemeinsam – und auch noch den zweiten. Dann murmelte Kris leise: „Er ist fort! Gibt es einen Grund, warum du mich immer noch festhältst? Sollte ich den Grund kennen?"

„Nein." Du fühlst dich so gut an war nämlich kein Grund, mit dem sich Diana im Augenblick wirklich beschäftigen mochte. Also ließ sie den Arm sinken und versuchte, sich nicht allzu verloren zu fühlen, als sich Kris einen Schritt von ihr entfernte. „Was sollen wir in bezug auf die Stiefel unternehmen?" fragte sie leise.

„Unternehmen?"

„Das hört sich so an, als würden sie jeden Moment durchs Fenster stapfen."

„Viele sind es nicht, es ist ja Sommer, und wenn sie das Glas kaputtmachen, dann gibt es immer noch den Sicherheitsdraht, der sie im Laden festhält." Ohne sich umzudrehen, griff Kris nach hinten und schlang ihre Finger um Dianas Handgelenk. „Los, komm."

Das Gefühl dieser kalten Finger auf der Haut zwischen Hemdsärmel und Handschuh kam Diana sehr vertraut vor.

„Freitagnacht! Du warst das! Du hast dafür gesorgt, daß Sam und ich nicht aus dem Schatten treten, so daß uns der Lichtstrahl nicht treffen konnte, als der Wachmann noch mal zurück in die Richtung geblitzt hat, aus der er gekommen war."

„Ja, das war ich, und nun tu mir einen Gefallen, ja? Sag nie mehr blitzen, wenn du von dem alten Knacker redest! Das ist ein ganz schlechtes Bild, das da bei mir hochkommt, das brät mir glatt die Wetware." Kris' Lippen kräuselten sich, und ein Halbmond aus weißen Zähnen kam zum Vorschein.

Diana hatte verstanden und zuckte zusammen. „Igitt!"

„Aber ziemlich!"

„Aber wie hast du in der Nacht ..." Diana blickte auf die Finger der Elfe, die immer noch auf ihrem Handgelenk lagen und schaute dem anderen Mädchen dann fragend ins Gesicht. „Wir waren doch noch nicht einmal in derselben Realität!"

Kris zuckte die Achseln. „Realität ist, was man daraus macht."

„Das stimmt nun auch wieder. Gibt es einen Grund dafür, daß du mich immer noch festhältst? Sollte ich den kennen?"

„Nein. Es gibt keinen Grund."

Auch dieses Nein hörte sich bekannt an. Diana grinste, als sie hinter Kris her in die Wandelhalle ging. He, Sam? Ich glaube, sie mag mich.

Es war nicht schwierig, sich Sams Antwort auszumalen.

„Und was ist mich? Gehackte Leber?"

„Nein, ich meine, sie mag mich."

„Na und? Wie gehst du damit um?"

Eine gute Frage: Wie sollte sie damit umgehen? Sollte sie überhaupt damit umgehen, und wenn – wann? Die letzte Frage ließ sich allerdings auch ohne großes Nachdenken beantworten:

Jetzt im Moment jedenfalls nicht.

„Also vergiß nicht – bleib unten, und schnell mußt du sein und zusehen, daß du in den Schatten bleibst, und du mußt versuchen, nicht wie ein Mensch auszusehen. Wir sind jetzt nämlich auf dem Territorium der Bösen!" Mit diesen Worten ging Kris in die Hocke, hob den rechten Arm locker angewinkelt über den Kopf und watschelte im Entengang über den Zugang hinweg, der zum nächsten Seitenflur führte.

Dabei sah sie haargenau wie ein Mensch aus, der in die Hocke gegangen ist und nun im Entengang einherwatschelt, einen Arm locker angewinkelt über den Kopf gehoben – aber Diana ging davon aus, daß die Elfe schon wußte, was sie tat. Also ging auch sie in die Hocke, faltete sich zu einer exakten Kopie ihrer Begleiterin zusammen und watschelte tapfer hinterher. Als sie den Seitengang passierten, schien dessen hinteres Ende Schatten auszuspucken, Diana hatte aber nicht das Gefühl, beobachtet zu werden. Es beschlich sie lediglich der starke Verdacht, insgesamt einen ziemlich albernen Eindruck zu machen, aber der legte sich wieder, sobald sie den ersten Laden auf der anderen Seite des Durchgangs erreicht und sich aufgerichtet hatte.

Dicht an die Wand gedrückt schob sich Kris nun stetig auf den kurzen Gang zu, in dem sich das Büro des Wachdienstes befand.

Das Büro des Wachdienstes?

Na wunderbar! An diesem Bild stimmt doch was nicht!

Hektisch zupfte Diana Kris von hinten am Gürtel, bis die Elfe stehenblieb. „Was ist, wenn er nun da im Büro ist?" zischte sie leise.

„Was soll denn dann sein? Wir müssen da lang. Es ist der einzig sichere Weg zum Food Court."

Diana wollte Kris gerade nach deren Definition des Begriffs „sicher" befragen, doch da schlug ein dicker, lilafarbener Fangarm von innen gegen das Schaufenster, an dem die beiden Mädchen gerade vorbeischlichen und Diana wäre der Hauptfrau der Wache vor Schreck fast auf den Arm gehüpft. „Das war ich nicht!" stieß sie entsetzt hervor.

„Natürlich warst du das nicht!" Kris sparte sich das „Idiotin", mit dem sie den Satz wohl am liebsten beendet hätte, aber das Wort hing auch so unausgesprochen in der Luft. „Das ist doch der Zooladen!"

„Ja klar, und der ..."

„Da bin ich verdammt noch mal überfragt, aber ein Tintenfisch ist das nicht."

„Was meinst du? Was wohl aus all den jungen Katzen und Hunden geworden ist?"

„Ich gehe mal davon aus, daß er die aufgefressen hat."

„Natürlich."

Sie erreichten den kleinen Gang, der ihr Ziel gewesen war, ohne weitere Zwischenfälle. Der Gang war recht schmal und düster, nur jede dritte der Neonröhren, die an der tiefgezogenen Decke hingen, war in Betrieb. Er war etwa zehn Meter lang und endete in einem weiteren Korridor. An der von den beiden Mädchen am weitesten entfernten Wand konnte Diana zwei Hinweisschilder erkennen. Das eine machte auf einen Fahrstuhl zum Parkdeck aufmerksam, und der rote Pfeil darauf zeigte nach links; auf dem anderen stand „Babywickelraum", und der entsprechende Pfeil wies nach rechts. Womit man die Babys hier wickelte, das durfte sich jeder selbst ausmalen. Die verschlossene Tür zum Büro des Wachdienstes lag ungefähr im ersten Drittel des Ganges, und noch einmal so weit entfernt stand ein kleiner Trinkbrunnen.

Kein schlurf, kratz, schlurf, kratz. Auch keine Armeen der Finsternis, die rasch immer näherkamen.

Das einzige Geräusch war das Summen der Neonleuchten.

Immer nur summen sie, als würde es sie umbringen, auch mal den Text zu lernen! dachte Diana, aber dann beschleunigte Kris ihre Schritte, und die Hüterin mußte sich beeilen, um die Elfe wieder einzuholen.

Die beiden Seitenwände des Flurs zierten Buntstiftporträts, die sich bewegten. Viele davon schienen eine dunkle Silhouette darstellen zu wollen, mit Hörnern auf dem Kopf, in einen langen Mantel gehüllt und mit funkelnden roten Augen. Man konnte keins der Kunstwerke wirklich als gekonnt bezeichnen, aber Diana mußte feststellen, daß all diese roten Augen es fertigbrachten so auszusehen, als würden sie Kris folgen.

Moment! Die da folgten Kris ja wirklich! Entsetzt beobachtete Diana, wie sich zwei der purpurnen Kreise aus ihrem Porträt lösten, auf den Boden rollten und fast mit den Hacken der Elfe kollidierten. Ein stummes, hartnäckiges Stupsen, und Kris drehte sich um, so daß Diana weiterhin wortlos mit dem Finger auf das Problem zeigen konnte, das der Freundin hinterherrollte.

Daraufhin verdrehte Kris entnervt die eigenen Augen und tat einen kleinen Ausfallschritt nach hinten.

Dann erklang ein Geräusch, als würde jemand eine Kaugummiblase platzen lassen.

Dann waren nur noch ein paar wächserne Rückstände auf dem Fußboden zu sehen.

Ein rascher Blick auf die übrigen Porträts zeigte, daß sie alle betont gleichmütig gar nicht herschauten. Wer immer die dunklen Mächte sein mochten, die diese Porträts dirigierten, sie waren jedenfalls nicht stark genug, grundlegende Mechanismen des Selbstschutzes außer Kraft zu setzen.

Als sie am Büro des Wachdienstes vorbeischlichen, beschäftigte Diana ihren Kopf mit Problemen der Trigonometrie und anderen müßigen mathematischen Fragestellungen, mit denen man sie auf dem Gymnasium gequält hatte. Das war viel besser, als ständig nur daran zu denken, daß sie auf keinen Fall daran denken durfte, wie es wohl wäre, wenn jetzt der gräßliche alte Mann aus der Tür träte. In einer Situation wie der, in der die beiden Frauen sich befanden, konnte es verheerende Folgen haben, wenn man sich plötzlich in dem alten Problem „denk jetzt bloß nicht an das lila Nilpferd!" gefangen sah.

Kris war am Trinkbrunnen angekommen und gab Diana mit einer Geste zu verstehen, daß sie eine Räuberleiter brauchte.

Diana ließ sich auf ein Knie fallen, beugte das andere so, daß Kris es als Tritt benutzen konnte und sah dann fasziniert zu, wie die Elfe auf den Rand des Brunnens kletterte, sich reckte und eine der rechteckigen Dämmplatten beiseite schob, aus denen die Decke zusammengesetzt war. Hatten die Elfen etwa hinter der Verkleidung der tiefgehängten Decke Vorräte gelagert?

Kris spannte die Armmuskeln, zog sich scheinbar mühelos hoch und war verschwunden.

Okay, das ist nicht mög... Hastig unterdrückte Diana den Rest dieses Gedankens, denn sonst würde Kris womöglich gleich wieder durch das Konstrukt aus Dämmplatten und Aluverstrebungen hindurchgeschossen kommen, das ja unmöglich ihr Gewicht tragen konnte. Wenig später hockte die Hüterin selbst auf dem Brunnenrand, zog die Füße hoch bis unter den Po und stand auf, indem sie sich an den Wänden des kleinen Alkovens zu beiden Seiten des Brunnens abstützte. Wie es aussah, ging Kris ja davon aus, daß sie ihr folgte. Auch wenn das ja unmö... auch diesen Gedanken dachte Diana tunlichst nicht zu Ende, sondern konzentrierte sich statt dessen darauf, grandiose Zuversicht zu empfinden und auszustrahlen. Sie stemmte ihre Füße in den Turnschuhen gegen die Wand, was durchaus Abdrücke hinterließ, und schaffte es schließlich, erst den einen und dann den anderen Ellbogen hinter eine der Aluminiumverstrebungen zu haken. Eine weitere Anstrengung, begleitet von einem leisen Stöhnen, und ihr Oberkörper landete mit einem deutlichen Platschen auf der staubbedeckten Oberseite der Decke. Starke Hände kamen ihr zu Hilfe, zogen sie weiter hinauf und ließen dann die anfangs verschobene Dämmplatte wieder auf die Öffnung fallen.

Aus irgendeinem wirklich nicht einleuchtenden Grund gab es hier oben genug Licht, um im Staub auf der Zwischendecke einen Pfad erkennen zu können. Dieser führte in einer schnurgeraden Diagonalen nach rechts, nach Südosten, wie Diana rasch rekonstruierte. Er führte damit direkt zum Food Court hinüber. Sie würden also auf einer abgehängten Zwischendecke kriechend zu diesem Food Court gelangen – so wie es aussah, taten die Elfen das ja ständig.

Selbst wenn dies ja gar nicht ...

Doch, und wie das möglich war!

Weil es möglich sein mußte.

Weil es schon getan worden war.

Ziemlich oft sogar.

Okay, das ist jetzt der richtige Gedanke, den läßt du nicht mehr aus dem Kopf! befahl sich Diana, während sie hinter Kris herkrabbelte. Wag bloß nicht daran zu denken, wie däm...

Hinter Kris herzukrabbeln war Gott sei Dank Ablenkung genug.

Als der Pfad endlich am Rande einer Mauer aus Betonsteinen endete, waren Dianas Knie aufgescheuert, und in ihrem Kopf, den sie sich an einer Versorgungsleitung gestoßen hatte, klopfte es heftig. Kris gab ihr zu verstehen, sie solle nun noch einmal ganz leise sein, woraufhin Diana sich alle Mühe gab, möglichst lautlos zu leiden.

Eine weitere Dämmplatte wurde vorsichtig beiseite geschoben, und nach einem kurzen Augenblick ließ Kris sich fallen und war verschwunden. Ihr Kopf tauchte allerdings fast umgehend wieder auf, gefolgt von einem Arm, mit dem sie Diana ungeduldig zuwinkte, ihr nachzukommen.

Hüterin und Elfe waren jedoch gar nicht im Food Court gelandet.

Sie standen auf den Waschbecken in der Damentoilette.

Von dort aus schoben sie gemeinsam die Dämmplatte wieder an Ort und Stelle, ehe sie dann nacheinander auf den Fußboden sprangen.

„So kommt ihr immer hierher?" wollte Diana leise wissen.

Kris nickte. Sie hielt ihre zusammengebundenen Dreadlocks mit der rechten Hand im Nacken fest und beugte sich zum Wasserhahn, um einen Schluck zu trinken. „Die Fleischköpfe haben das einfach nie geschnallt", sagte sie stolz, als sie getrunken hatte. „Es will wohl nicht in deren doofe kleine Hirne rein, daß das geht!"

Das lag bestimmt daran, daß Dämmplatten und Aluminiumverstrebungen normalerweise nicht einmal in der Lage waren, das Gewicht einer ausgewachsenen Maus zu tragen. Ganz sicherlich nicht das zweier ausgewachsener Elfen; noch nicht einmal das zweier fast ausgewachsener Elfen. Von einer ausgewachsenen Elfe und einer Hüterin mit Kleidergröße vierzig ganz zu schweigen. Menschen – in diesem Fall Elfen –, die glaubten, man könne eine abgehängte Decke als geheime Autobahn zwischen zwei Zielpunkten nutzen, bezogen ihre Informationen aus schlechten Kinofilmen und noch schlechteren Fernsehserien. Die Fleischköpfe, denen weder das eine noch das andere geboten wurde, wußten genau, daß niemand vermittels einer abgehängten Decke von einem Ort zum nächsten gelangen kann. Kein Wunder also, daß eine solche Vorstellung nicht in ihre doofen kleinen Hirne wollte.

Nun war es auf der Gegenseite zwar gang und gäbe, schon vor dem Frühstück an sieben unmögliche Dinge zu glauben, aber auch an einem Ort, an dem selbst die Realität eine reine Frage der Definition ist, galten manche Dinge eben offensichtlich trotzdem als übertrieben.

Nichts von alldem sprach Diana laut aus. Sie hatte auch auf keinen Fall vor, es Kris gegenüber je zu erwähnen.

Diese Passage auf der Zwischendecke verdankte ihre Existenz ganz allein der Gewißheit der Elfen, daß man sich so fortbewegen konnte, und das wußten die jungen Leute so genau, weil sie hunderte von Helden und ebenso viele Schurken auf diese Art und Weise von einem Ort zum anderen hatten gelangen sehen. Diana hatte nicht vor, diese felsenfeste Gewißheit durch irgend etwas zu erschüttern. Schon gar nicht, wo sie die Passage doch noch brauchten, um sicher wieder zurückzukommen.

In allen Kabinen hing Toilettenpapier, und keine der blaßgrünen Wände war mit irgendwelchen Kunstwerken verziert – andere Hinweise gab es nicht auf die Tatsache, daß dies keine wirkliche Damentoilette in einem realen Einkaufszentrum war. Ein weiterer Hinweis darauf, wie kurz der Übergang vor seiner Vollendung stand.

Kris öffnete die Tür gerade so weit, daß die beiden Frauen hindurchschlüpfen konnten. Dann eilten sie auf Zehenspitzen von einem Schatten zum nächsten und näherten sich so ganz vorsichtig immer mehr dem verwaisten Food Court.

Dianas Nasenflügel bebten, als ihr der Geruch frisch aufgebrühten Kaffees in die Nase drang. Sie hatte wohl auch irgendein Geräusch von sich gegeben, denn Kris grinste vergnügt und murmelte leise: „Starbucks!"

„Du meinst die von der Gegenseite verfälschte Version von Starbucks!"

„Habe ich das etwa gesagt? Nein, ich meine durchaus das wirkliche Starbucks."

„Mann!" Diana konnte nicht anders, sie mußte bewundernd den Kopf schütteln. „Die kriegen doch wirklich überall einen Fuß rein!"

Claire gähnte, rieb sich die Augen und stellte fest, daß im Kaufhaus die Lichter wieder angegangen waren. Das Feuer war aus. Ein rascher Blick auf die Uhr informierte sie darüber, daß deren großer Zeiger sich auffallend schneller bewegte, als er es eigentlich hätte tun sollen. Die Zeit war wieder relativ geworden. Sie sah sich um. Auch die Grube, in der das Feuer gebrannt hatte, war verschwunden, und eine der Elfen, ein zierliches, dunkelhaariges Mädchen, das so aussah, als sei es in der Lage, jemandem mit einem präzisen Pistolenschuß die Kniescheibe zu zertrümmern, fegte Asche zusammen. Das Mädchen hieß Jo, wie Claire nach kurzem Nachdenken wieder einfiel.

„Bist du fertig mit uns, Hüterin?"

Daniel hatte es sich auf einigen der verbliebenen Kissen bequem gemacht, ein langes, jeansbekleidetes Bein lässig über Bounces Schoß drapiert. Der andere Junge hatte die Augen geschlossen. Ein wenig Spucke rann ihm aus dem Mundwinkel und lief als glitzernder Streifen seitlich an seinem Kinn entlang. Die beiden hatten Claire nicht viel Neues berichten können. Nur soviel, daß das Essen im Food Court inzwischen wesentlich weniger absonderlich war als anfangs und daß die Fleischköpfe wesentlich häufiger auf Patrouille gingen, seit das Essen normaler schmeckte.

„Zu manchen Tageszeiten hängt da bestimmt 'ne Trillion alter Leute rum."

„Essen die?"

„Hast du Bohnen in den Ohren?" hatte Daniel Claires Frage mit einem verächtlichen Schnauben beantwortet. „Die hängen da rum, habe ich gesagt. Sehen aus wie von der Decke gefallen; wie runzlige alte Spinnen."

„Sind sie gefährlich?"

„Nein, die nerven nur, weil man so schlecht dran vorbeikommt."

„Hüterin?"

„Danke, Jungs, ich bin durch mit euch." Eine Mütze voll Schlaf wäre toll, dachte Claire, als sie zusah, wie Daniel seinen Freund weckte und die beiden im Gebäude verschwanden. Aber das durfte sie nicht riskieren. Claire würde nie die Geschichte vergessen, die sich in ihrem ersten Dienstjahr als aktive Hüterin zugetragen hatte. Damals war ein Hüter auf der Gegenseite eingeschlafen. Er hatte fest geschlafen, dabei geträumt und war in der Schule wieder aufgewacht, die er als Jugendlicher besucht hatte. Mitten auf dem Schulhof und splitterfasernackt. Die Bemühungen, die erforderlich gewesen waren, um die daraus resultierende Katastrophe zu beheben, waren in die Annalen eingegangen. Kapitel sieben, gleich hinter der Riel-Rebellion. Inklusive einiger netter

Schwarzweißphotos. Die Familie hatte alle Exemplare des entsprechenden Geschichtsbuchs aus dem Verkehr ziehen lassen, aber Claire wußte, daß ein paar Familienmitglieder ihre persönlichen Exemplare behalten hatten. Zu Forschungszwecken, wie sie behaupteten.

Gerade trug jemand Arthurs Sessel an ihr vorbei, und der König selbst berührte Claire an der Schulter. „Ich muß mich jetzt wieder um die Belange des Reiches kümmern. Wenn du mich brauchen solltest ..."

„Ich müßte dich eigentlich bewachen." Die Hüterin stand auf und strich ihren Rock glatt. „Es ist durchaus möglich, daß die einen Mörder auf dich ansetzen." Das würde zwar allerhand kosten, denn Einzelreisende bezahlten immer einen stolzen Preis, aber Claire bezweifelte keinen Augenblick, daß die dunkle Seite die entsprechenden Mittel aufbringen würde, sollte sie dazu in der Lage sein. Ganz sicher würden die dunklen Mächte nur zu gern Arthur loswerden und damit auch den organisierten Widerstand auslöschen, der sich mit seiner Hilfe gegen sie zusammengeschlossen hatte.

„Sie würden es wirklich wagen, den unsterblichen König umzubringen?"

„Gewöhn dich bloß nicht allzusehr an dieses Markenzeichen", empfahl Claire scharf. „Nur weil du auf Dauer nicht tot bleibst, heißt das noch lange nicht, daß du nicht stirbst und daß nicht jedes Mal Königreiche zerfallen, kaum daß du von der Bildfläche verschwunden bist."

„Ich habe an allen Zugängen zu dieser Ebene die Wachen verstärkt und werde sehr vorsichtig sein. Aber wenn du natürlich nichts Besseres zu tun hast, als mein Kindermädchen zu spielen ..." Er verbeugte sich leicht, aber schwungvoll, wobei ihm das Haar in die Stirn fiel, aber sofort wieder zurückgeworfen wurde, als er sich aufrichtete. „Es wäre mir eine Ehre, dich an meiner Seite zu wissen. Ich hatte dich allerdings so verstanden, daß du dich draußen etwas umsehen wolltest."

„Das habe ich auch vor."

Er lächelte und wartete. Er hatte ein Art zu warten, die Claire stark an Austin erinnerte.

„Gut, dann schaue ich rasch mal durch die Türen, die am nächsten sind. Ich wünsche aber, daß du dich die ganze Zeit mit deinen besten Leuten umgibst."

„Die beste meiner Leute ist mit deiner Schwester losgezogen."

„Dann umgib dich mit deinen nächstbesten Leuten. Ich beeile mich, so gut ich kann. Sam, kommst du?"

„Nein. Ich stöhne nicht mal."

Mit einem Ruck blieb Claire stehen, woraufhin der orange Kater heftig mit ihrer rechten Wade zusammenstieß. „Was?" wollte die Hüterin wissen.

„Das ist doch bloß so ein Spruch, den Diana immer von sich gibt."

„Warum wundert mich das nun so überhaupt nicht?"

„Wenn du wirklich willst, daß ich dir diese Frage beantworte", erklärte Sam entschieden, während sich Hüterin und Kater anschickten weiterzugehen, „dann brauche ich mehr Informationen."

Der Schlüssel, mit dem Diana den Optikerladen verschlossen hatte, hielt. Mehr noch; er ließ sich kein Stück bewegen. Claire drückte zuerst mit dem Finger dagegen, dann mit der ganzen Hand. Dann sank sie mit einem befriedigten Nicken aus der Hocke, in die sie sich begeben hatte, zurück auf die Hacken.

„Sag, was ist es dir wert, daß ich Diana nicht sage, daß du ihre Arbeit kontrolliert hast?"

Claire drehte den Kopf leicht zur Seite und durchbohrte den orangefarbenen Kater mit einem vernichtenden Blick. „Gegenfrage: Was ist es dir wert, wenn ich Diana nicht sage, daß du versucht hast, mich zu erpressen?"

Die bernsteingelben Augen blinzelten interessiert. „Dann gehst du davon aus, daß ihr das etwas ausmacht?"

„Womit du nun auch wieder recht haben könntest."

Claire verschloß auch die übrigen Läden, die an diesem Gang lagen, denn sie wollte lieber auf Nummer Sicher gehen, als sich später irgendwelche Vorwürfe machen zu müssen. Sobald sie die dunkle Seite besiegt hatten, würde sie die Läden wieder aufschließen und den Elfen Zutritt zum gesamten Einkaufszentrum verschaffen. Momentan aber war eine Horde Fleischköpfe, die hinter einem Regal voll billigem Silbertand hervorgeschossen kam, wirklich das letzte, was sie gebrauchen konnten.

Die Türen am Ende des Korridors, durch die man auf den verschlungenen Pfaden der grauen Vorzeit das Einkaufszentrum betreten und verlassen konnte, waren nicht abgeschlossen. Warum das so war, hätte Claire nicht genau sagen können. Vielleicht waren die Türen offen, weil im normalen, realen Einkaufszentrum gerade die normalen Ladenöffnungszeiten waren; vielleicht waren sie aber auch nur deswegen nicht verschlossen, weil sie, Claire, wollte, daß sie offen waren.

Sie mußte sich wirklich stärker vorsehen mit dem, was sie wünschte und herbeisehnte! Sonst würden ihre Wünsche womöglich noch einen Leitstern erschaffen, mit dessen Hilfe die dunkle Seite dann ... Claire war schleierhaft, was die dunkle Seite mit einem solchen Leitstern anstellen würde. Aber es konnte kein Zweifel daran bestehen, daß es nichts Gutes sein würde.

„Sam, würdest du bitte hier warten?"

„Warum?"

„Weil es gefährlich sein kann, auf der Gegenseite durch eine Tür zu gehen; man landet nicht immer und automatisch einfach auf der anderen Seite der Tür. Ich möchte Diana nicht erklären müssen, daß mir ihr Kater abhanden gekommen ist."

„Ihr Kater?" schnaufte Sam verächtlich. „Ich streife als freies Wesen durchs Universum."

„Tust du nicht, solange du nicht in der Lage bist, dir selbst die Dosen mit dem Katzenfutter aufzumachen." Ohne eine Antwort abzuwarten, drückte Claire die breite Stange, mit der sich die Tür bewegen ließ, herunter und schob. Sorgsam darauf bedacht, an gar nichts zu denken, trat sie über die Schwelle. Drückte dann erneut, schob, dachte tunlichst an gar nichts, trat einen Schritt vor und hatte die Ausgangstür passiert – und befand sich immer noch auf der Gegenseite. Eine halbe Drehung, und Claire wußte Bescheid: Sie stand draußen vor der Kopie des Einkaufszentrums, und diese Kopie war, wenn man alle Umstände berücksichtigte, noch nicht einmal eine schlechte. In der Mitte, dort, wo weder die Elfen noch die dunkle Seite komplett das Sagen hatte, waren einige der Konturen verwischt, aber im großen und ganzen hatte die ganze Sache erstaunliche Ähnlichkeit mit dem Original.

Der Betonpfad war genauso, wie Claire ihn in Erinnerung hatte: die schwarze Metallbank, die Verkaufsbox mit den Tageszeitungen. Die Schlagzeile GFDHK SCGH TPR! war ungewohnt – die meisten Tageszeitungen benutzten wenigstens von Zeit zu Zeit einen Vokal. Die Eishockeyergebnisse schienen aber aktuell zu sein. Was allerdings wahrscheinlich nicht besonders relevant war – nicht relevanter zumindest als die doch recht jämmerliche Tatsache, daß es überhaupt Leute gab, die im Juni noch Eishockey spielten. Lediglich Dean und Austin fehlten, und die beiden waren im Hotel und somit in Sicherheit.

Claire konnte sich allerdings nicht daran erinnern, daß es auf dem Parkplatz derart schlecht gerochen hatte.

Die Oberfläche des Parkplatzes war schwarz und glänzte, die Streifen, mit denen man die Parkbuchten markiert hatte, leuchteten gelb. Die Ränder des Parkplatzes allerdings lösten sich sozusagen im Nebel auf. Offenbar hatte sich die dunkle Seite ganz auf den Übergang versteift und sich nicht die Mühe gemacht, das Einkaufszentrum auf der Gegenseite zu verankern. Der Asphalt aber schimmerte schwarz, dampfte und blubberte! Claire trat rasch einen Schritt zurück, als eine pechschwarze Blase aus der dunklen Masse aufstieg und immer größer wurde, bis sie ganz durchsichtig schimmerte und an der Kante des Betonpfades zerplatzte. Der Parkplatz war eine einzige große Teergrube. Claire konnte sich nicht erklären, wie die gelben Linien es schafften, ihre Position zu wahren, aber zumindest wußte die Hüterin nun, woher der Gestank kam, der über dem Ganzen lag.

Wenn man die Sache positiv sehen wollte, so konnte man festhalten, daß von dieser Seite her jedenfalls kein Angriff erfolgen konnte.

Als Claire sich wieder umdrehte, entdeckte sie etwas, was ihr zuvor entgangen war: ein Hinweisschild nämlich und eine Auffahrt. Also gab es auf dem Dach des Einkaufszentrums ein Parkdeck.

Stirnrunzelnd erinnerte sich die Hüterin an die Oberlichter über den sechseckigen Öffnungen im Fußboden, durch die Licht in die untere Ebene dringen sollte. Mit einem Mal hatte sie das Bild baumelnder ...

Keine Ninjas! Denk an baumelnde alte Leute. Diese Bilder waren also bereits Realität geworden.

Das Problem war nur, daß Claire sich jetzt auch daran erinnern konnte, beim Hochsehen an den Seiten dieser Oberlichter Handläufe entdeckt zu haben.

Es mußte einen Weg geben, um auf dieses Parkdeck zu gelangen.

Aber wo war er hin?

„Ich grüße Sie, mein Name ist Professor Daniels. Jack Daniels."

Dean war viel zu höflich, um laut auszusprechen, was ihm bei dieser Begrüßung durch den Kopf ging. Statt dessen sah er den kahlköpfigen Mann im Tweedanzug über den Tresen hinweg fragend an und erkundigte sich: „Wie bitte?"

„Jack Daniels ..."

„... ist eine Whiskeysorte."

„Oh." Betroffen blickte der Mann hinunter auf seine Hände und dann wieder auf Dean. „Da habe ich mir wohl den falschen Namen ausgesucht, was?"

„Schlau war das nicht", mußte Dean zugeben. „Außerdem hatten Sie mir Ihren richtigen Namen bereits genannt, als Sie anriefen, um das Zimmer zu reservieren." Er drehte das Anmeldebuch um und wies auf die entsprechende Zeile. „Hier. Dr. Hiram Rebik."

„Ach ja." Wieder senkte sich ein betretener Blick auf die Hände. „Ich bin nur ... Sie müssen wissen, daß ich kein Mediziner bin! So ein Doktor bin ich nicht. Ich habe einen Doktortitel in Archäologie."

„Ja? Ich habe Jäger des verlorenen Schatzes bestimmt mehr als zwanzigmal gesehen!"

„In der Tat?"

„Vielleicht auch dreißigmal. Ich finde den Film toll. Ich bin übrigens Dean McIsaac."

Dean wurde mit einem schüchternen kleinen Lächeln belohnt: „Ich freue mich, Sie kennenzulernen."

„Sie hatten ein Zimmer für sich und Ihre Mumie vorbestellt."

„Genau."

„In Zimmer zwei habe ich heute den ganzen Tag lang den Luftentfeuchter laufen lassen."

„Danke."

„Soll ich Ihnen helfen, ihn ... nein, sie hereinzutragen?"

„Nein danke. Ich parke hinter dem Haus. Ich nehme doch an, es gibt einen Hintereingang?"

„Natürlich." Dean trat hinter dem Tresen hervor und ging dem Professor voran den Flur hinunter.

„Ach, Sie haben auch einen Fahrstuhl?" bemerkte der Professor interessiert, als die beiden Männer an dem Gitter vorbeikamen, das den Fahrstuhlschacht sicherte. „Spätviktorianisch?"

„Manchmal." Dean schob den Riegel der Hintertür auf und öffnete die Tür, die in den schmalen Durchgang führte, der das Hotel vom nächsten Gebäude Richtung Norden trennte. „Ich hoffe, der Platz hier reicht Ihnen?"

„Wunderbar, danke."

Während Dr. Rebik zum Parkplatz eilte, tauchte Austin auf und rieb sich an Deans Beinen. „Ich frage mich", murmelte der Kater nachdenklich, „warum er wohl unbedingt durch die Hintertür ins Haus kommen will."

„Nun ja, er reist mit Mumie. Die liegt wohl in einem Sarkophag oder so etwas ähnlichem."

„Glaubst du, der dürre kleine Typ kann ganz allein einen Sarkophag schleppen?"

„Wohl nicht."

„Sondern ...?"

Dean zuckte die Achseln. „Du bist hier der Fachmann. Erklär du es mir."

Nun waren im Durchgang Schritte zu vernehmen: das Geräusch zweier Füße, die langsam und gleichmäßig vorangingen und zweier weiterer, die sich schlurfend näherten, ohne sich vom Boden zu heben.

„Also gut, das ist ... unheimlich."

„Ich rate bloß", murmelte Austin, wobei er zwei Schritte zurückwich, um sich Fluchtwege in beide Richtungen offenzuhalten. „Aber ‚unheimlich' trifft es nicht! Der Ausruf, nach dem du gesucht hast, lautet wahrscheinlich: Mein Gort, die Mumie! Sie lebt! Obgleich das Wort ‚lebt' in diesem Fall wohl auch ein relativer Begriff ist."

„Du bist mir keine große Hilfe."

„Na und? Wird das etwa von mir erwartet?"

Ehe Dean antworten konnte, tauchte Dr. Rebik in der Türöffnung auf. Achtsam und fürsorglich stützte der Archäologe eine schlanke Gestalt, die einen bodenlangen Kapuzenumhang trug. Wo kauft man denn so was? fragte sich Dean und trat dann hastig zur Seite, um den beiden nicht im Weg zu stehen.

„Mr. McIsaac, darf ich vorstellen? Das ist Meryat. Sie war die erste Frau Rekhmires, des Großwesirs Ramses des Großen."

„Madam."

„Meryat ..."

Dies war das einzige Wort, das Dean verstand. Was nur normal war, denn warum hätte eine uralte Ägypterin auch modernes Englisch verstehen sollen? Andererseits mußte man sich auch fragen, wie es kam, daß ein moderner Archäologe Altägyptisch sprach, und im Grunde genommen war das alles auch völlig egal, denn da war nun diese Mumie, die in Richtung Eßzimmer schlurfte. Ob sie hungrig war? Was konnte man einer reanimierten Leiche vorsetzen?

„Dr. Rebik? Nur, damit von Anfang an alles gesagt ist: Hier im Hotel gibt es ein paar Regeln. Kein Blutsaugen, und Seelen dürfen auch nicht ausgelutscht werden. Schwarze Magie ist auf den Zimmern nicht gestattet, und alles, was Ihnen abfällt, solange Sie sich in diesem Hause aufhalten, müssen Sie bei der Abreise wieder mitnehmen." Diese Vorschriften hatten Dean und Claire den übrigen Regeln hinzufügen müssen, nachdem eine Gruppe von Zombies, die sich als Volksmusikanten verdingten, Teile ihres Bassisten in der Badewanne zurückgelassen hatte. „Wenn Sie Ferngespräche führen wollen, dann muß entweder der andere Teilnehmer bereit sein, die Kosten zu tragen oder Sie müssen eine Telefonkarte haben. Wir sind ein paarmal auf hohen Rechnungen sitzengeblieben", erklärte Dean, als Dr. Rebik ihn etwas verwirrt anschaute. „Wo wir nun einmal im Eßzimmer sind – würden Sie gern etwas essen?"

„Ich nicht, Mr. McIsaac. Meryat ..." Wieder erklangen die sanften Laute der fremden Sprache.

Diesmal gab es sogar eine Antwort.

Meryats Stimme war rauh – eine Stimme, die Deans Großvater als Whiskeystimme bezeichnet hätte – und aus den Tiefen des Kapuzenumhangs tauchte eine zarte, in vergilbte Leinenstreifen gewickelte Hand auf und legte sich sanft auf die Rechte des Professors. Dieser nahm sie und hielt sie fest, als könne sie jeden Moment zerbrechen – was ja durchaus auch der Fall sein mochte, woher sollte Dean das wissen? Dann schenkte Rebik den Schatten unter der Kapuze ein strahlendes Lächeln.

„Meryat bedankt sich für Ihre Fürsorglichkeit. Aber sie möchte sich nur einen Moment lang ausruhen, ehe sie die Treppe in Angriff nimmt. Sie ist noch nicht wieder ganz bei Kräften."

„Aber ja doch. Als Sie am Telefon von einer Mumie sprachen, Professor, da bin ich davon ausgegangen, daß ..."

Die Kapuze wandte sich mit einer fragenden Geste Dean zu.

„ ... daß sie sozusagen ihren eigenen Schlafplatz mitbringt, verstehen Sie? Unsere Zimmer haben jeweils nur ein Bett."

„Das ist in Ordnung." Ein weiteres Lächeln hinein in die Schatten. Die beiden Gäste hielten eindeutig Händchen.

Das war irgendwie süß, fand Dean. Unheimlich, aber süß.

Sieben

Dean hob Austins Kinn aus seiner Augenhöhle, setzte sich auf und wischte sich den Katzenspeichel aus dem Gesicht, der in einer rasch immer kälter werdenden Spur an seiner Nase entlanglief. Irgend etwas ...

Fäuste, die gegen eine Tür donnerten. In der Ferne. An der Vordertür.

Dean tastete nach seiner Brille, schob sich deren Bügel mehr oder weniger dorthin, wo sie auch hingehörten, über die Ohren und starrte ein wenig benommen auf den Wecker, der auf seinem Nachttisch stand. Sechs Uhr zwölf – der Wecker jedenfalls hätte ihn frühestens in einer Stunde geweckt.

Wieder dröhnten Schläge durch das Haus.

„Hör einfach nicht hin", meldete sich Austin grummelnd vom Kopfkissen her. „Die sollen ruhig noch mal wiederkommen."

Dean wünschte sich, auch er könnte sich einfach so zusammenrollen und den Schwanz über die Nase legen. Statt dessen schwang er mißmutig seine Beine aus dem Bett und stand kurz darauf mit bloßen Füßen auf dem Bettvorleger. „Das wäre unhöflich." Seine Jeans hatte er am Vorabend säuberlich zusammengefaltet über die Rückenlehne eines alten Holzstuhls gelegt. Nun starrte er die Hose einen Moment lang unschlüssig an, als kenne er sie gar nicht recht, schüttelte sie dann aus und hob langsam den rechten Fuß. „Außerdem könnte es ja auch wichtig sein."

Er wollte sich gerade anschicken, die ausgeblichene Baumwolle mit einem geübten Hüftwackeln über den Po zu ziehen, da war es endlich so weit: Nun war sein Kopf ebenso wach wie sein Körper.

„Vielleicht ist das ja Claire!"

„Mach dich nicht lächerlich, die hat einen Schlüssel", konterte der Kater, während Dean seine Geschlechtsteile ein wenig zu hektisch in die Hose stopfte und dann den Reißverschluß so rasch hochzog, daß man das nicht mehr als gefahrlos bezeichnen konnte.

„Dann könnte es jemand sein, der Nachricht von Claire bringt!" Weitere Schläge dröhnten durchs Haus, während Dean aus dem Schlafzimmer stürzte, durchs Wohnzimmer rannte und wie eine Kanonenkugel, die niemand aufhalten konnte, im Büro landete. Er hoffte sehr, die quietschenden Scharniere an allen Türen, durch die er gelaufen war, hätten die beiden Gäste nicht geweckt, die in Nummer zwei schliefen. Claire bezeichnete diese Türangeln immer als Geistertüren: Ganz gleich, wie oft man die Scharniere ölte, es hinderte diese nicht daran, unverdrossen weiterzuquietschen. Dean warf sich auf die Knie und rutschte mit Schwung unter dem herunterklappbaren hinteren Ende des Tresens hindurch, wobei er gerade eben noch aus den Augenwinkeln einen schwarzweißen Schatten wahrnahm. Als Dean die Vordertür erreichte, wartete Austin dort bereits auf ihn.

„Wer macht sich jetzt hier lächerlich?" wollte der junge Mann keuchend wissen, während er sich mit dem Türschloß abmühte.

„Wenn jemand Nachrichten von Claire bringt, dann muß ich hier an deiner Seite sein. Dann brauchst du mich."

„Warum das denn?"

Austin schnaubte. „Weil ich der Kater bin."

„Der Kater?" Endlich hatte Dean es geschafft und schob den Riegel beiseite.

„Der einzige Kater, der mit dir redet."

Dean packte die Türklinke, drückte sie herunter und riß die Tür auf.

Der Mann auf der Veranda war ein wenig kleiner als Dean mit seinen Meter neunzig. Sein Haar und seine Augenbrauen waren durch die Sonne so sehr ausgeblichen, daß sie nun aussahen wie Stroh, allzu häufige Sonnenbrände hatten seiner Haut eine ungesunde Röte beschert, die den Eindruck aufkommen ließ, der Mann müsse Schmerzen leiden, und seine Nasenspitze pellte sich gerade. Schwellende Muskeln ließen ihn gedrungen wirken, er trug ein kurzärmliges braunes Hemd, bei dem die oberen drei Knöpfe offenstanden, passende kurze Hosen – bei denen alle Knöpfe gut zu waren – und Wanderstiefel. An seinem breiten Ledergürtel baumelte eine beträchtliche Anzahl von Gürteltaschen, und interessante Narbenmuster zierten beide Arme des Mannes.

„Wo ist sie?"

Kein Australier also – trotz der Kleidung. Der Akzent des Fremden verwies auf das Kernland Kanadas.

„Wo soll wer sein?"

„Die Mumie!" Die Pause, die der Mann nach seinen Worten einlegte, schien beabsichtigt; so, als warte er auf eine musikalische Untermalung, als sei sein Leben mit einem Soundtrack ausgestattet, den allein er hören konnte. „Ich weiß, daß sie hier ist!" fuhr er fort, als Dean ihm nicht unmittelbar antwortete. „Ich habe Dr. Rebiks Wagen bis hierher auf Ihren Parkplatz verfolgt!"

Das hörte sich nicht gut an. Zudem war Dean nicht bereit, von einem Mann, der um sechs Uhr in der Früh bei fremden Menschen an die Tür donnerte, erst einmal das Beste anzunehmen. Also tat Dean, als müsse er ein Gähnen unterdrücken und beschloß, sich dumm zu stellen: „Warum wollen Sie das denn wissen?"

„Weil ich die Mumie jage!"

„Warum jagen Sie die Mumie?" Vielleicht würde er ja irgendwann einmal eine richtige Antwort erhalten, wenn er das Wörtchen „warum" nur oft genug wiederholte.

„Weil es eine Mumie ist!"

Also schön – dann mußte Dean anders vorgehen. „Was hat Dr. Rebiks Muhme Ihnen denn getan?"

„Nicht Muhme. Mumie!" Am Hals des Mannes traten Adern hervor. Er hatte schon den Mund aufgetan, um mit seinen Protesten und Forderungen fortzufahren, überlegte es sich dann aber noch einmal anders und blickte statt dessen ziemlich fassungslos zu Boden. „Lacht der Kater da?"

Dean stieß Austin mit einem nackten Rist an. „Gewölle."

„Aha! Ich bin Lance Benedict ..."

Diesmal blickten beide Männer zu Boden.

„Ein ziemlich großes Gewölle!" Dean warf Austin einen warnenden Seitenblick zu.

„Ah!" Lance schenkte Dean ein strahlendes Lächeln, wodurch zwei Reihen makelloser Zähne zum Vorschein kamen. „Wie dem auch sei, ich glaube ja gern, daß Ihnen das alles sehr ungewöhnlich vorkommen muß, wo Sie doch ein ganz normaler Typ sind, der hier sein ganz normales Leben führt ..."

Dean bückte sich und drehte Austin so, daß dieser mit dem Gesicht zur Küche stand. „Geh lieber einen Schluck Wasser trinken", befahl er streng. „Damit du die Haare im Hals endlich loswirst." Er legte eine Hand auf Austins Hintern und schob. Wenn Blicke hätten töten können, wäre er unmittelbar darauf blutend auf dem Holzfußboden zusammengebrochen.

Den Schwanz in einem Winkel erhoben, der für später heftige Racheakte prophezeite, stolzierte Austin den Flur hinab.

Als Dean sich aufrichtete, verkündete Lance ihm seufzend: „Es wird Ihnen alles einleuchten, sobald ich es Ihnen erklärt habe."

Wer gleichzeitig seufzen und etwas verkünden kann, der war schon etwas Besonderes, das mußte Dean zugeben.

„Böses liegt in der Luft."

„Sie fliegt? Aber doch nicht in Dr. Rebiks Wagen!"

„Nicht fliegt: liegt!" Ein weiterer, schon dramatischerer Seufzer folgte. „Darf ich eintreten? Ihre Nachbarn dürfen auf keinen Fall mitbekommen, welche Dunkelheit sich in den vergessenen Winkeln ihrer kleinen Welt verbirgt!"

Im Haus auf der gegenüberliegenden Straßenseite bewegte sich in einem Fenster im ersten Stock ganz leicht die Gardine, was Dean daran erinnerte, daß er ja lediglich mit Jeans und Brille bekleidet in der offenen Tür stand. Professor Marnara schmuggelte jetzt schon seit Monaten wollüstige Haikus in den Hotelbriefkasten und brauchte weiß Gott nicht noch weitere Inspiration. „Ja. Klar. Kommen Sie rein." Er trat zurück und schloß die Tür fest hinter dem Mumienjäger. „Also gut, dann erklären Sie sich."

„Sie sind Ire, nicht? Ich höre es an Ihrem Akzent; das gehört zu meinen Spezialgebieten! Cork, nicht wahr, und in Dublin haben Sie auch gelebt?"

„Neufundland. Harbor Street, St. John, und in Herring Neck habe ich auch gelebt."

„Aber ja doch! Eine Form des Irischen, abgeleitet aus dem Irischen des sechzehnten Jahrhunderts. Verfälscht natürlich."

Deans Lippen verzogen sich bedrohlich; gute Manieren gelten nur bis zu einem bestimmten Punkt. „Die Erklärung?"

„Natürlich." Lance beugte sich vor und senkte die Stimme. „Dr. Rebik wurde von einer Frau, die vor fast fünftausend Jahren verstarb, heimtückisch entführt. Eines Nachts, der unglückliche Professor war noch spät allein in seinem Labor, da löste er den Bann, der dieses jämmerliche, böse Wesen in seinen Sarkophag bannte, und die Frau erhob sich von den Toten! Sie brachte den Geist des Professors in ihren Besitz, sie nährte sich von seiner Lebenskraft, um die schrecklichen Spuren zu mindern, die Jahrhunderte des Verfalls bei ihr hinterlassen hatten. Als ich entdeckte, was sie getan hatte, kämpfte ich tapfer und zäh, um sie aufzuhalten, aber es war zu spät! So sehr beherrschte sie Dr. Rebik, daß dieser mich angriff und mich für tot liegen ließ!"

„Wie kam es, daß Sie überhaupt in diese ganze Sache hineingeraten sind?"

„Weil Dr. Rebik mein Doktorvater ist und ich fest vorhabe, ihn zu retten. Es ist gut möglich, daß ich die einzige noch lebende Person bin, die weiß, wie man diese Furie aufhalten kann!" Lance ballte die Fäuste und tänzelte auf den Fußballen hin und her. „Sagen Sie es mir! Sagen Sie mir, in welchem Zimmer sich dies pustelbedeckte Monster aufhält!"

„Meryat?"

„Genau!"

Mumien, Doktoren und Doktoranden. Dean wog genau ab, was er über diese drei Dinge wußte und traf eine Entscheidung. „Zweiter Stock, Zimmer sechs. Nehmen Sie den Fahrstuhl, dann sind Sie schneller." Er führte Lance zum Messinggitter, schob es auseinander und forderte den Rotgesichtigen mit einer Geste auf, in die Fahrstuhlkabine zu treten. „Sie brauchen einfach nur den Hebel auf die zwei zu legen. Ich warte hier unten in der Halle – für den Fall, daß sie versucht, durch die Vordertür zu entkommen."

„Guter Mann!" Den Rücken kerzengerade, die Beine leicht gegrätscht stand Lance da und zog den Hebel mit einem entschiedenen Ruck zu sich heran. Langsam glitt die Fahrstuhlkabine in die Höhe.

„Na, ob das so nett war?" erkundigte sich Austin süffisant, als der Zeiger an der Wand unten im Erdgeschoß anzeigte, daß Fahrstuhl und Inhalt gerade den ersten Stock passiert hatten.

Dean zuckte die Achseln. „Ehe Augustus Smythe abgereist ist, hat er den Fahrstuhl noch so eingestellt, daß sich die Tür im zweiten Stock immer zum Strand hin öffnet. Wir haben dort schon monatelang keine dieser riesigen Nicht-ganz-Tintenfische mehr gesehen, und überall sind Feuerlöscher verteilt. In der Badehütte gibt es Trinkwasser und etwas zu essen. Lance wird auf Erkundung ausziehen, er wird sich noch einen Sonnenbrand dazuholen, und vielleicht geht er ja auch ein bißchen schwimmen. Er ist dort sicherer als draußen auf der Straße."

„Also war es doch mal wieder nett gemeint, was?" Austin wirkte angewidert. „Gerade hatte ich zu hoffen gewagt, du legst dir endlich doch noch Charaktereigenschaften zu, bei denen es weder um den Einsatz von Haushaltsprodukten noch um Claire, noch um Eishockey geht! Andererseits bist du ja wirklich soweit gegangen, den Mann anzulügen! Ob das wohl heißt, daß ich hoffen darf?"

„Das heißt, daß du einen weit schlechteren Einfluß auf mich hast als die Hölle in all den Monaten und daß ich mir darum langsam Sorgen machen muß!"

„Es bringt dich kein Stück weiter, wenn du mir Honig ums Maul schmierst. Aber nur zu." Austin eilte Dean hinterher, der sich auf den Rückweg den Flur hinunter gemacht hatte. „Was hast du denn jetzt vor?" wollte er wissen.

„Jetzt gehe ich mir erst einmal ein Hemd anziehen. Dann wecke ich Rebik. Ich möchte wirklich gern seine Version der Geschichte hören."

Knöcheltief stand Lance in weißem Sand und starrte hinaus in die türkisfarbene Brandung, den azurblauen Himmel. In einiger Entfernung von dem Punkt, an dem er weilte, zogen sich Dünen am Strand entlang, und von dorther kam jetzt eine leichte Brise, die ihm sanft um die Wangen strich und den Geruch von warmem Süßgras mit sich brachte. Lance wußte, daß es sich dabei nur wieder um einen der üblen Zaubertricks der Mumie handeln konnte! So wollte sie die Welt hier in jene uralte Welt umwandeln, die sie verloren hatte! Zwar hatte es in jener uralten, verlorenen Welt weder einen Ozean gegeben noch ein hölzernes Hinweisschild, auf dem alle Badegäste gebeten wurden, ihre Handtücher wieder mit zurück ins Hotel zu nehmen, aber das waren Nebensächlichkeiten und deuteten nur darauf hin, daß die Mumie noch nicht wieder ganz bei Kräften war.

Das bedeutete, daß er immer noch Zeit hatte, sie aufzuhalten!

Aber zuerst einmal galt es, Dr. Rebik zu finden – vielmehr das, was die Furie von dem armen Mann noch übriggelassen hatte.

Lance fischte sein Handy aus einer der Gürteltaschen und gab Dr. Rebiks Telefonnummer ein. Sein Mentor hatte keinen seiner vorherigen Anrufe angenommen, aber es bestand immer die Chance, daß die wiederauferstandene Teufelin ihren Gefangenen eine Weile allein ließ. Oder daß Lance das Telefon des Doktors klingeln hörte, jetzt, wo er dem Gesuchten so nah war.

Der gewünschte Teilnehmer ist derzeit nicht erreichbar. Bitte wählen Sie zuerst bleri oder syk und dann die gewünschte Nummer. Bitte legen Sie auf und versuchen Sie es erneut.

Bleri oder syk? Verärgert zog Lance die Brauen zusammen, bis sie über der Nasenwurzel aneinanderstießen. Er starrte auf die Tastatur seines Telefons und mußte feststellen, daß der Apparat weder über bleri noch über syk verfügte. Verdammt! Also noch einmal das Desaster mit der Pizzanummer? Kein bleri, kein syk, keine elf ... er hätte sich eben nie von diesem „Gebührenfrei am Freitag, dem dreizehnten"-Angebot verführen lassen dürfen.

Egal.

Lance versenkte das Telefon wieder in der Gürteltasche, entnahm einer der anderen ein rotes Taschentuch mit weißen Tupfen und schlang es sich um den Hals. Dr. Rebik mochte sonstwo in dieser mythischen Welt aus düsterer Magie sein – dort oben, gleich hinter der Flutmarke, lockte ein fröhliches, weißblaues Badehaus. Es schien Lance nur logisch, mit seiner Suche in diesem Badehaus zu beginnen.

„Lance ist ..."

Meryat steuerte aus den Schatten ihrer Kapuze zwei Worte bei.

„Nein, ein Idiot ist er nicht." Rebik lächelte vergnügt und streichelte mit dem Zeigefinger über den Handrücken der Mumie. „Er ist nur felsenfest davon überzeugt, daß die Archäologie ein Abenteuer sein sollte. So, wie es in den Kinofilmen und im Fernsehen dargestellt wird: mystische Relikte, Götzenbilder, auf denen ein Fluch lastet, schwarze Magie, die Wiederkehr uralter, grimmiger Gottheiten, die allesamt mehr oder weniger omnipotent sind. Der Junge hat Probleme damit, zwischen Fiktion und Tatsachen zu unterscheiden."

„Aber man muß doch feststellen, daß Sie selbst hier mit einer Mumie unterwegs sind, die wiederauferstanden ist." Mit diesen Worten stellte Dean einen Kaffeebecher vor den Doktor und ließ sich dem Wissenschaftler gegenüber in einen Stuhl fallen, während er den eigenen Kaffeebecher fest mit beiden Händen umklammert hielt.

„Es gibt immer die Ausnahme, die eine Regel bestätigt."

„Er sagt, Sie haben das Siegel erbrochen, das Meryat in ihrem Sarkophag gefangenhielt."

„Stimmt. Prima Kaffee übrigens. Blue Mountain?"

„Mexikanischer aus ökologischem Anbau."

„Aha!" Der Professor trank noch einen Schluck und ließ einen Glücksseufzer folgen. Das Gesicht des Mannes war leicht aufgequollen; er hatte tiefe lila Ringe unter beiden Augen und sah insgesamt so aus, als würde es ihn ebensowenig begeistern wie Dean, wenn man ihn um halb sieben Uhr morgens aus dem Bett holte. Anders gesagt: Er sah aus, wie Dean sich fühlte. „Meine Meryat, müssen Sie wissen, war einst die Frau Rekhmires, der wiederum der Großwesir Ramses des Großen war. Einer von dessen Großwesiren, muß man dazusagen, denn Ramses hatte während der langen Jahre seiner Regentschaft mindestens vier dieser Wesire – vier, von denen wir wissen, heißt das. Meryat war bekannt für ihre wundervollen Feste – wir fanden in den Aufzeichnungen über diese Ära Berichte darüber. Auf einem dieser Feste nun beleidigte sie versehentlich einen der Hohepriester, indem sie ..."

Unter der Kapuze ertönte ein weiteres Wort.

Rebik räusperte sich, und seine Ohren färbten sich zartrosa. „Ganz recht. Es besteht wirklich nicht die Notwendigkeit, in die Details zu gehen. Auf jeden Fall war dieser Priester beleidigt und ließ Meryat in einem Anfall von Gereiztheit vergiften. Zusätzlich verfluchte er ihr Ka, so daß Anubis es nicht finden konnte und verbannte es und sie so in ihren Sarkophag mit der Auflage, daß eine Reihe sonderbarer Gegebenheiten eintreten müßten, ehe das Siegel gelöst werden und Meryat wiederauferstehen könnte."

„Sonderbare Gegebenheiten?"

„Gelehrte Männer mit Augen in der Farbe von verrottendem Schilf. All so etwas."

„Ein gelehrter Mann mit grünbraunen Augen? Das scheint mir nicht gerade sonderbar."

„Drei Brustwarzen ..."

„Ah." Mit glühenden Wangen konzentrierte sich Dean ganz auf seinen nächsten Schluck Kaffee. „Lance sagt, Meryat hätte von Ihrem Verstand Besitz ergriffen."

Der Doktor sandte ein zärtliches Lächeln in die Schatten unter der Kapuze, während sich welke Finger mit schwarzen Kuppen um seine rechte Hand schlossen. „Mein Herz hat sie erobert! Wie hätte ich eine Frau nicht lieben können, die so lange so tapfer gelitten hatte? Ich weiß, was Sie jetzt denken, junger Mann: Rein physisch ist sie nicht ganz auf der Höhe. Aber mit jedem Tag in dieser Welt gewinnt sie ein Stückchen ihrer einstigen Schönheit zurück."

„Dann saugt sie also nicht anderen Menschen die Lebensenergie aus?"

„Jeder Mensch sondert Energie ab. Einfach nur, indem er existiert. Diese Energie absorbiert Meryat."

„Lance sagte, Sie seien aus dem Labor geflüchtet und hätten ihn für tot zurückgelassen."

Diese Bemerkung führte dazu, daß der Professor seine Aufmerksamkeit nun wieder ganz auf Dean konzentrierte. „Ich habe ihn in den Wandschrank gesperrt", berichtete er trocken, „und die Tür abgeschlossen. Der Junge neigt zur Übertreibung."

„Also dann." Dean beschloß, nicht weiter in die Details zu gehen und die Bemerkung über die üble Furie sowie den Spruch mit dem pustelbedeckten Monster für sich zu behalten. „Macht Lance eigentlich immer aus allem, was er sagen will, gleich einen Ausruf?"

„Aus fast allem, ja. Es erstaunt mich auch sehr, daß Sie in der Lage waren, ihn fortzuschicken. In der Regel ist er erstaunlich hartnäckig."

„Man kann eigentlich auch nicht sagen, daß ich ihn fortgeschickt habe. Ich habe ihn eher losgeschickt, ein paar Hirngespinsten hinterherzujagen. Er denkt allerdings, er sei immer noch hinter Ihnen her."

„Ich bin froh, daß dem nicht so ist. Sie haben das hervorragend gemacht, und ich bedanke mich herzlich." Rebik hatte gerade seinen Kaffeebecher geleert und abgestellt, da schien Meryat eine Frage zu stellen. Sanft und wohlklingend rannen die Worte ineinander, wie eine süße Flüssigkeit, gemischt mit Musik. „Meryat wüßte gern, ob Sie sich nicht fragen, wie wir dieses Hotel hier gefunden haben. Diesen Zufluchtsort, müßte man ja eigentlich sagen."

Dean zuckte die Achseln und versuchte, sich nicht anmerken zu lassen, wie sehr es ihn freute, das Hotel Elysium als Zufluchtsort bezeichnet zu hören. „Sie würden sich wundern, wenn Sie wüßten, wer dieses Hotel alles zu finden weiß!"

„In unserem Fall konnte dies geschehen, weil Meryats Ka einmal eine gewisse Freiheit erlangt hatte, und zwar bereits bevor ich den Sarkophag überhaupt geöffnet hatte. Zwar war das Ka immer noch gefangen und unfähig, mit der realen Welt in Kontakt zu treten, aber etwas anderes konnte es erreichen, etwas, was Meryat als Möglichkeiten bezeichnet. Diese Möglichkeiten haben ihr von den Hütern berichtet und insbesondere von der Hüterin, die von diesem Hotel aus arbeitet. Also haben wir darauf gehofft, daß man uns hier würde helfen können. Meryat ist recht hilflos, bis sie ihre ursprüngliche physische Gestalt vollständig wiedererlangt hat und von daher ist sie für jeden hohlköpfigen, von den Medien gehirngewaschenen Abenteurer, der uns über den Weg läuft, eine leichte Beute."

„Begegnen Ihnen denn viele hohlköpfige Abenteurer?"

„Sie wären überrascht!"

Dean mußte daran denken, daß sein Gasthaus einst durch ein Loch, das direkt zur Hölle führte, beheizt worden war. „Ach nein, ich glaube eher nicht."

„Was ist? Werden Sie es tun?" wollte der Professor besorgt wissen.

„Werde ich was tun?"

„Uns helfen."

„Ich? Ich bin nicht der Hüter."

Meryat hatte bereits die Hand ausgestreckt und Dean dabei mehr von ihrem bandagenumwickelten Arm offenbart, als er eigentlich hatte sehen wollen. Nun zog sie die Hand wieder zurück.

„Sie sind kein Hüter?" erkundigte sich der Professor.

„Nein! Meine ... Freundin ist Hüterin, aber die ist momentan geschäftlich unterwegs. Ich erwarte sie jedoch jeden Moment zurück", fügte er beruhigend hinzu, als er sah, wie Rebiks Gesicht in sich zusammenfiel und Meryats Kopf samt der Kapuze der Mumie mutlos auf deren Brust sackte. „Das Zimmer steht Ihnen gern zur Verfügung, solange Sie es brauchen."

„Dann werden wir also hier warten", sagte der Professor.

Meryat jedoch schien noch eine weitere Frage zu haben.

„Nein, meine Liebste, ich kann mir wirklich keinen sichereren Ort für uns vorstellen. Wenn Sie nichts dagegen haben, würden wir uns jetzt gern zurückziehen. Meryat muß sich hinlegen. Sie kann sich im Moment noch nicht länger als ein, zwei Stunden am Tag auf den Beinen halten."

Dean erhob sich, als die beiden nun aufstanden und brachte es sogar fertig, nicht zurückzuzucken, als Meryat im Vorübergehen mit den Fingerspitzen die bloße Haut an seinem Unterarm berührte. Als die beiden gegangen waren, trank er zur Beruhigung erst einmal einen Riesenschluck Kaffee. Dann, gerade hatte man hören können, wie sich die Tür im ersten Stock hinter den Gästen schloß, sagte er: „Du bist ja reichlich schweigsam gewesen."

Austin, der auf der Fensterbank lag, hob den Kopf von den Vorderpfoten. „Rebik hat da eine Sache gesagt, die auf keinen Fall stimmt."

„Klar, die Sache mit den drei Brustwarzen. Die muß doch einfach falsch sein."

„Hör mal, ich habe sechs davon!"

„Genau das meine ich ja – die treten immer paarweise auf."

Austin warf dem jungen Mann einen mißtrauischen Blick zu, ließ die Sache dann aber auf sich beruhen. „Da war noch etwas ..."

„Letzte Nacht hat er für sie gedolmetscht. Heute hat sie alles verstanden, was wir gesagt haben."

Das smaragdgrüne Auge blinzelte erstaunt. „Du bist gar nicht so blöd, wie du aussiehst. Aber das war es nicht."

„Glaubst du, Dr. Rebik hat gelogen?" fragte Dean, wobei er den leeren Kaffeebecher des Archäologen vom Tisch räumte und damit in Richtung Geschirrspülmaschine strebte.

„Das nicht. Aber ich glaube, es gibt Dinge, die er uns nicht erzählt hat."

„Er hat gesagt, er möchte auf Meryats Gefühle Rücksicht nehmen. Das kann man ihm doch nun wirklich nicht zum Vorwurf machen."

„Warum nicht?" Austins Schwanz zeichnete hektische kleine Halbkreise in die Luft. „Ich wünschte, Claire wäre hier."

„Ich auch."

„Ninja-Assassinen-Seniorinnen?"

„Das habe ich nicht gesagt."

„Nun, du hast es irgendwie angedeutet."

„Sam!"

Sam stellte streitsüchtig die Ohren auf, hüpfte aufs Dach von Bozos Schulbus, drehte sich um und starrte Claire von dort aus anklagend an. „Hast du wohl! Du hast gesagt, an den Oberlichtern waren Handläufe und wir müßten mit einem Anschlag auf Arthur rechnen, wenn sich herausstellte, daß der Zugang zum Parkdeck in der falschen Gegend liegt, und dann hast du gesagt: ‚Aber keine Ninjas!', und seitdem murmelst du ständig was von alten Leuten, die in der Gegend herumlungern. Daraus schließe ich ganz klar, daß hier Ninja-Assassinen-Seniorinnen herumhängen."

„Schon gut, du hast gewonnen." Claire hob den Kater von dem Spielgerät, klemmte sich den ungehaltenen Vierbeiner unter den Arm und ging weiter in Richtung Wandelhalle. „Aber hör auf, es ständig zu wiederholen. Damit ich aufhören kann, daran zu denken."

„Das ist nicht das schlimmste, woran du denken könntest", murmelte Sam. „Wenn schon was von der Decke baumeln muß, dann doch lieber El..." Er quietschte, als Claire ihn resolut an sich drückte. „Ich meine doch nur! Die könnte man doch einfacher besiegen, oder?"

„Falsch. Die Gegenseite arbeitet mit Bildern aus dem Unterbewußtsein. Sie nimmt etwas, woran du denkst und verdreht es dann."

„Wenn ich also an einen netten, saftigen Lachs denken würde, der ganz für sich allein, unbeaufsichtigt irgendwo in der Gegend herumliegt?"

„Würde gar nichts passieren. Wenn ich sage, die Gegenseite arbeitet mit dem, woran du denkst, dann meine ich damit nicht dich im besonderen. Katzen leben im Hier und Jetzt. In deinen Gedanken ist sowieso nichts, womit die Gegenseite arbeiten könnte."

„Gut – und wenn du an einen netten, saftigen Lachs denkst?"

„Dann würden wir wahrscheinlich ein paar Grizzlybären kriegen."

Er stemmte die Hinterbeine gegen ihre Hüfte und wand sich so lange, bis er der Hüterin ins Gesicht sehen konnte. „Das meinst du jetzt aber nicht ernst."

„Oder es regnet tiefgefrorene Erbsen. Vielleicht regnet es auch große, grüne, tiefgefrorene Grizzlybären."

„Aber warum sollte sich die Gegenseite überhaupt der Dinge bedienen, die in deinem Kopf sind?" wollte Sam nun wissen, als Claire ihn auf dem Boden absetzte. „Sind die Dinge hier nicht schon verdreht genug, auch ohne daß du deinen Senf dazugibst?"

„Anscheinend nicht."

„He, und wenn du nun an große, grüne, tiefgefrorene Grizzlybären denken würdest?"

„Dadurch würdest du trotzdem keinen Lachs kriegen." Claire strich Sam mit der Hand über den Rücken. „Bitte warte hier." Kith und Teemo blickten kurz auf, als die Hüterin an die Barrikade trat, aber dann starrten sie wieder aufmerksam hinunter auf die untere Ebene. Soweit Claire das erkennen konnte, sah sie aus wie die untere Ebene des West Gardener-Einkaufszentrums. Keine Zaubernebel. Keine lungernden Schatten. Keine finster umherschweifenden Schlägertrupps der dunklen Seite.

Überhaupt nichts, was aus dem Rahmen fiel.

Das war nicht gut.

„Irgendeine Spur von Kris und Diana in Sicht?"

„Nada." Teemo fuhr sich mit der rechten Hand durch die zerfetzte Ärmelöffnung seines Spiderman-T-Shirts und kratzte sich ausführlich, wobei er auf einmal eher wie der Fünfzehnjährige aussah, der er einst gewesen war und nicht mehr so sehr der halb-mythischen Gestalt glich, zu der er langsam aber sicher wurde. „Vor einer Weile lief da unten total beschissene Musik, aber die hat dann irgendwann aufgehört. Mach dir mal um deine Blutsverwandte keinen Kopf, Hüterin, auf die paßt Kris schon auf. Die ist nämlich eine ganz schön ausgeschlafene Tus... aua!" Der Junge warf Kith über die Schulter einen schmerzerfüllten Blick zu. „Ich hab doch gar nicht Tussi sagen wollen!" protestierte er. „Ich wollte sagen ... ich wollte sagen ..."

Kith zog erwartungsvoll und bemerkenswert sarkastisch die Brauen hoch.

„Ist doch egal, was ich sagen wollte! Mit dir habe ich sowieso nicht geredet." Er zeigte der anderen Elfe betont die kalte Schulter, eine Geste, bei der Claire unwillkürlich an Austin denken mußte. „Kris sorgt schon dafür, daß deiner Schwester nichts zustößt", wiederholte der Elf. „Arthur hat Bescheid gegeben, daß wir uns bei dir melden sollen, sobald wir mitkriegen, daß irgendwo Scheiße läuft."

„Danke." Den Elfen, der an der sechseckigen Öffnung im Boden Wache schob, erkannte Claire erst, als sie so nah an ihn herangekommen war, daß sie die Gesichtszüge unter den limonengrünen Haaren sehen konnte. „Daniel?" fragte sie verwundert.

„Grüß dich, Hüterin!"

Aber so lange war Claire doch gar nicht fortgewesen, oder? Sie war doch lediglich den einen kleinen Gang entlanggegangen und kurz vor die Tür getreten, oder? Eine Minute, auch zwei vielleicht, allerhöchstens drei – wie hatte er da Zeit haben können ... „Was hast du denn mit deinen Haaren gemacht?"

Daniel hielt sich eine Haarsträhne vor die Augen, betrachtete sie prüfend und blickte Claire dann mißtrauisch an, als befürchte er, sie könne ihm eine Fangfrage gestellt haben. „Die habe ich gefärbt. Voll abartig, was?"

Der große Zeiger ihrer Uhr huschte von der Acht auf die Zwei und wurde dann langsamer.

Claire haßte Zeitverzerrungen.

„Ziemlich cool – recht grün, was?" Aber es fiel auf keinen Fall in ihren Verantwortungsbereich. „Hör mal, ich habe mich gerade gefragt, ob du vielleicht weißt, wo der Zugang zum Dach ist."

„Zum Dach?"

Claire lehnte sich zurück und deutete nach oben. „Es muß einen Zugang geben. Da oben ist ein Parkplatz, und es gibt Handläufe."

„Wenn du das sagst!" Daniel kniff die Augen zusammen und blickte hinauf zu dem grauen Licht, das zur Zeit stellvertretend für den wirklichen Himmel herhalten mußte. „Eine Treppe habe ich noch nie gesehen. Aber hinten, beim Büro des Wachdiensts, da gibt es einen Fahrstuhl. Das Schild habe ich mal gesehen, als ich unterwegs zum Food Court war.

„Wo ist denn das Büro des Wachdiensts?"

Der Elf lehnte sich über die Plexiglasbarriere und wies hinab auf die linke Seite der unteren Ebene. „Es ist gar nicht weit vom Fuß dieser Treppe entfernt, aber du mußt durch die untere Wandelhalle gehen."

„Es liegt auf der dunklen Seite?"

„Arthur sagt, das ist ein Gebiet, auf das wir und die andere Seite Anspruch erheben, aber eigentlich – ja, eigentlich liegt es auf der dunklen Seite."

„Weißt du, ob er funktioniert?"

„Arthur?"

„Nein, der Fahrstuhl."

„Ich habe keinen blassen Schimmer, Hüterin."

„Gut." Das war schlecht. „Sie könnten durch das Oberlicht kommen. Wenn du also hier Wache schiebst, dann mußt du auf das achten, was von unten kommt und auf das, was von oben kommt."

„Durch das Oberlicht?" Daniel deutete erneut nach oben.

„Ja."

„Das stinkt aber ziemlich zum Himmel."

„Das kannst du laut sagen." Claire machte auf dem Absatz kehrt und wollte zurück Richtung Kaufhaus eilen. Dabei wäre sie allerdings erst einmal fast über Sam gestolpert.

„Ich habe nachgedacht."

„Wunderbar. Denk weiter, aber lauf dabei – ich muß Arthur warnen."

„Genau darüber habe ich ja nachgedacht. Jetzt den unsterblichen König umzubringen, das wäre ziemlich sinnvoll. Du weißt schon: Die Schlange stirbt, wenn man ihr den Kopf abschlägt und so."

„Wie kommst du denn jetzt auf einmal auf Schlangen?"

„Das sind wohl Überbleibsel meines Engeldaseins – entschuldige bitte. Wir arbeiten oft mit Schlangenbildern. Du weißt schon, da oben. Eine Art Berufskrankheit." Sam sprang auf den Rand eines Pflanzkübels, streckte die rechte Vorderpfote aus, bekam Claire mit den Krallen am Rock zu fassen und zog. Die Hüterin sah sich gezwungen stehenzubleiben. „Wenn ich die dunkle Seite wäre", fuhr Sam fort, „und mir wirklich genug an diesem Übergang läge, dann hätte ich das Schlachtgetümmel genutzt, um einen gedungenen Mörder hierher zu schicken. Wenn eine Schlacht tobt, kriegt man vieles nicht mit. Ich hätte das so kalkuliert: Gewinnt der Dunkelelf die Schlacht, dann kann der Mörder den Fleischköpfen helfen, überall im Einkaufszentrum die Elfen abzuhaken. Verliert der Dunkelelf gegen Arthur, dann sucht sich der Mörder einen Ort, an dem er sich verstecken kann, bis seine Stunde gekommen ist, und dann krach, bumm, päng."

Claire riß sich los. „Sind diese Überlegungen wieder so ein Überbleibsel deines Engeldaseins?"

„Nein. Ich gucke mir immer zusammen mit deinem Dad die Sopranos an. Hör mal: Es käme der dunklen Seite wirklich sehr gelegen, wenn sie Arthur umbringen könnte, aber es hat wenig Sinn, jetzt nach der Schlacht einen Mörder einzuschleusen, wo die Elfen alle in voller Alarmbereitschaft sind."

Claire warf einen Blick zurück auf Kith und Teemo an der Barrikade, auf Daniel. Lungerten in der oberen Wandelhalle mehr Schatten, als dort zuvor gewesen waren?

Auf jeden Fall war es viel zu still.

„Du hast recht!" rief sie und rannte auch schon los.

Sam sprang vom Pflanzkübel und setzte hinter ihr her. „Auf die Gefahr, daß ich mich anhöre wie einer aus dem letzten Millennium: Ach nee?"

Durch das Oberlicht fielen Sonnenstrahlen in den Food Court. Hell genug, um das trübe Licht zu vertreiben, das die über den einzelnen Tischen hängenden Glühbirnen verströmten; hell genug, um auch die Schatten auszulöschen, die sonst überall gelegen hatten.

Kris runzelte die Stirn. „Sonnenlicht hatten wir hier bisher noch nie."

„Dann dringt das wohl von der wirklichen Welt hier herein. Dieses Ende des Einkaufszentrums stimmt bereits fast vollständig mit dem Original in der realen Welt überein – das heißt auch, daß uns nicht mehr viel Zeit bleibt."

„Sind diese Informationen das, was ihr braucht, deine Schwester und du?"

„Nein. Das hier sind Sachen, die wir im großen und ganzen auch vorher schon wußten. Wir müssen tiefer gehen, zum Kern des Problems vordringen. Uns geht es jetzt eher um die Frage nach dem Wer, nicht um die Frage nach dem Was." Diana tauchte ihr Gesicht in ein mit Wasser gefülltes Waschbecken. Sie wollte die Seife wieder loswerden, mit der sie versucht hatte, sich den Tarnlippenstift abzuwaschen. Mann, dieses Zeug könnte sogar Pickel entfernen! Als sie aus dem Waschbecken auftauchte, wartete Kris schon neben ihr, ein Papierhandtuch in der Hand. Die Hüterin bedankte sich und dachte darüber nach, daß dieses Handtuch für die Haut wohl kaum weniger schädlich war als die Seife und daß es sich bei beidem um exakte Kopien der Hygieneartikel handelte, mit denen weltweit Damentoiletten ausgestattet wurden. Diana nahm sich fest vor, gleich nachzusehen, wer der Lieferant war, sobald sie wieder zu Hause war. Unter Umständen hatte sich die dunkle Seite hier ein Standbein geschaffen, das seit Jahren von der Familie übersehen worden war. Das Toilettenpapier war auf jeden Fall höllisch.

„Also", grunzte Kris, die mit verschränkten Armen an der Tür zu einer der Toilettenkabinen lehnte und Diana im Spiegel zusah, „was jetzt?"

„Als nächstes müssen wir rüber zum Erlkönig. Es sei denn, die Kräfte der Dunkelheit sitzen gleich draußen vor der Tür beim Kaffeeklatsch, und wir kommen dicht genug ran, um sie belauschen zu können, ansonsten ist das Kaufhaus unser Ziel. Näher sind wir bislang noch nicht an den Anker herangekommen." Sie warf das nasse Handtuch in den dafür vorgesehenen Abfallbehälter und wandte sich zu der Elfe um, die ein wenig skeptisch dreinschaute.

„Aber durch den Laden seid ihr beiden doch gekommen", gab Kris dann auch zu bedenken. „Der wird doch unter Garantie bewacht."

„Du brauchst auch nicht weiter mitzukommen. Du hast mich so weit gebracht, wie abgemacht war."

„Du denkst wohl, ich gehe zurück zu der anderen Zauberin da und erklär der, ich hätte ihre kleine Schwester hängenlassen, als es brenzlig wurde? Mann, du kannst mir mal im Mondschein begegnen!"

„Gerne! Ich meine natürlich – recht hast du!" verbesserte Diana sich hastig und hoffte inständig, ihre mit einem Mal knallroten Wangen würden als Folge der gerade stattgefundenen Reinigungsprozedur durchgehen. „Wenn also nur Fleischköpfe Wache schieben, dann umgehen wir sie. Wenn da noch was anderes rumlungert, dann reicht das unter Umständen sogar schon, um mir klarzumachen, was ich wissen muß. Ich wünschte sehr, ich hätte einen Blick unter den Helm dieses Dunkelelfen werfen können."

„Bevor du ihn fertiggemacht hast?"

„Hinterher hätte das ja wohl kaum Sinn ergeben." Diana warf einen besorgten Blick auf die Tür des Waschraums. „Da draußen werden wir aber kaum Deckung finden."

„Was du nicht sagst! Dabei sollte man doch meinen, die würden sich das mit dem Sonnenschein für das Finale aufsparen. Normalerweise lieben die doch die Dunkelheit und all das, oder?"

„Siehst du, den Denkfehler machen viele. Licht oder Dunkel, das ist dem Bösen völlig egal. Du darfst eins nie vergessen, was das Böse angeht", fuhr Diana fort und folgte Kris leicht versetzt hinter deren linker Schulter dicht auf den Fersen hinüber zur Tür. „Es verhält sich nie so, daß man sein Tun irgendwie nachvollziehen könnte, und es ist völlig opportunistisch. Es geht überall rein, wo sich ihm ein Schlupfloch bietet."

In dem kleinen Flur vorm Waschraum roch es intensiv nach frisch aufgebrühtem Kaffee.

In ihrer schwarzen Kleidung hoben sich die beiden Mädchen von den blaßgrünen Fußbodenkacheln ab wie ...

Wie Lakritze von Pfefferminz, wie Kuhfladen vom Gras, wie Grufties in einem Blumenladen, und in meinem Kopf sieht es aus, als hätte der Blackout nach dem Zauberstabeinsatz bleibende Schäden verursacht! Hallo: Ich suche hier nach passenden Vergleichen, en Gros und en Detail! Gibt's dafür denn keinen Laden?

Als es Diana gelungen war, sich halbwegs wieder zusammenzureißen, bekam sie gerade noch mit, wie Kris flüsterte: „Ich sehe niemanden ... und nichts. Gehen wir."

Sie wandten sich nach links, fort vom Food Court, hielten sich ganz dicht an den Schließfächern und duckten sich vorsorglich sehr tief, als sie die offene Ladenfront des Sportartikelgeschäfts kreuzen mußten. Diana meinte, dort im Vorüberhuschen eine Auslage mit Folterinstrumenten entdeckt zu haben; eine im Grunde eher beruhigende Entdeckung, denn die Hüterin war sich ziemlich sicher, daß solche Läden in der wirklichen Welt neben ihren Hanteln nicht auch noch Daumenschrauben im Sortiment hatten. Auch wenn das ja den Spruch „Wer schön sein will, muß leiden" erklären würde. Im großen Drogeriemarkt auf der anderen Seite der Wandelhalle bewegten sich Gestalten, die eine vage Ähnlichkeit mit Menschen hatten. Diana konnte nur hoffen, daß sie zu einer Patrouille gehörten, die für die dunkle Seite arbeitete. Kunden? Das konnte nur schlecht sein, ziemlich schlecht sogar, auch wenn es nur schwache Abbildungen von Kunden sein mochten. Nun war eine Patrouille der dunklen Seite auch nicht unbedingt etwas Gutes ...

Kris packte Diana am Arm und brachte die Hüterin so wieder dazu, sich erst einmal den unmittelbaren Problemen zu stellen, mit denen die beiden Mädchen konfrontiert waren. Hierbei handelte es sich in diesem Moment um den Gang, den sie ungesehen entlanggehen mußten, wollten sie zum Erlkönig gelangen. Das einzige, was sich den beiden in diesem Gang als Deckung bot, waren zwei Pflanzkübel und vier Sitzbänke. Das Gute an der ganzen Sache war, daß der Gang leer zu sein schien – bis auf eben diese beiden Pflanzkübel sowie vier Sitzbänke.

Wer nicht wagt ... Diana schüttelte Kris' Hand ab, rannte blitzschnell ein paar Meter weit in den Flur hinein, duckte sich, als sie den ersten Pflanzkübel passierte, legte die letzten anderthalb Meter bis zur nächstgelegenen Sitzbank schlitternd zurück und ließ sich dann in allerletzter Sekunde behende hinter diese Bank rollen.

„Was sollte das denn nun werden?" drang wenig später Kris' ungehaltene Stimme an ihr Ohr.

Diana drehte sich um und versuchte inständig, nicht daran zu denken, daß sie und die Elfe sich gerade einen so engen Raum teilten, daß sie gezwungen waren, wortwörtlich Wange an Wange zu liegen. „Ich dachte, der Laden kommt nicht näher, wenn wir ihn immer nur von weitem anglotzen, und je länger wir warten, desto größer wird das Risiko, daß jemand durch den Food Court geht und uns entdeckt."

Außerdem riechst du unglaublich gut! hätte Diana am liebsten hinzugefügt, aber dafür war nun wirklich nicht der richtige Augenblick.

„Das nächste Mal sagst du mir gefälligst vorher Bescheid."

„Ich dachte, du hättest wahrscheinlich Einwände."

„Aber hallo! Da hattest du völlig richtig gedacht."

„Aber für Einwände hatten wir keine Zeit."

Im Reisebüro brannte kein Licht. An der zerborstenen Schaufensterscheibe hing ein handgeschriebenes Hinweisschild, das lediglich mitteilte, der Laden sei wegen Renovierung geschlossen. Ein Poster warb für Flüge nach London ($ 549), Berlin ($ 629) und Gehenna ($ 666), aber das war auch der einzig sichtbare Hinweis darauf, daß dieser Laden je genutzt worden war. Entweder hatte Diana wirklichen Schaden angerichtet, als sie die in die Schlacht reisenden Touristen zurückschlug, oder aber die Vollendung des Übergangs stand so unmittelbar bevor, daß keine weiteren Touren mehr gebucht würden. Beim Schinder von Gloucester hingen immer noch Einzelteile von Tierkadavern im Fenster – also konnte man hoffen, daß ersteres galt, Diana also substantiellen Schaden hatte anrichten können.

Hoffen und Einzelteile von Tierkadavern – diese drei Worte fand man nun auch nicht allzuoft in einem einzigen Gedankengang.

„Los, die nächste Bank!" murmelte Diana leise, wobei ihre Lippen sich ganz dicht an Kris' Wange befanden. „Du mußt diesmal zuerst los."

Die Antwort der Elfe war im wesentlichen unverständlich, auch wenn ein gewisser Sarkasmus im Tonfall nicht zu überhören war. Leise kroch Kris unter der Bank hervor, brachte ihre Glieder in die Startposition einer Sprinterin und verschwand im Handumdrehen aus Dianas Blickfeld.

Die Hüterin folgte nur einen knappen Herzschlag später, stieß sich allerdings auf den letzten zwei Metern zu stark ab und wäre um ein Haar an der Bank vorbeigeschlittert, hätten nicht zwei starke Hände eine Handvoll ihrer Kleidung zu fassen bekommen, um sie schwungvoll zur Seite zu ziehen. Mit dem Kopf voran landete Diana unter der Bank, wobei ihr Gesicht schmerzhaft Bekanntschaft mit der Kuhle zwischen Kris' Schulter und deren Nacken schloß und ihre Nase ebenfalls recht schmerzhaft mit dem Schlüsselbein der Elfe kollidierte.

„Ist das da der Laden?" wollte Kris leise wissen.

Diana, der Tränen in die Augen geschossen waren, blinzelte ein paarmal und hob den Kopf dann so weit, wie die niedrige Sitzbank es ihr gestattete. In der kurzen Zeit, seit sie herübergekommen waren, hatte der Laden es fertiggebracht, sich dem im eigentlichen Einkaufszentrum fast haargenau anzupassen. „Ja", flüsterte Diana. „Das ist er."

Noch lag der Flur verlassen da. Aber warum auch nicht? Warum hätte sich die dunkle Seite damit aufhalten sollen, auf ihrem eigenen Terrain zu patrouillieren? In gewisser Weise konnten sich die beiden Frauen hier also wesentlich gefahrloser bewegen als draußen in der unteren Wandelhalle.

„Ich geh' mir das mal näher ansehen", flüsterte Diana.

„Heißt das, wir gehen rein?" wollte Kris wissen.

„Wir müssen rein. Bis jetzt haben wir eigentlich noch gar nichts herausfinden können."

„Ich habe etwas herausgefunden: daß du keinerlei Antennen dafür hast, wie man sich selbst schützt! Ich geh' da jedenfalls nicht rein."

„Gut. Dann stehst du Schmiere." Diana war bereits unter der Bank hervorgekrabbelt, ehe Kris sie aufhalten konnte, dann robbte sie rasch weiter hinüber zum Fenster und warf einen vorsichtigen Blick hinein. Die Auslage ähnelte im großen und ganzen der, an die Diana sich noch erinnerte, und dasselbe galt auch, soweit die Hüterin dies erkennen konnte, für die Waren dahinter. In der hintersten Ecke ... die Hüterin schob sich noch näher an die Schaufensterscheibe heran, um einen besseren Blickwinkel zu erhalten; manche Sachen in diesem Laden mochten sich geändert haben – aber der Spiegel hing hier nach wie vor in der Version der Gegenseite: dickes, versilbertes Glas in einem antiken Holzrahmen. Diana konnte nicht erkennen, ob auch Jack da war und ging von daher davon aus, daß er den anderen Laden beobachtete.

Als nächstes duckte sich die Hüterin unter das Fenstersims, kroch hinüber zur offenen Tür und spähte dort, nunmehr lang auf dem Bauch ausgestreckt, um die Ecke hinein in den Laden. Kein Troll. Keine Kundschaft – nicht einmal die Schattenversion eines Kunden. Was noch besser war: keine Bannsprüche, die ein Betreten des Ladens verhinderten. Andererseits waren jedoch die Stäbe entsprechend plaziert, die verhindern sollten, daß man den Laden verließ. Damit würde man sich dann also später befassen müssen.

Kris lugte derweil sehr unzufrieden unter ihrer Bank hervor. Diana gab der Elfe mit erhobenem Daumen zu verstehen, daß bei ihr soweit alles klar war und schlich ganz leise über die Türschwelle hinweg hinein in den Laden. Die Feen am Stab gab es jetzt im Sonderangebot, und die Frösche in Armeeuniform hatten Gesellschaft bekommen: Molche in Science-fiction-Kostümen.

Wer kauft solchen Kram denn bloß? fragte Diana sich leicht erschüttert, während sie vorsichtig bis in den hintersten Teil des Ladens kroch. Die Molche waren ziemlich unheimlich – so unheimlich, daß sogar die Hüterin nicht recht mit ihrem Anblick klarkam. Sie machte einen Bogen um die Gummischlangen, richtete sich dann auf, bis sie auf ihren Absätzen kauerte und schielte zum Spiegel hin. „Psst! Jack?"

Fast augenblicklich tauchten die blauen Augen auf blauem Grund auf. „Wo zum Teufel hast du denn gesteckt?" wollte der Spiegel wissen.

„Am anderen Ende des Einkaufszentrums."

„Was hast du denn da gemacht?"

„Ich habe mich in Zeitverdrehungen verheddert und mußte mich einer Horde pauschalreisender Fleischköpfe erwehren. Ich hatte dich nicht vergessen oder so. Ich hatte bloß bis jetzt echt keine Zeit, wieder hierher zurückzukommen."

„Sie wissen, daß du hier bist."

„Hier hier? Wie in Hier und Jetzt? Oder nur hier im Einkaufszentrum?"

Schwache blaue Denkfalten tauchten auf – der Spiegel bemühte sich, Dianas Frage zu verstehen. „Im Einkaufszentrum."

„Mann, Mann, das hat dann wohl was mit dem Alarm zu tun, den wir ausgelöst haben."

„Ihr ... wer ist denn das?"

Diana tat vor Schreck einen Satz, als Kris' Hand plötzlich auf ihrer Schulter landete. „Du redest mit einem Spiegel?"

„Du verwandelst dich in eine Elfe?" fragte Diana schnippisch zurück.

„Na ja. Gut. Prima. Ein Punkt für dich."

„Ich hatte gedacht, du wolltest nicht mitkommen."

„Du hast so lange gebraucht."

„He!"

Beide Mädchen blickten auf.

„Wenn ihr euch das für später aufheben könntet?" meinte der Spiegel mißbilligend. „Hier ist wahrlich nicht der Ort, an dem ihr rumhängen solltet."

Diana nickte. „Da hast du recht. Wir müssen weiter rein."

Jacks Augen weiteten sich. „Bist du durchgedreht?"

„Meine Rede!" murmelte Kris. „Das frage ich sie auch immer. Aber sie gibt mir keine Antwort."

„Hört mir mal gut zu, ihr beiden", protestierte Diana. „Kris und ich, wir sind auf einer Spähermission, wollen herausfinden, mit wem oder was wir es bei der Sache hier zu tun haben, wer von der dunklen Seite verantwortlich ist, und bislang haben wir noch gar nichts herausgefunden. Hier ist niemand. Niemand lauert in den Schatten. Nada. Ich gehe weiter, bis ich einen Blick auf irgend etwas Relevantes habe werfen können. Weiter will ich gar nicht." Diana hob beide Hände, als sowohl Spiegel als auch Elfe Anstalten machten, ihr zu widersprechen. „Ich will nicht weiter, ich will mir ja nicht meinen Fluchtweg abschneiden. Aber ich gehe. Es sei denn ...", mit diesen Worten bohrten sich Dianas Augen in die Jacks, „du hättest neue Informationen für mich."

„Informationen darüber, wer hinter der Sache hier steckt?"

„Genau."

„Nein. Der ist nie bis hierher herausgekommen. Aus dem Lager habe ich allerdings schon manchmal eine ziemlich bezwingende Stimme gehört. Es kann schon sein, daß er dort mal gewesen ist."

„Eine bezwingende Stimme?" wiederholte Diana. „Was soll das denn heißen?"

„Eine Stimme, die einen bezwingen kann. Eine Stimme, die bestimmt zu dem Typen gehört, der all das hier ...", mit diesen Worten kreisten die blauen Augen ein paarmal rund um den Spiegel, „der all dies in Gang setzen konnte."

„Damit willst du doch nicht sagen, daß es um den dicken Hoschi geht – oder um einen davon?"

„Ich würde mal darauf tippen."

„Okay, dann überprüfe ich den Lagerraum nach Energierückständen", erklärte Diana.

„Sei vorsichtig. Wenn du dir Zutritt zu den Möglichkeiten verschaffst, dann wissen die haargenau, wo du bist."

„Ach nee?" Diana warf dem Spiegel einen verächtlichen Blick zu. „Das hätte ich um ein Haar vergessen! Ist ja auch bloß total zentral für mein Überleben!"

„Na, dann entschuldige bitte, daß ich mir Sorgen gemacht habe!" entgegnete der Spiegel pikiert.

„Nein, ich muß mich entschuldigen. Es gibt noch die Sache mit der Polarität, weißt du? Die sind böse, ich bin gut: Gegensätze ziehen sich an. Von daher kann das Gute das Böse ausfindig machen und muß sich zu diesem Zweck gar keinen Zugang zu den Möglichkeiten verschaffen." Diana drehte sich zu Kris um und wies mit einem Nicken auf die Tür des Lagerraums. „Kommst du mit?"

„Nun mal nicht so hastig!" Kris hob warnend die Hand. „Gut kann also Böse aufspüren, ja?"

„Jawohl."

„Dann kann umgekehrt auch Böse Gut aufspüren, also dich."

„Aber nur, wenn die wissen, daß ich dagewesen bin, und wie sollten sie das mitbekommen – es sei denn, sie spazierten genau dann rein, wenn ich da bin?"

„Bei dir klingt das alles so einfach", schnaubte Kris verzweifelt. „Dabei wissen wir beide ganz genau, daß es so einfach nicht ist."

„Na ja, aber warum sollten wir es uns schwieriger reden, als es ohnehin schon ist? Du mußt nicht mitkommen ..."

„Klar. Noch mal: Hängenlassen, wenn's brenzlig wird, das läuft bei mir einfach nicht."

„Dann also gut."

„Genau: gut."

Immer noch auf Händen und Knien robbte Diana an die Tür zum Lagerraum heran, war sich jedoch nicht sicher, ob zwischen ihr und Kris irgend etwas geklärt worden war.

Das Lager schien nichts von Bedeutung zu enthalten, was allerdings nicht einfach festzustellen war, angesichts all der Basiliskenskulpturen, die an den Wänden aufgestapelt standen. Diana durchquerte das Lager von einem Ende zum anderen und wiederholte das Ganze dann noch einmal im Zickzackkurs. Nichts. Keine Hinweise auf größeres Übel – auch nicht auf kleineres. Nicht einmal ein Hinweis auf metaphysisches PMS.

„Wo seid Ihr bloß alle?" murmelte die Hüterin erbost, während sie an den verschlossenen Schubladen des Büroschranks rüttelte. „Das ist mir doch wirklich zu schräg."

Kris schnaubte, ließ sich gegen die Tür fallen und verschränkte die Arme vor der Brust. „Mann, streß dich nicht so. Du mußt lernen, dich zu entspannen!"

„Quatsch – ich muß weiter rein!"

„Ja, ja." Kris seufzte. „Ich wußte, daß das jetzt kommt."

Diana ließ die Hände von den Schubladen und baute sich mit zusammengekniffenen Augen vor Kris auf. „Du mußt nicht ..."

„... mitkommen, auch das war jetzt fällig, das hab' ich auch kommen sehen!" Kris richtete sich auf, beugte sich leicht vor und fixierte Diana mit einem durchdringenden Blick: „Na, sag schon: was antworte ich jetzt?"

Hoffentlich nicht: Finger weg, perverse Lesbensau! Die Gesichter der beiden Mädchen waren so dicht beieinander, daß sich ihrer beider Atem vermischte.

Diana brauchte wirklich nur ein winzigkleines Stückchen näherzutreten.

Der Kuß war dann für einen ersten Kuß eher nichtssagend. Aber zumindest mußte keine der beteiligten Nasen daran glauben, kein Zahn wurde angeschlagen, und Kris wirkte zwar nicht übermäßig begeistert, aber auch nicht unempfänglich. Diana hätte den Kuß sogar als vielversprechend bezeichnet, wenn sie sich nicht so gut mit den Gefahren ausgekannt hätte, die mit Vorausahnungen einhergingen.

„Du meinst", sagte die Hüterin ganz ruhig, „daß du lieber mit mir zusammen weiterziehen willst, als hier ganz allein im Lager warten zu müssen."

Kris nickte. Ihr Gesichtsausdruck gab keinerlei Gedanken und Gefühle preis, und das verwirrte Diana denn nun doch sehr. „Nah dran."

Diana befahl sich streng, nicht zu vergessen, daß es immer noch als erstes den Übergang zu schließen und die Welt zu retten galt; sie rief sich nachdrücklich ins Gedächtnis, daß sie und Kris ganz wortwörtlich aus verschiedenen Welten stammten und schalt sich selbst eine Närrin. Dann trat sie einen Schritt zurück, drehte sich um und stieß kurzentschlossen die Tür zum Lieferantengang auf. Hier war es vergleichsweise düster, und viel konnte die junge Hüterin nicht erkennen. Aber sie konnte auch nicht hören, daß sich irgend jemand – oder irgend etwas – ganz in der Nähe aufhielt. Als Kris nun hinter sie trat, das B-Körbchen ihrer Schleuder mit einem Schnapsglas aus Kristall bestückt und somit schußbereit, öffnete Diana die Tür ganz.

Der Lieferantengang war genau so, wie sie ihn in Erinnerung hatte: ein leerer Tunnel aus Beton. Er wirkte dunkler als zuvor, es roch noch ekelhafter, und die Flecken an den Wänden schienen nicht mehr allein von Urin herzurühren, sondern von etwas, was wesentlich unangenehmer war. Wenn die beiden Mädchen sich nach links wandten, würden sie zurück zum Einkaufszentrum gelangen. Rechts entlang ging es zum Gebiet hinter dem Bauzaun.

Genau dorthin mußten sie sich wenden.

Diana berührte Kris sacht am Arm und deutete mit dem Kinn nach rechts. Die Elfe nickte, trat vor Diana und gab der Hüterin lautlos zu verstehen, daß dies die Position war, die die Person mit der Schußwaffe in der Hand einnehmen sollte. Diana mochte da nicht widersprechen; die Alternative bestand schließlich darin, den ganzen Weg über die perfekte Zielscheibe für einen Kopfschuß vermittels Schnapsglas abzugeben.

Beide Frauen bewegten sich ganz leise. Leise krochen sie an der Wand entlang, krochen sie um die erste Ecke. Leider waren die Fleischköpfe, die dort auf sie warteten, ebenso leise gewesen.

Das Schnapsglas landete bei einem der näherkommenden gewaltigen Körper einen Volltreffer und zwar direkt am Bug. Der Vormarsch des Fleischkopfs ließ sich dadurch allerdings nicht aufhalten.

„Lauf weg!" schrie Diana.

Die hinter ihnen, die, die ihnen den Weg abschnitten, waren jedoch keine Fleischköpfe. Fleischköpfe konnten sich nicht so schnell bewegen, und sie sahen auch nicht derart gefährlich aus.

Diana baumelte im festen Griff einer krallenbewehrten Klaue und sah hinüber zu Kris, die erschöpft aufgegeben hatte und nun ebenfalls nur noch baumelte. Nichts von dem, was die beiden Frauen unternommen hatten, hatte auf die langbeinigen bösen Buben, die mit ihren scheinbar zahllosen Gelenken und Greifzähnen vage an Käfer erinnerten, irgendeinen Eindruck gemacht, hatte sie dazu gebracht, ihren Griff auch nur geringfügig zu lockern. Also hatte Diana es schon frühzeitig aufgegeben, sich zu wehren und hätte sich statt dessen darauf konzentriert, möglichst viel von dem Weg mitzubekommen, den die Riesenkäfer mit ihnen zurücklegten. Sie waren am Bauzaun entlanggegangen und dann letztlich in diesem reichverzierten Thronsaal gelandet, den Diana, hätte man sie nach ihrer ehrlichen Meinung befragt, als hoffnungslos überladen bezeichnet hätte. Die Wände waren aus behauenem Gold, der Fußboden aus blankpoliertem schwarzen Marmor, und auf hölzernen Plaketten hatte man die Köpfe verschiedener

Kreaturen montiert – alles mit Fackeln beleuchtet. Wer um Himmels Willen arbeitete denn im 21. Jahrhundert noch mit Fackeln?

Dianas Nase blutete wieder. Sie konnte nichts anderes tun, als sie tropfen zu lassen.

Die Klauen der beiden Käferdinger, die die Mädchen gefangenhielten, kratzten und schlitterten leicht auf dem glatten, schwarzen Marmor, als die unheimlichen Wesen sich dem massiven, juwelenbesetzten Thronsessel näherten, auf dem, ein elegant behostes Bein lässig über das andere geschlagen, ein silberhaariger Mann saß. Der lächelte, als Elfe und Hüterin ihm ziemlich unzeremoniell vor die Füße geworfen wurden und zeigte so unglaublich weiße Zähne, während er sich, die blassen Hände zu einem spöttischen Willkommensgruß ausgebreitet, zu den beiden hinunterbeugte.

„Ich wußte doch, daß du früher oder später zu mir kommen würdest, Hüterin!"

Diana blinzelte, nahm sich eine Sekunde lang Zeit, sich zu vergewissern, daß Kris sich noch regte und setzte sich auf. Kalte, leichengraue Augen starrten sie an, triumphierend und irgendwie vertraut.

„Also gut!" sagte sie und wischte sich die Nase am Ärmel ab. „Wer bist du?"

Acht

„Du fragst, wer ich bin?" Der Mann mit dem silbernen Haar und den leichengrauen Augen neigte sich ein wenig vor. „Ich bin dein schlimmster Alptraum!"

„Mein schlimmster Alptraum?" wiederholte Diana. Sie rappelte sich auf, wobei sie inständig hoffte, Kris möge verstehen, daß die Pflicht sie rief und sie eigentlich nichts lieber getan hätte, als sich erst einmal mindestens zehn Minuten lang zu vergewissern, daß es der Elfe den Umständen entsprechend gutging. „Mann oh Mann – du warst wohl nie auf einer öffentlichen Schule, was? Du hast wohl nie geträumt, du hockst in der Abschlußprüfung und mußt plötzlich feststellen, daß du in dem entsprechenden Fach nicht eine einzige Unterrichtsstunde mitgemacht hast, und deine Blase hat dir wohl nie nachts das Szenario vorgespielt, wo du ganz dringend mal pinkeln mußt, und das einzige Klo steht mitten auf dem Schulhof, und es ist gerade große Pause? Oder hast geträumt, du müßtest einzelne Szenen aus den absolut langweiligsten Geschichten, die man im Englischunterricht in der zehnten Klasse lesen muß, live erleben? Wobei ..." Diana runzelte die Stirn und wischte sich die blutende Nase am Ärmel ab. „Das mit den Kurzgeschichten ist wirklich passiert! Aber eigentlich wollte ich damit ja auch nur sagen ...", mit diesen Worten verschränkte sie die Arme vor der Brust und erwiderte ruhig und scheinbar gelassen den Blick des Mannes auf dem Thron, „daß du ja nun so was von überhaupt nicht der schlimmste Alptraum meines Lebens bist!"

Das käfergleiche Wesen, das Diana in den Thronsaal geschleppt hatte, versetzte ihr mit einer seiner vorderen Beißzangen einen heftigen Schlag in die Kniekehlen, woraufhin die Hüterin zu Boden ging.

Autsch, aua, aua! Kein Marmorboden wird dadurch weicher, daß man mehr als einmal darauf fällt! Mit einem leisen, zischenden Schmerzenslaut richtete Diana sich wieder auf, stützte sich auf einen zerschundenen Ellbogen und bedachte ihren Feind mit einem vielsagenden Blick. Nun krieg dich wieder ein! wollte dieser Blick besagen. Nach sechs Monaten Zusammenleben mit Sam beherrschte Diana ihn perfekt. „Schon gut: wenn dir soviel daran liegt, dann kannst du mir ruhig ein schlechter Traum sein und dich vielleicht von da aus weiter hocharbeiten."

Der Mann antwortete ihr mit einem Lächeln, das man fast schon hätte freundlich nennen können. „Ach Hüterin! Ich weiß gespielte Tapferkeit zu erkennen, wenn sie mir über den Weg läuft. Tapfere Worte von einem kleinen Mädchen, das sich viel zuviel vorgenommen hat und nun ganz tief in der Tinte sitzt."

Diana seufzte. „Hör mal, jetzt mal ernsthaft – ich weiß wirklich nicht, wer du bist. Wenn du willst, daß ich ... daß wir ..." korrigierte sie sich dann, denn nun hatte auch Kris sich halbwegs aufgerappelt und kniete zumindest schon mal, „wenn du also willst, daß wir vor Angst vor dir auf dem Boden kriechen, dann wäre es angebracht, wir wüßten, vor wem wir kriechen. Wenn du uns also bitte deinen Namen nennen würdest?"

„Bitte?" Sein Schnauben war elegant, aristokratisch und herablassend. „Dachtest du wirklich, du kommst mit so einer billigen Zaubernummer bei mir durch?"

„Aber du kannst mir nicht übelnehmen, daß ich es versucht habe."

„Ich könnte dich umbringen dafür, daß du es versucht hast", erwiderte er, ein Einwand, der durchaus seine Berechtigung hatte. „Wenn du meinen Namen nicht kennst, werde ich gewiß nicht so dumm sein, dir die Macht in die Hände zu geben, die mit dem Namen einhergeht."

„Okay! Aber ‚Chef der Bösen'? ‚Chef der Fiesen'? Das schreckt mich nun so was von gar nicht."

„Kein Stück!" pflichtete Kris ihr bei. Diana quittierte die Bereitschaft der Elfe, sie bei ihrem kleinen Machtspiel zu unterstützen, mit einem erfreuten Grinsen. Wenn sie den Namen des Typen da in Erfahrung bringen könnten, wenn sie irgend etwas über ihn in Erfahrung bringen könnten, dann wäre sie vielleicht in der Lage, etwas zu unternehmen. Was sie würde unternehmen können, wo es ihr doch nicht gestattet war, sich Zugang zu den Möglichkeiten zu verschaffen, wußte Diana nicht. Aber irgend etwas würde ihr schon einfallen. Sie war sich ziemlich sicher, daß auch ihr Unterbewußtsein der Meinung war, dem Typen auf dem Thronsessel gehöre ziemlich dringend der Arsch versohlt. Leider war ihr Unterbewußtsein gerade vorwiegend damit beschäftigt, sich der riesigen Käfer wegen milde hysterisch zu gebärden.

„Wenn du was wirklich Schreckliches willst, Hüterin, dann kann ich dir damit bestimmt gern dienen. Im Moment allerdings gibt es nur zwei

Dinge, die du wissen solltest." Der Mann lehnte sich zurück und hob einen blassen Finger. „Erstens: Du bist überhaupt nur noch deswegen am Leben, weil ich deinen Tod nicht angeordnet habe und zweitens", und damit gesellte sich ein zweiter Finger zum ersten, „hast du versagt, das ist doch wohl klar. Du hast den Übergang nicht schließen können, und die Dunkelheit wird sich mit Hilfe dieses Übergangs nun Zugang zu deiner Welt verschaffen."

„Wie du meinst. Aber erstens ..." Diana erwiderte die Geste des Mannes, indem sie den zweiten Finger ihrer rechten Hand auf ihn richtete, „... steht bislang noch gar nicht fest, daß ich versagt habe, und zweitens bin ich auch nicht die einzige, die hier gegen dich kämpft."

„Wenn du damit deine Schwester meinen solltest, so laß dir gesagt sein, daß wir sie ebenso leicht besiegen können, wie wir dich besiegt haben. Es wird sogar einfacher sein, nehme ich einmal an, denn du bist weitaus mächtiger als sie. Es war dein Ruf: Du warst die einzige, die größte Hoffnung, die deine Welt hatte, und hier hockst du nun. Wenn du allerdings von deiner kleinen Freundin gesprochen haben solltest ...", bei diesen Worten verneigte sich der Mann anmutig vor Kris, zuckte dann aber weitaus weniger anmutig gleich wieder zurück, als diese ihm einen Mundvoll Blut in den Schoß spie, „von deiner kleinen Freundin also oder deren Begleitern oder vom unsterblichen König: Mit denen befassen wir uns in diesem Moment gerade. Der unsterbliche König wird sterben, und der Zusammenhalt derer, die er um sich geschart hat, wird, wie gewohnt, nicht länger Bestand haben als bis zu seinem Tod. So sind nun einmal die Regeln."

„Was sabbelt der denn da?" wollte Kris wissen.

Diana berührte die Freundin sacht am Arm: „Das erkläre ich dir später."

„Ein Später mag es für dich vielleicht gar nicht geben", bemerkte der Mann auf dem Thron.

„Ach, leck mich doch!"

Das entlockte ihm ein strahlendes, forschendes Lächeln. „Vielleicht ..."

Wollte der Typ da sie etwa anbaggern? Aber ja doch: Er baggerte sie an! Igitt!

„Aber erst einmal", fuhr der Silberhaarige fort, „wollen wir uns die Waffen ansehen, mit denen ihr in den Kampf gezogen seid."

„Was für Waffen denn?" wollte Diana aufgebracht wissen. „Deine Käfer haben Kris' Schleuder total kaputtgemacht, und ihren Köcher haben sie, nachdem sie uns aufgegriffen hatten, zurück in den Lieferanteneingang geworfen."

Der Mann schüttelte langsam den Kopf und deutete auf ...

Diana konnte nichts dagegen tun: ganz automatisch senkte sie den Blick hinunter auf ihre ...

... ihre Hüfttasche. Das war's dann wohl – soweit zum verdeckten Vorgehen! Aber wenn er ihr die wegnehmen wollte, mußte er nah an sie herankommen, und dann konnte sie ihn sich schnappen. Es war durchaus möglich, daß eine direkte körperliche Konfrontation zu ihren Gunsten ausging. Dunkle und lichte Seite hoben einander auf, bis derjenige übrigblieb, der mächtiger war. Während die Hüterin zuzugeben gewillt war, daß Finesse nicht ihre Stärke war, würde sie in einem Wettkampf, bei dem es um rohe Potentiale ging, als Letzte aufrecht auf den Beinen stehen, da war sie sich ziemlich sicher.

Leider jedoch schien sie nicht die einzige zu sein, die das so sah.

Ihr Käfer schob ihr eins seiner gezackten Beine unter den Gürtel, bog sich einmal rasch zur Seite und fing die Hüftasche dann mit der Beißzange auf, ehe sie zu Boden fiel. Ein rascher Dreh mit der Zange, und der Inhalt der Tasche und somit auch alles, was Diana zu ihrer Verteidigung hatte vorbereiten können, lag gleichmäßig über den Thronsockel verteilt.

„Ein paar Schlüssel. Samen. Faden. Ein Ziffernblatt. Alles schußfertig geladen und bereit zum Gebrauch. Es wäre wirklich ein Jammer, wenn das in die falschen Hände fiele, Hüterin!" Dann lachte der Mann, als sein Blick auf den Zauberstab fiel, der auf dem schwarzen Marmorboden womöglich noch rosafarbener, noch mehr nach billigem Plastik aussah als zuvor. „Aber warte: Da hast du ja sogar das Spielzeug dabei, das extra entwickelt wurde, um unter den großen Ungelernten heftige Zwietracht zu verbreiten." Der Silberhaarige schüttelte den Kopf. „Du hast wirklich gedacht, damit könntest du mich besiegen?"

Da dies eine rein rhetorische Frage zu sein schien, begnügte sich Diana damit, den Mann wütend anzufunkeln. Wahrscheinlich hatte der den Energiestoß spüren können, mit dem sie den Dunkelelfen besiegt hatte, war aber eindeutig nicht in der Lage, diese Energie mit dem Zauberstab in Verbindung zu bringen. Das war gut, das mochte ihnen später einmal einen Vorteil verschaffen. Wenn es denn ein Später für sie gab ...

Der Silberhaarige betrachtete nun stirnrunzelnd einen letzten Gegenstand aus der Hüfttasche, einen weißen, in Papier gehüllten kleinen Zylinder, der weiter gehüpft war als der Rest des Tascheninhalts. „Was", wollte er mißtrauisch wissen, „ist das?"

„Das willst du so genau gar nicht wissen!" versicherte Diana ihm.

Woraufhin Kris kicherte.

„Ganz im Gegenteil!" Eine Handbewegung, und ein Fleischkopf, der sich irgendwo in der Nähe herumgetrieben haben mußte, trat herbei und näherte sich dem Thron, während die Fackeln im Raum seinen riesigen Schatten von der einen Wand an die andere warfen. Eine weitere Handbewegung, und der Fleischkopf bückte sich unbeholfen, um den Zylinder aufzuheben. „Sagst du es mir freiwillig, oder muß ich meinen getreuen Diener schicken, um dich zum Sprechen zu bringen?"

Diana seufzte. „Das ist ein Tampon", erklärte sie dann.

Der Fleischkopf blinzelte erschrocken, sah sich das Ding an, das er aufgehoben hatte, ließ es dann ganz schnell fallen und schüttelte seine Hand, als fürchte er, sich irgendwie verunreinigt zu haben.

„Oh Mann! Ich muß doch bitten! Der war ja nun wirklich nicht gebraucht oder so."

„Typen", schnaubte Kris verächtlich.

„Aber wirklich!" stimmte Diana ihr bei.

„Vielleicht", zischte der Mann auf dem Thron nun mit verächtlich verzogenen Lippen, „vielleicht findet ihr die ganze Sache nicht mehr so witzig, wenn ihr erst einmal ein wenig gefoltert worden seid!"

„Mit einem Tampon?" wollte Diana wissen.

Aus der Geringschätzung wurde Verwirrtheit. „Was?"

„Du willst uns also mit einem Tampon foltern?"

Wurde Abscheu: „Hör auf, das Wort ständig in den Mund zu nehmen!"

„Was für ein Wort?" hakte Diana nach. „Etwa Tampon?"

„Damenhygieneartikel?" erkundigte sich Kris.

„Maxibinden?"

„Bauchkrämpfe?"

„Blähungen?"

„Blutklümpchen?"

„Oh Mann! Die finde ich immer so was von schrecklich!"

Der Mann hatte den beiden die ganze Zeit fassungslos zugehört, die Augen in ungläubigem Staunen ganz weit aufgerissen. „Brave Mädchen reden nicht von diesen Dingen!" tadelte er nun.

„Aber von Folter reden, das ist in Ordnung, was?"

„Die Doppelmoral des Patriarchats!" beschwerte sich Kris.

Der Mann umklammerte beide Armlehnen seines Thronsessels so heftig, daß seine ohnehin blassen Knöchel schneeweiß wurden. „Schafft sie hier raus!"

Diana zerrte an den Ketten, mit denen die Handschellen um ihre Handgelenke in der Wand eingelassen waren, und seufzte. „Ich sage das ja ungern, aber der namenlose Fiesling hatte vollkommen recht: Ich finde es jetzt schon viel weniger witzig."

„Meinst du, die werden uns wirklich foltern?" fragte Kris, die matt und völlig erschöpft in ihren Ketten hing, keuchend. Mittlerweile stand eindeutig fest, daß sie nicht freikommen würden, wenn sie nur heftig genug um sich schlugen, sich drehten und wanden.

„Wahrscheinlich." Diana hätte viel dafür gegeben, wenigstens den Zauberstab noch zu haben. In Zeiten wie diesen – wenn einen das namenlose Böse gerade mit Fesseln an eine Wand gekettet hatte, um in Ruhe ein Einkaufszentrum und damit dann die ganze Welt in seine Gewalt zu bringen – schien die Aussicht auf ein paar Stunden Bewußtlosigkeit mit anschließendem Seele-aus-dem-Leib-Kotzen fast schon angenehm. „Aber erst einmal werden die uns hier eine Weile schmoren lassen, damit wir uns die Folter schön drastisch ausmalen können."

„Weißt du was? Genau das tue ich gerade! Ich male sie mir aus, und weißt du noch was? Ich glaube, ich will gar nicht gefoltert werden."

„Wer will das schon?"

Kris sammelte all ihre Kräfte und rüttelte erneut an den Ketten. „Also mach schon, unternimm was!"

„Was denn?" wollte Diana wissen und ließ sich gegen den rauhen Fels zurücksinken. „Wenn ich in die Möglichkeiten greife, um uns zu befreien, dann verstoße ich damit gegen eine der wichtigsten Regeln. Wenn ich aber eine der wichtigsten Regeln breche, ebnet das den anderen den Weg. Dann können die auch eine der wichtigsten Regeln brechen, und du willst wirklich nicht, daß das passiert."

„He! Hör zu! Lies es mir meinetwegen von den Lippen ab: Ich will auch wirklich nicht gefoltert werden!"

„Dann unternimm du doch was!"

„Du bist die verdammte Zauberin!" Kris schlug mit den Ketten gegen die Wand, um ihren Worten Nachdruck zu verleihen.

„Hüterin bin ich! Hör endlich auf, mich anzubrüllen und laß mich nachdenken. Nur weil mir bislang nichts Nützliches eingefallen ist, heißt das noch lange nicht, daß mir auch in Zukunft nichts einfällt."

In der darauf eintretenden Stille hörte man nur den Atem der beiden Mädchen unnatürlich laut.

Endlich mußte Diana seufzend eingestehen: „Entschuldigung. Es ist nur ..."

„Ja, ich weiß."

Diana wandte den Kopf und sah in Kris' verängstigtes, zerschundenes Gesicht, in dem sie trotz allem ein leises, tapferes Lächeln erkennen konnte, mit dem die Elfe ihren Blick erwiderte.

„Eigentlich sollst du ja auch die Welt retten und nicht nur so mit mir hier rumhängen", spottete das Mädchen mit den spitzen Ohren wacker.

„Falls dir das irgendwie nützt: Ich bin froh, daß du da bist. Nicht direkt hier, meine ich!" Diana verzog schmerzhaft das Gesicht, als sie sah, wie Kris die Brauen zusammenzog. „Ich wollte sagen, ich bin froh, daß ich nicht allein bin."

„Falls dir das irgendwie nützt: Mir wäre es weitaus lieber, du wärst allein."

Daraufhin mußte Diana erneut seufzen, und Kris ging wieder dazu über, an den Ketten zu rütteln. Diese ganze Sache lief überhaupt nicht gut, befand die Hüterin; weder von der professionellen noch von der privaten Seite her betrachtet, und wenn sie nur lange genug nachdachte, dann würden ihr später bestimmt noch ein paar mehr Worte einfallen, die auch alle mit dem Buchstaben P anfingen und die auch alle nicht gut liefen. Wenn es denn ein Später für sie gab ...

Sie waren an die Wände eines Alkovens gekettet, den man in einen Kalksteinfelsen unweit des Thronsaals gehauen hatte. Man hatte sie einfach so hier angekettet und allein gelassen. Seither hatten sie weder Fleischköpfe noch Riesenkäfer zu Gesicht bekommen.

„Was denkst du, wie lange sind wir wohl schon hier?" wollte Kris nun wissen.

Diana verdrehte den Arm so, daß sie einen Blick auf ihre Armbanduhr werfen konnte. „Ungefähr sechs Minuten."

„Kommt mir viel länger vor."

„Mir auch."

Die Fackeln auf der anderen Seite des Eingangs zu ihrem Alkoven flackerten, obwohl sich kein Luftzug rührte. In der Ferne erklang ein Schrei.

„Also? Was hat es auf sich mit diesen Regeln?"

Erneut wandte Diana den Kopf. Das Gesicht der Elfe sprach Bände: Ich hab' verdammt noch mal kein Stück Angst! stand da so klar und verständlich, als hätte Kris die Worte laut hinausgebrüllt. Das „verdammt" war besonders gut zu sehen. „Du willst wirklich, daß ich dir jetzt die Sache mit den Regeln erkläre?" erkundigte sich Diana ungläubig.

Kris verzog die Oberlippe. „Hast du was anderes vor?"

„Nein, eigentlich nicht." Also schön, dann würde sie rasch mal ein paar metaphysische Parameter definieren; das war vielleicht genau die Ablenkung, die sie beide im Moment gut gebrauchen konnten. Vielleicht ja auch nicht, aber etwas anderes hatte Diana nicht mehr zu bieten, denn Kris schien ihr nicht gerade jemand zu sein, den man mit Anekdoten über Katzen unterhalten konnte. Oder die es interessierte, was Mr. Harris und der Vorsitzende des Schüler-Schachclubs (der gerade seinen Schulabschluß gemacht hatte) am letzten Schultag mit Hilfe zweier Tuben Acrylfarbe und eines Zobelhaarpinsels Nummer drei mit dem Schrank angestellt hatten, in dem die Schule die Materialien für den Kunstunterricht aufbewahrte. Am letzten Schultag, der erst ... Diana rechnete nach: Am Freitag war sie nach Kingston gereist, und das war auch der letzte Schultag gewesen. Am Samstag waren sie in das Einkaufszentrum der Gegenseite hinübergewechselt. Ob immer noch Samstag war und wenn ja: was für ein Samstag? „Zeit ist relativ" – ein Konzept, das Diana einfach zum Kotzen fand. Das war immer schon so gewesen – obwohl ja in diesem akuten Fall bei ihrem Bedürfnis, sich zu übergeben, durchaus auch das Bein – der Arm – das Gliedmaß? – eine Rolle spielen mochte, mit dem ihr der eine Käfer bei ihrer Auseinandersetzung einen Stoß in den Magen versetzt hatte. Dort, auf ihrem Magen, entstanden bestimmt auch gerade blaue Flecken, während ...

„Hallo!" Der Ausruf, in dem ein Gutteil Protest mitschwang, brachte Diana wieder dazu, sich ganz auf die Geschehnisse im Alkoven zu konzentrieren.

„Also: die Regeln. Die Regeln, kann man sagen, schaffen Ordnung im Chaos der Metaphysik. Bei den magischen Dingen", fügte sie hastig hinzu, denn sie hatte aus den Augenwinkeln mitbekommen, wie sich gespielte Tapferkeit in leisen Unwillen wandelte. „Hier und jetzt ist für uns die wichtigste Regel, nicht zu vergessen, daß die Gegenseite neutrales Gebiet ist, also weder vom Guten noch vom Bösen kontrolliert werden kann."

„Warum schert sich das Böse überhaupt einen feuchten Kehricht um Regeln?"

„Weil man die Saat für die eigene Vernichtung legt, wenn man die Regeln bricht. Auch das steht in den Regeln."

Kris schnaubte. „Ach ja? Ich glaube, das habe ich mal in einem Glückskeks gelesen."

„Gut möglich. Die Familie wirkt gern an der Verbreitung von Platitüden mit."

„Laß mal, ich bin mir ziemlich sicher, daß das ganze Konzept mich schwer beeindrucken würde, wenn wir nicht gerade mit Ketten an die verdammte Wand hier geschmiedet wären."

Darüber dachte Diana einen Augenblick lang nach, wobei sie ab und zu an ihrer Kette rüttelte und zum Ringbolzen aufsah, der dann jedes mal Rostflocken auf sie rieseln ließ. „Wahrscheinlich auch dann nicht", mußte sie letztlich zugeben.

„Was hat es mit dem Spruch auf sich, daß Unrecht an den Tag will?"

„Meine Mutter sagt, das sei simpel psychologisch zu erklären. Was hat man davon, genial böse zu sein, wenn es niemanden gibt, dem man davon berichten kann?"

„Das stimmt, da hat man dann wohl nichts von, nehme ich an", meinte Kris nachdenklich.

Dann hingen die beiden eine Weile schweigend da, bis die Elfe murmelte: „Der Typ auf dem Thron da, der schien mir nicht gerade ein Genie zu sein."

„Mir schien er überhaupt nichts Richtiges zu sein", pflichtete Diana ihr bei. Was den Zusammenprall von Gut und Böse betraf, so war ihre Begegnung mit dem Silberhaarigen keine beeindruckende Veranstaltung gewesen. „Die Käfer waren in einer Oh, eklig, nimm das bloß da weg-Art und Weise cool, aber er war fade. Langweilig. Enttäuschend."

„Außer – na ja, du weißt schon ... außer daß er eben gewonnen hat."

„Genau. Abgesehen davon."

Links vom Alkoven war nun das Geräusch von Klauen zu vernehmen, die über Steinboden kratzten, und eine Weile waren beide Frauen in dem vergeblichen Bestreben, sich doch noch loszureißen panisch damit beschäftigt, hektisch an den Ketten zu reißen. Bald darauf wurde klar, daß die Klauen nicht näherkamen, und Hüterin und Elfe entspannten sich wieder.

„Es ist dieses verdammte Warten!" zischte Kris und trat mit den Hacken ihrer Dr. Martens wütend gegen die Kalksteinwand. „Warum hauen die uns nicht einfach platt und bringen es hinter sich?"

„Ich nehme an, die brauchen uns noch für irgend etwas."

„Wofür denn? Um sich einen runterzuholen, während sie uns die Haut abziehen?"

Darüber mußte Diana nachdenken. „Nein", befand sie dann. „Das ist viel zu platt für die Gegenseite." Sie erinnerte sich noch daran, wie sie das erste Mal zusammen mit Claire auf die Gegenseite gegangen war. Claire hatte versucht, ihr zu erklären, der kürzeste Weg zwischen zwei Punkten sei dort ein möglichst weiter Umweg. Dann hatte Claire Diana noch eingeschärft, dort nie wieder, unter gar keinen Umständen, an das Schlumpfdorf zu denken, und ihre Mutter war wegen des klebrigen blauen Zeugs an den Schuhen, das sie mit nach Hause gebracht hatte, fuchsteufelswild gewesen. „Wenn man hier plant, muß man das immer um einiges verdrehter tun."

„Okay. Wenn die also gegen eine Regel verstoßen dürfen, sobald du gegen eine Regel verstoßen hast, dann wollen sie dich ja vielleicht so weit bringen, daß du gegen eine Regel verstößt, um freizukommen. Damit sie dann auch gegen eine Regel verstoßen können, weißt du?"

Diana wandte den Kopf und starrte das Mädchen neben sich an. „Das war genial!"

„Wär' prima, wenn du dabei nicht so verdammt überrascht klingen würdest!" empörte sich Kris. Dann riß sie erstaunt die Augen auf. „Warte mal – soll das heißen, du meinst, ich habe recht?"

„Wahrscheinlich."

„Abartig!"

„Auch wenn es eine Beleidigung ist, wenn sie denken, ich würde gegen die Regeln verstoßen, nur um Folter und Ermordung aus dem Weg zu gehen!"

„Das wäre eine Beleidigung, weil so etwas kein guter Grund für dich ist?"

„Ja. Das ist überhaupt kein Grund für mich, gegen eine Regel zu verstoßen!"

Hüterinnen konnten Zuschauer anlügen, ohne dabei ins Schwitzen zu geraten. Zum Ausgleich verkündeten sie dann stets eine Wahrheit, die dem betreffenden Zuschauer direkt bis ins Herz ging.

Kris starrte Diana schweigend an. Dann nickte sie. „Gut. Also, wie lange sind wir jetzt hier drin?"

„Seit du das letzte Mal gefragt hast, sind acht Minuten vergangen. Vierzehn Minuten jetzt insgesamt."

„Kommt mir länger vor."

„Das kann man wohl sagen."

„Ein Gutes hat es ja: Hier unten ist es wesentlich kühler."

„Kühler als wo?" wollte Diana wissen.

„Kühler als zu Hause."

„Bei dir zu Hause?"

„Ja."

„Na, das kann ich nicht beurteilen."

„Nee, kannst du wohl nicht."

Eine der Fackeln zischte und spuckte, erlosch fast und fing dann wieder an, stetig und ohne Flackern zu brennen. Sie hörten nur ihren eigenen Herzschlag. Sie rochen nur sich selbst und einander.

„Wie ist deine Mutter so?" Kris warf die Frage in den Raum wie eine Herausforderung.

„Was?" fragte Diana verwirrt zurück.

„Deine Mutter. Du sagtest, sie interessiert sich für diese Psychologiescheiße. Wie ist sie denn so?"

Diana zuckte die Achseln, soweit ihre Lage ihr das erlaubte. „Sie ist eine Base."

„Deine Mutter ist deine Base? Mann, das erklärt ja so einiges – das hatte ich nicht gedacht!"

„Nicht meine Base. Eine Base. Eine Hilfs-Hüterin. Weniger mächtig."

„Du bist mächtiger als deine Alte?"

„Ich bin mächtiger als die gesamte Familie. Als alle Vettern, alle Basen, alle anderen Hüterinnen und Hüter."

„Wie ist das für dich?" kicherte Kris.

Käfer. Ketten. Folter. „Nicht wirklich toll."

„Siehst du ihr ähnlich?"

„Nicht besonders. Claire und ich sehen beide eher aus wie unser Vater, was irgendwie komisch ist, wo Claire doch so klein ist und er ..." Diana hielt inne.

„Er ist was?"

Hektisch kaute die Hüterin auf ihrer Unterlippe herum. Gleich! Gleich hatte sie es! „Kris? Du kämpfst doch schon eine ganze Weile in diesem Einkaufszentrum gegen die dunkle Seite, habe ich recht?" wollte sie dann aufgeregt wissen.

„Ja."

„Hast du in der Zeit viele Frauen – Frauen, die wie Menschen aussehen, meine ich – auf deren Seite kämpfen sehen?"

„Nein. Sexistische Bastarde. Die denken wohl, eine Schwester sei nicht böse genug für sie, was? Dann haben die aber nie meine Oma kennengelernt, das ist mal arschklar."

„Haben die je irgendeine der Elfen gefangengenommen?"

„Nein."

„Wenn sie also jemanden hier angekettet haben, dann waren das bis jetzt immer ihre eigenen Leute, oder?"

Kris ließ den Blick zwischen Diana und den Ketten hin und hergleiten. „Okay, aber warum sollten sie das tun?"

„Sie sind das Böse."

„Ach ja."

„Die Typen hier sind aber alle viel größer als wir."

„Ja."

„Ja, und diese Handschellen bestehen aus zwei soliden Eisenhälften. Man kann sie nicht verstellen. Wenn die damit ihre eigenen Leute anketten wollen, dann müßten die Handschellen eine bestimmte Größe haben!" Diana preßte den Daumen der rechten Hand gegen die Handfläche und schlüpfte aus der Handschelle. „Sie sind zu groß! Sie können uns gar nicht festhalten!" Dann glitt sie auch mit der linken Hand aus der Schelle und winkte Kris zu, es ihr nachzutun. „Komm, mach schon!"

„Aber ..."

„Ich bin frei, oder?"

Kris runzelte die Stirn und kaute an ihrer Unterlippe. Dann schlüpfte sie langsam mit beiden Händen aus den Schellen. „Wie haben sie uns dann festhalten können?"

„Weil wir glaubten, sie könnten es." Die Sache war verdrehter, aber unterm Strich nun eigentlich allzuviel auch nicht.

„Na, wenn das eine der Regeln ist, dann ist das eine verdammt blöde Regel", beschwerte sich Kris.

„Da widerspreche ich dir so was von überhaupt nicht!" stimmte Diana ihr zu.

Seite an Seite traten die beiden Mädchen aus dem Alkoven. Als Diana sich jedoch anschickte, nach rechts in den Flur einzubiegen, schlossen sich kühle Finger um ihr Handgelenk, und sie fühlte sich in die entgegengesetzte Richtung gezogen, wobei Kris knapp sagte: „Komm."

Diana stemmte die Hacken in den Boden. „Nein. Wir müssen in die andere Richtung!"

„Halluzinierst du eigentlich oft? Wir müssen erst mal zurück, die anderen warnen." Kris packte fester zu. „Denk daran, was der Typ gesagt hat: Um die kümmern sie sich gerade!"

„Nur, daß wir ja gar nicht wissen, wie bei denen am anderen Ende des Einkaufszentrums die Zeit vergeht. Vielleicht hat man sich ja bereits vor Tagen um sie gekümmert."

Im schwachen Licht der Fackeln wirkten die Augen der Elfe vollständig schwarz, ohne Unterschied zwischen Iris und Pupille. „Genausogut kann auch noch gar nichts passiert sein." Sie schüttelte Dianas Arm ungeduldig. „Wir müssen zurück und ihnen helfen! Ich bin Arthurs Hauptfrau, ich muß bei ihm und meinen Leuten sein."

Wenn irgend jemand weiß, was es heißt, im Bann von Verantwortlichkeiten zu sein, dann ist das eine Hüterin. Aber dennoch ... „Du kannst gar nichts tun. Du – nein: wir, wir müssen uns darauf verlassen, daß Claire alles im Griff hat. Im Griff hatte. Im Griff haben wird." Diana hatte beruhigende Worte sprechen wollen, mußte jedoch feststellen, daß sie sich anhörte, als wolle sie sich in erster Linie selbst überzeugen. „Außerdem hat sie auch noch Sam bei sich."

„Was kann der schon groß ausrichten?"

„Wahrscheinlich gar nichts, aber darum geht es nicht. Es geht darum, daß ich weitergehen muß. Der Anker ist da drüben, und wenn wir nicht wenigstens einen Blick darauf werfen, wissen wir nicht mehr, als wir wußten, bevor wir losgezogen sind."

Kris schüttelte den Kopf. „Wir wissen, daß hier ein alter weißer Typ das Sagen hat – was ja wirklich mal ganz was Neues ist, was? – und daß dieser Typ Käfer hat."

„Aber das allein sagt uns noch gar nichts."

„Mir sagt es, daß ich meinen – und deinen – Arsch hier schnellstmöglichst rausschaffen soll."

„Nein. Kümmere dich ruhig um deinen Arsch – ich kann dich nicht zwingen, mit mir zu kommen. Aber ich gehe weiter." Diana riß sich los und wandte sich halb zum Gehen. Es war ganz klar, welche Richtung sie einschlagen wollte, aber noch hatte sie der Gefährtin nicht den Rücken zugekehrt.

„Es würde mir helfen ..." Kris zog die Unterlippe zwischen die Zähne. So verletzlich hatte Diana die Elfe noch nie erlebt. „Es würde helfen, wenn ich wüßte, daß er noch lebt."

„Paß auf: Es ist erst einmal ziemlich egal, was diese Schmelzkäse-Variante des Bösen da draußen vorhat, fertig ist sie damit bislang auf keinen Fall. Denn wenn Arthur tot wäre, dann würden hier ganz andere Sachen abgehen."

„Sachen?"

„Sachen. Schlimme Sachen."

Kris machte eine Geste, die sowohl den Alkoven und die Ketten als auch das generelle Dekor der Umgebung, in der die beiden Mädchen sich gerade befanden und die verdächtig nach unterirdischem Verließ aussah, einschloß. „Schlimmer als das hier?"

„Um Längen. So schlimm wie die jeweils letzte Sendung in einer Staffel von Buffy – Im Bann der Dämonen."

„Welche Staffel?"

„Ist das von Bedeutung?"

„Nein, eigentlich wohl nicht."

Egal wohin sie sich wandten, ob nach rechts oder nach links, der Flur sah auf beiden Seiten gleich aus – gleich finster, gleich unheilverkündend.

„Betrachte die ganze Sache doch einfach von der positiven Seite", schlug Diana nach einer Weile vor. „Wenn die feststellen, daß wir entkommen sind, werden sie nie auf die Idee kommen, noch tiefer in ihrem Gebiet nach uns zu suchen. Sie werden davon ausgehen, wir seien geflohen."

„Klar denken die das – weil die nämlich nicht so doof sind, wie sie aussehen, wir aber schon." Sie holte tief Luft und atmete langsam wieder aus. „Gut. Dann wollen wir mal, was? Bloß hier so rumstehen und ‚die Sache von der positiven Seite sehen' ..."

Untermalt von den sarkastischsten in die Luft gemalten Anführungszeichen, die Diana je zu sehen bekommen hatte.

„... das ist genau der Scheiß, mit dem man umherstreifende Mon... wo willst du denn hin?"

„Weiter rein."

„Klar!" Ein unsanfter Schubs, und Diana stand an der Wand und der Elfe somit nicht mehr im Weg. „Ich bin die mit den spitzen Ohren", verkündete sie. „Ich gehe voran."

„Was hat denn das eine mit dem anderen zu tun?"

„Ohren, Elfen. Wir verirren uns nie. Es sei denn, du willst nie wieder hier herausfinden?"

„Unter Umständen müssen wir ganz hinein, um wieder hinauszukönnen."

Kris bedachte Diana mit einem halb gereizten, halb verärgerten Blick, als sie sich nun an der Hüterin vorbeidrängte. „Mann, ich beneide deinen Kater so was von überhaupt nicht, wenn das der Scheiß ist, mit dem der sich ständig abgeben muß."

Sam zischte an Claire vorbei und verschwand zwischen den Wintermänteln, während die Hüterin selbst ihr Tempo drosselte, um den Elfen nicht niederzuwalzen, der den Eingang zwischen den Kosmetiktischen bewachte. Wie es aussah, hatte der Elf sie eigentlich aufhalten wollen, sich dann aber eines Besseren besonnen, nachdem er einen Blick in ihr Gesicht hatte werfen können.

„Scheiße, Hüterin ...", stotterte der Junge.

„Arthur!" Claire spie den Namen förmlich aus. „Wo ist er?"

„Hinten, bei den großen Küchengeräten."

„Wo ist das?"

„Gerade durch bis zu den Kinderschuhen, dann rechts, bei der Damenoberbekleidung links und dann durch bis nach hinten. Soll ich Alarm schlagen?"

„Nein." Der Alarm würde den Assassinen nur warnen, ihn wissen lassen, daß sie unterwegs war. Von einem Fuß auf den anderen wechselnd streifte Claire die Sandalen ab – mit bloßen Füßen rennt es sich einfach leiser –, zog sich den Rock hoch bis über die Knie und sprintete erneut los.

Kinderschuhe, Damenoberbekleidung ... der Fußboden unter ihren nackten Sohlen fühlte sich kalt an, und es roch nach überhitztem Teflon, als habe jemand eine beschichtete Pfanne auf dem Herd stehenlassen und nicht mitbekommen, daß die Kochplatte noch heiß war. Noch im Laufen hoffte Claire inständig, dieser Geruch möge vom anderen Einkaufszentrum her durchdringen. Was es zu bedeuten hatte, sollte das nicht der Fall sein – nein, diese Alternative wollte der Hüterin ganz und gar nicht gefallen.

Nun hörte sie in einiger Entfernung vor sich Stimmen.

Arthur. Er stellte irgendeine Frage über Weichspüler.

Eine der Elfen kicherte.

Dann schrie eine Katze.

Sam.

Claires Herz raste. Katzen schreien auch, wenn sie etwas bewirken wollen, rief sie sich ins Gedächtnis, nicht nur, wenn ihnen etwas widerfährt! Sie schreien auch, wenn sie wütend sind, nicht nur, wenn sie leiden. Es half nicht. Abgesehen vom Tod des unsterblichen Königs, der erfolgreichen Vollendung des Übergangs und dem Ende der Welt würde Diana ihre Schwester kaltblütig umbringen, wenn Sam etwas passierte.

Küchengeräte. Eine Reklametafel, die besagte, daß man beim Kauf einer Waschmaschine hundert Dollar Nachlaß auf den regulären Preis eines Trockners bekam.

Oben auf der entsprechenden Waschmaschine kauerte Sam. Die Ohren dicht am Schädel, der Schwanz hektisch zuckend, das Fell entlang der Wirbelsäule kerzengerade in die Luft ragend – verletzt sah er nicht aus. Er klang auch nicht verletzt. Er klang wie eine Kreuzung aus tollwütigem Waschbär und Luftschutzsirene.

Arthur hatte das Schwert aus der Scheide gezogen.

Beiden gegenüber stand ... zuerst dachte Claire, es handle sich um den Schatten des Mörders. Dann aber bewegte sich das Wesen, ging in einer fast fließenden Bewegung von einer Form in die andere über, und Claire mußte feststellen, daß der, der hier agierte, wirklich Schatten war.

Der Schatten täuschte einen Ausfall nach rechts vor, Arthur ging mit und hielt seine Waffe zwischen ihnen beiden.

Der Schatten hob sich drei, fünf Meter in die Höhe, streckte sich, wurde zu einer dünnen Linie und peitschte nach vorn. Arthur tauchte unter dem Angriff hindurch und griff gleichzeitig mit der linken Hand nach der Elfe, die neben ihm gestanden hatte, um sie hinter eine Waschmaschine zu zerren, die frei mitten im Raum stand.

Claire zog ein Stückchen weißen Faden aus ihrer Gürteltasche, knüpfte rasch zwei Knoten hinein und warf den Faden nach der Dunkelheit.

Diese erstarrte, erzitterte einmal, veränderte die Form und drehte sich zur Hüterin um, wobei jedoch der Faden sie daran hinderte, sich fortzubewegen. Im Moment war sie festgenagelt, konnte sich nicht bewegen. Aber der Kraft, mit der sie an dem Faden zog, der sie hielt, würde dieser nicht lange standhalten können.

Sam stieß einen gellenden Schlachtruf aus und machte einen Satz von seiner Waschmaschine.

Der Schatten bog sich ein wenig zur Seite, gerade weit genug, um dem Angriff der Katze aus dem Weg zu gehen.

Arthur erhob sich auf ein Knie und holte mit dem Schwert aus, verfehlte den Angreifer, sprang auf, holte erneut aus, verfehlte ihn erneut, wurde fast geköpft, als der Feind einen seitlichen Ausfall machte und brachte sein Schwert gerade noch rechtzeitig in Stellung, um dem Schatten ein Stück Körper abzuschlagen, etwa fünfzehn Zentimeter lang und sechs Zentimeter im Durchmesser. Dieses Stück landete auf dem Boden, wurde ganz flach und schlängelte sich so rasch, daß man es kaum verfolgen konnte, zurück zum eigentlichen Körper.

Der Anblick brachte Claire dazu, leise zu stöhnen. Das ist aber gar nicht gut! dachte die Hüterin besorgt.

Nun sah es so aus, als wolle der Faden gleich reißen.

Licht! Mit Licht ließ sich dieses Wesen besiegen, denn Schatten verschwinden im Licht.

Leider war die einzige Lichtquelle, die Claire in der Nähe entdecken konnte, die Lampe im Kühlschrank, der neben ihr stand, und die ging aus, sobald die Kühlschranktür geschlossen wurde.

... Tür ...

Dennoch mochte es gehen. Wenn sie das Wesen dazu bringen konnte, ihr zu folgen. Wenn im Kühlschrank noch keine Ablagegitter waren. Wenn sie die Rückwand des Kühlschranks schnell genug berühren konnte, um einen zweiten Pfad zu schaffen ...

Ein Speiseeisportionierer kam nun durch die Mitte des Schattens geflogen, schoß so dicht an Claires Arm vorbei, daß sie den Luftzug deutlich spüren konnte und prallte neben ihr scheppernd von weißer Emaille ab. Das war die gute Nachricht: Offenbar war die Kavallerie eingetroffen. Die schlechte Nachricht war die, daß die Kavallerie aus einem Dutzend Elfen bestand, die lediglich mit Schleudern und Baseballschlägern bewaffnet waren. Taschenlampen hätten sie keine mitbringen können, was? fragte sich die Hüterin verzweifelt.

„Vorsicht!" Arthurs Stimme erhob sich mühelos über das Gemurmel, das nun von überall her erklang.

Aus dem Gemurmel drang eine weitere Stimme: „Verdammte Scheiße! Was ist das denn?"

„Ein gedungener Mörder!" zischte Claire. „Er ist hier, um Arthur umzubringen, aber er hat auch nichts dagegen, einen von euch umzulegen – oder euch alle. Laßt nicht zu, daß das Teil euch anfaßt. Es saugt euch das Leben aus, dazu reicht ihm ein Stückchen entblößter Haut." Wenn sie auch nur im entferntesten den Verdacht gehabt hätte, sie würden hier mit Schatten kämpfen müssen, dann hätte sie Sonnenschutzcreme mit Sonnenschutzfaktor dreißig eingepackt – mindestens! Sie wühlte in ihrer Gürteltasche und zückte ihre Puderdose. „Zurücktreten!" befahl sie. „Alle! Du auch, Arthur. Du ganz besonders."

Arthur schüttelte sich blauschwarze Haare aus dem Gesicht. „Dein Zauberspruch hält nicht mehr allzulange, Zauberin, und wenn er bricht, dann möchte ich dem Wesen lieber gegenüberstehen und ihm nicht meinen ungeschützten Rücken präsentieren, weil ich gerade weglaufe."

„Na schön." Da hatte der Mann irgendwie recht. „Dann weiche rückwärts zurück. Aber laß mir genügend Bewegungsspielraum, daß ich agieren kann und versuch bitte, nicht zu vergessen, daß du am Leben bleiben mußt."

„Was hast du vor, Hüterin?"

Claire wechselte die Puderdose von der rechten Hand in die linke, um sich erst die eine, dann die andere Hand am Rock trockenzuwischen. „Ich werde es dazu bringen, mich in diesen Kühlschrank hinein zu verfolgen."

„Bist du total durchgeknallt?"

Gute Frage. Wäre Diana anwesend gewesen, hätte sie haargenau dieselbe Frage gestellt. Claire verschwendete ein paar Sekunden daran, ganz fest zu glauben, daß ihre kleine Schwester mit dem, was sich ihr in den Weg stellte, schon fertig werden würde und warf dann den Elfen einen zuversichtlichen, aufmunternden Blick zu – sowohl Glaube als auch Zuversicht der Gegenseite wegen. „Vertrau mir. Sieh nur zu, daß die Kühlschranktür offenbleibt, bis ich einen Weg hinaus gefunden habe."

„Aus dem Kühlschrank?"

„Ja."

Der Schatten bog sich nach rechts, die Elfen wichen nach links aus, und Claire spürte eine kalte nasse Nase, die an ihr Schienbein stieß. „Ich komme mit."

„Nein, Sam, du mußt auf Arthur und die Elfen aufpassen, während ich weg bin."

Bernsteinfarbene Augen wurden zu schmalen Schlitzen. „Du kannst mir nicht befehlen, was ich zu tun habe!"

Der Schatten erhob sich weit nach oben und klappte dann flach zusammen. Arthur schwang das Schwert wie einen Golfschläger Nummer neun und konnte so den Teil des Schattens abschneiden, der es auf seine Knöchel abgesehen hatte.

„Tue ich doch gar nicht." Sie hatte zu viele Jahre mit Austin verbracht, um so etwas überhaupt nur zu versuchen. „Ich teile dir lediglich mit, was zu tun für dich das Richtige wäre und hoffe dann, daß du es auch tun wirst."

„Aber was ..."

Für einen ausgedehnten Meinungsaustausch blieb keine Zeit. „Du hast den Schatten doch vorhin angegriffen, oder? Du hast ihn daran gehindert, sich einfach von hinten an Arthur anzuschleichen?"

„Ja, aber ..."

Einer der Knoten löste sich. Der Schatten wurde nur noch an einem Punkt gehalten. Er holte zum Schlag gegen die Elfen aus, verfehlte sie nur ganz knapp und sammelte sich für einen weiteren Angriff.

„Du hast dafür gesorgt, daß er am Leben bleibt. Wir brauchen ihn lebend."

„Gut, aber ..."

Das faßte die Hüterin als Zustimmung auf und schob den Kater mit dem Fuß beiseite. Im selben Moment gab der zweite Knoten nach. Claire ließ die Puderdose aufschnappen, fing Arthurs Abbild in deren Spiegel auf und legte dieses Trugbild dann um sich. Das war zwar nicht genau das, wofür dieser Spiegel eigentlich gedacht war, aber ...

Denk nicht „nah dran": Nah dran gilt nur für Hufeisen und Handgranaten!

Was ja nun auch nicht gerade ein aufmunternder Gedanke war.

„Hallo, da drüben? Groß, dunkel, zweidimensional? Guck doch mal hier rüber!"

Nun hatte es die Wahl zwischen zwei Angriffszielen.

Aber nur eins von ihnen besaß eine scharfe, schimmernde Klinge.

Als der Schatten angriff, warf Claire sich zur Seite. Sie riß die Kühlschranktür auf, trat auf die Abdeckplatte aus dickem Milchglas auf dem Gemüsefach und tauchte dann ab ins Kühlschrankinnere. Materie machte Anstalten, die Hüterin zu verzerren, fing sie ein – und fing dann auch den Schatten ein, als ein eiskalter Hauch Claire über die bloße Fußsohle fuhr. Claire riß ihren Fuß los und purzelte durch eine Realität, die noch keine Gestalt angenommen hatte. Sie ließ sich vom Pfad führen, wohin er sie führen wollte und konzentrierte sich ganz darauf, daß der Pfad sich hinter ihr teilte, um so den Schatten in seine endgültige Niederlage zu schicken.

Nichts Definitives, das nicht! Sie zwang hier niemandem wirklich ihren Willen auf ... wenn es darum ging, dieses Wesen zu vernichten, dann befand sich ihr Bewußtsein in vollster Übereinstimmung mit ihrem Unterbewußtsein.

Einen Moment lang roch sie Holzrauch und angekohlte Marshmallows und hörte hohe Mädchenstimmen einen Kanon schmettern. Dann waren sowohl die Gerüche als auch die Geräusche und der Schatten verschwunden.

Ein weiterer ganz langsamer Purzelbaum, und dann war rings um Claire nichts als Wasser.

Sie ließ die Puderdose fallen und fing an, Wasser zu treten, um an die Oberfläche zu gelangen.

„Wie lange dauert es noch, bis die Hüterin wieder auftaucht?"

Sam legte die Ohren an, aber sein Blick wich nicht von der halboffenen Kühlschranktür. „Das weiß ich nicht."

Arthur kauerte sich neben den Kater, streckte die Hand aus, um ihn zu streicheln – und ließ es dann doch lieber sein. „Ich glaube ganz fest, daß ihr schon nichts passieren wird. Ich glaube, sie hat den Schatten besiegt. Ich glaube, daß sie gerade jetzt, in diesem Moment, ihren Weg zurück zu uns findet." Als Sams einzige Antwort darauf eine hektisch zuckende Schwanzspitze war, seufzte Arthur und richtete sich auf. „Dann überlasse ich dich hier deinem Wachdienst. Ich glaube, die Hüterin wird erfreut sein, wenn sie dich sieht, sobald sie zurückkommt."

Während die Schritte des unsterblichen Königs in der Abteilung für Damenoberbekleidung verhallten, seufzte Sam ganz tief auf. „Ich glaube, daß Austin mich umbringen wird."

Mit hocherhobenem Kopf verharrte Austin reglos auf Claires Kissen und forschte in den Geräuschen der Nacht nach dem, das ihn geweckt hatte.

Dean? Nein. Der hatte sich seit Stunden nicht mehr bewegt; er hatte einen Arm über den Kopf geworfen, und seine nackte Brust hob und senkte sich im langsamen Rhythmus, den der Schlaf mit sich bringt.

Irgend etwas auf der Straße? Nein. Dann und wann hörte Austin auf der King Street einen Wagen fahren, und auf der gegenüberliegenden Straßenseite stritten sich hoch oben in einem Baum zwei Waschbären darüber, wer dran war, den Müll auszukippen, aber nichts Außergewöhnliches. Nichts, was das Fell auf Austins Rücken dazu veranlassen würde, sich senkrecht zu stellen.

Er sah hinüber zu dem Schrank, durch den Claire am liebsten auf die Gegenseite ging. Die Tür war verschlossen. Selbst wenn es dort Ärger gab, konnte nichts davon durchsickern.

Aber irgend etwas hatte ihn schließlich geweckt! Irgend etwas hatte ihm die Rückenhaare aufgestellt. Also war irgend etwas im Haus nicht in Ordnung!

Er stand auf, streckte sich, wanderte über Deans Bauch hinweg zur Bettkante und sprang vorsichtig auf den Boden. Im Laufe des letzten Jahres oder so hatte der Fußboden mehr und mehr die störende Angewohnheit entwickelt, immer weiter entfernt zu sein, als er eigentlich hätte sein dürfen.

Die Schlafzimmertür stand offen. Austin durchquerte das Wohnzimmer, wobei seine Schnurrhaare bei jedem Schritt alles überprüften. Ihm reichte das Licht, das durch den Spalt entlang der Fensterblenden sickerte, völlig zur Orientierung. Hier schien alles zum besten zu stehen – abgesehen von Deans beklagenswertem Kunstgeschmack – der Junge glaubte doch wirklich, Hunde hätten genügend Phantasie, um

Poker spielen zu können – und der ebenso beklagenswerten Unfähigkeit Claires, ihrem Liebsten irgend etwas auszuschlagen.

Die Tür zwischen dem Wohnzimmer und dem Büro war verschlossen, aber es war Jahre her, daß Austin sich von so etwas hatte aufhalten lassen.

Das Büro hatte vor dem Fenster, das zur Straße hinausging, keine Gardinen, war also heller als das Wohnzimmer – und leer.

Der Fahrstuhl?

Nein.

Der Keller?

Diesmal nicht.

Die Küche?

Austin war zu unruhig, um hungrig zu sein.

Dann blieb nur noch ein Zimmer übrig, denn es war nur ein Zimmer belegt.

In der Regel zog Austin es vor, den Gästen fernzubleiben, aber in dieser Nacht würde er eine Ausnahme machen. Langsam und leise schlüpfte er die Treppe hinauf und den Flur entlang durch eine weitere verschlossene Tür.

Im Bett lagen zwei Körper. Der ständige Angstgeruch, den Rebik absonderte, war ebenso klar erkennbar wie der Geruch nach Staub und Verfall, der von seiner Gefährtin ausging. Austins Schwanz zuckte hektisch. Er kroch näher heran, unfähig, das Gefühl abzuschütteln, irgend etwas sei nicht in Ordnung, aber durchaus willens anzunehmen, daß dieses Gefühl auf Vorurteilen seinerseits beruhte. Er hatte halbwegs erwartet, Meryat wach vorzufinden, zusehen zu müssen, wie sie mit ausgestreckten Armen wandelte, einen Fetzen verschimmeltes Leinen am Hacken hinter sich herziehend. Das ganze Konzept mit den Untoten ärgerte Austin maßlos. Neun Leben, und dann ist Schluß, das war sein Motto.

Auf einem kleinen Tablett, das auf dem Tisch am Bett stand, befanden sich zwei leere Becher und ein Teller, der mit Muffinkrümeln bedeckt war. Unter dem Tisch lag, am Tischbein zusammengebrochen, eine tote Maus.

Gut – das war nicht eigentlich falsch, das war eher peinlich.

Die Mäuse waren Austin damals zur Hilfe geeilt, nachdem der Kater eine ... eine Begegnung mit einer Hüterin erlebt hatte, die in Zimmer sieben aufgebahrt gelegen hatte. Als Claire und Austin kurz nach

Weihnachten dann erneut und für längere Zeit ins Hotel zurückgekehrt waren, hatte der Kater mit den Mäusen eine Übereinkunft geschlossen. Austin würde dafür sorgen, daß man die Mäuse in Ruhe ließ, und im Gegenzug würden diese sich bei ihren Beutezügen unauffällig verhalten, nicht mehr hinter die Mikrowelle kacken und nie wieder zu blauen Reithosen orange Anzugwesten tragen. Diese Mäuse hatten einen wirklich bedauernswert schlechten Geschmack, was Farbkombinationen betraf, und der Band Gesammelte Erzählungen von Beatrix Potter, den jemand auf dem Dachboden zurückgelassen hatte, verfügte nur über Schwarz-Weiß-Illustrationen.

Diese Maus hier schien an Altersschwäche gestorben zu sein.

Austin sah von der Leiche hoch auf die Tischplatte und schüttelte den Kopf. Eine Maus dieses Alters durfte doch noch nicht einmal daran denken, einen solchen Aufstieg zu wagen. Bei dem dummen kleinen Scheißer hat wahrscheinlich das Herz ausgesetzt, dachte er, als er die Zähne in einen Zipfel der Frackjacke aus Brokat versenkte.

Er trug die winzige Leiche hinüber zur Frisierkommode und legte sie dort sanft auf den Boden. Ein kräftiger Schlag mit der rechten Vorderpfote, und die Maus war nicht mehr zu sehen. Als er hörte, wie sie leise gegen die Scheuerleiste schlug, nickte er zufrieden und verließ das Zimmer. Die Mäuse hatten einen Ausgang da unten; sie konnten die Leiche nun bergen, ohne daß Gefahr bestand, daß ein Gast den Anblick eines winziges Leichenzuges ertragen mußte.

Nichts sah nämlich bescheuerter aus als eine Maus im schwarzen Zylinder mit Kreppschleife.

Austin war schon halb die Treppe hinab, als er zwischen einem Herzschlag und dem nächsten spürte, wie etwas an ihm vorbeiglitt.

Etwas Altes.

Etwas Hungriges.

Etwas, das so schnell wieder fort war, daß er es sich vielleicht ja auch nur eingebildet hatte.

Nur daß er eben eine Katze war, und Katzen wußten ...

Dean!

Mit klopfendem Herzen raste er zurück ins Schlafzimmer und landete mit einem schweren Plumps auf dem Bett.

„Au! Das war mein Arm!"

„Ja, was auch immer." Er befreite seine Klauen aus der Haut des jungen Mannes – er hatte ohnehin nur die Oberfläche geritzt! – und wanderte die bloße Brust hinauf, bis er Dean ins Gesicht starren konnte. Blaue Augen starrten kurzsichtig blinzelnd zurück.

„Was ist denn?" wollte Dean verschlafen wissen.

„Alles in Ordnung mit dir?"

„Ich blute, und es sieht so aus, als sei ich wach, wo ich eigentlich lieber schlafen würde. Aber sonst? Ja." Deans Stimme wurde sanfter, und er strich mit der Hand leicht an Austins Wirbelsäule entlang. „Was ist denn los, sag schon."

„Nichts. Warum sollte irgend etwas nicht in Ordnung sein?"

„Ich dachte nur ..."

„Überlaß das Denken mir." Zielstrebig kletterte der Kater über eine Männerschulter, die ihm höchst unpassend im Weg lag und machte es sich erneut auf Claires Kissen bequem. Von dort aus funkelte er Dean, der ihm ziemlich besorgt zugeschaut hatte, wütend an. „Ich habe gedacht, du würdest schlafen."

„Habe ich ja auch getan."

„Na dann schlaf weiter."

„Gut. Aber wir unterhalten uns morgen früh."

„Nicht clever – jetzt bin ich vorgewarnt." Das war keine von Austins gekonntesten Repliken, aber der Kater war auch schwer erschüttert. Er sah Dean zu, bis dieser wieder eingeschlafen war. Beobachtete ihn dann beim Schlafen. Konnte nichts entdecken, was ihm falsch vorkam.

Aber da auf der Treppe, da war er sich so sicher gewesen.

So sicher.

Er dachte an die Maus, wie sie da tot unter dem Tisch gelegen hatte und seufzte.

Vielleicht wurde er auch einfach nur alt.

Neun

Das Wasser war grün, ein bläßliches, leicht trübes Grün, das noch nie mit Chemikalien behandelt worden oder durch einen Filter gelaufen war – es sei denn durch die Blase eines Fisches. Claires Kopf tauchte über der Wasseroberfläche auf, und die Hüterin füllte sich die Lungen mit höchstwillkommener frischer Luft, während eine kleine Strömung sanft wie eine Liebkosung an der Innenseite ihres rechten Beines entlangstrich.

Kein stilles Wasser also, eher frech. Na prima.

Claire schob sich mit einer raschen Handbewegung die klatschnassen Haare aus dem Gesicht und trat Wasser, während sie herauszufinden versuchte, wo genau sie sich befand. Die Sonne schien; ihre Strahlen brachen sich in der leichten Dünung und schienen Claire genau ins Gesicht. Sie mußte blinzeln.

Sie war also draußen.

Weit genug vom Übergang entfernt, um wirkliches Wetter erleben zu können und nicht den unbestimmten Himmel, der über dem Einkaufszentrum gehangen hatte und der weder so noch so gewesen war. Aber sie befand sich immer noch auf der Gegenseite.

Claire hatte ziemliches Glück gehabt. Da sowohl ihr Bewußtsein als auch ihr Unterbewußtsein sich ganz darauf konzentriert hatten, den gedungenen Schatten-Mörder an einen Ort zu verfrachten, an dem er keine Bedrohung mehr sein würde, hätte sie selbst sonstwo landen können. Wenn man auf der Gegenseite durch eine Tür ging, ohne dabei ein ganz klares Ziel vor Augen zu haben, so konnte dies dazu führen, daß man eine ganze Reihe höchst unangenehmer Orte aufsuchen mußte – nicht nur auf der Gegenseite, auch in der wirklichen Welt.

Claire hätte auf der South Side von Chicago landen können.

Oder auf der Eastside der Innenstadt von Vancouver.

Irgendwo auf der West Bank!

Im Norden Afghanistans.

In einem Programmkino, in dem gerade Angriff der Klonkrieger lief.

Beim Gedanken an all die Möglichkeiten liefen Claire kalte Schauer über den Rücken.

Da war doch so ein bißchen Wasser gar nichts, das nahm sie gern in Kauf.

Natürlich war sie naß, und ihr gebatiktes Seidenhemd würde sich vielleicht nie wieder erholen, aber dafür war sie in Sicherheit. Arthur war in Sicherheit. Sie hatte den Schatten besiegt. Jetzt brauchte sie nur noch zum Einkaufszentrum zurückzufinden, und das sollte – das würde! – für eine Hüterin ihres Formats kein Problem sein.

Sie war hier auf der Gegenseite: nicht der rechte Ort für falsche Bescheidenheit.

Für echte Bescheidenheit auch nicht.

Claire trat stärker auf der Stelle, woraufhin es ihr gelang, den Kopf über die Dünung zu heben. Leider änderte sich das Bild vor ihren Augen dadurch nicht – Wasser und Sonnenlicht. Die Hüterin drehte sich langsam um sich selbst: Wasser und Sonnenlicht, Wasser und Sonnenlicht. Wasser, Sonnenlicht und ... irgend etwas. Das konnte Nebel sein – aber auch Land, ein Streifen Land, der sich irgendwo in ziemlicher Entfernung am Horizont erstreckte. Claire ließ sich sinken, bis ihr Kinn unter der Wasseroberfläche war, ruhte sich einen Moment lang aus und riskierte dann einen weiteren Blick.

Definitiv irgend etwas.

Genau das, was ich jetzt brauche! korrigierte Claire sich im stillen und fing an zu schwimmen, wobei das Wasser in einer vage wollüstigen Art und Weise in kleinen Wellen gegen sie klatschte.

Jahrelange Übung hielt die Hüterin davon ab, an all die vielen Dinge zu denken, die schiefgehen konnten, ehe sie ihren Weg ins Einkaufszentrum zurückgefunden hatte. Eine Menge Dinge würden wahrscheinlich auch so schiefgehen, ganz ohne ihr Zutun.

„Nein, du gehst Diana nicht nach. Ich verbiete es dir."

„Du verbietest es?" Mit ganz flach angelegten Ohren funkelte Sam Arthur wütend von unten herauf an. „Hör gut zu, wir übertragen nämlich gerade wichtige Nachrichten: Du bist nicht mein Chef!" Mit hocherhobenem, hektisch von einer Seite auf die andere zuckendem Schwanz stolzierte der Kater Richtung Tür.

Nur, um unmittelbar darauf starke Hände zu spüren, die sich ihm unter die Achseln schoben und ihn einfach so vom Boden aufhoben.

Er faltete sich auf gut die Hälfte zusammen, schaffte es so, die rechte Hinterpfote zwischen das eigene Fell und eine nackte, ungeschützte

Handfläche zu bekommen, fuhr eine Kralle aus und zog resolut eine Furche in die Haut, die sich ihm bot.

Jeder andere hätte aufgeschrien und ihn fallengelassen. Hätte gekreischt und ihn beiseite geschleudert, geflucht und ihn mit einem gezielten Wurf in die nächstbeste Ecke befördert. All das waren denkbare Reaktionen auf Sams Verhalten, und alle waren letztlich Variationen ein und desselben Themas: Sie führten dazu, daß der Kater die Freiheit zurückerlangte. Arthur jedoch zuckte zwar zusammen, als ihm der plötzliche Schmerz durch die Hand fuhr, ließ jedoch keineswegs locker. Sam mußte einsehen, daß der unsterbliche König auch dann nicht lockergelassen hätte, wäre ihm die Hand in Fetzen gerissen worden. Einen Moment lang erwog der Kater, diese seine Schlußfolgerung in der Praxis zu überprüfen, aber der Moment verging und Sam fand sich, nunmehr hilflos baumelnd, weiterhin in den Händen des Königs.

„Ich setze dich ab, wenn du mir dein Wort gibst, den Laden nicht zu verlassen", forderte dieser nun.

„Was, wenn ich dir mein Wort nicht gebe?" fragte Sam höhnisch grinsend zurück.

„Dann tut es mir leid, denn dann werde ich dich irgendwo sicher verwahren müssen, bis du mir dein Wort gibst oder bis eine der Hüterinnen zurückkehrt. Es war deren beider Wunsch, daß du hierbleibst, und ich werde es nicht riskieren, mir ihren Zorn zuzuziehen."

„Was ist mit meinem Zorn?" Der vernichtende Blick, mit dem der Kater diese Worte begleitete, hätte allerdings, so mußte sich das Tier selbst eingestehen, erfolgreicher sein können, wenn der unsterbliche König ihn auch hätte sehen können. So, wie Sam in Arthurs Händen baumelte, blickte dieser letztlich lediglich auf seinen Hinterkopf.

„Ich fürchte, deinen Zorn auf mich zu ziehen werde ich riskieren müssen."

Sam ließ die Klauen spielen: „Da machst du einen großen Fehler, Bubi!"

„Heißt das, ich habe dein Wort?"

„Nein!" Es ging ja auch wirklich nicht, Sam mußte frei sein! Er durfte sich nicht durch sein Wort an diesen Laden hier fesseln lassen, solange Diana und Claire ihn brauchten. Austin hätte nie irgendwem gestattet, ihn festzuhalten. Zu spät wurde Sam klar, daß der ältere Kater an seiner Stelle gelogen hätte. Daß er sein Wort gegeben hätte, nur um es dann mit völlig reinem Gewissen zu brechen. Als sich nun die Tür eines Katzenkäfigs hinter ihm schloß, meinte Sam, Austins tadelnde Stimme zu hören.

„Katzen stellen ihre eigenen Regeln auf", du Hasenhirn. Was ist dir an dem Motto nicht klar?

„Ich habe es mir anders überlegt! Wenn du mein Wort willst, dann kannst du es jetzt gern haben."

Arthur schüttelte den Kopf. „Nein, ich fürchte, dieser Meinungsumschwung ist mir etwas zu zweckorientiert. Aber wir können uns später gern weiter unterhalten."

„Ich habe dich vor dem Schatten gerettet! Du schuldest mir was!"

„Stimmt."

„So willst du dich also revanchieren?"

„Das eine hat mit dem anderen nichts zu tun."

Sam sah zu, wie der unsterbliche König die Kleintierzubehörabteilung verließ und suchte krampfhaft nach einem angemessen vernichtenden Wort, das er ihm zum Abschied nachrufen konnte. Leider wollte ihm keines einfallen. Statt dessen legte er die Pfote auf einen der quer laufenden Gitterstäbe und betrachtete prüfend das Schloß, mit dem der Käfig verriegelt war. Das jedoch ließ sich lediglich von außen öffnen.

„He, Pelzkragen! Weswegen bist du denn eingefahren?"

Seufzend ließ Sam sich auf alle Viere fallen und warf dem Elfen Stewart einen leidenden Blick zu. „Ich habe Arthur nicht versprechen wollen, daß ich hierbleibe!"

Meine Nerven! Welchen Teil von „Lügen" hast du eigentlich kapiert?

Oje!

„Konntest ihn nicht anlügen, was? Ja, ja – ich weiß genau, wie das ist! Arthur ist einer, den man nicht anlügen kann! Kaum hast du es vor, da meldet sich auch schon eine leise Stimme in deinem Hinterkopf und behauptet, er hätte die Wahrheit verdient."

„Die leise Stimme in meinem Hinterkopf nennt mich in einer Tour Hasenhirn."

„Das ist hart."

„Ja, schon, aber eigentlich ist doch auch vorgesehen, daß Katzen Meister im Lügen sind, und außerdem ist vorgesehen, daß sie immer nur an sich selbst denken. Aber ich kann einfach nicht aufhören, mir um Diana, um Claire und auch um euch Typen Sorgen zu machen."

„Um uns? Hör mal, das kannst du sein lassen, bei uns ist alles in Butter."

Sam ließ einen bernsteinfarbenen Blick an der einen Seite des Elfen hinauf- und auf der anderen Seite wieder hinabgleiten. Hier kam nun endlich all die vernichtende Verachtung zum Tragen, die Arthur nicht hatte sehen können. „Ist es nicht. Dean ist der einzige, um den ich mir keine Sorgen mache, und das liegt daran, daß Dean Austin bei sich hat. Austin weiß, was er tut. Er kann schlimme Dinge verhüten. Ich kann das nicht." Die Streifen auf seiner Stirn legten sich in besorgte Falten. „Ich bin einfach noch nicht lange genug Kater."

„Ach ja?" Stewart nahm eine winzigkleine lila Spielzeugmaus in die Hand, die an einem scharlachroten Band hing, betrachtete die Maus eine Weile nachdenklich und knüpfte sie sich dann an einen seiner Zöpfe. „Was warst du denn, ehe du Kater wurdest?"

„Ein Engel."

„Ein Engel? Ein richtiger Engel? Ohne Scheiß?"

„Ja – der kam erst, als ich meinen Körper bekam, und das war dann eine ziemliche Überraschung."

„Klar." Der Elf griff in einen Vogelkäfig und entfernte den kleinen Spiegel, der dort hing. „Was meinst du? Warum wollen Vögel sich wohl selbst angucken?"

„Ich habe nicht den blassesten Schimmer."

„Ob die einfach nur voll eitel sind? Oder denken sie, so ein Spiegel, der ist so 'ne, ich weiß nicht, so 'ne Art magisches Fenster, das zu einem anderen Vogel führt?"

Der Spiegel ist so eine Art magisches Fenster.

Magischer Spiegel.

Sam tappte hinüber zu der Seite seines Käfigs, an der Stewart stand. „Kann ich den haben?" fragte er aufgeregt.

„Den Spiegel?" Der Elf inspizierte gelassen sein neues Aussehen plus Maus, warf sich mit einer Kopfbewegung den dünnen Zopf wieder über die Schulter und zuckte die Achseln. „Klar doch."

Das war ja ziemlich einfach gewesen.

„Könntest du den Käfig aufmachen?"

„Tut mir leid, mein kleiner Pelzkragen, aber das geht nicht. Außer, Arthur gibt den Befehl dazu."

Na ja – einen Versuch war es aber durchaus wert gewesen.

Austin hatte hinten im Erlkönig mit Hilfe eines normalen Spiegels Kontakt zum magischen Spiegel aufgenommen, um dann mit Hilfe des magischen Spiegels die Verbindung zu ihm, Sam, herzustellen. Nun, rein technisch gesehen hatte Austin Verbindung zu Claire aufgenommen, aber unter dem Strich war das ein und dasselbe. Wenn er den Wellensittichspiegel benutzen konnte, um Kontakt zum magischen Spiegel aufzunehmen, dann würde er herausfinden können, wo Claire war und ob Diana auch nichts zugestoßen war. Rasch ging Sam im Geiste all diese Überlegungen noch einmal durch, um zu prüfen, ob sie ihm auch bei näherer Betrachtung logisch erschienen. Dann bat er Stewart, den kleinen Spiegel an einer der Querstreben des Käfigs festzubinden. Er ignorierte das Glöckchen, das unten am Spiegel baumelte, sowie die nachgemachten Federn, mit denen er geschmückt war, hockte sich hin und starrte fest entschlossen sein Spiegelbild an.

Das Spiegelbild starrte zurück.

Anscheinend war da ein Trick bei der Sache.

Sam beugte sich so weit vor, daß sein Atem das Spiegelglas beschlagen ließ. Dann beugte er sich noch dichter heran. Nun betrug der Abstand zwischen seiner Nase und dem Spiegel vielleicht noch den Umfang eines Katzenhaars. Er war nicht in der Stimmung, sich mit Tricks zu befassen. „Hallo!" rief er.

Plötzlich tauchten aus dem Nichts blaue Augen auf blauem Grund auf. „Ich bin doch nicht taub!" Als Sam einen überraschten Satz zurück tat, fügte Jack mißmutig hinzu: „Bis jetzt war ich nicht taub!" Dann huschten die Augen von einer Seite des kleinen Spiegels zur anderen und wurden immer größer. „Das ist ja was ganz neues. Halt still!"

Sam erstarrte, eine Pfote in der Luft.

„Sieh zu, daß dein Spiegelbild immer zu sehen ist. Das ist nämlich das einzige, was mich hier im Spiegel festhält. Was nicht heißen soll, daß es normal ist, daß es mich dort halten können sollte. Oder daß ich überhaupt hier sein sollte." Nun verengten die Augen sich nachdenklich. „Wer weiß, vielleicht hat unsere frühere Verbindung Rückstände hinterlassen. Was willst du?"

„Informationen."

„Ja? Hör mal, ich bin ein Spiegel, keine Datenbank!"

„Informationen über Diana und Claire."

„Was? Du hast gleich beide Hüterinnen verloren?"

Der Ton, in dem dies vorgebracht wurde, gefiel Sam ganz und gar nicht. „Du weißt etwas!" rief er.

„Über Claire nicht. Die habe ich nicht mehr gesehen, seit ihr Typen rüber seid, aber ..."

Jacks Zögern ließ alle erdenklichen schrecklichen Szenarien ahnen. „Was aber?" wollte Sam wissen, wobei er wieder dichter an den Spiegel herankroch.

„Diana war im Laden; sie und so eine niedliche kleine Elfenpuppe. Sie haben kurz haltgemacht und mit mir geredet. Ich habe ihnen alles mitgeteilt, was ich wußte, und daraufhin sind die beiden ins Lager gegangen. Ich weiß nicht recht, wie ich dir beibringen soll, was jetzt kommt. Nach dem Gesumme zu urteilen, das ich später habe aufschnappen können, haben sie die Mädels erwischt."

„Die Bösen?"

Blaue Augen auf Blau verdrehten sich entnervt. „Nein, die Preisbindungskommission des Börsenvereins! Natürlich die Bösen."

„Ja und?"

„Tut mir leid, das ist alles, was ich weiß."

„Gut." Sam trat vom Spiegel zurück, und die Augen verschwanden. In weitem Bogen zuckte der Schwanz des jungen Katers von einer Seite zur anderen. Er durchbohrte Stewart mit einem bernsteingelben Blick. „Hol sofort Arthur her", befahl er.

Dean wußte genau, daß er träumte. Zwar hatte er wirklich einmal in Unterwäsche Eishockey gespielt, aber es war ihm noch nie so schwergefallen, auf dem Eis voranzukommen. Zwischen den beiden Toren lagen bestimmt fünf oder sechs Kilometer Abstand, und als er endlich die blaue Linie überquert hatte, war er kaum noch in der Lage, einen Schlittschuh vor den anderen zu setzen. Mit letzter Kraft holte er aus, machte sich bereit für einen Schlappschuß und mußte dann baß erstaunt zusehen, wie sich das blaue Licht, das den Puck umgab, weiß färbte, Funken sprühte und sich aus keinem ihm ersichtlichen Grund in die Lüfte erhob, um zu einem höheren Wesen zu werden.

„Hey! McIsaac!"

Dean starrte zu Austin auf und fragte sich benommen, wie der es schaffte, so ganz ohne Lippen die Trillerpfeife zu blasen.

„Was habe ich gesagt? Was war das mit dem Schläger, der auf dem Eis bleiben soll?"

Es dauerte einen Moment, aber dann wußte Dean wieder, wie sein Mund funktionierte. „Nichts."

„Wunderbar. Wenn du das unbedingt so sehen willst, dann steh auf und gib mir was zu fressen."

„Was?"

„Ich habe gesagt: Steh auf und gib mir was zu fressen!"

Ein plötzlicher, scharfer Schmerz am Kinn, und Dean riß mit einem Ruck die Augen auf – gerade noch rechtzeitig, um zusehen zu können, wie Austin die Pfote, an der die Krallen immer noch ausgefahren waren, wieder zurückzog.

„Was muß ein Kater denn noch tun, damit er hier in diesem Haus mal sein Frühstück kriegt?"

Dean rieb sich mit der linken Hand das Kinn und griff mit der rechten nach seiner Brille. „Laß mal, das reicht schon!" Das Bettlaken fühlte sich an, als wiege es fünfzig Kilo, und nachdem Dean die Beine aus dem Bett befördert hatte, brauchte er einen Moment, bis ihm wieder eingefallen war, was er als nächstes tun sollte.

„Ist alles in Ordnung mit dir?" wollte Austin wissen.

„Ich bin bloß ziemlich müde." Dean kniff die Augen zusammen und starrte auf den Wecker auf dem Nachttisch. „Ist das die Uhrzeit?"

„Na, dann wollen wir mal sehen." Austin stolzierte mit hocherhobenem Schwanz über die Kissen. „Da haben wir einen Wecker, und auf dem Wecker sind Ziffern ... ja, ich würde sagen, das ist die Uhrzeit."

„Es ist halb acht. Der Wecker hat schon lange geklingelt, und ich habe es verschlafen!" Dean verschlief nie das Klingeln des Weckers – hatte bislang noch nie das Klingeln des Weckers verschlafen. Nie. Niemals. So ein Verhalten lag knapp an der Grenze zu unverantwortlichem Tun. Der junge Mann brauchte zwei Anläufe, bis er es geschafft hatte aufzustehen, aber sobald er auf zwei Beinen stand, kam ihm sein Kopf schon ein wenig klarer vor. Waschen, rasieren, anziehen, das Bett so akkurat richten wie ein Krankenhausbett. Als Dean endlich soweit war, daß er die Untertasse mit Katzenfutter vor Austin auf den Fußboden stellen konnte, hatte er die benommene Trägheit abgeschüttelt und fühlte sich wieder mehr wie er selbst.

Nachdem er den Kühlschrank von der Wand abgerückt hatte, um auf der Kühlspirale Staub zu saugen, gelang es ihm, den allerletzten Rest Lethargie abzuschütteln.

Wahrscheinlich war die ganze Sache nicht mehr gewesen als eine Reaktion auf die ungewöhnlich hohen Temperaturen im Schlafzimmer. Dean schlief nur äußerst ungern bei eingeschaltetem Ventilator, aber draußen vor dem Haus stand die Luft, und es war derart heiß, daß auch ein offenes Fenster keinen großen Unterschied machte.

„Guten Morgen!"

Eine angenehme Sopranstimme. Allerdings keine, die Dean kannte – es sei denn, Rebik wäre aufgewacht und sei in einem noch schlechteren Zustand als Dean selbst. Der junge Mann stemmte die rechte Schulter gegen den Kühlschrank, schob diesen wieder zurück an die Wand und drehte sich dann um, wobei er erstaunt feststellen mußte, daß Meryat in ihren langen Kapuzenmantel gehüllt am Ende des Tresens stand, der Eßzimmer und Küche voneinander trennte.

„Es ist ein ... wunderschöner Tag."

Es hatte bereits neunundzwanzig Grad Celsius, die Sonne schien so hell auf die Vorderseite des Hotels, daß Dean fast erblindet wäre, als er durch das Büro ging. Aber für jemanden, der an das Wetter in Ägypten gewöhnt war, fühlte sich diese Hitzewelle wahrscheinlich sehr heimisch an.

„Sie sprechen Englisch!"

Dean konnte das Gesicht der Mumie immer noch nicht erkennen, aber irgendwie vermittelte allein die Art, wie sie die Kapuze hielt, bereits Verwirrtheit. „England?"

„Nein, Kanada."

„Aber ... Englisch?"

„Wir sprechen Englisch. Bis auf diejenigen, die Französisch sprechen. Wir haben zwei Amtssprachen, müssen Sie wissen, und einige Menschen in diesem Land beherrschen beide. Unser Premierminister jedoch beherrscht keine von beiden. Das mit dem Premierminister sollte ein Witz sein, tut mir leid", fügte er dann hastig hinzu, als er spürte, wie die Verwirrtheit unter der Kapuze zunahm. Bemüht, die ganze Sache allgemeinverständlich zu erklären, trat er einen Schritt auf Meryat zu. „Er hat diesen Akzent, der, äh ..."

Meryat hob die Hand und schien sie ihm auf die Brust legen zu wollen.

Dean versagten die Worte. Er erstarrte und dachte krampfhaft darüber nach, was denn nun unhöflicher wäre – einen Schritt zurückzuweichen oder zusammenzuzucken, wenn die Mumie ihn berührte.

Fingerspitzen, ein klein wenig weniger schwarz, als sie gewesen waren, machten wenige Millimeter vor seinem T-Shirt halt. Nahe genug, daß er die Körperwärme spürte, die die Luft zwischen ihnen und ihm ausfüllte.

„Sie sind ... stark."

„Stark?" Dann erinnerte er sich daran, daß sie gesehen hatte, wie er den Kühlschrank bewegte und errötete. „Na ja – schon. Vielen Dank."

„Stark ist ... gut."

In ihrer Stimme schwang ein Unterton mit, der Deans Ohren rot anlaufen ließ. Noch vor neun Monaten hätte er gar nicht mitbekommen, daß die Frau da mit ihm flirtete, aber seit er Claire ...

„Deine Hüterin ... wird bald ... zurückkehren?"

„Ich hoffe es."

Sie lächelte. Er wußte, daß sie lächelte. Er hoffte nur inständig, er wüßte auch, wie er mit diesem Lächeln umgehen sollte.

„Meryat?"

Sie ließ die Hand fallen, aber die Hitze verblieb. Dann wandte sie sich zu Rebik um und murmelte etwas in ihrer eigenen Sprache. Als der Professor daraufhin den Kopf schüttelte, wiederholte sie die Worte. Oder sie sagte etwas, was ganz ähnlich klang – Dean hätte den Unterschied nicht feststellen können.

Der Archäologe seufzte und wies mit einer Handbewegung auf den Eßtisch, ließ aber Meryat den Vortritt. „Wäre es möglich, Mr. McIsaac, daß Sie uns ein kleines Frühstück richten?"

„Klar."

„Ich nehme dasselbe wie gestern, und Meryat wüßte gern, ob die Möglichkeit bestünde, ihr ein paar gehackte Datteln und einen kleinen Fladen mit Honig zu servieren."

Warum hatte sie ihn das nicht selbst gefragt?

„Es tut mir leid, das wird wohl nicht gehen. Aber ich könnte ihr ein paar Scheiben Toast Melba mit Traubengelee bringen."

Rebik blickte hinab auf seine Gefährtin, dann wieder auf Dean und zuckte ein wenig mißmutig die Achseln. „Das ist wohl nah genug dran."

„Ich traue ihr nicht! Du warst heute morgen zu müde um aufzustehen, und sie schafft es mit einem Mal, sich über das Essen zu beschweren."

„Es ist nicht das, woran sie gewöhnt ist."

Austin wanderte seufzend hinüber zur Abdeckplatte der Geschirrspülmaschine, von wo aus er Dean ins Gesicht sehen konnte. „Du kapierst nicht, worauf es mir ankommt! Du bist müde. Sie hat neue Fertigkeiten. Sie ist eine Mumie. Mumien sind bekannt dafür, daß sie den Menschen, mit denen sie in Berührung kommen, die Lebenskraft aussaugen."

„Wir sind hier nicht in einem billigen Horrorfilm!" protestierte Dean und richtete sich auf.

Austin starrte ihn nur wortlos an.

„Sind wir nicht! Auch wenn es manchmal so aussieht. Außerdem hast du mir selbst erzählt, daß du gestern nacht nach ihr gesehen hast und sie ihr Bett nicht verlassen hatte. Es dürfte nicht ganz einfach sein, mir vom ersten Stock aus die Lebenskraft aus dem Leibe zu saugen."

„Das weißt du doch gar nicht, ob das einfach ist oder nicht!"

„Warum bist du so mißtrauisch?"

„Warum bist du nicht mißtrauisch?"

„Austin, ich habe wirklich nicht vor, die Mumie irgendwelcher Dinge zu bezichtigen, ohne Beweise zu haben. Es schadet nicht, wenn man von einem Menschen erst einmal das Beste annimmt."

„Ja, erzähl das später dann ruhig deiner ausgetrockneten und vermoderten Leiche!" grummelte der Kater. Als Dean aus der Küche ging, sprang Austin vorsichtig auf den Boden und folgte. „Wo willst du jetzt hin?" wollte er wissen.

„In den zweiten Stock." Dean zog die Fahrstuhltür auf. „Ich kann Lance da nicht bis in alle Ewigkeit schmoren lassen. Kommst du mit?"

„Nein ... ja!"

„Du hältst den Mann für einen Verbündeten in dem Anti-Mumiending, das du momentan laufen hast, habe ich recht?"

Austin schlang sich den Schwanz um die Pfoten und schnaubte. „Ich weiß nicht, wovon du sprichst."

Indem Claire sich voll und ganz auf den Gedanken konzentrierte, gerade ein angenehmes Badevergnügen zu erleben, schaffte sie es, daß genau dies mehr oder weniger der Fall war. Zugegeben, das Wasser legte ihr den einen oder anderen Stolperstein in den Weg, und zwar immer, wenn sie es am wenigsten erwartet hätte, aber Claire war eine gute, ausdauernde Schwimmerin, weshalb unter dem Strich diese Stolpersteine das, was ansonsten eine recht ermüdende Stunde hätte sein können, ein wenig abwechslungsreicher gestalteten.

Als sie hörte, wie sich die Wellen an einer Küste brachen, stellte Claire das Schwimmen kurz ein, trat Wasser und verschaffte sich auf der Suche nach einer guten Stelle zum Landen erneut ein wenig Übersicht. Der flache Sandstrand vor ihren Augen erstreckte sich in einem leichten Bogen etwa sechs oder sieben Kilometer weit; er hob sich in einer Reihe mehr oder weniger wie hingeworfen wirkender Dünen aus dem Wasser, auf denen der reine Sand erst Gräsern Platz machte, dann verkrüppelten Bodendeckern, noch später Zitterpappeln und in ziemlicher Entfernung weiter im Landesinneren einem dunkel schimmernden, richtigen Wald aus hohen Bäumen.

Das blau-weiße Badehäuschen, dessen Leinenbespannung im Wind flatterte und deren Seitenwände sich fröhlich bauschten, wirkte irgendwie lächerlich fehl am Platz.

Ein blau-weiß gestreiftes Badehäuschen?

Claire geriet aus dem Takt, wurde von einer Welle voll im Gesicht getroffen, rang hektisch nach Luft, hustete und nahm dann all ihre noch verbliebenen Kräfte zusammen, um erneut loszuschwimmen. Sämtliche Vermutungen, die bewußten ebenso wie die unbewußten, waren nicht mehr relevant. Claire wußte genau, was hier wohnte.

Als sie und Dean zum ersten Mal in den Fahrstuhl gestiegen waren, um diesen ebenfalls zum ersten Mal hier am Strand zu verlassen, wäre es fast auch ihr letztes Mal gewesen. Während die jungen Leute mit bloßen Beinen durch das seichte Wasser gewatet waren, um sich eine kleine Pause von ihrem ereignisreichen, mit zahllosen Verantwortlichkeiten belasteten Leben zu verschaffen, da war mit einem Mal ein riesiger Nicht-ganz-Tintenfisch aus den Wellen aufgetaucht und fast hinter ihnen in den Fahrstuhl gerutscht – gekrochen? Geschlängelt? Dieses Ding hatte sich selbst an Land, in einer Umgebung also, die nicht seine natürliche war, mit erschreckender Geschwindigkeit bewegen können.

Hatte ein unnatürliches Wesen überhaupt eine natürliche Umgebung? fragte sich Claire, während sie den Kopf aus dem Wasser streckte, die Lungen voll feuchter Luft sog und dann für die nächsten zwölf Schwimmzüge wieder abtauchte. Müßte das dann nicht unnatürliche Umgebung heißen?

Nicht, daß das eine Rolle gespielt hätte. Das Ding war an Land schon schnell genug. Im Wasser ...

Claire empfand die kleinen Hiebe, die das Wasser ihr versetzte, nun als Ansporn, nicht mehr nur als Ablenkung. Erweckte doch ein jeder von ihnen vor ihrem geistigen Auge das Bild einer Fangarmspitze, die aus den Tiefen auftauchte ...

Oder aus den Untiefen.

Hier, so nah am Strand, waren die Wellen kräftiger und voller Sand, den sie vom Meeresboden aufwirbelten. Claire arbeitete sich auf den Kamm einer Welle vor, ließ sich von dieser ein Stück tragen, tat dann einen Purzelbaum heraus aus der Welle, drehte sich noch einmal, zog die Füße unter den Körper und stieß sich ab. Nicht ganz Bodysurfen, aber eindeutig schneller als Schwimmen.

Aber nicht schneller als ein Nicht-ganz-Tintenfisch.

Kannst du wohl den Mund halten!

Unbewußt oder bewußt – Claire wußte es nicht, und es war ihr auch gleichgültig.

In dem kurzen Zeitraum, in dem Augustus Smythe erneut die Verantwortung für das Hotel getragen hatte, hatte er drei dieser Wesen getötet. Claire und Dean hatten in den ersten beiden Monaten nach ihrer Rückkehr zwei weitere erlegt. Seither hatten sie keine mehr gesichtet.

Was allerdings unterm Strich nichts zu bedeuten hatte.

Hast du Bohnen in den Ohren? „Halt die Klappe", habe ich gesagt!

Als Claires Füße das nächste Mal Bodenkontakt fanden, stand die Hüterin in Wasser, das nicht weiter reichte als bis zu ihren Oberschenkeln, so daß es einfach schneller war, zu laufen. Ihr Rock, dessen Stoff im tiefen Wasser um sie her getrieben war und sie in keiner Weise beim

Schwimmen behindert hatte, wollte nun wohl zum allgemeinen Gefühl der Dringlichkeit beitragen und wickelte sich um Claires Beine. Nasse Seide hat eine Spannungsstärke wie Haarsprays aus den achtziger Jahren, und da Claire sich unfähig sah, den Knoten zu entwirren, schob sie den Rock kurzentschlossen bis zur Taille hoch, wonach sie dann endlich an Land gelangte.

Die Hüterin war sich durchaus bewußt, welch angemessen dramatische Geste es jetzt gewesen wäre, hätte sie im nassen Sand zusammenbrechen, keuchend nach Atem ringen und ihrer Errettung wegen Dankesgebete ausstoßen können, aber sie blieb statt dessen lieber auf den Beinen, bis sie das Badehäuschen erreicht hatte. Mit einer dramatischen Geste erreichte man auf der Gegenseite in der Regel, daß sich aufmerksames, höchst interessiertes Publikum einstellte, und Claire brauchte im Moment wahrlich nicht noch mehr Merkwürdigkeiten, um die sie sich dann auch noch kümmern mußte.

Claire schlug die gestreifte Plane zurück, die vor dem Eingang des Badehäuschens hing und starrte verwundert auf den großen blonden Zuschauer, der auf einer der beiden Luftmatratzen lag, den linken Arm unter den Kopf geschoben, den rechten um einen aufblasbaren Hai gelegt. Selbst im schwachen Licht, das durch die Leinenbespannung der Badehütte drang, wirkte die bloße Haut des Mannes ungesund rot, tiefrot – Claire hatte nie blutigere Steaks gesehen.

Seine Augen waren strahlend blau.

Augen?

„Hübsche Unterwäsche!"

Claire ließ den Rock fallen und fragte sich, warum sie so fest damit gerechnet hatte, daß es sich bei diesem Mann um einen Australier handelte. „Wer sind Sie denn?" wollte sie wissen.

„Lance Benedict!" Der Mann warf den Hai beiseite und sprang auf. „Sie sind ihr entkommen, was?"

„Wem?"

„Meryat!"

„Nein." Claire trat in die Hütte und ließ den Vorhang wieder über den Eingang fallen. „Wie sind Sie hierhergekommen?"

„Auf dieselbe Art wie Sie, kann ich mir vorstellen!"

„Tun Sie uns beiden einen Gefallen. Stellen Sie sich bitte gar nichts vor." Rein technisch gesehen konnten Zuschauer die Gegenseite nicht beeinflussen, aber Claire hatte den Fahrstuhl ein paarmal benutzt, ohne je mitbekommen zu haben, daß dieser sich auf der Gegenseite befand, was also ... Moment mal! Sollte etwa die Möglichkeit bestehen, daß es mehr als eine Gegenseite gab und wenn ja, war das nicht abhängig von der Zahl der Seiten, die die Realität von Anfang an gehabt hatte und hing das nicht wiederum von der Definition von Realität ab, auf die alle sich geeinigt hatten?

Mir tut der Kopf weh!

„Hat sie Sie aus ihrer Dahabije geworfen?"

„Aus ihrer was?" Wenn Claire Glück hatte, dann würde sich im Erste-Hilfe-Kasten irgendein Schmerzmittel finden lassen.

„Aus ihrem Boot. Sie sind naß! Hat sie Sie aus ihrem Boot geworfen?"

„Wer ist sie?"

„Meryat, die wiederbelebte Untote! Ich bin der einzige, der weiß, wie man sie aufhalten kann!"

Claire besah sich nachdenklich die beiden Aspirin in ihrer Handfläche und kam zu dem Ergebnis, daß sie nicht ausreichen würden. „Bitte erzählen Sie mir alles von Anfang an."

„Am Anfang war nur das Meer, und aus dem Meer tauchte ein Ei auf, aus dem der Sonnengott geboren, ward Atum. Er hatte vier Nachkommen, Tefnut und Schu, Geb und Nut. Indem sie ihre Füße auf Geb setzten ..."

„Lance?"

„Ja?"

„Überspringen Sie ein paar Sachen."

Nun gut. Es hielt sich also eine dreitausend Jahre alte Mumie bei Dean und Austin im Hotel auf, zusammen mit dem Archäologen, der sie aus der Existenz befreit hatte, zu der sie verdammt worden war. Wenn man sich die Klientel ansah, die das Hotel in der Regel anzuziehen pflegte, dann konnte einen so etwas nicht weiter überraschen. Die Ankunft einiger Mitglieder des Ordens des magischen Schreins samt Ehegattinnen wäre überraschend gewesen. Reanimierte ägyptische Adlige? Nein, das verwunderte sie nicht.

Aber Lance hielt diese Meryat für gefährlich. Er glaubte, sie würde allen, mit denen sie in Berührung kam, das Leben aussaugen um, wenn sie stark genug war, ihre einstige Macht wiederzuerlangen. Weiterhin glaubte er, sie würde ihre Macht einsetzen, um die Weltherrschaft an sich zu reißen, und er hielt Dr. Rebik für gehirngewaschen, weswegen der Wissenschaftler Meryat nicht als die sehen konnte, die sie wirklich war und auch nicht verstehen würde, daß dieser Strand der ursprüngliche erste Versuch der Mumie gewesen war, die Welt unter den Sanddünen des alten Ägypten zu begraben.

Nun, im letzten Punkt irrte er eindeutig. Aber hieß dies automatisch, daß er sich in all den anderen Punkten ebenfalls irrte?

Claire warf Lance quer durch die Badehütte einen Blick zu; er machte sich gerade Notizen in einem PDA, den er sich aus einer Gürteltasche geholt hatte. Claire wollte ja zu gern glauben, daß der Mann zuviel, viel zuviel Zeit in der Sonne verbracht hatte – aber es blieb die Tatsache bestehen, daß es ihn gab und daß er hier war.

Dean hatte die Geschichte, die Lance vorzutragen wußte, offenbar auch nicht geglaubt, denn sonst hätte er den Mann wohl kaum auf diese kleine Fahrstuhlfahrt geschickt. Da Dean grundsätzlich von jedem Menschen, den er neu kennenlernte, erst einmal das Beste annahm, hieß das, daß er letzten Endes Meryat und Dr. Rebik mehr Glauben geschenkt hatte als Lance.

Daraus konnte man folgern, daß Dean und Austin nicht in Gefahr waren. Lance war nur ein Zuschauer, der für seine erste Begegnung mit dem Metaphysischen eine Erklärung herangezogen hatte, die aus einem Samstagnachmittagsfilm hätte stammen können.

Zudem hatte der Mann wirklich viel zuviel Zeit in der Sonne verbracht.

Claire nahm an, daß Dr. Rebik und Meryat nur eine Nacht im Hotel geblieben waren. Die beiden wußten schließlich, daß sie gejagt wurden. Sobald die beiden sicher und wohlbehalten ihre Reise fortgesetzt hatten, würde Dean hier heraufkommen und Indiana Lance aus seiner eingebildeten Sandburg befreien.

Auch wenn Claires Herz bei dem Gedanken an ein Wiedersehen mit Dean schneller schlug und obgleich ihr Austin auf eine Art und Weise fehlte, die fast schon körperlich wehtat – zuerst einmal mußte sie zurück ins Einkaufszentrum. Sie hatte dort eine achtzehn Monate alte Katze zurückgelassen und diese beauftragt, einen unsterblichen König zu bewachen; ihre kleine Schwester war auf der dunklen Seite als Spähtrupp unterwegs, und wenn man die Fertigstellung des Übergangs nicht verhinderte, dann würden die Besitzer des so erschaffenen

Einkaufszentrums nicht übertreiben, wenn sie zum „totalen Schlußverkauf" riefen.

Sollte dies hier die Gegenseite sein, dann würde Claire den Stapel zusätzlicher Badehandtücher lüften und darunter ein Stück Papier und einen Kugelschreiber finden. Sie verankerte das Bild ganz tief in ihrem Kopf und hob die Handtücher auf: drei kleine Knochen, ein Stückchen Katzenminze und etwas, das aussah wie die Wirbelsäule eines winzigen Tiers. Entweder hatte Austin bei ihrem letzten Besuch hier Jagdbeute entdeckt oder wieder einmal Knochen geworfen, um zu weissagen. Ganz egal, wie es sich verhielt – Claire wollte es eigentlich gar nicht wissen.

Sie ließ die Handtücher fallen und wandte sich an Lance, der gerade seinen PDA wieder in der Gürteltasche verwahrt hatte. „Ich nehme an, Sie haben nicht zufällig ein Stück Papier und einen Kugelschreiber? Ich muß jemandem eine Nachricht hinterlassen."

„Ich habe sogar noch etwas Besseres!" Mit zwei langen Schritten hatte der Mann das Badehäuschen durchquert und streckte Claire ein kleines schwarzes Büchlein und einen Bleistift hin. „Wenn man an Ausgrabungen in Karnak teilnimmt, dann braucht man Schreibgerät, das sich mit einem Messer reparieren läßt!"

„Haben Sie denn ein Messer?"

„Ich habe einen Bleistiftspitzer."

„Gut."

Sie war durchs Wasser gekommen, also würde sie auch durchs Wasser wieder gehen müssen. Leider verlangte dieses Vorgehen von Claire ein plötzliches, totales Untertauchen im nassen Element – und zwar ohne jeglichen Gedanken an eventuell unter der Oberfläche auf sie lauernde bösartige Nicht-ganz-Tintenfische.

„Wo wollen Sie hin?" Lance rannte hinter Claire her, wobei er mit beiden Füßen eine feine Spur Sand aufwirbelte, und holte die Hüterin ein.

„Zur Landspitze."

„Wunderbare Idee! Das Land dort liegt höher, von dort aus können wir sehen, wo Meryat sich versteckt hält! Sie ist clever und heimtükkisch, aber irgendwo hier in der Gegend muß es einfach einen Palast geben."

Claire seufzte. Wenigstens standen die Wahnvorstellungen des Mannes alle miteinander in Einklang.

Nach einiger Zeit – Claire hatte ausführlichst Auskunft über den Prozeß des Einbalsamierens, über altägyptische Magie und das Aufspüren wiederauferstandener Untoter erhalten – wurde aus dem weichen Sand, durch den Hüterin und Zuschauer bislang gegangen waren, Kies und aus dem Kies dann eine kleine Klippe, die über das Wasser hinausragte. Claire zuckte zusammen, als sich ihr ein scharfer, vorstehender Felssplitter in den nackten Fuß bohrte.

„Ich wette, jetzt wünschen Sie sich, Sie würden Schuhe tragen!"

Was das Wünschen betraf, so versuchte sie gerade ganz stark, sich nicht zu wünschen, Lance möge hinfallen und sich den Hals brechen.

Oben auf der Klippe wurde der Fels dann glatt, und Claire konnte problemlos bis an den Klippenrand vorgehen. Sie waren sechs, vielleicht auch acht Meter über dem Meer.

„Weiter Rückweg", bemerkte Lance, der sich mit der Hand die Augen abschirmte und besorgt in Richtung Badehütte spähte.

„Nicht notwendigerweise."

„Die Sonne hat sich nicht von der Stelle bewegt."

„Das tut sie nie."

„Ich sehe Meryats Palast nicht."

„Wie Diana sagen würde: ‚Quel surprise!' Nein, den sehen Sie wohl nicht."

„Wer ist Diana?"

„Meine Schwester." Die sie brauchte. Im Einkaufszentrum. Die es wahrlich nicht brauchen konnte, daß Claire hier herumstand und durch die Reflektionen im Wasser hindurch festzustellen versuchte, was sich in dessen Tiefen verbergen und auf sie warten mochte. Zum Glück war es nicht notwendig, daß Claire sich einredete, dort lauere bestimmt gar nichts; es reichte, sich einzureden, daß es gleichgültig sei, was dort lauerte. Sie sprang ja nicht ins Wasser; sie nutzte den Übergang, die Linie zwischen Wasser und Luft, wie eine Tür. „Gehen Sie zurück zur Badehütte und warten Sie dort auf Dean", befahl sie dem blonden Zuschauer.

„Ich finde aber, ich sollte weiter nach Meryat suchen."

„Wie Sie meinen." Für diesen Zuschauer trug Claire nicht die Verantwortung. Die Hüterin trat ein halbes Dutzend Schritte zurück, rannte an den Klippenrand und sprang, wobei sie die Knie akkurat bis an die Brust zog und die Arme darum schlang, denn sie wollte, daß all ihre Körperteile die Linie so gleichzeitig wie möglich überschritten.

Kurz bevor sie auf dem Wasser aufschlug, hörte sie hinter sich einen fröhlichen Schrei:

„Arschbombe!"

„Lance!" Dean entfernte sich ein wenig weiter von der Tür des Fahrstuhls, die er vorsorglich aufgestellt hatte und rief erneut, diesmal erheblich lauter: „Lance!"

„Vielleicht hat Meryat ihn gefressen."

„Das ist nicht komisch, Austin."

„Ich wollte auch gar nicht komisch sein."

„Er antwortet nicht, und ich kann nicht sehen ... Austin!"

„Ich weiß, ich weiß." Mißmutig verließ Austin den Pfad und machte sich daran, ein neues Loch zu graben. „Nur, weil das hier aussieht wie das größte Katzenklo der Welt, heißt das noch lange nicht, daß ich hier und bla und bla und bla." Das Loch war fertig. Austin überprüfte, ob es wirklich die richtige Tiefe hatte, trat vor, brachte sein Hinterteil in Position und funkelte Dean erbost an: „Wenn es dir nichts ausmacht!"

„Entschuldigung." Mit hochroten Ohren eilte Dean aufs Badehaus zu. „Ich gehe mal nachsehen, ob Lance da drin ist."

„Ja, mach das mal."

Vor dem Eingang des Badehäuschens entdeckte Dean eine verdächtige Häufung von Fußabdrücken. Ein großer Fuß – Dean ließ sich auf das rechte Knie sinken und maß den Abdruck mit der Hand nach –, der wahrscheinlich von Lance stammte, und der Abdruck wesentlich kleinerer Füße, die aus dem Meer gekommen zu sein schienen. „He, Claire war hier!"

„Claire?" Hacke, Zehen, Spann und doch immer noch anonym für Dean. „Wie kannst du das feststellen?"

„Ich bin ein Kater." Austin ließ sich auf den Bauch fallen und drehte sich dann auf den Rücken, so daß das Sonnenlicht auf seinem weißen Bauchfell glitzerte, während er die Schultern genußvoll im kompakten Sand rieb. „Meist bin ich näher am Boden als du."

Dagegen ließ sich kaum etwas vorbringen. Dean sprang auf und packte den Vorhang, der die Hütte verschloß. „Claire!" rief er fröhlich.

„Sie ist nicht hier, Hormonboy. Sieh doch, da, dieselben Fußspuren, die sich wieder entfernen. Sie war hier, ist aber bereits wieder gegangen."

„Wie lange mag das her sein?"

„Ungefähr einunddreißig Minuten. Sie ging rasch, trug ein Schinkenbrot bei sich und summte die 1812-Ouvertüre."

„Das alles kannst du aus den Fußabdrücken ablesen?"

„Nein, das kann ich nicht. Aber genausowenig, wie ich das mit dem Schinkenbrot und der Musik wissen kann, kann ich auch deine Frage beantworten." Kopfschüttelnd verschwand Austin durch einen Spalt im Leinenvorhang der Badehütte.

Dean folgte ihm, denn es fiel ihm nichts Besseres ein, was er sonst hätte tun können. „Immer noch kein Lance!" stellte er dann fest. Dafür lag auf der Kühltasche mit den Bierflaschen eine Nachricht. „Nur auf der Durchreise. Arbeite immer noch am Einkaufszentrum. Teile deine Einschätzung Lances. Austin, du frißt das Spezialfutter für greise Katzen, und mehr gibt es zu dem Thema nicht zu sagen. Ich habe euch sehr lieb. Claire." Dean schloß die Hand um den Zettel.

„Was jetzt? Willst du jetzt irgendwas total Peinliches tun? Das Papier an dein Herz drücken oder so?"

„Nein." Jetzt jedenfalls wollte Dean es nicht mehr. „Was meinst du, ob sie diesen Lance mitgenommen hat?"

Austin wickelte sich den Schwanz um die Pfoten und sah nachdenklich aus. „Auf jeden Fall sind sie zusammen los, und sie schreibt, sie teilt deine Einschätzung seiner Person."

„Nun, wenn Lance Claire seine ganze wilde Geschichte aufgetischt hat, wird es ihr nicht schwergefallen sein, sich auszurechnen, daß ich den Mann hier hochgeschickt habe, um ihn aus dem Weg zu schaffen."

„Dann hat sie ihn vielleicht mitgenommen, weil sie diesen Ort nicht mehr für sicher hielt."

Dean zog die Brauen zusammen und betrachtete den Kater prüfend. „Sollte das jetzt ein Witz sein?"

„Nein, diesmal habe ich geraten. Basierend auf Erfahrungen allerdings."

Nun gut. „Wenn dieser Ort nicht länger sicher ist ..."

„... sollten wir gehen", beendete Austin den Satz, sprang auf den Boden und rannte auf den Ausgang der Badehütte zu.

Dean holte den Kater auf halbem Weg zum Fahrstuhl ein. „Hast du gewußt, daß es sozusagen einen rückwärtigen Zugang zu diesem Strand gibt?"

„Na klar."

„Jetzt lügst du mich aber an, oder?"

„Das wirst du nie erfahren!"

„Hier unten ist es wie in einem verdammten Labyrinth. Wofür brauchen die bloß all diese Tunnel?"

„Für nichts. Hier ist es genau so, wie wir es uns gedacht haben." Genauer gesagt, hier unten war es genau so, wie Diana es sich gedacht hatte, nachdem sie das Gefühl nicht hatte abschütteln können, sie würden ohne weiteres nicht zum Anker vordringen können. Das wäre auch viel zu einfach gewesen. Die Hüterin wollte gerade vorschlagen, das Umherirren sein zu lassen und lieber einen Plan zu schmieden, da hob Kris warnend die Hand, und Diana schloß den Mund wieder, den sie gerade geöffnet hatte.

Stimmen.

Wütende Stimmen.

Nicht allzuweit entfernt; Stimmen, die irgendwo vom Felsen widerhallten.

Kris legte den Kopf zur Seite und spreizte die Ohren so weit wie möglich vom Schädel ab. Dann drehte sie sich langsam auf der Stelle. Diana wartete, konnte der Versuchung, leise Pieptöne von sich zu geben, jedoch kaum widerstehen. Endlich deutete die Elfe nach links: „Da lang!"

„Ich nehme mal an, Tschechow hatte recht."

„Was hat denn Raumschiff Enterprise mit unseren Problemen zu tun?"

„Nicht Chekov, Tschechow! Der russische Schriftsteller! Den haben wir letztes Jahr im Englischunterricht gelesen."

„Ihr habt im Englischunterricht einen Russen gelesen?"

„Da kannst du mal sehen! Dieser Tschechow jedenfalls sagt, man dürfe auf keinen Fall im ersten Akt Elfenohren an der Wand hängen haben, wenn man sie nicht im dritten Akt zum Einsatz kommen lassen will."

„Du redest totalen Schwachsinn. Aber das weißt du selbst, oder?"

Die Tunnel zu ihrer Linken waren leicht abschüssig – nicht sehr, aber doch so, daß man es mit bloßem Auge sah. Sich auf der schiefen Ebene dem Bösen nähern – das war ein so banales Klischee, daß es

Diana einerseits maßlos ärgerte, andererseits aber auch ein klein wenig nervös machte. Das Labyrinth nahm sie gern auf ihre Kappe, die schiefe Bahn jedoch nicht! Solch himmelschreiender Symbolismus war nicht ihr Stil. Das hieß also, daß irgend etwas, dem es anders ging, über diesen Teil der Gegenseite Kontrolle ausübte.

Dann wurden die Stimmen lauter, woraufhin Kris auf einen Spalt deutete, der im Felsen zu sehen war und die Form eines umgedrehten Dreiecks hatte.

Los schon, dafür zahlen die mir schließlich das dicke Gehalt! feuerte Diana sich an, ehe sie die Spitze des rechten Turnschuhs in den unteren Teil des Spalts setzte und sich hochzog. Es dauerte einen Augenblick, bis sie begriff, wie sie sich hineinfalten mußte, aber dann schob Diana sich seitwärts den streitenden Stimmen entgegen, die immer noch aus einiger Entfernung zu ihnen herüberdrangen. Auf beiden Seiten des Durchgangs ragten scharfe Felskanten aus der Wand. Sie zerkratzten Diana den Bauch und schufen dort, da war die Hüterin sich ganz sicher, höchst interessante Muster aus blauen Flecken. An ein, zwei Stellen hatte sie das sichere Gefühl, Teile ihres Hinterns einzubüßen. Merken: Finger vom Speiseeis und danke Gott, daß du nicht gerade viel Busen hast.

Sie hatte nicht erwartet, daß Kris hinter ihr in den Spalt kriechen würde, hätte jedoch auch nichts dagegen unternehmen können, denn nun hatte sie einen Punkt erreicht, an dem sie nicht mehr genug Platz hatte, den Kopf zu wenden.

Streck den linken Arm aus, streck den rechten Arm aus, klammere dich mit beiden fest und schlängele dich seitwärts.

Dann war kein Spalt mehr da.

Diana senkte die linke Schulter und zwängte sich nah genug an die äußere Kante des Durchgangs, um sich umsehen zu können.

Sie hockten in einem Spalt ungefähr acht Meter hoch in der Wand einer riesigen runden Kammer.

Der Fiesling aus dem Thronsaal stand ungefähr im Zentrum dieses Raumes.

In diesem Zentrum, genau im Mittelpunkt, befand sich ein Loch. Kein metaphysisches Loch, ein wirkliches, rundes Loch. Wie ein Brunnen.

Ehe Diana dieser neuen Information hätte nachgehen können, um daraus irgendeine logische Schlußfolgerung zu ziehen, fiel ein Stück Schatten schreiend vom Himmel. Der Hüterin liefen Schauer über den Rücken, denn sie mußte zugeben, daß der Schatten allen Grund zum Schreien hatte. Nicht nur einen: viele Gründe. Gründe, die mit seinem Babydoll-Schlafanzug anfingen und über schiefe Zöpfe bis hin zu den Rückständen von geschmolzenen Marshmallows, Schokolade und Graham-Cracker-Krümeln reichten.

Der Fiesling ohne Namen schien nicht viel Mitleid mit dem Schatten zu haben.

„Mir ist egal, wie viele Schachteln Kekse du verkaufen mußt! Du bist armselig. Du wurdest losgeschickt, den unsterblichen König zu ermorden ..."

Diana fühlte, wie Kris an ihrem rechten Ohr erschrocken Luft holte, und es gelang ihr, dem anderen Mädchen eine Hand um den Arm zu legen. Dafür war jetzt nicht der richtige Zeitpunkt.

„... und du hast versagt."

Da. Es hatte versagt. Gute Neuigkeiten.

„IHR HABT BEIDE VERSAGT."

Diana erstarrte. „Oh Hölle."

„Ich dachte, du dürftest nicht fluchen", murmelte Kris.

„Habe ich auch gar nicht."

Zehn

Als Diana sich rückwärts aus dem Felsspalt zurückzog und sich allerhand neue interessante Stellen ihres Körpers quetschte, fand sie es angesichts dessen, was sie soeben erfahren hatte, wesentlich leichter als zuvor, den damit verbundenen Schmerz zu ertragen. Es geht nichts über die Konfrontation mit einem potentiellen Weltuntergang, wenn man lernen will, Quetschungen am Busen eher auf die leichte Schulter zu nehmen!

„PI PO PÜTER ..."

Das klang nicht gut. Diana stupste Kris an, um die Elfe dazu zu bewegen, schneller zu kriechen. Diese antwortete, indem sie der Hüterin den erhobenen Mittelfinger zeigte.

„Püter? Was ist denn ein Püter?" Der Typ aus dem Thronsaal, den Diana nunmehr ganz eindeutig als einen Schattenfürsten identifiziert hatte, war schon nicht mehr so klar zu verstehen.

„WENN ICH VIELLEICHT AUSREDEN KÖNNTE!"

„Verzeihung."

„NOCH TUT ES DIR NICHT LEID! ABER BALD WIRD ES DIR LEID TUN."

Wenn das Glück den beiden Mädchen hold war, würde jetzt erst einmal der namenlose Schattenfürst bestraft werden, eine potentielle Ablenkung von ...

„ICH WIEDERHOLE ALSO, UND DIESMAL UNTERBRICHT MICH KEINER: PI PO PÜTER, ICH RIECH GANZ NAH DAS BLUT VON EINEM HÜTER."

... oder auch nicht.

Kris ließ sich auf den Fußboden fallen.

„Wir haben eine Hüterin", setzte der Schattenfürst an. „In Ketten ..."

„NEIN HABT IHR NICHT!"

„Doch, wir ..."

„NEIN!"

„Aber ..."

„DU BIST EIN TROTTEL!"

Diana landete nun ebenfalls wieder auf dem Boden, stolperte, schlug sich auf den rauhen Steinfliesen das Knie auf und wies sich streng an, auch das nicht weiter zu beachten. „Komm!" befahl sie, während sie Kris resolut an die Hand nahm und die Elfe hinter sich herzog, bis diese von allein schnell genug rannte. „Wir müssen hier ganz dringend verschwinden!"

„Sage ich das nicht die ganze Zeit schon?"

„Ja doch, aber jetzt sage ich es!" Zuerst einmal die abschüssige Bahn hinauf – sobald der Boden dann wieder eben war, würden sie die Spur ihrer verstreuten Habe aufnehmen können, die sie zum Thronsaal führen müßte. Danach ein schneller Spurt über die Baustelle und ab in den Zulieferweg. Zugegeben: Diesen Teil der geplanten Fluchtstrecke hatte Diana zuletzt in den Fängen eines riesigen Käfers zurückgelegt, der sie durch die Flure geschleppt hatte. Aber sie war sich ziemlich sicher, daß sie die Fleckenmuster an der Decke wiedererkennen würde, die durch Wasserschäden entstanden waren.

Sie waren gerade um die erste Ecke gebogen, als Kris sich näher an Diana drängte und heiser flüsternd fragte: „Wer hat denn da eben geredet?"

„Das habe ich dir doch schon gesagt."

„Du hast gesagt: oh Hölle!"

„Fast – du bist nah dran." Ein kurzer Halt an der zweiten Ecke, um zu prüfen, ob die Luft rein war. „Ich sagte OH HÖLLE!"

„Was macht das für einen Unterschied?"

„In Großbuchstaben."

„Dann war das also wirklich ...?"

„In der Tat." Ab der dritten Ecke liefen die Mädchen wieder auf ebenem Boden. Diana konzentrierte sich und suchte nach Möglichkeiten, die waren, wo sie nicht hingehörten. Kaum verwunderlich, daß es nicht weiter schwerfiel, im allgemeinen Summen des Bösen die Signatur der Waffen wahrzunehmen, die von einer Hüterin geschaffen worden waren.

„Aber die Hölle ist ein Ort. Orte reden nicht."

„Die Hölle ist weniger ein Ort als vielmehr eine Metapher."

„Wie dem auch sei. Nur damit du es weißt: Ich glaube nicht an die Hölle."

„Nur damit *du* es weißt: Das spielt gar keine Rolle."

„Die existiert doch nicht wirklich."

Diana seufzte. „Hör mal, noch vor sechs Monaten hast du dir den Arsch abgefroren, weil du versucht hast, einen kanadischen Winter auf der Straße zu überleben. Nun bist du eine Elfe, lebst in einem gerade in der Entstehung begriffenen Einkaufszentrum, und ein allegorischer König hat dich zur Chefin seiner Leibgarde ernannt. Wenn man all das in Betracht zieht, dann finde ich, du könntest ruhig ein wenig offener sein, was die Definition der Parameter von Realität angeht."

„Wenn man das alles in Betracht zieht, dann habe ich, finde ich, das Recht darauf, verdammt noch mal total Schiß zu haben!"

Denkt man sich eine Auflistung denkbar schlechter Zeiten für den zweiten Kuß – für den Kuß also, der durchaus den Übergang von kurzfristiger körperlicher Anziehung zu potentieller längerer Beziehung markieren kann –, dann ist der Aufenthalt der beiden am Kuß Beteiligten in einem fackelbeschienenen düsteren Tunnel bestimmt darin zu finden. Befindet sich dieser Tunnel noch dazu mitten in einem Terrain, das von der dunklen Seite eines Übergangs kontrolliert wird, durch den sich die Hölle selbst Zutritt zur Welt verschaffen will, dann gehört ein solcher Kuß auf der Liste fast schon an die oberste Stelle; über: „Während der Beerdigung einer der Beteiligten", aber weit unter: „In der Arrestzelle eines Hochsicherheitsgefängnisses".

Diana jedoch ging davon aus, daß es in nächster Zeit ohnehin keinen wirklich geeigneten Zeitpunkt geben würde. Sie schloß die Augen und beugte sich vor. Nach einer Weile – einer ziemlich langen Weile, gefüllt mit weichen Lippen und sanftem Druck und nur ganz, ganz wenig Zunge – zog sie sich zurück und murmelte: „Immer noch Angst?"

„Ja."

„Ach ..."

„Aber wenn du mich hast ablenken wollen, dann kann ich dir versichern, daß das da eben um Längen besser war als weitere blöde Geschichten über deinen Kater."

„Damit kannst du nicht mich meinen, da redest du von Claire! Ich erzähle nie blöde Geschichten über ..."

Am dritten Kuß dann war bereits mehr Zunge beteiligt, und starke Finger schlossen sich um Dianas Halsansatz. Die Hüterin vergrub daraufhin die linke Hand in der Masse mahagonifarbener Dreadlocks und spreizte die rechte ganz weit, um soviel von einer schmalen Taille umspannen zu können wie irgend möglich.

„Ich behaupte jetzt aber nicht, daß das hier mehr ist als eine Reaktion auf diese ganze Höllengeschichte!" warnte die Elfe.

Die beiden standen immer noch so dicht beisammen, daß Kris' Stimme wie eine leichte Liebkosung über Dianas Wange strich. Die Hüterin murmelte zurück: „Ich sage ja auch gar nicht, daß es mehr sein soll als eine Reaktion auf diese ganze Höllengeschichte."

„Ich sag aber auch nicht, daß es das nicht ist!" kam nun von Kris.

„Schön."

„Ich habe gedacht, wir müssen hier verschwinden?" wollte die Elfe daraufhin wissen.

„Müssen wir auch."

„Du kannst dieses Ding doch besiegen, oder?"

„Klar doch."

Kris' Augen weiteten sich, und die Elfe trat einen Schritt zurück, wodurch sie das warme Band zerriß, das sich um die beiden gelegt hatte. „Du weißt es nicht wirklich, stimmt's?"

„Hör mal, ich bin momentan die mächtigste Hüterin der Familie. Auch Claire konnte dieses Ding schon einmal schließen. Alles ist möglich. Wir müssen nur die richtige Möglichkeit finden, und das wird nicht passieren, wenn wir hier rumstehen." Sie holte tief Luft, vergrößerte nun ihrerseits den Abstand zu Kris und sagte: „Los, laß uns gehen."

Als die beiden den Alkoven erreichten, an dessen Wand sie gekettet gewesen waren, konnten sie in der Ferne bereits Verfolger hören. „Dann hat sie wohl aufgehört, sich zu streiten", murmelte Diana besorgt, während beide Mädchen ihr Tempo noch beschleunigten.

„Damit meinst du wohl, daß *die* aufgehört haben, sich zu streiten."

„Nein. Der Typ aus dem Thronsaal ist ein Schattenfürst. Er ist genauso ein Schatten der Hölle wie der gedungene Mörder, nur besser geformt. Sonst sind sie sich gleich."

„Die Hölle hat sich also mit sich selbst gestritten?"

„Das macht sie öfter so. Sie kommt halt nicht viel raus."

„Das ist auch gut so, oder?"

Diana warf der Elfe einen raschen, ungläubigen Blick zu. „Allgemein gesprochen ja." Sie erklommen eine kleine Treppe, nahmen immer zwei Stufen auf einmal. „Das erklärt auch, warum der Schattenfürst dachte, ich müßte ihn kennen und warum er keinen Namen hat. Teile der Hölle bekommen nämlich erst dann einen Namen, wenn sie sich durch irgendeine wirklich haarsträubend eklige Tat hervorgetan haben."

„Also ist Jerry Springer mehr oder weniger ein Pseudonym?"

„Mehr oder weniger, ja."

Mittlerweile liefen die beiden zwischen Wänden aus bearbeiteten Steinen entlang. Wänden, die man erbaut, nicht aus dem Urstein herausgehauen hatte – das hieß dann wohl, daß sie bereits sehr nah am Thronsaal waren.

„Gut, daß ... die Fackeln ... immer noch an sind", keuchte Kris.

„Ja. Die sind an, weil ich erwarte, daß sie an sind. Wir brauchen sie, um hier herauszukommen."

„Aber die Hölle ... weiß das nicht?"

„Wahrscheinlich weiß sie es schon. Aber ich glaube nicht ..., daß sie so weit hier hinten ... schon Einfluß hat."

In der Zeit zwischen dem Heben ihres rechten Fußes und dem Wiederaufsetzen auf dem Boden gingen die Fackeln aus.

„Ich könnte mich natürlich auch irren."

Als Austin erwachte, war es im Schlafzimmer ganz finster. Der noch vor nicht allzu langer Zeit vergangene Tag hatte sich gegen Nachmittag und Abend bewölkt, wodurch es allerdings nicht kühler geworden war. Die Bewölkung hatte sich bis in die Nacht hineingezogen; die Wolken ließen kein Sternenlicht durch, kein Mondlicht, und selbst das Licht der Straßenlaternen schimmerte leicht verschwommen. Austin öffnete die Augen einen winzigen Spalt weit. Auf dem Kissen neben ihm lag Dean, dessen Silhouette sich dunkler von der Finsternis, die im Zimmer herrschte, abhob. Viel mehr vermochte der Kater nicht zu erkennen, aber er wußte genau, daß der junge Mann und er nicht allein waren. Irgend etwas stand neben ihrem Bett.

Etwas, das Befriedigung verströmte ...

Austin sprang ohne jegliche Vorwarnung. Er setzte über Dean hinweg, über den Bettrand ... so sicher war er sich, daß seine Klauen auf Leinenbandagen treffen würden, daß es ihn völlig überraschte, als er statt dessen auf dem Fußboden landete.

Wo er im nächsten Moment noch dazu geblendet wurde.

„Austin?" Dean hatte die Hand noch am Schalter der Nachttischlampe, als er nun auf den Kater hinabblinzelte. „Was ist denn los?"

„Sie war hier. Vor einer Sekunde etwa."

„Wer denn?"

„Na wer wohl? Was denkst du?"

„Meryat?"

„Gebt dem Mann eine Gummimaus." Steifbeinig stakste Austin ins Wohnzimmer. „Jetzt ist sie weg."

„Ich habe die Tür nicht ..."

„Ich auch nicht."

„Wie soll sie denn gegangen sein, ohne die Tür zu öffnen und zu schließen? *Durch* die Tür kann sie nicht sein, sie ist nicht körperlos. Das weiß ich, weil sie mich angefaßt hat – und sie ist sehr langsam. Du hast doch selbst gesehen, wie sie sich fortbewegt."

„Vielleicht tut sie nur so, als sei sie langsam."

„Ich glaube, das wüßte ich – wenn sie nur so täte, als sei sie langsam."

Austin schnaubte. „Wenn du dich da mal nicht irrst." Er tapste zurück ins Schlafzimmer, baute sich vor dem Bett auf und starrte Dean prüfend an. „Ich weiß nicht, wie sie das macht, aber sie lutscht dich aus."

„Du hörst dich an wie Lance."

„Na und?" Austin schlug die Krallen in die Matratzenkante, zog sich etwas schwerfällig seitwärts am Bett hoch und stellte sich auf Deans Oberschenkel. „Du wirkst matt! Erklär mir das."

Dean schielte zum Wecker. „Es ist drei Uhr siebenundvierzig in der Früh."

„Du hast geschlafen, also solltest du jetzt eigentlich ausgeruht sein."

„Eigentlich sollte ich *immer noch* schlafen." Dean lehnte sich gegen sein Kopfkissen und streichelte sanft mit dem Daumen über den Punkt direkt hinter Austins linkem Ohr. „Ist dir je in den Sinn gekommen, daß du Mumien-Alpträume haben könntest? Weil du ein Kater bist und Katzen diese besondere Verbindung zum alten Ägypten haben?"

Austin kniff die Augen zusammen und funkelte Dean wütend an. „Davon hast du doch gar keine Ahnung."

„Das stimmt nicht. Als ich beim Pick-up die neue Radaufhängung einbauen lassen mußte, lagen im Warteraum der Werkstatt alte Ausgaben vom *National Geographics*. In einer von denen habe ich einen Artikel über Katzen im alten Ägypten gefunden."

„Wie alt waren die Zeitschriften?"

„Ziemlich alt, aber es war von der Zeit tausendfünfhundert vor Christi die Rede, spielt das da eine Rolle?"

„Ich habe keine Alpträume. Ich bilde mir nichts ein, und ich habe nicht gesagt, daß du aufhören sollst."

„Entschuldige!" Dean fing erneut an zu streicheln, während Austin sich ausstreckte.

„Ich werde dieser Sache auf den Grund gehen!" schwor er, und sein Schwanz fuhr hektisch über Deans Beine.

„Aber sicher wirst du ... AUA! Himmel Herrgott noch mal, Austin! Ich häng an denen!"

„Dann solltest du in Zukunft genau hinsehen, wo meine Krallen gerade sind, ehe du die nächste herablassende Bemerkung von dir gibst." Austin, der nach getaner Tat rasch beiseite gesprungen war, um etwaiger Vergeltung aus dem Weg zu gehen, rollte sich auf Claires Bettseite eng zu einem Ball zusammen und schloß die Augen. „Mach das Licht aus. Es ist mitten in den Nacht."

„Wo sind wir?"

„In Anbetracht der Kanonen, die hier herumstehen, und der Brustwehren und des großen Wachhauses da drüben", zischte Claire, erwischte eine Handvoll von Lances nassem Hemd und zerrte den Mann hinter die Verschanzung, „würde ich sagen, wir sind in einem Fort."

„In welchem Fort?"

„Das weiß ich nicht." Sie waren immer noch auf der Gegenseite, auch wenn Claire sich nicht ganz sicher war, auf welcher – und sobald sie erst einmal nicht mehr persönlich für diesen komplett idiotischen Zuschauer verantwortlich war, würde sie gewiß auch mal die Zeit finden, sich über dieses ganze Konzept der verschiedenen Gegenseiten den Kopf zu zerbrechen. Sie forderte den Archäologen mit einer knappen Handbewegung auf, ihr zu folgen, raunte ihm zu, er möge sich dicht bei ihr halten und eilte an der Innenseite einer Außenmauer entlang. Als sie im dreieckigen Schatten eines kleinen, an die Mauer gebauten Schuppens haltmachte, rückte ihr Lance so dicht auf die Pelle, daß sie hinter sich griff und ihm einen Stoß versetzte, der hart genug war, zumindest den direkten körperlichen Kontakt zwischen ihnen beiden zu beenden. „So dicht nun auch wieder nicht!" zischte sie erbost.

Sofort rückte der Mann wieder näher. „Was machen wir hier?"

„Sie haben ‚Arschbombe!' gebrüllt, als Sie auf dem Wasser auftrafen. Das hat den Pfad wohl beeinflußt."

„Das alles ist Meryats Werk, nicht wahr?"

„Nein." Claire schätzte die Entfernung zwischen ihrem Versteck und dem Wachhäuschen ab und entschied, daß ein Sprint über offenes Gelände mit einem Zuschauer im Schlepptau einfach zu gefährlich wäre – ganz gleich, wie sehr und wie ehrlich sie sich wünschte, besagten Zuschauer zu verlieren. Zwar hatte sie bislang noch keine richtigen Wachen zu Gesicht bekommen, aber das hieß noch lange nicht, daß es hier keine richtigen Wachen gab.

„Aber ..."

„Würden Sie *bitte* den Mund halten?"

„Aber warum ist es dunkel?"

„Weil es Nacht ist." Claire wußte nicht, warum das Zauberwort nicht funktionierte – ob es an ihr lag oder an ihm oder an einer Mischung aus beidem –, aber nur die dringende Notwendigkeit, ins Einkaufszentrum zurückzukehren, hielt sie davon ab, ein paar andere Worte auszuprobieren. Sie waren an einem Punkt angelangt, an dem jede weitere Verzögerung letztlich nur dem Übergang dienen würde.

„Am Strand ist es nicht Nacht gewesen."

Jede Verzögerung an diesem Punkt ... „Nein, da war nicht Nacht." Claire wäre durchaus bereit und willens gewesen, den Umweg zu machen und den Mann zurück zum Strand zu begleiten, aber das schien nicht möglich zu sein. Der Pfad hatte sich hinter ihnen geschlossen, und ihn zurück in die wirkliche Welt zu bringen hätte zuviel Zeit in Anspruch genommen. Zeit, die Claire – und die Welt – nicht hatten.

„Dies ist Meryats ..."

„Nein. Halten Sie den Mund."

Auf der anderen Seite des Schuppens machte die Mauer einen Bogen nach links. Claire kroch voran, wobei sich ihr der nasse Rock um die Beine wickelte. Als der Archäologe es schaffte, ein Stück dieses Rocks in die Finger zu bekommen und sich daran festzuklammern, geriet die Hüterin leicht ins Wanken, erlangte jedoch bald das Gleichgewicht zurück und kroch weiter, ohne etwas zu tun, das Lance den Rest seines in diesem Fall recht kurzen Lebens hätte bedauern müssen. Unverdrossen folgte Claire der Mauer bis zu einem flachen Alkoven, über dessen Stein sie prüfend die Hand gleiten ließ.

Dicht hinter der Hüterin drängte sich nun auch Lance in den Alkoven. „Wonach suchen Sie?"

„Nach einer Tür."

„Warum?"

„Damit wir durchgehen können."

„Dann sind wir auf der anderen Seite der Tür!"

„Ja ... nein." Sie wußte nicht, wozu dieser Alkoven dienen mochte, aber leider diente er nicht als Zugang zu irgend etwas. „Hatte ich nicht gesagt, Sie sollten den Mund halten?"

„Ja!"

Als Claire sich umdrehte, stand sie so nah vor dem Doktoranden, daß ihre Nase fast dessen Brust berührte. Nachdenklich starrte Claire dem jungen Mann, der so gar nichts von dem mitzubekommen schien, was andere Menschen an lauten oder lautlosen Signalen aussandten, ins Gesicht. „Wie oft muß man Ihnen denn sagen, Sie sollen den Mund halten, bis Sie es tun?"

Darüber schien Lance nachdenken zu müssen. „Das weiß ich nicht", gab er dann schließlich zu.

„Du hast also mit Hilfe dieses Spiegels aus dem Wellensittichkäfig Kontakt zu einem magischen Spiegel im Erlkönig aufgenommen ..." Arthur drehte das winzige Stück Glas in seinen langen Fingern und betrachtete sein Spiegelbild darin mit grüblerisch gerunzelter Stirn. „Das ist sowohl der Laden, der der Dunkelheit, die den Übergang verankert, am nächsten liegt, als auch der Ort, an dem du und die Hüterinnen auf die andere Seite hinübergewechselt seid?"

Sam hakte die Krallen der rechten Vorderpfote in eine der Querverstrebungen des Käfigs und starrte den König ungeduldig an. Der hockte auf dem Boden – weit genug entfernt, um für die Pfoten des Katers unerreichbar zu sein –, die Schwertspitze vor sich, den Knauf des Schwertes in einem scharfen Winkel über seiner linken Schulter aufragend. „Ja."

„Dieser Spiegel sagte, er hätte Diana und Kris gesehen, als sie durch den Laden gingen?"

„Ja."

„Aber später will er Klatsch belauscht haben, demzufolge die beiden geschnappt worden sind?"

„Mann, wie oft soll ich das denn noch sagen? Ja – und mach schon weiter."

„Du hast dir diese ... diese Geschichte nicht einfach so ausgedacht, damit ich dich freilasse und du hinter Diana herjagen kannst?"

„Nein." Zum ersten Mal in all der Zeit, in der Sam nun Kater war, begriff er wirklich, wie ungeheuer befriedigend es sein kann, ordentlich schnell mit dem Schwanz hin und her zu schlagen. Noch schneller, und er hätte befürchten müssen, daß ihm das Hinterteil abfiel! „Denkst du etwa wirklich, ich würde so etwas tun?"

Arthur stand auf, griff nach hinten und rückte sein Schwert zurecht. „Eingedenk dessen, was ich von Katzen weiß: ja. Du würdest das tun."

„Aber ich tue es nicht!"

„Du hast also die Unterhaltung mit dem Spiegel mit angehört?" Arthur warf sich mit einem Ruck die Haare aus dem Gesicht und wandte sich Stewart zu.

Der Elf, der gerade einen kleinen Straßenhydranten aus Gummi munter hatte quietschen lassen, erstarrte. „Worte habe ich nicht verstehen können, Herr, denn der Spiegel ist ziemlich klein und befand sich ja auch da unten bei ihm, ja, und nicht hier oben bei mir, aber ich habe gehört, wie sie geredet haben."

„Hey!" Sams Aufschrei lenkte die Aufmerksamkeit des Elfen und des unsterblichen Königs wieder hinunter auf den Käfig. „Du weißt doch selbst, daß ich echt kein Talent zum Lügen habe! Würde ich denn sonst hier drin hocken?"

„Womit du recht hast", gab Arthur zu, nachdem er eine Weile über Sams letztes Argument nachgedacht hatte.

„Ich habe in verdammt vielen Punkten recht", grollte Sam. „Was außerdem noch zu Punkten zu sagen wäre: Ich kenne die, an denen es am dollsten wehtut."

Die saphirblauen Augen wurden ganz eng: „Was hast du da eben gesagt?"

„Gar nichts. Hör mal, es ist doch ganz einfach. Die Bösen haben Diana, und wir müssen sie befreien."

„Wir?"

„Ich bin ja nicht blöd, ich weiß schon, wann ich Hilfe brauche! Du kannst Diana nicht einfach im Stich lassen – und was ist mit Kris? Die schon gar nicht! Du bist doch angeblich ein so toller Führer – es ist doch bestimmt nicht richtig, die eigenen Leute im Stich zu lassen."

„Stimmt." Arthur bückte sich und öffnete das Türchen.

„Na endlich!" Sam rannte aus dem Käfig und sprang auf einen Stapel Hundefutterdosen – endlich wieder obenauf. „Was hat dich letztlich überzeugt?"

„Eine Hüterin wurde gefangengenommen, die andere ist verschwunden. Die dunkle Seite wird den Übergang jetzt so schnell wie möglich schließen wollen, ehe das Licht Gelegenheit hat, noch mehr Zauberer zu schicken. Wenn sie Erfolg haben will, muß sie uns vorher entfernen. Das heißt, sie rottet sich irgendwo zusammen und startet einen massiven Angriff auf uns. Ich habe es von jeher vorgezogen, zu meinen Bedingungen anzugreifen und nicht zu denen des Feindes."

„Aber nichts von all dem habe ich gesagt!"

„Das weiß ich."

„Aber Diana ..."

„Wird befreit werden, wenn wir die dunkle Seite besiegen."

Sam öffnete das Maul, um zu fragen, was denn geschehen würde, wenn sie die dunkle Seite nicht besiegten. Dann aber überlegte er es sich anders; er kannte die Antwort auf diese Frage ja bereits, und sie gefiel ihm wirklich nicht besonders.

„Was für eine hübsche Katze!"

Dean blickte zu Boden, gerade noch rechtzeitig, um mitzubekommen, wie Austin betont langsam auf die andere Seite des Eßzimmers wechselte, um soviel Distanz zwischen sich und Meryat zu schaffen wie möglich, wenn er sich weiterhin in denselben vier Wänden aufhalten wollte wie sie.

„Ich glaube, er mag mich nicht."

„Albernes Kätzchen!" murmelte Dr. Rebik und führte die schwärzlichen Fingerspitzen der Mumie an seine Lippen.

Dean, der versuchte, sich seinen Widerwillen nicht allzusehr anmerken zu lassen, entwickelte plötzlich ein starkes Interesse daran, einen bereits makellos sauberen Teil des Küchenfußbodens erneut zu säubern. Er gab sich alle Mühe, die Sache zwischen Meryat und Rebik völlig unvoreingenommen zu betrachten – schließlich unterhielt er selbst eine Beziehung zu einer Frau, die älter war als er –, aber mit der Erkenntnis, daß an der Beziehung der beiden Hotelgäste eine reanimierte Leiche beteiligt war, vermochte er sich wirklich nicht ganz abzufinden. Als er sich aufrichtete, waren alle uralten Gliedmaßen wieder sorgsam unter den alles verhüllenden Falten von Meryats Umhang versteckt, und Dr. Rebik verzehrte gerade die letzten Löffel seiner Haferflockensuppe.

„Da Meryat gern hierbleiben würde, bis Ihre Hüterin zurückkehrt", hob Rebik an, nachdem er seinen Löffel beiseite gelegt hatte, „habe ich mich gefragt, Mr. McIsaac, ob Sie mir wohl einen Gefallen tun würden."

Dean schenkte Austins warnendem Schwanzzucken keine Beachtung und nickte. „Gern."

„Ich habe nicht viel zum Anziehen bei mir. Würde ich draußen, außerhalb des Hotels, einen Waschsalon aufsuchen, dann ergäbe sich für mich folgendes Problem: Ich könnte entweder meine Hose nicht mitwaschen oder ich mich, wenn ich sie mitwüsche, gezwungen sehen, ohne Hose herumzulaufen, und glauben Sie mir – die Hose hat eine Wäsche dringend nötig."

Das war eine völlig zutreffende Feststellung, wie Dean nach einem Blick auf das, was er von den cremefarbenen Leinenhosen sehen konnte, zugeben mußte. „Ich wasche gern eine Maschine Wäsche für Sie. Stopfen Sie nur alles, was gewaschen werden soll, in einen Kopfkissenbezug und legen Sie den draußen vor Ihrer Tür auf den Flur."

„Herzlichen Dank." Der Wissenschaftler legte beide Handflächen flach auf den Tisch, stützte sich ab, kam etwas unbeholfen auf die Beine und schob dann die Hand unter Meryats Ellbogen, um auch ihr beim Aufstehen behilflich zu sein.

„Ja, Mr. McIsaac!" Meryat wandte sich um, und nun schien das Morgenlicht in die Tiefen ihrer Kapuze. Gegen seinen Willen erfuhr Dean nun ziemlich genau, welche Bestandteile des Körpers selbst in einem sehr trockenen Klima verwesen. Angesichts des völligen Mangels an Knorpel und Fettgewebe wirkten die dunklen Augen sehr fehl am Platze. „Auch ich danke Ihnen", fuhr die Mumie fort.

Dabei lächelte sie ihn an, wie Dean annahm – auch wenn ihm der Gedanke an einen ewig grinsenden Totenschädel nicht aus dem Kopf gehen wollte, ohne daß er etwas dagegen unternehmen konnte. „Gern geschehen", beeilte er sich zu versichern.

„Wissen Sie, auch *ich* habe mich etwas gefragt!"

Drei Köpfe wandten sich unisono dem Kater zu, wodurch das Sonnenlicht nun aus einem anderen Winkel auf Meryats Kopf fiel und ihr Gesicht wieder ganz im Schatten lang.

„Warum möchten Sie so dringend die Hüterin sprechen?" fuhr Austin fort und hockte mit einem Mal auf dem einen Ende des langen Eßtischs. Dr. Rebik wirkte überrascht, durch Meryats Gewand ging eine kaum merkliche, wellenförmige Bewegung, und Dean versuchte, so zu tun, als gestatte er es dem Kater für gewöhnlich nicht, auf demselben Tisch zu sitzen wie das Frühstücksgeschirr. Nicht, daß die Sache mit dem Gestatten sich überhaupt auf Katzen anwenden ließe! Auf Katzen im allgemeinen nicht und auf diesen Kater im besonderen schon gar nicht. „Die Hüterin ist in einem Auftrag unterwegs", erklärte Austin. „Es könnte sein, daß Sie ziemlich lange warten müssen, bis sie wiederkommt."

„Ich bin bereit zu warten." Meryat faltete die Hände, die in den langen, weiten Ärmeln ihres Gewandes verborgen waren. „Ich hoffe, sie wird mir alles zurückgeben können, was ich verloren habe."

„Sie scheinen doch auch ohne die Hüterin ganz gut klarzukommen."

„Aber so langsam, so langsam! Ich freue mich auf den Tag, an dem ich ..."

„Die Welt werde regieren können?"

„Mich in der Öffentlichkeit werde zeigen können."

Dr. Rebik warf Austin einen tadelnden Blick zu – „siehst du, was du da angerichtet hast?" –, bedachte Dean mit einem ebenso tadelnden Blick, legte den Arm um Meryats gebeugte Schultern und geleitete die Mumie aus dem Zimmer. Während die beiden langsam den Flur entlangschlurften und die Treppen hinaufkletterten, belud Dean die Geschirrspülmaschine, fegte im Eßzimmer den Fußboden, wischte den Tisch blank und tat sein Bestes, Austins Gesichtsausdruck nicht zu beachten.

Als aus der Ferne zu hören war, daß im ersten Stock eine Tür geschlossen wurde, erhob sich der Kater. „Na? Überzeugt? Es geht ihr alles zu langsam, und sie muß auch noch aus Claire die Lebenskraft lutschen, wenn sie sich endgültig rekonstruieren will."

„Bisher dachte ich, du unterstellst ihr, sie sei drauf aus, mir die Kraft aus dem Leib zu lutschen."

„Ja, aber das macht sie ganz langsam. Sie will doch nicht, daß Claire Lunte riecht, sobald sie den Fuß über die Türschwelle gesetzt hat. Glaub mir, Claire kriegt bestimmt mit, wenn du als verwesende Leiche irgendwo in der Ecke herumliegst, aber ein paar fehlende Jahre könnten ihr leicht entgehen."

„Das ist ja aufmunternd."

„Na ja, sie wird nicht besonders begeistert sein, daß eine andere Frau bei dir hat lut..."

Mit knallroten Ohren legte Dean dem Kater die Hand aufs Maul. „Niemand ist letzte Nacht in unserem Schlafzimmer gewesen, und du hast selbst gesagt, daß Meryat schlief, als du in der Nacht zuvor gehört hast, wie sich im Haus etwas bewegte. Laß es doch sein. Du bildest dir das ein! Du machst dir Sorgen um Claire, und das streßt dich. Davon kriegst du Alpträume."

Dann nahm er die Hand wieder weg.

Austin schüttelte sich, bis seine Schnurrhaare wieder so standen, wie es sich gehörte. „Katzen haben keine Alpträume!" zischte er. „Katzen haben Vorahnungen. Sie sehen ein Verhängnis voraus, und genau so eine Vorahnung habe ich gerade. Knebel mich noch mal, und du bist die Hand los!"

„Hören Sie auf, mich anzufassen!"

„Tut mir leid. Es ist doch aber nur ... das Ganze hier ...", ein wenig hilflos deutete Lance auf eine Herde lila Nilpferde, die um Claire und ihn herumwuselte, „... ist doch ein wenig zu schräg."

„Ja, das stimmt. Aber ich kann Ihnen auch sagen, woran das liegt: Es ist schräg, weil Sie anscheinend unfähig sind zu tun, was man Ihnen sagt!"

„Sie haben gesagt, ich soll an gar nichts denken."

Claire versetzte dem nächststehenden Nilpferd einen kräftigen Schlag auf den Rumpf, woraufhin sich das Tier ein paar Schritt entfernte und der Hüterin nicht mehr im Weg stand. „Nichts? Die hier sind aber nicht nichts!"

„Ich habe ja versucht, an gar nichts zu denken! Aber das führte nur dazu, daß ich dachte, wie schwer es doch ist, an gar nichts zu denken – und schon war ich bei dieser ganzen Nummer mit ‚denk jetzt bloß nicht an das lila Nilpferd'."

„Wissen Sie, das alles habe ich mir auch so denken können, ganz ohne Ihr Zutun."

„Wie das denn?"

Claire wechselte einen entnervten Blick mit einer lavendelfarbenen Kuh. „Das war leicht, denn wir sind hier mitten in einer Herde lila Nilpferde, die für gewöhnlich im Wasser leben und nicht lila sind."

„Ich sehe keine Türen."

„Halten Sie den Mund und gehen Sie weiter." Einerseits wußte Claire nun definitiv, daß sie wieder auf der richtigen Gegenseite war und daß dieser letzte Pfad, hatte er auch sonst nicht viel gebracht, sie zumindest dem Einkaufszentrum nähergebracht hatte. Andererseits beschert einem kaum etwas derart schlechte Laune wie ein Spaziergang auf bloßen Füßen durch eine Herde Pflanzenfresser.

„Wie konntet ihr bloß in einem Kaufhaus Rüstungen entdecken?"

„In der Sportartikelabteilung." Will zog mit einem Ruck seinen Zopf unter dem dicken Schulterpolster hervor. „Da lagert soviel Eishokkeyzeug, damit könnte man glatt alle Mannschaften der Nationalliga ausrüsten."

„Im Juni."

Der Elf zuckte die Achseln. „Ausverkauf, weil bald Ende der Saison ist?"

„Egal. Das ergibt ebensoviel Sinn wie alles andere hier." Sam wikkelte den Schwanz sorgsam um seine Pfoten, um niemandem im Wege zu sein, denn nun kehrten immer mehr Elfen in Hockeyausrüstung zum Treffpunkt bei der Feuerstelle zurück. „Widersprecht mir, wenn ich mich irre, was ich nicht tue, aber wart ihr Typen nicht alle mal ursprünglich Straßenkinder des 21. Jahrhunderts?"

„Ja und? Was soll die Frage?"

„Woher wißt ihr denn dann überhaupt, was eine Rüstung ist?"

„Das steht doch alles im Buch, Mann!" Der Elf griff hinter sich und zog ein seltsam vertraut wirkendes gelbschwarz eingebundenes Buch aus der Gesäßtasche.

„Elfenrüstung für Dummies." Sam las den Titel laut vor, wobei er die Augen zusammenkneifen mußte, da das Licht gerade nicht besonders gut war.

„Kris hat einen Haufen von diesen Büchern da hinten im Buchladen gefunden. Du weißt schon: als die Bösen uns noch immerfort fertiggemacht haben. Mit Hilfe von *Wehrt Euch! für Dummies* hat sie angefangen, uns zu einer Gruppe zusammenzuschweißen, und als Arthur auftauchte, hat sie ihn anhand von *Charisma und Führungsstil für Dummies* überprüft. In letzter Zeit haben wir *Überleben im Wahnsinn – überleben im Einkaufszentrum für Dummies* als eine Art neue Bibel verwendet."

„Echt?"

„Nee, ich mag nur das Wort Dummies so gern. Die ganze Chose mit dem Überleben in einem Einkaufszentrum haben wir uns allein zusammengereimt."

„Wofür ist das Skateboard?"

„Das ist so was wie unsere Version der Kavallerie." Will stellte sich hinten auf das Brett, das daraufhin vorne hochging. „Damit sind wir schneller und mobiler als die Fleischköpfe. Die Idee stammt auch aus einem Ratgeber: *Vorhandene Fähigkeiten nutzen für Dummies*."

Zwischen Sams Ohren rückten orangefarbene Tigerstreifen zusammen, bis der Buchstabe W entstand. „Wirklich?"

Will grinste: „Mann, du glaubst einem auch wirklich alles."

„Au! Versuch mal, auf eigenen Füßen zu gehen, ja?"

„'Tschuldigung!" Diana packte Kris' Arm etwas anders, ging aber unverändert zielstrebig so schnell wie irgend möglich weiter, wobei sie die Freundin immer an der Wand entlangführte. Solange sie die Spur nicht verlor, die von der Signatur ihrer Habseligkeiten ausging, war alles in Ordnung. Obwohl: In Ordnung war ja vielleicht doch ein wenig übertrieben.

„Ich sehe wirklich nicht, wie du bei der Sache hier so verdammt ruhig bleiben kannst", stieß Kris zwischen zusammengebissenen Zähnen hervor. „Fakt ist: Ich sehe überhaupt nichts mehr! Ich kann nichts sehen! Hinter uns sind Schatten aus der Hölle her. Aus der richtigen Hölle, nicht bloß aus irgend so einem Scheißort, den die Leute Hölle nennen, und wir können absolut nichts sehen, weil es hier unten stockfinster ist!"

„Genau das ist einer der Gründe, weswegen ich ruhig bleibe."

„Was ist einer der Gründe, weswegen du ruhig bleibst?"

„Daß es finster ist. Wenn es total finster ist, sind Schatten impotent. Sie verlieren jegliche Definition, jegliche Handlungsfähigkeit. Um uns wirklich etwas antun zu können, müßten sie das Licht wieder anmachen, und wenn ich sie sehen kann, kann ich gegen sie kämpfen."

„Weil du die mächtigste Hüterin der Welt bist."

„Genau."

Die Elfe schnaubte verächtlich. „Nun bin ich aber wirklich schwer beeindruckt!"

„Hör mal, du hast alles Recht dazu, Angst zu haben, aber laß es nicht an mir aus, nur weil ich die einzige bin, die da ist!"

Danach war lange nichts mehr zu hören als das Klopfen ihrer Herzen, das Flüstern, mit dem ihr Atem ging, das schlurfende Geräusch, das ihre Schuhe auf dem Steinboden verursachten und das leise Zischen, mit dem ihre Fingerspitzen an der Steinwand entlangglitten.

„Entschuldigung", unterbrach Kris dann die Stille.

„In Ordnung. Ich kann dich ja verstehen."

„Ich hätte das trotzdem nicht sagen sollen."

„Dagegen kann ich nichts sagen!"

„Was ist dann also der andere Grund?"

„Wie?"

„Du sagtest, die Schatten, die keinen hochkriegen – das ist der eine Grund, weswegen du ruhig bleibst. Was ist der andere?"

Diana brauchte eine Weile, um den Schatten, der keinen hochkriegte, zum Wörtchen impotent zurückzuverfolgen und mußte dann grinsen. „Der andere Grund liegt darin, daß ich mein Leben lang für so etwas trainiert habe."

„Für das hier?"

„Ja."

„Dein ganzes Leben?"

„Ja."

„Verdammt! Das muß aber wirklich ein grauenhafter Kindergarten gewesen sein!"

„Na ja, vielleicht nicht mein *ganzes* Leben lang." Dianas rechte Finger hatten den Kontakt zur Wand verloren. Sie beugte das Knie und tastete um die Ecke. „Torbogen!" sagte sie dann.

Kris lehnte sich so weit vor, daß sie Diana ihre Frage ins Ohr hauchen konnte. „Thronsaal?"

„Wenn wir Glück haben, ja."

„Ach ja, und bisher hatten wir ja immer auch ziemliches Glück, was?"

Diana griff hinter sich und strich dem anderen Mädchen mit zwei Fingern über die Wange. „Ich kann mich nicht beschweren."

„Mann, du bist aber schnell zufriedenzustellen!"

Aber ehe Diana die Finger zurückzog, hatte sie ein Lächeln spüren können. Das Schweigen hinter der Türöffnung fühlte sich groß an. Ein wenig zu groß vielleicht; so, als fülle es mehr an Raum aus, als eigentlich vorhanden war. Diana zählte dreißig Herzschläge mit, um dann erleichtert auszuatmen. „Ich höre nichts!" flüsterte sie. „Wenn wir weiter ganz dicht an der Wand entlanggehen, stolpern wir irgendwann mit Sicherheit über den Thronsessel. Sobald ich mein Zeug habe, werden wir zu den Zugängen rennen. Wenn wir bis zum Kaufhaus kommen, sind wir in Sicherheit. Glaube ich."

„Glaubst du?"

„Jack sagt, der große Boß ist nie ins Kaufhaus hinausgekommen." Diana gab acht, den Kontakt zur Steinwand nicht zu verlieren und steuerte sich und die Elfe durch den Türbogen und an der Wand des Raumes entlang.

„Es gibt immer ein erstes Mal."

„Mir ist da gerade was eingefallen: Warum sagst du nicht mal was Positives?"

„Positiv?"

„Ja, so wie in ‚nicht negativ'!" Diana verdrehte die Augen, als keine Antwort kam und das Schweigen sich hinzog. Drei Schritte lang. Vier Schritte, fünf ...

„Wenn ich mich recht erinnere, hast du in der Hose da einen verdammt netten Hintern!"

Die Hüterin geriet aus dem Takt, stolperte, wobei ihre Ohren zu glühen begannen, fing sich wieder und murmelte leise: „Danke!"

„Um auf das Training zurückzukommen", bohrte die Elfe weiter nach, wobei sie allerdings um einiges vergnügter klang als zuvor, „hast du außerdem denn auch richtige Erfahrungen?"

„Ich war mit Claire zusammen, als sie das letzte Mal die Hölle geschlossen hat, ich habe geholfen, eine Dämonin in eine Kleinstadt im nördlichen Ontario zu integrieren und ich habe ..."

„Pizza Hawaii!"

„Das war ich nicht! Außerdem, was ist denn so schlimm an Pizza ..."

„Nein! Ich rieche Pizza Hawaii."

Im selben Moment roch es auch Diana. Blitzschnell wirbelte sie herum, schlug der Elfe die Beine unter dem Leib weg und warf sich über die Freundin, als diese zu Boden ging.

Genau da gingen die Lichter an ...

... und der Schattenfürst ließ einen riesigen Knüppel gegen die Wand donnern, genau an der Stelle, an der eben noch die beiden Mädchen gestanden hatten.

Diana, die über Kris gebreitet auf dem Boden lag, konnte von ihrer Warte aus problemlos alle vier Käfer und ein halbes Dutzend Fleischköpfe erkennen, die neben dem Thronsessel warteten. Einer der Fleischköpfe kaute, und zwar auf eine Art und Weise, die eindeutig schuldbewußt wirkte.

Dreimal darf ich raten, was der da kaut, und die ersten beiden Versuche zählen nicht. Diana war sich ziemlich sicher, daß es merkwürdigere Dinge gab als ein Dankbarkeitsgefühl Schinken und Ananas in Tomatensauce gegenüber, aber im Moment wollte ihr keins einfallen.

„Dankbar" – dieses Wort traf nun nicht im geringsten auf die Gefühle zu, die den Schattenfürsten beutelten.

Er drehte sich einmal um die eigene Achse und stürmte mit hocherhobenem Knüppel auf den kauenden Fleischkopf zu, wobei er brüllte: „Mir ist es schnurzegal, wie deine Gewerkschaft zur Mittagspause steht!"

„Gewerkschaft?" fragte Kris, als das knorrige Holz einen Fleischkopfschädel spaltete und die beiden Mädchen sich aufrappelten.

„Die pandimensionale Dienstleistungsgewerkschaft der Anderwelt."

„Du willst mich verarschen!"

„Genau! Renn."

„Ha! Ich bin froh, feststellen zu können, daß du mich doch ernst nimmst."

Dean ließ den Kissenbezug in die Waschmaschine fallen. „Inwiefern?"

„Ich habe gesehen, wie du gerade Rebiks Taschen durchwühlt hast."

„Wieso nehme ich dich ernst, wenn ich das tue?" fragte Dean und griff nach der Flasche mit dem Waschmittel.

Austin sprang auf den Trockner, stolzierte hinüber zur Waschmaschine und spähte in die offene Trommel. „Du hast nach Hinweisen gesucht."

„Ich suchte nach Papiertaschentüchern."

„Um sie zur gerichtsmedizinischen Untersuchung einzuschicken?"

„Um zu verhindern, daß sie die Waschmaschine mit kleinen, nassen Papierteilchen verstopfen." Dean schloß den Deckel der Maschine, sah nach, ob der Zeiger für die Wassertemperatur wirklich auch auf kalt/kalt stand und stellte die Zeitschaltuhr ein. „Ich weiß, ich werde es bereuen, aber ich frage dich trotzdem: Was für Hinweise hätte ich denn deiner Meinung nach finden sollen? Wenn Meryat ein böser Bube ist – ein böses Mädel, besser gesagt ..."

„Eine böse Leiche."

Dean hatte einen Blick auf das Gesicht der Dame werfen können: Gegen Leiche ließ sich schwer etwas sagen. „Würde das dann aber nicht bedeuten, daß Dr. Rebik das Opfer ist?"

„Ja und?"

„Was für Hinweise sollte ich denn dann in seinen Taschen finden können?"

„Ein Amulett, das seinen freien Willen fernsteuert. Eine Nachricht, die er in einem klaren Moment verfaßt hat und die besagt, daß er um Rettung fleht, und vielleicht ist der Mann ja auch gar kein Opfer. Vielleicht hilft er ihr bei ihrer Rückkehr, weil sie versprochen hat, ihm ein Stück vom Kuchen Weltherrschaft abzugeben."

„Vielleicht hätte ich nie diesen *Scooby-Doo*-Marathon für dich aufzeichnen sollen."

„Das ist ein Hund!" schnaubte Austin verächtlich, sprang von der Waschmaschine und folgte Dean die Kellertreppe hinauf. „Was der nicht direkt am Hinterteil von jemandem erschnüffelt, das kriegt er nie mit! *Ich* sage dir, da war letzte Nacht was im Schlafzimmer, und wahrscheinlich auch die Nacht davor."

„Okay, nehmen wir mal an, da war etwas." Dean bückte sich und hob die Katze auf den Küchentresen, wobei er angesichts der Tatsache, daß es sehr unbequem ist, sich mit jemandem zu unterhalten, der gut zwei Meter kleiner ist als man selbst und auf dem Boden hockt, jegliche Hygienebedenken rigoros hintanstellte. „Aber nur weil du etwas gespürt hast, heißt das doch noch lange nicht, daß es Meryat war. Es ist doch nicht so, daß wir hier vorher nie Besuch hatten! Geister, Kobolde", fügte er hinzu, als Austin ihn lediglich ungehalten anknurrte.

„Ich hab' schon gewußt, was du gemeint hast, ich finde nur, du bist ein Volltrottel." Austin setzte sich und schlang mit königlicher Würde den Schwanz um die Vorderpfoten. „Ich habe mit den Mäusen gesprochen."

Nachdem er einen Moment lang versucht hatte, das Ende dieser Erklärung an deren Anfang anzupassen, gab Dean auf. „Ach ja?"

„Die Mäuse", fuhr Austin in einem Ton fort, der ahnen ließ, daß er „Volltrottel" wahrscheinlich noch für eine viel zu lahme Formulierung hielt, „sagen, die tote Maus, die ich in Zimmer zwei gefunden habe, war noch ein Küken; sechs Monate alt, auf der Höhe ihres kleinen Nagerlebens."

„Ja und?"

„Oh, um des lieben Katzenfutters willen, würdest du wenigstens mal versuchen, zwei und zwei zusammenzuzählen?" Austin sprang auf die Beine und tigerte einmal ganz bis ans Ende des Tresens und zurück, wobei sein heftig zuckender Schwanz die Distanz in der Horizontalen bestimmt zweifach zurücklegte. „Dieser Maus wurde direkt neben der Mumie das Leben aus dem Leib gelutscht."

„Willst du damit sagen, daß Meryat mit der Energie, die sie dieser Maus aus dem Leib gesogen hat, plötzlich fähig war, die Treppe hinunterzugehen? Sie, die sonst kaum in der Lage ist, einen Fuß vor den anderen zu setzen? Daß die Energie dann auch noch reichte, die Treppe wieder hinaufzukommen, und zwar so schnell, daß du sie nicht hast sehen können? Mann, war das eine Maus!"

„Du vergißt ihren Besuch bei dir. Die Maus mußte ihr nur die Treppe hinunterhelfen."

„Du meinst, ich würde es nicht mitbekommen, wenn mir eine reanimierte ägyptische Mumie ..." Mit hochroten Wangen verfügte Dean, in den letzten Gesprächen zu diesem Thema sei viel zuviel vom Lutschen die Rede gewesen, und entschied sich für einen anderen Begriff. „Daß sie meine Energie in sich aufnimmt?"

„Du hast sechs Monate lang nicht mitbekommen, daß du direkt neben einem Höllenschlund wohnst", murmelte Austin. „Ich bin mir ziemlich sicher, daß du es nicht mitbekommen würdest, wenn eine reanimierte ägyptische Mumie Macarena tanzen würde!"

„He! Das würde ich auf jeden Fall mitbekommen! Macarena tanzt doch kein Mensch mehr."

„Sei doch nicht so streng mit der Frau! Die war jetzt dreitausend Jahre lang tot, sie braucht 'ne Weile, bis sie wieder auf dem neuesten Stand ist."

„Wenn wir hier über dreitausend Jahre reden", gab Dean entnervt zurück, „dann würde sie Discofox tanzen!"

Die Stille, die daraufhin folgte, war so tief, daß man durch die offenen Eßzimmerfenster ganz deutlich die Skateboardfahrer hören konnte, die sich ein paar Gärten weiter im Swimmingpool eines Nachbarn vergnügten.

„He, Mann, was soll das denn da mit dem Wasser?"

Nach einer weiteren Pause im Haus, in der draußen klar wurde, daß weder Skateboards noch Skateboardfahrer von ganz allein schwimmen können, hatte Dean seine Stimme wiedergefunden.

„Habe ich da gerade einen Spruch gebracht, der was mit Disco zu tun hatte?"

Austin nickte.

„Himmel hilf."

Austin nickte abermals. „Wenn das kein sicheres Anzeichen dafür ist, daß wir schlechte Energien im Haus haben, dann weiß ich auch nicht."

„Gut, da will ich nicht widersprechen. Aber das heißt noch lange nicht, daß es Meryat sein muß, von der sie ausgehen."

„Warum bist du nur so resistent gegen etwas, was so völlig klar und eindeutig ist?"

„Vielleicht gefällt mir eben nur die Vorstellung, daß Leute einfach so ineinander verliebt sein können, ohne daß irgendwelches Gelutsche abgeht."

Oh Gott! Das Verb lutschen wurde in letzter Zeit ganz definitiv zu häufig gebraucht – Dean wünschte irgendwie, er hätte daran gedacht, ehe er den letzten Satz ausgesprochen hatte.

Aber das einzige, was Austin erwiderte, war: „Ich wünschte, Claire wäre hier."

Elf

Claire packte Lance ein wenig zu fest am Arm. Der Wissenschaftler und sie standen am Ende einer riesigen Halle – obgleich das Wort „riesig" wahrlich nicht reichte, den Ausmaßen dieses Ortes wirklich gerecht zu werden! –, und zwar auf zwei Kreisen, die mit roten Kacheln in einen ansonsten blaugoldenen Mosaikfußboden eingelassen waren. Nur um auf Nummer Sicher zu gehen, blickte die Hüterin auf, um gleich darauf einen Seufzer der Erleichterung auszustoßen. Zumindest regnete es noch keine Ambosse. Hinter Lance und Claire befand sich etwas, das aussah wie eine fünfzehn Meter hohe Doppeltür aus reinem Gold. Vor ihnen gab es gigantische Säulen in einer Doppelreihe; wo diese Säulen endeten, konnte Claire nicht sehen, sie verloren sich einfach in der Dunkelheit über ihren Köpfen. Sollten sie einem Dach als Stütze dienen, so vermochte Claire auch dieses nicht zu sehen. Die Wände hinter den Säulen schienen mit kleinen schwarzen Punkten überzogen, aber angesichts der Entfernung, aus der Claire sie betrachtete, mochten es ebensogut auch riesige schwarze Punkte sein. Die Lichtverhältnisse waren angenehm – es war hell, auch wenn keine sichtbare Lichtquelle vorhanden war. Was die Hüterin nicht überraschte, gehörte doch die indirekte Beleuchtung zu den wenigen Dingen, an denen sich so gut wie jede Realität gern versuchte. Claire hatte schon vor langem aufgehört zu zählen, wie oft sie sich in einer Höhle voller phosphoreszierender Pilze hatte aufhalten müssen.

„Also, wo sind wir?" erkundigte sich die Hüterin bei ihrem Begleiter, indes es sie selbst ein wenig erstaunte, wie ruhig sie klang. Auf der Gegenseite waren sie nicht mehr – auf keiner der Gegenseiten! –, das zumindest wußte sie genau. Es war aber auch das einzige, was sie genau wußte. Das und wie liebend gern sie diesem Lance einen kräftigen Tritt in den Hintern versetzt hätte.

„Das weiß ich nicht!"

Was ja nun nicht gerade eine Überraschung war.

„Was haben Sie denn gedacht, als wir durch die Tür gingen?" Vielleicht war „ruhig" ja nicht das richtige Wort; vielleicht traf „verkniffen" es besser!

„Ich dachte, Sie würden mir die Hölle heiß machen, wenn ich es wieder versiebe."

„Dies hier ist aber nicht die Hölle."

„Woher wollen Sie das denn so genau wissen?" Lance drehte sich um und starrte mit weit aufgerissenen Augen auf Claire hinunter.

„Es ist mein Job, so etwas genau zu wissen."

„Zu wissen, was die Hölle ist?"

„Was die Hölle nicht ist." Während Lance darüber nachdachte, wandte Claire sich den Türen zu. Türen waren Türen! Fünfzehn Meter hoch und aus reinem Gold oder einen halben Meter hoch und am Ende eines Karnickelbaus – das war egal. Wenn Claire sie öffnen konnte und es ihr gelang, die Schwelle zu überschreiten, dann konnte sie sie auch benutzen. Das mit dem Öffnen mochte in diesem speziellen Fall vielleicht ein kleines Problem darstellen, denn die Türklinken befanden sich gute sechs Meter über dem Kopf der Hüterin.

Ein rascher Blick in die Runde führte zu der Erkenntnis, daß es in der ganzen Halle unglücklicherweise keinen einzigen kleinen Tisch gab, auf dem eine Flasche stand, an der ein Zettel mit der Aufschrift: „Trink mich!" lehnte.

„Da kommt jemand!"

Muß er darüber so erfreut klingen? Claire drehte sich um und entdeckte nun auch die beiden Gestalten, die sich vom anderen Ende der Halle her näherten. Da die Hüterin das andere Ende der Halle nicht sehen konnte, war es nur eine Vermutung, daß die beiden von dorther kamen. Woher sie auch gekommen waren, sie bewegten sich schnell.

Sehr schnell.

So schnell, wie es eigentlich gar nicht möglich war.

Gerade eben noch hatte man sie in der Entfernung kaum erkennen können, und im nächsten Moment standen sie auch schon keine zwei Meter weit weg.

Die linke Gestalt war eine Frau mit einem Katzenkopf, von Kopf bis Fuß knapp, aber immerhin bedeckt von einem Hemd aus reinem Leinen. Ihr Fell war hellbraun; dunkleres Fell umrahmte die goldenen Augen, helleres den Mund. Sie hatte große, spitze Ohren, die beide durchstochen waren und die je ein kleiner goldener Ohrring zierte.

Rechts von ihr stand ein schakalköpfiger Mann, nackt bis zur Taille, in einem leinenen Faltenrock, der von einem breiten Gürtel gehalten wurde. Vorn an diesem Gürtel hingen zwei kleine Metallscheiben, in die Hieroglyphen gestanzt waren.

Nicht näher darüber nachdenken! riet Claire sich im stillen. Ganz gleich, wie das aussieht: nicht näher darüber nachdenken.

„Jetzt weiß ich, wo wir sind!" verkündete Lance hilfsbereit.

„Ich auch." Wenn Doktoranden der Ägyptologie an die Hölle dachten, dachten sie nicht an Dante. Zugegeben, das taten Hüterinnen auch nicht – aber das lag eher daran, daß sie es vorzogen, überhaupt nicht an die Hölle zu denken und daß sie auch ganz sicher nicht vorhatten, dieser hilfreich mit irgendwelchen Definitionen unter die Arme zu greifen.

„Die sind aber nicht tot!" knurrte Anubis.

Bastet warf ihm einen verächtlichen goldenen Blick zu. „Wieder einmal muß ich staunen, wie schnell du doch das Offensichtliche erfaßt."

„Wenn sie nicht tot sind, warum sind sie dann hier?"

„Da sie nun einmal nicht tot sind: Warum fragen wir sie das nicht selbst? Oder du schnüffelst ihnen ein wenig am Hintern herum – vielleicht liefert das die fehlenden Details!"

Der Schakalköpfige kniff die Augen zusammen. „So funktioniert das nicht."

Claire biß sich auf die Lippen, um ein Kichern zu unterdrücken. Anscheinend konnten Schakale mit Spott ebensowenig umgehen wie Hunde. Claire hatte Rottweiler gesehen, die, hilflos zitternd und reine Nervenbündel, nicht mehr gewußt hatten, wo vorn und hinten war, nur weil Austin ihnen ein paar bissige Bemerkungen über ihre Badezimmergewohnheiten an den Kopf geworfen hatte. Allerdings mußte man wohl sagen, daß die Chancen, daß Anubis nicht aus der Kloschüssel trank, ziemlich gut standen.

Als hätte Claire, während sie an Austin dachte, die Aufmerksamkeit der Katzenköpfigen geweckt, richtete diese nun das volle Gewicht ihres goldenen Blicks auf die Hüterin: „Du bist eine Hüterin", sagte sie, „aber dies hier gehört nicht zu den Realitäten, die du behütest. Warum also bist du hier?"

Lektion Nummer eins für den Umgang mit Göttern: Man darf sie nie anlügen. „Ich versuche, in eine bestimmte Situation auf der Gegenseite zurückzukehren, aber gewisse Umstände haben dazu geführt, daß ich diesen Zuschauer mit mir herumschleppen muß, und seine Gedanken verdrehen mir immerfort die Pfade."

Der Zusatz zu Lektion eins lautete: Sag es einfach.

Bastets Blick glitt hinüber zu Lance. „Klammert er sich sehr an seine Gedanken?"

„Oh ja. Wenn er sich etwas in den Kopf gesetzt hat, dann ist daran nicht mehr zu rütteln."

Wie aufs Stichwort legte der Mann auch schon los: „*Ich* weiß, warum wir hier sind! Das ist Meryats Werk! Indem sie mich in die Halle des Osiris schickt, versucht sie zu verhindern, daß ich sie an ihrem Vorhaben hindere!"

„Lance ..."

„Nein! Das ist doch alles vollkommen logisch!" Aufgeregt packte er Claire bei der Schulter und wies mit der anderen Hand schwungvoll auf die prächtige Halle. „Sie versucht, das Leben nach dem Tode zu betrügen! Indem sie mich – uns! – statt ihrer schickt!"

„Wenn das Ka stark genug ist ...", hob Bastet an.

„Dieses Ka war dreitausend Jahre lang zwischen Leben und Tod gefangen!" unterbrach Lance. Er schenkte Claires Ellbogen in seinen Rippen – die Erfahrung lehrte, daß es nie gut ist, einem Gott ins Wort zu fallen – keine Beachtung und fuhr erregt fort: „Sobald dieses Ka frei war, sog es Dr. Rebik Kraft und Leben aus dem Leib."

Anubis zuckte die Achseln. „Das kommt vor."

„Das kommt vor?"

„Klar. Aber heutzutage nicht mehr so oft wie früher."

„Aber in diesem Fall geschah es sicher nicht", beharrte Claire auf ihrem Standpunkt. „Ich weiß nicht, ob dieses Ka Dr. Rebik das Leben aus dem Leib gesogen hat oder nicht und kann von daher nichts dazu sagen." Auch wenn sie angesichts der Tatsache, daß diese Meryat in ihrem Hotel wohnte, doch stark hoffte, Dean möge mit seiner Einschätzung richtig gelegen haben und Lances verrückte Theorien würden sich als genau das erweisen: verrückte Theorien eben. Sie *mußte* zurück in dieses Einkaufszentrum und zu Diana, also würde sie sich darauf verlassen müssen, daß Austin für Deans Sicherheit und Wohlbefinden sorgte, „... aber ich weiß, warum wir hier sind", fuhr sie fort und wies auf Lance. „Zuschauer. Dummkopf. Pfad."

Bastet nickte und zuckte mit dem rechten Ohr, was den Ring darin heftig zum Schaukeln brachte. „Ich glaube dir. Nach dreitausend Jahren müßte diese Meryat auch schon ein sehr mächtiges, kraftvolles Ka absorbieren, um genug Kraft zu entwickeln, den Schleier zwischen den Lebenden und den Toten zu zerreißen. Das Ka einer Hüterin zum Beispiel."

Ganz langsam setzten sich die einzelnen Puzzleteile in Claires Kopf zu einem Bild zusammen. Wenn Meryat also stark genug wäre, hatte sie erst einmal das Ka einer Hüterin in sich aufgenommen ... „Sie wartet darauf, daß ich ins Hotel zurückkehre! Noch ist Dean sicher. Bis ich zurückkehre, heißt das. Dann schnappt sie ihn sich, um durch ihn an mich heranzukommen!"

„Ich kann sie aufhalten!"

Claire drehte sich um und funkelte Lance erbost an. „Aber Sie sind nicht im Hotel, und wenn Sie es nicht schaffen, Ihre Gedankengänge in den Griff zu kriegen, dann kann es sein, daß Sie dort auch nie ankommen!"

„Das geht uns nichts an", erklärte Bastet ein wenig scharf.

Ach ja, richtig: Ignoriere auf keinen Fall je die Katzengöttin.

„Nein, das geht euch wirklich nichts an, und ich entschuldige mich ganz ausdrücklich dafür, eure Zeit in Anspruch genommen zu haben. Wenn ihr uns den Weg zu einer Tür weisen würdet, dann sind wir so gut wie weg."

Anubis deutete über Claires Schulter.

Na klar. „Eine kleinere Tür vielleicht?"

„Dies ist die einzige Tür in der Halle des Osiris, und nur Osiris selbst kann sie öffnen. Wenn ihr tot wäret, würden wir euch vor Osiris bringen, damit er über euch zu Gericht sitze, aber da ihr nicht tot seid ..." Die Schnauze des Schakals legte sich in zahlreiche kleine Falten, während er angestrengt versuchte, mit dem Problem fertig zu werden.

Bastet seufzte. „Tot oder lebendig, das ist doch egal. Wenn sie die Halle verlassen wollen, dann müssen sie vor Osiris gebracht werden."

„Aber wir sollen nur die Toten begleiten. Wir könnten sie umbringen!" fügte der Schakalköpfige hinzu und schaute hoffnungsvoll drein. Zumindest hielt Claire diesen Gesichtsausdruck für hoffnungsvoll – sie war allerdings nicht sehr gut darin, in der Physiognomie von Schakalen zu lesen.

„Oder wir könnten die beiden einfach zu Osiris bringen und es ihm überlassen, die Angelegenheit zu klären", schlug Bastet vor.

„Mir wäre es eine Ehre, Fürst Osiris kennenzulernen!" verkündete Lance und trippelte aufgeregt ein Dutzend schnelle Schritte voran und fünf wieder zurück. „Er würde ihn zu schätzen wissen, meinen Plan, mit Meryat fertig zu werden! Ich könnte ihm meine Doktorarbeit zeigen! Ach nein!" Zappelig tänzelte er nun wie ein Boxer auf den Fußballen hin und her. „Meine Doktorarbeit habe ich ja gar nicht bei mir!"

„Behandelt denn der Mann alles, was er sagt, als Ausruf?" erkundigte sich Bastet, die die Ohren leicht nach unten geklappt hatte, bei Claire.

„Im wesentlichen ja."

„Wir könnten *ihn* ja einfach umbringen, wenn du das gern hättest. Wäre kein Problem."

Ohne Lance würde die nächste Tür Claire zurück zum Einkaufszentrum führen, und die Tür danach zu Dean. „Ich danke dir für das Angebot." Sie meinte es ernst. „Der Vorschlag ist mir eine Versuchung, aber Lance weiß, wie man mit Meryat fertig wird, und außerdem ist es mir nicht gestattet, Zuschauer einschläfern zu lassen, ganz gleich, wie nervig sie sind – das gehört zu dieser ganzen Hütersache."

„Schade."

„Manchmal."

Bis zum anderen Ende der Halle war es ein langer Marsch. Die Kacheln unter Claires Füßen fühlten sich kühl an, und überhaupt hätte alles recht angenehm sein können, hätte nicht der schwere Geruch der zur Einbalsamierung verwendeten Spezereien in der Luft gehangen und wäre ihnen nicht, kaum hatten sie beide die roten Kacheln verlassen, von fern der Lärm von Wehklagenden ans Ohr gedrungen. Obwohl das Wehklagen ganz klar leichter zu ertragen war als der ununterbrochene Redefluß des Doktoranden, mit dem er Kommentare über altägyptische Vorstellungen vom Leben nach dem Tode abgab.

Als die Ohren der katzenköpfigen Göttin schließlich ganz flach am Schädel anlagen, packte Claire Lance bei einem weit weniger ausdrucksstarken Ohr und zog seinen Kopf zu sich herunter. „Da ich habe feststellen müssen, daß es nichts bringt, wenn ich Ihnen befehle, die Klappe zu halten, befehle ich Ihnen jetzt statt dessen, sich an alles zu erinnern, was Sie je über den Umgang mit schwierigen Gottheiten gehört haben. Erinnern Sie sich dabei insbesondere an die Gefahren, die es mit sich bringt, wenn man solche Gottheiten nervt!" Von Katzen ganz zu schweigen. „Erinnern Sie sich bitte auch daran, daß alle

Götter ohne Ausnahme als grausam und kapriziös geschildert werden, und schließlich denken Sie daran, daß alles, was Sie je über Götter vernommen haben, auch wahr ist."

„Aber eine Menge Informationen widersprechen ..."

„Das ist egal."

„Aber ..."

„*Alles* ist wahr."

„Selbst ..."

„*Alles!*"

Lance richtete sich auf und rieb sich das Ohr. „Damit wollen Sie also sagen, ich soll die Klappe halten?"

„Genau."

„Okay."

Eine Zeitlang gingen Anubis und Lance voraus. Sie liefen ein Stück vor, machten kehrt, kamen zurück, liefen ein paar Schritte neben den beiden Frauen her, preschten wieder vor – und endlich wußte Claire, woran Lance sie die ganze Zeit schon erinnert hatte – an einen jungen Hund. Genauer gesagt an einen halb ausgewachsenen Golden Retriever.

„Er hat das Herz am rechten Fleck", murmelte Bastet nachdenklich.

Claire wartete.

Die Katzengottheit enttäuschte sie nicht.

„So ist es viel einfacher, es ihm rauszuholen."

Als sie dann ganz in der Ferne, am äußersten anderen Ende der Halle, langsam ihr Ziel erkennen konnten, wenn auch erst einmal nur als riesige goldene Wand mit ein paar kleineren, unidentifizierbaren Dingen davor, kehrte Lance an Claires Seite zurück und gestattete es den beiden Gottheiten, ihnen das letzte Stück des Weges bis zu Osiris voranzugehen.

„Wenn wir da sind", verkündete Bastet, als klar war, daß es sich bei einem der entfernten Objekte um einen gigantischen Thron handelte, „dann red' ich."

Anubis wandte den Kopf so weit, daß Claire seine Zähne aufblitzen sehen konnte. „Warum das denn?"

„Weil man genau weiß, daß du oft wichtige Informationen über Verstorbene ausläßt, und wenn das diesmal auch geschähe, dann wär' das doch wirklich ziemlich verhängnisvoll."

„Verhängnisvoll?"

„Sehr."

„Warum? Tot ist tot."

„Die beiden hier leben."

„Ach ja ..."

„Sie sind nicht so, wie ich mir Gottheiten vorgestellt hatte", sagte Lance fast schon verzagt.

Claire zuckte die Achseln. Auf diese Diskussion wollte sie sich nicht einlassen.

„Ich meine, sie sehen aus wie Götter", fuhr Lance fort, der Claires Achselzucken eindeutig nicht richtig hatte interpretieren können. „Aber sie hören sich nicht so an! Zum einen verkürzen sie einzelne Wörter."

Das kam so unerwartet, daß Claire nicht anders konnte – sie mußte zuhören. „Was?"

„Sie verkürzen Wörter: red' statt rede, wär' statt wäre. Sie wissen schon. Oder ..."

„Ich weiß, was Sie mit Verkürzung meinen."

„Die beiden reden so."

„Ja und?"

Lance atmete geräuschvoll aus. „Hat man denn je von einem Gott gehört, der so redet? Das ist einfach nicht gottgleich."

Claire wußte von Gottheiten, die, wenn sie den Mund auftaten, ihren eigenen Namen bei drei von sieben gesprochenen Wörtern unnütz im Munde führten, aber sie beschloß, diese Tatsache Lance gegenüber lieber nicht zu erwähnen. „Was sonst noch?" wollte sie statt dessen wissen. Der Wissenschaftler starrte sie daraufhin verwirrt an – noch verwirrter als sonst, hieß das –, und Claire sah sich gezwungen, ihre Frage zu erläutern. „Sie haben gesagt: zum einen. Also muß es noch zumindest eine weitere Sache geben."

„Stimmt!"

Da war es ja wieder, das Ausrufezeichen!

„Das zweite ist, wie die beiden miteinander umgehen. Sie sind wie Sylvester und Hector."

„Wie wer?"

„Sie wissen schon, wie die beiden in diesem Zeichentrickfilm!" Lance hob die Hände wie ein Dirigent, gab einen Rhythmus vor und schmetterte: „Das Publikum war heute wieder wundervoll ..."

Erschüttert hatte Claire sich auf die Zehenspitzen erhoben und es gerade noch rechtzeitig geschafft, Lance die Hand auf den Mund zu drücken. Anubis zeigte bereits viel zuviel Zahn. Bastet hatte beide Ohren flach angelegt, und hinten im Nacken hatten sich auf einem dreieckigen Stück Fell, das dort ihren Körper bedeckte, sämtliche Haare senkrecht gestellt. Lektion ... Claire hatte die Übersicht verloren, aber sie waren bestimmt schon bei Lektion sieben oder acht für den Umgang mit Gottheiten: Du sollst einen Gott nie mit einer Zeichentrickfilmfigur vergleichen.

„Bitte ..." Claire sagte das Wort, ohne Kraft hineinzulegen. Es war nur ein Flehen aus tiefstem Herzen. „Bitte achtet nicht auf ihn. Er ist nur ein Zuschauer."

„Er ist ..."

„... höchst unangenehm", beendete Anubis den Satz, und aus seinem Mund klang das wie ein einziges, langes Knurren.

„Ich weiß. Aber wir sind ja auch bald wieder weg und – igitt!" Hastig zog sie ihre Hand weg und wischte sie sich am Rock ab. „Sie haben meine Hand abgeleckt!"

Lance grinste von oben herab auf sie hinunter. „Ja, und es hat funktioniert!"

„Wie schmeckt sie denn?"

Bastet und Claire wandten sich gleichzeitig dem schakalköpfigen Gott zu.

„Wie sie schmeckt, willst du wissen?" hakte Bastet ungläubig nach.

Anubis zuckte die Achseln. „Ich bin ja bloß neugierig."

„Gut." Lance beantwortete die Frage bereitwillig, nachdem er kurz nachgedacht hatte. „Ein bißchen salzig."

Anubis' Schnauze arbeitete wild, als der Gott nun einen Schritt auf Claire zu tat. Claire war sich zu neunzig Prozent sicher, daß nun der nächste sie abschlecken würde. Na toll. Ich bin so was von kein Hundetyp!

Bastet legte ihrem Gefährten die Hand auf den Arm. „Fürst Osiris wartet!" meinte sie warnend.

So verhielt es sich auch. Auf dem immer noch ziemlich weit entfernten Thron saß mittlerweile eine Gestalt.

Anubis seufzte tief auf und setzte sich widerwillig in Bewegung. „Du gönnst mir auch gar keinen Spaß!"

„Ach ja – und wer wirft immer die verdammten Bälle für dich?"

Statt größer zu werden, wurde der Thron immer kleiner, als die Gruppe sich ihm näherte; bis er und die männliche Gestalt, die auf ihm thronte, nicht mehr allzuviel größer waren als menschliche Norm. Osiris trug, wie auch Anubis, einen Faltenrock aus Leinen, darüber jedoch einen Überrock aus golddurchwirktem Stoff. Die Bänder seiner goldenen Sandalen waren um wohlgeformte Waden geschlungen, und ein riesiger Kragen aus Gold und Obsidian ruhte auf breiten Schultern über einer beeindruckenden Brustmuskulatur. Der Gott der Unterwelt war ein ansehnliches Mannsbild, trotz des Bartes, den er sich der Tradition entsprechend angeklebt hatte. Daran konnte kein Zweifel bestehen; auch wenn Claire ziemlich sicher war, dieses Kostüm schon einmal gesehen zu haben, und zwar damals, als sie eine Unfallstelle im Pyramid Club in Las Vegas hatte schließen müssen.

Ehe einer ihrer beiden Führer hatte den Mund auftun können, zog Lance seinen PDA aus der Gürteltasche, drückte rasch hintereinander eine Reihe von Tasten und trug dann etwas in einer Sprache vor, bei der Claire davon ausging, daß es sich um Altägyptisch handelte: „Heil Osiris, du Herr der Ewigkeit, Un-nefer, du König der Götter, du mit vielen Namen, herrliches Wesen. Eine Hymne an Osiris aus dem Buch der Toten", fügte er leise auf Englisch hinzu. „Ich hab' das ganze Ding hier drin, mußte mir dafür extra Speicherplatz beschaffen. Das geht nämlich noch ewig so weiter."

„Ich glaube aber, die wesentlichen Punkte haben Sie bereits erwähnt."

„Sie haben das verstehen können?"

„Das ist auch so eine Hütersache." Inzwischen wippte ein goldbekleideter Schuh ungeduldig auf und ab. „Das erkläre ich später. Warum lassen wir nun nicht erst einmal Bastet sprechen?"

„Was braucht ihr mich denn noch?" ließ die sich leicht angesäuert vernehmen. „Ihr scheint das doch auch so prima hinzukriegen."

Siebzehn Jahre lebte Claire nun mit Austin an ihrer Seite; in diesen siebzehn Jahren hatte sie die Kunst des Abbitteleistens und Speichelleckens üben und perfektionieren können. Bastet schien als Publikum auch lange nicht so launisch und weit empfänglicher als eine richtige Katze. Eine richtige Katze, die man beispielsweise versehentlich ausgesperrt hatte, während es draußen in Strömen regnete. Austin hatte damals dafür gesorgt, daß Claire für ihre Verfehlung zahlte und zahlte, tagelang. Als Bastet sich nun wieder Osiris zuwandte, schnurrte die Göttin fast.

Als die Geschichte ihrer Ankunft in der Halle vorgetragen wurde, klinkte Claire sich aus und machte sich statt dessen Sorgen um Dean. Es war ihre Schuld, daß er nun in Gefahr war, ihre Schuld, daß ihm unter Umständen von einer reanimierten ägyptischen Mumie die Lebenskraft aus dem Leib gesogen wurde. Frauen, die auf Geschäftsreise gingen und lediglich befürchten mußten, der Mann, den sie zurückließen, könnte unter Umständen die gesamten Ersparnisse der Familie im Spielsalon durchbringen oder ein Verhältnis mit der Schlampe anfangen, die im örtlichen Café bediente, wußten ja gar nicht, wie gut sie es hatten. Bei denen standen doch zumindest die Chancen recht gut, daß der Mann, den sie liebten, nicht als Köder in einer todbringenden Verschwörung herhalten mußte, bei der es darum ging, anderen die Kraft aus dem Leib zu saugen und die Weltherrschaft an sich zu reißen. Na ja, fast überall standen diese Chancen recht gut; von New York und L. A. konnte man das allerdings nicht sagen.

„Es ist schon lange her, seit die Lebenden in meine Halle kamen", sagte Osiris nachdenklich, als Bastet ihre Rede beendet hatte. Seine Stimme erinnerte Claire an die berühmte Kombination aus Samthandschuh und eiserner Faust, und während er sprach, vermochte sie nicht, den Blick von ihm zu wenden. „Du bist hier nicht auf der Gegenseite, Hüterin. Du könntest dich der Möglichkeiten bedienen. Warum hast du das nicht getan?"

„Wir sind auf deinem Terrain, Osiris. Deine Parameter zu stören wäre sehr töricht – schlimmstenfalls sogar sehr unhöflich."

Er runzelte die Stirn. „Umgekehrt wolltest du das sagen, stimmt's?"

„Nein. Das ist etwas rein Kanadisches", fügte sie hinzu, als Osiris weiter leicht verwirrt dreinschaute. „Fürst Osiris: Wir wollen nur eins, wieder gehen können. Ich bin gerade dabei, ein Einkaufszentrum daran zu hindern, die Weltherrschaft an sich zu reißen, und Lance hier ..."

„Isis umarmt dich in Frieden und vertreibt die Feinde von den Pfaden, auf denen du wandelst."

„Nicht jetzt, Lance."

„Wenn nicht jetzt, wann denn dann?" fragte er.

Claire mußte zugeben, daß er damit irgendwie recht hatte. Leider wußte sie aber nicht, wie lange sie beide jetzt schon reisten, da ihre

Uhr irgendwann zwischen dem Strand und den Nilpferden stehengeblieben war; sie konnte es sich nicht leisten, Zeit zu verplempern. „Wahrscheinlich nie. Es tut mir leid, Fürst Osiris, aber wenn du uns sagen könntest, wo eine Tür ist ..."

„Leider gibt es nur eine Tür, die aus meiner Halle hinausführt, und damit ihr die durchschreiten könnt, muß über euch geurteilt werden."

„Aber wir sind nicht tot."

„Ich hätte daran gedacht, ihm das zu sagen!" murmelte Anubis.

„Lebend oder tot, das ist gleich", erklärte Osiris. „Die Beurteilung ist der einzige Weg, der hinausführt. Eure Herzen werden jedes für sich gegen eine einzige Feder aufgewogen werden. Sind eure Herzen leichter als diese Feder, werdet ihr für *maa kheru* erklärt, und die Tür wird sich euch öffnen. Wenn eure Herzen schwerer sind, werdet ihr verdammt sein, und euch verzehrt ...", er wies auf ein Dreieck aus dichten Schatten links von seinem Thron, „die Totenfresserin."

„Aber wir sind nicht tot", wiederholte Claire, wobei sie jedes einzelne Wort ganz deutlich aussprach.

KEIN PROBLEM! ICH LASSE MIR SCHON WAS EINFALLEN!

„Claire?" Lance packte die Hüterin bei den Schultern und schüttelte sie so heftig, daß ihre Zähne klapperten. „Ihr Mund steht offen."

Sie schloß den Mund. Öffnete ihn. Schloß ihn wieder. „Was machst du denn hier?" wollte sie dann wissen.

FINSTERNIS. VERDAMMTE SEELEN. ICH KOMM' HALT RUM.

Anscheinend war das wohl so.

ICH WEISS ETWAS, WAS DU NICHT WEISST.

Claire schnaubte. Nur ein Anfänger fiel auf so etwas rein.

ES GEHT UM DEINE KLEINE SCHWESTER.

Claires Füße standen bereits am Rande des Schattens, ehe ihr überhaupt bewußt wurde, daß sie sich von der Stelle gerührt hatte. „Du läßt gefälligst die Finger von meiner Schwester!"

OH! JETZT HABE ICH ABER ANGST GEKRIEGT! SORG' DOCH DAFÜR, Daß ICH DIE FINGER VON DEINER SCHWESTER LASSE!

Claire war kurz davor, in die Möglichkeiten zu greifen, als Osiris' Stimme sie mit einem Ruck wieder zur Vernunft brachte. „Ihr beiden kennt einander?"

„Wir sind uns schon einmal begegnet." Claire trat sorgsam und sehr bewußt wieder an Lance' Seite, machte dann aber auf der nackten Ferse kehrt und funkelte den Schatten böse an. „Die letzten beiden Male, als wir uns begegnet sind, habe ich ihr den metaphorischen Arsch versohlt!"

DU WEISST DOCH, WAS MAN IMMER SAGT: ALLER GUTEN DINGE SIND DREI!

„Ach ja? Weißt du, was man sonst noch so sagt?" Sie formte die Finger der rechten Hand zu einem L, mit dem sie sich dann an die Stirn schlug. „Looser, Looser, Looser."

„Hüterin!" Der Herr, der die Seelen richtet, hatte einen Ton angeschlagen, der Claire sowohl an Darth Vader als auch an ihre Mutter erinnerte. „Hör auf, die Totenfresserin zu verhöhnen."

„Ich bitte um Verzeihung. Es tut mir leid."

ES WIRD DIR NOCH LEID TUN!

„Auch du hältst jetzt den Mund, wir haben wahrlich genug gehört." Osiris stieg vom Thron und wirkte nun nicht mehr übergroß, sondern lediglich noch groß. „Anubis, bring die Waage."

Claire bekam nicht richtig mit, woher Anubis die Waagschalen brachte. Mehr oder weniger von einer Sekunde auf die andere stand die Waage vor ihnen; das Mittelteil aus Onyx war genauso groß wie Osiris, die Balken aus Onyx hatten dasselbe Maß wie das Mittelteil. An beiden Seiten hingen an langen goldenen Ketten flache Goldschalen.

„Du richtest deinen Blick auf Amentet und machst, daß die Erde schimmert wie blankes Kupfer."

„Lance, was machen Sie denn da?"

Er hob kurz den Blick vom winzigen Bildschirm: „Ich schmeichle mich ein."

Das war wohl das Vernünftigste, was der Mann von sich gegeben hatte, seit Claire und er den Strand hinter sich gelassen hatten! „Dann machen Sie ruhig weiter."

„Die da lagen, erheben sich, um dich zu schauen. Sie atmen die Luft und sie blicken auf Pussies, Pussies, Pussies! Sie wollen Pussies sehen? Wir haben die besten, schauen Sie ruhig mal rein: www.ohmama.com. Moment! Das da eben war eine andere Sache, die ich mal runtergeladen habe."

„Das hatte ich mir irgendwie schon gedacht."

„Wie ist das bloß in diesen Ordner gekommen?"

„Halten Sie den Mund, Lance."

„Aber ich habe hier noch mehr stehen."

Es war immer schwierig, dieses bei der anthropomorphen Personifizierung eines Gottes wirklich festzustellen, aber der Ausdruck in Osiris' Gesicht machte Claire ein ganz klein bißchen Angst. „Nein, wirklich, Lance, Klappe."

Vielleicht hatte sie endlich die magische Anzahl von Wiederholungen erreicht. Vielleicht bemühte er sich um eine Satellitenverbindung. Warum auch immer – er schwieg.

„Bastet. Die Feder."

Bastet griff eine weiße Feder aus der Luft und legte sie in eine der flachen Schalen.

„Diese Feder stammt vom heiligen Ibis." Bei diesen Worten warf Osiris Bastet einen Blick zu. Claire kannte diesen Blick, auch wenn der Dialog dazu hätte lauten müssen Diese Feder stammt von Mrs. Griffons Kanarienvogel! „Wer von euch soll zuerst gerichtet werden?"

„Ich!"

Als Osiris die dunklen Augen auf sie heftete, wurde Claire bewußt, daß sie scheinbar einen kleinen Protestlaut von sich gegeben haben mußte. Aber hatte es denn wirklich eine Bedeutung, wer von ihnen beiden zuerst ging? Das, was hier geschehen würde, war nichts, wovor sie einen Zuschauer beschützen konnte, und wer konnte schon sagen, ob Enthusiasmus nicht vielleicht auch etwas wert sein mochte? Aber dennoch: „Wenn er es schafft durchzukommen und ich nicht, habe ich dann dein Wort, daß du ihn nach Hause schicken wirst? In SEIN Zuhause", fügte sie hastig hinzu, denn Regel Soundso schrieb vor, sich immer klar und unmißverständlich auszudrücken.

„Du hast mein Wort", erwiderte Osiris feierlich.

„Das reicht mir."

Anubis bedeutete Lance vorzutreten.

„Das ist ja abgefahren!" rief dieser. „Ich meine – jahrelang liest man Bücher und studiert und so, aber wirklich mal Teil zu sein ..."

Der schakalköpfige Gott versenkte die Hand in der Brust des jungen Mannes und zog sie dann wieder heraus, ein pochendes Herz zwischen den Fingern. „Au! Wissen Sie, eigentlich hatte ich gedacht, das würde ein wenig metaphorischer gehandhabt werden!"

Osiris zuckte die Achseln: „Ich lege dein Herz auf die eine Waagschale, auf die andere eine Feder. Scheint mir eine klare Sache zu sein. Anubis ..."

Mit einem feuchten Aufprall landete Lances Herz in einer der beiden flachen Schalen, während Osiris die Feder in die andere legte. Die Schalen fingen an, sich zu bewegen.

„Moment mal! Das ist ein ..." Blaßblaue Augen rollten nach oben, bis nur noch das Weiße zu sehen war.

Claire setzte rasch einen Schritt zurück, als Lance zu Boden ging. „Ich finde, bis jetzt hat er diese ganze Sache hier fast schon irritierend gut aufgenommen!"

„Er ist nicht der erste, der hier in Ohnmacht fällt", bemerkte Osiris beiläufig, während er zusah, wie sich die Schale, die Lances Herz enthielt, langsam hob. „Dem geht es wieder prima, sobald er sein Herz zurückhat. Ich habe den Eindruck, er ist ein Mann, der sich nicht allzu viele Sorgen macht", fügte er hinzu, während die Feder sich weiter nach unten neigte. „Er geht mit seinem Leben um, als sei es eine Abfolge großer Abenteuer, und das, das er gerade zu bestehen hat, ist für ihn nur etwas spektakulärer als die anderen. Dann spüre ich noch einen Bereich, in dem sein Ka von einem anderen, dunklen Ka berührt worden ist. Solange dieser Schatten bleibt, wird er ..."

„Abgelenkt sein?"

„Sich ausschließlich darauf konzentrieren."

Na, das erklärte die Obsession mit Meryat. „Hat dieser Schatten Einfluß auf ..." Claire deutete mit einer Handbewegung auf die Waagschalen ...

... die nun stehengeblieben waren, die, die Lances Herz enthielt, gute zwölf Zentimeter höher als die mit der Feder.

„Nicht im geringsten. Ich verkünde: Dieser Mann ist *maa kheru*. Es steht ihm frei zu gehen. Anubis!"

Anubis, der sich gerade die Finger geleckt hatte, sprang vor, holte das Herz aus der Waagschale, hockte sich nieder und schob es sorgfältig zurück in den Körper.

„Bastet ..."

Claire hatte versucht, sich einerseits zusammenzureißen, andererseits aber zu entspannen und hatte von daher noch nicht einmal mitbekommen, wie Bastet ihre Hand in ihrer Brust versenkte. So traf es sie sozusagen ein wenig unvorbereitet, als die Katzenköpfige die

Hand dann wieder herauszog. „Au" war als Reaktion durchaus eine Untertreibung. Die Göttin runzelte leicht die Stirn, als sie zur Waage hinüberging, und Claire bekam plötzlich ein ganz schlechtes Gefühl, was den Ausgang dieser Angelegenheit betraf.

Natürlich war ihr Herz schwer! Sie war Hüterin; sie war zuständig für den metaphysischen Schutz eines Gutteils des südöstlichen Ontario und eines Teils des Staates New York! Dazu kamen dann noch das Hotel und Diana und die Tatsache, daß sie so weit vom Übergang entfernt war und daß sie Lance in irgendwelchen Anderwelten herumgeschleppt hatte, ohne zu ahnen, daß es mehrere davon gab – das hatte sie ja erst festgestellt, als sie schon mitten in ihnen gelandet war! Oder vielleicht auch mitten in ihr? Außerdem hatte sie Dean alleingelassen, der nun ohne sie mit einer reanimierten Mumie fertig werden mußte. Sicher, Austin war bei Dean, aber eigentlich hätte er gar nicht bei Dean sein sollen, und was hatte sie sich eigentlich dabei gedacht, einen siebzehn Jahre alten Kater mit in ein Einkaufszentrum des Bösen zu schleppen?

„Nun, das ist ja wirklich ... interessant!" Alle drei Götter starrten die Waage an; die Schale, in der sich die Feder befand, berührte den Boden – die Schale mit Claires Herzen befand sich eine Armlänge über Osiris' Kopf.

„Geschieht dies, weil ich eine Hüterin bin?" Claire konnte nur raten.

„Nein. Dies geschieht, weil das hier nicht dein Herz ist."

Sie blickte auf ihre Brust und dann hinauf zur Waagschale. „Wie bitte?"

„Wie es scheint, hast du dein Herz jemand anderem geschenkt. Dies ist dessen Herz."

Dean starrte lange und unverwandt in Claires Gesicht, ehe sich sein Mund dann zu einem besorgten Lächeln verzog. „Hast du mein Herz?"

Claire legte die Hand an ihre Brust. „Genau hier, und du? Hast du meins auch?"

Dean antwortete mit derselben Geste. „Ganz sicher verwahrt!"

„Ein außergewöhnlicher junger Mann."

Er hat sechs Monate lang neben einem Höllenschlund gewohnt, und die Hölle hat ihn noch nicht einmal überreden können, seine Unterwäsche einfach so auf dem Fußboden liegenzulassen.

„Ja, das ist er wirklich."

Der Herr des Todes zog die Waagschale mit Deans Herzen so weit herunter, daß Bastet sie erreichen konnte. „Du weißt aber, daß du es nur einer Formalie zu verdanken hast, daß du nun freikommst?"

„Ja, das weiß ich durchaus." Das Wiedereinsetzen war schmerzlos. Eigentlich war es schade, daß Lance nach wie vor bewußtlos war. Claire hatte das deutliche Gefühl, daß die Dinge metaphorischer wahrlich nicht hätten sein können.

HE! DAS IST NICHT FAIR!

Osiris warf einen verzweifelten Blick in die Schatten. „Das ist der Tod selten."

SIE HAT GESCHUMMELT!

„Am Ende kann niemand den Tod beschummeln."

WAS IST MIT MIR? MUSS ICH JETZT PLATITÜDEN FRESSEN?

„Wenn dir danach zumute ist."

Dann kannst du gleich auch noch an denen ersticken! dachte Claire, während sie zusah, wie Lances Lider leise flackerten. Sie kniete neben dem jungen Mann nieder und rüttelte ihn sacht an der Schulter. „Kommen Sie. Wir gehen."

„Gehen wir nach Hause?"

„Nicht sofort. Ich muß vorher noch einkaufen."

„Ich gehe gern einkaufen!"

„Wunderbar. Denken Sie jetzt bitte an nichts anderes."

Es bedurfte dann der vereinten Bemühungen Bastets und Anubis', den jungen Mann wieder auf die Beine zu bringen. Anfangs schwankte er noch, dann zwinkerte er Anubis zu: „Na, wer ist hier ein .... autsch!"

Gewalt gegen Zuschauer war nur dann gestattet, wenn dadurch größere und schwerwiegendere Gewaltanwendungen gegen den betreffenden Zuschauer oder gegen die betreffenden Zuschauer verhindert werden sollten. Claire ging eindeutig davon aus, daß die Folgen, mit denen man rechnen mußte, wenn man Anubis ein „gutes Hundchen" nannte, eindeutig den schwerwiegenderen Gewaltanwendungen zuzurechnen sein würden.

„Sie haben mich gekniffen!"

„Jawohl, habe ich."

„Na ja. Wie waren wir?" wollte er dann wissen, während er sich noch die leicht gerötete Wange rieb.

„Keiner von euch beiden wurde gewogen und für zu schwer befunden", erwiderte Osiris. Er trat vor, und Claire war nicht besonders überrascht, als sie nun plötzlich allesamt vor den riesigen goldenen Türen standen. Nur, daß diese Türen inzwischen eine normale Größe hatten.

„He! Wir sind gewachsen!"

Gut. So ging es auch.

„Dr. Rebik?" Dean hielt die saubere, gebügelte Leinenhose über dem Arm und klopfte an die Tür von Zimmer zwei. „Dr. Rebik? Ihre Hose ist fertig."

„Vielleicht haben sie sich zu einem mittäglichen Schäferstündchen abgelegt."

Dean wandte sich um und warf Austin einen ungläubigen Blick zu.

Der Kater zuckte die Achseln: „Warum denn nicht? Sie sind jung, sie sind verliebt – Moment mal, da habe ich mich vielleicht falsch ausgedrückt. Ihm wird das Leben aus dem Leib gesogen, und sie ist eine reanimierte Leiche."

„Es ist zwanzig nach zehn!" Dean klopfte noch einmal.

„Ich finde es ziemlich beunruhigend, daß du dir um die genaue Uhrzeit mehr Gedanken machst als um die Anwesenheit einer Leiche hier im Haus."

„Ich finde es beunruhigend, daß du weißt, was ein mittägliches Schäferstündchen ist." Dean wollte bereits ein drittes Mal klopfen, senkte aber die Hand, als die Tür aufging und Dr. Rebik hinaus auf den Flur schlüpfte. Es gelang Dean, einen raschen Blick auf Meryat zu erhaschen: Sie lag auf dem Bett, die bandagierten Arme vor der Brust verschränkt. Ehe Dean mehr sehen konnte, hatte Dr. Rebik die Tür zugezogen.

Der Wissenschaftler hielt mit einer Hand den Bund der von Dean geborgten Trainingshose umklammert und starrte mit blutunterlaufenen Augen zu dem jungen Mann hoch, als wüßte er nicht recht, wer da eigentlich vor ihm stand. „Ja bitte?"

Dean hielt ihm die Leinenhose hin.

„Ach ja." Langsam glomm in Rebiks Augen Verstehen auf. „Sie haben sie für mich gewaschen." Seine Hand zitterte leicht, als er das Kleidungsstück an sich nahm.

„Ist alles in Ordnung, Dr. Rebik? Sie scheinen mir nicht ganz auf der Höhe."

„Auf der Höhe?" Der Doktor brachte ein müdes Lächeln zustande. „Es ist das Warten, das ist sehr anstrengend für Meryat."

„Es sieht so aus, als sei es anstrengend für Sie."

„In dieser Sache sind wir wie eine Person."

„Klar doch." Mit gerunzelter Stirn sah Dean zu, wie Rebik zurück ins Zimmer schlüpfte. Meryat hatte sich nicht bewegt. Wenn Dean es nicht besser gewußt hätte, hätte er sagen müssen, sie sähe tot aus. Er wollte sich gerade von der Tür abwenden, als er vor sich auf dem Fußboden eine abgewetzte braune Brieftasche aus Leder entdeckte.

Die war Dr. Rebik wohl aus der Hosentasche gefallen; die Trainingshose war viel zu groß für ihn und hatte ihm um den Körper geschlottert.

Dean bückte sich, hob das Lederetui auf und hatte schon die Hand erhoben, um abermals an die Tür zu klopfen.

Austin räusperte sich.

Sieh den Kater gar nicht erst an. Gib einfach nur die Brieftasche zurück.

Da diskretes Vorgehen ihn nicht weiterzubringen schien, versenkte Austin direkt oberhalb von Deans Arbeitsschuh eine Kralle im Knöchel des jungen Mannes.

„Verdammt noch ..." Keuchend tanzte Dean den Flur hinunter und brach an der Wand neben der Tür zu Zimmer eins zusammen. „Warum hast du das getan?"

„Bist du nicht wenigstens ein kleines bißchen neugierig?"

„Worauf? Auf Tetanus?"

„Darauf, was in seiner Brieftasche ist."

„Ein Amulett, das seinen Willen kontrolliert? Eine Nachricht, mit der er uns bittet, ihn zu retten?"

Austin durchbohrte Dean mit einem scharfen Blick. „Früher warst du nicht so sarkastisch."

„Früher habe ich auch noch nicht mit dir zusammengelebt."

„Vielleicht hat er die Brieftasche absichtlich fallen lassen? Hast du daran schon mal gedacht? Vielleicht war das ein Hilfeschrei?"

„Du spekulierst."

„Du machst sie auf."

Genau das tat Dean dann auch. Er wußte nicht, was er dort zu finden gedachte, aber er stellte fest, daß er die Brieftasche unmöglich zurückgeben konnte, ohne sie untersucht zu haben. Sie war ihm ja wirklich praktisch direkt vor die Füße gefallen. „Ich kann es nicht fassen, daß ich wirklich zu so etwas in der Lage bin!"

„Ich kann es nicht fassen, wie lange du dazu brauchst."

Kreditkarten. Eine Krankenversicherungskarte. Führerschein ... Dean riß die Augen weit auf. Er hätte Dr. Rebik auf Mitte, Ende sechzig geschätzt.

Laut Führerschein war der Mann fünfunddreißig Jahre alt, und er sah schlimmer aus als das Bild im amtlichen Ausweis.

„Ich hatte recht."

„Ich weiß."

„Du hattest unrecht."

„Ja, das habe ich schon verstanden."

„Es gibt da so ein Lied, weißt du: wenn ich recht habe und du unrecht ..."

Dean, der aufgeregt im Zimmer auf und ab lief, blieb lange genug stehen, um Austin wütend anzufunkeln: „Sing mir das jetzt bloß nicht vor."

Austin setzte sich mitten auf den Eßtisch, streckte einen Fuß in die Luft und fing an, sich den Hintern zu putzen.

„Sehr subtil!" Das Eßzimmer war genau vierzehn Schritt lang – vorausgesetzt, Dean ließ den letzten Schritt kürzer ausfallen als die anderen. „Was machen wir jetzt?"

„Damit meinst du doch: Was machen wir jetzt, wo du hast zugeben müssen, daß ich recht hatte!"

„Ja!"

„Na ja, wir müssen sie aufhalten. Sie saugt dir die Kraft aus dem Leib, und wer kann schon sagen, was passiert, wenn sie keine Lust mehr hat, auf Claire zu warten und noch ein bißchen mehr lutscht."

„Lance hat gesagt, er weiß, wie sie aufzuhalten ist."

„Dieser Redebeitrag wäre durchaus von Interesse, wenn Lance nicht mit Claire losgezogen wäre."

„Können wir die Nummer mit dem Fahrstuhl auch bei ihr abziehen?"

Austin setzte sich auf und schüttelte den Kopf. „Zu plump. Das würde sie spüren. Was machst du da, wenn ich mal fragen darf?"

Dean, der gerade dabei war, eine Seite aus der Zeitung zu reißen und zusammenzuknüllen, hielt inne. „Fenster putzen. Das mache ich immer, wenn ich nachdenken muß."

Die beiden riesigen Fenster im Eßzimmer waren bereits glasklar und rein, aber er besprühte sie trotzdem mit einer Mischung aus Wasser und Essig und polierte kräftig drauflos.

„Das ist nun aber ein wirklich nerviges Geräusch", beschwerte sich Austin.

„Tut mir leid."

„Aber deswegen hörst du noch lange nicht auf, was?"

„Nein.

Als das erste Stück Papier zu naß war, warf er es in den Papierkorb und griff nach einer weiteren Seite. Als er die Frühausgabe hervorzog, schoß Austins Pfote vor, und die Seite landete wieder auf dem Tisch.

„Da steht die Antwort, nach der wir suchen!"

Dean überflog die Schlagzeilen und runzelte die Stirn. „Das Uferrand-Erneuerungsprojekt?"

„Nein! Die lebensgroße Steinstatue, die man im Einkaufszentrum gefunden hat!"

„In *dem* Einkaufszentrum?"

„In genau dem, und weißt du auch, was eine lebensgroße Steinstatue bedeutet?"

„Schlechte Gartenbaukunst?"

„Basilisk! Wir gehen ins Einkaufszentrum. Wir fangen den Basilisken! Wir verwandeln Meryat in Stein."

„Claire ...?"

„Willst du, daß Claire nach Hause kommt und Meryat hier auf sie wartet?"

Nein. Das wollte Dean nicht. „Wie fangen wir einen Basilisken, ohne uns selbst in Stein zu verwandeln?"

Austin starrte ihn ungläubig an: „Muß ich mir denn wirklich alles allein ausdenken?"

Zwölf

Auch wenn Hüter so gut wie ihr gesamtes Leben im Kampf für die Sicherheit der Welt verbringen, sind sie in der Regel an konkreten Auseinandersetzungen der handfesten Art – Faust auf Faust, Zahn in Arm, Knie in Weichteile etc. – nicht beteiligt, und ganz gleich, wie viele Samstagnachmittage man damit zugebracht hat, sich miserabel synchronisierte Kung-Fu-Filme anzuschauen: Das hilft einem in dieser Frage meist auch nicht weiter.

All das war Diana vollständig bewußt, als der Kampf gerade einmal zehn Sekunden gedauert hatte. In die Möglichkeiten durfte sie nicht greifen; die zu ihrer Verteidigung vorbereiteten Waffen hatte sie verloren, und sie hatte nicht den blassesten Schimmer, wie man seine Gegner mit Hilfe eines Einkaufswagens entwaffnet. Nicht, daß ein Einkaufswagen in Reichweite gewesen wäre!

Wegrennen war also eine weise Reaktion gewesen – das hatte die beiden Mädchen genau sieben Schritt weit näher an den Thron herangebracht. Dann hatten ihnen zwei Riesenkäfer den Weg abgeschnitten, zwei dieser unheimlichen Wesen, die sich mit dem leicht ruckartigen Gang bewegen, den Riesenkäfer nun einmal seit den Tagen des alten Schwarzweißfilms für sich beanspruchen. Diana hatte sich den Kopf auf dem Steinfußboden aufgeschlagen, als sie versuchte, unter einem Vorderbein, Sechserbein oder wie immer man das entsprechende Gliedmaß dieser Tiere nennen mochte hindurchzutauchen. Dabei hatte sie einen kurzen Augenblick lang die Stimme Ms. McBrides vernommen, ihrer letzten Biologielehrerin am Gymnasium.

„... das Verhältnis Größe zu Masse ..."

Aber gewiß doch! Das war wirklich genau die Hilfe, die Diana jetzt brauchte!

Zum Glück war die junge Hüterin felsenfest davon überzeugt, daß die Fleischköpfe viel zu ungeschickt seien, um gleichzeitig laufen und atmen zu können; diese Wesen wurden dadurch im großen und ganzen zu einer Bedrohung, der man mit einigem Geschick aus dem Weg gehen konnte. Die Käfer waren das Problem. Genau wie die Käfer auch zuvor im Lieferantentunnel das eigentliche Problem gewesen waren.

„Diana, hören Sie mir eigentlich zu?"

Anscheinend nicht.

Diana erhaschte einen kurzen Blick auf Kris, die gerade an einem Fleischkopf hoch und über ihn hinwegstieg. Rücksichtslos bohrten sich die schwarzen Dr. Martens der Elfe in Knie, Oberschenkel, Hüfte, Brust und Schulter, als seien all diese Körperteile ihre ganz persönliche Trimmstrecke. Als sie sprang, warf der Käfer, der sie verfolgt hatte, den Fleischkopf mit dem Kopf voran zu Boden und verhedderte sich anschließend hoffnungslos in der Barrikade aus heftig um sich schlagenden riesigen Armen und Beinen. Diana verschwendete einen Moment darauf, sich auszumalen, was Kris alles mit einem Einkaufswagen hätte ausrichten können. Dann ließ sie sich erneut zu Boden fallen, und zwar in allerletzter Sekunde; gerade so eben noch konnte sie einem Rückenschild ausweichen, das von oben herab auf sie niederdonnerte.

Ein Hoch auf polierte Marmorfußböden! dachte die Hüterin, nachdem der Schwung, mit dem sie zu Boden gegangen war, sie in einer kleinen Rutschpartie erheblich näher an den Zauberstab herangebracht hatte. Sie sah ihn dort liegen, auf den Stufen zum Thron; ganz rosa, ganz Plastik und noch ... nicht ... ganz ... in Reichweite.

Das Bein des Käfers versetzte ihr einen raschen, beiläufigen Tritt, und schon schlitterte sie ein paar Meter weit in die falsche Richtung.

„Ich mache darauf aufmerksam, daß dies Sternchenthema sein wird."

Was denn nur?

Erst zehn Tage waren vergangen, seit Diana ihre Abschlußarbeit in Biologie geschrieben hatte. Da sollte man doch wirklich meinen, ich erinnere mich noch daran. Aber sie erinnerte sich nicht, und das war entweder ein weiteres vernichtendes Indiz dafür, wie mangelhaft das öffentliche Schulwesen arbeitete oder Diana erhielt die ersten Warnhinweise darauf, daß sie sich um ihr Erinnerungsvermögen Sorgen machen sollte.

Leicht gebogene, schwertgleiche Kiefer schnitten ihren Pullover am Rücken auf und stellten die Hüterin dann unsanft auf die Beine.

Mandibeln. Maxillen. Labium oder Unterlippe.

Ein ganzer Abschnitt in Dianas Abschlußprüfung hatte der Klassifikation von Insekten gegolten. Diana hatte pflichtschuldig alle möglichen Informationen ausgespuckt, von denen sie angenommen hatte, sie nie wieder verwenden zu können und hatte das ganze Prozedere als ziemlich sinnlos empfunden. Wie hätte sie denn auch damals schon die Situation erahnen können, in der sie heute war? Wie sich nun aber herausstellte, war dies reichlich kurzsichtig von ihr gewesen.

Insekten – Weit über eine Million Arten waren bekannt.

Jedes Biotop zu Lande unterhielt eine eigene, florierende Insektenpopulation.

„Nun sagen Sie schon, Ms. McBride: Wenn Käfer wirklich so toll sind, warum übernehmen sie nicht die Herrschaft über die Welt? Wie in diesen alten Filmen?"

Diana grinste. Sie hätte Daryl Mills auf der Stelle knutschen können. Schon zitterte der Käfer, der sie in seinen Fängen hielt; schon zerbarst sein äußeres Skelett an einem Dutzend Stellen, und die Einzelteile zersprangen scheppernd auf dem Marmorfußboden wie billige Weingläser, die man an die Wand geworfen hat. Rasch sprang Diana zur Seite, um nicht im Weg zu sein, als das riesige Wesen nun unter seinem eigenen Gewicht zusammenbrach. Der Großteil des Gewichts eines Pottwals wird vom Wasser getragen. Elefanten haben gewaltige Knochen und Muskeln entwickelt, um mit ihrer Größe umgehen zu können. Das Verhältnis von Größe zu Masse.

Riesenkäfer waren ein Ding der Unmöglichkeit.

Na bitte!

Der ganze Thronsaal war vom Geräusch der berstenden Gläser erfüllt. Skeletteile zischten durch die Luft wie Schrapnelle. Der Schattenfürst kreischte wie eine Eishockeymutti, wenn der Schiedsrichter für dic falschc Seite gepfiffen hat.

Drei Schritte nur trennten Diana vom Thronsessel. Dann noch zwei Stufen – und sie würde den Zauberstab in Händen halten, und dann mußte nur noch die fette Dame singen – was immer das heißen mochte.

Drei Schritte und ...

Irgend etwas erwischte die Hüterin zwischen den Schulterblättern, und sie ging mit einem harten Aufprall zu Boden.

Epikutikula, dachte sie benommen, als der Gegenstand, der sie getroffen hatte, an ihr abprallte, um dann ungefähr zwei Zentimeter vor ihrer Nase zu landen. Das ist aber nicht ...

Ein großer Fuß, in einen Stiefel gekleidet, preßte sich in ihren Nakken.

... gut.

Diana schlug um sich, als eine Hand sie nun an den Haaren packte und hochzog, bis sie kniete – erreichte damit aber lediglich, daß sie das Gleichgewicht verlor und sich um ein Haar selbst skalpiert hätte. Sie blinzelte, um die Erinnerung an einen Pferdeschwanz loszuwerden, der stets so stramm gebunden gewesen war, daß sie ausgesehen hatte wie Mr. Spocks kleine Schwester und schrie: „RENN!" Denn nun konnte sie hören, wie der Schattenfürst Kris ultimativ befahl, sich zu ergeben.

„Warum hast du denn bloß auf den gehört?" wollte sie wenig später wissen, als zwei Fleischköpfe die Elfe ziemlich unzeremoniell neben ihr auf den Fußboden fallen ließen.

Kris zitterte leicht, als sie sich langsam hochrappelte und nun ebenfalls kniete. „Als würde ich dich hier alleinlassen."

Wie romantisch! Na ja, wenn du mich fragst: nicht besonders. „Du hättest Hilfe holen können."

„Wie denn? Draußen stehen die verdammten Fleischköpfe Schulter an Schulter. An denen käm ich sowieso nicht vorbei."

Noch weniger romantisch also.

„Dann fiel mir etwas ein, was jemand mal zu mir gesagt hat", fuhr Kris fort. „Vor ziemlich langer Zeit: Wenn du ohnehin verlierst und das ganz klar ist, dann gib auf, ehe sie dich völlig plattgemacht haben, nicht erst hinterher."

„Hat Arthur das gesagt?"

„Meine Mutter."

„Kluge Frau."

„Damals noch."

„Na und? Seid ihr beiden Mädchen fertig mit plaudern?" mischte sich der Schattenfürst boshaft zischend ein.

„Sind deine Alten noch zusammen?" fragte Diana, während sie so herumrutschte, daß sie Kris nun direkt gegenübersaß.

Die starrte die Hüterin einen Moment lang ungläubig an; dann verschwand der leicht mißmutige Ausdruck aus ihrem Gesicht und wurde durch ein vergnügtes Grinsen ersetzt – Kris hatte kapiert, worauf Diana hinauswollte. Wenn es so aussieht, als hättest du nicht die geringste Chance mehr, dann bleibt dir immer noch die Möglichkeit, eine komplette Nervensäge zu sein. „Nee, mein Dad hat sich vor sechs Jahren abgesetzt, und bei dir? Das volle Programm? Glückliche Familie im Eigenheim vor den Toren der Stadt?"

„Aber hallo! Wir sind die weiße, angelsächsische, protestantische Familie per se, das reine, wandelnde Klischee. Bis auf die Sache mit Hüterinnen, Vetter, Base und Katern natürlich."

„Ruhe!" Irgendwann hatte sich der Schattenfürst wohl seinen Knüppel wiederbeschafft, denn den streichelte er nun vielsagend, während er sich den beiden Mädchen näherte.

„Weißt du, Mann, du denkst doch jetzt bestimmt, du siehst ganz furchterregend aus!" sagte Diana und deutete mit dem Kinn auf den Knüppel. „Aber da irrst du dich. Das Teil da schreit doch förmlich: Mädels, guckt mal, so groß ist mein Ersatz ..."

Ein wenig hatte Diana sich bei ihrer kleinen Show Sorgen gemacht. Was, wenn sie den Fürsten so schwer provozierte, daß er wirklich den Knüppel schwang? Der jedoch schien glücklicherweise mehr den persönlichen Touch zu bevorzugen: Der Schlag mit dem Handrücken schleuderte die Hüterin erneut zu Boden, und zwar so, daß sie mit dem Rücken auf den Stufen zum Thronsessel zu liegen kam, genau wie sie es geplant hatte. Indem sie sich umgedreht hatte, um Kris direkt gegenüberzusitzen, hatte sie es geschafft, sich exakt im richtigen Winkel zum Thron zu plazieren. Viel Phantasie hatte nicht dazugehört, sich auszumalen, wann und wie der Fürst zuschlagen würde! Nun lag Diana direkt auf dem Zauberstab, und es gelang ihr, sich die Plastikröhre zu schnappen und blitzschnell vorn in die Hose zu stopfen.

Genau dieses Manöver hatte die Hüterin einmal im Fernsehen gesehen. Zugegebenermaßen war es ihr auf dem Siebzehn-Zoll-Bildschirm nicht so schmerzhaft erschienen wie jetzt im wirklichen Leben. Immer noch läuteten in ihrem Kopf Glocken und heulten Sirenen, als zwei Fleischköpfe sie packten, unsanft auf die Beine stellten und erneut vor den Schattenfürsten schleppten.

„Dummes kleines Mädchen! Dich sollte ich gleich umbringen, da, wo du stehst!"

„Ich stehe ja gar nicht wirklich ... aua!" Mit dem Baumeln hatte Diana umgehen können, aber nicht damit, daß sie jetzt auch noch geschüttelt wurde. „Außerdem kannst du mich ja gar nicht töten, denn sonst hättest du das schon längst getan, und weißt du auch, warum nicht?" Aus demselben Grund, aus dem Diana den Zauberstab nicht gleich zum Einsatz gebracht hatte, als sich ihre Finger darum schlossen. „Weil du nicht der ganz große Böse bist." Sie jedenfalls hatte nicht vor, die einzige ihr noch verbliebene Chance auf einen Versager zu verschwenden! „Wenn du mich töten würdest, würde das hier unten alle möglichen Energien freisetzen. Energien, die du nicht kontrollieren kannst. Deswegen hast du mich – hast du uns!" verbesserte sie sich mit einem raschen Seitenblick auf Kris, „bislang nicht umgebracht, und darum wirst du mich auch jetzt nicht töten."

„Ich kann es nicht, aber die, vor die ich euch jetzt bringen werde, vermag es sehr wohl!"

Diana blinzelte, wobei sie feststellen mußte, daß ihr sogar die Augenbrauen wehtaten. „Was?"

„Ich spreche von der Grube. Der Finsternis. Der ..."

„Schon gut. Ich habe verstanden. Du kannst uns nicht umbringen, die Hölle kann es durchaus. Sie hat dich von sich selbst abgesondert und dir sogar eine Persönlichkeit gegeben – na ja, so ne Art Persönlichkeit! –, aber du stehst immer noch voll unter ihrer Fuchtel."

„Das stimmt nicht ..."

„He, du brauchst das gar nicht abzustreiten. Sieh es doch ein, die Hölle benutzt dich nur. Wenn es denn überhaupt ein ‚DU' gibt. Du hast ja keinen Namen, keine Identität, du bist nur das klitzekleine Teilchen eines größeren Ganzen. Die Hölle vertraut dir ja noch nicht einmal wirkliche Macht an ..." Aber kaum hatten die letzten Worte ihren Mund verlassen, wußte Diana, daß sie einen Fehler gemacht hatte. Der Schattenfürst hatte ihr die ganze Zeit stirnrunzelnd zugehört, und was sie ihm zu sagen hatte, hatte ihm eindeutig nicht gefallen. Womöglich hätte es ihm am Ende so sehr mißfallen, daß er es gewagt hätte, die Hölle herauszufordern – eine Ablenkung, die Diana hätte nutzen können, um die Grube zu schließen, die Fertigstellung des Übergangs zu verhindern und so die Welt zu retten –, aber bei dem Wörtchen „vertraut" fing der Fürst hämisch zu grinsen an.

„Natürlich vertraut die Hölle mir nicht", erklärte er ganz ruhig. „Die Hölle, das bin ich, und ich bin die Hölle."

„Ein winzigkleines Stückchen ..."

„Genug. Dein unverschämter Versuch, einen Keil zwischen mich und das, dem ich entstamme, zu treiben, hätte ja vielleicht auch funktioniert. Wenn wir in einem dieser Märchen wären, in denen die Guten immer gewinnen. Wir jedoch sind ..."

„Im Untergeschoß eines imaginären Einkaufszentrums", vollendete Diana den Satz so trocken und beiläufig, wie es ihr aus ihrer augenblicklichen Lage heraus möglich war. Na toll! Ich höre mich schon an wie Claire.

Der Schattenfürst trat vor und bohrte Diana das Knüppelende bedrohlich unter das Kinn, wodurch er ihren Kopf weit nach hinten drückte. „Genug! Was hast du an ‚genug' nicht verstanden?"

„Den Teil natürlich, bei dem es darum geht, daß ich überhaupt etwas tue, was du mir befiehlst!"

„Dann solltest du vielleicht eines bedenken ..." Hätte der Fürst geatmet, dann hätte sein Atem jetzt Dianas Wange liebkost. Wie die Dinge lagen, verspürte sie an dem Punkt, an dem sein Gesicht ihrer Haut am nächsten war, einen Hauch Angst. Als verursache seine Nähe bei ihr eine unfreiwillige körperliche Reaktion. „Töten kann ich dich nicht, aber ich kann dir den Knüppel hier über den Schädel ziehen, bis du bewußtlos bist."

„Na gut. Genug; Adverb. Einer Handlung ein Ende bereiten." Ganz offensichtlich hatte Diana im Englischunterricht besser aufgepaßt als im Biologieunterricht, und sie wünschte sich ja auch *ganz ehrlich*, er möge zurücktreten. „Wie in: genug gespottet und den Schattenfürsten verhöhnt. Ich sollte damit aufhören. Ja, das kann ich tun."

„Gut."

„Gibt es irgendeinen einleuchtenden Grund dafür, daß du eine dreitausend Jahre alte reanimierte ägyptische Mumie, die gerade dabei ist, dir die Lebenskraft aus dem Leib zu saugen, fragst, ob wir ihr was aus dem Einkaufszentrum mitbringen sollen, wenn wir schon mal da sind?"

„Ich habe mich doch lediglich höflich verhalten!" wies Dean die Kritik zurück, während er vom Sir John A. MacDonald Boulevard ab- und auf den Highway 33 einbog.

„Sie saugt dir die Lebenskraft aus!" Austin wiederholte den Satz, indem er jedem einzelnen Wort ätzende Betonung zuteil werden ließ.

„Ist das ein Grund, unhöflich zu sein?"

„Einige Leute würden das so sehen, ja."

„Einige Leute sind auch drauf aus, ins Hafenbecken zu springen; das heißt noch lange nicht, daß ich das vorhabe."

„Nur mal aus reiner Neugier gefragt ..." Der Kater verhakte die Krallen im Sitz, während der Pick-up eine weitere Kreuzung umrundete, „... was wäre denn nach deinem Dafürhalten ein Grund für Unhöflichkeit?"

Deans Brauen hoben sich über den oberen Rand seiner Brille. Nachdenklich zog er sie zusammen, während er über diese schwierige Frage nachdachte.

Austin wartete ein wenig. Dann seufzte er. „Vergiß es."

Sie hatten erwogen, daß Austin im Hotel bleiben sollte, um ein Auge auf die Geschehnisse dort zu haben, waren am Ende jedoch zu der Erkenntnis gelangt, daß dies unter Umständen ein zu großes Risiko darstellen mochte. Ohne Dean, an dem sie bei Bedarf knabbern konnte, hätte Meryat sich womöglich noch Austin zugewandt, und der Kater besaß keine Lebenskraft mehr, die er hätte erübrigen können.

„Auch wenn es natürlich total gut möglich ist, daß sie sich von mir gar nicht nähren kann."

„Warum nicht?" Ehe Austin hatte antworten können, hatte Dean die Hand gehoben und die Frage selbst beantwortet: „Weil du ein Kater bist."

„Muß es denn noch einen anderen Grund geben?"

„Gibt es denn je für irgend etwas einen anderen Grund?"

Das Hotel hatte in der Vergangenheit bewiesen, daß es in der Lage war, auf sich selbst zu achten.

Etwa die Hälfte der Parkbuchten auf dem Parkplatz des Einkaufszentrums waren besetzt. Bei drei Vierteln der geparkten Fahrzeuge handelte es sich um Minivans, was beunruhigend war. Im wesentlichen, weil Dean nicht wußte, wie sehr es ihn hätte beunruhigen sollen. Oder warum. Nur um auf Nummer Sicher zu gehen, parkte er den Pick-up neben einer weißen viertürigen Limousine, die ihren Nummernschildern zufolge aus dem US-Bundesstaat Ohio stammte.

„Ich würde mich besser fühlen, wenn ich mit dir dort hineingehen könnte", murmelte Austin besorgt, als Dean seine leere Hockeytasche hinter der Sitzbank hervorzog. „Hast du den Plan noch im Kopf?"

„Such' dir einen Sitzplatz im Food Court; lege die Tasche auf die Seite und ziehe den Reißverschluß auf; stelle einen Teller mit kalten, gekochten Red-River-Frühstücksflocken in die Tasche, verschließe die Tasche, sobald der Basilisk dabei ist, sie zu fressen und schau ihn nie direkt an, sondern nur mit Hilfe dieses Spiegels!" Dean hielt einen alten Seitenspiegel seines Pick-up hoch, der ihm vor anderthalb Jahren bei seiner ersten Fahrt nach Ontario abgebrochen war. Da lediglich die

Halterung beschädigt war, der Spiegel selbst aber noch völlig intakt, hatte er ihn nie weggeworfen. „Du bist ganz sicher, daß er auf die Frühstücksflocken anbeißt?"

„Ich kann mir nicht denken, daß er nicht hungrig ist, und das Zeug ist Hühnerfutter derart ähnlich, da kriegt er den Unterschied gar nicht mit."

„Ich kann nicht fassen, daß wir ..."

„... lokale Ressourcen einsetzen, um eine metaphysische Bedrohung abzuwenden."

Dean starrte den Kater an.

Der starrte zurück.

„Na ja, wenn du es so formulierst", konstatierte Dean nach einer Weile. Dann öffnete er die Autotür und ließ sich hinab auf den Asphalt. „Sieh zu, daß du nicht gesehen wirst. Die Fenster sind offen, und du hast genügend Wasser, aber ich will nicht, daß irgendwelche Gutmenschen mir die Polizei auf den Hals hetzen, weil sie denken, du leidest."

„Kein Mensch weiß, wie ich leide."

„Das kannst du laut sagen!" seufzte Dean und schloß die Wagentür hinter sich.

Der Parkplatz unter seinen Füßen fühlte sich weich an. Das lag nicht an der Hitze – auch wenn es so warm war, daß ihm das T-Shirt wie angemalt am Körper klebte und die Sonne dabei so grell schien, daß man daran ein Signalfeuer hätte anzünden können. Es war, als lege sich der Asphalt um Deans Stiefel und versuche, ihn in die Tiefe zu ziehen. Ihm widerfuhr nicht das, was Diana und Claire an jenem Morgen passiert war, als er die beiden hier abgesetzt hatte – die Hüterinnen hatten sichtbare Fußspuren im Teer hinterlassen, während er nichts vorweisen konnte, um zu zeigen, daß die ganze Sache irgendwo anders stattfand als nur in seinem Kopf. Keine Spuren. Kein Teergeruch. Nur ein Gefühl – begleitet von der Gewißheit, daß die Dinge auf der Gegenseite schlechter geworden waren statt besser.

Das ist normal: Die Dinge werden immer erst einmal schlimmer, ehe sie besser werden! redete er sich ein, fand diesen Gedanken dann aber gar nicht wirklich beruhigend. Er wollte helfen und konnte es nicht. Er konnte einzig dafür sorgen, daß Claire, wenn sie nach Hause kam, sich dort keiner reanimierten, anderen das Leben aus dem Leib saugenden Mumie gegenübersah. Das schien jetzt nicht mehr ausreichend, angesichts des Zustands, in dem sich der Parkplatz des Einkaufszentrums befand.

Er ertappte sich dabei, daß er übertrieben vorsichtig und im Storchenschritt über das Gelände ging. Aber er war beileibe nicht der einzige. Auf der anderen Seite des Parkplatzes bewegten sich zwei Kinder auf dieselbe Art und Weise voran; das eine mochte vielleicht drei Jahre alt sein, das andere nicht älter als fünf. Das Merkwürdige an der Sache war jedoch, daß die Mutter der Kinder – Dean nahm an, es handle sich um die Mutter, es konnte aber auch genausogut die Babysitterin sein – dies überhaupt nicht mitzubekommen schien. Die Frau hob die Füße kaum vom Boden und hatte ganz eindeutig den Erschöpfungszustand erreicht, der jeden überkommt, der sich einen ganzen Morgen lang in Begleitung noch nicht schulpflichtiger Kinder in einem Einkaufszentrum hat aufhalten müssen.

Waren denn Kinder offener für das Ungewöhnliche?

Dean wurde rot, als er mitbekam, daß die Mutter – die Babysitterin – der Kinder gemerkt hatte, daß er sie beobachtete. Das Rot vertiefte sich noch, als er feststellen mußte, daß sie ihm interessiert auf ... auf seine Jeans guckte und dazu in einer Art und Weise lächelte, die ihn völlig nervös machte. Er beschleunigte seine Schritte und erreichte den kleinen Betonstreifen so rechtzeitig, daß er, als er sich umdrehte, zusehen konnte, wie Frau und Kinder in einen relativ neuen Kombi kletterten.

Nicht in einen Minivan.

Was gut war, oder?

Dean verspürte eine vage nostalgische Sehnsucht nach den Tagen, an denen er immer genau gewußt hatte, was zum Teufel Sache war. Er riß sich zusammen, stieß die Tür auf und betrat das Einkaufszentrum.

Das Eintauchen in die Kaltluft, die die Klimaanlage produzierte, war wie ein Kopfsprung in den Nordatlantik. Der Schweiß, der Dean seitlich am Hals entlanglief, trocknete so schnell, daß sich dort eine Gänsehaut bildete. Ein Trio halbwüchsiger Mädchen, denen er die Tür aufhielt, brach in schrilles, hysterisches Kichern aus, begleitet von entzückten, wiederholten „Oh. Mein. Gott."-Stakkatoschreien, als er an ihnen vorüberging. Dean hatte das unangenehme Gefühl, die Mädels bezögen sich auf den Riß in seinem rechten Hosenbein. Er hätte die Jeans vielleicht doch nicht mehr in der Öffentlichkeit anziehen sollen – sie war nur, nachdem er sie so viele Jahre lang gewaschen und gebügelt hatte, so dünn geworden, daß sie mittlerweile die leichteste Hose in seinem Besitz war, auch wenn sie inzwischen recht eng saß.

Er hatte beim Eingang in der Nähe des Food Court geparkt, und zwar aus der Überlegung heraus, ein Mann, der in der Hockeytasche einen Basilisken mit sich herumtrug, sollte innerhalb eines Einkaufszentrums möglichst kurze Strecken zurückzulegen haben.

Als Dean am Rande des zwischen den einzelnen Schnellimbißständen aufgebauten Bereichs mit Tischen und Stühlen angekommen war, wußte er auch wieder, warum ihm diese Art von Einrichtung so sehr zuwider war: Er hatte toten Kabeljau gesehen, der mehr Persönlichkeit hatte vorweisen können.

Wenn man es recht bedachte, dann hatte bei dieser Hitze toter Kabeljau in der Regel noch Persönlichkeit übrig.

Das Einkaufszentrum unterschied sich nur durch die Tatsache, daß sich Kräfte des Bösen seiner im Rahmen ihrer Bemühungen um die Ergreifung der Weltherrschaft bedienten, von Hunderten anderer Einrichtungen seiner Art. Wenn auch nicht gerade sehr stark.

Austin war sich ganz sicher gewesen, daß sich der Basilisk im Food Court herumtreiben würde.

Dean sah sich die Gegend genau an und ging dann hinüber zum unvermeidlichen chinesischen Schnellimbiß, um sich eine Frühlingsrolle und einen Becher Kaffee zu besorgen. Er konnte unmöglich einfach an einem der Tische hier im Food Court sitzen, ohne etwas zu essen oder zu trinken; er konnte unmöglich Platz belegen, auf den er gar keinen Anspruch hatte! Das wäre unhöflich gewesen. Das Tablett in der einen, die Hockeytasche in der anderen Hand bahnte er sich einen Weg durch eine Horde Teenager, die auf einmal von irgendwoher aufgetaucht war, hin zu dem dichter bepflanzten der beiden Pflanzkübel, dem perfekten Versteck für einen Basilisken.

Die gute Nachricht: Der Tisch, der dem Pflanzkübel am nächsten stand, war unbesetzt.

Die schlechte Nachricht: Entweder roch eine Kombi aus Huhn und Eidechse wie Seichtwasser, wenn eins der großen Schiffe an einem warmen Tag seine Bilgen ausgepumpt hatte, oder der Basilisk war nicht das einzige, was sich in diesem Pflanzkübel versteckte.

Das erklärte dann aber allerdings, warum die Statue, die gefunden worden war, Schaufel und Eimer bei sich getragen hatte.

Dean vergeudete ein paar Sekunden mit der Überlegung, aus welchem Grund man einen Kübel mit Plastikpflanzen wohl unter das Oberlicht stellen mochte, setzte sich dann, griff in die Tasche und entfernte den Deckel vom Behälter mit den gekochten Frühstücksflokken. Er verstaute die offene Tasche sorgsam zwischen seinen Füßen, legte sich den Spiegel auf dem Schoß zurecht und öffnete seinen Kaffeebecher.

Kaum hatte er den ersten Schluck im Mund, da meinte er, die Stimme seines Großvaters zu hören: „Grundgütiger Himmel, Junge, man holt sich doch den Kaffee nicht beim Chinesen! Wofür hat uns der Herr Timmy Horton's geschickt?"

Hastig drückte Dean den Deckel zurück auf den Pappbecher und zwang sich zu schlucken.

Sein Großvater war ein sehr, sehr weiser Mann gewesen.

Die Frühlingsrolle hätte wahrscheinlich besser geschmeckt, wenn Dean überhaupt noch etwas hätte schmecken können – der Kaffee hatte seine Geschmacksnerven nachhaltig betäubt. Andererseits hätte er die Rolle überhaupt nicht essen können, wenn sein Geruchssinn noch funktioniert hätte – so hatte wohl jedes Ding wirklich auch seine guten Seiten.

Wie lange er hier wohl würde sitzen und warten müssen?

„Dean? Ich werd' nicht wieder! Du bist es wirklich!"

Die junge Frau, die sich auf den anderen Stuhl an Deans Tisch fallen ließ, hatte leuchtend rotes Haar über überraschend schwarzen Brauen und ein Paar Brüste, die drohten, ihr ... Dean hatte keinen blassen Schimmer, wie man das nannte, was die Frau da trug und was ihre Brüste zu sprengen drohten. Er erinnerte sich jedoch sehr wohl an die Brüste selbst: Traumvisionen davon hatten ihn mehr oder weniger über sein letztes Jahr im Gymnasium hinübergerettet; er hatte ständig an sie gedacht, wenn er nicht gerade Eishockey gespielt hatte, und manchmal sogar während eines Spiels – so war es dazu gekommen, daß er sich die Schulter ausgerenkt hatte. Leider war die Frau, der diese Brüste gehörten, seit der neunten Klasse immer mit demselben Jungen zusammengewesen, und niemand anders hatte bei ihr auch nur die geringste Chance gehabt. So war sie andererseits aber auch immer die perfekte, vollkommen harmlose, unerreichbare Phantomgestalt geblieben. „Sherri Murphy! Was machst du denn so weit weg von zu Hause?"

„Arbeiten. Wie du auch, oder? Ich habe einen Job in der Nylonfabrik." Sie grinste ihn an. „Es tut gut, ein vertrautes Gesicht zu sehen. Bist du allein hier?"

„Ja."

Das Lächeln wurde breiter.

Dean fragte sich, warum ihm nie zuvor aufgefallen war, auf welch raubkatzenartige Art Sherris Lippen geschwungen waren. Nein – Moment mal, natürlich wußte er, warum ihm das bislang nie aufgefallen war! „Was ist mit Jeff?" wollte er wissen.

Sie zuckte lebhaft die Achseln, weswegen er die ersten Worte ihrer Antwort nicht recht mitbekam: „... Boot mit seinem Papa. Als könnte man mit Fischfang heute noch eine Familie ernähren." Nun musterte sie ihr Gegenüber unverhohlen. „Was ist mit dir?"

„Mit mir?"

„Hast du ein Mädchen?"

„Ein Mädchen ... ja." Dean hatte das Gefühl zu sinken, ohne mitbekommen zu haben, wie der Brecher ihn erwischt hatte. Claire – das war ein Gedanke, an den er sich festklammern konnte. „Sie ist auch hier – irgendwo." Was nichts als die Wahrheit war, wenn man die Definition von *irgendwo* möglichst dehnbar handhabte.

Sherri neigte den Kopf zur Seite und betrachtete Dean prüfend. „Weißt du was? Früher hieß es immer, Dean kann nicht lügen, auch wenn es gälte, das eigene Leben zu retten!" Sie ließ eine zarte Zungenspitze sehen, mit der sie ganz langsam eine feuchte Spur über ihre Unterlippe zog.

Derweil streifte etwas Warmes, Weiches Deans Knöchel, und der junge Mann spürte, wie ihm die Hitze in die Wangen stieg. „Hör mal", stotterte er verlegen, „unten in Portsmouth Village gibt es eine Kneipe, die heißt ..." Der Druck an seinem Bein nahm langsam zu, bewegte sich sanft an seiner Wade auf und ab, „... Ship to Shore. Eine Gruppe von uns, von zu Hause, trifft sich da jeden Samstag."

„Um darüber zu reden, wann ihr wieder heim in den Osten geht?" Sherris Stimme klang ein wenig sehnsüchtig.

„Ja, das auch. Der Besitzer läßt sich ungefähr einmal im Monat einen Lastwagen *Black 'Arse* anliefern."

„Bier und Nostalgie – dem kann ich nur schwer widerstehen."

Ein ganz leiser Druck innen an Deans Knie. Deans ganzer Körper zuckte leicht zusammen – so, wie er in den Sitz eingezwängt war, konnte er weder richtig zurückzucken noch ausweichen. Es wunderte ihn wirklich sehr, wie Sherri genug Platz finden konnte, ihre Manöver selbst unter diesem zierlichen Tischchen abzuziehen.

„Ich kann mich gar nicht daran erinnern, daß du früher so zappelig gewesen bist." Sherri lächelte, als wüßte sie ein Geheimnis und stand auf. „Samstags? Vielleicht komme ich ja mal vorbei. Ich möchte zu gern die Frau kennenlernen, die dich letztlich abgekriegt hat!"

Mehr als nur milde verwirrt starrte Dean der Schulkameradin nach, die durch die Wandelhalle davonging.

Die mich was ...

Eine sanfte Liebkosung, nunmehr an seinem anderen Bein.

Sherri war derweil in der Drogerie verschwunden.

Wie hat sie da... ?

Oh!

Deans Ohren brannten lichterloh, als der junge Mann einen Blick auf den Spiegel in seinem Schoß warf. Die Hühnerhälfte des Basilisken steckte in der Hockeytasche und verzehrte Red-River-Frühstücksflokken. Der Eidechsenteil, ein langer, zum Greifen geeigneter, grellgrüner schuppiger Schwanz, rieb sich an seinem Bein.

Sherri muß mich ja für einen kompletten Vollidioten halten!

Er bückte sich und verfrachtete den Schwanz vorsichtig in die Tasche.

Claire durfte das nie erfahren.

Ein warmer Schnabel untersuchte neugierig seine Finger. Er lenkte ihn zurück zur Schale mit den Frühstücksflocken.

Austin durfte das nie erfahren!

Dean hob den Reißverschluß der Tasche vorsichtig an, um nicht unwillentlich irgendwelche Federn einzuklemmen, und schloß ihn dann rasch.

Der Protestschrei erklang erstaunlich laut. Ein gutes Dutzend Köpfe wandte sich Dean zu.

„Nichts weiter los – ich hab' da nur meinen Basilisken im Reißverschluß eingeklemmt", verkündete der junge Mann, warf sich die Tasche über die Schulter und enteilte in Richtung Ausgang, die Ohren so glühend rot, daß er sicher war, einen Streifen sichtbarer Heißluft hinter sich herzuziehen.

Ungläubig lauschte Dean dem flachen, endgültigen Klicken und drehte den Schlüssel noch einmal, nur für den Fall aller Fälle. Ein weiteres Klicken – danach Stille. Eine Stille, die so tief war, daß Dean hören konnte, wie in der Hockeytasche, die nun hinter der Sitzbank stand, Hühnerfedern neu arrangiert wurden. „Ich kann es nicht fassen – die Batterie ist leer!"

„Du warst so lange weg, da habe ich mich gelangweilt." Austin putzte sich die Schulter. „Ich habe Radio gehört."

„Aber ich hatte doch die Schlüssel, und du könntest einen Schlüssel überhaupt nicht drehen, selbst wenn du einen hättest." Klick. Nichts. „Wie konntest du denn die Zündung einschalten?"

„Das ist nun mal so bei Katzen."

Dean ließ den Kopf auf das Lenkrad sinken und zuckte gleich darauf wieder hoch, als das schwarze Plastik drohte, ihm einen Abdruck in die Haut zu brennen. „Willst du damit sagen, Katzen können Autos kurzschließen?"

„Sei nicht albern", gab Austin schnippisch zurück. „Das hier ist ein Lastwagen."

„Genau." Eine weitere Erklärung würde Dean nicht bekommen. Gut. Er stieg aus und starrte hinaus auf den Parkplatz, sah die heiße Luft vom Asphalt aufsteigen, schimmernd wie ein Vorhang zwischen den Welten. Wenn es doch nur so einfach wäre. Kevin hatte sich im März Deans Überbrückungskabel geliehen und es ihm nie zurückgegeben. Am nächsten Samstag würde er seinem Kumpel deswegen gehörig den Kopf waschen, aber das brachte ihn im Moment auch nicht weiter. Kommen ein Basilisk, ein sprechender Kater und eine leere Batterie in eine Kneipe ...

Er kehrte den Minivans den Rücken zu und schlug verzweifelt den Kopf auf die Motorhaube seines Wagens.

„Sie sehen so aus, als hätten Sie einen ganz schlechten Tag. Kann ich Ihnen irgendwie helfen?"

Sie war ungefähr in Deans Alter, hieß Mary und war aus den Staaten herübergekommen, um an einem Musikfestival teilzunehmen – und sie hatte nicht nur Überbrückungskabel, sondern sogar welche, die lang genug waren, um von ihrer Batterie bis hoch in seinen Pick-up zu reichen. „Mein Bruder hat sie mir gekauft", plauderte Mary, während sie den dicken Zopf, der ihr bis zur Taille reichte, über die Schulter warf und die beiden Autos geschickt miteinander verband. „Da. Nun können Sie es noch mal versuchen."

Der Pick-up sprang gleich beim ersten Versuch an. Dean zog die Handbremse an, schaltete den Motor in den Leerlauf und stieg aus, um Mary zu helfen, die Kabel aufzuwickeln.

„Ist das Ihre Katze?" wollte die junge Frau wissen, als Austin nun die Vorderpfoten auf das Armaturenbrett stemmte und sie beide kritisch beäugte.

„Nicht ganz."

„Ah." Sie nickte. „Die Katze Ihrer Freundin. Sie sehen mir auch ganz so aus wie ein Mann, der bis über beide Ohren drinsteckt."

Als Mary sich bückte, um die Überbrückungskabel in ihrem Kofferraum zu verstauen, mußte Dean voller Schrecken sehen, wie die Hockeytasche hinter seiner Sitzbank sich in die Höhe hob und einen Flugversuch startete. Er bemühte sich, Austin mit wilden Gesten auf diese Tatsache aufmerksam zu machen, aber der reagierte lediglich mit einer Geste seinerseits, und zwar mit einer ziemlich rüden; genau da tat die Tasche einen Satz nach vorn, landete auf dem Sitz und schlug Austin die Füße unter dem Leib weg. Positiv gesehen konnte man sagen, daß weder Katze noch Tasche zu sehen waren, als Mary sich nun wieder aufrichtete. Dean dankte der Frau, schüttelte hastig ihre Hand, zog seine Schuhe mit jeweils einem kräftigen Ruck aus dem Teer und tauchte ins Führerhaus des Pick-up.

Die Tasche lag vor dem Beifahrersitz auf dem Boden. Austin hockte darauf und verprügelte alles an nicht sichtbaren Basiliskenteilen, was ihm unter die Pfoten kam. „Ich werd' zu alt für diesen ..." Eine schnelle Rechte, gefolgt von einem linken Haken brachte einen letzten halbherzigen Rebellionsversuch zum Scheitern, „... Scheiß."

„Wenn du nicht meine Batterie ausgenuckelt hättest, wären wir längst zu Hause."

„Ach? Dann war es wohl meine Schuld, daß du dich von einem Mädchen hast retten lassen müssen?"

„Ja, genau! Deine Schuld." Er blickte auf, sah Mary, die ihn stirnrunzelnd anstarrte, winkte, legte den ersten Gang ein und fuhr nach Hause. Bis über beide Ohren. Das faßte sein Leben in letzter Zeit ziemlich genau zusammen.

Er brauchte Claire so dringend wieder an seiner Seite – das war schon nicht mehr auszuhalten!

✦✦ ✦✦ ✦✦

Sam wußte genau, er hätte gefaßt sein sollen. Ruhig, gefaßt, gesammelt – auch wenn er wirklich keine Ahnung hatte, was er sammeln sollte. Aber er wußte, er als Kater hätte dieser Horde Elfen gegenüber, die sich nun eingefunden hatte um, ausgerüstet und bewaffnet mit Gegenständen aus einem Sportartikelgeschäft, gegen die Kräfte des Bösen ins Feld zu ziehen, ein Musterbeispiel an Selbstbewußtsein und heiterer Gelassenheit sein müssen.

Von den Sportartikeln mal abgesehen würde das nämlich keine Schlacht aus einem Zeichentrickfilm von Walt Disney werden.

Sam jedoch hegte den starken Verdacht, daß heitere Gelassenheit noch nie seine Stärke gewesen war, auch als Engel nicht. Zudem – leider, mußte man wohl sagen, denn die ganze Sache mit den Streitern Gottes käme ja nun durchaus gelegen – konnte er sich, je mehr Zeit er in der Fellgestalt verbrachte, immer weniger an sein Leben vor seiner Katerisierung erinnern.

Er lief auf den Regalen hin und her, die den offenen Hof um die Feuerstelle markierten. Er konnte nicht stillsitzen.

Nun tönte das unmißverständliche Geräusch eines Pfiffs, den jemand auf zwei Fingern abgibt, durch den Raum, und mit einem Schlag verstummte jegliche Unterhaltung. Ein Dutzend Köpfe in den exotischsten Farben wandte sich dem Geräusch zu.

„Leute! Hört zu!" Will, dem der lange rote Zopf über den dicken Schulterpolstern der Hockeyausrüstung baumelte, wies auf Arthur, der neben ihm auf einem Stuhl stand, der zu einem Satz Küchenstühle aus der Möbelabteilung gehörte. „Unser furchtloser Führer will etwas sagen."

Der unsterbliche König blickte hinab auf die Massen und ließ die blauen Augen von einem Gesicht zum nächsten gleiten. Er ließ sich Zeit, ihn konnte man nicht drängen. Unter der schwarzen Lederjacke trug Arthur den gepolsterten Brustpanzer eines Schiedsrichters, in der linken Hand ein paar dicke Lederhandschuhe aus der Gartenabteilung und in der rechten Excalibur.

Es war so ruhig, daß Sam nichts anderes hören konnte als das leise Knirschen der Plastikpolsterungen. Fast schien es so, als würden all die Elfen den Atem anhalten, während sie darauf warteten, daß ihr Führer zu ihnen sprach.

Dann landete ein Baseballschläger aus Aluminium mit einem ohrenbetäubendem Krachen auf den Fußbodenkacheln, und die jungen Leute wandten sich allesamt erschrocken der Lärmquelle zu. Wie ein Mann sahen sie fasziniert zu, wie der Schläger über den Boden rollte und schließlich mit einem leisen Zischen durch Kiths erhobenen Stiefel gestoppt wurde. Dann blickten alle auf Sam.

Der hatte den Schläger noch nicht einmal gesehen, bevor er ihn vom Regal gestoßen hatte.

Sams Herz pochte so heftig, daß er ziemlich sicher war, gerade eines seiner neun Leben verloren zu haben, aber er schenkte dem keinerlei Beachtung, sondern wickelte sich betont gelassen den Schwanz um die Vorderpfoten. Angesichts des überwältigenden Geräuschpegels eben glaubte er nicht, daß er mit der klassischen „Ich hab das genau so gewollt!"-Nummer durchkommen würde. Also begnügte er sich mit einem Starren Marke „Ist was?", direkt an Arthur gerichtet. Die Elfen konnten nicht anders, sie wandten sich erneut um, um festzustellen, wen oder was der Kater da so eindringlich fixierte.

Dichter wissen, daß Katzen Könige ansehen. Denn auch Dichter sind nicht immun gegen das dringende Bedürfnis, herauszufinden, wen die Katze da anstarrt.

Arthur seufzte. „Ihr habt mich hierher gerufen", sagte er nach einer kleinen Pause, „um euch zu einen. Um eure kleinlichen Streitereien zu beenden, die euch zu einer leichten Beute für die dunkle Seite machten. Um euch zu lehren, wie ihr euch gegen die dunkle Seite behaupten und ihr ganz deutlich klarmachen könnt: bis hierher und nicht weiter. Das habe ich getan. Ihr seid ein Volk. Ihr geht geschlossen gegen die dunkle Seite vor. Ihr könnt euch behaupten. Aber das reicht nicht mehr. Die Dunkelheit hält eine von uns und eine der Hüterinnen, die gekommen waren, um uns zu befreien, gefangen. Solange Kris und Diana in den Händen unserer Feinde sind, reicht es nicht aus, uns nur zu behaupten. Es wird Zeit, daß wir den Kampf in deren eigenes Lager tragen."

„Kampf! Kampf! Kampf! Kampf!"

Von der Rhetorik in Bann geschlagen brauchte Sam eine Weile, um festzustellen, warum ihn die Reaktion der jungen Leute derart nervös machte: Eine ähnliche Szene hatte er einmal auf dem Spielplatz einer Grundschule erlebt, als Diana unter der Rutsche dort eine Unfallstelle hatte schließen müssen.

Mit der einen Hand strich sich Arthur das Haar aus dem Gesicht, mit der anderen hob er Excalibur hoch über den Kopf. Dann rief er laut: „Wer zieht mit mir?"

An Sams Wirbelsäule richteten sich sämtliche Haare auf. In der knappen Sekunde zwischen Frage und Antwort schrie er seinerseits: „Wartet!"

„Aua! Wo sind wir?"

„In einem Kühlschrank." Claire, die sich so sehr zusammengeklappt hatte, daß ihre Nasenspitze fast schon das Knie berührte, tastete nach der Kühlschranktür und hoffte, diese möge immer noch offen sein. „Ich hätte Ihnen raten können, sich zu ducken, aber ich hatte keine Lust auf einen ausgedehnten Besuch bei Donald, Daisy oder jemand anderem von den Ducks."

„Dann ist Meryat nicht hier drin?"

„Nein." Sich auf eine bestimmte Sache konzentrieren war eine Sache, Obsession war etwas anderes. „Hände weg!"

„Entschuldigung! Hier ist wirklich nicht viel Platz!"

„Na ja, es ist ja auch ein Kühlschrank!" Nachdenklich strich Claire über die Kante des Eierbehälters, wobei sie versuchte, sich daran zu erinnern, ob dieser beim fraglichen Modell in der Tür gesessen hatte oder nicht. Lance und ihr stand mehr Raum zur Verfügung, als eigentlich vorhanden war, aber nicht viel mehr.

„Ist jetzt vielleicht die richtige Zeit, Ihnen zu gestehen, daß ich leicht klaustrophobisch bin?"

„Nein." Toll, hier war das Dingsbums für die Butter. Hier mußte also die Tür sein. Claire stemmte beide Hände dagegen und drückte.

„Wir müssen hier sofort raus!"

„Ich arbeite daran! He!" Plötzlich waren da Hände, wo keine hingehörten. Nicht, daß Lance das überhaupt zu bemerken schien, denn nun fing er an, sich von einer Seite des Kühlschranks auf die andere zu werfen. „Vorsicht!" rief Claire warnend. „Sie werden ..."

Zu spät.

Der Kühlschrank kippte, die Tür flog auf, und Claire landete, gewickelt in einen Doktoranden, der gerade eine Panikattacke erlitt, auf dem Fußboden der Haushaltswarenabteilung. Aus rein medizinischen Gründen versetzte sie dem Mann ein paar Ohrfeigen.

Dann rollte sie sich zur Seite, befreite sich so aus der Umklammerung und starrte mit einem Mal in ein Paar besorgt dreinblickende bernsteingelbe Augen und auf eine zimtfarbene Nase, nur wenige Millimeter von ihrer eigenen entfernt. Es konnte kein Zweifel daran bestehen, wer einen solchen Thunfischatem hatte. Einen halben Herzschlag später hielt Claire beide Arme voller orangefarbener Tigerkatze, und an ihrem Schlüsselbein entlang verlief eine Reihe kleiner, blutender Löcher. „Oh Katzenbaby", rief die Hüterin. „Was bin ich froh, dich wiederzusehen!"

Das Schnurren verstummte. Sam wand sich aus ihren Armen und zog sich langsam zurück, bis alle vier Pfoten mit jeweils ungefähr zehn Pfund Druck auf Claires Brust ruhten. „Katzenbaby?"

„Ein Kosewort."

„Katzen*baby?*"

„Es tut mir leid, ich war so überwältigt von den Geschehnissen. Ich werde es nie wieder tun."

Mit gesträubten Barthaaren starrte Sam Claire so intensiv an, daß der Hüterin die Augen zu tränen begannen. „Sieh zu, daß du das Versprechen auch hältst", schnaubte er schließlich und stolzierte von dannen. „Katzenbaby!" murmelte er dabei immer noch empört vor sich hin. „Ich würde ja gern mal erleben, wie sie den Spruch bei Austin anbringt. Der bricht ihr glatt alle Gräten ..."

Claire lächelte und setzte sich auf. Es war schön, wieder zurück zu sein.

„Was hat es mit den Elfen in Hockeyausrüstung auf sich?" wollte Lance wissen, der alle Panik vergessen zu haben schien und gerade aufgeregt auf die Beine sprang.

Unter dem Strich war das eine ziemlich gute Frage.

Im Neonlicht des Ladens schimmerten weiße Schulterpolster aus Plastik, als nun von überall her Elfen sich zwischen den Waschmaschinen und Schleudern hindurchzwängten, um sich auf der freien Fläche vor dem umgestürzten Kühlschrank zu sammeln. Was immer die Jugendlichen auch gerade getan haben mochten: Es hatte sie eindeutig ziemlich in Rage gebracht. So aufgeregt hatte Claire die Truppe noch nie erlebt. Alle schienen ständig in Bewegung, alle redeten zur selben Zeit. Ein halbes Dutzend Hände streckte sich ihr entgegen, um ihr auf die Beine zu helfen.

„Danke, vielen Dank, danke, ja, das ist spitze. Mir geht's gut, wirklich, schön, wieder hier zu sein ... he!" Ein Elf, den die Hüterin nicht kannte, wich mit besänftigend erhobenen Händen zurück. Sicher, vielleicht hatte er ihr wirklich nur hinten den Rock glatt streichen wollen – und vielleicht hatte sie gerade ein paar Stunden mit Gottheiten aus dem alten Ägypten verbracht! Oh, Moment mal ...

„Sie sind glücklich, dich zu sehen", verkündete Lance, eine Bemerkung, die zutraf, aber nicht notwendig gewesen wäre.

„Der Typ ist kein Australier?" erkundigte sich Stewart und bedachte den großen Blonden mit einem ungläubigen Blick.

„Auf jeden Fall nicht so, daß man es feststellen könnte", erwiderte Claire.

„Gediegen!" Der Elf gab ihr ihre Sandalen. „Die hattest du hier vergessen."

Claire bedankte sich, bückte sich, um die Sandalen überzustreifen und richtete sich dann auf, als das Gemurmel rings um sie her an Lautstärke gewann.

Lance packte sie bei der Schulter. „Meryat!"

Die Hüterin seufzte: „Arthur", und trat vor, um den unsterblichen König zu begrüßen.

Der umfing ihr Handgelenk in einer Geste von Krieger zu Krieger, die Claire bislang nur in wirklich alten Filmen gesehen hatte. Wenn man es recht bedachte, dann konnte man es durchaus als beruhigend empfinden, daß der Mann seine grundlegenden Parameter nicht so weit hinter sich gelassen hatte, daß er sie mit High Five begrüßte. „Ich bin froh, dich wieder hier bei uns zu sehen, Hüterin."

„Auch ich bin wirklich froh, wieder hier zu sein." Claire warf einen Blick auf Arthurs Brust. „Habt ihr beschlossen, einen Sporttag einzulegen, solange ich fort bin?"

„Wir sind für die Schlacht gerüstet."

„Schlacht? Greift die dunkle Seite an?"

„Nein." Arthur fiel das blauschwarze Haar in die Augen, als er den Kopf schüttelte. „Wir tragen den Kampf auf ihr Terrain."

So wie es aussah, hatte Claire es gerade noch rechtzeitig geschafft, zum Einkaufszentrum zurückzufinden. „Nein, das machen wir ..."

„Deine Schwester, die Hüterin Diana, und Kris, meine Hauptfrau, sind gefangengenommen worden."

„Doch, das machen wir! Woher wißt ihr das?"

„Der Spiegel aus einem Wellensittichkäfig hat Sam die Nachricht zukommen lassen."

„Ach ja." Das klang lächerlich genug, um auf eine verläßliche Quelle schließen zu lassen. Sie wies auf die verschiedenen Polsterteile, die sie umgaben. „Kann ich daraus schließen, daß ihr gerade aufbrechen wolltet?"

„Genau."

„Dann hole ich nur rasch meine Sachen ..."

„Claire?

Ach ja. Lance. Ihr eigener, ganz persönlicher Putzerfisch. Nur daß ein echter Putzerfisch entschieden weniger nervig gewesen wäre. Aber dennoch ... Zuschauer. Hüterin. Verantwortlich. Blabla. „Lance ...", sie griff nach hinten, umklammerte sein Hemd fest mit den Fingern und zog ihn nach vorne, „... das ist Arthur. Er ist für die Elfen zuständig."

„*Der* Arthur?"

„Ja."

Lance runzelte die Stirn. „Ich hätte gedacht, Oberon ..."

„Anscheinend nicht."

„Er ist jünger, als ich ihn mir immer vorgestellt habe."

„Das liegt daran, daß in diesem Fall nicht *Sie* ihn sich vorgestellt haben." Sie wies auf die Jugendlichen. „Die waren es. Arthur, das ist Lance. Er ist ein sehr verwirrter Doktorand, der nach seinem Doktorvater und nach einer reanimierten Mumie sucht."

Arthur starrte den großen, blonden Mann an, und seine blassen Wangen wurden noch bleicher. „Lance?"

„Ja."

„Du Lac?"

„Benedict."

Der unsterbliche König stieß die Luft aus, die er angehalten hatte. „Gott sei Dank!"

GERN GESCHEHEN.

Dreizehn

„Du hast Sam in einen Käfig gesperrt?"

„Da sowohl du als auch deine Schwester verschollen wart, fühlte ich mich verantwortlich für seine Sicherheit. Ich bat ihn, mir sein Wort zu geben, daß er hier im Laden bleiben würde. Das wollte er nicht." Arthur warf Claire einen teils besorgten, teils trotzigen Seitenblick zu. „Ich war der Meinung, das Richtige zu tun."

„Du hast auch genau das Richtige getan!" versicherte die Hüterin. „Aber das ist nicht relevant. Wenn ich du wäre, dann würde ich mir in nächster Zeit immer genau mein Bettzeug ansehen, ehe ich mich schlafen lege, und meine Schuhe, bevor ich sie anziehe."

Auf Knöchelhöhe erklang ein leises: „Richtig! Schuhe!" Als Claire nach unten blickte, war Sam nirgendwo zu entdecken.

„Tut mir leid."

Arthur wischte die Entschuldigung mit einer Handbewegung beiseite: „Ist schon in Ordnung ..."

Er log, aber Claire wußte zu schätzen, daß er sich diese Mühe machte.

„... zur Zeit haben wir erheblich größere Probleme, mit denen wir uns zu befassen haben, als die potentiellen Vergeltungsschläge einer einzigen Katze."

Wenn Arthur ganz viel Glück hatte, dann hatte Sam das eben nicht gehört. „Du hast also deine Leute bewaffnet, und ihr wolltet gerade ..."

„Den Feind direkt angreifen, deine Schwester und meine Hauptfrau befreien und die ganze Sache hier ein für alle Mal beenden."

„Das ist der Plan?"

„Nein, das sind unsere Ziele. Wie wir diese Ziele erreichen – das ist der Plan. Sobald wir den Feind in eine Schlacht verwickelt haben, begeben sich Teemo und Kith auf die Route der Späher hinter die feindlichen Linien und führen die Befreiungsaktion durch."

„Wie steht es damit, daß die ganze Sache hier ein für alle Mal beendet werden soll?"

„Ich persönlich werde meine Leute anführen. Sobald ich die dunkle Seite betrete, wird deren Führer ebenfalls persönlich versuchen, mich zu töten. Daran kann kein Zweifel bestehen. Auf dem Schlachtfeld werden wir uns treffen und im Zweikampf, Mann gegen Mann, das Schicksal dieses Einkaufszentrums entscheiden."

Claire, die bislang unruhig hin und her gelaufen war, blieb nun mit einem Ruck stehen und starrte Arthur ungläubig an. „Wie bitte?" wollte sie wissen. Fast meinte sie, die Stimme ihrer Schwester zu hören, die sich bissig erkundigte, ob die Baseballausrüstung unter Umständen beim König die Sauerstoffzufuhr zum Hirn abgeklemmt hätte.

„Ich befinde mich nicht zum ersten Mal in einer solchen Lage, Hüterin. Das, was ich eben schilderte, ist genau das, was eben immer passiert."

„Ja, und dann verlierst du!"

Arthurs Lächeln war fast schon herablassend. „Es gibt keinen Mordred in dieser Realität."

„Okay – erst einmal laß uns festhalten, daß du das gar nicht wissen kannst. Wir haben doch keine Ahnung, wer oder was auf der dunklen Seite die Fäden zieht. Das sollten Kris und Diana herausfinden, statt sich fangen und foltern zu lassen! Dir kann es ja egal sein, aber was um Himmels Willen soll ich meiner Mutter erzählen, wenn ich ohne meine kleine Schwester nach Hause komme?"

Arthur blinzelte und warf einen hilfesuchenden Blick auf Lance. Der zuckte hilflos die Achseln, hatte dann aber doch einen Vorschlag: „Sag ihr, Diana hat ihr Leben im Dienst an der guten Sache verloren."

„Nein!" Claire knabberte sich ein Stück Nagellack vom rechten Daumennagel. „Auf der reinen Hüter/Basen-Ebene könnte das hinhauen, aber ich rede hier von meiner kleinen Schwester und von meiner Mutter!" Mit dem letzten Wort spuckte sie auch ein Fitzelchen Mitternachtskoralle aus und seufzte dann ganz tief auf. „Ich gehe mit Teemo und Kith. Wenn der Feind Diana und Kris aufgegriffen hat, dann besteht nicht die geringste Chance, sie zurückzubekommen, ohne daß ich dabei mitwirke."

„In diesem Fall freuen wir uns über deine Hilfe und nehmen sie dankbar an."

„Gut." Hüterin und König waren wieder losgegangen. Sie machten einen Bogen um die Geschenkeabteilung und eilten rasch durch die Lederwarenabteilung. Die war so gut wie leergeräumt, was Claire wenig wunderte, kannte sie doch inzwischen den Geschmack der Elfen, was Partykleidung betraf. „Wo war ich stehengeblieben?" überlegte sie laut, um gleich darauf hastig hinzuzufügen: „Rein rhetorische Frage!"

Lance hatte nämlich Geräusche von sich gegeben, die ganz nach: „Ich weiß! Ich weiß!" klangen. „Diese Sache mit Mordred ist irrelevant, Arthur. Du bist ein Symbol, das ganz eindeutig für eine Seite steht, und sobald du dem Symbol für die andere Seite entgegentrittst – wir können es den großen Vogel nennen, wenn wir wollen, aber letztlich spielt auch das keine Rolle –, dann kostet es dich das Leben. Wir sind hier auf der Gegenseite. Ich bin Hüterin. Ich glaube, daß dies geschehen wird, was heißt, genauso *wird* es geschehen. Mach ruhig Mrs. Saint-Germaine dafür verantwortlich, die den Englischunterricht für die elfte Klasse gegeben hat, als ich zur Schule ging, wenn du dich dann besser fühlst."

„Aber ..."

„Nein."

„Wenn ich ..."

„Nein."

„Es ist doch nur ..."

„Nein – was ist an dem Wort eigentlich so schwer zu kapieren? Du darfst dem Führer der dunklen Seite nicht im Zweikampf gegenübertreten!" Claire fuhr sich mit allen Fingern durchs Haar und seufzte erneut. „Ich kann plötzlich nachvollziehen, wie Yoda sich gefühlt haben muß."

„Wie denn?"

„Nicht wichtig."

Arthur machte Anstalten, etwas einzuwenden, überlegte es sich dann aber anscheinend anders. „Gut."

„Ich werde mich jetzt umziehen."

„Sportbekleidung für die zierliche Frau befindet sich hinten, an der äußeren rechten Wand."

„Danke. Lance ..." Claire hatte sich noch nicht halb umgewandt, da entdeckte sie den jungen Mann auch schon direkt hinter sich. Er lächelte auf sie herab, und die Hüterin hatte eine plötzliche Vision, in der der Doktorand ganz sich selbst überlassen ohne Aufpasser im Einkaufszentrum herumstromerte. Ihr lief ein Schauer über den Rücken. „... Sie bleiben besser bei mir."

„Klar doch! Aber warten Sie doch grad mal noch eine Minute!"

Da Claire genau wußte, daß sie nicht die geringste Chance hätte, den Mann gegen seinen Willen von der Stelle zu bewegen, verschränkte sie lediglich ungeduldig die Arme vor der Brust, während Lance vortrat und seine blaßblauen Augen auf die azurblauen Arthurs heftete.

„Du bist der wirkliche Arthur?" wollte er wissen.

„Ich bin eine Version des archetypischen Arthur."

„Cool! Darf ich dich etwas fragen?"

„Ja."

„Was zum Teufel tust du hier?"

Die breite Stirn unter dem silbernen Band legte sich in tiefe Falten. „Ich eine ein in sich zerstrittenes Volk. Ich agiere als Führer, wo ein Führer gebraucht wird."

„Aber hier? In einem Einkaufszentrum?"

„Ja."

„Mit Elfen?"

„Ja."

Lance runzelte die Stirn. „Das kriege ich nicht auf die Reihe!"

„Da sind Sie nicht der einzige." Claire tätschelte dem Jungen beruhigend den sonnenverbrannten Unterarm. „Los, kommen Sie."

Schwarze Stretchhose, schwarzes Tanktop, schwarzes Kapuzenshirt, schwarze Laufschuhe, schwarze Hüfttasche – Claire hätte nicht sagen können, ob der Laden auf der richtigen Seite dieselbe Auswahl führte, aber auf der Gegenseite war dies eindeutig der Ort, an dem man sich ausrüstete, wenn man unerkannt im Dunkeln umherschleichen wollte. Claire fand, sie sähe entweder aus, als würde sie an einer Beerdigung teilnehmen, auf der es eher unkonventionell zuging und auf der Freizeitkleidung gefragt war oder aber, als wolle sie sich den Abend mit einem kleinen Einbruchdiebstahl versüßen. Sie konnte sich nicht entscheiden. Vielleicht traf ja auch beides zu: ein kleiner Einbruchdiebstahl während einer unkonventionell gestalteten Beerdigung ...

Hör auf. Denk bloß nicht an Beerdigungen! Du kriegst Diana auf jeden Fall zurück!

Claires Hände zitterten, als sie sich hinkniete, um die Schnürsenkel zuzubinden. „Muß das denn wirklich sein?" erkundigte sie sich derweil bei Kith. „Daß sie sich als Ninjas verkleidet hatten, hat Diana und Kris auch nicht davor bewahrt, gefangengenommen zu werden."

„Ich bezweifle stark, daß sie wegen der Klamotten geschnappt wurden", schnaubte Kith, die sich gerade die Zopfenden mit einem schwarzen Gummiband zusammenband, verächtlich. „Wenn du mit uns auf die Piste willst, dann mußt du ganz einfach Kutte tragen."

„Wie bitte?"

„Dann mußt du dich anziehen, wie du es jetzt getan hast."

„Na ja, okay." Manchmal fand die Kommunikation zwischen Siebzehnjährigen und Siebenundzwanzigjährigen eindeutig in verschiedenen Sprachen statt. Claire schnallte sich die Hüfttasche um und stürzte dann gerade noch rechtzeitig aus der Umkleidekabine, um verhindern zu können, daß Lance sich ein Stück Schokolade in den Mund schob. Sie schlug es ihm ganz einfach aus der Hand.

„He!"

„Wenn Sie je wieder zurückgehen wollen, dann dürfen Sie auf dieser Seite nichts essen oder trinken, was Sie nicht selbst mitgebracht haben."

„Aber ich habe Hunger!"

Das gleiche galt, wie Claire jetzt feststellen mußte, auch für sie. „Ich habe etwas zu essen im Rucksack. Kommen Sie."

Claires Rucksack stand an der Vordertür, direkt neben dem Dianas. Claire schleifte Lance durch die Gruppe eifrig umherschwirrender Elfen bis dorthin, warf ihm einen Müsliriegel und eine Flasche Wasser zu und schickte sich dann an, ihre Hüfttasche mit den bereits vorbereiteten Möglichkeiten zu füllen.

„Ich würde Sie zurück nach Kingston schicken, wenn ich könnte", erklärte sie, während sie ein zusammengefaltetes Stück Papier sorgfältig hinter drei Glasmurmeln verstaute. „Aber angesichts der Tatsache, daß die dunkle Seite die Pfade beeinflußt, kann ich nicht garantieren, wo Sie letztlich landen würden."

„Um Meryats Treiben ein Ende zu setzen, bin ich bereit, ein solches Risiko auf mich zu nehmen!"

„Ich aber nicht – da Sie nun einmal der einzige sind, der Meryats Treiben ein Ende bereiten kann und da diese Meryat bei Dean ist! Wir retten jetzt erst einmal Diana und Kris; dann halten wir die dunkle Seite auf, bringen deren Einfluß zum Erliegen, danach schicke ich Sie ins Hotel, Sie stoppen Meryat und ..."

„... dann leben wir glücklich bis ans Ende unserer Tage!"

„Klar doch, warum nicht." Ganz vorsichtig plazierte sie das kleine Plastikpäckchen mit Cayennepfeffer hinten an der flachen Seite der

Hüfttasche. „Aber im Augenblick müssen Sie hier im Laden bleiben, wo Sie in Sicherheit sind."

„Ich habe keine Angst davor zu kämpfen!"

„Toll. Wenn der Laden angegriffen wird, werden Sie nämlich auch kämpfen müssen." Zum Glück würde es soweit gar nicht kommen, da Arthur ja draußen im Einkaufszentrum war. Claire öffnete den Reißverschluß an der Außentasche von Dianas Rucksack, griff hinein und erstarrte, als ihre Finger auf nichts als Luft trafen. „Der Zauberstab! Diana hat den Zauberstab mitgenommen!"

„Ist das schlecht?"

„Als sie den im Kampf gegen einen Diener des Dunkeln einsetzte, hat sie das fast umgebracht. Wenn sie ihn gegen die dunkle Seite selbst ..."

„Aber ich dachte, Diana sei in Gefangenschaft!"

„Ja und?" Jetzt, wo Claire ganz genau wußte, daß ihre kleine Schwester so gut wie tot war, kostete es sie all die ihr noch verbliebene Kraft, diese beiden kleinen Silben hervorzubringen.

„Wenn diesem Zauberstab eine solche Kraft innewohnt, dann hat sie ihn nicht einsetzen können, ehe sie gefangengenommen wurde, und danach werden sie ihn ihr abgenommen haben. Also kann sie ihn jetzt auch nicht benutzen. Richtig?"

Claire spürte körperlich, wie die Welt sich wieder zu drehen begann, wie die Zeit sich wieder in Gang setzte. „Richtig." Zum ersten Mal seit ihrer Begegnung am Strand sah sie Lance als etwas anderes als einen Störfaktor. Zum ersten Mal schien es, als sei der junge Mann etwas anderes als nur eine ungewollte, ungeliebte zusätzliche Verantwortung. „Vielen Dank", sagte die Hüterin.

Unter dem Sonnenbrand färbten sich die Wangen knallrot.

„Warum dauert das alles so lange?" Mit einem Satz landete Sam auf Claires Rucksack. „Warum ziehen wir nicht endlich weiter?"

Claire zog den Reißverschluß an ihrer Hüfttasche zu. „Wir?" wollte sie dann wissen.

Bernsteingelbe Augen verengten sich zu schmalen Schlitzen. Ein orangefarbener Schwanz beschrieb einen einzigen, langsamen Bogen von einer Seite zur anderen.

„Du hast recht." Mit erhobenen Händen gab Claire sich geschlagen, wobei sie dem fragenden Blick keine Beachtung schenkte, mit dem Lance sie beobachtete. So manch eine Auseinandersetzung kam auch ohne Dialog aus. „Aber du kommst nicht mit, weil ich dich an Arthurs Seite brauche. Wenn der zu einem Zweikampf herausgefordert wird, dann vergißt er alles, was ich ihm gesagt habe. Dann vergißt er vor allem, warum er sich auf keinen Fall auf so einen Kampf einlassen darf. Dann springt er mitten hinein, weil er denkt, das sei die einzig ehrbare Handlung."

„Ich will ..."

„Sam, es muß jemand hiersein, der ihm Bescheid sagt, wenn er sich wie ein Idiot benimmt, und so etwas gehört nun mal zu den Dingen, die Katzen am allerbesten können."

„Aber Diana ..."

„Braucht jetzt meine ganze Aufmerksamkeit. Wenn ich überhaupt eine Chance haben will, sie zu retten, dann geht es nicht an, daß ich mir auch noch um Arthur und darum, was der unter Umständen gerade tun könnte, Sorgen machen muß."

Sam legte die Ohren ganz flach an. „Du weißt ganz sicher, daß er eine Herausforderung annehmen wird?"

„Ganz sicher. Das gehört zu den Vorteilen von Archetypen." Claire mußte mit ansehen, wie Arthur nun wieder auf einen Stuhl kletterte und seufzte. „Wenn ich es recht bedenke, ist das aber auch der einzige Vorteil."

Arthur starrte hinab auf seine versammelte Elfenschar, hob das Schwert, öffnete den Mund – und schloß ihn gleich wieder.

Der richtige Augenblick war eindeutig schon lange vorbei.

Also deutete er lediglich mit dem Kopf auf den Durchgang zum Einkaufszentrum und rief: „Los!"

„Also, wir gewinnen und das hier gehört alles zu deinem Plan, ja?"

Diana warf von der Seite her einen Blick auf Kris, die neben ihr herging, während die Fleischköpfe sie durch die ihnen nunmehr bereits sehr vertrauten Flure schubsten. „Diese ganze Sache hier?"

„Ja." Mit einer knappen Geste verdeutlichte Kris, daß sie nicht nur die Fleischköpfe meinte, sondern auch den Schattenfürsten, der der Gruppe voranging. „Du weißt schon: daß sie uns gefangengenommen haben und daß sie uns jetzt zurückschleppen zu diesem ... diesem Loch. Denn da willst du doch genau auch hin, oder?"

„Kris, bei diesem Loch handelt es sich, grob gesagt, um einen Höllenschlund."

„Dann muß man wohl feststellen, daß dein Plan zum Himmel stinkt. Aber ein Plan ist es doch, oder?"

Da die Freundin ganz deutlich eine bestimmte, eindeutige Antwort hören mußte, lächelte Diana ihr zu und sagte mit gesenkter Stimme: „Ja, ich habe einen Plan. Noch keinen besonders gut ausgearbeiteten Plan, aber sobald wir dort sind, wird er ausgearbeitet sein."

„Abartig."

Das traf es genau, wenn man es recht bedachte – denn immerhin hatten sie es mit der Hölle zu tun –, aber das mußte Kris in diesem Augenblick wohl nicht zu hören bekommen. Schon in der realen Welt war es schwierig genug gewesen, die Hölle zu schließen; das gleiche hier, auf der Gegenseite, fertigzubringen, ohne sich der Möglichkeiten bedienen zu dürfen, konnte sich sehr wohl als unmöglich erweisen. Mann – es wäre schließlich nicht das erste Mal, daß ich Regeln breche!

Wenn auch keine der wichtigsten.

Auf jeden Fall nicht mit Absicht, und Absicht zählte.

Ich habe vor, die Welt zu retten. Das zählt doch wohl hoffentlich auch irgendwas!

Sobald Diana ihre kleine Erinnerungslücke hatte schließen können, war es nicht weiter schwierig gewesen, die Käfer zu vernichten. Genauso einfach war es, die Fleischköpfe zum Stolpern zu bringen, indem man einfach nur feststellte, wie unbeholfen sie aussahen. Aber weder den Fleischköpfen noch den Käfern war von der Hölle Substanz verliehen worden. Beide Phänomene hatten ihren Ursprung darin, daß es den Menschen nun einmal lieber ist, wenn ihre Welt Gestalt und Funktion hat. Indem die Elfen der Dunkelheit eine Definition gegeben hatten, hatten sie ihr auch eine tatsächliche, körperliche Präsenz verschafft. Die Elfen im Einkaufszentrum hatten ihre eigenen Monster erschaffen. Riesige Käfer, die in den Wänden herumkrochen und übermenschlich große, langsame, unbeholfene Kerle mit kurzem Haar, Knopfaugen, dicken Bäuchen und Händen, die im Verhältnis zum Körper viel zu groß waren.

Ehe sie den Weg auf die Gegenseite gefunden hatten, waren die Einkaufszentrumselfen Straßenkinder gewesen.

Die Fleischköpfe waren die sprichwörtlichen „bösen" Bullen; ein Stereotyp mit einer ziemlichen Bandbreite.

Vielleicht sollten wir mit Kaffee und Donuts nach ihnen werfen, wie in den alten Stummfilmen. Eine schlechte Stereotype mit der anderen bekämpfen.

„Gerade hast du eine Idee gehabt!"

„Was?"

Kris stieß Diana mit unverhohlenem Vergnügen ihren Ellbogen in die Seite. „Du hast gegrinst. Deine Augen haben gefunkelt! Du hast eine Idee gehabt! He, du! Du Stück Hölle da vorne!" Kris reckte sich auf die Zehenspitzen und schmetterte lautstark: „Mein Mädel wird dir den metaphorischen Arsch versohlen!"

Der Schattenfürst wandte sich um, und zwar mit einer derart beleidigten Miene, daß Diana nicht anders konnte – sie mußte einfach kichern. „Meinen was?" wollte der Fürst wissen.

„Metaphysisch hast du wohl gemeint", flüsterte Diana in ein Elfenohr.

„Metaphysisch, Metamorphose, Metronom. Der Metropolis Daily Planet!" schnaubte Kris. „Darum geht's nicht, das ist doch egal! Es geht ums Arschversohlen!"

Der Schattenfürst verzog höhnisch die Lippen. „Es geht darum, daß ihr meine Gefangenen seid, und ich kenne eine Menge Dinge, mit denen ich dafür sorgen kann, daß ihr lauthals schreit."

Kris, bitte, denk daran, was „genug" heißt! flehte Diana lautlos. Wenn du es zu weit treibst ... die Hüterin würde nur ein einziges Mal Gelegenheit haben, den Zauberstab einzusetzen. Das Weiterbestehen der Welt gegen das Leben eines wunderschönen, witzigen, interessierten Mädchens abwägen zu müssen, das war wirklich das Letzte, was sie tun wollte, und zur Abwechslung war das kein Spruch, sondern es war wirklich das Letzte, was Diana tun wollte.

Als weder Hüterin noch Elfe antworteten, nickte der Schattenfürst befriedigt, drehte sich wieder um, und die ganze Prozession setzte sich erneut in Gang.

Nachdem man sie weitere fünf Minuten lang durch die düsteren Flure geschoben hatte, seufzte Kris laut auf. „Natürlich hätte ich sagen müssen: damit ich schreie, ist schon mehr nötig als ein alter, weißer Mann! Falsche Hautfarbe. Falsches Geschlecht. Falscher Schwengel."

„Ja, ja, die besten Sprüche fallen einem immer dann ein, wenn es zu spät ist."

„Wohl war."

„Schwengel?"

„Du weißt schon!" Kris vollführte an ihrem Schritt eine pumpende Handbewegung.

„Ach ja: Schwengel."

Als die Gruppe im Kellergewölbe ankam, klemmte der Zauberstab nicht länger unter Dianas Hosenbund, sondern hatte sich angeschickt, ihr ins rechte Hosenbein zu rutschen. Er wäre noch weiter gerutscht, hätte sich einer der Zacken des rosa Sterns, mit dem der Stab geschmückt war, nicht im Beingummi von Dianas Unterwäsche verhakt. Diana rechnete halb damit, daß die Hölle fragen würde: Na? Hast du da einen Zauberstab in der Tasche oder freust du dich so, mich zu sehen? Aber die Grube hüllte sich in Schweigen, als die Prozession auf sie zumarschiert kam.

Diana würde nur eine einzige Chance erhalten.

Eine einzige.

Als die beiden Fleischköpfe nun die beiden Mädchen freigaben, trat der Schattenfürst auf sie zu, legte ihnen jeweils fünf blasse Finger um den Oberarm und schleppte sie bis ganz an den Rand der Grube.

Diana spürte genau, daß die Hölle sie beobachtete. Die Hüterin würde jemanden oder etwas brauchen, der oder das eine Ablenkung schuf ... und in der Zwischenzeit hatte es wenig Sinn, hier verschüchtert in der Ecke zu kauern. „Na, da wären wir also!" schmetterte sie. Die Aufmerksamkeit, die die Hölle ihr schenkte, hatte bewirkt, daß Dianas Nackenhaare zu Berge standen; eine gelangweilte Haltung war mehr, als sie im Augenblick zustande bringen konnte. Aber zum Glück war die Hüterin erst siebzehn Jahre alt, und wenn man siebzehn ist, dann hat man nie Probleme damit, sich frech und unverschämt zu geben. „Was hast du nun mit uns vor?"

WAS MEINST DU DENN?

„Sag's nicht: doch nicht wieder diese Nummer mit dem Jungfrauenopfer?"

DAS IST JA ANSCHEINDEND NICHT MEHR DRIN.

Irrte Diana, oder zeigte sich die Hölle verschnupft darüber, daß die Hüterin ihren moralischen Vorstellungen nicht gerecht wurde?

„Ha, ha!"

VIELEN DANK. ICH WAR IMMER SCHON STOLZ AUF MEINEN SINN FÜR HUMOR.

„Das erklärt ja vieles im Comedy Central."

HEY! DAFÜR KANNST DU MICH NICHT VERANTWORTLICH MACHEN! ICH HABE JA NOCH NICHT MAL KABELANSCHLUSS.

„Na, das ist ja die reine Hölle."

DENNOCH SEID IHR IMMER SO ERSTAUNT, WENN ICH VERSUCHE, MEINEN HORIZONT ZU ERWEITERN.

„Du versuchst, die Weltherrschaft an dich zu reißen, weil du einen Kabelanschluß willst?"

NICHT EINFACH BLOSS EINEN KABELANSCHLUSS! DAS KLINGT SO BANAL, WENN DU ES SAGST.

„Tut mir leid."

NEIN TUT ES NICHT.

Diana seufzte. „Du hast recht. Es tut mir nicht leid." Sie versuchte vergeblich, dem Schattenfürsten ihren Arm zu entreißen und seufzte erneut. „Könnten wir nicht endlich mal in die Gänge kommen?"

IN DIE GÄNGE?

„Mit dem Teil, wo du dir ein Ei drauf brätst, was du uns gleich antun willst."

HAST DU ES IRGENDWIE EILIG?

„Ich finde, wir sollten es hinter uns bringen." Diana beugte sich vor, um am schwarzgekleideten Körper des Schattenfürsten vorbei Blickkontakt mit Kris aufnehmen zu können. „Das steht nämlich in den Regeln."

„Sich ein Ei drauf braten?"

„Laute, hämische Vorfreude, ja."

„Schön zu wissen, das habe ich nämlich immer schon wissen wollen. Was ist mit der gigantischen Eismaschine?"

Diana grinste. Sie war so voll eindeutig verliebt! „Die ist optional."

IHR SEID KÖDER.

Genau so etwas hatte Diana schon halb befürchtet. Aber hier war weder die richtige Zeit noch der rechte Ort, Furcht zu zeigen. „Wie bitte?"

DEINE SCHWESTER WIRD KOMMEN, UM DICH ZU HOLEN, UND DER UNSTERBLICHE KÖNIG WIRD KOMMEN, UM SIE

ZU HOLEN, UND DA SIE NICHT DARAUF GEFASST SIND, MIR GEGENÜBERZUSTEHEN, WERDEN SIE VERNICHTET.

Da war ja genau die Ablenkung, die Diana brauchte.

Während sich die Hölle darauf konzentrierte, Claire und Arthur zu vernichten, würde sie die Gelegenheit ergreifen und den Zauberstab zum Einsatz bringen, und dann würde sie alles, was sie hatte, daransetzen, die Grube zu verschließen.

Alles, was sie zu geben hatte: So viel würde dazu nämlich auch erforderlich sein.

Perfekt war der Plan nicht; eigentlich stank er sogar ziemlich zum Himmel, und wenn er schiefging, würden hier hinterher reichlich Leichen den Boden pflastern. Aber zumindest *hatte* Diana nun einen Plan.

„Ich finde, wir sollten den Plan noch einmal überdenken. Dieser Basilisk ist so was von voll sauer!"

Austin versetzte einem Teil der umherrollenden Segeltuchtasche einen kräftigen Schlag. „Überrascht dich das? Du sperrst ein mythologisches Wesen hinter den Reißverschluß einer Hockeytasche und erwartest dann auch noch, daß es darüber erfreut ist?" Als Dean in die Einfahrt zum Hotel einbog, klammerte sich der Kater mit krallenbewehrten Pfoten an die Polsterung der Sitzbank. „Erinnere mich mal später, wenn wir mehr Zeit haben, daran, daß ich dir die Geschichte von dem Kobold erzähle, den Claire in ihre Handtasche gestopft hatte."

„Sauerei?"

„Auf gewisse Art schon." Der Pick-up wurde kräftig durchgeschüttelt, ein Bremsmanöver, das Austin einen gewissen Einblick in die Gemütsverfassung seines jungen Freundes am Lenkrad gab. Eigentlich scherte sich der Kater nicht um Deans Gemütslage, sondern mehr um das, was, das wußte er genau, jetzt im Kopf des Neufundländers vor sich ging. „Du überlegst dir gerade, ob du die Sache wirklich durchziehen kannst, habe ich recht?"

„Ja."

„Ich weiß auch, warum du dich sorgst. Klar, sie ist eine böse Mumie, die anderen die Lebensenergie aus dem Leib saugt – aber ist das wirklich Grund genug, sie in Stein zu verwandeln?"

„Ja."

„Außerdem denkst du, eine lebensgroße reanimierte Mumie in Stein, so eine Statue würde nicht nur das Ambiente des Hotels ruinieren, sondern dir auch noch den schönen Holzfußboden höllisch zerkratzen, wenn du versuchst, sie von der Stelle zu bewegen."

„An das Ambiente denke ich *nicht*!"

Austin widmete sich kurz dem makellos reinen weißen Fell auf seiner Schulter. „Zu viele Silben, das Wort?"

„Ich denke ..."

Als die Pause immer länger dauerte, blickte Austin auf und mußte feststellen, daß Dean die beiden Seiten des Lenkrads fest umklammert hielt, während sein Kopf auf dessen obersten Rand ruhte. „Hör auf damit!" befahl der Kater streng.

„Womit?"

„Hör auf zu denken." Austin erhob sich, dehnte sich ausführlich, versetzte der Hockeytasche einen weiteren Schlag und ließ seine Pfote dann auf Deans Schenkel ruhen. „Schau, du bist nur ein Zuschauer. Es ist eigentlich nicht vorgesehen, daß das Leben dich vor schwerwiegendere Probleme stellt, als sich beim Entziffern einer Waschanleitung ergeben. Nachdem das nun klar ist, möchte ich einmal sagen – und ich schimpfe dich knallhart einen Lügner, solltest du mich je zitieren –, daß du mit der Situation hier eigentlich ziemlich bewunderungswürdig umgehst. Mach einfach weiter so: Stell dich der Sache, sieh zu, wie du mit ihr umgehen kannst. Dann kommt schon alles in Ordnung."

„Ich sehe nicht aus wie ein Mann, der bis über beide Ohren – aua!"

Austin zog die Krallen zurück und schimpfte: „Du siehst aus wie ein Mann mit Blut auf der Hose und einem Basilisken in der Hockeytasche. Reiß dich zusammen und laß uns endlich weitermachen. Ich habe Hunger, und wenn das so weitergeht, verpasse ich noch Oprah."

Es war ruhig und kühl im Hotel, als Dean die Hintertür aufstieß. Die Vorhänge vor den großen Fenstern im Eßzimmer waren geschlossen; so hatte die Sonne keine Gelegenheit gefunden, das Haus aufzuheizen, und das war gut so, denn die Luft draußen vor der Tür hatte inzwischen Temperaturen erreicht, bei denen man befürchten mußte, gebraten zu werden. Was allerdings die Schatten betraf, die die verschlossenen Vorhänge mit sich brachten, so war Dean sich nicht sicher, ob er die auch gut finden sollte. Sie führten dazu, daß das Haus düster und geheimnisvoll wirkte, daß es so aussah, als spuke es hier, und das war ja, zog man alle Umstände in Betracht, keineswegs beruhigend.

Dean stöhnte, als ihn ein Schwanz, ein Fuß, ein Flügel oder irgend etwas anderes direkt in den Magen traf und hievte die Hockeytasche auf den Eßtisch, packte dann aber schnell wieder zu, als die Fluchtversuche des Basilisken dazu führten, daß die Tasche über die blankpolierte Oberfläche schlitterte. Gut, vielleicht hatte er es mit dem Wachs ja wirklich übertrieben.

„Dean."

Das Herz schlug ihm bis zum Hals, und er fuhr herum. „Jesses, Dr. Rebik! Schleichen Sie sich doch nicht so an mich heran!"

Der alte Mann brachte ein Lächeln zuwege. „Tut mir leid."

Der alte Mann.

Sie waren – Dean warf einen raschen Blick auf seine Armbanduhr – sie waren knappe zweieinhalb Stunden fortgewesen. In dieser Zeit war Rebik um gute dreißig Jahre gealtert. Eigentlich hätte man sagen müssen: um schlechte dreißig Jahre.

Er sah den jungen Mann aus blutunterlaufenen, blassen Augen an. „Was haben Sie da in der Tasche?"

„Weißt du was? Früher hieß es immer, Dean McIssac kann nicht lügen, auch wenn es gälte, das eigene Leben zu retten!"

„Das ist ..."

„Privatsache!" warf Austin barsch ein. „Eine kleine Katzenangelegenheit, bei der Dean mir hilft." Der Kater stolzierte am Professor vorbei, wobei er Dean über die Schulter ein gebieterisches: „Komm jetzt, Dean", zurief.

Der entschuldigte sich mit einem Achselzucken bei dem Wissenschaftler, hob die Tasche auf und wollte dem Kater folgen, wobei seine Augen von einem Schatten zum anderen glitten. Wenn Rebik hier war, dann mußte die nächste, naheliegende Frage eindeutig lauten: Wo war Meryat?

Wie auf ein Stichwort trat die Mumie in genau diesem Moment aus den Schatten und stellte sich Dean in den Weg. Er hätte sich ohne weiteres an ihr vorbeidrücken können, auch wenn es den Anschein hatte, als sei sie wesentlich weniger tot, als sie es noch vor ein paar Stunden gewesen war; immerhin war er fast doppelt so groß wie sie. Doch das wäre unhöflich gewesen. Mit Fingern, die plötzlich schweißnaß geworden waren, umklammerte Dean den Griff der Hockeytasche und blieb stocksteif stehen.

„Sie scheinen verwirrt, Mr. McIssac." Die Mumie lächelte, und ihre Lippen reichten bereits fast ganz um ihren Mund herum. „Haben Sie mich gesucht?"

„Wonach sucht der?"

„Nach uns." Teemo schob sich ein wenig tiefer in die Schatten und hielt erst dann inne, als Kith leise protestierend quietschte. „Nun, nicht direkt nach uns dreien. Nach welchen von uns eben."

Claire runzelte die Stirn und starrte an den Elfen vorbei auf den älteren Wachmann. „Er ist noch nicht einmal in dieser Realität."

„Egal. Er hat so eine Art ..."

„Er hat einen siebten Sinn, ein Gespür für Teenager", beendete Kith den Satz. „Es ist so, als würde er uns hassen, und das würde ihm helfen, uns zu finden."

„Ach ja?" Claire konnte spüren, wie sich ihre Augen von ganz allein verengten.

„Ja. Er ist das ekligste Ding hier drin, das, wovor wir am meisten Angst haben, und das will einiges heißen."

Aber was genau das heißen mochte, konnte Claire nur vermuten. Hatte sich der alte Mann gewandelt, als das Einkaufszentrum sich wandelte? Hatte er im Laufe der Jahre seinem Job erlaubt, ihn zu definieren, bis er ganz zu diesem Job geworden war und der Job nun seine Definition der Realität darstellte? Trug er genügend Dunkelheit in sich, daß die dunkle Seite in der Lage gewesen war, ihn anzuheuern, um zusätzlich zum eigentlichen Kaufhaus auch noch im Übergang zu arbeiten?

Wobei man anheuern im weitesten Sinne des Wortes verstehen mußte.

„Mist – er kommt hier entlang!"

So verhielt es sich auch. Dann jedoch blieb der Mann stehen, drehte sich um und starrte in die Schatten, in denen Arthurs Armee sich versteckte.

Sich zu verstecken versuchte.

Es gab zu viele Elfen in dieser Armee, als daß die Ecken und Winkel der Wandelhalle ausgereicht hätten, sich darin zu verbergen, also standen sie einfach nur ganz still da und sahen zu, wie der Alte sich ihnen näherte. Als der Strahl der Taschenlampe nach oben fuhr, glitten sofort drei der Skateboardfahrer unter der Treppe hervor.

Lenkten sein Feuer auf sich.

Während Claire zusah, wie die Jugendlichen in einem wilden Muster durch die Wandelhalle zischten, immer nur wenige Zentimeter vor dem Licht, glaubte sie zum ersten Mal, daß die Guten unter Umständen ja doch in der Lage sein würden, diese Auseinandersetzung zu gewinnen. Dies war jetzt ihr Einkaufszentrum. Zwar wollten es die Elfen mit der dunklen Seite aufnehmen, ohne über andere Waffen zu verfügen als Baseballschläger und Skateboards; aber sie glaubten ganz fest daran, daß dies möglich war. Auf der Gegenseite war Glaube alles.

Zwei der Skateboarder sprangen über den Strahl, einer tauchte darunter hinweg.

Nun glaubte selbst Claire, daß sie es schaffen konnten.

Wenn man bedachte, wer sie war und wo sie alle sich hier befanden, dann mochte das sogar ausreichen.

Vielleicht auch nicht, aber der Punkt ist, daß sie weiter vorangekommen sind als je zuvor und ... oh nein!

Jemand war ein Zick gelaufen, wo er ein Zack hätte laufen sollen. Unter dem Rand eines Helms blitzte goldenes Haar auf, als der Strahl der Taschenlampe einen der Elfen erwischte und gute zehn Zentimeter von der Metallbank entfernt festnagelte. Stewart. Einen halben Herzschlag später waren sowohl Stewart als auch der Alte verschwunden.

„Wo ...?"

„Wir denken, er geht jetzt zurück ins andere Einkaufszentrum." Kith hörte sich sehr jung an, als sie aus dem Schatten trat. „Aber genau wissen wir es nicht."

Auf der anderen Seite der Wandelhalle schickte Arthurs Armee sich an vorzupreschen.

Claire sah sich suchend nach Sam um, konnte ihn in der Menge jedoch nicht erkennen. Was sie sah, war Jo, die an der Stelle, an der Stewart verschwunden war, ihren Schläger zum Gruß erhob. Auf dem Gesicht der Elfe lag ein Ausdruck, aus dem man deutlich ersehen konnte, daß der Wachmann allen Göttern, die zuhören mochten, dankbar sein konnte, daß er sich nicht in dieser Realität befand und daß Jo nie wieder würde zurück auf die andere Seite wechseln können.

Aber ich kann.

Claire fügte der Liste der Dinge, die es demnächst zu erledigen galt, ein weiteres Detail hinzu – nach „Diana befreien" und „die Welt retten", aber vor „Sachen aus der Reinigung holen".

„Kommt schon." Eine Hand auf je einer mageren Schulter sorgte dafür, daß Claires Begleiter ihre Aufmerksamkeit wieder der Hüterin zuwandten. „Laßt uns losziehen."

ES HAT ANGEFANGEN.

Diese Ankündigung riß Diana aus ihrer zusammengesackten Haltung, was Kris' Kopf von ihrer Schulter rollen ließ. „Was hat angefangen?"

WAS DENKST DU DENN?

„Ach ja." Die Schlacht. Die Ablenkung. Sie rutschte ein wenig herum und damit noch näher an Kris heran und versuchte dabei, diese Bewegung zu nutzen, um den Zauberstab etwas an ihrem Bein hochzuschieben. „Alles klar?" erkundigte sie sich leise bei der Elfe.

„Ja, einfach zum Kotzen schön. Ich habe gar nicht geschlafen."

„Gut."

„Ich war nur ... du weißt schon."

Auf der Suche nach einer Ausrede, um dich bei mir ankuscheln zu können. Diana grinste. „Schön."

Kris wischte sich die Dreadlocks aus dem Gesicht und seufzte. „Mußt du unbedingt so selbstzufrieden klingen?"

„Irgendwie schon, ja." Diana hatte mit dem Rücken an die Wand der Höhle gelehnt auf dem Fußboden gekauert, stand nun aber auf und reichte der Elfe die Hand, um auch ihr aufzuhelfen.

„Dann ist wohl die Zeit gekommen, wo hier die Hölle losbricht?"

Irgendwer mußte das ja sagen, rief Diana sich ins Gedächtnis. Das stand nicht in den Regeln; manche Dinge müssen nicht noch extra erwähnt werden. „Noch nicht."

Mit ein wenig Glück – nie.

Sie beugte sich vor, um an dem Quartett Fleischköpfe vorbeischauen zu können, das man zurückgelassen hatte, um sie zu bewachen. Da sah sie, wie der Schattenfürst in die Höhle trat; nein: Er stolzierte, er schritt hocherhobenen Hauptes und machte auch keinen verda... verflixten Hehl aus diesem Stolzieren. Über der schwarzen Kleidung trug er nun Beinschienen, Armschienen und einen blankpolierten Brustpanzer – auch ganz in Schwarz. Wie hätte es auch anders sein können. Er zog sein Schwert aus der Scheide – das nicht schwarz war, wie Diana befriedigt feststellte, obwohl man ja nun wahrlich nicht sagen konnte, daß der Mann das Thema Schwarz nicht auch so bereits gründlich zu Tode geritten hatte – und kniete am Rand der Grube nieder.

„Ist die Zeit gekommen?"

JA. BIST DU BEREIT?

„Ich bin bereit."

„Wer schreibt denen bloß die Dialoge?" fragte Kris leise, als der Schattenfürst sich nun erhob, die Klinge zum Gruß erhoben.

Diana lag eine witzige Erwiderung bereits auf den Lippen, sie verging ihr dann aber sofort wieder. Das Haar des Fürsten, das bei all ihren anderen Begegnungen blond gewesen war, schimmerte nun rötlich. Ziemlich rötlich – vielleicht spiegelte sich hier nur das Glutrot aus der Grube wider. Diana jedoch beschlich das höchst ungute Gefühl, daß dieser Mann dabei war, sich einen Namen zu verdienen.

Nun überleg dir, wogegen er kämpfen will, und dann darfst du dreimal raten, wie sein Name sein wird! Wobei die ersten beiden Versuche nicht zählen.

Sam blieb Arthur dicht auf den Fersen. Ihm war vage bewußt, daß er nicht zum ersten Mal in eine Schlacht zog – Engel waren nun einmal die Streiter des Herrn und all das. Er wünschte nur, er hätte sich besser daran erinnern können, wie sein Leben gewesen war, ehe er Kater wurde! Sam entsann sich durchaus der wenigen Tage, in denen er im großen und ganzen ein menschlicher, männlicher Teenager gewesen war, aber da er in jener kurzen Zeit im wesentlichen verwirrt, hungrig und von seinen Genitalien besessen gewesen war, half ihm das jetzt auch nicht viel weiter.

Sam wäre sehr viel lieber bei Claire gewesen und hätte Diana gerettet. Er wäre sowieso lieber von Anfang an mit Diana zusammengewesen, aber auf ihn hörte ja niemand.

Was es auch ziemlich zweifelhaft erscheinen ließ, daß er Arthur würde abhalten können, sich auf eine kleine Prügelei Mann gegen Mann mit dem großen Bösen einzulassen, oder? Der Zugang zu höherem Wissen, der ihm auch in dieser Gestalt geblieben war, half da wenig.

Also!

Was würde Austin tun?

„Es gibt einen Trick, wenn man dafür sorgen will, daß sie einem zuhören: Man muß dafür sorgen, daß man ihre Aufmerksamkeit hat, ehe man den Mund aufmacht."

„Aber wie?"

Austin streckte ein Vorderbein aus, bog anmutig die Pfote und versenkte die Krallen gut einen halben Zentimeter tief im Sofakissen. „Laß dir was einfallen, Jungchen! Laß deine Phantasie spielen! Dafür hast du sie nämlich."

Also, wenn Katzen es schafften, einen König anzusehen, dann war es von dort zu handfesten Narben auch kein weiter Weg mehr, beschied Sam. Sofort fühlte er sich erheblich selbstbewußter. Sorgsam rief er sich all die Stellen ins Gedächtnis, an denen Arthurs Rüstung den Mann nicht schützte. Nur für den Fall, daß die Dinge anfingen, unangenehm zu werden.

„Hatten Sie einen schönen Morgen im Einkaufszentrum, Dean?" Meryats Stimme klang leise und melodisch, und dafür, daß sie, wenn man es recht bedachte, immer noch zu mehr als der Hälfte Leiche war, bewegte sie sich mit erstaunlicher Anmut.

Dr. Rebik starrte sie an, wobei ihm der Mund vor Begeisterung offenstand.

Dean starrte ebenfalls, schreckensbleich.

Austin schien verschwunden.

„Anscheinend haben Sie ja auch etwas gekauft!" fuhr die Mumie fort, während ihr Blick den Bewegungen der Hockeytasche folgte. „Ist es noch ein Kätzchen?" Mit der Geschwindigkeit einer Schlange schoß ihr Arm vor, und ein Finger bohrte sich fest in das Segeltuch der Tasche. Als Antwort ertönte ein Quietschen, das eher indigniert als schmerzerfüllt klang. „Ein Kätzchen wohl nicht. Wenn ich es nicht besser wüßte, würde ich sagen, Sie haben sich ein Huhn gekauft!"

Dean gefiel es ganz und gar nicht, wie die Frau die Worte „wenn ich es nicht besser wüßte" betonte ... er packte den Henkel der Hockeytasche noch fester, wobei der Stoff, den er zwischen seinen Fingern zerquetschte, langsam, aber sicher feucht wurde.

„Warum zeigen Sie mir nicht, was Sie gekauft haben?"

Er warf ihr die Tasche zu. Austins Plan hatte vorgesehen, Rebik aus dem Zimmer der beiden zu locken und die Tasche dann draußen vor der Zimmertür abzustellen, wo die Mumie sie finden würde. Sie waren davon ausgegangen, daß sie sich in ihrer Gier nach Leben, das sie aussaugen konnte, auf den Inhalt der Tasche stürzen würde, gleichgültig, was sich darin befinden mochte. Sie würde die Tasche einfach ins Zimmer schleifen und öffnen, denn sie würde nie auch nur im geringsten den Verdacht hegen, ein Zuschauer könnte ihr mit einem mythologischen Wesen aufwarten, das in der Lage wäre, sie in Stein zu verwandeln. Der Plan hatte weiterhin vorgesehen, den Basilisken, sobald die Gefahr gebannt war, daß einem das Leben aus dem Leib gesogen wurde, irgendwo sicher zu verwahren, bis Claire nach Hause kam.

Dennoch konnte das, was hier gerade stattfand, immer noch als Plan B durchgehen solange Dean die Augen ganz fest geschlossen hielt, auch Dr. Rebik dazu brachte, die Augen zu schließen und Austin sich irgendwo in Sicherheit befand. Wenn man bedachte, daß dieser Basilisk sich in einem Einkaufszentrum versteckt gehalten hatte, in dem es letztlich nur zu minimalen statuesken Vorkommnissen gekommen war, dann konnte man durchaus davon ausgehen, daß diesem Tier das Verstecken mehr lag als das Steinigen. Als die Steinzeit. Als Leute in Stein zu verwandeln.

Meryat jedoch schob die Tasche wieder zu Dean zurück. „Nein. Sie sollen sie öffnen."

Das natürlich würde die ganze Sache ein wenig schwieriger gestalten.

Meryat war dreißig Zentimeter kleiner als Dean, zierlich und nicht ganz am Leben. Wenn er sie aus dem Weg schob, würde sie ihn aufhalten können? Wenn er sie gegen die Wand drückte, war sie vielleicht immer noch so spröde, daß sie zerbrach?

„Sie sollten wissen, daß Sie das gar nicht können!"

Dean schluckte und fand seine Stimme wieder. „Was soll ich nicht können?"

„Einfach an mir vorbeipreschen." Meryats Augen wurden ganz groß, und sie lächelte. „Nein, ich lese nicht Ihre Gedanken. Ich lese in Ihrem Gesicht. Alles, was Sie denken, alles, was Sie empfinden, steht dort ganz deutlich geschrieben."

„Du haust nie jemanden, der kleiner ist als du!"

„Was ist mir Brad MacKenzie? Er ist kleiner als ich, aber er spielt für St. Pat's, und wenn ich ihn nicht haue, dann werden wir ..."

Sein Großvater seufzte, „Also gut, ich sage es anders: Du haust nie jemanden, der kleiner ist als du, es sei denn, er stünde auf Eishockeyschlittschuhen."

Aus Meryats Lächeln konnte Dean schließen, daß sie auch diesen Dialog auf seinem Gesicht hatte ablesen können. Er war geliefert, denn er würde es nie schaffen, sie in Eishockeyschlittschuhe zu kriegen.

„Jeder Held hat nun mal einen Makel, der ihm letztlich zum Verhängnis wird, das gehört einfach dazu. Ich sage es nun zum letzten Mal, Dean: Öffnen Sie die Tasche."

„Was, wenn ich nein sage?"

„Dann lutsche ich meinen süßen Dr. Rebik aus, ganz aus, bis er knochentrocken ist, und das direkt hier, vor Ihren Augen." Eine Handbewegung, und der Archäologe trat an die Seite der Mumie. Sie hakte sich mit einem schlanken Arm bei ihm unter und lächelte: „Sie haben die Wahl!"

Dean setzte die Hockeytasche auf dem Küchentresen ab und fing an, am Reißverschluß herumzuspielen. „Sie bringt Sie um, Doktor, lassen Sie sich das gesagt sein."

Dr. Rebiks Lächeln war ebenso strahlend wie das Meryats. „Ich sterbe aus Liebe."

„Ja, klar ..." Das kleine Stückchen Basilisk, das Dean im Food Court eingeklemmt hatte, als er den Reißverschluß seiner Tasche zuzog, blockierte jetzt den gesamten Mechanismus. Wenn er die Augen fest geschlossen hielte ...

Würde Claire ihn wieder in Ordnung bringen können, wenn er sich in Stein verwandelte und wenn nicht: Würde sie ihn dann wohl nach draußen in den Garten stellen?

Ob ihm dort die Tauben auf den Kopf scheißen würden?

Daheim wären es Möwen – Tauben waren da ja eigentlich als Verbesserung anzusehen.

„Zögern Sie die Sache etwa hinaus, Dean?"

Dr. Rebik gab ein leises, kehliges Stöhnen von sich. Ein ganzes Büschel Haare fiel ihm aus, glitt seitlich an seinem Kopf entlang und rutschte über die gebeugten Schultern hinweg zu Boden.

„Ich beeile mich doch schon, so sehr ich kann!" rief der junge Mann entsetzt, während er heftig am Reißverschluß zerrte und den brennenden Wunsch unterdrücken mußte, erst einmal rasch Handfeger und Kehrblech zu holen. „Der Reißverschluß klemmt."

„Das sehe ich. Das werden wir dann ..."

Da klingelte draußen im Büro das Telefon.

„Wo wollen Sie hin?"

„Ich will drangehen!"

„Nein ..."

„Aber das hier ist ein Wirtschaftsbetrieb", protestierte Dean empört. „Sie wollen doch nicht das Telefon einfach so klingeln lassen?"

„Ich kann und ich will."

Viermal. Fünfmal. Sechsmal.

Beim fünften Mal hätte der Anrufbeantworter eigentlich rangehen müssen. Als das nicht geschah ... „Das ist Claires Mutter. Solange jemand im Haus ist, hört das Telefon nicht auf zu klingeln."

Meryat runzelte die Stirn. „Ist die Mutter der Hüterin ebenfalls eine Hüterin?"

„Nein."

Siebenmal. Achtmal.

Die Falten, die durch das Stirnrunzeln verursacht wurden vertieften sich, begleitet von einem leisen, knisternden Geräusch. „Wie weiß sie denn dann, daß jemand hier ist?"

„Claire ist ihre Tochter." Was die absolute Wahrheit war. Vielleicht nicht die ganze Wahrheit, aber die Wahrheit, also würde, wenn Dean Glück hatte, diese ganze Nummer mit dem nicht Lügen können nicht ins Gewicht fallen.

Neunmal. Zehnmal. Elfmal. Zwölfmal.

„Das stört ja nun aber wirklich! Gehen Sie ran!" Eine barsche, ausladende Geste, die die Mumie mit dem Verlust eines Fingernagels bezahlte. „Gehen Sie schon ran!"

Dankbar machte Dean zwei Sätze auf die Bürotür zu.

„Mr. McIsaac? Haben Sie etwas vergessen?"

Er unterdrückte einen Fluch und kehrte noch einmal um, um die Hockeytasche zu holen.

Dreizehnmal. Vierzehnmal. Fünfzehnmal.

Dicht gefolgt von Meryat und Dr. Rebik – zu dicht, wenn man Dean gefragt hätte – kam der junge Mann im Büro an, wo er seine Sporttasche auf dem Schreibtisch ablegte und nach dem Telefonhörer griff.

Sechzehnmal.

„Hotel Elysium?"

„Dean, hier spricht Martha Hansen. Ich habe dieses ganz schreckliche Gefühl, daß die Mädchen in Gefahr sind. Nicht, daß es je ein gutes Gefühl wäre zu denken, die Mädchen seien in Gefahr, aber diesmal ist das Gefühl wirklich besonders stark. Wenn man bedenkt, daß sie immer noch auf der Gegenseite sind. Ich mache mir Sorgen. Sie haben nichts von den beiden gehört? Hat es deswegen solange gedauert, bis Sie ans Telefon gingen?"

„Nein, das nicht ..." Dean hatte wirklich keine Vorstellung, welche Art von Hilfestellung, wenn überhaupt, ihm eine Base über das Telefon würde leisten können, aber dies hier war seine einzige Gelegenheit, überhaupt um Hilfe zu bitten. „Sie haben zu einem schlechten Zeitpunkt angerufen. Es gibt ..."

„... keinerlei Notwendigkeit für weitere Erklärungen", sagte Meryat, als sich Rebiks zitternder Finger auf die Telefongabel legte. „Der Lärm ist nun abgestellt, und wir haben hier eine Sache, die dringend der Erledigung harrt." Sie sah sich im Büro um, und ihre Augen wurden schmal. „Auch wenn dies wahrlich nicht der geeignete Ort ist. Wir könnten unterbrochen werden – und das ist mir bereits einmal zu oft passiert."

Dean war klar, daß sich dies nicht nur auf das Klingeln des Telefons beziehen konnte. „Lance."

„Ja. Als meine Bindungen sich lösten, wurde er teilweise in meinem Gegenzauber gefangen. Das scheint ihn etwas aus dem Gleichgewicht gebracht zu haben."

„Er ist kein Australier", verkündete Rebik ruhig.

Meryat verdrehte die Augen. „Genausogut könnte er einer sein! Aber nun verlegen wir die Sache hier besser an einen Ort, der ein wenig privater ist." Ihr Blick glitt langsam an Deans Körper hoch, und sie musterte ihn sorgsam von oben bis unten, was dem jungen Mann kalte Schauer den Rücken hinunterjagte. Ehe Claire und er ... einen Engel erschaffen hatten, hatte er so etwas nie mitbekommen. Danach hatte er – und das brachte ihn stets in große Verlegenheit – feststellen müssen, daß er ihnen andauernd begegnete. „Lassen Sie uns doch in Ihr Schlafzimmer gehen", schlug die Mumie dann auch tatsächlich vor.

Mit einem Mal schien Dean eine Zukunft als Statue gar nicht mal so schlecht.

Er hoffte lediglich, Claire würde daran denken, ihn abzustauben.

Claire unterdrückte ein Niesen, indem sie die Nase gegen ihre Schulter preßte. Sie fand es unbegreiflich, wieviel Staub sich auf dieser abgehängten Decke hatte ansammeln können. Gerade noch rechtzeitig untersagte sie sich streng, sich über die Herkunft dieses Staubs Gedanken zu machen – sonst würde die Gegenseite nämlich womöglich noch mit Antworten aufwarten – und konzentrierte sich ganz darauf, Teemos schmalem Hinterteil hinterherzukriechen.

Zum Glück hatte Diana diesen Weg auch zurückgelegt. Sie brauchte also keinen Gedanken daran zu verschwenden, dessen Realität zu sichern.

Die Decke im Waschraum war höher, als Claire lieb war. Sie glitt mit dem Fuß an der Ecke eines Seifenspenders ab und wäre um ein Haar in ein Waschbecken gestürzt, aber Kith, die direkt neben ihr gelandet war, verhütete größeres Unheil, indem sie die Hüterin fest oberhalb beider Knie packte und abstützte.

Der Raum roch nach Putz- und Desinfektionsmitteln, und mit einem Mal fehlte Dean Claire so schrecklich, daß es sich anfühlte wie körperlicher Schmerz – und nicht nur so anfühlte; wenn man es recht bedachte, war es wirklich ein körperlicher Schmerz. Austin würde tun, was er konnte, aber eine reanimierte Mumie lag ein wenig über dem, womit man mit Chuzpe und Mitleid ohne weiteres fertig werden konnte.

Sie mußte die dunkle Seite besiegen und zu den beiden zurückkehren, ehe es zu spät war. Oder sehen, daß Lance sie erreichte, wenn das alles war, was sie tun konnte.

Rette die Welt.

Rette Diana.

Rette Dean.

Zumindest würde es diesmal in der letzten Halbzeit keine unangenehmen Überraschungen geben.

Eine Sportmetapher, einfach so, aus heiterem Himmel! Selbst Claires Unterbewußtsein sehnte sich also nach Dean. Es hatte eine Zeit gegeben, da war Claire der Ansicht gewesen, es würde nichts als Ablenkung bringen, wenn man sich um eine Beziehung kümmern mußte. Aber dem war nicht so: Eine Beziehung verschaffte einem im Gegenteil ein Ziel. Etwas, das man als Ansporn nehmen konnte, das einem half, auch durch das Schlimmste, was die Möglichkeiten zu bieten hatten, tapfer mitten hindurchzupreschen.

Merk dir bitte, seufzte die Hüterin im stillen und folgte Teemo und Kith hinaus ins Einkaufszentrum, daß du nicht mehr so oft mit der Katze zusammen Oprah schaust.

Sie hatten den Food Court schon fast erreicht, als ein Donnergrollen sie dazu brachte, sich flach mit dem Rücken an die nächstbeste Wand zu pressen, wozu Teemo völlig unnötigerweise auch noch warnend einen Finger auf die Lippen legte.

Kein Donner: Fleischköpfe. Eine ganze Herde polterte zielstrebig am Food Court vorbei, und zwar in Reihen, die mehr oder weniger gerade ausgerichtet waren. Claire konzentrierte sich ganz auf den Gedanken, die Welt zu retten; hätte sie jetzt daran gedacht, wie ungeschickt diese Typen wirkten, dann hätte das eine Kettenreaktion von den Ausmaßen einer Vaudeville-Show ausgelöst und verraten, wo sie und die beiden Elfen sich befanden.

Die Nachhut, zwischen vier Fleischköpfen marschierend und besser definiert als der Rest, bildete eine Gestalt, die Claire vage vertraut vorkam, ein Ritter in schwarzer Rüstung. Seine Haut war milchweiß, sein Haar tiefrot. Wirklich rot. Blutrot. Das Rot, aus dem die ganz, ganz schlechten Fantasy-Klischees sind.

Das konnte ganz einfach nicht gut sein. Im stillen flehte Claire, Sam möge sich daran erinnern, was er zu tun hatte.

Positiv gesehen: Wenn ihr Führer beschlossen hatte, sich selbst aufs Schlachtfeld zu begeben, dann würden sowohl Diana als auch der Übergang nur minimal bewacht sein. Claire zog Teemo und Kith näher zu sich heran und flüsterte: „Von hier ab gehe ich allein weiter."

„Kommt nicht in Frage. Arthur ..."

„... wird euch brauchen. Ihr habt gesehen, wie groß die Armee ist, mit der er es zu tun bekommt. Holt euch aus dem Sportgeschäft da ein paar Sachen und greift von hinten an. Vergeßt nicht: Sobald ich den Übergang geschlossen habe, werden die Fleischköpfe in sich zusammenfallen. Ihr müßt also gar nicht sosehr darauf aus sein, zu gewinnen. Ihr müßt nur zusehen, daß ihr nicht verliert."

„Was?"

Gut – selbst Claire fand, das hatte nicht besonders einleuchtend geklungen.

„Ich arbeite in der Regel allein. Ich bin keinen Pfifferling wert, was motivierende Reden angeht. Seid einfach vorsichtig, ja?" Sie legte beiden Elfen eine Hand auf die Schulter, drückte leicht zu, wandte sich dann um und rannte durch die Wandelhalle hinüber zum Erlkönig.

Durch den Laden waren sie nicht gekommen. Die Barrikade aus Sperrholz war verschwunden, an ihrer Stelle befand sich nun ein dunkler Tunnel, der unter dem Einkaufszentrum verlief.

Nur ein Fleischkopf stand dort Wache.

Er sah Claire, wandte sich um, und weil sie glaubte, genau das würde geschehen, stolperte er über die eigenen Füße.

An ihm vorbeizukommen war so einfach, wie ihm eine Murmel auf den Kopf fallen zu lassen.

Der Tunnel endete in etwas, was offensichtlich ein Thronsaal war. Claire trat Stückchen zerborstenen Chitins beiseite und ging an den Thron selbst heran, wo sie, inmitten zerbrochener Insektenteilchen, einen Tampon fand, der zertrampelt und vergessen dort lag.

Diana.

Sie hielt inne und überprüfte rasch noch einmal ihre Erinnerung an die angreifende Armee aus Fleischköpfen. Ja – die Chancen standen zumindest ziemlich gut, daß es sich bei dem Tampon um einen von Dianas handelte.

Ein paar Brandspuren auf dem polierten Marmorboden zeigten die Stellen an, an denen vorbereitete Möglichkeiten zerstört worden waren. Keine der Stellen sah groß genug oder verbrannt genug aus, um der Zauberstab gewesen sein zu können.

Das hieß, es bestand die Möglichkeit, daß Diana ihn immer noch hatte.

Ganz eindeutig wieder einmal so eine Sache von schlechte Nachricht/gute Nachricht.

Der Thronsaal verfügte lediglich über einen einzigen Ausgang: hinein in einen Korridor aus Stein, der noch tiefer in die Erde führte. Sobald Claire den Fuß dort hineingesetzt hatte, verspürte sie den vertrauten Sog.

So leise sie konnte rannte sie unter den flackernden Fackeln hindurch und eilte auf die Stelle zu, von der der Sog ausging. Das hier war nicht ihr Ruf. Sie hätte keinen Sog spüren dürfen, weder einen vertrauten noch sonst einen.

Es war möglich, daß sie Diana spürte, weil diese ganz nah beim Übergang war.

Aber richtig glauben konnte Claire dies nicht.

Vierzehn

Diana spürte die Kraftströme. Sie füllten die Höhle, sie plätscherten wie Wellen von einer Wand zur anderen, hinauf, hinunter, führten dazu, daß Diana jedes einzelne Haar und Härchen am Körper zu Berge stand. Kein angenehmes Gefühl. So faßbar waren diese Ströme, daß Diana den starken Verdacht hegte, sie würde sie sehen können, wenn es ihr gelänge, die Augen auf die richtige Art und Weise unscharf zu stellen.

Die gute Nachricht: Nicht alle diese Ströme kamen aus der Grube.

Die meisten schon, aber eben nicht alle.

Ein paar kamen von Diana selbst.

Andere kamen von außerhalb der Höhle.

Auch den Moment des Zusammentreffens der beiden Armeen bekam Diana genau mit. Sie spürte, wie die Aufmerksamkeit der Hölle nicht mehr nur auf ihr ruhte. Bald also.

Es gab da nur ein klitzekleines Problem ...

Resolut stand die Hüterin auf, dehnte und reckte sich und bat Kris mit einer Handbewegung, an ihre Seite zu treten. „Hör mal, es gibt da ein paar Dinge, die ich gern noch tun würde, ehe wir sterben."

Das war nichts als die reine Wahrheit – immer die beste Art, der Hölle entgegenzutreten. Es hat absolut keinen Sinn, deren eigenes Spiel zu spielen.

DAS BEZWEIFLE ICH NICHT! meinte die Hölle höhnisch, während Kris Dianas Hand ergriff und sich von der Freundin auf die Beine helfen ließ. ABER VERNICHTEN KANNST DU MICH NICHT, UND SOLLTEST DU ES VERSUCHEN, DANN WERDE ICH DAFÜR SORGEN, Daß DIR DAS UNENDLICH LEID TUT. NOCH BRAUCHE ICH DICH ALS KÖDER. ABER DAS HEISST KEINESWEGS, Daß DU AUCH UNVERSEHRT SEIN MUSST.

Diana legte Kris die Hand auf die Hüfte und schnaubte verächtlich. „Es geht aber nicht immer nur um dich, Mann!"

Dann küßten sich die beiden Mädchen. Ein Kuß, dem ein Hauch Verzweiflung beigemischt war, denn immerhin standen die Chancen nicht schlecht, daß dies einer ihrer letzten sein würde; aber auch ein heißer, leidenschaftlicher Kuß, der rasch den Punkt erreichte und überschritt, an dem die eine oder andere Gehirnzelle sich zu schmelzen anschickt. Irgendwie gelang es Diana, einen kleinen Teil ihres Verstandes zu bewahren und auf andere Dinge zu richten als auf die Art, wie sich die Lippen der Elfe unter ihrem Mund bewegten: Langsam drehte sie sich, die Freundin im Arm, so, daß Kris zwischen ihr und der Grube zu stehen kam. Liebevoll knabberte die Hüterin sich dann am Kinn der Elfe empor, nahm das Ohrläppchen eines spitzen Ohrs zwischen die Zähne und murmelte leise: „Schieb deine Hand hinten in meine Hose."

Laß mich hören, wie schön das ist!

„Tiefer, Kris ... oh ja ... nein ... am Bein runter!" Diana mußte plötzlich das starke Bedürfnis unterdrücken, einfach loszukichern: Das Ganze hörte sich an wie der Dialog in einem schlechten Pornofilm. „Das andere Bein!"

Als Kris mit den Fingern den Stern auf der Spitze des Zauberstabs berührte, erstarrte sie jäh; blitzartig wurde ihr klar, worum es ging. Sie zog sich ein wenig zurück, woraus Diana schließen konnte, daß diese Erkenntnis sie nicht besonders glücklich stimmte.

Daraufhin packte Diana noch fester zu und schloß die Freundin in eine womöglich noch innigere Umarmung. Seufzend fuhr sie mit der Zunge innen an der Kurve eines Elfenohrs entlang und flüsterte zärtlich: „Ich mach' es wieder gut, das schwöre ich. Wenn ich die Sache hier überlebe!"

Als Antwort drückte Kris sich fester an sie und wand sich nachdrücklich und ein wenig anzüglich in ihren Armen.

Versuchte wahrscheinlich, den Zauberstab besser in den Griff zu bekommen.

Wahrscheinlich ...

Diana spürte, wie der Stab ganz langsam an ihrem Schenkel emporglitt, in Richtung Hosenbund. Sie konnte der Versuchung nicht widerstehen: „Ja! Ja! Genau da! Ja!"

OH UM ... NEHMT EUCH EIN ZIMMER!

Es war nicht einfach, ganz in Arthurs Nähe zu bleiben, denn der unsterbliche König bewegte sich auf dem Schlachtfeld mit archetypischem Geschick und der Wendigkeit eines Teenagers. Sam tat sein bestes, und wenn er ein paar Umwege machte, um nicht zu orangefarbener Katzenpastete zertreten zu werden, dann hatte er seiner Meinung nach alles Recht dazu. Wer plattgewalzt am Boden liegt, hat keine guten Chancen mehr, sich zu verteidigen.

Der Trick war zu erkennen, nach welchem Muster die Schlacht verlief und dann zu einem Teil dieses Musters zu werden.

Das Problem lag dann darin, daß Sams Beitrag zum Schlachtenmuster ihn gerade auf die ganz andere Seite der Wandelhalle geführt hatte, als Arthurs Muster den König zu einem Rotschopf in fraglos klischeehafter schwarzer Rüstung führte, der sich ihm in den Weg stellte. Der eindeutig kein Fleischkopf war – und der Sam vage bekannt vorkam.

An Sams Wirbelsäule entlang standen mit einem Mal alle Haar esenkrecht zu Berge.

Rasch setzte er über eine gefallene Elfe und schoß gleich danach zwischen zwei massiven Beinen hindurch. Er mußte bei Arthur sein, ehe der ...

„Was sagt Ihr? Mein Schwert gegen das Eure? Wir sollten die Jungen und Dummen aus diesem Gefecht heraushalten. Wir beide wissen doch genau, daß dies hier unsere Schlacht ist." Die Stimme des Roten war gut zu verstehen, denn auf dem Schlachtfeld war schlagartig aller Lärm verstummt. Einen Moment lang verharrten alle Beteiligten reglos und stocksteif; dann wandten sich sowohl die Streiter des Lichts als auch die der Dunkelheit geschlossen den beiden Männern zu, die sich in der Mitte der Wandelhalle gegenüberstanden.

Sam rannte einen Pflanzkübel hinauf, schoß darüber hinweg und mußte dann unvermittelt feststellen, daß seine Beine hilflos in der Luft herumstrampelten: Will hatte ihn gepackt und hielt ihn fest gegen den Hockeypanzer gedrückt.

„Laß mich runter!"

„Psst – das ist eine Herausforderung zum Kampf!"

„Ich weiß, daß das eine Herausforderung ist! Ich muß ..."

„Du mußt warten", sagte Will und schnitt Sam resolut das Wort ab. „Wenn eine Herausforderung zum Kampf ausgesprochen wurde, dann kommen alle anderen Kampfhandlungen zum Erliegen, bis die Herausforderung angenommen wurde."

Der Elf fügte nicht hinzu, daß das eine Regel war, aber das war auch nicht notwendig. Sam konnte die Regel spüren, die sowohl Elfen als auch Fleischköpfe dazu brachte, unbeweglich zu verharren. Glücklicherweise war er selbst weder Elfe noch Fleischkopf.

„Laß mich runter, oder ich knips dir noch ein paar Löcher in die Nase, für deine Ringe!"

„Was?"

Eine Kralle hakte sich in die Innenseite von Wills linkem Nasenloch.

„Verstanden."

Schon hockte Sam wieder auf dem Boden.

„Also, nehmt Ihr meine Herausforderung an?"

Arthur stand mit dem Rücken zu Sam; der Kater konnte also nicht ahnen, wie die Antwort des Königs ausfallen würde. Irgend etwas in den blassen Augen des Roten legte jedoch nahe, daß er sicher war, schon bald die Antwort zu erhalten, auf die er es abgesehen hatte. Sam war zu weit entfernt, um Arthur am Sprechen zu hindern. Also tat er das einzige, was ihm in dieser Situation noch zu tun blieb: „Ich nehme die Herausforderung an!" schmetterte er.

Alle Anwesenden blinzelten unisono.

Der Rotschopf erholte sich als erster. „Mit dir hatte ich gar nicht geredet, Katze."

„Dann hättest du dich klarer ausdrücken sollen!" Sam stolzierte in die Mitte des freien Raums, der sich zwischen den beiden Männern gebildet hatte, setzte sich hin und putzte sich in aller Gemütsruhe die rechte Schulter.

Arthur schüttelte sich, als müsse er einen Spuk abwerfen und wandte zum ersten Mal, seit die Schlacht ihm den Rotschopf direkt in den Weg gestellt hatte, die Augen von diesem. „Sam, du kannst nicht ..."

„Genau, und ich werde auch nicht!" zischte der Rote.

„Ich kann und ich werde." Sam stand auf und dehnte sich, den Po weit in die Höhe gestreckt. „Die Herausforderung wurde ausgesprochen und angenommen. Mit ihm ...", der Kater wies mit dem Kinn auf Arthur, „... kannst du dich später befassen. Die Regeln besagen, daß du dich erst einmal mit mir befassen mußt."

„Die Regeln ..."

„Wenn du sie brichst, dann dürfen wir sie auch brechen. Das bleibt ganz dir überlassen, du Schwachkopf, aber du weißt genau, wer hier ist und du weißt auch, was sie tun wird, wenn man ihr die Gelegenheit dazu gibt."

Der Rote runzelte die Stirn und hockte sich nieder, um Sam aufmerksam ins Gesicht zu schauen. „Ich bekomme langsam das Gefühl, daß wir beide, du und ich, schon einmal gegeneinander gekämpft haben. Vor langer, langer Zeit, ehe ...", mit einer einzigen Geste brachte er es fertig, die Elfen, die Fleischköpfe, den unsterblichen König, sich selbst und auch Sam zu umfassen, „... irgend etwas von dem hier existiert hat."

„Na ja, dann hat es zumindest einer von uns in der Welt zu etwas gebracht!" schnaubte Sam. „Was ist? Kämpfen wir nun oder wolltest du mich totlabern?"

„Wenn ich dich töte", schnurrte der Rotschopf und richtete sich wieder auf, „dann werde ich meinen Namen bekommen. Den anschließenden Tod des unsterblichen Königs werde ich nutzen, um Macht an mich zu reißen, vor der Königreiche erzittern!"

„Anschließender Tod? Hast du dir etwa im Kaufhaus das Klopapier gekauft, wo man auf jedem Blatt ein neues Wort lernen kann?"

„Nein, im Drogeriemarkt."

„Aha."

„Sam?" Arthur trat vor, Excalibur als silbern schimmernden Strich vor der Brust. „Ich kann nicht zulassen, daß du das tust."

„Du hast keine Wahl!" zischte der Rotschopf, verlagerte das Gewicht und holte aus.

Sam sprang nach links. Dann nach rechts. Dann nach links. Dann hoch und über einen der zahlreichen Pflanzkübel.

„Verdammt, Katze, halt still!"

„Du meinst, ich halte still, weil DU das so willst?" Sam prallte von einem Fleischkopf ab und rollte sich in der Luft zur Kugel zusammen. „Du bist nicht nur böse", schnaubte er dann und fuhr im Vorüberzischen einmal kurz mit den Krallen über das bloße Handgelenk des Roten, „du bist auch nicht besonders klug!"

„Du, mach das Licht an!" Während Rebik die zittrige Hand nach dem Lichtschalter ausstreckte, nahm Meryat auf der Bettkante Platz. „Du, stell die Tasche auf den Boden und mach sie auf."

„Ich denke nicht ...", hob Dean an, krampfhaft bemüht, sich irgend etwas einfallen zu lassen, womit er dieses Ansinnen erfolgreich zurückweisen könnte.

„Gut. Du sollst auch nicht denken. Du sollst tun, was ich sage." Sie lächelte und wischte sich mit immer noch ein wenig schwarzen Fingerspitzen die trockenen, knisternden Haare aus dem Gesicht. „Also, was habe ich gesagt?"

„Stell die Tasche auf den Boden."

„Also machst du jetzt genau das." Nun schlossen sich die Finger um Dr. Rebiks Handgelenk. „Oder hast du schon vergessen, was die Folgen sind? Er stirbt, und daran hast dann ganz allein du Schuld."

Es mußte doch einen Ausweg aus dieser Lage geben! Es mußte einen geben, es konnte gar nicht anders sein! Leider hatte Dean nicht den blassesten Schimmer, wie dieser Ausweg beschaffen sein könnte. Die Fähigkeit, in letzter Sekunde mit drastischen Lösungen aufzuwarten, stand nicht in seiner Arbeitsplatzbeschreibung. Das Hotel leiten. Kein Problem. Claire in der realen Welt verankern. Habe ich im Griff. Den Eßtisch so blank polieren, daß ich aufhören kann, die anderen mit Platzgedecken zu nerven. Ganz nah dran! Dean konnte sogar Fenster putzen und tat es auch. Aber von irgendwoher einen brillanten Plan zaubern, weil die Dinge sich anschickten, endgültig den Bach hinunterzugehen? Das war anscheinend nicht drin.

Wo Austin wohl sein mochte? Die Schranktür stand etwa zehn Zentimeter weit offen – ob er im Schrank hockte und auf den perfekten Augenblick wartete?

Dean setzte die sich windende Tasche auf dem Fußboden ab.

Meryat lächelte. Er wünschte, sie hätte damit aufgehört – auch wenn ihre Zähne, wenn man alle Umstände in Betracht zog, erstaunlich gut waren. „Öffne die Tasche!" befahl die Mumie ein weiteres Mal.

Austin sollte sich lieber beeilen! Die perfekten Augenblicke gingen ihnen hier nämlich rapide aus.

Dean ließ sich auf ein Knie fallen, denn er wollte auf keinen Fall über die Tasche gebeugt dastehen, wenn der Basilisk herauskam, und riß den Reißverschluß auf.

Der Schrei einer wütenden Katze füllte alle freien Räume des Zimmers. In Deans Adern zischte das Adrenalin und verlangte Flucht oder Aktion, bekam aber weder das eine noch das andere. Er riß die Augen auf und sah gerade noch einen schuppigen Schwanz im Schrank verschwinden.

Von einem Stuhl sprang Austin hinüber auf die Ankleidekommode und von dort aus auf den Schrank, wo er sich hinhockte und selbstzufrieden dreinschaute. „Die Hälfte, wo der Verstand drin ist, ist ein Huhn!" verkündete er.

„Ich nehme an, es ist dir klar, daß ein Basilisk auf mich auch gar keine Wirkung gehabt hätte", murmelte Meryat im sanften Plauderton.

„Anscheinend ist das wohl so", schnurrte Austin in fast demselben Ton.

„Aber wo schon mal einer hier ist, dachte ich gerade, wäre es doch nett, unseren Dean hier in Stein zu verwandeln", warf die Mumie ein. „Das würde doch sicherlich in dem Band spürbar sein, das ihn mit der Hüterin verbindet – sie wird sich schleunigst hierher zurückbegeben, weil sie glaubt, sie habe es mit einem Basilisken zu tun."

„Wohingegen Dean auslutschen die Hüterin ebenfalls auf den Plan riefe, dann aber wäre sie darauf vorbereitet, es mit dir aufnehmen zu müssen", ergänzte Austin.

„Genau, und während sie sich dann mit der Sache befaßt, die im Grunde nicht die wirklich gefährliche ist, werde ich ..."

„... sie auslutschen und in einem einzigen Handstreich Jugend, Schönheit und Macht zurückgewinnen."

„Was bist du doch für ein kluges Kätzchen. Mittlerweile denke ich fast, *du* würdest der Hüterin noch mehr fehlen. Komm da runter."

„Sonst was?" schnaubte Austin verächtlich. „Sonst lutschst du Dean aus? Das hast du doch sowieso vor. Oder bringst Rebik um? Sag das doch jemandem, dem es nicht egal ist."

„Ich sehe schon, Katzen haben sich in den letzten dreitausend Jahren nicht viel verändert."

Bei diesen Worten wirkte Austin richtiggehend beleidigt: „Warum hätten wir das auch tun sollen?"

„Ja, warum auch! Na gut, du willst nicht kooperieren. Dann werde ich wohl zu meinem ursprünglichen Plan zurückkehren müssen. Dean, hole das Wesen aus dem Schrank, und dann versuche, eine anmutige Haltung einzunehmen, denn in der wirst du dann lange ausharren müssen."

Wenn man ihn zu Stein verwandelte, so bestand die Chance, daß Claire ihn zurückverwandeln konnte, sobald sie der Mumie den Arsch versohlt hatte. Wenn die ihm jedoch das Leben aus dem Leib gelutscht hatte ... über die Schulter warf Dean einen Blick auf Rebik, der an der Wand lehnte und eingeschlafen zu sein schien. Langsam stand der junge Mann auf und ging auf den Schrank zu. Dort fand er erst einmal siebzehn Paar Schuhe, einen Haufen Röcke und Kleider von Claire, die unordentlich auf einem Haufen lagen.

„Was tust du denn da?" wollte Meryat wissen.

„Ich hänge die Sachen hier auf."

„Laß das gefälligst sein!"

... konnte aber keinen Basilisken entdecken.

Der Schrank wurde von Claire in der Regel als Zugang zur Gegenseite benutzt. Auch er hatte sich einmal seiner bedient, wobei er jedoch dem Weg gefolgt war, den Claire zuvor gebahnt hatte. Einen solchen Weg würde es diesmal nicht geben, da Claire im Einkaufszentrum hinübergewechselt war. Kein Weg – keine Fluchtmöglichkeit für Dean. Basilisken waren offenbar mythologisch genug, sich eigene Wege schaffen zu können. Dean drückte die Hand flach an die Rückwand des Schranks; das Holz unter seinen Fingern fühlte sich rauh und beruhigend an. Gut, Lassie, gut! Collies, Basilisken, was auch immer! Geh, hol Hilfe!

Oh Hö... Hilfe! Claire stand am Eingang einer riesigen runden Höhle und starrte auf die Grube, die sich in deren Mitte befand. Kein Wunder, daß die Kraftströme ihr so vertraut vorgekommen waren. Da war ich schon mal, das hatte ich schon mal, ich hätte mir gleich auch das T-Shirt besorgen können!

Kein Übergang, ein Loch. Ein Loch, das nur von einem unvollendeten Übergang abgedeckt wurde. Sobald der Übergang vollendet war, war auf vier Hektar bebauter Fläche in den Vorortbezirken Kingstons die Hölle los, und das war kein dummer, überflüssiger Spruch, ganz gleich, wie sehr Claire die Vororte an sich zuwider waren.

Das Problem war nur: Wie sollte sie einen Höllenschlund schließen, ohne Zugang zu den Möglichkeiten zu haben? Murmeln und Gewürze würden hier auf keinen Fall ausreichen.

Der Zauberstab.

Wenn Diana den immer noch hatte, war der ihre einzige Chance.

Wenn.

In dieser Situation bewirkte auch der Glaube an eine Sache nicht wirklich viel, aber schaden konnte er schließlich nicht. Also beschloß Claire, aus vollem Herzen daran zu glauben, daß Diana den Zauberstab bei sich hatte.

Sie neigte sich ein wenig mehr hinein in die Höhle und entdeckte ihre Schwester vor einer der Seitenwände. Unverwundet. Nicht einmal in Ketten. Dianas Hände waren intensiv mit verschiedenen Körperteilen von Kris beschäftigt, und Kris' Hände ... was die Elfe mit ihren Händen anstellte, konnte Claire nicht sehen, aber ganz offenbar schien es zu bewirken, daß Diana sich genüßlich wand. Keins der beiden Mädchen machte den Eindruck, als sei es besonders beunruhigt darüber, sich in Gefangenschaft zu befinden.

TEENAGER, seufzte die Hölle, und wenn die Grube Augen gehabt hätte, dann hätte sie diese in diesem Moment verdreht.

Dieses Gefummel konnte nichts anderes sein als ein Teil von Dianas Plan.

So wollte die Schwester die Hölle dazu bringen, sie zu unterschätzen.

So wollte sie sie einlullen, ihr ein falsches Gefühl der Sicherheit vermitteln.

Die Hölle überzeugen, daß ein Angriff nicht stattfinden würde.

Natürlich mochte auch immer noch die Möglichkeit bestehen, daß die Hölle recht hatte und die beiden Mädchen beschlossen hatten, angesichts des ihnen bevorstehenden Todes noch ein letztes Mal ...

Nein.

Aber ganz gleich, was die beiden letztlich bezwecken und auch bereits bewirken mochten, auf jeden Fall schufen sie eine Ablenkung. Hätte die dunkle Seite aufgepaßt, dann wäre es Claire überhaupt nie gelungen, unangefochten derart weit vorzudringen.

Nun wurde es Zeit, sich für diesen Gefallen zu revanchieren.

Den Cayennepfeffer in der einen, eine Murmel in der anderen Hand sprintete Claire auf den Grubenrand zu.

Sie schaffte genau zwei Drittel der Strecke.

Der Stern oben am Zauberstab hatte sich mit einem Zacken in Dianas Stretchhose verfangen, und die Hüterin mochte sich drehen und winden, wie sie wollte, er schien nicht loskommen zu können.

„Härter!" knurrte Diana, den Mund ganz dicht am Ohr der Elfe.

„Ich will dir nicht wehtun!"

„Ich kann das vertragen."

NUN IST ABER GUT. ICH MUSS SCHON SAGEN, EIN WIRKLICH UNMÖGLICHES BENEHMEN ANGESICHTS DER UMSTÄNDE! ... AH!

Zwischen zwei Herzschlägen spürte Diana, wie die Kraftströme versiegten; statt dessen füllte sich der weite Raum mit einem Gitter aus dunklen Schnüren. Sie mußte mitansehen, wie Claire hoch in die Luft gehoben wurde, wo sie dann zappelnd und hilflos hing. Sie hörte die Hölle lachen.

Dann riß Kris den Zauberstab heraus.

Diana fing Claires Blick auf.

Verabschiedete sich wortlos von der Schwester.

Schob Kris aus dem Weg.

Als sich der rosa Stern auf die Grube richtete, bäumte sich der Zauberstab in Dianas Hand auf wie ein lebendiges Wesen. Er rang darum, durch die Kraft der Hölle hindurch zu den Möglichkeiten zu gelangen.

Der erste Angriff der Hölle zwang Diana in die Knie. Der Aufprall auf den Steinfliesen war so schmerzhaft, daß es sie fast die Konzentration gekostet hätte. Drei Jahre Pflichtsport in der Oberstufe jedoch verliehen der jungen Frau Kräfte: Wenn sie es geschafft hatte, mit den Schmerzen fertig zu werden, die ein Feldhockeyspiel mit sich brachte, dann würde sie das hier auch überstehen können.

Noch dazu, wo es gar nicht anders ging und sie die Sache hier durchstehen *mußte*.

Es gelang ihr, die äußersten Ränder der Möglichkeiten zu berühren.

Aber das war nicht genug!

Beim zweiten Angriff der Hölle schossen dunkle Schatten durch Dianas Kopf.

FÜR JEDE SEKUNDE, IN DER DU MICH BEKÄMPFST, WERDEN SIE ALLE ZAHLEN!

Bilder von Claire, von Kris, von ihren Eltern, von Sam, blutend, zerfetzt.

Als die Aufmerksamkeit der Hölle zwischen ihr und ihrer Schwester aufgeteilt war, gelang es Claire, eine Hand zu öffnen, auch wenn sie sich dabei einen Finger brach. Die Murmel, die sie in der Hand gehalten hatte, glitt heraus, fiel viel zu langsam zu Boden und zerbarst dort.

Strahlend helles Licht zischte auf und brannte die Schatten hinweg.

Es brannte nur einen kurzen Moment.

Es brannte genau lange genug.

Diana war von der Dunkelheit befreit. Es gelang ihr, die Möglichkeiten zu berühren, und sie öffneten sich weit für sie. Keine Angst. Keine Zweifel. Sie bereute nichts.

Dies hier war ihr Ruf gewesen. Nicht, weil sie am nächsten dran gewesen war; nein, weil sie die jüngste und die mächtigste Hüterin war.

Alles gegeben, was sie war.

Die Spitze des Zauberstabs explodierte. Pinkfarbenes Licht, leuchtende Strahlen, zischten und tanzten den Weg in die Hölle hinab.

NEIN!

Widerstrebend räumte Diana ein, daß sie einen kurzen Moment lang so etwas wie Mitleid empfand – es *war* gräßlich pink.

Dann aber begann es, sich zu ändern, denn nun krochen Streifen aus Grau aus der Grube, schlängelten sich vorwärts, drehten und wanden sich, kamen näher, schlangen Kreise um das Licht, das den Zauberstab umgab. Kamen auf Dianas Hand zu. Auf ihr Herz.

HA! NICHT GUT GENUG!

In ihrem Mund Blut und der Geschmack von Eisen. Die Welt fing an, vor ihren Augen zu verschwimmen.

„Verpiß dich doch!"

Ihr Ruf, weil sie die Jüngste war und somit nichts als lauter Möglichkeiten.

Alles geben, was sie sein würde.

Kaugummipink. Barbiepink.

Der Schwefelgeruch verschwand. Das flackernde rote Licht an der Decke der Höhle wurde heller.

Langsam füllte sich die Grube mit glitzerndem, gleißendem, schimmerndem, weißglühendem Rosa.

Diana hätte nicht mehr sagen können, wo ihre Hand aufhörte und der Zauberstab anfing. Aus dem Augenwinkel sah sie Claire fallen, bekam aber nicht mit, wie ihre Schwester auf dem Boden aufprallte.

Sah, wie die verbliebenen Schatten Gestalt annahmen. Mußte darauf vertrauen, daß ihre Schwester sie schon aufhalten würde. An diesem Punkt konnte sie den Strom der Möglichkeiten ebensowenig aufhalten, wie die Hölle es konnte.

Erst als ihre Zehen hart und schmerzhaft an den Rand der Grube stießen, bekam Diana überhaupt mit, daß sie sich von der Stelle bewegt hatte.

WENN ICH GEHE, DANN GEHST DU MIT MIR.

Ach was.

All das, was sie war, all das, was sie sein würde hingegeben, um die Welt zu retten. Wie schwer war denn das zu kapieren? Das taten Hüter nun einmal! Das Böse hatte immer wieder die Tendenz, das Naheliegende zu übersehen.

Diana fiel nicht – sie wurde vielmehr durch den Zauberstab nach vorne gezogen, und dann ...

... kippte sie wieder zurück.

Sie sah Kris hoch aufgerichtet am Grubenrand stehen, den Zauberstab in der trotzigen Faust hocherhoben.

Sah sie schwanken.

Sah sie fallen.

Rosa Licht erfüllte die Höhle.

Als Diana wieder sehen konnte, war die Grube geschlossen.

Jemand – die Hüterin hatte den Verdacht, es könnte sie selbst sein – warf sich auf den Boden und schlug mit blutigen Fäusten gegen den festen, unverrückbaren Stein. Schrie: „Nein!"

Denn schließlich gab es Regeln, die man einhalten mußte.

Das Problem war, daß Sam nicht einfach weglaufen konnte. Die Regeln schrieben vor, daß er sich dem Kampf stellen mußte, denn sonst hätte er die Herausforderung nicht wirklich angenommen. Das Problem lag weiterhin darin, daß er zwar über mehr spitze Körperteile verfügte als sein Kontrahent, der Schattenfürst dafür jedoch ein großes, langes Schwert schwang.

Sam schlug ein Zick.

Der Schattenfürst ein Zack.

Ein großes, langes Schwert hatte er, und noch dazu bewegliche Daumen.

Sam fand sich am Nacken gepackt, frei in der Luft baumelnd. Er mußte sich anstrengen, um sich zu einer Kugel zusammenzurollen und Krallen in die ihn haltende Hand senken zu können. Er schrie trotzig und verwegen, und dann spürte er, daß ein Schwert sich anschickte, auf ihn niederzusausen.

Ein silberner Blitz.

Sam fühlte das Zucken in den Fingern, die sich so schmerzhaft tief in sein Fell gegraben hatten. Er zischte und spuckte, als er beiseite geschleudert wurde.

Noch in der Luft gelang es ihm, sich umzudrehen. Er landete auf den Beinen, schrie aus voller Kehle seine Herausforderung und wirbelte sofort, mit wild zuckendem Schwanz, auf den Hinterpfoten herum.

„Laß gut sein, Sam. Ich darf im letzten Moment eingreifen, um das Lebensmeines Kämpen zu retten." Über seine erhobene Klinge hinweg starrte Arthur den Schattenfürsten an. „Los, weiter!" Als sein Gegner daraufhin verwirrt dreinschaute, seufzte er und übersetzte: „Jetzt ist es unser Zweikampf."

Nicht ganz menschliche Zähne blitzten in einem strahlenden Lächeln auf. „Ich habe dich bisher immer getötet!"

„Ja, ja. Früher mal."

„Fürchte mich."

„Leck mich."

Sam mußte sich eingestehen, daß der Dialog alles andere als archetypisch war. Vielleicht, hoffentlich – *möglicherweise* – reichte das ja!

Oder auch nicht.

Hoch über den Köpfen prallten die Schwerter gegeneinander, Knauf gegen Knauf, Körper gegen Körper. Sam, der mehr und anderes sehen konnte als die anderen, da sein Kopf sich nur fünfzehn Zentimeter über dem Boden befand, sah, wie der Schattenfürst den Dolch aus dem Gürtel zog. Sah, wie ein schwarzgekleideter Ellbogen zurückgerissen wurde und vorstieß.

Mein Fehler!

Sam hatte versagt.

Es tut mir leid! Es tut mir leid. Es tut mir leid.

Dann wurde die Welt rosa.

Wirklich, wirklich, wirklich rosa!

Als Sam wieder sehen konnte, war der Schattenfürst verschwunden, und Arthur stand, Excalibur hoch über den Kopf erhoben, die linke

Hüfte leicht zurückverlagert da und starrte auf ein Loch in seinem Brustpanzer.

Der Zirkel aus Einkaufszentrumselfen schien wie erstarrt, als Sam ganz langsam auf den König zukroch. „Bist du …? Hat er …?"

Ohne seine Haltung zu verändern hob Arthur den linken Arm und schob einen Finger in den Riß im Wams.

Zog ihn wieder heraus.

Die Fingerspitze war rot.

Ein unterdrückter Schrei erhob sich aus einem guten Dutzend Kehlen.

„Nein, nein, es ist nichts!" Klirrend traf Excaliburs Spitze auf den Steinfliesen auf, als Arthur sich entspannte. „Er hat mich kaum geritzt."

Noch hatten die Elfen den Schock nicht ganz überwunden, noch schafften sie es nicht, in Jubelrufe und fröhliches Kreischen auszubrechen.

Dann aber seufzte jemand tief auf: „Mann, das war aber knapp, du!"

In dem freudigen Chaos, das darauf folgte, hob Sam den Schwanz und markierte den Ort, an dem der Schattenfürst gestanden hatte, mit einer Duftmarke.

„Genug!" Meryat erhob sich von der Bettkante und nagelte Dean mit ausgestrecktem Finger an Ort und Stelle fest. „Ich finde diese Spielchen nicht mehr amüsant. Ich werde mir *jetzt* dein Leben nehmen. Das macht mich stark, und so kann ich dann auch deiner Hüterin entgegentreten."

„Nicht so hastig." Austin hockte immer noch hoch oben auf dem Schrank, direkt an der Kante, und starrte hinab auf das Stilleben, das Dean und die Mumie bildeten. „Wenn ich mich nicht irre – und ich irre mich nie, darüber brauchst du gar nicht erst nachzudenken –, wenn ich mich also nicht irre, dann verlangen die Regeln, daß du als Schurkin in diesem Stück laut und vernehmlich damit prahlen mußt, wie du uns besiegt hast. Erst dann darfst du uns den Coup de Grace versetzen. Den Gnadenstoß sozusagen, den letzten Touch", fügte er erklärend hinzu, damit auch Dean wußte, worum es ging.

Der junge Mann sah allerdings nicht so aus, als wüßte er den Übersetzungsservice zu schätzen.

„Der Punkt ist doch", grinste Meryat hämisch, wobei der fehlende Teil ihrer Oberlippe erheblich dazu beitrug, ihren Gesichtsausdruck noch verächtlicher zu gestalten, „daß ihr bereits besiegt seid. Welchen Unterschied kann es da bedeuten, wenn ich damit groß angebe?"

Austin zuckte die Achseln. „Nun, mir persönlich kann es schnurzegal sein, aber wenn du die Regeln brichst, dann dürfen wir auch die Regeln brechen."

„Du, was kannst du denn schon machen?"

Er wandte ihr die Schulter zu und putzte sich.

„Gut! Ich habe dreitausend Jahre gewartet, ich kann auch noch ein paar Minuten länger warten."

Fünfzehn

„Komm schon, Diana, du mußt abhauen! Hier bricht gleich alles zusammen!"

Diana wand sich aus Claires Griff und rannte zurück zur Mitte der Höhle. „Wir müssen sie da rausholen!"

„Das können wir nicht!" Claire erwischte die Schwester am Hosenbund und riß sie zurück. „Du weißt so genau wie ich, daß Hunderte von Wegen in die Hölle führen! Handkörbe, gute Vorsätze – aber keinen von denen können wir benutzen, wenn uns hier gleich haufenweise ...", sie warf sich zur Seite, wobei es ihr gelang, Diana mit sich zu ziehen, denn nun krachte ein Teil der Höhlendecke herunter, „... Felsen zu Brei quetschen!"

Wenn man bedachte, wo die beiden sich befanden, dann kam die Glühbirne, die nun von irgendwoher auf sie zuschoß, nicht wirklich überraschend. Claire wehrte den Angriff mit der unverletzten Hand ab, während Diana bereits wieder auf die Beine sprang.

„Wir gehen ihr nach!"

„Ja aber ..."

„Kein aber." Diana packte Claire am Handgelenk. „Komm schon!"

Anscheinend hatte die bloße Anwesenheit der Hüterinnen das letzte bißchen Stabilität, über das die Höhle noch verfügte, aufrechterhalten. Kaum hatten die Schwestern die Schwelle überschritten, da kam auch schon der Rest der Decke herunter. Hustend und keuchend rannten die beiden schneller, wobei sie immer wieder riesigen Wolken aus rosafarbenem Steinstaub ausweichen mußten, als hinter ihnen die Tunnel einstürzten.

Das ist bestimmt besser, als würden sie vor uns einstürzen, mußte Claire sich eingestehen, während sie auf den Thronsaal zurannten ...,

... dessen Eingang leider blockiert war.

„Gibt es noch einen anderen Weg hier raus?" schrie Claire über den Lärm der herabstürzenden Felsbrocken hinweg, den Mund dicht am Ohr der Schwester, die sie sonst nicht hätte hören können.

„Das ist der einzige Weg, den ich kenne."

„Na, das ist ja wunderbar!" Claire mühte sich mit einer Hand am Reißverschluß ihrer Hüfttasche ab, nur um dann festzustellen, daß die Schwester ihr bereits zuvorgekommen war. „Was machst du denn da?"

„Wenn wir hier nicht rauskommen, können wir Kris nicht retten. Also kommen wir hier raus!" Diana schnappte sich das zusammengefaltete Stück Papier, kniete nieder und klemmte es zwischen zwei der Felsbrocken, die ihnen den Weg versperrten.

„Diana, das funktioniert nicht! Felsen können nicht lesen!"

„Ich werde es für sie lesen!" Diana zerrte Claire aus dem Weg, wies auf die Zerstörung, die nun immer rascher näherkam und kreischte: „Komm schon!"

Das Papier setzte die Möglichkeiten frei, die in ihm enthalten waren.

Die Felsen bewegten sich.

Sie bewegten sich, als wüßten sie genau, was ihnen anderenfalls bevorstand – daß sie dann nämlich zu feinem Sand zerstampft würden.

Der schwarze Marmorfußboden hatte sich aufgeworfen und war stellenweise bereits gesprungen. Hinter dem Thron hatte sich die Wand so nach hinten verschoben, daß sie nun in einem eigentlich unmöglichen Winkel stand. Das schien ihre strukturelle Integrität allerdings nicht zu gefährden. Vorausgesetzt, man handhabte die Definition von strukturell und Integrität nicht eben präzise.

Dann endlich rannten die beiden mit brennenden Lungen nicht länger auf Stein, sondern auf Beton.

Fast draußen ...

Sie verpaßten die Abzweigung, die sie durch die Baustelle geführt hätte und landeten statt dessen in den Lieferwegen.

Der Troll wartete auf sie an der Hintertür des Kaufhauses.

Ehe Claire sie daran hindern konnte, hatte Diana ihn bei der Krawatte gepackt und ganz nah zu sich herangezogen. „Hör gut zu, Gaston", zischte sie, „du hast die Wahl. Die Gegenseite ist groß. Du kannst dich verkrümeln oder dich mit mir anlegen."

Die Augen des Trolls wurden immer größer, wodurch man genau sehen konnte, daß das Weiß um die grauen Pupillen eigentlich eher schmutziggelb war. „Aber ..."

„Kein Wenn, kein Aber, und das weißt du sehr genau. Ich zähle bis drei. Eins ..."

Bei zwei hatte er lieber einen Teil seiner Krawatte Diana überlassen und es vorgezogen, sich polternd in die Lieferwege zu flüchten, die weiter hinein ins Einkaufszentrum führten.

Diana ließ das blaßbraune Lederband fallen und wischte sich die Hand an der Hüfte ab. Feuchte Streifen gesellten sich zum hellrosa Staub auf ihrer Hose. „Igitt!"

„In der Tat!" pflichtete Claire ihr bei, die die Gelegenheit genutzt hatte, ein wenig zu Atem zu kommen. Nicht ganz so, wie sie mit der Sache umgegangen wäre, aber da es nun einmal funktioniert hatte ... „Was machst du denn da?" wollte sie gleich darauf erstaunt wissen.

„Hier sind wir reingekommen! Das ist der beste Ort, um wieder zurückzugehen."

Claire barg die verletzte Hand an der Brust und trat zwischen Diana und die Stahltür. „Wir sind hier noch nicht fertig."

„Der Ruf ist verstummt, als die Grube geschlossen wurde; ich bin hier fertig." Bedrohlich zogen sich die dunklen Brauen der jungen Hüterin zusammen – eindeutig eine Herausforderung. „Ich gehe jetzt Kris retten!"

Claire hatte ein gutes Dutzend hervorragender Gegenargumente parat. Sie entschied sich sicherheitshalber für das einzige, von dem sie genau wußte, daß es auf jeden Fall ziehen würde. „Was ist mit Sam?" erkundigte sie sich. „Er ist noch im Einkaufszentrum. Ich habe ihn zurückgelassen, damit er auf Arthur aufpaßt."

„Du hast ihn zurückgelassen!" entgegnete Diana wütend. „Du kannst gehen ... du ..." Dann blinzelte sie ein paarmal, schluckte und fuhr sich mit dem Handrücken über die plötzlich feucht gewordenen Augen. „Entschuldige! Ich bin doch nur ..."

„Ich weiß."

„Das kannst du gar nicht wissen."

„Dean ..."

„Ist nicht für dich zur Hölle gefahren! Entschuldige!" wiederholte Diana dann und fuhr sich erneut mit dem Handrücken über die Augen. „Aber ist er doch wirklich nicht."

„Ich weiß", sagte Claire erneut, denn das war so gut wie das einzige, was Diana im Moment zu hören bereit war. Mit der unverletzten Hand riß sie dann die Stahltür auf. „Komm, laß uns Sam ..." Auf einmal tat sich im Betonfußboden unter ihren Füßen ein Riß auf. Irgendwo nicht allzuweit entfernt barst ein Stahlträger mit einem Geräusch, das fast schon wie Musik klang. „Nicht gut!" rief Claire. Rasch schob sie Diana in den Lagerraum, drückte hinter sich die Tür mit der Schulter zu und verriegelte sie blitzschnell.

Es hörte sich so an, als würde jemand in den Lieferantengängen auf einer Steel Guitar spielen. Nicht besonders gut allerdings.

„Was denkst du, wie weit wird die Zerstörung sich ausbreiten?" wollte Diana wissen, als die beiden Schwestern sich nun hastig einen Weg durch die Trümmer zerborstener Gartenzwerge hindurch bahnten, um zur Durchgangstür in den Laden zu kommen.

„Sie ist schon weiter vorgedrungen, als ich gedacht hätte."

„Na toll."

„Nicht wirklich. Ich frage mich gerade etwas anderes: Als du zum ersten Mal den Zauberstab eingesetzt hast, da hat dich das umgehauen. Diesmal jedoch ..."

„Ich glaube, das Opfer, das Kris gebracht hat, hat zu einer Gegenreaktion geführt. Das hat mich – ich weiß auch nicht – irgendwie wieder aufgeladen. Anders kann ich es nicht ausdrücken. Ich fühle mich ..." Diana warf Claire ein leicht verzerrtes, ziemlich schmerzliches Lächeln zu, während sie die Lagerraumtür mit ausgestrecktem Arm aufdrückte, „ich fühle mich irgendwie rosig."

Claire brachte ein fast identisches Lächeln zustande. „Wir kriegen sie zurück."

„Ich weiß." Mühelos setzte Diana über ein umgestürztes Regal, auf dem T-Shirts gelagert hatten, und rannte in Richtung Wandelhalle. Sie hatte den Fuß bereits über die Schwelle gesetzt, als sie abrupt haltmachte, sich umdrehte und zurück in den Laden lief.

„Wohin gehst du?" Claires Stimme klang schrill, aber die Hüterin fand, dazu sei auch Grund genug vorhanden. Gleich hinter ihnen hörte sie deutlich, wie eine Stahltür kurz davor stand, in Stücke zu gehen.

„Ich muß ein Versprechen halten." Diana schleppte eine Holzkiste mit Kunstharzfröschen herbei, plazierte sie direkt unter dem antiken Spiegel, kletterte hinauf und schlug einmal hart gegen das Spiegelglas. „He Jack! Zeit zum Aufbruch!"

Die blauen Augen auf blauem Grund tauchten so schnell auf, daß Claire meinte, ein kleines ‚Plopp' hören zu können. „Hier kracht alles zusammen!" Auch Jack klang ein wenig schrill, fand Claire. „Was habt ihr bloß angestellt?"

Eine grüne Glasglocke flog aus einem der Regale und zerbarst. Irgend etwas zischte und huschte fort.

„Wir haben gewonnen. Irgendwie."

„Wie kann man denn irgendwie gewinnen?"

„Darauf möchte ich jetzt nicht näher eingehen."

„Ja, aber ..."

An Dianas Unterkiefer zuckte ein Muskel. „Ich habe gesagt, darauf möchte ich jetzt nicht näher eingehen!" Sie blickte seitlich hinter den Spiegel. „Ist das alles an Halterung? Sonst hält dich nichts hier?"

„Woher soll ich das wissen?" Jack klang nun panisch, nicht mehr nur schrill. „Ich habe doch schließlich hinten im Glas keine Augen!"

„Auch wieder wahr. Claire ..."

Jetzt war keine Zeit für Argumente. Claire reckte sich auf die Zehenspitzen, stellte ein wenig zerstreut fest, daß ein großer Teil ihrer linken Hand inzwischen lila zu sein schien und packte den unteren Rand des geschnitzten, vergoldeten Rahmens. „Alles klar", sagte sie. „Ich habe ihn."

Jack war viel schwerer, als er aussah. Sie schleppten ihn an der sich heftig windenden Schachtel mit Gummischlangen vorbei, am bereits gefährlich schwankenden Regal mit den Duftkerzen und hatten gerade die Wandelhalle erreicht, als die Schaufensterscheiben zu bersten begannen. Als das erste zackige Stückchen Schaufensterglas an ihnen vorbeizischte, drehte Claire den Spiegel so, daß er mit der Rückseite zum Laden stand und schubste Diana dahinter, wo sie sich in Sicherheit befand.

„Claire! Wir haben keine Zeit, um ..."

„Uns in Stücke reißen zu lassen? Da bin ich völlig deiner Meinung."

„He!" Jacks Augen standen weit offen, so groß hatte Claire sie noch nie gesehen. „Schafft mich weiter weg! Ich bin zerbrechlich."

Kaum Platz für sie beide, aber kaum Platz war besser als die Alternative. „Beruhige dich. Du hast hinten eine Holzverkleidung."

„Beruhige dich? Da bricht Glas! Unmengen! Wißt ihr, wie ich mich dabei fühle?"

„Das ist mir so was von egal!" fauchte Claire. Als Jacks Augen daraufhin in die äußerste Ecke des Spiegels flohen, zwei winzige, kaum stecknadelkopfgroße blaue Pünktchen tief hinten im Glas, seufzte sie.

„Entschuldige! Es ist mir nicht egal. Wir haben nur gerade eine ... eine ziemlich schlimme Zeit hinter uns."

„Mit dem irgendwie gewinnen?"

„Ja."

Irgendwie ... Diana hob den Kopf aus den Armen, in denen sie ihn schützend geborgen hatte und starrte in den Spiegel. Sie sah aus wie immer. Sie hätte aber eigentlich anders aussehen sollen! Waren es nicht solche Dinge, die einen Menschen veränderten?

Sie brauchte einen Moment, um mitzubekommen, daß es im Einkaufszentrum vollkommen still war. Kein Krachen mehr. Kein Bersten. Kein Sterben. Anscheinend war das nun vorbei. „Claire?" Sie erkannte ihre eigene Stimme fast nicht wieder. Sie hörte sich an wie die einer etwa Siebenjährigen. „Warum hat sie das getan?"

Claire wischte vorsichtig zerbrochenes Glas beiseite und hockte sich im Schneidersitz auf den Boden. Nein, ein richtiger Zusammenbruch war das nicht, aber nah dran. „Ich weiß nicht", antwortete sie. „Ich nehme an, sie wollte nicht, daß du stirbst."

„Ja, aber Sterben gehört nun mal dazu. Wenn man die Welt rettet und so. Das steht in meiner Stellenbeschreibung. In unserer Stellenbeschreibung."

„Wie es scheint, stand in ihrer, daß sie dich retten soll."

„Ich wollte nicht, daß sie das tut."

„Sie hat dich nicht gefragt." Claire streckte die Hand aus und wischte der Schwester eine Träne weg. „Wir kriegen sie schon zurück."

„Weil du das versprochen hast?"

„Weil auch das in unserer Stellenbeschreibung steht."

„Stimmt." Diana fuhr sich mit dem Ärmel über die Nase, wodurch sie auf einer Wange einen Schmutzstreifen aus dunklerem Rosa hinterließ. „Wir haben später noch Zeit, herumzusitzen und zu heulen. Laß uns Sam holen und ..." Schon halb im Stehen legte sie den Kopf zur Seite und sah die Schwester verwundert an. „Gibt es einen Grund dafür, daß du mir den Stinkefinger zeigst?"

Die Schwellung hatte dafür gesorgt, daß der Mittelfinger ihrer Linken sich selbstständig gemacht und von den anderen Fingern entfernt hatte. „Er ist gebrochen", erklärte sie.

„Er ist was?"

„Gebrochen."

„Warum hast du mir das nicht gesagt?"

„Wann?"

„Vorher!"

„Während einer der zahlreichen Gelegenheiten, wo wir nichts zu tun hatten? Als wir um unser Leben rannten, als wir Jack retteten oder als wir versuchten, uns nicht wie das Gemüse für einen Eintopf zerschnippeln zu lassen?"

„Ja, genau dann!"

„Tut mir leid, das nächste Mal denke ich dran. Faß ihn nicht an!" Claire lehnte sich ganz weit zurück, um Dianas vorsichtig forschenden Fingern zu entgehen. „Sobald wir auf der anderen Seite sind, richte ich ihn."

„Tut er weh?" wollte Jack wissen, wobei seine Augen wieder ganz an die Glasoberfläche traten.

Tat der Finger weh? Es gab viele Dinge, die Hüterinnen Zuschauern gegenüber nicht erwähnen durften. Da Jack jedoch ein metaphysisches Konstrukt war ...

„Diana!"

Claire schloß den Mund, ohne Jacks Frage beantwortet zu haben. Sie sah zu, wie Sam auf sie zugerast kam und seufzte tief. Wahrscheinlich war es besser so.

„... und dann ist er einfach verschwunden!"

„Du hast eine Herausforderung des Schattenfürsten angenommen?"

Sam wand sich in Dianas Armen. „Zum dreihundertsten Mal: Mit mir ist alles in Butter!"

„Du hättest getötet werden können!"

„Zum fünfhundertsten Mal: Ich bin aber nicht getötet worden!"

Diana schenkte der metaphysischen Schlachtenanalyse, die rings um sie her stattfand, keine Aufmerksamkeit, sondern vergrub statt dessen ihr Gesicht ganz tief in Sams Fell und drückte den Kater fest an sich.

„Aua, das war eine Rippe!"

„Entschuldige." Sie lockerte den Griff ein klein wenig und atmete tief ein: warme Katze. Sam roch nach Sicherheit und Geborgenheit. Okay, es war vielleicht nicht wirklich gemütlich, sich einen Klumpen ausgefallener Katzenhaare vom oberen Gaumen zu pulen, aber

... Diana wußte nicht, was sie getan hätte, hätte sie auch ihn noch verloren.

Auch ihn.

Richtig.

Als alle die Treppe erreicht hatten – die Prozession mußte sich in dem Schneckentempo voranbewegen, das die am schwersten verwundeten Elfen vorgaben –, klemmte Diana sich Sam unter den einen Arm und zupfte mit dem anderen ihre Schwester am Ärmel. „Los, komm schon, wir gehen."

„Diana, du glaubst gar nicht, wie sehr ich wünschte, das könnten wir tun! Während du fort warst, habe ich nämlich herausgefunden, daß Dean in Gefahr schwebt ..."

„Droht ihm eine überfütterte Katze? Läuft er Gefahr, in ein Gewölle zu treten? Austin ist bei ihm! Wie groß kann die Gefahr schon sein, in der der Junge schwebt?"

Die beiden Hüterinnen standen einander am Fuß der Treppe gegenüber, und Arthurs Armee teilte sich, um an ihnen vorbeizugelangen. Die beiden Elfen, die Jack trugen, stellten den Spiegel ab und lehnten sich an dessen Rahmen.

„Im Hotel wohnt eine dreitausend Jahre alte Mumie, die anderen das Leben aus dem Leib saugt."

„Eine dreitausend Jahre alte Mumie, die anderen das Leben aus dem Leib saugt?"

„Sag das noch mal, dreitausendmal so schnell!" grummelte Sam.

„Nein." Diana streichelte geistesabwesend eine orangerote Schulter und sah ihre Schwester stirnrunzelnd an. „Seit wann?"

„Bei den ganzen Zeitverschiebungen läßt sich das unmöglich sagen."

„Wie hast du ...?"

„Claire!"

Claire wies mit einem Kopfnicken auf den sonnenverbrannten Blonden, der sich gerade durch die Gruppe der Elfen, die bereits die Treppe emporstieg, einen Weg nach unten bahnte. In der einen Hand trug er Claires Rucksack, in der anderen den Dianas, und er entschuldigte sich ungefähr bei jedem Schritt, den er tat. „Der da hat es mir berichtet."

„Wer ist das denn?"

„Lance."

„Lot?"

Arthur blieb neben ihnen stehen, wobei es ihn sichtlich schauderte. „Zum Glück nicht."

„Während du fort warst", erklärte Claire, „habe ich eine kleine Runde durch die Gegenseiten gedreht ..."

„Gegenseiten?"

„Gegenseiten, Plural. Das ist eine lange Geschichte."

„Dann laß die aus! Ihn hast du wo gefunden?"

„An unserem Strand."

„Dem im Hotel?"

„Ja. Noch längere Geschichte."

„Dann laß die auch weg."

„Er ist kein Australier!" verkündete Sam, als Lance, in der unteren Wandelhalle angekommen, die Rucksäcke abstellte.

Diana wirkte verwirrt. „Warum auch?"

Der Kater zuckte die Achseln, so gut ihm das in seiner augenblicklichen Lage möglich war. „Ich habe keine Ahnung."

„Er ist ein Zuschauer. Warte!" Diana hob die Hand, womit sie sowohl Claire als auch Lance zum Schweigen brachte. „Mir ist egal, warum er hier ist, aber da er ja ganz offensichtlich kaum bleiben kann, haben wir noch einen Grund mehr, sofort aufzubrechen. Er muß wieder zurück, Dean ist in Gefahr, Kris ist in der Hölle – Vorhang auf, Spot an!"

Da sie keine Zeit hatte, bis zehn zu zählen, zählte Claire bis drei. „Glaub mir, Diana, ich möchte ja, aber wir haben die Verantwortung für die verletzten Elfen!"

„Nein!" Diana wies mit dem Kinn auf Arthur. „Er hat sie! Wir haben unseren Teil getan. Das Loch ist zu. Der Übergang ist gestört, und ohne einen Anker werden die beiden Einkaufszentren immer weiter auseinanderdriften. Straßenkinder, die nach einem Ort suchen, an den sie gehören können, werden woanders suchen müssen – nicht unbedingt eine gute Sache, aber definitiv eine Sache. Unsere Arbeit hier ist getan."

Claire seufzte und barg die linke Hand in der rechten. Der Schmerz in ihrem gebrochenen Finger – der nun bis hinauf in ihren Arm reichte und durch die Schulter hindurch aus Gründen, die ihr nicht recht klar waren, bis in ihr rechtes Ohr strahlte, machte es ihr schwer, sich zu konzentrieren. Es stimmte, Arthur war in der Tat am Leben, die Hölle war besiegt, und die Welt war vor einem Einkaufszentrum bewahrt worden, in dem Schlußverkäufe, angekündigt als „mitternächtlicher Wahnsinn", auch genau das boten. Also hatte Diana auf der einen Seite recht – auf der anderen jedoch hatte sie einen wesentlichen Punkt übersehen. „Diana ..."

„Jetzt! Oder hast du Dean etwa schon satt?"

Selbst das leise Klingeln von Glöckchen in Elfenhaar, das die ganze Zeit über die Szene untermalt hatte, verstummte nun. Lance öffnete den Mund. Arthur schüttelte den Kopf. Lance schloß den Mund wieder.

Es gab außerdem eine ganze Reihe von Dingen, die Hüter nie zu anderen Hütern sagten. Claire nahm sich vor, die meisten davon bei nächster Gelegenheit ihrer kleinen Schwester an den Kopf zu werfen. „Ich bin bereit, Zugeständnisse zu machen, weil du derart unter Streß stehst", verkündete sie vergleichsweise gelassen. „Such dir also eine Tür aus." Jede Tür hier würde die beiden zurück zum Lieferantengang des eigentlichen Einkaufszentrums bringen. Man ging von dort, von wo aus man auch gekommen war; das war immer so, egal, was sich in der Zwischenzeit ereignet haben mochte. „Laß uns heimgehen."

„Gut!" Diana machte auf dem Absatz kehrt, verlagerte Sams Gewicht auf ihrer Hüfte ein wenig, ignorierte das leise Stimmchen, das ihr einflüstern wollte, sie sei zu weit gegangen und ließ ihren Blick über die Schaufenster entlang der unteren Wandelhalle gleiten. „Da ist ein Geschäft für Kinderbekleidung, das Zwergenland. Aus dem kann eigentlich nichts Schlechtes herauskommen."

„Wie verantwortungsbewußt gedacht!"

„Behandle mich nicht von oben herab!"

„Gut." Claire drehte sich zu Arthur um. „Das Einkaufszentrum ist kein Übergang mehr, also können wir hier auf dieselbe Art kommen und gehen wie an jedem anderen Ort der Gegenseite auch. Ich komme wieder und schaue hier nach dem Rechten."

Der unsterbliche König warf einen Blick auf Diana, wobei seine blauen Augen voll Mitleid waren. Dann wandte er sich wieder Claire zu, diesmal eher mit Verständnis als Mitleid im Blick. „Wann?" wollte er wissen.

Claires Uhr schien die Zeit im Rumba-Rhythmus zu messen. „Leider kann ich das nicht sagen."

„Claire! Jetzt, oder ich gehe ohne dich!"

Unter gar keinen Umständen würde Claire Diana gestatten, unbeaufsichtigt in die Welt zurückzukehren! Sobald die Schwester wieder in der Lage war, die Möglichkeiten zu manipulieren, würde es, selbst wenn Claire direkt neben ihr stand, schon schwer genug sein, sie an irgendwelchen verrückten Rettungsversuchen zu hindern – von der anderen Seite der Realität aus wäre das völlig unmöglich. Claire schnappte sich ihren Rucksack, schlang die unverletzte Hand um den Arm des Doktoranden und beeilte sich, Diana auf dem Weg zum entsprechenden Laden hinterher zu eilen.

Als dessen Tür dann von ganz allein aufflog, traten alle drei erschrocken zurück. Sprangen zurück! Glücklicherweise trug Lance Wanderstiefel.

Zuerst kam Lärm durch die Tür: ein zu Tode erschrockenes Huhn, das von einer Schlange verfolgt wurde.

Claire ließ Lance los und schob ihre Hand in die Hüfttasche. Deren Reißverschluß hatte sie im Thronsaal nicht wieder verschlossen; einen Moment lang – sie dachte, das Herz würde ihr stehenbleiben – glaubte sie, die Tasche sei leer. Dann schlossen sich ihre Finger um ein Pfefferkorn. Ob es ausreichen würde? Es mußte ausreichen! Sie setzte die Möglichkeiten frei, die das Korn barg und schrie ihren Gefährten zu: „Augen zu!", als nun irgend etwas schreiend und quietschend in die untere Wandelhalle platzte.

Es verging ein Augenblick.

Zwei.

Katzen, die von irgendeinem Lärm verfolgt wurden. „Sam?" erkundigte sich Claire.

„Ich höre nichts", erwiderte der Kater.

„Ich kann die Augen nicht aufmachen!"

Claire seufzte und öffnete selbst die Augen. „Doch, Lance, Sie können."

„Das ist ja wunderbar!" Diana hätte gern verzweifelt beide Hände in die Luft geworfen, wenn sie sich getraut hätte, Sam abzusetzen. „Die Hölle ist weg, aber die Chose hier ergibt noch weniger Sinn als vorher. Ich sehe nun wirklich keine Verbindung zwischen einem Basilisken und einem Geschäft für Kinder ..."

„Dann sagst du also, dein Ka hat sich bewegen können, während dein Körper in eurem Zimmer war und hat nicht nur hier und da ein wenig an Deans Leben genippt, es hat uns auch hinterherspioniert?"

Austins Stimme schwebte geisterhaft durch die offene Tür.

„Genau das sage ich. Ich kannte all eure Pläne von dem Moment an, in dem ihr sie gefaßt habt."

„Meryat!"

Gemeinsam schafften Claire und Diana es, den plötzlich vorstürmenden Doktoranden festzuhalten.

„Eine Direktverbindung von Schrank zu Schrank?" erkundigte sich Diana interessiert. Sie hatte die Brauen fragend zusammengezogen, und einen Moment lang hatte die Neugier alle anderen Gefühle besiegt, die die junge Hüterin im Augenblick bewegten.

„Scheint so."

„Aber nun, Kater, glaube ich, daß ich meinen Beitrag zu diesem Schwachsinn geleistet habe. Ich habe alles erklärt, habe mich ausführlich gebrüstet. Nun will ich mir holen, was ich haben will."

Die Lauschenden vernahmen den Lärm eines Kampfes.

„Ein tapferer Versuch, Dean, aber du bist mein."

„Das glaubst auch nur du, Schlampe!"

Dianas Augen weiteten sich, als ihr Kopf zu ihrer Schwester herumfuhr. „Claire!"

„Lance!" Claire riß an dem jungen Mann, bis Diana loslassen mußte und Claires Finger sich schmerzhaft in seinen Unterarm bohrten, riß dann weiter an ihm, bis er ihr direkt in die Augen sah, und fragte aufgeregt: „Können Sie Meryat aufhalten?"

Er zog mit der freien Hand eine Rolle uralten Leinens aus der rechten Brusttasche seines Hemdes. „Ja!"

„Dann los!"

Diana griff zu spät nach Lance, der nun auf die Ladentür zueilte, also packte sie statt dessen die Schulter ihrer Schwester. „Claire, das ist nicht die Stelle, an der er hereingekommen ist! Es gibt keine Möglichkeit sicherzustellen, daß er genau in deinem Schlafzimmer landet. Es sei denn ..." Ein Blick in das Gesicht der Schwester, und Diana versagte die Stimme.

Claire griff in die Möglichkeiten und setzte die Füße von Lance sicher auf einen einzigen Pfad.

Woraufhin Regeln brachen.

Deans Haar wurde grau.

Austin schien keine andere Option mehr zu haben: Mit einem Schrei der Herausforderung stürzte er sich vom Schrank.

Meryat wischte ihn mit einer Handbewegung zur Seite. Wobei ihre Haut allerdings ein wenig vom neugewonnenen Teint verlor, weil sie Kraft hatte einsetzen müssen. Aber sie erholte sich rasch wieder, während Dean immer weiter in sich zusammenzuschrumpfen schien.

„Paß auf, uraltes und perfides Böses!"

Meryat richtete die Aufmerksamkeit nicht mehr auf Dean, sondern dorthin, woher dieser Satz gekommen war. „Was?" wollte sie erstaunt wissen.

Austin lag benommen am Kopfende des Bettes, wohin ihn die Mumie geschleudert hatte, und fragte sich das Gleiche. Als er noch ein kleines Kätzchen gewesen war, hatten perfide und böse dasselbe bedeutet.

Mit einem Satz war Lance aus dem Schrank gesprungen und wirbelte einen Strang Leinen durch das Zimmer.

Meryat starrte ihn einen Moment lang ungläubig an, lachte dann und hob die Hand: „Närrischer Ju... aua!"

Während sich das Leinen um den Hals der Mumie legte, glitt Dean leise von der Bettkante. Es hatte ihn den letzten Rest der ihm noch verbliebenen Kraft gekostet, die jahrelange Erziehung zu überwinden, die ihm Meryat zufolge den tragischen Makel eingehandelt hatte, der ihm zum Verhängnis geworden war. Aber letztlich hatte er es geschafft und der Mumie einen ordentlichen Tritt an den Knöchel verpaßt. Nun tat ihm der Rücken weh, er verspürte unerklärlicherweise eine intensive Gier nach Pflaumensaft und konnte nicht richtig hören, was Lance sagte. War sich noch nicht mal ganz sicher, daß der andere Mann Englisch sprach. Das ist das Problem mit den Kids heute, sie reden eine ganz eigene Sprache. Alles die Schuld von MT... Mann! Plötzlich fühlte sich Dean wesentlich besser.

Meryat dagegen sah nicht so gut aus.

Sie verlor einen Finger, der, sobald er auf dem Fußboden gelandet war, zu feinem Staub zerfiel.

Lance wickelte noch einen Streifen Leinen um den Körper der Mumie, wozu er weiterhin irgend etwas schrie.

Noch ein Finger fiel – die restlichen folgten knappe sieben Silben später.

Feine Partikelchen hoben und senkten sich. Dean legte sich die Hand über Mund und Nase.

„Dr. Rebik!"

Der Archäologe wirkte nunmehr lediglich fünf oder sechs Jahre älter als das Bild in seinem Führerschein. Was auch nicht bedeutete, daß er gut aussah – jedoch fraglos besser als sein vorheriger Anblick.

„Lance!"

Lance seinerseits erweckte auch nicht mehr den Eindruck, als hätte ihm ein Kroko einen Schlag zu viel verpaßt.

Obwohl er immer noch aussah wie ein Australier.

Während sich der Professor und sein Doktorand gegenseitig aufgeregt von ihren Erlebnissen berichteten, stand Dean auf und beugte sich über das Bett. „Alles in Ordnung?" erkundigte er sich besorgt.

Austin überprüfte seine Gliedmaßen, warf einen verächtlichen Blick in die generelle Richtung der akademischen Wiedervereinigung und gab widerstrebend zu, mit ihm sei alles in Ordnung.

„Gut. Dann geh ich mal den Staubsauger holen."

Das schiere Ausmaß dessen, was ihre Schwester – ihre große, verantwortungsbewußte Schwester – getan hatte, verdrängte einen Augenblick Dianas Trauer um den Verlust von Kris. Die junge Hüterin hatte das Gefühl, zum ersten Mal seit dem Opfergang der Elfe wieder klar zu denken, und Claire würde so was von nicht wissen wollen, was genau ihre kleine Schwester dachte! Zuvor war Diana verletzt gewesen, verstört; nun war sie wütend. „Ich kann nicht fassen, daß du das getan hast!"

„Faß es ruhig."

Wenn Regeln gebrochen wurden, dann hatte das Folgen.

Claire schmetterte die Tür zu, zählte bis zehn und riß sie wieder auf. Gemeinsam traten die Schwestern über die Schwelle.

Sie traten von der unteren Wandelhalle her in ein Kinderbekleidungsgeschäft.

„Du hast ihn permanent verzerrt!" wetterte Diana, packte Sam fester und schon rannten die beiden Hüterinnen auf den nächsten Laden zu.

„Ich mußte Dean retten!"

„Natürlich mußtest du das." Weil Claire nun mal immerfort tun konnte, was Claire wollte, und Pech, wenn irgendwer oder das, was irgendwer anderes brauchte, ihr dabei in die Quere kam.

Jeansladen.

Stoffladen.

Sie rannten an den Elfen vorbei, die ihnen neugierig zusahen und versuchten es auf der anderen Seite der Wandelhalle.

Die Türen öffneten sich und boten lediglich ihre ganz eigenen, prosaischen Möglichkeiten.

Claire und Diana konnten nicht zurück.

Wenn Regeln gebrochen wurden, dann hatte das Folgen.

Sam wand sich aus Dianas Armen, sprang auf die Kante eines Pflanzkübels und blickte von einer zur anderen. „Also sitzen wir hier fest?"

„Sieht so aus!" Dianas Lippen verzogen sich. „Weil Fräulein Ich-muß-immer-meinen-eigenen-Kopf-durchsetzen auf Kosten aller anderen Dean retten mußte!"

„Ich konnte ihn doch nicht sterben lassen!"

Weniger als eine Armlänge waren die beiden jetzt voneinander entfernt. Ihre Stimmen hoben sich und wurden immer lauter. Die Einkaufszentrumselfen fingen an, eingehend die Fußbodenkacheln zu studieren, die Beleuchtung, den Kater.

„Hast du auch nur ein Mal, ein einziges Mal nur, an mich gedacht?" giftete Diana.

Claire keifte: „Denkst du je an etwas anderes als an dich selbst?"

Sam ließ sich wieder auf den Boden fallen.

„Ach ja, große Worte von einer, die immerfort nichts anderes predigt als den Dienst am Guten und Opfer und die gerade meine ... die gerade Kris dazu verdammt hat, ihr den Freund zu retten!"

Die Schmerzensschreie ertönten fast simultan. In der darauffolgenden Stille kehrte Sam zum Pflanzkübel zurück.

Claire wischte sich das Blut vom Knöchel, sah auf und sah Diana dasselbe tun, stellte fest, daß ihre Tränen nicht von Kratzern des Katers verursacht worden waren und streckte die Hand aus: „Oh Kätzchen, es tut mir so leid."

Die nächsten paar Minuten war dann alles ein wenig feucht und sentimental, die Umarmungen ein wenig ungeschickt der Rucksäcke wegen, aber fest und entschlossen.

„Gut gemacht", murmelte Arthur hinter Sams Schulter. „Ich hatte schon gedacht, ich müßte eingreifen."

„Das hätte auch funktioniert", gab Sam zu. „Aber die Folgen hätten dir wahrscheinlich nicht so gefallen."

„Oh?"

„Gemeinsamer Feind."

„Aber du ..."

„Ich bin ein Kater."

„Richtig."

Diana, die immer noch in Claires Armen lag, schniefte und hob den Kopf. „Du hast mich jahrelang nicht mehr Kätzchen genannt."

„Du hast angefangen mich zu hauen, wenn ich das tat!"

„Ach ja."

„Dann hast du mir Karamelpudding ins Bett gekippt."

„Rein technisch gesehen habe ich deine Laken in Pudding verwandelt, aber ich kann verstehen, warum du aufgehört hast."

Sie trennten sich langsam, wischten sich die Tränenspuren aus dem Gesicht und tauschten ein leicht wäßriges Lächeln aus.

„Harter Tag."

„Ja."

„Diana? Kris ..."

„Ich weiß. Wir werden sie retten, und ich weiß auch schon, wie wir nach Hause kommen."

„Diana, ich bin kein Teenager."

Diana rückte die Träger ihres Rucksacks zurecht und bückte sich dann, um Sam aufzuheben. „Schau mal, es ist nach Ladenschluß, du bist mit einem Teenager und mit einer Katze zusammen, und wir haben einen Spiegel dabei, für den wir auf jeden Fall nicht bezahlt haben – es ist alles bedacht."

Schlurf, kratz. Schlurf, kratz.

„Es hört sich an, als sei alles bedacht", gab Claire zu. Sie schlang die gesunde Hand um das Holz von Jacks Rahmen. „Jack, bist du dir sicher?"

„Ich will raus aus dem Einkaufszentrum. Das Hotel hört sich phantastisch an und ... hallo! Fingerabdrücke auf meinem Glas!"

„Entschuldigung."

Schlurf, kratz. Schlurf, kratz.

Sam schob den Kopf unter Dianas Kinn. „Warum braucht der so lange?"

Sie waren allein in der unteren Wandelhalle. Um die Zeitverzerrung so gering wie möglich zu halten, waren Arthur und die Elfen zurück ins Warenhaus gegangen. Alle Beteiligten hatten sich recht kurz und schmerzlos voneinander verabschiedet.

„Ich komme mit Kris zurück, sobald ich sie gefunden habe. Jetzt geht lieber, sonst haut das hier nie hin."

Claire meinte, das Feuer riechen zu können, konnte auf jeden Fall die Musik hören. Jetzt, wo das Einkaufszentrum nur noch ein Ort unter vielen in der Anderwelt war, konnte man diese Musik wahrscheinlich sogar im Pfadfinderinnenlager hören. Die Elfen waren großartig, fand Claire, aber sie konnte durchaus verstehen, warum Jack nicht in ihrer Nähe bleiben wollte.

Schlurf, kratz. Schlurf, kratz.

Der Lichtkegel huschte durch die Wandelhalle.

Kehrte zurück.

Seine Augen weiteten sich, als er die beiden Mädchen und die Katze sah. Einundzwanzig Jahre lang war er hier in der Finsternis auf Patrouille gegangen, hatte nach den Verborgenen gesucht, hatte sie ans Licht gezerrt, damit sie sich den Folgen stellten. Mädchen. Jungen. Junge Körper. Biegsame Körper. Harte Körper. All ihre Möglichkeiten gefangen und festgehalten.

Sie dachten, sie seien besser als er. Sie lachten. Hier, in der Dunkelheit, stellte er dann sicher, daß sie nicht mehr lachten.

Nicht zum ersten Mal erwischte er zwei auf einmal.

Das war noch nicht einmal seine erste Katze.

Wohl das erste Pärchen mit einer Katze und einem ... Spiegel?

Selbst gefangen starrte er auf sein Spiegelbild im vergoldeten Rahmen und hatte fast das Gefühl, irgend etwas starre zurück.

„Das war unschön." Zwar hatte Claire den Alten nicht wirklich berührt, aber sie wischte sich trotzdem die Finger an der Hose ab, während Diana und sie auf den nächstgelegenen Ausgang zueilten. Jack ritt neben ihnen auf den Möglichkeiten einher.

„Ja, da hatte sich allerhand aufgestaut. Wieviel hast du bei ihm ausgelöscht?"

„Seine Erinnerung an uns."

„Was ist mit der ganzen Sache mit den Monstern, die in der Nacht jagen gehen?"

„Bekam ich nicht zu fassen. Das saß zu tief."

„Das ist fast schon ... traurig."

„Könnte aber durchaus auch sein Gutes haben. Arthur wird es mit den Elfen einfacher haben, wenn sie nach wie vor gegen einen gemeinsamen Feind antreten müssen."

„Eine interessante Definition von ‚sein Gutes haben'!"

„Erinnere mich doch morgen früh daran, daß ich beim Jugendamt nachfrage, wo sie Stewart festhalten."

„Schickst du ihn dann zurück?"

„Natürlich mache ich das. Wenn er gehen will."

„Warum sollte er das denn tun wollen?" schnaubte Diana sarkastisch. „Wo doch die Realität so sehr viel bedeutungs- und sinnvoller ist als ein Leben, das man sich selbst geschneidert hat!" Ohne ihr Tempo groß zu drosseln, sprengte sie das Schloß in der inneren der beiden Ausgangstüren und hielt diese für Claire auf. „Wie geht es deinem Finger?" erkundigte sie sich bei ihrer Schwester, während Sam zwischen ihren Beinen hindurch aus der Wandelhalle schoß.

Claire präsentierte ihn der Schwester in der altbekannten eindeutigen Geste. „So gut wie neu."

Grinsend erwiderte Diana die Geste, während sich Claire mit dem Schloß der äußeren Tür befaßte. „Sam, sie wäre bestimmt schneller, wenn du ihr nicht ständig zwischen den Füßen herumwuseln würdest!"

„Ich will hier bloß raus."

„Und ich erst!" Diana bückte sich, hob den Kater auf und barg das Gesicht zwischen seinen Ohren. „Von jetzt an werde ich nur noch im Netz einkaufen!"

Jack warf im Vorübergehen einen Blick in den Überwachungsspiegel, der zwischen den beiden Türen hing. „Habe ich auf dieser Seite auch so ausgesehen?"

„Im großen und ganzen, ja."

Er runzelte die Stirn. „Hat mich die Krümmung nicht zu fett gemacht?"

Die Hitze draußen vor dem Einkaufszentrum traf sie wie ein nasser Schwamm.

„Oh Mann, das hat mir so was von gar nicht gefehlt." Diana wedelte mit der Hand, die nicht Sam hielt, zwischen sich und Claire hin und her, wobei sich ihre Geste auf die Kleidung bezog, die die beiden Schwestern trugen. „Wir sind total falsch angezogen für diese Temperaturen!"

„Kein Problem. Es ist mitten in der Nacht, und wenn jemand etwas sagt, dann sagen wir, wir sind aus Toronto."

„Das haut hin – und nun ..." Tief in Dianas Rucksack klingelte das Handy – bemerkenswert laut in der Stille, die auf dem Parkplatz herrschte. Diana berührte die Möglichkeiten. „Das ist Mama."

Claire zuckte zusammen. Wenn die Regeln gebrochen wurden, hatte das Folgen. „Es geht wohl nicht ..."

Das Klingeln verstummte. „Da war wohl die Batterie leer."

„Danke."

„De nada."

„Das wird was geben, wenn eure Mutter euch erwischt", murmelte Sam.

Diana schenkte ihm keinerlei Beachtung. „Wie ich gerade sagen wollte, ehe man mich so schnöde unterbrach: Was jetzt?"

„Nach Hause."

„Ins Hotel?"

„Ja, weil ..."

„Weil die Überreste der Kraftsignatur im Heizungskeller uns direkt zu Kris führen werden – und weil du nachsehen mußt, wie es Dean und Austin geht", fügte Diana hastig hinzu, ehe Claire die Brauen zusammenziehen konnte. „Ich verstehe. Du weißt schon: zwei Fliegen, eine Klappe! Gehen wir!"

Claire griff in die Möglichkeiten und rief ein Taxi.

Deans Kinn ruhte in der einen Hand, mit der anderen unterdrückte er ein Gähnen. Dabei sah er zu, wie Austin ein Würstchen fraß, das er gar nicht hätte verzehren dürfen, was nach allem, was sie durchgemacht hatten, ungeheuer beruhigend und normal war. „Austin?"

Die Ohren des Katers standen senkrecht. Sein Kopf wandte sich zur Tür. Nur einen Herzschlag später folgte auch der Rest des Körpers.

Kreischend rutschte Holz über Holz, und es polterte heftig, als der Stuhl, den Dean umgeworfen hatte, zu Boden ging. Der junge Mann folgte dem Kater dicht auf den Fersen.

Claire stieg aus dem Taxi und ging leicht in die Hocke, als ein schwarzweißer Blitz die Vordertreppe des Hotels heruntergeschossen kam, um in ihren Armen zu landen. Sie zuckte zusammen, als sich die Krallen des Katers tief in ihre Schultern bohrten, hielt aber tapfer stand und murmelte leise Liebkosungen in den Scheitel eines samtweichen Kopfes. Nach einer Weile hatte Austin sich so weit beruhigt, daß er seine Hüterin mit einem smaragdgrünen Blick aufspießen konnte.

„Geh nie wieder so lange fort!"

„Du hast mir auch gefehlt."

„Wir hätten tot sein können!"

„Es tut mir leid."

„Wenn du Lance nicht zurückgeschickt hättest ..."

„Ich weiß."

„Ich hatte alles im Griff."

„Natürlich."

„Wenn das Dean ist, den ich da gerade ranpoltern höre, dann laß mich runter, ehe ich zerquetscht werde."

Es war Dean, also setzte Claire den Kater ab.

Austin saß auf dem Bürgersteig, glättete Fell, das in Unordnung geraten war und sah auf. Sam hatte ihn beobachtet, den Kopf auf die Seite gelegt. „Ich sorge später dafür, daß sie zahlt!" versicherte der ältere Kater hastig.

Der jüngere Kater nickte. „Daran habe ich nie gezweifelt."

„Ich nehme an, zu diesem Aufzug à la über den Dächern von Nizza gibt es eine Geschichte?"

„Ja."

„Überspring sie."

Diana zerrte Jack vom Rücksitz – wobei sie ein halbes Dutzend Möglichkeiten oder so zurechtbiegen mußte – und schob ihn auf das Hotel zu, während das Taxi losbretterte, dessen Fahrer sich an nichts mehr erinnerte als an das Trinkgeld von zwanzig Prozent. Die Möglichkeiten waren billiger, aber die Mutter der beiden Frauen hatte auf dem Nachhauseweg noch zweimal angerufen. Einmal auf dem Handy des Taxifahrers und einmal in einer Telefonzelle in der Nähe einer Kreuzung, an der sie hatten halten müssen, um zu warten, bis die Ampel auf Grün sprang.

Früher oder später würde eine von ihnen den Anruf entgegennehmen müssen.

Claire würde rangehen müssen, korrigierte Diana sich mit einem Blick auf Dean und ihre Schwester. Sie wollte gerade vorschlagen, Claire solle die Mandeloperation doch lieber Profis aus dem Medizinbereich überlassen, da klingelte ein weiteres Telefon, und zwar nicht irgendeines, wie Diana schließlich feststellen mußte: ihres. In ihrem Rucksack. Ihre Mutter hatte offenbar einen Weg gefunden, die leere Batterie zu umgehen.

Wie die Dinge lagen, mochte der schnellste Weg zu Kris unter Umständen darin liegen, daß sie erst einmal ans Telefon ging. Zwar hatte sie selbst keine Regeln gebrochen – aber Diana ging trotzdem davon aus, daß die Sache inzwischen so weit fortgeschritten war, daß sie ein ebensolches Donnerwetter erleben würde wie Claire. Also lehnte die junge Hüterin Jack vorsichtig ans Verandageländer, ließ den Rucksack von den Schultern gleiten und begab sich seufzend auf die Suche nach ihrem Handy. Sie hatte es gerade unter einem Thunfischsandwich ohne Thunfisch gefunden, und ihr Daumen schwebte schon über der Taste, mit der sie die Verbindung herstellen würde, da ertönte vor dem Haus plötzlich heftiges Reifenquietschen und alle Köpfe schossen herum, um zu sehen, was dort wohl geschah.

Ein Minivan kam mit einer Vollbremsung vor dem Hotel zum Stehen. Die hintere Seitentür öffnete sich, und eine vertraute Gestalt landete kopfüber auf dem Bürgersteig.

„Verdammte ... au!"

„Kris!" Diana rannte auf die Freundin zu, während der Van von dannen röhrte. Sie warf sich neben der Elfe auf die Knie und schlang beide Arme um den lang hingestreckten Körper. „Kris, sag doch was!"

Kris blinzelte und sah sich um. „Das ist die Hölle?"

„Nein, das ist Kingston!"

Sie hielt immer noch den Zauberstab in der Hand, der mittlerweile schlapp und eher braunrot als pink war. „Ich fiel, und hier bin ich gelandet."

„Du warst in einem Minivan."

„Nein. Daran würde ich mich erinnern. Höhle. Fallen. Rosa Zeug. Hier."

Diana wandte sich um und starrte Claire an.

„Ich habe mehrfach versucht, es dir zu erklären." Claire ließ sich gegen Deans Brust fallen und genoß das sichere Gefühl seiner Umarmung. „Regel Nummer eins ..."

„Die Möglichkeiten dürfen nicht eingesetzt werden, um HBO reinzukriegen?" fragte Diana verwundert, denn die Zusammenhänge wollten ihr nun wirklich nicht einleuchten. „Okay, dann also Regel Nummer zwei. Die Hölle darf ein freiwilliges Opfer nicht behalten. Sie konnte Kris ebensowenig halten, wie sie Dean hat halten können."

„Du hast versucht, mir das zu erzählen?"

„Ein paar Mal."

Dianas Herz fühlte sich so an, als würde es zum ersten Mal seit Tagen wieder normal schlagen. „Beim nächsten Mal gib dir mehr Mühe."

„Könnt ihr vielleicht mal die Klappe halten?" Die Stimme wehte von einem der umliegenden Fenster herüber, das der Hitze wegen offenstand. „Es ist drei Uhr morgens, und ein paar Leute hier würden gern schlafen."

„Sie wollen schlafen?" Claire griff in die Möglichkeiten.

„Dann schlafen Sie doch!" gab auch Diana ihren Senf dazu, während sie Kris auf die Beine half.

Von dort, wo Diana es am Fuße der Treppe hatte fallen lassen, fing das Telefon erneut zu klingeln an. Sie sah Claire an. Die trat einen Schritt vor, drehte sich dann um und sah Dean an. Der trat zwei Schritte zur Seite, hob den Fuß und setzte den Arbeitsschuh mit Nachdruck auf dem Bürgersteig ab. Was vom Handy übrig war, wischte Sam mit einem raschen Tatzenhieb hinunter in den Bereich vor dem Kellerfenster. „Weswegen wir gehängt werden, ist letztlich auch egal", sagte Claire mit einiger Befriedigung. „Sei es für ein Schaf oder sei es für ein Lamm!"

„Ich hätte nichts gegen ein bißchen Lamm", murmelte Austin und folgte Sam die Stufen hinauf.

„Ich weiß nicht, Lamm?" seufzte Diana, als sie Kris ins Hotel führte. „Aber essen könnte ich auch."

Claire bedeutete Jack voranzugleiten – sie würde alle Beteiligten einander vorstellen, sobald die Chancen gut standen, daß niemand sie belauschte – und legte Dean den Kopf auf die Schulter, während der ihr den Arm um die Taille schlang. Sie kletterten gemeinsam die Treppe hinauf. „Wo ist Lance?" wollte die Hüterin wissen.

„Er und Dr. Rebik werden wohl ... schlafen."

Sie wandte den Kopf ein wenig zur Seite und konnte sehen, daß seine Ohren knallrot waren. „Schlafen?"

„Inzwischen wohl, ja."

„Was?"

Deans Augen tauchten vielsagend über dem oberen Rand seiner Brille auf.

„Oh! Dann also Ende gut, alles gut, was?"

„Nun, Dr. Rebik hat auf jeden Fall ein paar Jahre eingebüßt, und Lance – den habe ich vorher ja nicht gekannt, kann also nicht sagen ..."

„Alles gut", wiederholte Claire und ließ keinen Spielraum für eine nachträgliche Analyse des Spielverlaufs.

„Ja."

„Gut. Ich will auch wirklich genau erfahren, was alles passiert ist, während ich fort war. Aber momentan gibt es eigentlich nur eins, was ich wissen muß."

Er küßte sie liebevoll auf den Scheitel, während sie zusammen über die Türschwelle gingen. „Nämlich?"

„Was um alles in der Welt wolltest du mit einem Basilisken im Schlafzimmer?"

Die Tür schloß sich hinter Deans Antwort.

Von der King Street her konnte man ganz schwach hören, wie ein Minivan von einer Polizeistreife angehalten wurde.

Zum ersten Mal seit Tagen wehte vom See herauf eine kühle Brise.

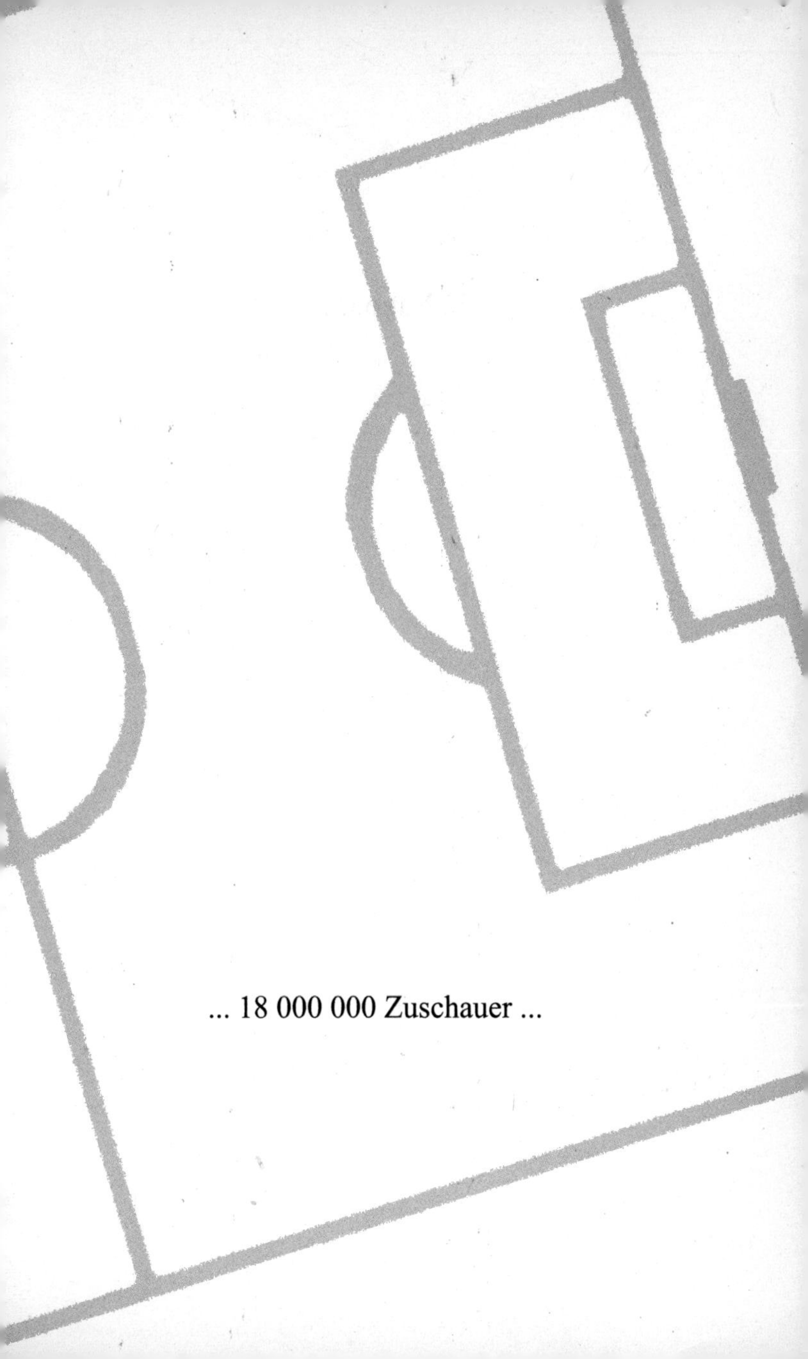
... 18 000 000 Zuschauer ...

...1 Mann ...

... der alles zum Wanken bringen kann.